HEYNE BÜCHER

Das Buch

Elisabeth I. (1533-1603), die Tochter von Heinrich VIII. und seiner zweiten Frau Anne Boleyn, wurde nach einer schweren Jugend, nach Gefangenschaft und Verbannung im Alter von 25 Jahren zur Königin gekrönt. Das schwierige Erbe wurde ihr zusätzlich von ihrer Halbschwester Maria Stuart streitig gemacht; der Machtkampf der beiden Königinnen endete mit der Hinrichtung Marias. Dennoch gehörte Elisabeths an persöhnlichen Fehden und Entsagungen reiche Regierungszeit zu den glücklichsten Epochen des Inselreichs , wurde zum Inbegriff des »Merry Old England«.

Die oft als »jungfräulich« bezeichnete Königin war dies ganz sicher nicht - weder im Fühlen, Denken noch Handeln. Ihre Ausstrahlung muß, besonders auf die Männer in ihrer Umgebung, bis ins hohe Alter hinein außergewöhnlich gewesen sein: Kaum eine Herrscherin hat die Kunst des politischen und gesellschaftlichen Marionettenspiels so vollendet beherrscht wie sie.

Die Launenhaftigkeit und Zwielichtigkeit ihres Charakters, der Zwiespalt ihrer Gefühle als Königin und als Frau haben die Literatur immer wieder inspiriert. Doch selten wurde Elisabeth I. so menschlich differenziert dargestellt und in ihrer Gefühlswelt so durchschaubar gemacht wie in diesem großartigen Lebensroman.

Dabei wird das glanzvolle höfische Leben ebenso eindrucksvoll geschildert wie die inneren Kämpfe einer Frau, die mit grenzenloser Leidenschaft zu lieben und zu hassen vermochte.

Die Autorin

Susan Kay wurde 1953 in Manchester geboren und lebt heute mit ihrem Mann und ihren Kindern in Cheshire, England.

Für den Lebensroman der Königin Elisabeth I. von England erhielt sie zahlreiche Historiker- und Literaturpreise und machte sich auf Anhieb einen Namen als Verfasserin von außergewöhnlich brillianten Biographien.

Bei Heyne erschien bereits ihr Roman »Das Phantom« (01/8724 und als Großdruck 21/7).

SUSAN KAY

DIE KÖNIGIN

Roman

Aus dem Englischen
von Margarete Längsfeld

WILHELM HEYNE VERLAG
MÜNCHEN

HEYNE ALLGEMEINE REIHE
Nr. 01/10002

Titel der Originalausgabe
LEGACY

Umwelthinweis:
Dieses Buch wurde auf
chlor- und säurefreiem Papier gedruckt.

2. Auflage

Wilhelm Heyne Verlag GmbH & Co. KG, München
Printed in Germany 1997
Umschlagillustration: Bildarchiv Preußischer Kulturbesitz, Berlin
Umschlaggestaltung: Atelier Ingrid Schütz, München,
unter Verwendung des Gemäldes »Hermelin-Portrait«
von Nicholas Hilliard
Satz: Franzis Druck GmbH, München
Druck und Bindung: Presse-Druck Augsburg

ISBN: 3-453-11594-5

Prolog

Auf einer niedrigen steinernen Fensterbank sitzend, gegen die schleichende Kälte in einen Mantel gehüllt, wirkte sie wie aus Stein gemeißelt. Sie sah aus dem Fenster in den Hof hinunter; ihre Augen suchten angestrengt die gähnende Höhle, das Haupttor des Tower. Das Tor war wie ein Magnet. Tag und Nacht zog es sie in die steinerne Fensternische. Sie war nicht durch diesen Torbogen eingetreten und durfte erst recht nicht hoffen, durch ihn hinauszugelangen. Durch Traitor's Gate, das Verrätertor, war sie in die grimmige Festung gekommen, welche so viele Menschenleben verschlungen hatte, darunter das ihrer Mutter. Sie hatte die langen Beine unter das Kinn gezogen, die wirren rotblonden Haare fielen wie ein Vorhang über die Arme, welche die Beine umklammerten. Sie war gerade zwanzig und hatte hier so viele Tage auf den Tod gewartet, daß sie es unterdessen zuweilen für Stunden vergaß. Im Schatten des halbrunden Raumes bewegte sich etwas; ein Aufschrei, und eine kleine Ratte flitzte schutzsuchend durch die übelriechenden Binsen davon. »Zum Teufel«, ertönte eine feste, lebhafte, dennoch sanfte Stimme vom Fenstersitz her, »was habt Ihr denn jetzt wieder erspäht, Markham?«

Isabella Markham zog ihren Mantel fester um die Schultern und erwiderte abwehrend: »Eine Ratte, Madam. So nahe, daß sie Eure Hoheit hätte beißen können.« Das junge Mädchen lachte. »Die einzigen Ratten, die ich fürchte, wandeln auf zwei Beinen.«

»Ihr solltet sie aber fürchten, Madam. Sie können die Pest übertragen.«

»Es gibt schlimmere Todesarten«, sagte das junge Mädchen und verstummte, als sie sich eine ausmalte. Markham ergriff die einzige Kerze und stocherte mit einem Schürhaken in den dunklen Winkeln des Raumes herum. Ihre Bewegungen hatten etwas Gehetztes. »Wenn ich das Loch finde, stopfe ich es mit Lumpen zu. Ich dulde nicht, daß Ihr an diesem schmutzigen, gottverlassenen Ort mit diesem unsäglichen Geschöpf eingesperrt seid.«

»Um Himmels willen, Markham, es ist nur eine kleine Ratte.« Die Stimme des jungen Mädchens klang noch belustigt, zeigte jedoch schon einen Anflug von Unwillen. »In Hampton Court und Greenwich sind sie größer. Wenn sie die Angriffe Eures Schürhakens überlebt, will ich versuchen, sie zu zähmen.« Markham richtete sich auf. Den Schürhaken in der Hand, blickte sie sich um. »Zähmen?« wiederholte sie ungläubig. »Tower-Ratten könnt Ihr nicht zähmen, die sind von Flöhen zerbissen und bösartig.«

»Wie die meisten Männer!« Das junge Mädchen lächelte und streckte die verkrampften Gliedmaßen. »Soll ich lieber einen von ihnen zähmen? Auch sie sind unterhaltsame Schoßtiere.«

Markham lachte unsicher. »Würdet Ihr einen Hund nicht vorziehen?«

»Aber nein – zu treu! Die fordern mich nicht heraus.« Ein Schatten verdunkelte die wachen Augen des jungen Mädchens und verlieh ihnen die Färbung von glänzendem nassen Pech. »Meine Mutter hatte einst einen Hund. Sie ließ ihn durch einen brennenden Reifen springen, damit er ihr seine Treue beweise, bis sie entdeckte, daß mein Vater das besser machte. Mehr als sechs Jahre sprang er durch ihren Reifen. Als er es müde war, ihrer Belustigung zu dienen, tötete er sie. Und das macht die Männer zu so interessanten Schoßtieren, Markham: Man weiß nie, wann sie beißen.«

Markham sank neben sie auf die Steinbank und schwieg betreten. Die Kerze zwischen ihnen flackerte im Luftzug, kleine Lichtwellen huschten über das knochige Gesicht des jungen Mädchens. Es war nach herkömmlichen Maßstäben kein schönes, aber ein anziehendes Gesicht. Elisabeth Tudor war ein Labyrinth. Sie lockte die Menschen ohne bewußtes Dazutun in den Irrgarten ihrer Persönlichkeit und ließ sie dort im Stich. Sie mußten selber sehen, wie sie herausfanden – wenn sie konnten. Die meisten sahen sich dazu nicht imstande, viele versuchten es erst gar nicht. Und die wenigen, denen es gelang, quälte bis an ihr Lebensende das unbestimmte Gefühl, etwas verloren zu haben.

Isabella blickte auf und fand Elisabeths Augen auf sich gerichtet. »Euch ist kalt, Belle. Setzt Euch ans Feuer, bevor es ausgeht.«

Markham widerstand dem instinktiven Hang, ihr ohne Widerrede zu gehorchen. »Mir ist nicht kalt, Madam.« Sie zögerte. »Ich bin gespannt.«

»Gespannt?« Elisabeths Augen waren mit einemmal verschleiert und wachsam. »Auf heute nacht, auf den Mann, den Ihr erwartet. Wird er nicht mehr für Euch sein als ein Schoßtier?« – »Schoßtier, Gespiele, Gefährte. Wie soll ich das wissen, bevor er kommt?«

»Er kommt heute nicht«, sagte Markham finster. »Ich wußte, daß man es vereiteln würde. Und Ihr nehmt so ein Risiko auf Euch – ach, Madam, das sieht Euch gar nicht ähnlich!«

»Nein?« Wieder dieses seltsame, aufreizende Lächeln.

»Das wißt Ihr doch! All die Jahre wart Ihr so vorsichtig. Seit –« Sie brach ab und blickte beiseite. »Seit dem Admiral.«

Elisabeth legte Markham eine Hand auf die Schulter und hob sachte ihr Kinn. »Ich kann nur einmal sterben, wie vieler Vergehen man mich auch bezichtigt. Seit meinem fünfzehnten Lebensjahr habe ich wie eine Nonne gelebt, und wie weit bin ich mit solcher Vorsicht gekommen? Nur bis in diese Kerkerzelle. Ihr müßt wissen, Belle, unser Schicksal steht in den Sternen, wir können es nicht ändern. Und wenn ich diesen Frühling meiner Mutter in den Tod folge, will ich das Wörtchen vorsichtig nicht kennen.« Markham, den Tränen nahe, sagte nichts. Schließlich erhob sie sich, knickste und nahm gehorsam ihren Platz am Kamin ein. Elisabeth rieb das schwarze Glas, wo ihr Atem es getrübt hatte, und starrte wieder auf den Fluß hinaus.

I. Teil

Das Kind

1

Der Weg in den Tower verlief zurück bis vor ihrer Geburt, bis zu der zufälligen Begegnung eines Mannes und einer Frau, mehr als ein Vierteljahrhundert vor jener windgepeitschten Aprilnacht ihrer Einkerkerung; einer Begegnung, die Europa erschüttern und ganz England auf den Kopf stellen sollte und aus welcher eine völlig neue Kirche, jedoch nur ein einziges lebendes Kind hervorging: Elisabeth. Rang und Manneskraft machten es Heinrich VIII. leicht, die Frauen im Sturm zu erobern, und als er die Verheißung in Anne Boleyns schwarzen Augen mißverstand, erwartete er nichts anderes als willige Unterwerfung. Er würde sie nehmen und davongehen, und Anne Boleyns Schicksal würde die Welt nicht mehr kümmern als dasjenige einer ganzen Schar hübscher Frauen, die hie und da ein paar amüsante Stunden im königlichen Bett beigesteuert hatten.

Sechs Jahre später wartete Heinrich immer noch auf die Erfüllung, während er an den Gesetzesfesseln rüttelte, die ihn an seine Gemahlin Katharina von Aragonien banden. Anne hielt ihn hin; abwechselnd lockend und abweisend, verwandelte sie den selbstsicheren Mann in ein von Selbstzweifeln und Wahnvorstellungen geplagtes Ungeheuer; unfähig, Freunde von Feinden zu unterscheiden, fegte er jede Opposition mit gnadenloser Hand beiseite. Ende des Jahres 1532 setzte Anne alles auf eine Karte und ergab sich; an Neujahr spielte sie den letzten Trumpf aus: Sie war schwanger.

Heinrich, außer sich vor Glück, war hin- und hergerissen

zwischen dem Bedürfnis nach einem Kompromiß mit Rom und dem Verlangen nach dem Sohn, den Anne in sich zu tragen schwor. So gab ein ungeborenes Kind den Ausschlag: Rom verlor den Kampf mit Heinrichs Gewissen. Binnen drei Monaten hatte die neue, unabhängige anglikanische Kirche Heinrichs erste Ehe annulliert und Annes bombastische Krönung in der Westminsterabtei abgesegnet. Anne war nun Königin von England und wollte durch Heinrich herrschen, wie sie es bereits die vergangenen sechs Jahre getan hatte; wenn er stürbe, würde sie durch den Knaben herrschen, der sich soeben heftig unter ihrem Herzen regte.

Als am siebenten September 1533 die Wehen einsetzten, herrschte Spannung im Greenwich-Palast. Und als man Heinrich kurz nach drei Uhr nachmittags verständigte, wollte er es zuerst nicht glauben: wieder ein Mädchen. Und das sollte nun die Stelle von Katharinas Tochter Maria einnehmen, welche eigens für unehelich erklärt worden war, um dem neugeborenen Prinzen Platz zu machen! Heinrich betrachtete widerwillig das Kind, das nackt, brüllend und blutbeschmiert auf einem Kissen im Schoße der Hebamme lag. Er fand es so häßlich, wie ein unerwünschtes Neugeborenes nur sein konnte, jedoch war es von vollkommener Gestalt, aufreizend gesund, nicht wie die Söhne Katharinas, diese elenden, wimmernden, nicht lebensfähigen Fleischbündel, die ihm das Herz zerrissen hatten.

Langsam wandte sich sein feister Leib der einzigen Frau im Königreich zu, die es gewagt hatte, einen Narren aus ihm zu machen. Das vertraute Gesicht war bleich vor Erschöpfung, prangte jedoch hochmütig wie je auf dem weißen Hals. So ein zarter Hals; seltsam, daß ihm bislang nie aufgefallen war, wie leicht er sich brechen oder abtrennen lassen würde. Ein Hieb, und dann – Freiheit, ein Gut, das er vor mehr als sechs Jahren verloren und bis heute nicht vermißt hatte. Aber noch nicht. Ein Jahr wollte er ihr geben, um dieses fatale Versagen gutzumachen – dann würde er sehen.

Als er sich hinabbeugte, um ihre kalte Wange zu küssen, wußte er, daß er sie nicht mehr liebte. Ihm war, als blicke er nicht in ihr Gesicht, sondern in ihre boshafte Seele.

All die Jahre hatte es geheißen, sie sei eine Hexe, er aber hatte das als abergläubisches Geschwätz abgetan. Plötzlich erkannte er, wie nützlich die Bezichtigung sein könnte. Durch die üblen Machenschaften einer Hexe in die Ehe gelockt – und er könnte seine Hände in Unschuld waschen. Zwölf Monate – keinen Tag länger. Und einen Augenblick hoffte er inständig, sie möge versagen.

Das Neugeborene wurde in der königlichen Kinderstube im alten Hatfield-Palast untergebracht, wo sich Katharinas jüngst für unehelich erklärte Tochter des Kindes annehmen sollte. Mary Tudor hatte seit dem Tag, als ihr Vater unter den Einfluß der »Konkubine« geriet, viele Demütigungen erlitten, dies aber war die endgültige Erniedrigung. Die zwei Jahre, die sie, Elisabeth wie eine Magd dienend, in Hatfield verbrachte, ließen ihr großmütiges Naturell für den Rest ihrer Tage verkümmern. »Ich kenne in England keine Prinzessin außer mir«, sagte sie bei der Ankunft, und wegen dieser Behauptung, auf der sie stur beharrte, wurde sie in einem von Annes Verwandten geführten Haus buchstäblich gefangengehalten. Ihres Ranges enthoben, gezwungen, die Mahlzeiten ohne das Vorrecht auf einen Vorkoster mit den Dienstboten in der Gesindestube einzunehmen, lebte sie in täglicher Furcht vor Vergiftung und verbrachte die wenigen glücklichen Stunden im Kinderzimmer.

Katharina war tot, und am liebsten hätte Anne es gesehen, wenn Mary Tudor ihrer Mutter schleunigst ins Grab gefolgt wäre. Doch Elisabeths Geburt hatte Annes Gewalt über den König geschmälert; sie konnte ihn nicht mehr dazu benutzen, die Feinde, die ihr im Weg standen, zu beseitigen. Und an dem Tag, als sie von einem totgeborenen Sohn entbunden wurde, war es mit ihrem Einfluß ganz vorbei. »Ihr werdet keine Söhne mehr von mir empfangen«, sagte Heinrich mit bedrohlicher Ruhe. »Ich sehe, es ist nicht Gottes Wille, mir männliche Kinder zu schenken.« Er drehte sich auf dem Absatz um, marschierte aus ihrem Zimmer und ihrem Leben und überließ sie den Geiern. Die Tage ihrer Macht waren zu Ende. Sie rechnete mit Scheidung und Annullierung der Ehe, doch selbst in ihrer tiefen Verzweiflung dachte sie kein einziges Mal an den Tod.

Heinrich mied ihre Gesellschaft, der Hof schnitt sie. Elisabeth, ihr einziges Kind, war alles, was ihr von neun vergeudeten Jahren geblieben war. Sie war bereit, auf Krone, Juwelen und Prunkgewänder zu verzichten, nicht aber auf das Kind, das sie diese Dinge gekostet hatte.

Im April 1536 schien eine blasse Sonne einladend auf den geschützten Innenhof in Greenwich nieder. Zu kalt, um draußen zu spielen, dachte Anne abwesend, während sie beobachtete, wie sich Elisabeth vor ihrem Gefolge hinter einer Säule versteckte, doch sie brachte es nicht übers Herz, dem Spiel Einhalt zu gebieten. Sie spähte zum Palast hinauf, wo in der Sonne blitzende Diamanten ihren zerstreuten Blick auf sich gezogen hatten, und sah den König. Er hatte tagelang nicht mit ihr gesprochen, und in ihrem verzweifelten Verlangen nach einer anerkennenden Geste hob sie die Hand und lächelte tapfer. Einst hätte er für dieses Lächeln seine Seele verkauft, doch heute blieb er unbewegt. Er sah starr an ihr vorbei, seine mürrische Aufmerksamkeit galt dem lachenden Kind.

Anne erlebte einen Augenblick schmerzlicher Furcht. Sie erinnerte sich seiner tückischen Grausamkeit gegen Katharina; er hatte sie vom Hofe verbannt und ihr jeglichen Umgang mit Mary untersagt. Er beabsichtigte, ihr, Anne, dasselbe anzutun, und würde es ohne Gewissensbisse wahrmachen, es sei denn – es sei denn, sie könnte ihn öffentlich bloßstellen.

»Elisabeth, komm her.«

Elisabeth raffte ihre wallenden Röcke und lief unbeholfen über den Hof in die entgegengesetzte Richtung. »Elisabeth!« Das Kind erstarrte, und alle anderen im Hof Anwesenden mit ihm. Anne war bleich vor Anspannung, sie wagte nicht, noch einmal zu rufen. Quer über den Hof trafen sich ihr und ihres Kindes Blick. Schweigend breitete sie die Arme aus und wartete einen schier endlosen Moment, bis sie ihre Tochter umfing. Triumphierend wirbelte sie das Kind herum und trug es auf der Hüfte unter das Fenster, wo der König stand. »Winke ihm«, flüsterte sie Elisabeth eindringlich ins Ohr, wußte sie doch, wie kleinlich und töricht er, der bei allem, was er tat, um öffentliche Anerkennung buhlte, vor den Zuschauern dastehen würde. »Winke, Mama zuliebe.«

Elisabeth winkte heftig. Jetzt würde er das Fenster öffnen und sie heraufrufen; was blieb ihm anderes übrig, wenn alle zusahen? Und wenn sie erst mit ihm allein wäre, würde sie wissen, was zu tun und zu sagen wäre.

Ihr Herz tat einen wilden Sprung, als der König sich ohne ein Wort oder eine Geste abwandte. »Schweinehund!« zischte sie in Elisabeths Haar. *»Du Schweinehund!«* Zitternd vor Wut und Kränkung stellte sie ihr Kind auf den Kies und hielt das Ärmchen an, das noch unsicher dem leeren Fenster zuwinkte.

»Nicht weinen, Schätzchen«, sagte sie leise und wischte mit dem Daumen zwei heiße, schmierige Tränen fort. »Wenn er in der Hölle verrottet, wirst du König und Königin in einem sein, und ganz England wird dir zuwinken.« Sie legte dem Kind beide Hände auf die schmächtigen Schultern und fügte finster hinzu: »Laß dir das von keinem Manne nehmen!«

Elisabeth starrte zum Palast hinauf, zu einer trostlosen Reihe von Sprossenfenstern und unzähligen Türmchen. »Unartiger Papa!« stieß sie trotzig hervor. Dieser so eindeutig den würdigen Damen ihres Gefolges entliehene Ausdruck trieb Anne sengende Tränen in die Augen, während sie sich bemühte, Haltung zu bewahren. »Der König hat uns nicht gesehen«, meinte sie zitternd.

Elisabeth stampfte zornig mit dem Fuß. »Mich hat er gesehen«, murmelte sie trotzig, »mich hat er gesehen! Mama hat er auch gesehen!«

Anne kniete nieder und umfaßte Elisabeths Kinn. »Elisabeth, wenn Mama fortgeht, wirst du sie nicht vergessen, nicht wahr?« Das Kind runzelte die Stirn, verzog das Gesicht, trat gegen einen Stein. »Will nicht, daß Mama weggeht!«

»Nicht für lange«, sagte Anne rasch. »Vielleicht gehe ich zurück nach Frankreich – oder wohin er will. Wünscht er die Scheidung, werde ich keine Schwierigkeiten machen. Ich habe von Katharina gelernt – nimm, was du kannst, und scheide mit Würde.« Sie hielt inne, als ihr bewußt wurde, daß sie solche Dinge nicht vor dem Kind äußern sollte. Es gelang ihr jedoch nicht, ihrem panischen Gedankenfluß Einhalt zu gebieten.

Der König von Frankreich ist mein Freund, er könnte seinen Einfluß auf Heinrich geltend machen. Nach ein paar Monaten hole ich Elisabeth nach; er wird so mit der Seymour, diesem Schäfchen, beschäftigt sein, daß es ihm nichts ausmacht...

Sie blickte hinab auf ihr Kind, ihr Vermächtnis an diese unwürdige Welt. »Wie seine Bedingungen auch lauten mögen, er soll uns nicht für immer trennen«, flüsterte sie. »Das schwöre ich!« Elisabeth schwieg einen Moment still, von dem zwingenden Blick ihrer Mutter gebannt, dann aber wand sie sich aus Annes Umarmung und sagte munter: »Jetzt muß Mama sich verstecken.«

Anne blickte zum Palast. Vielleicht war es auch jetzt noch nicht zu spät, wenn sie nur mit ihm sprechen, ihm zeigen könnte, wie vernünftig sie sein wollte...

»Jetzt nicht, Schätzchen. Mama hat zu tun. Morgen.« Sie drückte einen flüchtigen Kuß auf das aufwärts gerichtete Gesichtchen und rauschte aus dem Hof.

Eine Schar Frauen umringte Elisabeth; lebhaft, unbekümmert wie eine Gänseherde umschlossen sie sie in einem Käfig aus Seide und Taft, bis sie sich unter zornigem Gerangel zwischen den einengenden Röcken einen Lichtspalt erkämpfte.

Dieser Spalt umrahmte das winzige Bild einer Frau in schwarzem Satin, schlank und wesenlos wie ein ferner Schatten. Elisabeth streckte die Hände nach der Gestalt aus, die nicht größer war als eine Puppe, und ihre Finger erhaschten nichts. Von den einzwängenden Röcken beengt, trat sie wild nach der nächsten Frau, welche, tödlich beleidigt, abrupt zur Seite wich; jetzt hatte Elisabeth eine bessere Sicht. Auf der Treppe hielt die Gestalt inne, blickte zurück und verschwand unter dem Torbogen. Dies war Elisabeths letzte bewußte Erinnerung an ihre Mutter – ein Schatten in der Aprilsonne, der auf immer ihrem verzweifelten Zugriff entfloh.

Am ersten Mai 1536 wurde Anne, des Ehebruchs mit fünf verschiedenen Männern bezichtigt, darunter Thomas Wyatt, ein guter Freund des Königs, in den Tower gebracht. Man sprach sie schuldig, und sie verlor alle Hoffnung. Als man sie aber dann dem Erzbischof vorführte und ihr die Annullierungspapiere vorlegte, unterschrieb sie erleichtert, verzichtete mit der Unterschrift auf ihre Rechte, verzichtete auf die Legitimität ihres Kindes und auf ihr Erbe. Wieder in ihrer Zelle, eröffnete man ihr, daß sie dennoch sterben müsse; zur Belohnung für die Unterschrift werde sie enthauptet statt verbrannt. Sie hatte Elisabeth umsonst verraten.

Am 19. Mai wurde Anne enthauptet. Das Echo der Tower-Kanone hallte über das Flußufer, wo Heinrich zu Pferde angestrengt auf den ersten Schuß lauschte. Wie einer, den man aus der Hölle geleitete, wendete er sein Pferd und führte die Jagdgesellschaft dorthin, wo Jane Seymour, scheu wie ein Kaninchenweibchen, darauf wartete, seinen Ehering zu empfangen.

In ländlicher Abgeschiedenheit zerrte Elisabeths Geplapper an den Nerven ihrer Aufseherinnen. Sie hatte fast den ganzen Tag in der heißen Maisonne im Garten gespielt, niemand hatte sie hereingerufen oder sie zur gewohnten Stunde ins Bett geschickt, so daß amEnde dieses denkwürdigen Tages nicht eine Träne die Wange von Annes einzigem Kind benetzt hatte. Dennoch spürte sie die Spannung und war gereizt und aufsässig. Sie ließ sich schließlich mittels der Konfektschachtel ihrer Kinderfrau bestechen, unter die Bettdecke zu schlüpfen, doch selbst mit dieser sicher unter ihrem Kopfkissen verstauten Trophäe dauerte es unendlich lange, bis sie einschlief.

Margaret Bryan schloß erschöpft die Tür zum Kinderzimmer. Sie begab sich auf die andere Seite des Hauses in die Kammer, wo Heinrichs älteste Tochter den ganzen Tag allein gesessen und die bittersüße Rache ausgekostet hatte. Es war eine kleine, schäbige Kammer, kaum für eine Magd geeignet, geschweige denn für eine Königstochter, und es war finster darin, als Lady Bryan eintrat. »Madam?«

Mary Tudor fuhr von einem Kaminschemel hoch. Im Schein von Bryans Kerze sah ihr junges Gesicht gelblich, abgehärmt, fast alt aus. »Fragt sie nach mir?« Auch die Stimme wirkte alt und klang hohl von Schuldgefühl.

»Nein, Madam.« Bryan lächelte schmallippig. »Ich kann

Euch sagen, Ihr wart das einzige, wonach sie heute abend nicht verlangt hat – Süßigkeiten, eine Geschichte, zu trinken, das Nachtgeschirr, wieder zu trinken. Gott verzeih mir, aber das hätte genügt, um die Geduld einer Heiligen auf die Probe zu stellen. Jetzt schläft sie.«

Mary sackte erleichtert in sich zusammen und ließ sich wieder auf den Schemel fallen. »Dann glaubt Ihr nicht – Ihr nehmt nicht an, daß sie etwas gemerkt hat?«

Bryan hob zögernd die Schultern. »Wer vermag das zu sagen, Madam? Sie ist so scharfsinnig, ihr Blick vermöchte Blei zu durchdringen.«

Mary biß sich stumm auf die Lippe. Bryan sah sie betreten an, stellte die Kerze hin und stocherte angestrengt im Feuer. »Madam«, sagte sie dann, »in der Gesindestube kursieren Gerüchte.«

Mary versteifte sich, ihre Finger griffen unwillkürlich nach ihrem Kruzifix, als sie trotzig verkündete: »Die Prinzessin von Wales schert sich nicht um leeres Geschwätz.«

»Wenn Ihr auf Eurer sturen Haltung beharrt«, sagte Bryan matt, »werden Königliche Hoheit Euch noch mehr strafen.«

»O nein.« Mary schüttelte den Kopf, mit einemmal springlebendig. »Bryan, Ihr kennt meinen Vater nicht so gut wie ich. Er war so gütig, so sanft und zärtlich, bevor die Konkubine ihn behext hat. Nun da sie tot ist, weiß ich, daß er zur Besinnung kommen und mich wieder anerkennen wird – sein einziges legitimes Kind.«

Bryan hoffte mitleidig, daß die Nachricht aus London dem vertrauensseligen Mädchen die Augen öffnen würde. »Besser, Ihr erfahrt es von mir«, begann sie bedächtig. »Wir wissen aus zuverlässiger Quelle, daß des Königs Ehe mit Königin Anne mit ihrem schriftlichen Einverständnis wenige Tage vor der Hinrichtung annulliert wurde.«

»Das ist eine Lüge!« rief Mary. »Sie hätte niemals eingewilligt – niemals. Sie war stolz wie Luzifer.«

»Der Erzbischof hat das Dokument in Verwahrung, Madam. Es wird zu gegebener Zeit, wann es dem König gefällt, öffentlich bekanntgemacht.« Und das, setzte sie stumm hinzu, ist der Mann, den du verteidigst, du dummes Mädchen. Siehst du die Gefahr nicht, in der du dich befindest?

Mary erhob sich langsam, zitternd vor Wut. »Wollt Ihr, Madam, mir ins Gesicht sagen, daß mein Vater ein Mörder ist?«

Bevor Bryan etwas erwidern konnte, kehrte Mary sich abrupt ab und redete fieberhaft mit sich selbst. »Wenn es geschah, dann ohne Wissen meines Vaters. Und was besagt das schon? Schuldig oder nicht, sie hat es verdient zu sterben. Ich wünschte, er hätte sie auf dem Scheiterhaufen verbrennen lassen, diese Hexe und Ketzerin! Ich wünschte, ich hätte es mit eigenen Augen gesehen!«

Fröstelnd von der gellenden Hysterie in Marys Stimme, knickste Bryan flüchtig und ging, Mary mit ihren finsteren Gedanken allein lassend, ohne ein weiteres Wort aus der Kammer.

Mary stand, wo Bryan sie verlassen hatte, und suchte Zuflucht in ihrem Zorn. Tiefe Stille umfing sie, nahm ihr ihre Courage und überließ sie wehrlos einer Wahrheit, die ihren Verstand erschütterte. Die Konkubine hatte zugestimmt, daß ihre Ehe für null und nichtig erklärt wurde und vor Gottes Augen nie existiert hatte.

Wie konnte sie aber dann wegen Ehebruchs hingerichtet werden? Mary mußte sich der unbequemen Erkenntnis stellen, daß Anne ermordet worden war. Und Mord war für Mary die elementarste Verletzung von Leib und Seele. Angenommen, diese Verletzung ließe den ruhelosen Geist des Opfers nach Belieben auf der Erde walten und angenommen, das Opfer wäre im Tode so grausam rachsüchtig wie im Leben...

Vor den quälenden Hirngespinsten ihres Schuldbewußtseins floh sie aus der Kammer. Sie lief und lief, bis Seitenstechen sie zwang, Atem zu schöpfen. Sie hatte keine Ahnung, wohin sie rannte. In diesem Hause gab es niemanden, bei dem sie Trost suchen konnte; niemand auf dieser Welt scherte sich darum, ob sie lebendig oder tot war – niemand außer einem Kind, keine drei Jahre alt, dessen köstliche Unschuld nichts von Blutfehden und grimmiger Frauenrivalität wußte. Elisabeths Kinderstube, der einzige Ort, wo sie in fast drei Jahren der Finsternis Wärme und Helligkeit erfahren hatte. Auf einmal wußte sie, wohin es sie trieb und was sie dort finden würde: Seelenfrieden und das süße Einerlei der Alltäglichkeit.

Sie betrat Elisabeths Zimmer mit gemessener Würde, bereit, die schwätzenden Kindermädchen mit hochmütigem Nicken zu entlassen; aber dessen bedurfte es nicht, das Zimmer war leer. Brennende Tränen traten ihr in die Augen, denn sie wußte aus Erfahrung, was diese Vernachlässigung bedeutete. Des Königs Erbin mußte im Schlaf bewacht werden; des Königs Bastard erforderte diese strengen Sicherheitsmaßnahmen nicht.

Aber wie herzlos, sie allein zu lassen, ausgerechnet heute nacht, nur weil sie nicht mehr zählte. Wenn sie nun aufgewacht wäre und sich erstmals in ihrem Leben allein befunden hätte? Morgen werde ich mit Bryan reden...

An einer Wand des Zimmers stand ein kleines, prunkhaftes Himmelbett mit grünen Vorhängen, das nach Annes persönlichen Wünschen für die Tochter angefertigt worden war, die sie wie eine kostspielige Puppe ausstaffiert hatte. Das verwöhnte Kind besaß die Garderobe eines ganzen Harems, aber der König war nicht großzügig zu Verwandten, die nicht mehr in seiner Gunst standen. In wenigen Monaten würden ihr die Kleider zu klein sein, und was würde aus Elisabeths früh entwickelter Eitelkeit, wenn sie keine hübschen Sachen mehr bekäme?

Mary zog die Bettvorhänge zur Seite und lächelte unwillkürlich. Stets unruhig, sogar im Schlaf, hatte Elisabeth alle Zudecken weggestrampelt. Bäuchlings lag sie auf der Matratze, ein in schwarzen Satin gekleidetes Püppchen im Arm. Die Kissen lagen, zusammen mit einer leeren Konfektschachtel, auf dem Boden, das Bett war mit zerkrümeltem Marzipan und halb gelutschten Bonbons übersät.

Mary strich das Laken glatt und hob die Kissen auf. Ihr stockte der Atem, als das Kind sich rührte und sich auf den Rücken drehte, sie atmete auf, als es still lag, und steckte die Zudecke ringsum fest. Als sie zurücktrat, um einen Schemel heranzuziehen, traf ihr Fuß die Konfektschachtel und trat sie gegen die Holztäfelung. Mary biß sich erschrocken auf die Lippe, bückte sich, um die Schachtel aufzuheben, blickte besorgt zum Bett – und erstarrte.

Zwei Augen sahen sie unbeweglich an. Sie kannte sie, diese mitternachtschwarzen Augen, sie hatte sie oft genug in einem bleichen Oval unter einem Kranz rabenschwarzer Haare gesehen. In dem unschuldigen Kindergesicht ihrer Schwester hatten sie eigentlich nichts verloren, und doch gehörten sie dazu, so wunderschön, so furchtbar; selbst in diesem Augenblick des Schreckens hätte Mary nicht beschwören können, was sie mit solchem Entsetzen erfüllte.

So plötzlich, wie sie aufgegangen waren, fielen die schweren Lider zu, wie Fensterläden, und das erstickende Gefühl der Feindseligkeit wich von Mary. Sie betrachtete das fein modellierte Gesichtchen auf dem Kissen, und die stumpfe, gleichgültige Ruhe tiefer Verzweiflung bemächtigte sich ihrer. Sie war gewarnt worden, und ihre abergläubische Natur nahm die Warnung unglücklich resigniert an.

Sie kehrte in ihre Kammer zurück. Die einsamen Wände schreckten sie nicht mehr. Annes rachsüchtige Seele hauste nicht hier und nicht in den dunklen Korridoren eines anderen Palastes. Sie hatte einen besseren Ruheplatz gefunden.

Fast ein Jahr lebte Elisabeth in einer seltsam veränderten Welt, einer Welt, der es anscheinend widerstrebte, ihre Existenz wahrzunehmen. Ihre Röcke wurden so kurz, daß sie die Knöchel sehen konnte, die Nähte ihrer Mieder platzten auf, die niedlichen Häubchen thronten dermaßen lächerlich auf ihrem Kopf, daß sie sich weigerte, sie aufzusetzen.

An einem heißen Tag im August kletterte sie auf den Fenstersitz in der Langen Galerie, ein verwirrtes, aber nicht unglückliches kleines Mädchen, das sich einen Spaß daraus machte, sich vor seinen Aufseherinnen zu verstecken. Lange Zeit wurde sie nicht vermißt; eine Gruppe Damen versammelte sich mit ihren Stickereien und ihrem losen Mundwerk um den kalten Kamin.

»Wenigstens ist es schnell gegangen«, sagte eine schaudernd, und binnen Sekunden wurde die Sache, über die nie öffentlich gesprochen worden war, mit jenem verhaltenen, makabren Genuß durchgekaut, mit welchem Frauen über eine Tragödie reden, die sie nicht unmittelbar betrifft.

»Mit dem Schwert geht es immer glatt und schnell.« Eine

schniefte und sagte streng: »Leider hielt er es nicht für angezeigt, ihr einen Sarg zu besorgen. Stellt euch vor, sie lag den ganzen Tag in einer Blutlache. »

»Ja, und die vielen Fliegen, es war so ein heißer Tag! Ich möchte bloß wissen, wo sie begraben wurde.«

Es entstand eine Anstandspause; sie beugten die Köpfe und stichelten emsig. Bald galt ihreAufmerksamkeit der neuen Königin, Jane Seymour. »Was er nur in ihr sieht? So ein unscheinbares, bleichgesichtiges Schäfchen.«

»Sie wird ihm wenigstens treu sein.«

»Das sei ihr auch geraten! Meiner Seel, ich würde nicht mal das Bett mit ihm teilen, wenn ich Kaiserin der Welt würde.«

»Ich meine, wenn Elisabeth ein Junge wäre, dann wäre es nicht soweit gekommen. Ein Sohn für England, das ist alles, worum es ihm geht. Früher oder später wird er ihm beschieden, und wenn er dafür ein Dutzend Gemahlinnen ermorden muß...«

Elisabeth blickte stumm aus dem Fenster. Eine Stunde später zog Lady Bryan, sie aufgeregt suchend, den Vorhang zurück und fand sie, wie sie still den schwarzen Satinrock ihrer Lieblingspuppe zurechtzupfte. Sie sah wie jede andere ins Spiel vertiefte Dreijährige aus, und auch die Puppe war wie jede andere, bis auf eine Kleinigkeit: Sie hatte keinen Kopf.

Das bemalte, schwarzhaarige Köpfchen lag am Fuß des Fenstersitzes in einer Pose, die darauf schließen ließ, daß es dorthin geworfen worden war. Bryan hob es auf und sah ihre Schutzbefohlene fragend an. »Ist kaputtgegangen«, sagte Elisabeth gleichmütig.

»Ist nicht schlimm.« Bryan sprach forsch, mit einem eigentümlichen Unbehagen ringend. »Gib sie mir, vielleicht kann man sie wieder heil machen.«

Elisabeth verbarg die Puppe hinter ihrem Rücken. »Will nicht, daß wer sie heil macht.« Sie kletterte vom Fenstersitz hinunter und lief aus der Galerie. Eine innere Regung warnte Bryan, ein Aufhebens von der Sache zu machen. Die losen Zungen hatten offensichtlich trotz ihrer strikten Anweisungen geplappert. Sie nahm sich vor, die armselige Puppe wegzuwerfen, sobald das Kind im Bett wäre, doch als sie sie abends holen wollte, war sie nirgends zu finden. Sie erwog, die Hausmädchen zu fragen, sah aber davon ab; es hätte nur schauerlich übertriebene Gerüchte ausgelöst. Lieber wiegte sie sich in dem Glauben, daß Elisabeth, als ihr Interesse erlahmte, das elende Ding fallen ließ und ein Dienstmädchen es still entfernt hatte. Und wenn es sich zufällig noch in einem vergessenen Winkel des Hauses befand, was machte das schon?

Es war ja nur eine Puppe.

2

Die schwülen Tage des Sommers 1537 zogen sich für Jane Seymour endlos hin. Sie trug schwer an des Königs Kind und schwerer noch an ihrer Schuld. Schauerliche Todesbilder bedrückten sie; Annes Tod und Annes vernachlässigtes Kind zogen sie wie zwei Mühlsteine in einen Abgrund dumpfer Verzweiflung.

»Um Christi willen, was fehlt Euch?« fauchte Heinrich, und Jane barg ihr Gesicht in den Kissen.

»Mylord, holt Elisabeth an den Hof zurück, und laßt mich gut zu ihr sein. Ich habe Angst.« Angst um seinen ungeborenen Sohn, er wußte es.

Er holte Elisabeth an den Hof zurück, brachte es aber nicht über sich, sie zu berühren. Er schlich durch seinen Palast wie ein Verfolgter, auf der Flucht vor dem schrecklichen, vertrauensseligen Lächeln eines kleinen Mädchens, aber Jane hatte ihren Frieden, und ihr Sohn kam gesund zur Welt. Sie nannten ihn Edward.

An jenem schönen Tag im Mai, als die Tower-Kanone donnerte, hatte Heinrich am Flußufer entlang in die Freiheit zu reiten vermeint. Jetzt wußte er, daß er niemals ruhig schlafen würde, solange er Anne nicht nachträglich eine gewisse Genugtuung verschaffte. Er konnte Elisabeth natürlich nicht für legitim erklären, ohne sich in ganz Europa zum Gespött zu machen, aber er konnte ihr einen bestimmten Status zuerkennen.

Er dachte an die Taufe, traditionsgemäß eine mitternächtliche Zeremonie, bei der kleine Kinder nichts zu suchen hatten. Hier wollte er seine öffentliche Geste machen. Und vielleicht könnte er danach die Augen schließen, ohne ein blutiges Schwert über dem Hals seines neugeborenen Sohnes zu sehen.

Lady Elisabeth sollte das Taufkleid des Prinzen zum Taufbecken tragen und selbst von keinem Geringeren als Lord Hertford, dem ältesten Bruder der Königin, Edward Seymour, getragen werden. Endlich von den Aufmerksamkeiten ihrer Kammerzofen erlöst, kletterte sie auf Lady Bryans Schoß, um sich begutachten und ihre Haube ein letztes Mal zurechtrücken zu lassen.

»Bin ich schön?«

»Ja.«

»Wie schön?«

»Nur nicht so eitel!« sagte Bryan streng.

Elisabeth befingerte schweigend die Falten ihres neuen Kleides. »Hast du mich nicht mehr lieb?« fragte sie ernst.

»Was für eine Frage«, sagte Bryan erschrocken. »Natürlich habe ich dich lieb. Ich habe dich sehr lieb.«

Hinter ihr öffnete sich die Tür. Eine Stimme verkündete: »Lord Hertford, Madam.« Bryan sprang auf, in ihrer Verwirrung ließ sie Elisabeth vom Schoß purzeln. Als sie vor des Königs ältestem Schwager in einen hastigen Knicks versank, sah sie, daß der hohe Herr nicht allein war. Sein jüngerer Bruder Thomas lungerte hinter ihm in der Tür und bedachte Bryan mit dem amüsierten, abschätzenden Blick des Lebemanns. Sie errötete wie ein junges Mädchen und schlug die Augen nieder; Geschichten über ihn kamen ihr in den Sinn, die sie schicklicherweise besser vergaß.

Die beiden Onkel des kleinen Prinzen waren verschieden wie Tag und Nacht. Der eine kalt und freudlos wie der abnehmende Mond, der andere strahlend wie die Mittagssonne. Kain und Abel, schoß es Bryan durch den Kopf, und wir wissen alle, wie das ausging. »Lady Elisabeth stehen Mylord sogleich zur Verfügung.« Bryan richtete sich eilig auf, und Elisabeth eine Hand auf die Schulter drückend, zwang sie das Kind in einen Knicks

Der Augenblick, den sie gefürchtet hatte, war gekommen. Elisabeth schenkte dem jüngeren Mann ein schiefes Lächeln und streckte feierlich die Finger, um sich wie eine Hofdame aus dem Zimmer geleiten zu lassen; in diesem Moment bückte sich Hertford ganz unzeremoniell und hob sie auf. Die Tür schloß sich, und ungefähr zwanzig Sekunden war es still, dann schrillte eine dünne Stimme wütend durch die Galerie. »Ich will nicht auf den Arm. Ich kann alleine laufen. Laßt mich hinunter, Mylord. Laßt mich hinunter!«

»Der Sekretär sagte mir, das Balg sei eine Plage«, bemerkte Hertford mürrisch über die Schulter. »Ich hatte keine Ahnung, daß er es so wörtlich meinte.« Er brach ab. »Sie hat mich getreten, hat man so etwas schon gesehen? Der unmanierliche kleine Teufel hat mich wahrhaftig getreten! Warum der König das Balg zugegen haben will, ist mir ohnehin unbegreiflich. Ich dachte, er könne ihren Anblick nicht ertragen, seit die Boleyn ihren Kopf verlor.«

Elisabeth verstummte, ihr Gesicht wurde ausdruckslos. Dann blitzten die dunklen Augen auf, sie warf das Taufkleid auf den Boden, und indem Edward versuchte, die wallenden Ellen weißen Satins aufzufangen, ließ er Elisabeth zu Toms Füßen fallen. Zum zweitenmal innerhalb weniger als zehn Minuten landete sie unzeremoniell auf der Erde, und sie machte Anstalten loszubrüllen. Sie blickte zu Tom auf. Der legte kopfschüttelnd einen Finger an die Lippen. Sein listig belustigter Blick bewirkte, daß sie sich das Brüllen für später aufsparte. »Was sind wir denn für ein unartiges Mädchen?« flüsterte Tom, indem er sie aufhob. In seinem Ton lag Bewunderung, als habe sie etwas getan, was ihn ungeheuer freute, und sie schlang instinktiv die Arme um seinen Hals.

»Ich mag ihn nicht«, sagte sie. »Ihr dürft mich statt seiner tragen.«

Seine Mundwinkel zuckten unter dem blonden Schnurrbart. »Das darf ich nicht, Püppchen, so gern ich es möchte.«

»Ich will aber.« Ihre Lippen zitterten und verzogen sich zu einem schmalen Strich.

»Herzchen«, setzte Tom eilig hinzu, »der König wünscht,

daß ich den Baldachin über dein Brüderchen halte. Und wenn ich den König erzürne –«

»Hackt er Euch den Kopf ab!«

Diese trockene Bemerkung ließ ihn verwundert blinzeln. Er verkniff sich einen Fluch, indem er ihn in ein verlegenes Hüsteln verwandelte. »Ach«, sagte er, unter ihrem festen Blick um Gelassenheit ringend, »du wünschst doch nicht, daß dies dem armen Onkel Tom geschieht, nicht wahr?«

Sie berührte zögernd mit einem Finger seinen goldblonden Bart. »Nein«, murmelte sie, »das möchte ich nicht. Ihr habt einen hübschen Kopf.«

»Dann wollen wir alles tun, um ihn zu lassen, wo er ist – wenigstens vorläufig.«

Sie nickte feierlich, dann zog sie einen Flunsch. »Soll das heißen, daß *er* mich tragen muß?«

»Leider ja. Aber wenn du ein braves Mädchen bist und ihn heute nacht nicht mehr ärgerst, schenke ich dir einen Pfefferkuchenmann.« Elisabeth schaute zu, wie Hertford das Taufkleid mit der Sorgfalt einer Wäscherin zusammenlegte. Sie barg ihren Kopf an Toms Schulter und wand seine Haare um ihre Finger. »Zwei Pfefferkuchenmänner«, flüsterte sie.

»Habgieriges kleines Biest«, sagte er lachend und schüttelte sie kräftig. »Du bist wahrhaftig ganz wie –« Er brach ab. »Abgemacht«, fuhr er fort, und, mit einemmal ernst, ließ er sie hinunter. Er war erleichtert, als sie sich zu der Menschenmenge in der Kapelle gesellten.

Mit vier Jahren war Elisabeth von blinder, hündchenhafter Bewunderung für »Onkel Tom« besessen. Sobald die Taufe vorüber und sie von Hertfords verhaßter Aufsicht erlöst war, huschte sie in Königin Janes Schlafgemach durch ein Meer bestrumpfter Beine und wallender Röcke und suchte das auffällige Strumpfband, das sie sich als sein Kennzeichen gemerkt hatte.

Endlich fand sie ihn. »Ich muß jetzt zu Bett«, vertraute sie ihm an. »Bringt Ihr mir morgen meine Pfefferkuchenmänner?«

»Was bist du doch für eine habgierige junge Dame«,

bemerkte er, auf sie herablächelnd. Sie sah ihn ängstlich an, mit einemmal mißtrauisch. »Ihr kommt doch, nicht wahr?«

»Wenn ich den Weg noch finde.«

»Elisabeth!« Beide drehten sich erschrocken um, und Tom verbeugte sich spöttisch vor Mary Tudors ernster Gestalt. Zögernd machte Elisabeth einen Knicks, dann nahm sie die steif ausgestreckte Hand ihrer Schwester. Der Blick, den sie Tom über die Schulter zuwarf, die seltsamste Mischung aus Zutrauen und Koketterie, die er je gesehen hatte, gab den Ausschlag: Er beschloß, bei der ersten sich bietenden Gelegenheit das Kinderzimmer aufzusuchen. Er erwog, Edward mit seiner neuen Eroberung zu narren, sah aber seinen Bruder zu seinem Unmut beim König. Unerträglich, wie Edward sich nach vorne drängte und alle Ehren für sich beanspruchte, nur weil er ein paar Jahre älter war! Tom bahnte sich einen Weg ans Bett der Königin. Irgendwann in der Nacht, zwischen den Momenten, da er seinen königlichen Schwager zu brüllendem Lachen brachte und sein Bruder vor Neid funkelte, erübrigte er einen Blick für seine Schwester und stellte entsetzt fest, daß sie halb tot aussah.

Kaum eine Woche später wurde sie begraben.

Elisabeth war sechs Jahre alt, als der König ihre nächste Stiefmutter erkor. Er war beinahe drei Jahre ohne Gemahlin gewesen, ein lustiger Witwer, und tauschte seine Freiheit nur widerwillig gegen die Ehe mit der unbedeutenden deutschen Prinzessin Anna von Kleve. Sein Sekretär beharrte dickköpfig darauf, daß sie die Allianz mit Kleve brauchten. Doch als Anna in England eintraf und Heinrich seine neue Gemahlin sah, fand er sie abstoßend und wollte sie keines weiteren Blickes würdigen. Die Miene, mit der er dies dem Sekretär eröffnete, sagte dem Unglücklichen, daß seine Tage auf Erden gezählt seien.

Anna von Kleve war eine warmherzige Frau. Jedermann hatte sie gern, nur nicht der Gemahl, der sich entschieden weigerte, ihr Bett zu teilen. Er hatte sich bereits in Katharina Howard, die Hofdame seiner neuen Gemahlin, verliebt. Dieses Mal dauerte es nur fünf Monate, bis der Erzbischof abermals eine unglückliche Ehe seines Herrn auflöste. Der

Sekretär legte sein Haupt auf den Richtblock, weil er die Angelegenheit verpfuscht hatte, und am Morgen der Enthauptung ehelichte Heinrich Anne Boleyns Cousine Katharina Howard.

Anna von Kleve fand im Richmond-Palast einen behaglichen Ruhesitz. Sie hatte sich über die Annullierung ihrer Ehe nahezu ungebührlich erleichtert gezeigt und nur eine Bedingung gestellt: Sie wünschte Elisabeth regelmäßig zu sehen, »weil ich lieber ihre Mutter als Eure Königin gewesen wäre«. Nur eine Ausländerin durfte hoffen, mit einer solchen Unverschämtheit davonzukommen, und Heinrich, nicht wagend, die Beziehungen zu Kleve noch mehr zu gefährden, hielt sich erstaunlich zurück. Sollte sie Elisabeth haben! Sollte sie haben, was sie begehrte, solange er seine Freiheit ohne bewaffnete Auseinandersetzungen gewann.

Elisabeth besuchte »Tante Anna« häufig, und wenn sie nicht in Richmond war, war sie am Hofe und ließ sich das kecke Köpfchen von Heinrichs Rose ohne Dornen verdrehen, der unbedarften, leichtfertigen jungen Königin, die sie mit offenen Armen empfing. Noch nie war die Siebenjährige so beliebt gewesen, und sie verehrte das junge fröhliche Mädchen, das gerade achtzehn war, abgöttisch. Ein gutes Jahr sonnte sich der Hof in der Wärme von Katharina Howards Jugend, und es hieß nicht ohne Grund, der König habe endlich sein Glück gefunden. Wen immer Katharina begünstigte, der fand einen Platz in des Königs Kreisen; wen immer sie liebte, der gewann auch seine Zuneigung. Und Katharina liebte Elisabeth, das Kind ihrer Cousine, und machte kein Hehl daraus. Ein Ehrenplatz an der königlichen Tafel, die einer Prinzessin angemessene Garderobe und die Zuwendung des Vaters, den sie stets verehrt hatte – dies alles und mehr verdankte Elisabeth der jungen Stiefmutter, die ihr in aufrichtiger Freundschaft zugetan war. Die Herrschaft der Katharina Howard war der Höhepunkt in Elisabeths turbulenter Kindheit, ein einziges Fest, von dem sie, gleich ihrer unbekümmerten jungen Stiefmutter, glaubte, daß es niemals enden würde.

Die Lange Galerie war erfüllt von Sonnenlicht; es funkelte auf den massiven Edelsteinen, welche die gewaltige Brust und die dicken Finger des Königs schmückten.

Er war verschwitzt und atemlos bis zur Gereiztheit, als er sich wie ein schwerfälliger geköderter Bär über die Dielen schleppte und die zwei Gestalten beobachtete, die sich, ihn narrend, immer weiter von ihm entfernten. Er hatte keine Hoffnung, sie einzuholen in dem Wettlauf, auf dem er zum Beweis seiner Verjüngung bestanden hatte, und just als er dies dachte, drehte Elisabeth sich um; er erwiderte ihren kühlen, abschätzenden Blick und wußte, daß auch sie es wußte.

Gleich darauf lag sie der Länge nach in den schmutzigen Binsen. Die junge Königin schrie auf und lief eilends zurück, doch Heinrich erreichte seine Tochter zuerst, hob sie mühelos mit einer Hand auf und zupfte ihr mit müßigen Fingern das Stroh vom Mieder. Seine Augen hatten einen eigenartigen Ausdruck, als er ihr Kinn hob und sie langsam, bedächtig auf den Mund küßte.

Anne!

Elisabeth schauderte. Er ließ sie los.

»Hast du dir weh getan?« fragte Katharina, ihren Arm fassend.

»Sie hat sich nicht weh getan«, sagte Heinrich kühl. »Sie hat gut gelernt, wie man fällt.«

Elisabeth errötete unter seinem zwingenden Blick und murmelte, sie habe sich mit dem Fuß in ihrem Kleid verfangen.

Der König lächelte sie immer noch so seltsam, mit neckischer Zärtlichkeit, an. »Gib nur acht, Bess, auf diesen Fuß, er ist klug. Finde die passende Zunge dazu, und du bist ein Politiker.«

Katharina lachte hell auf. Ihr Lachen hatte einen liebevollnachsichtigen Klang, süß und oberflächlich wie sie selbst. »Ach, Mylord, sie spricht so gut, besser als ich. Was sollte an ihrer Zunge nicht recht sein?«

»Diese Zunge«, bemerkte Heinrich scharfsinnig, »ist wie der Dumme, der das Regiment führt, zu großspurig und allzu unverschämt. Sie würde selbst dem Teufel ebenso keck antworten wie mir, nicht wahr, mein Kind?«

»Gewiß, Sir.« Elisabeth blickte auf, ihre Augen waren schwarz und verwegen, keine Kinderaugen mehr. »Aber man könnte sagen, es ist dasselbe.«

Sie war zu weit gegangen. Sogar der unbedarften, taktlosen kleinen Katharina stockte der Atem, als des Königs Augen sich zu Schlitzen verengten und die Adern an seinen Schläfen schwollen.

Narrst du mich immer noch, du Teufelsdirne?

Elisabeths Blick flackerte und zerfiel zu einem verwirrten, tränenerfüllten, bernsteingelben Starren. Als Heinrich dies sah, wurde er weich.

Anne, du Metze, nur du konntest ein Kind gegen mich anführen!

Er berührte die bleiche Wange seiner Tochter. »Du hättest ein Knabe sein sollen«, sagte er leise. »Warum bist du kein Knabe? Warum?« fragte er vorwurfsvoll und wandte sich ab. Warum in Gottes Namen war das Mädchen nicht bei der Geburt gestorben wie ihr Bruder und ersparte ihm die fortwährende Tortur einer gräßlichen Erinnerung? Ihretwegen hatte er seine unsterbliche Seele verloren, und war auch die Mutter dafür gestorben, das Mädchen lebte weiter, um ihn zu martern, und sagte ihm mit jeder Bewegung ihres Körpers und jedem Blinzeln ihrer verwegenen, klugen Augen, daß sie, und nicht sein bleicher schwächlicher Sohn, der Erbe sei, den er sich wünschte.

Doch sie nützte ihm nichts. Frauen konnten nicht über Königreiche herrschen. Er hatte sein Leben um diesen simplen Grundsatz aufgebaut, hatte gemordet, um seinen Glauben daran zu rechtfertigen. Wenn er ihn jetzt in Frage stellte, machte er seine ganze Existenz zum Gespött. Alles, was er getan hatte, hatte er getan, um England vor einer unsicheren Weiberherrschaft zu bewahren. Seine größte Leistung als Mann und Monarch mußte Edwards Zeugung bleiben. Er konnte und wollte die Saat der Größe in Elisabeth nicht sehen: Der Gedanke machte ihn schwindlig.

Sie wird niemals Königin, redete er seinem rastlosen Gewissen ein; Edward wird heiraten und viele Söhne zeugen. Und nach Edward kommt Mary. Wenn ich sie wieder in die Erbfolge einsetze, wird Elisabeth niemals herrschen. Du vergeudest deine Seele umsonst, Anne. Sie wird niemals Königin. Deine Zeit ist um...

Der Trotz hob seine trübe Stimmung ein wenig; er ließ sich steif in einen Sessel fallen und winkte die Seinen zu sich heran. Sie setzten sich auf Kissen zu seinen Füßen. Es verschaffte ihm eine abartige Befriedigung, sie beisammen zu sehen, Annes Cousine und Annes Kind, beide sein, um mit ihnen zu verfahren, wie es ihm gefiel.

Elisabeth lehnte sich an sein Knie, ihre feuerroten Haare breiteten sich wie ein Seidenmantel über seinen Schenkel. Schönes Haar! Er liebte es, es zu streicheln und um seine Finger zu winden, während er sich schläfrig in dem großen Sessel rekelte und seine Gedanken, kleinen Kobolden gleich, zu den ersten wilden Tagen des Werbens um Anne zurückflitzten. Er hatte nie zuvor so geliebt und würde nie wieder so lieben. Anne war eine einmalige Erfahrung. Selbst heute noch, vier Jahre nachdem das Beil gefallen war, war er ein Gefangener in einem Käfig aus Erinnerungen, wenn sein Blick auf Elisabeth fiel. Die rotblonden Flechten gegen einen rabenschwarzen Schopf getauscht, hätte es Anne sein können, die da zu seinen Füßen kniete, dasselbe rasche Wenden des Kopfes, derselbe plötzliche Ausbruch spöttischen Gelächters. In gewissen Stimmungen oder in einem bestimmten Licht hätte er schwören können, ihre Bernsteinaugen seien schwarz; dann mußte er das Kind auf der Stelle fortschicken, wo immer sie waren, was immer sie taten, und es dauerte Tage, Wochen – einmal sogar ein ganzes Jahr –, bis er es ertrug, sie wieder anzusehen.

Doch nun war Katharina da, um die Flut seines zerstörerischen Verlangens einzudämmen und in ungefährlichere Gewässer zu lenken. Unter Katharinas sanfter Führung lernte er, seine Tochter als Kind zu lieben, und die nervenzerrüttenden Momente aus widerstreitendem Haß und ungebührlichem Begehren, die seine Fassung erschütterten, wurden seltener. Seine Hand wanderte von Elisabeths hellem Kopf zu Katharinas fülligem, weichem Schenkel unter ihrem steifen Kleid. Er kniff mit obszöner Lust hinein und begrüßte erfreut die in seinen Adern aufwallende heiße Begierde. Katharina befreite ihn von den Fesseln vergangener Schrekken; Schrecken, die zwar sein eigenes Werk, deshalb aber nicht weniger schrecklich waren. Es war immer dasselbe. Eine unschuldige Stunde mit Elisabeth und dann das plötzliche, wilde Verlangen, welches Katharina so süß befriedigte. Danach konnte er aus seinem Schlafgemach hervortreten, in Frieden mit der Welt und in Frieden mit Annes Kind.

Hastig schickte er Elisabeth mit einem Geldstück hinaus. Bei all seiner Lüsternheit besaß er eine eigentümliche, engstirnige Prüderie, was die Moral der Jugend betraf. Er wünschte seiner jüngeren Tochter dieselbe klösterliche Unschuld zu bewahren, welche seine ältere bis in die frühen Jungmädchenjahre umhüllt hatte. Lieber wäre er tausend Tode gestorben, als daß er sie sehen ließ, wie er Katharina liebkoste.

Elisabeth knickste und lief ans andere Ende der Galerie, wo ihre Erzieherin, Gleichgültigkeit vortäuschend, jedoch aus dem Augenwinkel alles beobachtend, diskret aus einem Fenster blickte.

»Eure Haube, Hoheit«, schalt die junge Frau, als sie wegeilten. »Wie oft habe ich Euch gesagt, Ihr sollt sie nicht abnehmen?«

»Der König hat sie abgenommen«, erwiderte Ihre Hoheit schnippisch, »weil Königin Katharina gesagt hat, meine Haare sind wie gesponnene Seide und zu schön, um sie dauernd zu verstecken.«

Die Erzieherin unterdrückte einen unwilligen Seufzer. Insgeheim hielt sie Königin Katharina für einen aufdringlichen kleinen Plagegeist, der nichts Besseres zu tun hatte, als anderen Leuten ihre Aufgaben unnötig zu erschweren. Sie würde Elisabeth mindestens eine Woche lang beschwatzen müssen, ehe sie sich wieder eine Haube aufsetzen ließ. Diese Verzärtelungen nach Jahren der Vernachlässigung machten das Kind schier unerträglich.

»Schaut mal.« Elisabeth hielt ihr auf dem Handteller das Goldstück hin. »Das hat mir der König geschenkt, damit ich mir Bänder kaufen kann. Was wird Jane dazu sagen?«

»Nein, Madam«, erwiderte die Erzieherin streng, »Ihr dürft Eure Cousine nicht damit hänseln. Das arme Kind erhält weiß Gott nichts als Prügel von seinen Eltern.«

Elisabeth verzog das Gesicht. Sie war es leid, auf Lady Jane Greys Gefühle Rücksicht zu nehmen. Sie wünschte, sie würde wieder nach Hause gehen, wohin sie gehörte. Aber sie konnte wenigstens ihren kleinen Bruder Edward neidisch machen...

»Gebt mir das Geldstück, und seid kein kleiner Quälgeist«, sagte die Erzieherin, die Elisabeths Miene richtig deutete.

Elisabeth duckte sich unter ihrem Zugriff und lief davon. Nichts auf der Welt sollte ihr ihren einmaligen Triumph nehmen. Sie stieß die Tür zum Schulzimmer auf und blieb stehen, da sie an der verhaltenen kindlichen Stille sogleich die Anwesenheit von Eindringlingen spürte. Vor dem Kamin stand ein auf arrogante Art hübscher Mann, breitbeinig, die Hände hinter dem Rücken verschränkt, in der herrischen Pose, die auch der König so gerne einnahm. Sie kannte ihn flüchtig als Sir John Dudley, einen Emporkömmling am Hof, aber die zwei schmollenden Knaben, einer dunkel und einer blond, hatte sie noch nie gesehen.

»... zusätzlich zu der unschätzbaren Ehre der Gesellschaft Seiner königlichen Hoheit«, fuhr der Herr in dem kühlen Ton dessen fort, der sich rüde unterbrochen sieht, »dürft Ihr Bekanntschaft machen mit Ihrer Hoheit, Lady Elisabeth.«

Die ironische Betonung der letzten Worte entging weder dem Mädchen noch der aufgeregten Erzieherin, die mit der fehlenden Kopfbedeckung herbeikam und sie gereizt und hastig befestigte. Der größere Knabe – der dunkle – unterdrückte ein belustigtes Kichern und empfing von seinem Vater einen unsanften Puff in den Nacken. »Benimm dich, Robert! Verbeuge dich vor Ihrer Hoheit – du auch, Guildford.«

Die Knaben taten wie geheißen, und Elisabeth antwortete mit dem oberflächlichsten Knicks, den sie je gesehen hatten.

Als Dudley fort war, nahm Guildford auf dem Fenstersitz neben Lady Jane Grey und dem kleinen Prinzen Platz, dessen schüchternes Lächeln Wohlwollen ausdrückte. Robert und Elisabeth aber rührten sich nicht vom Fleck. Mitten im Raum standen sie und starrten sich an wie zwei junge Füchse aus feindlichen Rudeln. Spontane Feindschaft und widerwilliges Interesse pulsierten zwischen ihnen in der Luft. Plötzlich und heftig wie ein Wetterleuchten wurde die Flamme einer langen, langen Kerze entzündet, die fast ein halbes Jahrhundert brennen sollte.

3

König und Höfling standen auf vertraulichem Fuße, und John Dudley hatte geschickt die erste Gelegenheit ergriffen, zwei seiner Söhne in die Gesellschaft der königlichen Kinder einzuschleusen. Er schloß die Schulzimmertür zufrieden hinter sich, überzeugt, einen schlauen Schachzug getan zu haben. Aber die erste Begegnung war kein Erfolg; er wußte es in dem Augenblick, als die beiden Knaben eine Stunde später in sein Kabinett geschlichen kamen. Guildford lehnte sich vertrauensvoll an seine Schulter. »Wir müssen da nicht wieder hin, nicht wahr, Vater? Sie kann uns nicht leiden.« Ein scharfsinniger Mann wie Dudley brauchte nicht zu fragen, wer sie sei. »Aber der kleine Prinz war doch nett zu euch?« fragte er gereizt. Bestätigung heischend, wandte er sich an Robert, und dabei entdeckte er eine böse Beule an dessen Stirn. Er erkundigte sich, woher sie stamme.

»Sie hat ihn mit einem Buch geschlagen«, piepste Guildford, »sie hat ihn ganz feste geschlagen.«

»Was?« brüllte Dudley, sie beide anfunkelnd. »Ist das wahr?«

Robert starrte zu Boden, sein Vater schüttelte ihn wütend. »Ist das wahr?«

»Ja, Sir.«

Dudley stieß ihn fluchend von sich. »Mein Sohn! Beim Himmel, wie ist das möglich? Kann ich euch denn keine fünf Minuten aus den Augen lassen?«

»Was ist ein kleiner Bastard?« fragte Guildford unvermittelt.

Dudleys Hand schoß vor und versetzte Robert eine schallende Ohrfeige. »Du Lümmel! Du Trottel! Du wirst doch nicht so dumm gewesen sein, sie so zu nennen!«

»So nennen sie doch alle«, murmelte der Knabe, ängstlich sein Ohr betastend.

Dudley schob resolut die Hände hinter den Rücken und schritt zum Fenster. Es stimmte natürlich – aber sie sagten es ihr nicht ins Gesicht! Er malte sich die Szene aus. Und trotz seiner Verärgerung kräuselten sich seine Lippen plötzlich unter seinem gestutzten Schnurrbart. Er sah seinen Sohn an. »Womit hat sie dich geschlagen?«

»Mit der Bibel, Sir, glaube ich.«

Dudley lachte auf. »Es gibt gewiß schlimmere Methoden, das Wort Gottes zu verbreiten.« Er trat zu seinem Sohn und rieb ihm mit rauher Zärtlichkeit das rote Ohr. »So! Die kleine Dame hat bei dir einen bleibenden Eindruck hinterlassen, wie? Willst du dich vom Schlachtfeld zurückziehen oder noch einen Tag länger kämpfen?«

Robert hob den Kopf und erwiderte ohne Groll das Lächeln seines Vaters. »Wenn es Euch gefällt, Sir, ich möchte lieber kämpfen.«

»Das dachte ich mir.« Dudley legte dem Knaben eine Hand auf die Schulter und führte ihn zur Tür. »Hör auf meinen Rat und überlasse die Kränkungen den Weibern, Robert. Eine scharfe Zunge ist die einzige Waffe, die sie haben. Ziehe dein Schwert und zeige ihr, aus welchem Holz ein Dudley geschnitzt ist. Ich denke, wenn ihr zwei euren Kampf ausgefochten habt, werdet ihr die besten Freunde.«

Dudley war ein klug vorausschauender Mann; binnen einem Monat suchte Robert Elisabeths launische Gesellschaft. Das Mädchen war schlagfertig und scharfzüngig und mehr zu Schabernack aufgelegt als alle Knaben, die er kannte. Er schämte sich nicht, sie Freundin zu nennen, und zum Zeichen seiner Achtung erlaubte er ihr den Zutritt zu seinem Geheimversteck in den Büschen von Hampton Court.

»Nicht sehr geräumig, was?« beklagte sie sich. Sie saßen dicht nebeneinander, ihr Kleid bauschte sich über seinen schmutzigen Stiefeln.

»Groß genug«, gab er verstimmt zurück. »Du hattest doch wohl kein Gelaß erwartet?«

Sie betrachtete den Mittelast. »Hält der alles zusammen?«

»Ja – *nicht*!«

Sie schaukelte mit ihrem ganzen Gewicht auf dem Ast, und eine Sekunde später krachte die brüchige Konstruktion über ihnen zusammen.

»Gemeine Ratte!« stieß er hervor. »Du hast es kaputtgemacht.«

»Das konnte ich nicht ahnen«, sagte sie unschuldig. »Ich bin nur ein Mädchen.«

Etwas besänftigt setzte er sich wieder, nachdem er zuvor in denTrümmern einen Pfad freigeräumt hatte.

»Ich baue ein besseres«, verkündete sie. »Hilfst du mir?«

»Nein«, schmollte er. »Warum sollte ich?«

Sie stieß ihn mit dem Fuß. »Dann geh mir aus dem Weg, du sitzt im Eingang.«

Den ganzen Nachmittag saß er und sah spottend zu. Als sie fertig war, war er baß erstaunt. Das Versteck war um mehr als die Hälfte größer als zuvor. Mit triumphierend geröteten Wangen trat sie zu ihm. »Gut, nicht?« meinte sie bescheiden.

»Ganz ordentlich fürs erstemal. Aber es wird nicht halten. Ein Windstoß, und es bricht zusammen.«

Sie lächelte. »Abwarten.«

Elastisch wie ein Spinnengewebe stand das Gebilde Woche um Woche, es trotzte den Gesetzen der Schwerkraft und etlichen Stürmen. Sie gingen oft hin, hielten den Atem an, wenn Heinrichs Höflinge nur wenige Schritte entfernt auf und ab wandelten, wurden aber nie entdeckt, nicht einmal von Guildford Dudley, der sie vergeblich stundenlang suchte.

»Stell dir vor«, sagte Robert an einem kalten Oktobermorgen, als sie auf seinem Mantel saßen, weil das Gras feucht war. »John hat gestern nacht eine Küchenmagd mit in unser Schlafzimmer gebracht. Ich hab gesehen, wie er sie genommen hat.«

»Wohin hat er sie genommen?«

»In sein Bett natürlich. Du glaubst doch nicht, sie hätten es auf dem Fußboden gemacht wie die Bauern?«

Ihr Gesicht nahm einen verständnislosen, fragenden Ausdruck an, und die Erleuchtung traf ihn wie ein köstlicher Blitz: Sie wußte nicht alles! »Soll ich dir erzählen, wie ein Mann einer Frau beiwohnt?« erbot er sich großspurig.

»Vielen Dank«, wehrte sie steif ab, »das weiß ich schon.«

Er sah sie nachdenklich an. »Das glaube ich nicht«, sagte er bedächtig. »Du weißt es nicht, nicht wahr? Du hast keine Ahnung. Du – autsch!«

Sie hatte seinen kleinen Finger gepackt und zurückgebogen. »Sagt mir doch, großmächtiger Herr Dudley, der Ihr nicht einmal das simpelste lateinische Substantiv deklinieren könnt – sagt mir, was Ihr wißt, falls Ihr überhaupt etwas wißt.«

Er entzog ihr seinen Finger und sah sie listig an. »Wissen ist teuer«, sagte er. »Was ist es Hoheit wert?«

Sie überlegte einen Moment. »Ich mache dir morgen deine Lateinübersetzung.«

»Übermorgen auch?«

»Meinetwegen!« sagte sie unwirsch. »Und nun heraus damit.«

Als er ihr alles erzählt hatte, was sie wissen mußte, stupste sie ihn höhnisch an. »Ich glaube dir nicht. So ist die Liebe nicht. Wer mag etwas so Abstoßendes tun?«

»Es ist wahr«, sagte er aufgebracht, »ganz bestimmt. Sogar Könige und Königinnen machen es so.«

Sie errötete bis in die Haarwurzeln. »Das tun sie nicht! Mein Vater und Königin Katharina machen so etwas nicht!« Unvermittelt begann sie heftig zu weinen. »Ich hasse dich, Robert Dudley, ich hasse dich. Geh weg!«

Sie sprachen eine Woche nicht miteinander, eine lange, spannungsvolle Woche, in welcher die jüngeren Kinder, die Feindseligkeit zwischen den beiden rasch erspürend, sich betont auf Elisabeths Seite schlugen; die Erfahrung hatte sie gelehrt, daß dies das klügste war. Es war Roberts erste Erfahrung königlicher Ungnade, und er fand sie so unbehaglich und demütigend wie die spätere Lebenswirklichkeit. Die einzige Aufmerksamkeit, die ihm im Schulzimmer zuteil wurde, war die des Hauslehrers, und die war ihm unwillkommener denn je.

»Ich bin ein geduldiger Mensch, Herr Robert«, sagte der Lehrer salbungsvoll, ein eselsohriges Stück lateinischer Prosa examinierend, »aber einmal kommt die Zeit, da unvergoltene Langmut und Disziplin sich nicht mehr vertragen. Wollt bitte die Güte haben, mich unverzüglich ins Nebenzimmer zu begleiten.«

Die Kinder machten große Augen, als Robert sich erhob und mit gespieltem Gleichmut hinter dem Lehrer drein schlenderte, aber nur Elisabeth blickte von ihrer Arbeit auf, als er mit zusammengebissenen Zähnen zurückkehrte. Sie sah ihn bedächtig zum Fenstersitz gehen und sich vorsichtig auf einem Kissen niederlassen. Sie rutschte von der Holzbank und ging zu ihm. »Hat es weh getan?«

Er brachte die Zähne gerade genug auseinander, um ein »Nein« hervorzustoßen.

»Das dachte ich mir.« Sie kehrte zum Tisch zurück und holte das Stück Pergament, an dem sie gearbeitet hatte. »Hier, du kannst das abschreiben, wenn du willst.«

»Darf ich?« Seine Miene hellte sich auf. Er streckte die Hand aus, sie aber zog das Papier fort und sah ihn mit seltsamer, zurückgehaltener Erregung an. Ganz leise sagte sie: »Es ist nicht wahr, nein?«

Schweigend blickte er von ihrem Gesicht auf das Papier und verrückte sein schmerzendes Gesäß auf dem Kissen. »Nein«, sagte er schließlich, »es ist nicht wahr. Ich habe mir alles nur ausgedacht, um dich zu ärgern.«

Ihre Mundwinkel kräuselten sich langsam zu einem erleichterten Lächeln. »Lügner!« sagte sie und ließ das Papier neben ihn fallen.

Ihre Freundschaft heilte nach diesem Bruch, wie sie später wieder und wieder heilen sollte, und das Leben nahm seinen geordneten Gang mit Lernen und Spiel, und keine Warnung, kein Vorzeichen ließ die Tragödie ahnen, die keinen Monat mehr fern war.

Im November kam der heitere Spätsommer von des Königs fünfter Ehe mit einer Gewalt zur Eruption, die mehrere Leben vernichtete.

Der König war das erste Opfer. Als der Erzbischof ihm beim Morgengottesdienst das Papier in die feiste Hand drückte, glaubte er, sein Kopf müsse vor Wut und Gram zerspringen. Andere hatten seine Rose geliebt, gleichzeitig mit ihm. Er las Namen und Daten – Gott, sie sollten dafür büßen.

Der Winter senkte sich herab wie der Vorhang auf eine Bühne, und die Höflinge, von eisiger Furcht berührt, scharten sich zu Gruppen zusammen, die über die Vergehen der kleinen Königin tuschelten. Im vergessenen Schulzimmer herrschte entsetztes Schweigen. Aus der Höhe seines überlegenen Wissens herab hatte Robert Dudley den Jüngeren »Ehebruch und Hochverrat« erläutert. Mehr gab es nicht zu sagen; alle wußten, was nun geschehen würde. Doch auf die Schreie war niemand gefaßt. Einer nach dem anderen zitterten sie durch die Galerie von Hampton Court; aus blindem Entsetzen geborene Schreie hallten durch den Palast an dem Tag, als Katharina Howard versuchte, den König zu erreichen und um ihr Leben zu betteln. Die unmenschlichen Schreie gellten durch das Schulzimmer, wo Robert Dudley, als er Elisabeth anstarrte, einen Blick sah, den er nie wieder in einem menschlichen Antlitz zu sehen wünschte. Plötzlich mischten sich die Schreie mit den Rufen und Schritten der Wachen. Katharina hatte den König in der Kapelle fast erreicht, als man sie ergriff und die immer noch Schreiende fortzerrte. Sie sah den König nie wieder. Es gab keine Verhandlung. Sie wurde des Hochverrats bezichtigt und für schuldig befunden, und am 13. Februar 1542 folgte die kleine Katharina Howard Anne Boleyn auf den Richtblock.

Die Uhr im Schulzimmer tickte gleichmäßig, Leben und Unterricht gingen weiter. Katharinas Tod hatte bei den Brüdern Dudley keinen nachhaltigen Eindruck hinterlassen, und der kleine Prinz war jung genug, um eine unerfreuliche Erinnerung unter den täglichen Anforderungen zu begraben. Elisabeth aber hegte eine eigentümliche Zwangsvorstellung von der Galerie, die zur königlichen Kapelle führte. Sie schnappte gläubig schauerliche Gesprächsfetzen auf und schmückte sie zu Geschichten aus, daß die jüngeren Kinder furchtsam große Augen machten. »In der Galerie spukt es!« sagte sie mit grimmiger Bestimmtheit. »Deshalb traut sich niemand, allein im Dunkeln dort entlang zu gehen.«

Das Schweigen, das dieser Bemerkung folgte, währte etwa zehn Sekunden, bis Robert Dudley spöttisch meinte: »Vater sagt, es gibt keine Gespenster. Und selbst wenn es sie gäbe, ich würde mich nicht fürchten, im Dunkeln auf die Galerie zu gehen!«

»Heute nacht«, sagte Elisabeth leise, »wollen wir sehen, wie tapfer du bist.«

In ihre zobelbesetzten Schlafröcke gekuschelt, die kalten Füße in samtenen Hausschuhen, standen sie in der stillen Galerie; ihre riesigen Schatten breiteten sich hinter ihnen über die getäfelte Wand. »Mir gefällt's hier nicht, Rob«, flüsterte Guildford Dudley zitternd.

»Du wolltest ja unbedingt mitkommen«, fuhr ihn sein Bruder an, dem es hier auch nicht gefiel, was er jedoch mitnichten zugeben wollte.

»Fürchtest du nicht, wir könnten sie sehen?«

»Niemand hat sie je gesehen. Es heißt bloß, daß man hier nachts ihre Schreie hören kann.«

Schaudernd rückten sie stumm näher zusammen. Am anderen Ende der Galerie sahen sie das tänzelnde Licht einer einzelnen Kerze. Es hielt einen Augenblick an der Kapellentür inne, wo man die Königin festgenommen hatte, dann kam es langsam, flackernd näher. In ihrem langen weißen Nachtkleid, in dem Licht, das auf ihrem blassen Gesicht schimmerte und auf ihren roten Haaren funkelte, wirkte Elisabeth selbst wie ein kleines Gespenst. Guildford umklammerte den Arm seines Bruders und wurde unsanft abgeschüttelt. »Sei kein Narr, Gil.«

»Ich will umkehren, Robert, ich fürchte mich!«

»Angsthase«, sagte Elisabeth spitz, als sie bei ihnen anlangte. »Wozu hast du ihn mitgebracht?«

»Ich habe ihn nicht mitgebracht«, versetzte Robert wütend, »er ist mir nachgelaufen, immer läuft er einem nach, wie ein blödes Schaf.«

Guildford schniefte leise in seinen pelzverbrämten Ärmel. Elisabeth wandte sich unwillig ab; sie stellte ihre Kerze hin und setzte die kleine Puppe daneben, die sie unterm Arm trug. Dann schlug sie das Kreuzzeichen über der Flamme und begann leise auf lateinisch zu sprechen. Sie verstanden nicht, was sie sagte, aber sie sah unheimlich aus wie eine Hexe, die eine Beschwörungsformel wiederholt, so daß Guildford allen

Ernstes losschluchzte. »Ich will umkehren, ich will umkehren. Robert, komm mit mir.«

»Ich kann sie hier nicht allein lassen«, versetzte Robert hitzig. »Sie ist bloß ein Mädchen. Nimm meine Kerze und kehre um, wenn du willst, aber gib acht, daß die Wachen dich nicht sehen.«

Guildford floh stumm über den Korridor, und kurz darauf trat Robert zu Elisabeth und berührte ihren Arm. »Was tust du da?« fragte er beklommen, »was hast du vorhin gesagt?«

Sie hob die Kerze auf und blickte ihn durch die zuckende gelbe Flamme an. »Ich sagte, daß ich nie heiraten werde.«

Er lachte. »Warum hast du das gesagt?«

Sie blickte die verlassene Galerie entlang und schauderte. »Weil es mein Ernst ist.«

»Oh«, sagte er bedrückt. Er hob die Puppe auf und drehte sie verwundert in den Händen. »Warum spielst du damit? Sie ist ja entzwei!«

»Sie ist nicht entzwei!« sagte Elisabeth in seltsamem Ton und nahm ihm die Puppe fort.

»Freilich ist sie entzwei«, beharrte er. »Sie hat keinen –« Das Wort erstarb ihm auf den Lippen, als er Elisabeths Gesicht sah. Sie nahm Puppe und Kerze und ging die Galerie hinunter. Er war gezwungen, ihr zu folgen, wollte er nicht im Dunkeln allein bleiben.

Monate vergingen. Der König hielt nach einer neuen Gemahlin Ausschau. Sein Auge fiel auf die Witwe Katharina Parr, die ängstlich über die Bankettafel hinweg Tom Seymours Blick suchte und hastig wegsah. Der König beobachtete das fesselnde Spielchen und wußte plötzlich, daß er gefunden hatte, wonach er suchte. Er bewunderte seines Schwagers Geschmack bei Frauen und tat alsbald seine Absichten kund. Er genoß zudem die Gelegenheit, Tom, diesem berüchtigten Weiberhelden, eine Frau auszuspannen.

Der König ehelichte Katharina Parr, und Elisabeths Lieblingsstiefonkel Tom Seymour suchte im Ausland Zuflucht. Es dauerte beinahe drei Jahre, bis er es für angezeigt hielt, an den Hof zurückzukehren, einen Hof, der unter der Herrschaft eines kränkelnden Königs wie gelähmt war. Tom spürte die gedrückte Atmosphäre gleich bei seiner Ankunft, und sein keckes Lachen huschte wie ein frischer Luftzug durch die Korridore. »Er ist wieder da!« sagten die erfreuten Blicke aller unverheirateten Mädchen bei Hofe. »Er ist wieder da!« sagte seines Bruders finsteres, unwilliges Starren. »Er ist wieder da!« sagte des Königs mißgünstiges Auge, als es über die gebräunte Gestalt schweifte und Heinrich sich neidvoll besann, wie viele Jahre vergangen waren, seit er selbst so ausgesehen hatte.

Die neue Königin faltete die Hände im Schoß und wandte bedachtsam den Blick ab, aus Furcht, sich zu verraten, wenn sie Tom allzu offen ansähe. Es waren die längsten drei Jahre ihres Lebens gewesen, voller Unruhe und Besorgnis, die sie hatten altern lassen. Sie war nicht mehr die lustige, lachende Witwe, die sich der König einst erkoren hatte. Arme Kate! dachte Tom.

Freudig begab sich Tom Seymour in die Gemächer der königlichen Kinder; er schritt über die vertrauten Korridore, ein wie ein Höfling gekleidetes Äffchen auf der Schulter wiegend, allerlei ausländischen kindlichen Tand in den Händen. Sie umtänzelten ihn mit ungebührlichem Entzücken, überschütteten ihn mit einer Woge echter Zuneigung, die sein Herz rührte.

»Zurück, ihr kleinen Geier! Mein Lebtag habe ich keine so habgierige Bande gesehen!« Er lud sich Edward auf die Schulter und tollte im Zimmer umher, bis der Kleine vor Vergnügen krähte. Seltsam, wie sehr er gerade diese zusammengewürfelte Schar junger Geschöpfe vermißt hatte, den blassen, zarten kleinen Prinzen, die ernsten Schwestern Grey und das »kleine Balg«. Schließlich fiel sein Blick auf die Knaben, die vergessen am Rande standen. Wer waren die Burschen? Ja, richtig, er erinnerte sich, die gehörten zu Dudleys Brut. Der Mann war gerissen, er schielte immer nach der nächsten Sprosse der Leiter. Was steckte hinter der scheinbar harmlosen Anwesenheit dieser zwei verwirrten hübschen und gutgebauten Burschen? Zwei Knaben – und drei Mädchen zur Auswahl, Lady Jane, Lady Katharina und Lady Elisabeth. Gütiger Himmel, so ein intriganter Teufel! War es möglich, daß der König nicht sah, was Dudley im Schilde führte?

Tom drehte sich mit unfrohem Lächeln um. Er hatte seine eigenen Pläne mit den königlichen Kindern. Dudley sollte ihm mit seinen gierigen Langfingern nicht in die Quere kommen. Toms zorniger Blick fiel plötzlich auf Elisabeth; er starrte sie erschrocken an, als sähe er sie zum erstenmal. Das kecke Kind, das er vor drei Jahren verlassen hatte, gab es nicht mehr, statt seiner sah er ein Mädchen auf der Schwelle zur Frau, mit ihren ungewöhnlichen Farben und der schlanken Gestalt recht ansehnlich; nicht gerade hübsch zu nennen, doch geheimnisvoll-apart. Sie war hinter seinem Rücken erwachsen geworden. Zum erstenmal seit drei Jahren vergaß er die Frau, die er an den König verloren hatte, und dachte, wie überaus reizvoll es sein könnte, sich einer anderen zu erfreuen. Sie mußte jetzt zwölf Jahre alt sein, etwas jung für die Ehe, gewiß, aber sie lernte bekanntlich schnell, und war er nicht ein kundiger Lehrer?

Aber wie sollte er es am besten angehen? War es klug, dem König eine solche Heirat anzutragen, der noch jüngst einen Rivalen im Schlafgemach in ihm sah? Er hatte drei Jahre gewartet – er konnte noch etwas länger warten und sie zur Frau heranreifen sehen. Er hatte immer eine Schwäche für das Balg gehabt, und ihr den Hof zu machen würde eine famose und womöglich höchst einträgliche Kurzweil sein.

Plötzlich entstand ein Tumult, und er blickte gerade rechtzeitig auf, um das Äffchen, durch so viele Fremde verschreckt, schnatternd vor Angst den nächsten Wandteppich emporflitzen zu sehen.

»Robert holt ihn herunter«, hörte er Elisabeth neben sich sagen. »Tiere haben ihn gern; mit einem Pferd kann er alles anstellen.«

Tom musterte den Knaben feindselig. Die Wärme in ihrer Stimme behagte ihm ebensowenig, wie die hübschen Züge des Burschen.

»Ihr habt ihn gern, nicht wahr?« bemerkte er, bemüht, seiner Stimme die Gereiztheit nicht anmerken zu lassen.

Elisabeth errötete. »Ach – nicht besonders.«

Nun war er erst recht beunruhigt. Dies war das erste Mal, daß er die Wangen dieser kecken jungen Dame dermaßen erröten sah. Ihr schuldbewußter Blick erzürnte ihn. Er war offensichtlich keinen Tag zu früh heimgekehrt. Er legte Elisabeth eine Hand auf die Schulter und hob ihr Kinn. »Ruft Eure Erzieherin, wir reiten zusammen aus.« Als sie zur Tür gingen, vertrat Robert ihnen den Weg und reichte Tom mit arroganter Geste den Affen. Die Miene des Knaben drückte Ablehnung aus. »Vergeßt Euren Affen nicht, Sir.« Dabei sah er Elisabeth vielsagend an.

Tom klopfte ihm unsanft auf die Schulter. »Behaltet ihn lieber, junger Mann. Er wird sich in Eurer Familie gewiß sehr wohl fühlen.«

Elisabeth lachte. Sie legte ihre Hand auf Toms Arm, und wütend und eifersüchtig sah Robert sie den Korridor entlanggehen, den schmucken Höfling und das fast erwachsene Mädchen, deren Silhouetten sich gegen das helle Sonnenlicht abhoben.

Die zunehmende Verschlechterung seiner Gesundheit veranlaßte den mißlaunigen König, die Schuld an seinen sich täglich mehrenden Beschwerden bei seiner Gemahlin zu suchen, und er begann auf ihre Feinde zu hören, die ihren Sturz im Sinn hatten. Und bald verbreitete sich am Hof das Gerücht, daß der König der verwitweten Herzogin von Suffolk sehr zugetan sei. Elisabeth wappnete sich gegen eine neue Tragödie, denn auch diese Königin war unendlich gütig zu ihr gewesen, so daß sie sie langsam, gegen ihren Willen, liebgewann.

Das Warten wurde unerträglich, bis die Gerüchte am Ende das Schreckliche meldeten: Der König habe eine Verfügung zur Festnahme und Vernehmung Katharina Parrs unterzeichnet. Bald werde er seine siebte Gemahlin nehmen.

Die furchtbare Nachricht streckte Katharina mit einem hysterischen Anfall, der den Palast erschütterte, auf ihr Bett nieder. »Was zum Teufel hat dieser infernalische Lärm zu bedeuten?« wütete der König, der mit zunehmender Gereiztheit den entsetzlichen Schreien lauschte, welche aus den angrenzenden Gemächern hallten. »Das hört sich an wie ein Tier in der Falle.«

Der verschreckte Doktor hielt mit dem Befestigen eines Verbandes am Bein des Königs inne und begegnete dem scharfen Blick seines Gebieters. »Majestät, das ist die Königin, die weint.«

»Die Königin?« tobte Heinrich. »Was zum Teufel fehlt dem Weib? Ist mir in meinem Krankenzimmer keine Ruhe vergönnt?«

Schweigen herrschte im Gemach. Niemand wagte ihm in die Augen zu blicken. Heinrich lehnte sich in seinem schweren Sessel zurück und funkelte sein Gefolge böse an. Was hatte dies zu bedeuten? Hatte ein Dummkopf geplappert, ehe er es für angezeigt hielt, die Falle zuschnappen zu lassen?

Wenn er es recht bedachte, war er vielleicht etwas voreilig gewesen. Er war heute bei schlechter Gesundheit und hätte seine Gemahlin gerne um sich gehabt. Er ließ sich in dem großen Rollstuhl, der neuerdings stets vonnöten war, wenn er seine massige Gestalt durch den Palast zu wälzen wünschte, an ihr Bett befördern und bereinigte das Mißverständnis. Und als der Kanzler am nächsten Morgen mit vierzig Hellebardieren anmarschierte, um die Königin festzunehmen, wurde der Unglückliche mit königlichem Wutgebrüll attackiert. Er zog sich rasch zurück und erkundigte sich erzürnt, wieso man ihn nicht verständigt hatte, daß der König und die Königin wieder »gut Freund« seien. Er beklagte sich bitterlich beim Bischof, der ihm achselzuckend riet, seine Zeit abzuwarten; es würde sich gewiß noch Gelegenheit bieten, sich Katharina Parrs zu entledigen. Mit verzagter Spannung beobachtete Elisabeth den Wettlauf mit der Zeit und betete mit grimmiger Verzweiflung, Gott möge ihren Vater zu sich nehmen, ehe dieser es sich anders überlegte.

Und Gott erhörte sie. Mit feiner Ironie sagte Heinrich auf dem Sterbebett zu seiner Gemahlin: »Es ist Gottes Wille, daß wir scheiden!« Sie kniete nieder und weinte nicht sehr überzeugend, und wäre ihm noch so viel Kraft geblieben, hätte er lachend zu ihr gesagt, sie solle nicht die Heuchlerin spielen, es stünde ihr nicht zu Gesicht. Und so schieden sie in Freundschaft. Tom Seymour wartete vor dem Gemach, als sie herauskam. Er hatte einen seltsamen, abwesenden Blick, den sie zu verstehen glaubte; sie hütete sich, im Vorübergehen zu lächeln.

So starb der alte Löwe. Nachdem er mit der einem

Despoten eigenen Mißachtung der Logik *beide* Töchter wieder in die Erbfolge eingesetzt hatte, schied Heinrich Tudor von dieser Welt.

Überwältigt von der Nachricht, er sei König von England, suchte ein kleiner Knabe Zuflucht bei seiner jüngeren Schwester. Edward weinte so jämmerlich, daß Elisabeth selbst die Tränen kamen, und Lord Hertford, der die zwei eifersüchtig beobachtete, beschloß, sie müßten augenblicklich getrennt werden; ihm behagte ihr Einfluß auf den Knaben nicht. Binnen einer Woche befand sich Elisabeth mit ihrer Stiefmutter im Chelsea-Palast.

Von dem Augenblick an, da Heinrich sein Leben aushauchte, hatte Hertford die Führung übernommen. Dem letzten Willen des Königs gemäß wurde ein Regentschaftsrat eingesetzt, solange sein Sohn unmündig war. Hertford hielt den Tod des Königs drei Tage geheim. Unterdessen manipulierte er die rechtlichen Dinge, und am Ende war er Lordprotektor des Königreichs und alleiniger Vormund des kleinen Königs. Im Februar war er Herzog von Somerset und hatte den gesamten Rat unter Kontrolle. Irgendwann, während er die Macht an sich riß, erinnerte er sich seines jüngeren Bruders Tom und schob ihm den Posten des Lordadmirals zu, damit er sich stillhielt.

Als die Nachricht verkündet wurde, lehnte sich John Dudley auf seinem Stuhl an der Tafel der Ratsversammlung zurück und bohrte zierlich mit einem elfenbeinernen Zahnstocher in seinen Zähnen, um ein Lächeln der Genugtuung zu verbergen. Er hatte Toms mörderischen Blick gesehen und war zufrieden. Die Seymours würden sich gegenseitig auf den unvermeidlichen Pfad der Selbstzerstörung treiben. Und wenn der Machtkampf zwischen des Königs Onkeln vorbei wäre, würde es reiche Beute geben für jeden, der Lust darauf hatte und sie zu nehmen verstand.

Tom konnte es sich leisten, noch etwas länger auf den Löwenanteil zu warten.

4

Tom Seymour hatte die letzten fünf Jahre damit zugebracht, auf den Tod des Königs zu warten. Und als es nun soweit war, sah er sich von seinem aufgeblasenen älteren Bruder, der selbstgerecht unter dem Deckmantel des Lordprotektors einherstolzierte, um seine Rechte betrogen. Schleunigst suchte er zu festigen, was von seinem eigenen Einfluß übrig war. Beiläufig, als handele es sich um eine unbedeutende Kleinigkeit, brachte er seine Vermählung mit Prinzessin Elisabeth vor dem Rat zur Sprache. Sie wurde kategorisch und wütend abgelehnt, und selbst Tom sah ein, daß jedes weitere Beharren auf der Angelegenheit den sicheren Tod bedeutete. Nichtsdestoweniger machte er Elisabeth einen Antrag, nur um des Vergnügens willen, ihre Reaktion zu beobachten. Er wurde herb enttäuscht. Unter seinen kosenden Händen war sie prüde und hölzern wie eine Puppe; sie habe weder das Alter noch die Absicht zu heiraten, beschied sie ihn. Er ahnte nicht im mindesten, warum sein Antrag sie so in Wut versetzte, las er doch jedesmal, wenn sie ihn verstohlen ansah, stumme Verehrung in ihrem Blick. Gekränkt und mißgestimmt ritt er von dannen, um seinen Ärger in Malvasierwein zu ertränken.

Sie hat mich zuruckgewiesen! Das kleine Balg besaß die Unverfrorenheit, mich zurückzuweisen!

An diesem Abend ging er so betrunken wie noch nie in seinem Leben zu Bett, doch am Morgen hatte er das Ganze fast vergessen. Die bittere Wirklichkeit ließ ihm wenig Zeit, seinen verletzten Stolz zu nähren. Mit jedem Tag, den er vergeudete, festigte sein Bruder seine erschlichene Stellung ein wenig mehr. Konnte Tom auch keine Prinzessin haben, so blieb ihm immer noch die Königinwitwe, gewiß keine geringe Errungenschaft. So ritt er denn Abend für Abend zum heimlichen Stelldichein zum Palast, doch nun war es nicht Elisabeth, die er in windgepeitschter Finsternis an der Hinterpforte traf. Er nahm Katharina mit Wonne und reinen Gewissens in Besitz; wenige Wochen später wurden sie ohne Einwilligung des Rates heimlich getraut. Sobald sie vermählt waren, überredete er seine Gemahlin, es ihm allein zu überlassen, Elisabeth die Nachricht zu überbringen.

»Aber Tom, meinst du nicht, es wäre vielleicht besser –«

»War ich nicht immer ein erfolgreicher Diplomat?«

»Gewiß, aber –«

»Dann darfst du diese delikate Angelegenheit unbesorgt meinem Geschick überlassen.«

Eine Stunde später knickste Elisabeth gehorsam vor ihrem frischgebackenen Stiefvater, die Augen niedergeschlagen, mit hölzernem Gesicht, den Körper steif vor kaum verhohlenem, rasendem Kummer. Sie wirkte plötzlich so jung, daß ihn fast die alte Zärtlichkeit überkam – fast, nicht ganz. Ihre Zurückweisung hatte die Festen seines Selbstvertrauens erschüttert und ihm ein fremdes Spiegelbild von sich gezeigt – einen seines Glanzes beraubten Helden, der mit fünfunddreißig Jahren den ersten Schmelz männlicher Jugend eingebüßt hatte und nicht mehr jede Frau eroberte. Er wollte das Beste daraus machen. »Ihr seid mir ausgewichen«, bemerkte er selbstgefällig.

»Mylord schmeicheln sich«, stieß sie zwischen zusammengebissenen Zähnen hervor, »weshalb sollte ich mich solcher Mühe unterziehen?«

»Ja, weshalb«, spöttelte er. »Es sei denn, Ihr seid eifersüchtig auf meine Heirat. Obwohl ich nicht wüßte, warum, nachdem Ihr mich abgewiesen habt.«

Sie hob betont gleichgültig die Schultern. »Hätte ich gewußt, daß der Lordadmiral zur Auktion anstand, hätte ich mich vielleicht überreden lassen, für ihn zu bieten.«

Er lächelte. Er liebte eine spitze Erwiderung, sofern es ihn nichts kostete, sie anzuhören. »Was habt Ihr für eine ungezogene, grausame Zunge – und das entsprechende Temperament! Lernt eine Lektion von Eurer Mutter, meine kokette Kleine, nämlich weniger überzeugt nein zu sagen, wenn Ihr wünscht, daß Eure Freier ein zweites Mal an Eure Tür klopfen.«

Sie riß sich von ihm los und lief, ihn wehmütig-belustigt zurücklassend, hinaus. Fünf Minuten später rauschte Katharina erregt durch die Tür. »Ich hab's gesagt, ich hab's gesagt – ich hätte es ihr selbst mitteilen sollen – ach, Tom, was hast du ihr angetan?«

»Nichts«, versicherte er rasch. »Wieso, was hat sie denn gesagt?«

»Nichts hat sie gesagt«, jammerte Katharina. »Sie ging an mir vorüber, als sei ich Luft. Ich wußte, sie würde es mißbilligen, so kurz nachdem ihr Vater – bedenke doch, wie das in den Augen eines Kindes aussehen muß. Meine Güte, ich wünschte so sehr, sie wäre glücklich hier bei uns, so ein armes kleines Ding, von einem zum anderen geschoben, nirgends zu Hause – Tom, du mußt sie für dich gewinnen. Und ich dachte, sie hätte dich gern.«

»Das dachte ich auch«, sagte er verbittert. »Vielleicht läßt mein berüchtigter Charme mich allmählich im Stich.«

»So ein Unsinn!« Katharina lachte. »Sie ist nur ein seltsames, schwieriges Kind, das viel Verständnis braucht. Sei nett zu ihr, Tom, um meinetwillen, und du wirst sie so liebgewinnen wie ich.«

Er hüstelte. Wenn sie ahnte, welch feine Ironie darin steckte! Er legte gutmütig seinen Arm um sie und lauschte mit halbem Ohr auf ihre munter dahinplätschernde Stimme. »So unbekümmert und impulsiv«, sagte sie, und »mit so vielen Feinden«, und »du mußt dich in acht nehmen –«

Aber er nahm sich nicht in acht, er verabscheute Vorsicht und alles, was damit einherging, als kleinmütige Lebenshaltung. Sein Bruder war die Vorsicht in Person; er wagte das Heute nicht zu genießen aus Furcht, das Morgen nicht mehr so genießen zu können. Teilweise gab Tom Katharina allerdings recht; ihre überstürzte Heirat hatte höheren Orts Mißfallen erregt, und sie taten gut daran, sich eine Weile vorzusehen. Er küßte sie liebevoll und versprach, sich zu bessern; sodann begab er sich schnurstracks in den Garten, seine Stieftochter zu suchen.

Der junge König war fraglos der einzige Mensch am Hofe, der die Neuvermählung seiner Stiefmutter guthieß, und seine Billigung war ein wirksamer Schutzschild gegen die Kritiker des Admirals, dessen lautstärkster die Gemahlin des Lordprotektors war, eine für ihre Habgier berüchtigte Frau, unersättlich ehrgeizig und unerträglich hochmütig. Ihre Feindseligkeit gegen Tom hatte sich zur Besessenheit verstiegen. Zum wiederholten Male sah sich der Lordprotektor wider besseres Wissen genötigt, seinen Bruder in Schutz zu nehmen. »Anne, es ist kaum ein Verbrechen, eine reiche Witwe zu heiraten!«

»Die Königinwitwe!« gab sie eisig zurück. »Und wenn sie ein Kind bekommt?«

»Niemand wird nach so langer Zeit annehmen, daß es vom König ist. «

»Das Volk glaubt, was es glauben will«, schnaubte seine Gemahlin. »Ich sage dir – Tom ist ein Unruhestifter.«

Edward legte begütigend seine Hand auf ihren Arm. »Ich schwöre, meine Liebe, sollte er wirklich Schwierigkeiten machen, werde ich mit ihm fertig. Aber vorerst mußt du dich gedulden. Ich kann mich in dieser Sache nicht gegen den König stellen und mich als kleinlichen Tyrannen brandmarken lassen, das mußt du einsehen.«

Seine Gemahlin gab nach wie ein Krokodil, das sich unter die Oberfläche eines schlammigen Sees sinken läßt. Sie konnte unbesorgt abwarten. Sie war zuversichtlich, daß der Admiral sich eines Tages ohne ihre Hilfe erhängen würde – sie mußte ihm nur einen geeigneten Strick zuspielen.

Der Unmut über die Heirat des Admirals kam aus vielen Ecken. Vom Wohnsitz der Prinzessin Mary kam er in Form eines gespreizten Briefes mit dem Anerbieten, sich Elisabeths anzunehmen.

Elisabeth setzte sich mit Feder und Tinte an ihr Schreibpult. Ihr erster Impuls war, der Einladung Folge zu leisten – sie wollte überall hingehen, nur fort von hier, je eher, desto besser.

Als sie die Zusage halb fertig geschrieben hatte, hielt sie inne. Sie war als Kind oft genug bei Mary gewesen und wußte nur zu gut, daß sie sich binnen einer Woche, von morgens bis abends beaufsichtigt und zurechtgewiesen, entsetzlich langweilen würde. Und wenn sie der unbeschwerten Heiterkeit von Chelsea Lebewohl sagte, wo unterdessen alle den reformierten Glauben praktizierten, würde sie dem unerträglichen Zwang ausgesetzt sein, zur katholischen Messe zu gehen. Sie konnte Katharina um den kleinen Finger wickeln, aber bei Mary würde sie nichts erreichen, so sehr sie auch schmollte oder schmeichelte. In Chelsea war sie unter Menschen, die sie liebte, so hoffnungslos und schmerzlich diese Liebe auch sein mochte: Katharina, die so gut zu ihr war – und Tom. Welche Qual war mit derjenigen zu vergleichen, ihn nicht jeden Tag zu sehen?

Sie zerknüllte den Brief und begann von neuem, diesmal eine förmliche Absage, und es kam ihr nicht in den Sinn, wie sehr sie ihre Schwester damit kränkte. Erst Jahre später, im Rückblick, sah sie den Brief als den Angelpunkt, um den ihr Leben sich gedreht hatte; denn wäre sie damals zu Mary gegangen, hätte ihr Dasein einen anderen Verlauf genommen.

Sie ging aber nicht. Sie blieb im übermütigen, geselligen Chelsea und war übermütiger und geselliger als alle anderen in dem munteren Kreis, der die großzügige Gastfreundschaft des Admirals genoß. Sie war nun etwas älter, ein wenig reifer und erfahrener; sie lernte, ihre unwillkommenen Gefühle zu verbergen und der Welt eine amüsante Fassade zu präsentieren. Die Leute drehten sich unwillkürlich nach ihr um, wenn sie einen Raum betrat, und scharten sich freiwillig, nicht aus purer Höflichkeit, um sie. Sie begann die Aufmerksamkeiten der jungen Männer zu genießen, und der Admiral, der das beobachtete, rang mit zornigen Gefühlsregungen. Das kleine Balg hielt sich wohl für eine Frau von Welt, nur weil sie über einen scharfen Witz verfügte, der ihre Begleiter zu Lachkrämpfen hinriß. Er hatte dasselbe bei ihrer Mutter beobachtet, und die Erinnerung erzürnte ihn ohne ersichtlichen Grund bis zur Unerträglichkeit. Bei Gott, er würde sie erniedrigen, würde sie behandeln wie einst, als sie vier Jahre alt war – das würde sie lehren, vor geistlosen Knaben und zügellosen alten Männern mit ihrem Charme zu glänzen!

Zu seiner Taktik gehörte es, morgens unangemeldet in ihrem Schlafgemach zu erscheinen und allerlei Schabernack zu treiben, wie ein Mann es wohl mit einem vierjährigen Mädchen zu tun pflegt; er hopste im Nachthemd auf dem Bett herum, zog die Laken weg, tätschelte, kitzelte und küßte Elisabeth, bis sie vor Lachen kreischte. Nur war sie nicht mehr vier, sondern fast vierzehn, und im Grunde seines Herzens wußte er, daß er nicht gekommen war, um mit einem Kind zu scherzen.

»Mylady! Mylord, schämt Euch!« Katherine Ashley, die Erzieherin, bemühte sich vergebens, Ordnung zu wahren.

»Mylord, ich muß darauf bestehen, daß Ihr das Zimmer Ihrer Hoheit unverzüglich verlaßt. Die Leute reden schon.«

Als er Elisabeth den Rücken zukehrte, versetzte sie ihm einen kräftigen Schlag mit ihrem Kopfkissen, so daß er, nacktbeinig im Nachthemd, ausgestreckt zu Mrs. Ashleys Füßen landete. Elisabeth war mit einem Satz aus dem Bett und schlug ihm das Kissen um die Ohren, bis die Nähte platzten und die Luft von einem Gestöber aus Schwanendaunen erfüllt war.

»Mrs. Ashley, schämt Ihr Euch nicht Eurer Erziehung dieser niederträchtigen Amazone?« fragte er sarkastisch. »Ihr hättet sie zumindest lehren können, einen Mann nicht zu schlagen, wenn er am Boden ist.«

»Gibt es eine bessere Gelegenheit, ihn zu schlagen?« gab Elisabeth zurück und trat nach ihm. Er packte ihren nackten Fuß und zog sie zu sich herunter. Als es ihm am Ende gelungen war, sie zu bändigen und ihr mit übertriebener Unterwürfigkeit die Hand zu küssen, verbeugte er sich spöttisch vor Mrs. Ashley und kasperte hinaus.

Katharina lag noch im Bett, als er zurückkam; sie hatte gutmütig auf den Tumult im Zimmer über ihr gelauscht. Tom warf sich neben sie auf den Rücken, und sie zupfte ihm die Schwanendaunen aus Bart und Haaren. »Ich glaube, du machst einen rechten Wildfang aus dem Mädchen«, bemerkte sie heiter.

Er zuckte die Achseln. »Ich befreie nur ihr wahres Ich von den Schichten der guten Erziehung. Täusche dich nicht, Kate, das Mädchen ist von Natur aus eine Gossengöre, wie die Boleyn. Vor dir mag sie die züchtige Jungfer spielen, aber hinter deinem Rücken speien die hübschen Lippen Worte aus, deren sogar ich mich in gemischter Gesellschaft schämen würde. Du kannst eine Königin aus ihr machen, meine Liebe, aber niemals eine Dame. Was sie braucht, ist eine gehörige Tracht Prügel!«

»Du wirst sie doch nicht auspeitschen!«

»Wer will mich daran hindern?« scherzte er. »Ich bin immerhin ihr Stiefvater – ach du lieber Himmel, Kate, wenn du dein Gesicht sehen könntest! Dumme Gans, als ob ich sie je schlagen würde, außer zum Spaß. Sie ist nur ein Kind!«

Sie ist nur ein Kind. Das war seine einzige Rechtfertigung vor sich und anderen, doch sie wurde mit jedem Tag fadenscheiniger. Und eines kühlen, windigen Morgens im Garten erkannte er schließlich, daß er mit dem Feuer spielte.

Es begann, wie so oft, mit einer Fopperei und endete mit abscheulichen Gefühlsregungen, die sich unter seiner angestrengten Beherrschung offenbarten, und alles nur, weil Elisabeth ein schwarzes Kleid trug, das unangenehme Erinnerungen an ihre Mutter in ihm wachrief. »Merkwürdig«, sagte er leise, »ich wüßte nicht, daß ich Trauer angeordnet hätte, du vielleicht, Kate? Und niemand unter meinem Dach trägt Schwarz ohne meine Erlaubnis, und schon gar nicht ein hochnäsiges zwölfjähriges Balg.«

»Ich bin vierzehn«, brauste Elisabeth auf. »Ihr wißt, daß ich vierzehn bin.«

»Ist das wahr, Großmutter?« Katharina lachte. »Tom, hör auf, sie zu hänseln.« Er gab Elisabeth einen Stups. »Schluß mit der Spielerei, Madam. Geht hinein und zieht Euch um.«

»Ich will nicht. Ich lasse mich nicht herumkommandieren. Ich bin die Tochter des Königs.«

»Ganz recht, Madam. Es ist an der Zeit, daß Ihr Euch entsprechend benehmt.«

»Ihr könnt mir nicht befehlen«, murmelte sie trotzig.

»So? Das wollen wir doch mal sehen!« Er packte sie unsanft und stieß sie in Katharinas Arme. »Halte sie, während ich ihr eine Lektion erteile, die sie nicht vergißt.« Er zog seinen juwelenbesetzten Dolch hervor und zerschlitzte den weiten Rock in Streifen. Sodann griff er sich das Mieder und zerschnitt es von oben bis unten, ihre nackten Brüste entblößend. Er keuchte, als er fertig war. Seine Augen blickten glasig, seine Hand bebte.

Elisabeth und Katharina sahen ihn stumm an, Elisabeth zitterte im kalten Wind. Tom schob seinen Dolch in die Scheide und versuchte ein unbekümmertes Lachen. »Ihr wolltet kein anderes Kleid anziehen, darum habe ich Euch ein anderes gemacht.« Sie starrte ihn unverwandt an, und plötzlich, von Scham erfüllt, verlor er vollends die Beherrschung. »Guter Gott, Mädchen, steht nicht da wie eine verdammte Irre! Geht ins Haus und bedeckt Euch!«

»Ja, geht«, sagte Katharina zitternd. »Ich komme sogleich.«

Indem er Elisabeth nachsah, die über den Kiespfad zum Haus lief, legte er schuldbewußt einen Arm um seine Gemahlin und dachte: Es muß aufhören!

Mrs. Ashley stand über eine Wäschetruhe gebeugt, als Elisabeth hereinkam. Kat richtete sich auf, drehte sich um und erstarrte vor Schreck. »Was, um Gottes willen –«

»Ehe Ihr fragt«, sagte Elisabeth hochmütig, »es war der Admiral.«

»Der Admiral!«

»Ja, Ashley, es war nicht meine Schuld. Die Königin hat mich gehalten, während er es aufschlitzte. Jawohl, die Königin hat mich gehalten!« Aber sie mochte Kat nicht ansehen, als sie es sagte.

Diesmal gab es kein Zurück vom Abgrund; Tom wußte es in dem Augenblick, als er das Gemach betrat und sie allein, mit gelösten Haaren, antraf. Hinterher gab er den Haaren die Schuld, die sich in langen roten Wellen um ihr blasses Gesicht kräuselten und seine Begierde entflammten, und er fragte sich, ob sie seine Schritte im Korridor gehört und ihre Haube vorsätzlich abgenommen hatte, um dermaßen verlassen und unwiderstehlich zu wirken. Die Antwort erfuhr er nie; er wußte nur, daß er sie, plötzlich und dringlich, begehrte und daß sie ihn, plötzlich und dringlich, ebenso begehrte. Er breitete seine Arme aus, wie er es im Laufe der Jahre so oft getan hatte, diesmal aber war es kein Kind, das sie umschlossen. Und er wußte: Welchen Preis er auch für diese heimlichen Wonnen bezahlen mußte, sie würden es wert sein.

Er bekam sie mühelos auf den Fußboden; langsam, willig ließ sie sich unter ihn gleiten, während er ihren Mund mit seinem öffnete. Sie trug ein loses Morgengewand ohne Krinoline oder Unterkleid, nichts, was seine rastlos suchende Hand hemmte. Seine Berührung löste ein heftiges Zucken in ihr aus, und tief in seinem Mund spürte er ihr Stöhnen. Sein geübter Finger arbeitete geschickt. Warm, feucht, willig – o ja, sehr willig. Er schob ihr Gewand hoch über ihre Brüste, barg sein Gesicht in ihrer straffen, nackten Haut; und so fand Katharina sie, gerade im rechten Augenblick, um die wilde Hingabe zu verhindern. Tom sprang auf, als habe ihr stöhnender Ausruf ihn wie ein Messerstich in den Rücken getroffen; sein gebräuntes Gesicht wurde puterrot unter seinem goldblonden Bart. »Katharina!«

»Ja«, sagte sie mit seltsam dünner Stimme, »Katharina«, und ging aus dem Zimmer.

Der Admiral lief ihr nach, und Elisabeth blieb allein auf dem Fußboden, begrub ihr Gesicht in den schmutzigen Binsen, versteckte sich vor einer Scham, zu groß, um sie zu ertragen.

»Sie ist vierzehn Jahre alt«, sagte Katharina, »kaum älter als ein Kind, und gerade alt genug, eins von dir zu empfangen. Warst du von Sinnen?«

Er schwieg, beschämt wie ein kleiner Junge, den man beim Stibitzen aus Mutters Geldbörse erwischt hat. Schließlich sagte er betreten: »Es hatte nichts zu bedeuten.«

Sie starrte ihn an. »Denkst du, es ist nichts, einem Mädchen die Unschuld zu nehmen, das in der Thronfolge an zweiter Stelle steht? Denkst du, für deinen *Bruder* ist das nichts?«

»Sie ist noch Jungfrau«, murmelte er. »Ich gebe dir mein Wort, Kate. Es war das erste Mal, daß ich mich so weit gehenließ.«

»Dann gib mir dein Wort, daß es auch das letzte Mal war.«

Er errötete bis an die Stirn. Stumm verstockt blickte er aus dem Fenster in den ummauerten Garten.

»Dann läßt du mir keine Wahl«, sagte Kate schwerfällig. »Ich muß sie fortschicken.«

»Du batest mich um mein Wort«, versetzte er grimmig. »Es wäre leichter für mich gewesen, zu lügen und dir die Wahrheit zu ersparen.«

Sie sann gequält darüber nach. Sie war hochschwanger, und er hatte seit Monaten das Bett nicht mit ihr geteilt. Jede Frau im Hause wäre ihm unter diesen Umständen gerne zu Willen gewesen. Er hatte es nicht nötig, sich Elisabeths zu bedienen, es sei denn... »Du liebst sie, nicht wahr?« flüsterte sie.

Er machte auf dem Absatz kehrt und ging zur Tür. »Schick sie fort, Kate«, sagte er heiser, »und zwar rasch. Ich wünsche sie keinen Augenblick länger als nötig in diesem Haus.«

Als er gegangen war, ließ Katharina sich in einen Sessel sinken, und langsam rannen die Tränen über ihr aschfahles Gesicht. Sie hatte die Antwort erhalten, die sie brauchte.

Die Fackeln brannten trotz des Abendsonnenscheins schon in ihren Wandhalterungen, als Elisabeth die Tür zum Gemach der Königin schloß und verzagt über die Binsen in der Langen Galerie stapfte. Es war eine ruhige Unterredung gewesen, ohne Grobheiten, Bitterkeit oder Vorwürfe, dennoch für beide schmerzlich. Katharinas großmütige Würde hatte sie gedemütigt; sie brannte vor Reue und wand sich vor Scham und hätte sich am liebsten versteckt. Nichts, was sie sagen oder tun könnte, würde das Übel wiedergutmachen, das sie in ihrer aller Leben gebracht hatte. Und die Erinnerung an Katharinas gequältes Gesicht würde ihr in die einsame Verbannung folgen und ihr nagendes Schuldgefühl nähren, die selbstzerstörerischste aller Empfindungen.

Sie blieb einen Moment stehen, bohrte ihre Pantoffeln in die Binsen und sah den auseinanderstiebenden Kakerlaken zu. Der Gedanke, in ihre Gemächer, zu Kat Ashleys besorgten Fragen und vorwurfsvollen Gemeinplätzen zurückzukehren, war ihr unerträglich. Sie brauchte die aufgebrachte Erzieherin nicht, um ihr zu sagen, daß die Schuld allein bei ihr lag...

Am Ende der Galerie befand sich eine Bogennische mit einem gepolsterten Fenstersitz. Sie ließ sich darauf sinken und lehnte den heißen Kopf an die dicken Sprossenscheiben. Die Kühle tat dem schlimmen Pochen in ihrer rechten Schläfe wohl. Es war ein unbekannter, intensiver Schmerz, der an Heftigkeit zunahm und ihren Blick trübte, und das ängstigte sie ein wenig. Sie war zu stolz gewesen, es Katharina oder Kat zu sagen, damit sie nicht annahmen, sie wolle Mitgefühl erheischen; nun ertrug sie das unbehagliche Stechen mit einem Anflug von Selbstmitleid und hoffte inständig, sie hätte die Pest. Es würde viel leichter sein, dem Tod ins Auge zu sehen, als allein in Schande fortzugehen, zumal alle wußten, warum sie ging...

Eine Hand fiel schwer auf ihre Schulter; sie sprang auf und drehte sich erschrocken um. Vor dem Fenster versank die

Sonne als große rote Kugel hinter den Bäumen, ein dünner Lichtstrahl brach sich in dem grünlichen Glas und verklärte den Admiral in seinem rostbraunen Wams. »Hat die Königin mit Euch gesprochen?« fragte er barsch.

»Ja.« Elisabeth schluckte schwer. Heiße Röte überzog ihre blassen Wangen; sie konnte ihn nicht ansehen.

Er machte ein finsteres Gesicht. »War sie grob zu Euch?«

Elisabeth schüttelte bedächtig den Kopf. »Sie war sehr gütig. Ich wünschte fast, sie wäre zornig geworden. Ich kam mir vor wie eine undankbare Dirne.«

»Niemand konnte etwas dafür«, begann er verlegen. »Wenn dergleichen geschieht, müssen wir alle vernünftig sein.«

»So vernünftig wie mein Vater?« Ihr verächtlicher Blick traf ihn mitten ins Herz. »Was würde der Lordadmiral wohl tun, wenn er seine Gemahlin mit einem anderen Mann auf dem Fußboden fände?«

Gereizt bis an die Grenze des Erträglichen, zerrte er sie aus der Fensternische und schüttelte sie heftig. »Glaubt Ihr, ich bin stolz auf die heutige Tat, Ihr spöttisches Weibsbild? Ich schwöre, ich wollte ihr nicht weh tun. Ist es ein Verbrechen, zwei Frauen zu lieben?«

»Nein, ein Verbrechen ist es nicht.« Ihre Lippen kräuselten sich zu einem bitteren Lächeln. »Lediglich eine gräßliche Bescherung für Euch. Und womit hätte der arme Onkel Tom das verdient?«

»Miststück!« Er schlug sie hart auf den Mund. »Daß Ihr mich nie wieder so nennt!«

Ihre Hände fuhren an ihren Kopf; sie stöhnte und krümmte sich benommen auf dem Fenstersitz. Die Farbe wich aus ihrem Gesicht, Tom fürchtete schon, er habe sie bewußtlos geschlagen. »Bess!« Erschrocken hob er sie auf und berührte zerknirscht den feuerroten Fleck an ihrem Mundwinkel. Es war das erste Mal, daß er eine Frau geschlagen hatte, das erste Mal, daß er das Bedürfnis verspürte. Bei all seinen oberflächlichen Liebschaften war er stets der Herr und Meister gewesen. In Elisabeth war er auf eine Ebenbürtige getroffen – sie war ihm womöglich gar überlegen –, und ihr Hohn verletzte seine Männlichkeit wie eine sengende

Flamme. Dieser wütende Hieb aber schien nun unverzeihlich bei einem Geschöpf, das mit einemmal so klein, verloren und armselig wirkte. »Ihr müßt fort«, sagte er langsam. »Es gibt keine andere Möglichkeit. Wenn Ihr bleibt, kann ich für das, was Euch zustößt, die Verantwortung nicht übernehmen. Es ist zu gefährlich.«

Nach einem kurzen, erstickten Seufzer sagte sie: »Gefahr schreckt mich nicht.«

»Nein«, murmelte er. »Eure Mutter hat sie auch nicht geschreckt. Und Ihr seid ihr nur zu ähnlich – auch Ihr könntet Mordgedanken wecken, wie sie.«

Elisabeth lehnte sich an die Mauer und holte mühsam Atem. »Dann seid Ihr es, der mich fortschickt, nicht Katharina.«

»Katharina würde Euch hier behalten, wenn sie könnte. Sie liebt Euch wie ihre eigene Tochter.«

Elisabeth biß sich auf die zitternden Lippen. »Sie sagte, Euch und mich trifft keine Schuld – Ihr habt männliche Gelüste, und ich bin zu jung, ihnen zu widerstehen. Sie bat mich, auf meinen Leumund beim Volk zu achten. Sie meinte, eines Tages könnte ich Königin von England sein!«

»Das werdet Ihr«, sagte er rasch. »Eine große Königin.«

»Und eine große Partie!« Ihre Stimme war plötzlich leise, verächtlich. »Deshalb habt Ihr mir einen Antrag gemacht – wie dumm von mir, daß ich das erst jetzt erkenne.«

Sie wollte sich in blindem Zorn an ihm vorbeischieben, er aber packte sie grob. »Hört mich an, hört doch –«

»Ich will Eure Lügen nicht hören«, schluchzte sie und riß sich los. »Ich will nicht benutzt werden, von Euch nicht und von niemandem. Ich habe mein Heim wegen nichts verloren. Warum mußtet Ihr herkommen und alles verderben? Ich hasse Euch. Ich hasse alle Männer.«

Er ließ sie ziehen, und als er sie durch die Lange Galerie fliehen sah, hatte er die abwegige Vorstellung, daß sie fortan ihr Leben lang auf der Flucht sein würde.

5

Über Elisabeths unmittelbare Zukunft wurde rasch und ohne langen Disput entschieden. Sir Anthony Denny, ein guter Freund der Königinwitwe und Ehemann von Kat Ashleys Schwester, erklärte sich bereit, die Prinzessin und ihr Gefolge bei sich aufzunehmen. Als Elisabeth eintraf, warteten die Dennys, ihre Neugier unter einer Maske der Höflichkeit verbergend, auf der Treppe, um sie willkommen zu heißen. Ihrer Ankunft waren häßliche Gerüchte vorausgegangen, es hieß sogar, die Prinzessin sei schwanger. Blaß genug war sie gewiß, befand Joan Denny, als sie sich von ihrem Knicks erhob und die schlanke, ziemlich hochmütige Gestalt begutachtete. Doch wenn das Gerücht stimmte, dann war es noch zu früh, um es ihr anzusehen. Etwas enttäuscht ging Lady Denny die Treppe hinab, um ihre Schwester zu begrüßen. »Sie ist sehr blaß, nicht?« sagte sie mit einem Blick auf das Mädchen. »Hoffentlich ist sie nicht krank.«
»Sie hatte in letzter Zeit schlimme Kopfschmerzen.«
»Hat sie sich übergeben?«
»Ein-, zweimal hat sie –« Kat sah das Lächeln ihrer Schwester und brach ab. »Was willst du damit sagen, Joan?«
»Gar nichts«, wehrte Joan ab. »Bloß, wenn sie krank ist, sollten wir vielleicht lieber den Doktor holen.«

»Wenn ich es für geboten halte, schicke ich nach ihm«, beschied Kat sie und folgte ihrer Gebieterin ohne ein weiteres Wort ins Haus. Die heftigen Kopfschmerzen hielten, begleitet von Reizbarkeit und drastischem Gewichtsverlust, den ganzen Sommer an. Kat wollte schon den Arzt aus London kommen lassen, als Ende August Katharinas Kind zur Welt kam und Elisabeths grimmige Gespanntheit nachließ. Und als sie anfing, ein wenig zu essen und hoffnungsvoll von Heimkehr zu sprechen, glaubte Kat das Schlimmste überstanden.

Eines späten Abends Anfang September traf ein Bote von der Residenz der Seymours ein. Kat verließ ihren Platz an Elisabeths Bett, um ihn zu empfangen. Als sie geraume Zeit später schleppenden Schritts in Elisabeths Zimmer zurückkehrte, fand sie ihre Schutzbefohlene aufrecht sitzend im Bett.

»Wo seid Ihr gewesen?« beklagte sich Elisabeth böse. »Ich dachte schon, Ihr kämt nicht wieder.«

»Unten«, erwiderte Kat unbestimmt, ihr Gesicht mit Bedacht vom Bett abwendend.

»Ich hörte ein Pferd im Hof. Ist jemand gekommen?«

»Eine Nachricht.« Kat schluckte schwer. »Vom Haus des Admirals.«

Elisabeth starrte sie stumm an. Nach einer Weile fragte sie leise: »Ist das Baby gestorben?«

»Nicht das Baby.« Mehr brauchte sie nicht zu sagen. Der Name Katharina stand unausgesprochen in der Luft. »Kindbettfieber«, murmelte Kat sodann, »ganz plötzlich. Der Bote sagt, der Admiral ist außer sich vor Gram.«

»Er wird es verwinden!« Elisabeths Gesicht war mit einemmal wie versteinert. »Gott weiß, mein Vater hat es jedesmal verwunden. Eine Ehefrau ist leichter zu ersetzen als ein gutes Pferd!«

»So garstig dürft Ihr nicht sprechen, Hoheit. Ihr müßt unverzüglich schreiben und ihm Euer Beileid ausdrücken.«

»Das werde ich nicht tun, ich glaube nicht, daß er dessen bedarf.«

»Aber Hoheit!« Kat war entsetzt. »Der Anstand erfordert ein Kondolenzschreiben!«

»Dann schreibt selbst, ich will verdammt sein, wenn ich es tue.« Mrs. Ashley knickste förmlich und ging zur Tür. »Ist das Euer letztes Wort in dieser Angelegenheit, Hoheit?«

»Jawohl!«

»Dann werde ich verfahren, wie ich es für angemessen halte.« Vom Bett kam keine Antwort, und Kat ging hinaus. Elisabeth wartete, bis ihre unwilligen Schritte verhallt waren, dann ließ sie den Tränen, die sie zu ersticken drohten, freien Lauf.

Im Herbst kam der Arzt aus London und riet zu einer unverzüglichen Ortsveränderung; doch seine Visite und ungenaue Diagnose taten wenig, um die grassierenden Mutmaßungen über Elisabeths Zustand zu zerstreuen. »Sie braucht keinen Doktor, sondem eine Hebamme; ich habe noch keine Schwangere erlebt, die nicht mit der Zeit kuriert wurde, in neun Monaten, um genau zu sein!«

Ach, es tat gut, nach Hatfield zu den getreuen Gespielen ihrer Kindheit zurückzukehren. Der Ortswechsel bewirkte auch bei Kat eine bemerkenswerte Veränderung. Dem wachsamen Auge ihrer Schwester entronnen, sah die Erzieherin, eine unverbesserliche Romantikerin, die jüngsten Ereignisse in einem ganz anderen Licht. Die Königin war tot – traurig, fürwahr, aber jeden Tag starben Frauen im Kindbett. Und der Admiral war wieder frei für die Ehe, die er von vornherein hätte eingehen sollen. Er machte bereits vorsichtige Annäherungsversuche.

»Was für ein Mann«, schwärmte Kat. »Schert sich nicht um Konventionen. Läßt wahrhaftig anfragen, ob Eurer Hoheit Starrsinn nachgelassen habe – Ihr wißt, was er damit meint.«

»Hört sich nicht nach einem Antrag an.« Elisabeth stieß ihre Nadel in den Stickrahmen und schob ihn ärgerlich beiseite.

»Seid nicht so zimperlich«, sagte Kat schelmisch, »Euer alter Freier steht wieder zur Verfügung, und Ihr wißt, daß Ihr ihn haben könnt, wenn Ihr wollt.«

Elisabeth spie in den Kamin. »Ich würde ihn nicht heiraten, wenn er der letzte Mann auf Erden wäre. Ich sagte Euch bereits, ich gedenke überhaupt nicht zu heiraten.«

»Ach, wir fangen doch nicht wieder mit diesem alten Unsinn an, nein?« Kat seufzte. »Ich verstehe Euch nicht. Er ist der nobelste unverheiratete Mann im Lande, und Ihr wart stets seine Favoritin. Ihr würdet ihn doch nicht ausschlagen, wenn der Protektor und der Rat ihre Zustimmung gäben?« Sie sah Elisabeths Augen auf sich gerichtet wie die kalten Stahlspitzen zweier Dolche. Stumm entfernte sie sich.

Elisabeth öffnete einen Fensterflügel, lehnte sich hinaus und ließ sich die brennenden Wangen von der frischen Herbstluft kühlen. Sie schloß die Augen, um den Gedanken an die häßlichen Gerüchte zu vertreiben, die in der Gegend kursierten, Gerüchte, welche besagten, Katharina Parr sei sowohl an Gift als auch an gebrochenem Herzen gestorben, an Gift, verabreicht von einem Gemahl, der wieder frei sein wollte, frei, um Prinzessin Elisabeth zu ehelichen.

War es wahr? Sie kannte ihn als skrupellos und selbstsüchtig, aber war er wirklich zu einer solchen Tat imstande? Oder verbreiteten seine Feinde, angeführt von seinem eigenen Bruder, diese Gerüchte, um ihn zu vernichten? Ihr war, als warte sie am Rande eines Wasserstrudels, daß Tom seine Hand herausstrecke und sie ins Verderben ziehe. Liebe, Leidenschaft und Tod – ihre Mutter hatte diesen fatalen Reigen getanzt; erwartete ihre Tochter nun derselbe unbarmherzige, unausweichliche Totentanz?

Schaudernd schloß sie das Fenster und kauerte sich ans Feuer. Toms Anhängerschaft im Lande mehrte sich. Es wäre durchaus möglich, daß er die Einwilligung des Rates für die Eheschließung erlangte, und was würde sie sagen, wenn er abermals um sie anhielt? Wenn sie ihn jetzt nicht heiratete, würde er eine andere nehmen, die ihn seinen ehrgeizigen Zielen näher brachte, vielleicht Anna von Kleve oder gar Mary. Ihr Blut pulsierte heiß vor Wut, und ihr Leib schrie auf, sie könne ihn nicht noch einmal aus freien Stücken verlieren. »Ich hasse ihn«, sagte sie zu dem flackernden Feuer, »ich hasse ihn.« Doch selbst in ihren eigenen Ohren hatten die Worte den falschen, zitternden Klang der Lüge.

Die Weihnachtsfeier in Hatfield hatte mit einer weinseligen Nacht in der Gesindestube geendet, und nachdem Mrs. Ashley ihre junge Dame zu Bett gebracht hatte, kehrte sie schwankend zurück und fand Elisabeths Haushofmeister leicht angeheitert allein am Kamin. »Zeit für einen Schlummertrunk«, meinte er und schenkte ihr einen großen Humpen Glühwein ein. »Auf das neue Jahr«, sagte Mrs. Ashley. »Beten wir, daß alle unsere Wünsche bezüglich meiner kleinen Dame und Mylord in Erfüllung gehen.«

»Amen«, erwiderte der Haushofmeister gefühlvoll.

»Vorausgesetzt, daß ich dann noch hier bin, um das zu erleben«, fügte sie finster hinzu.

Er beobachtete sie über den Rand seines Humpens hinweg. Die Gemahlin des Lordprotektors hatte sie kürzlich nach London zitiert, und Kat war ganz aufgelöst zurückgekehrt.

Der Haushofmeister hatte sich gefragt, was sie wohl gesagt haben mochte, das Mrs. Ashley so in Erregung versetzte. »Die Gräfin, hm?« wagte er sich vor.

»Jawohl – diese Kuh!« Mrs. Ashley leerte ihren Humpen und setzte ihn ab. »Was die alles zu mir gesagt hat – Ihr würdet es nicht für möglich halten. Ich eigne mich nicht zur Erziehung einer Königstochter, sagte sie.«

»Das darf nicht wahr sein!«

»O doch – und sie gab mir zu verstehen, daß ich über kurz oder lang abgelöst würde. Ihr hättet das Gesicht Ihrer Hoheit sehen sollen, als ich es ihr erzählte – Ihr wißt ja, wie sie an mir hängt. Ich brauchte eine ganze Weile, um sie zu beruhigen, das könnt Ihr mir glauben.«

Der Haushofmeister nickte. »Sie hat Euch gern. Ihr seid ihr all die Jahre eine Mutter gewesen.«

»O ja, und ich bin stolz darauf. Ihr könnt Euch denken, daß es nicht leicht war. Im letzten Jahr hat sie es mir in jeder Hinsicht schwergemacht. Ich sage Euch, ich habe keine Nacht mehr ruhig geschlafen, seit die leidige Geschichte mit dem Admiral begann.«

Der Haushofmeister nickte verständig. »Ach ja«, murmelte er, »der Lordadmiral, hm? Ich muß sagen, das gute Einvernehmen zwischen den beiden ist mir des öfteren aufgefallen.«

»Ich würde es etwas schärfer ausdrücken denn als gutes Einvernehmen! Euch kann ich es ja anvertrauen – ach, füllt mir den Humpen noch einmal, seid so gut.«

Der Haushofmeister gehorchte beflissen. Dies versprach interessant zu werden. »Ich muß sagen«, murmelte er, diskret hüstelnd, »über den Admiral sind allerlei häßliche Gerüchte im Umlauf. Es heißt, er habe die verstorbene Königin Katharina schlecht behandelt. Sogar von Gift ist die Rede.«

Kat verschluckte sich, und der Haushofmeister schlug sie beherzt auf den Rücken.

»Gerede!« stieß sie schließlich hervor. »Purer boshafter Klatsch, den seine Feinde verbreiten. Und wer *die* sind, ist uns ja bekannt. Gewiß, er hat zu sehr um Ihre Hoheit herumscharwenzelt, das läßt sich nicht leugnen. Ach«, sie lehnte sich behaglich zurück und zwinkerte ihm wissend zu, »ich könnte Euch Sachen erzählen...«

Die Holzscheite fielen im Kamin zusammen, die Kerzen brannten nieder, während die leise Stimme, in Erinnerungen schwelgend, ohne Pause drauflos plapperte, bis der Haushofmeister über die Verbannung von Chelsea nur das nicht wußte, was nicht wissenswert war. »Sieh einer an!« schnaubte er schließlich, sie mit scheinheiligem Blick fixierend. »Wer hätte gedacht, daß eine solche Vertraulichkeit zwischen ihnen bestand!«

Etwas in seiner entrüsteten Stimme erfüllte Kat mit der ersten Spur von Unbehagen. Sie blickte in dem leeren Raum umher und beugte sich bedeutungsvoll zu dem Haushofmeister vor. »Ich brauche Euch wohl nicht daran zu erinnem, daß alles, was ich sagte, streng vertraulich ist. Wenn es bekannt würde, wäre Ihre Hoheit auf immer entehrt.«

Der Haushofmeister setzte eine beleidigte Miene auf. »Ihr könnt Euch auf mich verlassen, Mrs. Ashley.« Er tätschelte ihr vertraulich den Arm. »Lieber lasse ich mich in Stücke reißen, als daß ich ein Sterbenswörtchen verrate. Ihr habt mein Wort.«

Und als er es sagte, meinte er es ehrlich.

Der Lordprotektor eröffnete seinem Bruder, dem Lordadmiral, wenn er noch einmal auch nur in die Nähe der Prinzessin Elisabeth komme, lasse er ihn in den Tower sperren. Als die Gerüchte über des Admirals »illoyale Machenschaften« und das Gekeife seiner scharfzüngigen Gemahlin unerträglich wurden, bestellte der Lordprotektor den Lordadmiral zu sich, um sich persönlich von seinen Tätigkeiten berichten zu lassen. Der Lordadmiral bedauerte, der Zeitpunkt sei ihm nicht genehm. Der Lordprotektor brachte die Angelegenheit schließlich vor den Rat, welcher nach mehreren Konferenzen entschied, »besagten Admiral« im Tower von London einzukerkern.

6

Ein Pfeil schwirrte im Park von Hatfield durch die kalte Januarluft und traf, das Schwarze knapp verfehlend, die Scheibe.

»Gut getroffen, Madam«, sagte anerkennend eine sanfte Stimme, »aber dürfte ich Hoheit zu einer geringfügigen Veränderung der Haltung raten, wenn ich mir die Freiheit erlauben darf?« Er trat hinter sie, bog ihre langen Finger an dem schweren Bogen zurück, so daß er sie einen Moment fast umarmte. Sie warf ihm über die Schulter einen kurzen Blick zu, das blasse Sonnenlicht funkelte auf den glänzenden Haaren, die ein silbernes Netz zusammenhielt.

»Versucht es so, Madam.« Der Pfeil flog weit, diesmal die Zielscheibe gänzlich verfehlend. Elisabeth wandte sich ihm mit einem hilflosen Lächeln zu, das ihn mächtig erregte.

»Ich glaube«, sagte sie, »Ihr müßt es mir noch einmal zeigen.«

Es gab wenig, das der junge, tüchtige Hauslehrer seiner Schülerin zweimal erklären mußte. Er hatte diesen Posten seit einigen Monaten inne, auf ihr ausdrückliches Beharren, trotz der Einwände der Königinwitwe und des Lordadmirals. Allein dieser Umstand hatte ihm schon geschmeichelt, bevor er die Stelle antrat, und seither war jede Stunde in ihrer Gegenwart eine neue Anregung und Herausforderung für seinen aufgeweckten Geist. Ihm war, als habe er bisher nicht richtig gelebt; er wünschte und erhoffte sich nichts mehr, als den bemerkenswert empfänglichen Verstand zu schulen, der nun ihm allein anvertraut war und der, das wußte er, eines Tages den seinen und womöglich jeden anderen weit und breit überflügeln würde. Es war der wißbegierige, rege Verstand eines Knaben (er vermochte ihn nie wirklich als den eines Mädchens zu begreifen) in einer ganz und gar weiblichen Hülle. Körper und Geist bildeten eine erstaunliche Einheit, die ihn abwechselnd entzückte und verwirrte. In ihm brannte der Wunsch, sie zur vollkommensten königlichen Dame Europas zu machen, doch zuweilen mutmaßte er, seine Hitze entspringe einer ganz anderen Quelle. Das Vergnügen, das ihm ihre Gesellschaft bereitete, wurde zunehmend von schamhafter Verlegenheit unterspült. Er war froh, wenn der Unterricht vorüber war und sie über den Nutzen der Mathematik zu disputieren begannen. Dieses Thema regte ihn eher an als auf, und er war dankbar dafür, begann er doch allmählich ernsthaft an der moralischen Berechtigung seines Postens zu zweifeln. Elisabeth ermunterte ihn schamlos, sich zum Narren zu machen. Es würde ein leichtes sein, ihre Jugend und Unerfahrenheit auszunutzen, aber er bekleidete eine einmalige Vertrauensstellung, und ein neuer Skandal war das letzte, was sie jetzt brauchen konnte. Ein-, zweimal hatte er die Kündigung erwogen und den Gedanken hastig verworfen. So schlimm stand es nicht – noch nicht.

»Madam, eine Änderung Eures Stundenplans steht vorerst gänzlich außer Frage. Der Unterricht, den Ihr vorschlagt, wäre zu anstrengend für –«

»Für ein Mädchen.« Sie lächelte. »Ihr habt diesen Posten unter Vorspiegelung falscher Tatsachen angetreten. Ich war der Meinung, Ihr seid ein Mann mit fortschrittlichen Ideen.«

Er errötete zornig und dachte: ein wenig zu fortschrittlich. Wenn Ihr wüßtet, Madam! Laut sagte er steif: »Selbst auf der Universität nimmt man die Mathematik nicht ernst.«

»Das sollte man aber. Jeder Mann, der in die Zukunft blickt – ja sogar Robert Dudley –, wird Euch sagen, daß Mathematik und Naturwissenschaften der Schlüssel dazu sind.«

Die Farbe wich aus seinem Gesicht, er wurde steif und förmlich. »Lord Robert Dudley? Kennt Ihr ihn gut?«

»Ziemlich gut, wir waren als Kinder zusammen.« Ihr fiel etwas ein. »Wart Ihr nicht sein Hauslehrer, bevor Ihr meiner wurdet?«

»Ich hatte die zweifelhafte Ehre«, bemerkte er trocken.

Wieder lächelte sie. »Wie steht es mit seiner lateinischen Grammatik? Jämmerlich wie eh und je, darauf möchte ich wetten.«

»Es stünde um vieles besser, wenn er nicht wertvolle Zeit mit jeder Modetorheit vergeudete«, sagte der Hauslehrer streng. »Naturwissenschaften, Astrologie, Mathematik – er verrennt sich.«

Hell wie eine Glocke erklang ihr Lachen in der stillen Luft.

»Armer Robert! Ich hoffe, Ihr sprecht hinter meinem Rücken respektabler von mir, Sir.«

»Ich kann nicht respektabel genug von Euch sprechen, Madam.« Wieder stieg ihm die Röte in die Wangen, und er hob verlegen die Schultern. »Die Mathematik hat durchaus ihren Wert, aber ich sagte bereits zu Lord Robert, er werde nie ein Politiker, wenn er Cicero wegen Euklid vernachlässigt. Er ist gewiß ein aufgeweckter Bursche, doch mangelt es ihm an Eurer Hoheit Ausdauer und Auffassungsgabe. Er wird auf allen Gebieten zu Hause sein und es auf keinem zu etwas Rechtem bringen – ich fürchte, er kann es nicht mit Euch aufnehmen, Madam.«

Sie warf ihre Handschuhe in die Luft und fing sie geschickt auf. »Werde ich jemals jemanden finden, der es mit mir aufnehmen kann?« fragte sie halb kokett, halb ernst.

Er sah sie nachdenklich an. »Nein, Madam«, erwiderte er bedächtig, »das glaube ich nicht.« Und das, fügte er im stillen hinzu, dürfte Eure wahre Tragödie sein, deswegen braucht Ihr gar nicht so vergnügt zu schauen. Ein Podest ist ein einsamer Ort.

Es war bitterkalt, ihr Atem bildete Federwolken in der schneidenden Luft, als sie sich dem Backsteinpalast näherten. Vom Hof her drang das Geräusch stampfender Hufe zu ihnen, und Elisabeth blieb plötzlich regungslos stehen und starrte zum Haus, als könne sie nicht glauben, was sie hörte.

Der Haushofmeister hatte gesagt, der Lordadmiral wolle sie demnächst aufsuchen. Hatte er es endlich gewagt? Und was würde sie ihm sagen, nach all den Monaten? Was würde sie ihm antworten, wenn er jetzt um ihre Hand anhielt? Ihr Herz tat unter dem steifen Mieder ihres Jagdkostüms einen wilden Sprung, und mit einemmal flogen alle Zweifel und Ängste aus ihr wie kleine Fledermäuse aus einer dunklen Höhle, nichts blieb zurück als ihre Liebe zu ihm, das Verlangen, in seine Arme zu laufen, wie sie es als Kind so oft getan hatte, in seine kühnen, spöttischen Augen zu blicken und seine Frage ohne Furcht oder Schuldgefühl zu beantworten: Ja, Ja!

Sie warf dem verdutzten Mann an ihrer Seite ihre Handschuhe zu. Er sah die Freude in ihren Augen blitzen und wußte, sie hatte nicht nur ihn – er hätte ebensogut eine dressierte Maus sein können! –, sondern wieder einmal sich selbst vergessen. Sie raffte ihren schweren grünen Rock und lief zum Haus. Ein eisiger Windstoß löste das silberne Netz aus seinen Nadeln, und ihre Haare fielen offen bis zur Taille. Der Hauslehrer sah sie sich rasch bücken und das Netz mit achtloser Geste aufheben, er sah sie an den Stallungen vorüberlaufen und durch die geöffnete Flügeltür im Haus verschwinden. Er hielt ihren Bogen und ihre Handschuhe wie ein Lakai und dachte mit einem Anflug von Eifersucht an den Lordadmiral; denn er wußte, daß sie um seinetwillen niemals so dreinblicken oder so laufen würde. In der großen Empfangshalle hinter der eichenen Flügeltür wimmelte es von Fremden und verschreckten Dienstboten. Elisabeth blieb jäh stehen und blickte den großen, scharfgesichtigen Herrn, der sich ihr sogleich näherte, erstaunt an. »Sir Robert Tyrwhitt?«

»Hoheit.« Er neigte flüchtig den Kopf.

»Ich verlange Auskunft, was diese unverzeihliche Störung bedeutet.« Er antwortete nicht sogleich, und sie stampfte mit dem Fuß, um die aufkeimende Furcht zu überdecken. »Was ist geschehen? Was tut Ihr hier?«

»Ich komme im Namen des Königs, Madam, im Auftrag des Rates. Ich habe eine schriftliche Vollmacht bei mir, falls Ihr sie zu sehen wünscht.«

Das silberne Haarnetz entglitt ihren kalten Fingern, sie wandte sich ab und trat in das angrenzende Gemach. Er folgte ihr, schloß die Tür, der Tumult draußen verstummte. Mitten im Zimmer fuhr sie mit gespielter Bravour zu ihm herum. »Was führt Euch hierher? Antwortet mir!«

Er sagte immer noch nichts, musterte sie nur von oben bis unten mit verächtlichem Blick, ließ sich dann an einem Tisch nieder, auf den er ein Bündel Papiere legte. Sein betont unhöfliches Benehmen verwunderte und erschreckte sie. Das konnte nur bedeuten, daß ihre Lage auf einmal äußerst prekär war. Aber warum – warum?

Er deutete auf einen Stuhl. »Vielleicht möchten Hoheit Platz nehmen.«

»In meinem Haus stehe ich, wann ich es für richtig halte, Sir Robert.«

»Wie es Euch beliebt«, sagte er nachsichtig. Er schob

geschäftig die Papiere hin und her und beachtete Elisabeth einen Moment nicht, als sei sie eine Dienstmagd. Plötzlich blickte er auf und platzte mit seiner Botschaft heraus: »Der Lordadmiral befindet sich in diesem Augenblick im Tower von London.«

Der Raum rings um sie schwankte, sie griff nach der Stuhllehne, doch alles, was sie schließlich flüsternd hervorbrachte, war: »Was hat das mit mir zu tun?«

Er war verärgert über die Wirkungslosigkeit seines Schlages, mit dem er ihre Verstocktheit zu Fall hatte bringen wollen. »Eure Bediensteten, der Haushofmeister und Mrs. Ashley«, sagte er barsch, »sind auf dem Weg zum Tower, um über Eurer Hoheit und des Lordadmirals Treiben auszusagen.«

»Was für ein Treiben?« stieß sie hervor.

Er sprang auf und hieb mit der Faust auf den Tisch, daß die Papiere sich auf dem Fußboden verstreuten. »Ihr habt beabsichtigt, den Admiral ohne Einwilligung des Rates zu heiraten...«

»Das ist eine Lüge.«

»... und Euch der Krone zu bemächtigen. Das ist Hochverrat.«

»Nein!«

»Aber Hoheit, diese Machenschaften sind weithin bekannt.« Er hielt inne und fügte dann gehässig hinzu: »Es heißt sogar, daß Ihr ein Kind von dem Admiral erwartet.«

»Wie könnt Ihr es wagen, so eine gemeine, schmutzige Lüge zu wiederholen!« Ihre Stimme zitterte, mit zorniger Willensanstrengung gelang es ihr, ruhig fortzufahren: »Ich bin bereit, das zu widerlegen und mich, wie ich bin, den Hofärzten zu zeigen. Ich habe nichts getan und nichts zu befürchten.«

Er beschloß, seine Taktik zu ändern. Er schob seinen Stuhl zurück, trat zu ihr, legte sanft eine Hand auf ihren Arm, sprach mit leiser, schmeichelnder, beinahe väterlicher Stimme: »Kommt, seid vernünftig, Ihr braucht Euch nicht zu beunruhigen. Ihr seid sehr jung, das wird der Rat berücksichtigen, wenn Ihr Eure Machenschaften gesteht. Die Schuld wird ganz allein Euren Haushofmeister und Mrs. Ashley treffen, die –«

»– die des Königs gute Untertanen und mir treu und aufrichtig ergeben sind«, sagte sie grimmig. Sie schüttelte seinen Arm ab und wischte die Tränen fort, die ihr über das weiße Gesicht rannen.

Infolge dieser brüsken Zurückweisung verlor er die Beherrschung, und er unterdrückte das starke Bedürfnis, sie gründlich durchzurütteln. »Bei seiner Verhaftung nahm der Haushofmeister die Amtskette vom Hals und warf sie hin. Er sagte: »Ich wünschte bei Gott, ich wäre nie geboren. Ich bin ruiniert.« Madam, das waren nicht die Worte eines treuen und aufrichtigen Untertanen. Der Mann ist ein Verräter und alle, die ihn zu schützen versuchen, sind es auch.«

Sie wandte sich störrisch zum Gehen, und er sah sich zu dem unwürdigen Schritt gezwungen, ihr den Weg zur Tür zu verstellen. »Bei Gott, Madam, Eure Schuld spricht aus Eurem Gesicht – am Ende werde ich Euer Geständnis bekommen.«

»Wenn meine Schuld so offenkundig ist, braucht Ihr kein Geständnis. Bitte geht mir aus dem Weg.«

»Madam, ich ersuche Euch zu bedenken, daß Ihr nicht in der Position seid, Anordnungen zu treffen. Ihr steht unter Hausarrest, und Eure Dienerschaft ist bis auf weiteres von Euch fernzuhalten. Ich rate Euch zu Eurer eigenen Sicherheit, denkt an Eure Ehre und Eure große Gefahr, denn auch Ihr seid nur Untertanin – wie vor Euch Eure Mutter.«

Er wünschte, dies wäre ihm früher eingefallen; die Wirkung war beachtlich. Er dachte schon, sie würde ohnmächtig. Es war, als habe die Aussichtslosigkeit ihrer Lage sie wie ein Hieb ins Gesicht getroffen, als begreife sie endlich, daß sie ganz allein, ohne Freunde war und sich in Lebensgefahr befand. Sie biß die Zähne zusammen, konnte aber das erstickte, angstvolle Schluchzen, das zwischen ihnen hervordrängte, nicht zurückhalten; ihre tapfere Fassade brach plötzlich zusammen, sie weinte heftig, und ihm fiel ein, daß sie ja noch ein Kind war. »Was haben sie gesagt?« schluchzte sie. »Was haben meine Bediensteten gesagt?«

Er war kein von Natur aus barscher Mensch und war nun zuversichtlich, daß er die Oberhand gewonnen hatte. Einen Arm um ihre bebenden Schultern gelegt, führte er sie zu einem Stuhl, bot ihr sein Schnupftuch an und lächelte gütig auf das gesenkte rote Haupt herab. »Kommt«, sagte er sanft, »Ihr solltet mir jetzt wohl besser alles erzählen.«

Sir Robert Tyrwhitts Triumph erwies sich als kurzlebig und hohl. Als er nach Hatfield kam, war er überzeugt gewesen, seinen Auftrag in ein, zwei Tagen zum guten Ende zu führen, und er glaubte einen vielversprechenden Anfang gemacht zu haben. Doch in den kommenden Wochen mußte er erkennen, daß es beileibe keine einfache Aufgabe war, Elisabeths Willen zu brechen, und er schrieb an den Protektor: »Ich glaube, es gab eine geheime Absprache zwischen Mylady, Mrs. Ashley und dem Haushofmeister, kein umfassendes Geständnis abzulegen, und wenn es so ist, wird man nichts aus ihr herausbekommen...«

Der Protektor verstand den Wink, und ein neuer Schwall von Fragen ging auf die bedauernswerten Gefangenen im Tower nieder. Unter dem unerträglichen Druck brachen der Haushofmeister und Mrs. Ashley zusammen und legten ein schriftliches Geständnis ab, das, geriet es in die richtigen Hände, ihre Gebieterin auf den Richtblock bringen konnte.

Elisabeth stand ganz still, als Tyrwhitt in ihr Zimmer marschierte und drohend mit den Papieren wedelte. »Es ist alles verloren, Madam«, verkündete er. »Eure Bediensteten haben ein volles Gestandnis abgelegt. Mit Eurer fortgesetzten Verstocktheit könnt Ihr nichts gewinnen.«

Was hatte man den zwei törichten Klatschzungen angetan, um sie so mürbe zu machen? Hatte man ihre hilflosen Bediensteten gefoltert? Sie würde den Protektor am höchsten Baum des Königreichs aufhängen lassen, wenn sie Königin wäre – wenn sie nur jetzt Königin von England wäre! Aber sie war nicht Königin, und allmählich sah es so aus, als würde sie es nie werden. Allein der Gedanke war schon Verrat – waren aber die Geständnisse ihrer Bediensteten wirklich Verrat? Sie waren vernichtend, sie konnten sie ihren Ruf, vielleicht sogar ihren Platz in der Thronfolge kosten, aber solange sie standhaft blieb und alles bestritt, kosteten sie sie vielleicht nicht das Leben. Ohne ihr eigenes Geständnis waren des Haushofmeisters und Mrs. Ashleys schriftliche Aussagen kein hinreichender Beweis, eine Thronerbin zu überführen. Als Tyrwhitt sah, daß sie das begriff, wußte er, daß er ebensogut seine Sachen packen und, sich demütig geschlagen gebend, an den Hof zurückkehren könnte. Er hatte sein Bestes getan, mehr konnte er nicht tun. Jetzt oblag es dem Rat, Mittel und Wege zu finden, Elisabeths Willen zu brechen. Persönlich glaubte er allmählich, daß dies nie gelingen werde.

Die Gemahlin des Protektors fiel über ihren Mann her: »Was soll das heißen, man kann nichts mehr gegen sie unternehmen ? Du wirst dich doch vor einer fünfzehn Jahre alten Göre nicht geschlagen geben!«

Der Protektor hob entmutigt die Hände. »Ich habe alles getan, was in meiner Macht steht, um die Wahrheit aus ihr herauszubekommen.«

»Nicht *alles.* Du hast noch keine neue Erzieherin ernannt. Ich wüßte genau die richtige. Tyrwhitts Frau wäre für den Posten bestens geeignet.«

Der Protektor räusperte sich. »Aber Lady Tyrwhitt war eine ergebene Freundin der verstorbenen Königin. Es wäre kaum angebracht, eine Frau zu ernennen, welcher der Anblick des Mädchens verhaßt ist.«

»Sagte ich, daß es angebracht wäre?«

»›Bestens geeignet‹ – das waren deine Worte, meine Liebe.«

»Guter Gott, Mann, muß ich wirklich deutlicher werden?«

»Nein«, sagte er grimmig und ging zu seinem Schreibpult, um dieErnennung zu verfügen.

Quer durch den dunkelnden Raum trafen Elisabeth Tyrwhitts und Elisabeth Tudors Blicke sich wie Schwertergerassel. »Ich erkenne Euch nicht als meine Erzieherin an, Madam, und werde Euch nicht gehorchen. Ich will keine andere Erzieherin als Mrs. Ashley.«

Lady Tyrwhitt fauchte wie eine wütende Katze. »Das ist ja eine schöne Begrüßung, Madam! Ich habe mir den Posten nicht ausgesucht. Ich wurde von den Herren des Rates hierher beordert und erwarte, daß Ihr meine Dienste dankbar anerkennt.« Wenn nicht, wird es Euch leid tun! fügten die eisigen grauen Augen hinzu. Elisabeth ballte die Fäuste, grub die

Fingernägel in die Handteller, um nicht in angstvolle Zornestränen auszubrechen. »Ich habe mich nicht so verhalten, daß der Rat genötigt ist, mir noch eine Erzieherin zuzuweisen.«

»Bedaure, darüber ließe sich streiten. Und nachdem Ihr von einer Person wie dieser Mrs. Ashley erzogen wurdet, tut es Euch nur gut, wenn eine ehrbare Frau an ihre Stelle tritt.«

Elisabeth wandte sich Sir Robert zu, der sich am Kamin zu schaffen machte und so tat, als habe er keinen Teil an dieser Auseinandersetzung. »Sir, die Welt wird es als Beweis meiner Schuld auffassen, wenn man mir so plötzlich eine neue Erzieherin zuweist. Man wird mich als Verbrecherin verdammen. Ist das der Wunsch des Rates?«

»Im Hinblick auf Euer Alter und Eure Gefährdung ist es das beste für Euch, wenn Ihr unverzüglich eine Erzieherin bekommt«, sprach Sir Robert hochmütig. Er sah sie streng an und fügte mit Nachdruck hinzu: »Bei Gott, Madam, wenn es nach mir ginge, bekämt Ihr zwei ...«

»Das werde ich mir merken«, sagte sie kühl und ging ohne Erlaubnis hinaus. Lady Tyrwhitt blickte fassungslos auf die geschlossene Tür; sie platzte schier vor Wut. »O ja, sie wird es sich merken, wie? Wenn sie Königin ist, zweifellos! Guter Gott, sie braucht eine Erzieherin, die ihr Manieren beibringt!«

Sir Robert warf ein Holzscheit ins Feuer und ließ sich steif auf einem Sessel nieder. »Mir hat dies alles schwer zu schaffen gemacht«, klagte er. »Der Rat ahnt ja nicht, was ich zu bewältigen hatte. Ich sage dir, Bess, ich kann nicht mehr.»

»Ach du!« Seine Gemahlin rümpfte verächtlich die Nase. »Du warst zu sanft mit ihr, das habe ich immer gesagt. Es ist an der Zeit, daß wir die Samthandschuhe abstreifen und die Daumenschrauben anziehen. Sie muß erfahren, wie schlecht es um den Admiral bestellt ist. Eine Woche, mehr brauche ich nicht, dann wird die kleine Madam bereitwillig reden.«

Lady Tyrwhitt packte ihre Aufgabe resolut an. Sie folgte ihrer Schutzbefohlenen Tag und Nacht wie ein tückischer Schatten, höhnisch und aufdringlich. Sie setzte die Dienstboten herab, die Elisabeth energisch verteidigte, und den Admiral, von dem Elisabeth nicht zu sprechen wagte. Lady Tyrwhitt sah, daß dies der stete Tropfen war, welcher den Stein höhlte, und ihre leise, gehässige Stimme geiferte ohne Unterlaß; sie spie Gift und Galle gegen ihn, bis die letzte Spur von Elisabeths eiserner Selbstbeherrschung schwand und sie ihn in plötzlich aufwallender Wut verteidigte; niemals werde sie glauben, daß er ein Verräter sei.

»Die Meinung Eurer Hoheit hat kein Gewicht«, höhnte Ladv Tyrwhitt. »Sämtliche Häuser des Lordadmirals sind verkauft, seine Dienerschaft ist verstreut. Seine Schuld ist für alle offensichtlich.«

»Aber noch nicht bewiesen.« Elisabeth atmete schwer. »Man hat noch nicht gewagt, ihn vor Gericht zu stellen, nicht wahr?«

Lady Tyrwhitt lächelte verächtlich. »Die Unwissenheit Eurer Hoheit erstaunt mich. Es dürfte Euch doch bekannt sein, daß es keiner öffentlichen Gerichtsverhandlung bedarf, um einen Strafbefehl gegen ihn zu erlassen.« Elisabeth starrte sie entsetzt an. »Der König würde niemals dulden –«

»Der König sorgt für Gerechtigkeit; wenn es sein muß, gegen seine eigene Verwandtschaft! Onkel, Schwestern – niemand ist vor einer Anklage wegen Hochverrats sicher, sie müssen sich verantworten wie jeder andere Untertan. Seid versichert, Mylady, am Ende kommt er unters Beil. Ihm bleibt keine Hoffnung auf dieser Welt.«

Doch nichts vermochte Elisabeths Zunge zu lösen. Sie blieb stumm bis zu dem Tag, an dem sie sich hinsetzte und einen Brief schrieb, der den Protektor besiegte, als habe sie ihm einen Messerhieb erteilt. Sie verlangte, daß im ganzen Land eine königliche Proklamation erginge, welche ihren Namen reinwusch. Falls dies nicht bewilligt würde, werde sie nicht noch einmal darum bitten, »denn dann sehe ich, daß Ihr nicht wohlgesonnen seid«. Das war eine kühne persönliche Beschuldigung, und der Protektor ging in die Knie, wußte er doch, daß ihm nichts übrigblieb, als ihrer Forderung zu entsprechen. Sie berief sich auf ihre größte Macht, ihre Beliebtheit beim englischen Volk, und er erließ die Proklamation so unterwürfig, als sei es ein königlicher Befehl. Elisabeth nahm die Nachricht von ihrem Sieg schweigend auf. Sie hatte ihr Leben gerettet. Nun blieb ihr nur noch das Warten auf den einen Akt, der es seines Sinnes beraubte. Der Strafbefehl war gegen den Admiral ergangen, und sie wußte, daß sein Ende nicht mehr lange hinausgezögert werden konnte. Die Tyrwhitts hatten gesagt, es bestünde keine Hoffnung auf Begnadigung. In der Stille ihres Zimmers war ihre Anhänglichkeit an Kat nun das einzige, was sie anspornte, etwas zu tun. In einem langen, verzweifelten Brief an den Rat bat sie um das Leben und die Freilassung ihrer Erzieherin. Ihre Feder kratzte über das Papier, das vor ihren Augen verschwamm. Ihr Kopf dröhnte aus Mangel an Schlaf, und ihr Geist, verzweifelt den einen zu erreichen suchend, für den sie nicht bitten durfte, klammerte sich an die letzte vage Hoffnung, an die auch er sich klammern mußte, daß der kleine König, sein Neffe und Freund, ihn retten würde. Aber falls der elfjährige Knabe etwas empfand, ließ er es sich nicht anmerken. Er genehmigte die Hinrichtung des Admirals mit der Gleichgültigkeit, die man bei der Vernichtung einer Ratte von ihm erwartet hätte. Unter der Vormundschaft des Lordprotektors hatte Edward an Härte gewonnen und an Menschlichkeit verloren. Niemand war über das Ergebnis erschütterter als Elisabeth. Tief im Herzen wußte sie, daß ihr Bruder, wäre es soweit gekommen, ihre Hinrichtung so gelassen genehmigt hätte wie die des Admirals, dem er doch auch Liebe und Loyalität zu verdanken hatte. Aus dieser bedrückenden Erkenntnis wuchs das Prinzip, das fortan ihr Leben beherrschen sollte: Liebe niemanden, traue keinem, denn alle Zuneigung ist falsch. Sie saß einsam an ihrem Schreibpult und starrte ins Feuer, bis ihr die Lider schwer wurden. Ihr Kopf sackte auf ihren Satinärmel, und so schlief sie ein, sank herab in einen endlosen, finsteren Korridor, wo es keine Hoffnung auf Licht gab. Sie war einsam, einsamer sogar, als sie in ihrem Sarg sein würde, umgeben von Finsternis, und schluchzte nach Kat. Aber niemand kam, niemand würde kommen. Es war feucht auf dem Fußboden, wo sie kauerte. Sie streckte die Finger aus und fühlte Nässe, warm und dickflüssig. Blut! Sie fuhr zurück und suchte, im Dunkeln kriechend, zu entkommen. Und dann berührten ihre ausgreifenden Finger das Etwas, das ihr im Wege lag, und sie sah, woher das viele Blut kam. Nirgends war Licht, und doch erkannte sie seinen abgetrennten Kopf – aus seinem Blutstrom bildete sich ein Fluß, um sie zu ertränken! Ein Holzscheit fiel im Kamin zusammen, und sie erwachte zuckend mit einem erstickten Stöhnen, lauschte auf ihren Herzschlag, der ihr in den Ohren dröhnte. Hinter ihr öffnete sich die Tür, und als sie sich unwillig umdrehte, machte Lady Tyrwhitts Kammerzofe einen schnippischen Knicks. »Sir Robert läßt um Euer Erscheinen in der großen Halle ersuchen, Madam.«

Elisabeth erhob sich benommen von ihrem Stuhl, und das kleine Zimmer verschwamm und vertauschte sich mit dem breiten Treppenhaus und der großen getäfelten Empfangshalle, wo es von Tyrwhitts Leuten wimmelte. Es entstand gedämpftes Flüstern und Rempeln, als sie langsam zum Kamin schritt, wo Sir Robert und seine Gemahlin hämisch triumphierend die Hinrichtung des Lordadmirals mit peinlicher Akribie schilderten, in der Hoffnung auf eine Schockreaktion, die ihr vergebliches wochenlanges Drangsalieren belohnen würde. Doch Elisabeth hatte bereits jeden einzelnen Schritt, jeden Blick, jede Geste und jedes Wort durchlebt. Sie sah ihnen in die Augen, ohne zu blinzeln, und ihre dünne Stimme drang fest und deutlich durch die kalte Luft. »Heute starb ein Mann von großem Geist, aber geringer Einsicht!« Sie spürte die Welle des Erstaunens, welche die lauschenden Zuschauer hinter ihr durchlief, und sah die Tyrwhitts einander schockiert, entrüstet und ungläubig über soviel Gefühllosigkeit anblicken. Aber das hatte nichts zu bedeuten, nichts hatte mehr etwas zu bedeuten. Sie hatte um ihr Leben gekämpft und gewonnen. Jetzt schien es nichts mehr zu geben, um das es sich zu kämpfen lohnte, und der zornige Elan, der sie während ihrer schweren Prüfung angetrieben hatte, verlosch wie eine Kerze und hinterließ sie kalt, leer und ausgebrannt. Sie ging langsam nach oben, wo ihre alte Kinderfrau sie erwartete. Zum erstenmal seit Tyrwhitts Erscheinen bekam sie jemanden von ihrer eigenen Dienerschaft zu sehen, doch nun blickte sie die Frau verständnislos an, fast als erkenne sie sie nicht. Sie ließ sich auskleiden und widerspruchslos zu Bett bringen. Und dies war das letzte, woran sie sich für lange, lange Zeit erinnerte.

7

In Hatfield stand der alte Palast still in der blassen Frühlingssonne. Die Innenhöfe waren seit Wochen ohne Leben, im Stall protestierte Elisabeths Lieblingswallach wiehernd gegen die fortwährende Abwesenheit seiner Herrin. Stallknechte ritten ihn nun einmal am Tag, achtlose junge Burschen, die dafür bezahlt wurden und ihm nie die Nüstern kraulten oder frische Äpfel brachten. Seine Augen waren stumpf und traurig, sein Fell verlor den seidigen Glanz.

»Der grämt sich wohl«, meinte ein älterer Mann, worauf alle im Stall Anwesenden verstohlen einen Blick auf das rote Backsteingebäude warfen, bevor sie sich schweigend wieder an die Arbeit machten. Im Innern des Palastes sagte Sir Robert Tyrwhitt zu der alten Kinderfrau: »Ich stimme Euch voll und ganz zu, es hat lange genug gedauert. Ich schicke unverzüglich einen Boten nach London«, und damit stürmte er über die Turmtreppe zu seinen Gemächern.

»Nun?« Seine Gattin, eine Spur weniger gefaßt als sonst, erhob sich vom Fenstersitz. »Was meinst du, Robert?« Tyrwhitt schlug die Tür zu. Seine Miene zeigte die grimmige Angriffslust eines Mannes, der große Angst hat. »Ich meine«, sagte er mürrisch, »wenn wir jetzt nicht auf der Hut sind, werden wir zwei mit einem mordlüsternen Pöbel Bekanntschaft machen.« Er schritt wütend auf und ab, hielt dann inne und setzte griesgrämig hinzu: »Wäre es nach mir gegangen, hätte ich den Doktor schon lange kommen lassen, aber nein, du wußtest es besser. Kein Grund zur Sorge, hast du gesagt, sie schmollt nur, sie wird es verwinden. Und jetzt – Herrgott, Weib, sie gleicht einem Skelett.«

»Ich kann sie nicht zum Essen zwingen«, verteidigte sich seine Gattin, »ich bin nicht schuld, wenn sie verhungern will.«

»Das kannst du dem Protektor erzählen. Was meinst du

wohl, was er sagt, wenn sie ihm wegstirbt, wenige Wochen nachdem dem Volk ihre Unschuld verkündet wurde? Wir sind für sie verantwortlich – die perfekten Sündenböcke, siehst du das nicht?«

Lady Tyrwhitt war erbleicht. Sie trat an den Tisch und legte Federkiel, Tinte und Streusandbüchse zurecht. »Dann solltest du jetzt schreiben«, sagte sie und setzte sich gebannt zu ihm, um zuzusehen.

Der Protektor war über die Nachricht von Elisabeths ernstem Zustand erschüttert. Flugs setzte er alles in Bewegung, was ihre Genesung herbeiführen könnte, er schickte ihr seinen Leibarzt, viele gute Wünsche und einen Freibrief, der ihr Liegenschaften und Einkommen zusicherte. Der Tod seines Bruders hatte seinem Ansehen beim Volk sehr geschadet. Überall im Land wurden Gerüchte über Unruhen laut, und John Dudleys Einfluß in der Ratsversammlung nahm ständig zu. Wenn der Protektor sich der Opposition, die sich gegen ihn formierte, erwehren wollte, war der Tod des Mädchens das letzte, was er auf dem Hals haben mochte.

Als man seinen Leibarzt in sein Arbeitszimmer führte, erwartete er ihn mit schlecht verhohlener Besorgnis. Er winkte unwillig ab, als der Arzt sich nach einer höflichen Verbeugung zunächst, wie es sich ziemte, nach seinem Befinden erkundigte. »Mir fehlt nichts, Mann!« Er kaute auf seiner Lippe und bot dem Arzt mit einer Handbewegung einen Stuhl an. »Was gibt es Neues aus Hatfield?« Der Arzt räusperte sich mit betretenem Gesicht. »Mylord werden sich erinnern, daß ich die Prinzessin im Herbst behandelt habe. Durch unglückliche Umstände hat sich ihr Zustand seither verschlechtert; es steht sehr ernst um sie. Es war äußerst verhängnisvoll –« Unter des Protektors eisigem Blick brach er abrupt ab.

«Äußerst verhängnisvoll, daß ich genötigt war, ihren Liebhaber zu exekutieren!« brauste der Protektor auf. »Die Maßnahme hat mir, im Gegensatz zur öffentlichen Meinung, kein besonderes Vergnügen bereitet. Und ich wünschte nicht Euer moralisches Urteil, sondern nur Eure berufliche Meinung zum Zustand des Mädchens zu hören.«

»Ich rechne nicht mit einer raschen und schon gar nicht mit einer vollständigen Genesung.«

Der Protektor schluckte, seine Kehle war knochentrocken. Seine Hand tastete nach einer Weinkaraffe, aber es gelang ihm nicht, sich aufs Einschenken zu konzentrieren. »Herrgott!« murmelte er aufgebracht. »Wollt Ihr damit sagen, Ihr rechnet damit, daß sie stirbt?«

»Ich will sagen, Mylord«, erwiderte der Arzt abwehrend, »daß es möglich wäre. Sie hat jeglichen Lebenswillen verloren. Wenn man sie nicht aus ihrer Melancholie herausreißen kann, wird sie sich mir nichts, dir nichts davonstehlen.«

Der Protektor setzte sich und kaute an seinem Daumennagel. »Wenn das durchsickert, bin ich erledigt – nach Lage der Dinge kann jeden Moment ein Aufstand ausbrechen.« Er schlug mit der geballten Faust auf den Tisch, daß seine Papiere aufflogen und sich verstreuten. »Ach was – Ihr seid der Arzt, verdammt, schlagt eine Behandlung vor. Wofür bezahle ich Euch?«

»Mylord, laßt ihre Erzieherin und den Haushofmeister zurückkehren. Das ist alles, was ich empfehlen kann.«

Der Protektor starrte finster auf sein Tintenfaß. Nach einer Weile sagte er verwundert: »Ich hätte gedacht, die wären die letzten, die sie zu sehen wünscht.«

»Liebe und Loyalität bedürfen nicht unbedingt der Logik, Mylord. Ich halte die Rückkehr der beiden für unumgänglich, um das Leben Ihrer Hoheit zu retten.«

»Nun gut, wenn Ihr meint, daß es hilft.« Der Protektor war nachdenklich geworden. Der Admiral war stets gut zu seinem königlichen Neffen gewesen, und doch hatte dieser den Hinrichtungsbefehl ohne Gewissensbisse erteilt. Wie wenig Loyalität konnte er selbst da von Edward erwarten. Alle seine Pläne, Hoffnungen und Ängste schienen mit einemmal unbedeutend, und er wünschte nur noch eines: daß Elisabeth am Leben blieb. Er erhob sich und drückte dem Arzt die Hand. Jeglicher Mißmut war aus seinem Gesicht und seiner Stimme verschwunden. »Mein Freund«, sagte er heiser, »kehrt mir zuliebe nach Hatfield zurück und tut, was Ihr könnt.« In Elisabeths Schlafgemach raunte Tag für Tag unermüdlich ein hoffnungsvoller Monolog von Kat Ashleys dünnen Lippen. Sie wartete vergeblich auf eine Reaktion, bis sie in ihrer Verzweiflung Verrat predigte: »... wollt Ihr denn nicht Königin von England werden?«

Elisabeth drehte den Kopf auf dem Kissen herum und sah die Erzieherin an. Sie ballte die Hände zu Fäusten, und ihre trüben Augen flammten auf wie Signalfeuer. »Was redet Ihr da? Ihr wißt, ich kann niemals Königin werden.«

»Warum nicht?« Kat fachte den Funken beflissen an. »Euer Vater hat Euch wieder in die Erbfolge eingesetzt, niemand erinnert sich mehr –«

»Daß ich einst ›der kleine Bastard‹ war? Mary erinnert sich bestimmt, und sollte Edward etwas zustoßen, wird sie Königin und sorgt dafür, daß ich ihr niemals folge.«

Die Hoffnung ließ Kats Herz hüpfen wie ein wildgewordener Kobold. »Sie kann Euch nicht ausschließen – das Volk würde es nicht zulassen.«

Elisabeth seufzte matt. »Das Volk nennt mich eine Hure«, murmelte sie.

»Dann zeigt ihm, daß es eine Lüge ist! Ach, meine Liebe, seht Ihr es denn nicht? Ihr braucht nur zu warten, und die Krone wird auf Euer schönes Haupt fallen, das ist so sicher, wie der Tag auf die Nacht folgt. Jetzt noch nicht, es dauert vielleicht noch viele Jahre, aber es wird so kommen, ich schwöre es.« Sie hielt inne. »Doch wenn sie Euer ist, werden Eure Feinde versuchen, sie Euch zu nehmen, und deswegen müßt Ihr genesen – um bereit zu sein. Bereit, um Euer Erbe zu kämpfen.«

Kats Stimme wirkte auf Elisabeth wie ein Donnerschlag. Ihr war, als habe sie ihr Leben lang auf diesen Augenblick gewartet, da ihr der eigentliche Zweck ihres Daseins auf dieser Erde dargelegt wurde: Sie war geboren, um zu herrschen und so die Mutter zu sühnen, deren einziges Verbrechen darin bestand, ein Mädchen zu gebären. Königin von England werden – das war alles, worauf es ihr jetzt ankam. Sie erhob sich von ihrem Lager, ging zum Fenster, stieß mit ihrem erbärmlich dünnen Arm die Flügel weit auf und ließ den Wind über ihre Totenblässe streichen. Unten sah sie die Rosensträucher und gedachte der einen Rose, die ihre Blütenblätter nie mehr zur Sonne öffnen würde. »Rose ohne

Dornen« hatte Heinrich die Kindfrau genannt, um die er bitterlich geweint hatte, obwohl er selbst ihre Hinrichtung befahl – wie schon bei einer vor ihr. Um die aber hatte man ihn nie weinen sehen, nachdem er, um sie zu gewinnen, England gespalten hatte. Wie töricht waren die Frauen, daß sie sich willig der Macht der Männer unterwarfen! Der Admiral war tot, sie mußte ihn vergessen. Er hatte den Tod verdient, das konnte sie nun endlich einsehen. Sie glaubte jetzt, daß Ehrgeiz und nicht Liebe ihn in das Grab getrieben hatte, das sie um ein Haar mit ihm geteilt hätte. Er hatte sie wie ein Pfand für seine verräterischen Machenschaften benutzen wollen. Kein Mann, ob Freund oder Feind, sollte jemals wieder Gelegenheit haben, sie für seine Zwecke auszunutzen. Sie wandte sich vom Fenster ab und Kat zu, die noch mager und mitgenommen war von den Strapazen, die sie um ihrer jungen Gebieterin willen in der Gefängniszelle erduldet hatte. »Wenn ich angekleidet bin, bestellt meinen Hauslehrer ins Sonnenzimmer.«

Das war alles, was Elisabeth sagte, aber Kat wußte instinktiv, daß dies das Ende ihrer Trauer bedeutete. Elisabeth nahm wieder Unterricht; sie kleidete sich in ihre schlichtesten Gewänder, wohl wissend, daß sie ihren guten Ruf mittels der einzigen ihr anstehenden Rolle, der Rolle der strengen, hochgeborenen protestantischen Jungfrau, wiederherstellen mußte. Aus dem Spiegel blickte ihr eine blasse, ernste Gestalt entgegen, die schönen Haare unter einer schmucklosen Haube versteckt. Äußerlich bot sie ein Musterbeispiel an Fleiß und jungfräulicher Tugend. Die Skandalgeschichten über sie erstarben allmählich mangels Nahrung, und das Volk murmelte ihren Namen mit stetig wachsender Zuneigung. Um ihr Herz errichtete sie eine undurchdringliche Mauer. Die einzigen Gefühle, die sie nach außen ließ, waren die Liebe zum Gefolge ihrer Kindheit und der unversöhnliche Haß auf den Protektor. Mit stiller Genugtuung lauschte sie allen Gerüchten, welche besagten, daß seine Welt jeden Augenblick einstürzen werde. John Dudley wartete in den Kulissen wie ein Schauspieler auf sein Stichwort. Als die Unzufriedenheit mit der Herrschaft des Protektors sich in offener Rebellion Luft machte, schlug Dudley die Aufstände nieder und gewann damit die meisten Ratsmitglieder für sich, alles ehrgeizige Herren, die sich nun gegen den selbstgefälligen Mann auflehnten, der das Blut seines eigenen Bruders vergossen hatte. Mochte der Lordadmiral auch ein Schurke gewesen sein, so scheinheilig wie der Lordprotektor war er jedenfalls nie. Der Protektor verschanzte sich wie ein ausgemachter Feigling hinter dem kleinen König, der ihn aber mit zunehmendem Haß betrachtete und dachte, wie viel besser das Leben in einer Welt sein könnte, in der es keine ehrgeizigen Onkel mehr gäbe. Als John Dudley mit seinen siegreichen Truppen nach London zurückkehrte, schnappte sich der Protektor, die Gefahr witternd, seinen kleinen Neffen und verbarrikadierte sich in Schloß Windsor vergeblich gegen Dudleys Soldaten. Er wurde in den Tower gebracht, und er war, an den eisigen Blick seines jungen Neffen denkend, fast überzeugt, daß sein Ende nahe sei. Aber dafür war Dudley zu klug. Er hatte gesehen, wie sich Tom Seymours Tod auf die Phantasie der Öffentlichkeit auswirkte, und wollte lieber noch etwas warten. Der Tod des Protektors wurde aufgeschoben, bis er sich als geboten oder unabdingbar erweisen würde. Elisabeth, die im Hintergrund auf die Nachricht von seiner Hinrichtung wartete, geriet über die Verzögerung in stumme Wut. Die Möglichkeit, Dudley könne die kriecherische Ratte entkommen lassen, quälte sie Tag und Nacht und veranlaßte sie schließlich, ihre selbstauferlegte Zurückhaltung aufzugeben. Im Dezember 1549 nahm sie die Einladung des Königs an und kehrte zu den Weihnachtsfeierlichkeiten an den Hof zurück. Sie mußte um jeden Preis erfahren, was Dudley mit dem gestürzten Protektor im Sinn hatte. In dem aufgeschossenen Jüngling auf dem Thron vermochte sie den Bruder nicht wiederzuerkennen, der in ihren Gedanken ein Kind geblieben war. Sie sah einen Fremden, dünn, rotgesichtig und von einem bösen Dauerhusten geplagt. Sie sank vor ihm auf die Knie, beschämt und bestürzt, weil sie in Gedanken unwillkürlich seinen Sarg abmaß. Sie hatte ihn einst sehr liebgehabt, er aber hatte keinen Finger gerührt, um ihr zu helfen, als sie, von allen Freunden verlassen, als Gefangene um ihr Leben bangte; in Herrscherherzen war die Liebe ein unwillkommener Eindringling. Es war eine formelle Unterredung; Elisabeth stand noch nicht wieder in ausreichender Gunst für das Privileg, ihn allein zu sprechen. Als sie sich von ihrem tiefen Knicks erhob, sah sie die blassen grauen Augen von William Cecil, dem jungen Sekretär des Protektors, auf sich gerichtet. Er nickte ihr bedächtig zu, sein reges Gesicht zeigte einen seltsamen Ausdruck. War es Mitgefühl? Plötzlich fiel ihr ein, daß Cecil während ihrer Gefangenschaft in Hatfield mit ihrem gesamten Schriftverkehr mit dem Rat befaßt gewesen sein mußte. Zweifellos hatte er Kats und des Haushofmeisters Geständnisse gesehen und wahrscheinlich die öffentliche Proklamation ihrer Unschuld aufgesetzt. Nun blickte er sie mit zurückhaltender Hochachtung an. Merkwürdig! War es möglich, daß Cecil sie trotz allem nicht für eine Hure hielt? Ein Freund bei Hofe wäre von unschätzbarem Wert, und an den kalten, verschlagenen Blicken ringsum merkte sie, daß wahrlich wenige bereit waren, dieses Risiko einzugehen, und es noch weniger gab, denen sie zu trauen wagte. Aus einer plötzlichen, vernunftwidrigen Eingebung fühlte sie sich zu dem Mann hingezogen.

»Willkommen bei Hofe, meine liebe Schwester.« Der König streckte die Hand aus und bedeutete ihr, neben ihm Platz zu nehmen. Als sie aufblickte, sah sie Robert, den Gefährten ihrer Kindheit, bei den Dudleys stehen. Und während sie sich geduldig ihres Bruders altklugen Monolog anhörte, war es Robert, den sie unter sittsam gesenkten Lidern hervor betrachtete.

Auf einem Kiesweg im Park von Whitehall zog Robert Dudley den lila Samtumhang fester um seine breiten Schultern und warf eine Handvoll Schnee auf einen Baum. Er feixte, als ein Flockengestöber auf einen ältlichen Spaniel niederging, der den Baum nach einer geeigneten Stelle umrundete. Der Hund blieb stehen und sah seinen Herrn mit triefenden Augen vorwurfsvoll an.

»Schau mich nicht so an, alter Schuft, mach, daß du fertig wirst! Es ist verflucht kalt hier draußen, da friert mir ja mein –«

Hinter ihm knackte ein Zweig. Er drehte sich um und blickte in das zynische Gesicht der Prinzessin Elisabeth. »Ja?« sagte sie mit kühlem Lächeln. »Fahrt nur fort mit Eurem Gespräch. Ich denke, Euer Hund kann es Euch nachfühlen, ist er doch beträchtlich näher am Erdboden als Ihr.« Sie beobachtete amüsiert den jungen Mann, der bis zu den Ohrläppchen errötete, weil ihn dieses überhebliche Mädchen und seine ständige Begleiterin, die blasierte Erzieherin, beim Gespräch mit seinem Hund ertappt hatten. Doch als er sich artig in den Schnee kniete, um die förmlich ausgestreckte Hand zu küssen, vergaß er seinen Unmut, und ganz gewöhnliche Neugier flackerte in ihm auf. Er brannte innerlich von Fragen über den Lordadmiral, Fragen, die zu stellen er sich nicht unterstehen durfte. Erschüttert über ihr abgespanntes Aussehen sagte er, weil ihm nichts Besseres einfiel: »Wollt Ihr mit mir spazierengehen, Madam?«

»Madam?« Da lächelte er, nahm mit der alten Vertrautheit ihre Hand und legte sie auf seinen Arm. Elisabeth nickte Kat zu, die wußte, was von ihr erwartet wurde und zögernd einige Schritte zurückblieb. »Zeigt mir den Park«, sagte Elisabeth. »Es ist lange her, seit ich am Hofe war.«

»Allzu lange«, parierte er. »Ich hätte Euch gern in Hatfield besucht, aber –« Er zögerte.

»Aber Eurem Vater war es nicht genehm.«

»Hm –« Er war verlegen. »Ihr wißt, wie Vater ist...«

»Ihr braucht Euch nicht zu entschuldigen, Robert, ich bin Euch nicht böse.«

Sein Gesicht zeigte echte Erleichterung, und sie sprachen von anderen Dingen. Robert war ein ergötzlicher Gesellschafter, und Elisabeth betrachtete ihn, zu ihrer eigenen Verwunderung, mit wohlwollendem Interesse aus dem Augenwinkel. Sie staunte, wie stattlich und gutaussehend er war, und war sorgsam darauf bedacht, es ihn nicht merken zu lassen. Sie gab sich entsprechend abweisend, und als er munter und fidel wie ein junger Hund neben ihr her stolzierte, wies sie ihn mehrmals dermaßen streng zurecht, daß seine gesunde Dickfelligkeit darunter litt. Er versuchte es daher mit Schmeicheleien von der Art, wie sie sich unter anderen Umständen bestens bezahlt gemacht hatten. »Wie man hört, tragt Ihr Euer Haar nicht mehr offen.«

»So?« Sie warf ihm einen kühlen Blick zu.

»Findet Ihr nicht, daß es eine Vergeudung ist, es zu verstecken? Keine bei Hofe hat Haare, die Euren gleichkommen.«

Sie war wider Willen geschmeichelt. »Höfling!« sagte sie mißtrauisch. »Wo habt Ihr Eure Zunge geschliffen?«

»In Norfolk.« Er zuckte die Achseln. »Erinnert Ihr Euch der Tochter des alten Robsart? Wir heiraten im Juni.«

Unfähig, ihn anzusehen, starrte sie geradeaus, um eine ebenso widersinnige wie unvermutete Gefühlsregung zu verbergen. Was ging es sie an, wenn er heiratete? Schließlich wandte sie sich ihm mit schiefem Lächeln zu. Sie gab ihm spielerisch einen Klaps auf den Arm und sagte leise: »Wilder Hafer ist leicht gesät, aber mühsam geerntet. Armer Robert!«

»Männer bezahlen Huren«, brauste er, von der Anspielung angestachelt, auf. »Sie nehmen sie nicht zur Frau.«

Er sah sie weiß werden wie ein gebleichter Knochen und brannte mit einemmal vor Schuld und Scham, weil er die harte Fassade aus Gleichgültigkeit und Beherrschtheit, ihre einzige Abwehr gegen anzügliche Blicke und Hohngelächter, durchlöchert hatte. Den Siebzehnjährigen, der nichts als Glück und Erfolg vor sich sah, schmerzte ihre Not, er kam sich klein und schäbig vor. Wie taktlos von ihm, von seiner Heirat zu sprechen, während der Admiral in seinem Schandgrab verrottete. Er sah sie verlegen an. Sie schauderte in der eisigen Luft, und er legte ihr mit seltsam beklommenem Herzen seinen Umhang um die Schultern. Sie waren also wahr, die Gerüchte, sie hatte einen Mann geliebt, der alt genug war, um ihr Vater zu sein. Warum sollte sie sich nun einem unreifen Jüngling zuwenden, der sie fast eine Dirne genannt hatte? »Ich wollte damit nicht sagen –« begann er unbeholfen. Sie lächelte matt und legte ihm einen Finger auf die Lippen. Die plumpe Lüge hatte sie gerührt. Gewiß glaubte er die Gerüchte, aber anders als die anderen, glaubte er sie widerwillig. Trotz üblen Geredes und reicher Erbin war er noch ihr Freund und würde es immer bleiben; es war, als könne er einfach nicht anders. »Erzählt mir von Eurer Braut«, sagte sie sanft. Plötzlich verschämt wie ein Schuljunge, berichtete er ein wenig, sah sie aber nicht an. Als er geendet hatte, herrschte Schweigen, und es war an ihr, es behutsam zu brechen.

»Wohl kaum eine arrangierte Heirat«, sagte sie vorsichtig.

Er lachte. »Hätte ich einer Bäuerin einen Antrag gemacht, der Aufruhr hätte kaum größer sein können. O ja, sie ist wohlhabend, daran vermochte nicht einmal Mutter etwas auszusetzen, aber nicht von Rang; sie hat nichts, was den Familieninteressen bei Hofe dienen könnte. Aber eher lasse ich mich hängen, als daß ich auf meines Vaters Schachbrett den Bauern spiele. Sollte ich es in England je zu Macht bringen, soll keiner sagen, ich hätte sie zuerst unter den Röcken meiner Frau gejagt.«

Elisabeths Gesicht zeigte einen eigentümlichen Ausdruck. Sie legte die Hand auf die Lippen, wie um ein Lächeln zu verdecken, und Robert deutete die Geste als Spott.

»Ich habe Euch amüsiert«, fuhr er eisig fort. »Zweifellos bevorzugt Ihr kaltblütige Männer, skrupellose Raffer wie –«

»Wie Euer Vater«, fiel sie ihm vergnügt ins Wort.

Er lächelte unbeholfen und ließ es dabei bewenden. Wußte sie, wie nahe er daran gewesen war, ihr den Namen des Admirals hinzuwerfen wie einen Fehdehandschuh? Ihre Augen musterten ihn mit stiller Überlegenheit und unausgesprochenem Wissen, das den ersten Anflug von Selbstzweifel in ihm hervorrief. Es war leicht gewesen, sich in Amy Robsart zu verlieben, zu leicht, fand er plötzlich, als ihm der rüde Tritt einfiel, den ihm sein Vater unter dem Tisch der Robsarts versetzt hatte. Diese Heirat war der erste ernste Feldzug, den Robert gegen die Autorität seines Vaters führte, und er hatte ihn schneller als erwartet gewonnen. John Dudley, mit dringenden Staatsangelegenheiten befaßt, hatte weder Zeit noch Lust, einen kampflustigen Bengel zu unterwerfen, dessen Halsstarrigkeit an seine eigene gemahnte. Und das Mädchen hatte Geld, das vielleicht einmal nützlich sein könnte. Er gab nach, der Kontrakt wurde aufgesetzt, ein Datum bestimmt, und Robert freute sich seines Sieges – bis zu diesem Augenblick.

»Siebzehn«, bemerkte Elisabeth achtlos, »ist sehr jung für einen Mann, um seinen Kopf freiwillig in eine Schlinge zu stecken.«

Er schwieg aufgebracht, erzürnt. Jung! Was wollte sie damit sagen? Naiv, unreif, beschränkt? Er, zwölf Monate älter als sie, in einem Alter, da viele Burschen seines Standes schon die nächste Generation gezeugt hatten – er und jung? Zu jung, eine flüchtige Passion rechtzeitig genug zu erkennen, um sich zurückzuziehen? Hatte sie das gemeint?

»Ihr müßt zur Hochzeit kommen«, sagte er kurz angebunden, und sie gingen eine Weile in feindseligem Schweigen weiter; der alte Spaniel trottete zwischen ihnen. Nach einer Weile fragte Elisabeth beiläufig, was er über den Protektor wisse – dies war ungefährlicheres Gefilde. »Mit dem ist es aus«, sagte Robert ausdruckslos.

»Er lebt noch.«

Robert lächelte.

»Nicht mehr lange.«

»Wann?« flüsterte sie.

Er schwieg, die Risiken einer Indiskretion abwägend.

»Wenn es dem Volk gefällt?« drängte sie.

»Ach, das Volk zählt nicht! Wenn, dann geschieht es, wenn es meinem Vater genehm ist.«

Sie fragte nicht weiter. Sie hatte alles erfahren, was sie wissen wollte. Edward Seymours Tage waren gezählt. Schneeflocken umwirbelten sie nun, und sie kehrten zum Palast zurück, wo sie Robert stumm seinen Umhang zurückgab.

Im Korridor kam eine düstere, unauffällige Gestalt auf sie zugeschritten, und schließlich erkannte sie im winterlichen Zwielicht den Sekretär des Protektors. »Da kommt Cecil, das blutleere Wunder.« Roberts Stimme an ihrem Ohr hatte einen verächtlich-belustigten Klang. »Er wird sich bald umstellen müssen, wenn er seine Haut retten will. Es heißt, daran, wie Cecil die Segel setzt, kann man immer absehen, woher der Wind weht. Vater hält ihn sich warm, er meint, er könnte sich als nützlich erweisen. Ich persönlich würde mich nicht mit ihm befassen. Er ist nur ein wendischer Wetterhahn, wie alle anderen Ratsmitglieder auch.«

Elisabeth wandte sich besagtem Manne zu. Er war klein und unscheinbar; sie wunderte sich, wieso ihr Herz bei seinem Anblick einen Sprung tat. Es war das zweite Mal, daß sie diesen seltsamen Stoß verspürte, als hätte jemand sie tief im Innersten berührt.

Cecil blieb vor ihnen stehen, verbeugte sich flüchtig und ergriff die Hand, die sie ihm mechanisch bot. Er setzte gerade zum Sprechen an, als eine wütende Stimme aus einer offenen Tür durch den Flur hallte. »Robert! Der Teufel soll den Burschen holen, nie ist er da, wenn ich ihn brauche. Mary, spute dich, suche mir den liebeskranken Flegel –«

Die Tür schloß sich und schnitt die gellenden Töne mitten in einem Fluch ab. Robert wartete nicht auf das persönliche Erscheinen seiner Schwester. »Verflixter Hund«, sagte er, indem er sich bückte und dem Spaniel liebevoll aufs Hinterteil schlug. »Besäße ich mehr Verstand und weniger Herz, so hätte ich dir nicht nachgegeben und mir viel Ärger erspart.« Er richtete sich forsch auf, um Elisabeth die rechte Hand zu küssen, und sah, daß Cecil sie hielt. Er funkelte den Älteren vielsagend an in der Erwartung, daß dieser nachgebe. Da bot ihm Elisabeth die linke Hand, und er war gezwungen, sie zu ergreifen, so daß die drei sekundenlang zu einem Trio vereint standen. Der Augenblick, mit einer Bedeutung befrachtet, die über ihr gegenwärtiges Begriffsvermögen hinaus reichte, zog sich übermäßig hin, bis Elisabeth lachend ihre Finger Roberts grimmigem Griff entzog. »Hunde und Pferde«, bemerkte sie zu dem Sekretär, »ich glaube, sie folgen ihm sogar ins Bett, wenn sie können. Ihr seid ein verheirateter Mann, Cecil, Ihr solltet ihn warnen, daß seine Gattin eifersüchtig wird.«

Mit einer spöttischen Verbeugung entfernte sich Robert. Der alte Spaniel trottete hinter seinem Herrn drein, und Elisabeth blieb mit Cecil allein in dem trübe erleuchteten Korridor. »Springt Ihr auch, wenn Dudley brüllt, Herr Sekretär?« fragte sie. Warum sah er sie nur so seltsam an? »Soviel ich weiß, werdet Ihr Euch bald an einen neuen Herrn gewöhnen müssen «

»Wir alle müssen uns jemanden suchen, dem wir in Liebe und Treue dienen können, Hoheit. Wie lange die Suche auch währen mag, am Ende werde ich meinen rechten Gebieter – oder meine Gebieterin – finden.«

Die Worte hatten einen unbeschreiblichen Klang, und einen Moment schien es, als habe die Außenwelt sich aufgelöst und sie stünden sich auf einem geistigen Plateau gegenüber, getrennt von Zeit und Raum, eine sechzehn Jahre zählende Prinzessin von zweifelhaftem Ruf und ein farbloser, siebenundzwanzig Jahre alter Rechtsgelehrter, dessen Moral und Verstand gleichermaßen untadelig waren. Ihre rechte Hand lag noch in der seinen, als habe eine unsichtbare Kraft sie zusammengeschweißt.

Als sie schließlich sprach, tat sie es flüsternd. »Es kann sein, daß ich demnächst einen Verwalter für meine Ländereien benötige – es wäre nur ein unbedeutender Posten mit geringem Salär.« Ihre Stimme hatte nun denselben merkwürdigen Klang wie seine. »Ich brauche jemanden, der meine Interessen wahrnimmt, Cecil. Seid Ihr bereit, diese zusätzliche Aufgabe zu übernehmen?«

Er hob ihre Hand an seine kalten Lippen. »Ich glaube, der Posten, den Ihr im Sinn habt, würde die Erfüllung meiner gegenwärtigen Pflichten in keiner Weise beeinträchtigen. Ich werde Euren Interessen mit Freuden dienen, Madam.« Ihre Blicke trafen sich, und in diesem Moment wußten beide, daß sie bis zum Tode aneinander gefesselt waren.

8

Im Sommer nahm Elisabeth an Roberts Hochzeit teil. Es war ein bedrückender Tag für sie, die Turniere waren langweilig, das Gelage widerwärtig, die zunehmend frivolen Reden schal. Amy war geistlos-hübsch, Robert aufmerksam. Elisabeth zog sich mit ihren Damen an den Kamin zurück. Am anderen Ende des Saales hielt John Dudley hof am Throne des Königs. Henry Grey scharwenzelte um Dudley herum und nickte mit seinem silbergrauen Haupt unterwürfig zu jedem Wort, das der große Mann äußerte. Guildford Dudley tanzte mürrisch und wortkarg mit Greys ältester Tochter, Lady Jane. Als der Tanz zu Ende war, wollte er sich wieder der Runde der Weintrinkenden zugesellen. John Dudley sprach kein Wort, er fixierte den Jüngling nur mit eisernem Blick, und Guildford kehrte gehorsam um und führte Jane erneut zum Tanz.

Dieses kleine Intermezzo, das Elisabeth zwischen den Dudleys und den Greys beobachtete, beunruhigte sie. Der König war offenkundig krank, mochten auch noch so viele Ärzte frohgemut das Gegenteil behaupten, und Jane stand in der Thronfolge an dritter Stelle. Guildford war nun Johns einziger heiratsfähiger Sohn. Und er hatte eindeutig den Befehl erhalten, mit Jane zu tanzen...

Während ihre Blicke Guildford durch den Saal folgten, sah Elisabeth, wie Robert der hübschen kleinen, unbedarften Person, die er geheiratet hatte, geschwind einen Kuß raubte. Plötzlich brannten ihr die Augen, sie strich die Federn ihres Fächers glatt und blickte, die Tränen angestrengt zurückhaltend, starr ins Feuer. Als Robert einen Blick zum Kamin hinüber warf und sie inmitten ihrer Damen sitzen sah, fand er, sie wirke einsamer, als wenn sie allein säße. Und er sagte mit unerklärlicher Schärfe zu seiner Gattin: »Komm, ich stelle dich Lady Elisabeth vor.« Hätte er sich erboten, sie mit einer Natter bekannt zu machen, Amy wäre kaum erschrockener gewesen. »Nicht, Robert. Sie ist so klug und so –« Es gab keine Worte, um zu beschreiben, was sie von Elisabeth hielt.

»Du mußt lernen, unbefangen mit meinen Freunden umzugehen«, sagte er durchaus freundlich, aber dennoch in einem Ton, der keinen Widerspruch duldete. Wollte sie keine öffentliche Szene machen, blieb Amy nichts übrig, als ihn an den Kamin zu begleiten. Aufgeregt sank sie im Hochzeitskleid vor einer unnahbaren Gestalt nieder, die ihr mit einer kühlen, schlanken weißen Hand aufhalf. Elisabeths Hände faszinierten Amy und schüchterten sie ein, nie hatte sie etwas so Zartes, so Makelloses gesehen wie diese schönen Finger, ein jeder von einem vollendet geformten Nagel gekrönt. Solche Hände, dachte sie finster, haben in dieser Welt der Sterblichen keinen Platz, solche Hände dienen dem Werk des Teufels. Ihr fiel ein, was der Kaplan ihres Vaters ihr erzählt hatte, nämlich daß das Böse sich unter dem Mantel der Schönheit verberge, und sie klammerte sich etwas fester an Roberts Arm. Die einleitenden Worte, die einem Gespräch vorauszugehen pflegten, höfische Geistesblitze, hörte sie kaum, und sie hätte sie auch gar nicht verstanden. Sie sagte

»Ja, Madam« und »Nein, Madam«, wo es ihr angebracht schien, und wollte sich schon freuen, daß dies alles war, was von ihr erwartet wurde – eine Zier an seiner Seite zu sein –, als ein Page Robert zum König rief. Er ging sogleich, Amy blieb mit Elisabeth allein und sah ihm bestürzt nach. Ungefähr zwei Minuten lang bemühte sich Elisabeth redlich, höflich zu dieser affig gekleideten Landpomeranze zu sein. Es war verlorene Mühe. Amy war nicht genug geschult, ihre instinktive Abneigung gegen sie mit gesitteter Konversation zu übertünchen. Elisabeth spürte die Feindseligkeit und erwiderte sie, reinen Gewissens und mit entwaffnendem Lächeln, mit purem Sarkasmus. »Ihr seid nervös«, bemerkte sie mit tückischer Freundlichkeit. »Bin ich es oder ist es der Gedanke ans Ehebett, der Euch in meiner Gegenwart die Zunge lähmt?« Die Anzüglichkeit ließ Amy vom Hals aufwärts purpurn erröten. Elisabeth lehnte sich zurück und beobachtete sie zufrieden. Es versprach amüsant zu werden. »Man hat Euch bestimmt erzählt, alle Männer seien Rohlinge. Aber Robert nicht. Ich bin selten einem Mann begegnet, der sanfter mit Tieren umgeht.«

Amy, nicht ganz so einfältig, wie sie sich gab, verstand die Spitze und versteifte sich.

»Es heißt, er sei der beste Reiter von ganz England«, fuhr Elisabeth unschuldig fort. »Liebt Ihr auch Pferde, Amy?«

»Nein, Madam.« Sie sprach kühl, betont förmlich. »Ich fürchte mich vor Pferden.« Und vor Euch. Ihr seid gefährlich!«

»Aber Ihr reitet doch gewiß.«

»Niemals, Madam. Ich reise in der Sänfte.«

»Ist das nicht unkommod für einen Reiter vom Format Eures Gatten?«

»Er hat nichts dagegen«, sagte Amy abwehrend. »Warum auch?«

Elisabeth lächelte verächtlich hinter ihrem Fächer. »Wenn Ihr etwas länger am Hofe lebt, werdet Ihr merken, daß für die Jagd der Umgang mit einem Pferd unumgänglich ist.«

»Ich beabsichtige nicht am Hof zu leben«, sagte Amy steif. »Vater wäre es nicht recht.«

»Vater führte Euch zum Altar, vergeßt das nicht.«

Amy errötete. »Meine Ländereien in Norfolk werden meinen Mann vollauf beschäftigen, Hoheit.«

Elisabeth verlor unvermutet die Beherrschung. Sie sprach sehr leise, sehr gehässig. »Madam, Ihr seid nicht mit einem einfachen Landjunker vermählt, der nicht weiter denken kann als bis zum nächsten Lämmerwurf! Wenn Ihr ihm nicht mehr zu bieten habt, werdet Ihr eines Tages aufwachen und feststellen, daß er Euch verlassen hat. Und glaubt mir, die Frau, die ihn Euch nimmt, wird ihn nicht kampflos zurückgeben.«

Amy verschränkte die Hände im Schoß. Im Angesicht einer erklärten Feindin war ihr übel vor Angst. Sie heftete innige Blicke auf die Gestalten vor dem Thron, bis Robert sich schließlich umdrehte und, ihre verzweifelten Signale auffangend, zurückkehrte, im stillen erbost über ihre offenkundige Unfähigkeit, sich weniger als fünf Minuten ohne ihn zu behaupten.

Sie saßen Seite an Seite, Amy nahezu aufgelöst wie nach einer körperlichen Auseinandersetzung, bei der sie deutlich den kürzeren gezogen hatte, und Elisabeth in ihrer edlen Haltung. Sie war sehr ... So hatte er sie noch nie gesehen ... schön oder nur geheimnisvoll? Er hätte es nicht zu sagen vermocht, aber er beugte sich impulsiv über ihre Hand und bat sie um einen Tanz. Amy holte vernehmlich Luft, aber er achtete nicht auf sie. Ihre eifersüchtigen Blicke folgten den beiden in vollendeter rhythmischer Harmonie vereinten Körpern. Sie lachten viel, und als der Tanz zu Ende war, blieben sie einen schier endlosen Moment stehen und plauderten. Worüber sprechen sie? schrillte eine Stimme in Amys Kopf.

Sie fand keine Gelegenheit zu fragen. Gerade als Robert Elisabeths Hand an seine Lippen führte und ihr in die Augen sah, fiel eine Schar lachender Frauen über Amy her und trug sie ins Brautgemach. Sie wurde entkleidet und nackt in das große Bett gelegt, um auf Robert zu warten. »Keine Bange«, sagte eine freundlich, »nach dem ersten Mal ist es nicht mehr so schlimm.«

»Ach, mach ihr doch nichts vor, du weißt genau, es dauert Monate – hör auf meinen Rat, meine Liebe, und schenke ihm geschwind einen Sohn. Haben wir erst unsere Pflicht erfüllt, suchen sie ihr Vergnügen anderswo und lassen uns in Frieden.«

Amy lag ganz still, sie wollte die gräßlichen Schilderungen nicht hören. Ach Robert, warum kommst du nicht und schickst sie fort.

Endlich kam er, in eine lange Satinrobe gehüllt, und Amy schien es, er habe den ganzen Hof im Schlepptau, eine Horde vulgärer, betrunkener Hochzeitsgäste, die lachten und kreischten wie groteske Teufel aus dem Höllenschlund. Eine aber war darunter, die weder hüpfte noch kreischte, noch anzügliche Lieder sang, eine, die stocknüchtern war und deren schlanke Gestalt ihr mehr Furcht einflößte als alle übrigen.

Amy schloß die Augen und schlug sie erst wieder auf, als die lärmende Menge sich aus dem Gemach verzogen hatte. Was sie dann sah, ließ sie in Roberts warmer Nacktheit Schutz suchen. Elisabeth stand allein am Bett. Eine Hand ruhte auf dem Bettpfosten, die andere auf dem Vorhang, so daß sich ihre weiten Ärmel ausbreiteten wie Engelsflügel. Das Kerzenlicht verwandelte ihr Haar in einen rotgoldenen Heiligenschein und verklärte die harten Konturen ihres Gesichts zu außergewöhnlicher Schönheit. Amy fühlte, wie Roberts Körper unter ihrer Hand sich rührte und steif wurde. Niemand sprach. Plötzlich lachte Elisabeth auf und zog den Bettvorhang zu, schloß sie zusammen in dem kleinen brokatenen Gefängnis ein. Sie hörten sie nicht hinausgehen, wußten jedoch instinktiv, daß sie den Raum verlassen hatte; es war, als habe etwas, das nicht von dieser Welt war, sich in seine Sphäre zurückgezogen. Robert lag steif unter dem Laken und starrte auf den Vorhang. Bevor Amy etwas sagen konnte, hatte er ihn mit heftigem Ruck zur Seite gezogen und war nackt ins Zimmer geschritten. Am Kamin schenkte er sich einen Becher Wein ein und schüttete ihn wie Wasser die Kehle hinab.

»Robert!«

»Sei still!« fuhr er sie an.

»Aber ich verstehe nicht – was ist mit dir?«

»Ich sagte, sei still, verdammt! Hast du nicht versprochen zu gehorchen?« Er schleuderte den geleerten Becher durchs

Zimmer. Er prallte an der Wand ab, und Robert starrte ihn lange an. Schließlich kehrte er ins Bett zurück und wohnte ihr auf die rüde, selbstsüchtige Art bei, die zu erwarten man sie gelehrt hatte. Hinterher war er einigermaßen liebevoll und wischte ihr die Tränen fort, beruhigte sie bis sie in seinem Arm einschlief. Er lag wach, ihre Haare auf seiner nackten Brust ausgebreitet, und sah es allmählich heller werden. Er dachte an Elisabeth, fragte sich, wie es sein würde, im Zwielicht neben ihr zu liegen, und plötzlich beschlich ihn das hohle Gefühl, das man nach einem Verlust hat. Den ganzen nächsten Tag auf der Jagd verdarb ihm eine seltsame Niedergeschlagenheit die Freude an der Beute. Er verweilte beim Kartenspiel in der Halle, und Amy schlief als er hinaufkam; darauf ging er wieder hinunter und ergab sich mit Guildford dem Suff. Es war eine Erleichterung, daß ihm die nagende Enttäuschung eine zweite Nacht erspart blieb.

Als sie sich in Norfolk eingerichtet hatten, war es nicht mehr so leicht, seiner Gattin auszuweichen, und als nichts in der gesamten Grafschaft ihm Befriedigung verschaffte, suchte er, so oft er konnte, an den Hof zu entkommen. Diskrete Erkundigungen seiner Mutter nach Amys Gesundheit, gepaart mit Guildfords kindischen Scherzen (»Ist deine Stute noch nicht trächtig, Robert?«), warfen plötzlich ein neues Licht auf seine unbestimmte Unzufriedenheit. Wie konnte ein Mann zufrieden sein, wenn er mit einer unfruchtbaren Kuh belastet war, die sich nach achtzehn Monaten noch immer nicht anschickte, ihm einen Sohn und Erben zu schenken? An einem öden, regnerischen Abend gerieten sie darüber in Streit. »Vielleicht, wenn du etwas öfter in mein Bett kämst...« schluchzte sie.

Er wandte sich unwillig ab. »Um Himmels willen, Amy, ich habe dich mit genügend Samen vollgepumpt, um ein Dutzend Söhne zu zeugen.«

»Und damit ist es natürlich meine Schuld.«

»Ich habe dir geraten, einen Arzt aufzusuchen. Ich habe nie gesagt, daß es deine Schuld ist.«

»Aber du hast es gemeint.« Amy biß sich auf die Lippe. »Und du hast recht. Wir werden kein Kind haben. Wie denn auch, wenn eine Hexe an meinem Brautbett auf mich herabsah?«

Sein nervöses Aufundabschreiten brach abrupt ab. Er sah sie mit dem eigenartigen, behutsamen Blick an, den die Menschen den Geistesgestörten vorbehalten. »So ein hirnverbranntes Geschwätz –« Er unterbrach sich, sein Ton wurde scharf, als ihm die Erkenntnis dämmerte. »Herrgott, meinst du etwa Elisabeth?«

Die beiläufige Nennung ihres Vornamens schmerzte Amy wie der Wurf einer Steinschleuder und machte sie waghalsig. »Alle wissen, daß ihre Mutter eine Hexe war. Und so etwas vererbt sich auf die nächste Generation wie die französische Krankheit. Vater sagt, daß jede Hexe –«

Er trat auf sie zu und schlug sie, daß sie verstummte; unter seiner Bräune war sein Gesicht ganz weiß. »Wenn du noch ein Wort sagst«, fauchte er, »bekommst du meine Peitsche zu spüren.«

»Das wirst du nicht wagen«, flüsterte sie, sich die brennende Wange haltend. Er wandte sich mit schmallippigem, eisig-verächtlichem Lächeln zum Gehen.

»Ich sag's Vater«, warf sie ihm in plötzlicher Verzweiflung nach.

»Nur zu«, sagte er gelassen an der Tür, »und du kannst ihn auch gleich bitten, dir einen Rechtsanwalt zu schicken.«

Nun begann sie zu zittern. »Einen Rechtsanwalt?«

»Du weißt, in welcher Angelegenheit«, sagte er kurz angebunden und ging hinaus.

Und ob sie es wußte. Es war nicht das erste Mal, daß er sie mit dem schweren Prügel namens Scheidung zum Schweigen geknüppelt hatte. Sie durfte ihn mit ihrer eifersüchtigen Zunge nicht noch mehr provozieren. Sie würde nicht mehr von Lady Elisabeth sprechen.

Robert stand allein in der spärlich beleuchteten Halle und ließ seine Torheiten Revue passieren. Es war dumm von ihm gewesen, die erstbeste hübsche Erbin zu heiraten, die ihm über den Weg lief – wie dumm, das zeigte sich ihm mit jedem Tag deutlicher. Am Hof überstürzten sich die Ereignisse. Als die Gesundheit des Königs sich verschlechterte, meinte John

Dudley, es könne sich als notwendig erweisen, die Erbfolge zu ändern. Guildford wurde auf die Hochzeit mit Lady Jane Grey vorbereitet, Guildford, zaghaft und kraftlos, der stets fürchtete, das Leben könne etwas Schlimmes bereithalten. Guildford Dudley König von England, während Robert in Norfolk verrottete, verheiratet mit einer wehleidigen kleinen Landschlampe, die nicht einmal imstande war, ihm einen Sohn zu schenken!

Und Elisabeth – ja, sie war das auslösende Element seiner brodelnden Unzufriedenheit. Aber er wäre eher gestorben, als daß er das jemandem eingestanden hätte. Am allerwenigsten sich selbst.

Was von Edward Tudors Herrschaft übrigblieb, zerrann unablässig in einem Wirrwarr kleinlicher Stürme. Elisabeth lebte in Hatfield wie eine Nonne, untadelig protestantisch und unerreichbar für John Dudley; sie war ohnehin nicht sein erklärtes Ziel. Wenn Edward starb, war Mary die nächste Anwärterin auf den Thron, und sie verfolgte er gnadenlos wegen ihres starren Festhaltens am katholischen Glauben, in der Hoffnung, die Kränkelnde in die Verbannung besser noch, in den Tod zu treiben. Er stand auf der Höhe seiner Macht, ein großer Soldat und gerissener Diplomat, der meistgefürchtete und – gehaßte Mann in ganz England. Die Zeit war gekommen, da er es sich leisten konnte, sich aller Hindernisse zu entledigen und seine Position als unwidersprochener Herrscher zu festigen. Und zuoberst auf seiner Liste stand Edward Seymour. Er wurde verhaftet und in den Tower gebracht.

9

John Dudleys triumphale Diktatur währte wenig mehr als ein Jahr. Im Mai 1553 trat das Ereignis ein, das den Untergang seiner Familie bedeutete: Die Ärzte des Königs mußten endlich Farbe bekennen. Sie konnten nichts mehr tun für den sechzehn Jahre alten Jüngling, der, Blut und schwarzen Schleim hustend, in stummer Agonie in seinem Bett lag. Dudley verpflichtete die Ärzte bei Todesstrafe zum Stillschweigen und ließ beruhigende Bulletins über des Königs Gesundheitszustand verbreiten. Unterdessen arbeitete er verzweifelt gegen die Zeit, um seine eigene Zukunft zu retten.

Der Hof war gegen jede unwillkommene Einmischung seitens der Schwestern des Königs versiegelt wie ein Grab. Elisabeths letztem verzweifeltem Versuch im April, eine Zusammenkunft herbeizuführen, war mit bewaffneten Wachen und dem Befehl – vermutlich von Edward persönlich –, bis auf weiteres nach Hatfield zurückzukehren, begegnet worden. Ihre Briefe an Edward wurden von Dudley abgefangen, und sie wartete nichtsahnend vergeblich auf Antwort von ihrem Bruder.

Am Pfingstsonntag wurde Lady Jane in aller Eile mit Guildford Dudley getraut. Bald darauf verneigte sich John Dudley am Bett des Königs und erläuterte die Notwendigkeit einer Neufassung des Testaments, um seiner Schwiegertochter die englische Krone zu sichern.

»Das ist gegen den Willen meines Vaters.«

Dudley beugte sich drohend über die abgezehrte Gestalt auf dem Kissen. »Darf ich Majestät daran erinnern, daß es, wenn das Wohl des Landes und die Ehre Gottes auf dem Spiel stehen, die Pflicht und Schuldigkeit eines Herrschers ist, derlei Rücksichten außer acht zu lassen. Ein Verstoß gegen diese Pflicht trüge Euch die ewige Verdammnis durch Gottes furchtbares Gericht ein...« Der Jüngling im Bett war dem Tod so nahe, daß ihn die Angst vor dem beherrschte, was ihn jenseits der Schwelle erwartete. Ende Juni harrte Dudleys neuer Entwurf für die Erbfolge in einer verschlossenen Schublade unterzeichnet, versiegelt und von der Ratsversammlung beglaubigt auf seine Verwendung.

Am 6. Juli war die Luft über ganz England heiß und drückend. In Hatfield flimmerten Park, Zier- und Obstgärten unter einem Hitzeschleier. Die Abenddämmerung brachte ein heftiges Gewitter. Blaue Blitze spalteten den Himmel, riesige Hagelkörner trommelten auf das Haus. Kurz nach Mitternacht peitschte ein Regenguß gegen die Fenster. Elisabeth erhob sich von ihrem Schreibpult, um die Läden zu schließen. Haarsträhnen lugten aus ihrer Haube hervor und ringelten sich feucht um ihre Stirn, denn die Hitze war immer noch drückend. Elisabeth war müde und abgespannt. Als es unvermutet an die Tür klopfte, fuhr sie herum. »Herein«, sagte sie barsch, und ein verängstigtes Hausmädchen trat mit einer Kerze durch die Tür. »Was gibt es? Ich dachte, das ganze Haus sei längst zu Bett gegangen.«

Das Mädchen knickste aufgeregt und blieb zögernd auf der Schwelle stehen; es wagte nicht, unaufgefordert näher zu treten. »Ich bitte Hoheit um Verzeihung, aber ein Mann wünscht Euch dringend zu sprechen. Ich sagte ihm natürlich, daß Hoheit um diese Zeit niemanden empfangen könne. Darauf wurde er regelrecht grob, Madam –«

»Mein Auftrag ist nicht für Untergebene bestimmt, Hoheit.« Ein junger Mann mit gehetztem Blick trat ins Zimmer. Sein schwerer Umhang tropfte auf den Fußboden.

»Auftrag?« wiederholte Elisabeth mißtrauisch.

»Eine geheime Botschaft, Madam, von einem, der Euch wohlwill.«

Sie entließ das neugierig dreinblickende Mädchen. »Ihr kommt vom Hof?« erkundigte sie sich sodann.

Ohne auf ihre Frage einzugehen, trat er näher und reichte ihr einen zusammengefalteten Zettel. »Lest, Madam. Es könnte Euch das Leben retten.«

Unwillig nahm sie den Zettel und barg ihn in ihrer Hand. »Wer hat Euch geschickt?«

»Bitte Madam, ich gab mein Wort. Das Leben meines Gebieters kann von meinem Schweigen abhängen.«

»Ihr seid ein getreuer Diener, Sir, ich wollte, Ihr wäret meiner.« Sie nahm die kleine Handglocke vom Pult, deren gebieterisches Klingeln durch das Haus schrillte. »Bringe den Herrn in die Küche«, sagte sie zu dem zurückkehrenden Mädchen, »und sieh zu, daß er sich aufwärmt und zu essen bekommt, ehe er geht.«

»Ja, Hoheit.« Das Mädchen entfernte sich und wartete auf ihn. Im schmerzlichen Bewußtsein seiner nassen Kleider, seiner zerzausten Erscheinung und seines niedrigen Rangs verneigte er sich tief und wollte rückwärts hinausgehen. Da hielt sie ihm ihre Hand hin. Er war nur ein Bote, in diesem Fall nichts weiter als ein Lakai, und keine Dame eines Herrenhauses hätte eine solche Geste an einen Mann von seinem Stand verschwendet.

Er sank auf ein Knie und drückte ihre Finger an seine Lippen.

»Denkt an mich«, sagte sie leise. »Meine Zeit wird kommen.«

Die Tür schloß sich hinter ihm, und wie in Trance ging er neben dem Mädchen die Treppe hinunter.

Elisabeth kehrte an ihr Schreibpult zurück und entfaltete im flackernden Kerzenlicht den Zettel. Sieben Wörter in einer ihr unbekannten Handschrift: »Meidet den Hof. Der König ist tot.«

Seit der Nachricht von Janes Vermählung mit Guildford wußte Elisabeth, in welche Richtung sich John Dudley wenden würde, wenn Edward stürbe. Sie starrte in den flackernden Kerzenschein, während ihr Verstand verzweifelt nach einer Eingebung suchte, wie sie den Abgrund überspringen könnte, der sich nun vor ihr auftat. Jetzt hing alles von Mary ab. Mary würde kämpfen. Aber würde sie siegen? Wer mochte in diesem überwiegend protestantischen Land eine katholische Anwärterin auf den Thron unterstützen? Dudley hatte den Rat, die Soldaten und die Häfen unter Kontrolle, und nach den Gesetzen der Logik müßte er gewinnen. Für Mary gab es keine Hoffnung, abgesehen vom Wohlwollen des englischen Volkes, das völlig unberechenbar war.

Elisabeth öffnete einen Fensterflügel und blickte in den tobenden Sturm hinaus. Ein Schauder wohligen Entsetzens durchlief sie. Hier stand sie zwischen Mary und Dudley, vollkommen allein, mit Ausnahme der anonymen Sympathie, welche ihr der Verfasser der knappen Botschaft bewies. Wer hatte sein Leben riskiert, um sie vor Dudleys Falle zu warnen? War es Robert, der hinter dem Rücken seines Vaters handelte, oder Cecil, der sich abermals anschickte, einen Gebieter im Stich zu lassen? Sie hätte gern geglaubt, daß es Robert war, aber die knappe Zeile trug den Stempel von Cecils Charakter – vorsichtig, berechnend, gerade so viel mitteilend wie nötig und kein Wort mehr, darauf bauend, daß sie ihn erkennen und es ihm lohnen werde, wenn sie zu ihrem Recht käme. Robert hätte aus Furcht, sie könne sich als begriffsstutzig erweisen, seinen Namen darunter gesetzt.

Nein, es war Cecil. Sie wußte es so sicher, als hätte sie ihn die Botschaft schreiben sehen. »Meidet den Hof.« Das ließ vermuten, daß sie in Kürze ans Totenbett ihres Bruders gerufen würde. Doch wenn Dudleys Bote käme, würde er sie im Bett finden, zu krank, um das Haus zu verlassen, gewiß zu krank, um für die eine oder andere Seite Partei zu ergreifen. Nichts tun, nichts sagen, so lange wie möglich, und beten, daß Dudley nicht genug Männer erübrigen konnte, um sie mit Waffengewalt zu holen.

Im dunklen Hof wartete ein Trupp bewaffneter Männer auf unruhigen Pferden auf den jungen Mann, der ihre Mission anführen sollte. In dem von Fackeln erhellten Korridor jenseits des Hofes stand Robert Dudley, den Federhut in der Hand, vor seinem Vater und sah ihn unsicher an. Die gefaßte Haltung vermochte die Angst in John Dudleys dunklen Augen nicht zu verdecken. Sie hatten einen Verräter in ihren Reihen, sein beabsichtigter Coup war beiden Feindinnen verraten worden. Prinzessin Mary und Prinzessin Elisabeth hatten jede einen dringenden Ruf ans Totenbett ihres Bruders erhalten. Mary hatte den Köder scheinbar geschluckt und sich sogleich auf den Weg gemacht, aber unterwegs verlor sich ihre Spur. Und während Mary nicht angekommen war, war Elisabeth, wieder einmal zur passenden Zeit von einer tödlichen Krankheit befallen, gar nicht aufgebrochen.

Jemand hatte geredet. Robert verdächtigte den wendischen William Cecil, aber er hatte jetzt keine Zeit, einer bloßen Mutmaßung nachzugehen. Alles hing nun davon ab, daß es Robert gelang, Prinzessin Mary aufzuspüren und gefangenzunehmen, ehe sie Dudleys Sache ernsthaft schaden konnte. Und wenn er sie nach London brachte, würde er sie dem Tod ausliefern, daran hatte er nicht den geringsten Zweifel. Aber das bedrückte ihn nicht sehr. Es war unvermeidlich, und mit der faden alten Jungfer verband ihn weder Zuneigung noch Treue. Etwas anderes lastete seit einer Woche schwer auf ihm.

Er hatte nicht gewagt, mit seinem Vater darüber zu sprechen, jetzt aber konnte er nicht länger schweigen. Er mußte es wissen. Er drehte den Hut in der Hand, wandte den Blick von seines Vaters schöngeschnittenem Gesicht ab und starrte in den lärmerfüllten Hof hinaus. »Vater –« Er zögerte einen Moment und atmete tief ein. »Was wird aus Lady Elisabeth?«

John Dudley erwiderte gelassen: »Lady Elisabeth werde ich mir vornehmen.«

»Aber du wirst sie doch nicht –« Roberts Stimme erstarb, sein Vater schüttelte den Kopf.

»Ich glaube, dazu wird es nicht kommen. Ich habe ihr einenVorschlag zu machen und bin sicher, daß die Dame ihn annehmen wird. Doch genug davon, Robert. Ich will die andere, und ich will sie verdammt schnell, hast du verstanden?«

»Ihr werdet sie bekommen, Sir, ich schwöre es.« Robert salutierte vor seinem Vater, marschierte, zwei Stufen auf einmal nehmend, die Treppe hinab, schwang sich mühelos in den Sattel und galoppierte an der Spitze des Trupps aus dem Hof.

Mrs. Ashley rührte drei gehäufte Teelöffel Salz in einen kleinen Becher Wasser, verstaute das Gefäß unter dem Bett und sah ihre Gebieterin zweifelnd an. »Ist es wirklich nötig, so weit zu gehen, Madam?«

»Jawohl«, erwiderte Elisabeth kurz. Sie nahm den Becher und fragte mit gerunzelter Stirn. »Sind Dudleys Abgesandte im Vorzimmer?«

Ashley nickte.

»Gebt mir Zeit, den Becher unter mein Kissen zu stopfen, und führt sie augenblicklich herein.«

Das Salzwasser wirkte unverzüglich. Dudleys Boten, im Vorzimmer noch mißtrauisch, verharrten entsetzt, verlegen und nun mit einemmal verunsichert auf der Schwelle und rempelten sich im hastigen Rückzug gegenseitig an.

Wenige Minuten später wurden sie wieder eingelassen. Sie gruppierten sich um Elisabeths Bett wie eine Schar ungeduldiger Geier. Sie hustete und beobachtete amüsiert, wie zwei von ihnen zusammenfuhren und vorsichtig zurückwichen. Merkwürdig, wie zimperlich diese Männer waren, die munter das Schafott umstanden hätten, um ihren Kopf fallen zu sehen.

»Euer Auftrag, meine Herren«, flüsterte sie schließlich mit erstickter Stimme.

Der Auftrag, in juristischem Kauderwelsch vorgetragen, bestand darin, sie zu unterrichten, daß, im Einklang mit dem letzten Willen des verstorbenen, betrauerten Königs, Lady Jane Grey am 10. Juli 1553 zur Königin von England ausgerufen worden war.

Sie warteten, daß sie etwas sagte. Und warteten. Der Augenblick zog sich unerträglich hin, so daß sich der Sprecher genötigt sah, auf alle Förmlichkeit zu verzichten und Dudleys Angebot in schlichten Laienbegriffen zu erläutern. »... und so lautet der Vorschlag, Madam. Dudley –« er verbesserte sich hastig – »der geheime Rat ist bereit, der Tochter des großen Königs Heinrich großzügig entgegenzukommen. Verzichtet auf alle Ansprüche auf den Thron, Madam, erkennt Königin Jane als rechtmäßige Thronfolgerin an, und Ihr werdet nobel versorgt sein.«

Mit einem Sarg, dachte Elisabeth. Das also war der Köder! Macht es uns leicht, und Ihr werdet uns nicht undankbar finden.Dudley war gerissen, das mußte sie ihm zugestehen. Ihre Einwilligung zu kaufen, sie gerade lange genug am Hof zu lassen, um mit ihrer Zustimmung zu seinem Coup zu prahlen, das war ein Geniestreich; man konnte den Wagemut des Mannes nur bewundern. Er hatte sie in eine Zwickmühle gebracht. Ein falsches Wort zu seinen Günstlingen, und sie würde festgenommen und in den Tower geschleppt. Wie konnte es ihr, von Dudleys Gefolgsleuten dermaßen in die Ecke gedrängt, gelingen, das Angebot weder anzunehmen noch abzulehnen? Sie sagte kühl: »Dudleys Vorschlag geht einzig und allein meine Schwester an. Solange sie lebt, besitze ich keinen Anspruch, den ich abtreten könnte.«

Sie starrten sie verblüfft an. Der unvermittelte logische Kniff hatte sie überrumpelt, und sie gab ihnen keine Gelegenheit, sich zu fassen. »Ashley, führt die Herren hinaus.«

Sie ritten zurück, und Dudley fluchte. Der Teufel sollte die Dirne holen, in die tiefste Höllengrube mit ihr, und der Teufel sollte diese hirnlosen Tölpel holen, die sie aus seinem Netz hatten schlüpfen lassen. Aber ihm blieb jetzt keine Zeit, sich länger mit ihr zu befassen, es gab Wichtigeres zu tun. Seit Tagen keine Nachricht von Robert, und Mary, noch immer auf freiem Fuß, versammelte große Scharen für ihre Sache um sich. Elisabeth, diese hinterlistige, bleichgesichtige kleine Hure, hatte ihm einen Knüppel zwischen die Beine geworfen; nun blieb ihm nur noch, den Kampf mit Mary Tudor persönlich aufzunehmen.

Am 14. Juli ritt John Dudley mit einer riesigen Eskorte Kavallerie und Geschütztruppen zum Tower hinaus, um ein für allemal mit dieser dummen, mittelalterlichen Frau abzurechnen. Was verstand sie von Soldaten und Kampftaktik, was verstand sie überhaupt, diese halbklösterliche Beinahe-Nonne? Er würde ihre Truppen gnadenlos zerschlagen, und wenn man das Weib in sein Lager führte, sollte sie ihm diese würdelose bewaffnete Auseinandersetzung büßen.

Es dauerte genau neun Tage, bis Dudleys verzweifelter Coup in einer kläglichen Niederlage endete, gescheitert am Verrat des Rates und am unberechenbarsten aller Umstände, der Stimmung des Volkes. Hinter Dudleys Rücken begannen feige Verbündete zu schwanken, und als die Mannschaften der königlichen Schiffe geschlossen zu Mary überliefen, war es unvermeidlich, daß sie desgleichen taten. Am I8. Juli wurde Mary Tudor zur rechtmäßigen Königin von England ausgerufen.

Das Volk war launisch und unberechenbar. Gegen alle Logik unterstützte das protestantische England eine katholische Königin, und niemand war erstaunter als Mary Tudor selbst, als ihr Sieg über den mächtigsten Mann im Lande weit und breit verkündet wurde.

Die Nachricht von Marys unvermutetem Triumph gelangte in Windeseile nach Hatfield, wo sie den gesamten Haushalt, nur nicht seine Herrin, verblüffte. »Euch vermag nichts zu überraschen, nicht wahr?« meinte die Erzieherin spitz. »Gewiß werdet Ihr nun sagen daß Ihr von Anfang an damit gerechnet habt.«

»Hätte ich damit gerechnet«, erwiderte Elisabeth mit aufreizendem Lächeln, »dann würden Ihr und ich, meine liebe Kat, uns jetzt in der königlichen Gunst sonnen. Aber an Mary überrascht mich rein gar nichts – sie besteht aus einem Wirrwarr von Widersprüchen.«

Gewiß, sie befand sich noch in Gefahr. Es war allgemein bekannt, daß die neue Königin eine instinktive Abneigung gegen ihre Schwester hegte. Mary war jetzt in der Lage, ihre Legitimität durch Gesetz sichern zu lassen und Elisabeth von der Thronfolge auszuschließen. Indem Elisabeth sich bei Dudleys Coup still verhielt, hatte sie bereits die erste Runde an ihre Schwester verloren. Wie geschwind auch immer sich das Gefolge von Hatfield nun um die neue Königin scharen würde, Marys Mißtrauen würde dadurch nicht zerstreut. Weshalb sich also beeilen? Überstürztes Handeln würde nur eigennützig wirken und Elisabeth mit den Ratten des Rates, die bereits zur aufgehenden Sonne gehuscht waren, auf eine Stufe stellen. Da konnte sie sich ebensogut Zeit lassen und Stil bewahren. Wenn schon keine Hoffnung auf Erfolg bestand, dann mußte eben Pomp herhalten. Und dem Volk ging nichts über ein prächtiges Spektakel ...

Mit einer Eskorte von tausend Mann hinter ihrem feurigen Wallach traf sich Elisabeth mit Mary auf dem Weg nach London. Die Königin winkte sie zu sich, sie stieg ab und kniete sich an den Straßenrand, um die förmlich dargereichte runzlige Hand zu küssen. »Madam, erlaubt Eurer ergebenen Dienerin, Euch ihre Loyalität zu Füßen zu legen.«

»Eine Spur zu geschliffen«, befand die neue Königin verdrossen. Mit derselben verschleierten Überheblichkeit hatte Anne Boleyn einst vor Marys Mutter gekniet, als Heinrich seine Vorliebe für sie zu zeigen begann. Die Geste, die Stimme, die hochmütige Kopfhaltung – die Ähnlichkeit war beängstigend! Guter Gott, bin ich wirklich die einzige, die es sieht?

Aber über mangelnden Respekt ihrer Schwester konnte Mary sich nicht beklagen, und zum Dank für ihre Erlösung von Dudley hatte sie bereits geschworen, die Zukunft nicht durch vergangene Bitterkeit trüben zu lassen. Als ihrer beider Gefolgsleute haltmachten, entließ sie ihre Damen, hielt ihre

Schwester zurück und bemühte sich redlich, liebenswürdig zu sein. Sie legte ihr beide Hände auf die Schultern und küßte sie auf die Wange. »Es freut mich, dich wieder bei mir zu haben, Elisabeth. Wir hatten in den letzten stürmischen Jahren wenig Familienleben. Aber sobald wir in London angekommen sind, werden wir wieder zusammen zur Messe gehen wie einst als du ein kleines Kind warst. Erinnerst du dich, wie du mir das Vaterunser aufgesagt hast, bevor du zu Bett gingst? Kaum zwei Jahre alt, und jedes Wort in einwandfreiem Latein. Du warst ein frühreifes kleines Mädchen.«

»Ja, Madam – ich erinnere mich.« Das leise Zögern war unmißverständlich, und das nachsichtige Leuchten in Marys Augen erlosch. »Du beabsichtigst doch selbstverständlich, die Restauration der katholischen Kirche zu unterstützen, indem du mit mir die Messe besuchst? Es kommt keinesfalls in Frage, daß du an deiner Ketze –« Sie brach ab und fuhr hastig fort: »– an deinen irregeleiteten Bräuchen festhältst.«

Elisabeth sah betreten weg. »Madam, habt Ihr nicht unter der Herrschaft unseres verstorbenen Bruders die Freiheit des Gewissens gefordert?«

»Natürlich«, erwiderte Mary kühl. »Der meine war der wahre Glaube, für den ich mit Freuden gestorben wäre. Würdest du, Schwester, freiwillig für den Glauben sterben, zu dem du dich angeblich bekennst?«

Mit der Königin zu sprechen, dachte Elisabeth, war wie der Tanz auf einem Seil über einem gähnenden Abgrund. Die Aussicht auf Wochen, ja Monate mit derartigen Auseinandersetzungen schlug ihr auf den Magen. Sie war froh, als eine aufgeregte Hofdame erschien. »Mit Verlaub, Majestät, es wird Abend. Wenn wir London noch bei Tageslicht erreichen wollen –«

»Ja, natürlich. Ich komme.« Mary sah ihre Schwester fest an.

»Elisabeth, wir unterhalten uns weiter über dieses Thema, wenn ich mehr Zeit habe. Du aber denke über meine Worte nach – denke gründlich nach.«

In der Wärme geht Argwohn so geschwind auf wie

Brotteig. Wenngleich London Mary überschwenglich willkommen hieß, waren die begeisterten Huldigungen nicht zu übersehen, die Elisabeths Einzug in die Hauptstadt begleiteten. Die Königin, in deren Ohren die Hochrufe für Elisabeth hohl widerhallten, kämpfte mit einem Anfall von Eifersucht. Selbst in diesem süßen Augenblick des Siegs hatte es keinen Sinn, so zu tun, als sei der Altersunterschied nicht sichtbar. Das Mädchen war neunzehn, und das Volk verehrte ihre strahlende Jugend.

Mary ritt steif weiter. Sie biß sich auf die Lippe, bis sie Blut schmeckte. O Gott, lehre mich, ihr zu trauen.

10

Das neue Regime begann rigoros mit Prozeß und Hinrichtung seines größten Gegners. Die Tower-Kanonen donnerten, und Robert Dudley, der allein in seiner feuchten Zelle auf seinen eigenen Prozeß und seine Hinrichtung wartete, saß auf der von Flöhen bevölkerten Matte und weinte bittere Tränen um das gefallene Idol seiner Kindheit.

Elisabeth, die etwas abseits von ihrem Gefolge bei der Königin saß, hörte dasselbe furchtbare Donnern und dachte an Robert. Ihre Kehle war wie zugeschnürt, und ihre Finger zitterten, als sie einen goldenen Seidenfaden durch ihre Gobelinstickerei zog.

Mary beugte sich stirnrunzelnd vor. »Du mußt die Rose wieder auftrennen, Elisabeth, sie ist gründlich mißlungen.«

Elisabeth sah ausdruckslos auf. »Madam, hört Ihr es nicht?«

»Natürlich höre ich es, glaubst du, ich bin taub?«

»Dann ist – Dudley tot.«

»Das dürfen wir mit Sicherheit annehmen«, bemerkte die Königin ungerührt. »Sag nur nicht, daß sein Tod dich bedrückt.«

»Seiner nicht«, erwiderte Elisabeth hastig, »aber einige seiner Söhne sind sehr – jung.«

»Der jüngste wird natürlich verschont«, sagte Mary trocken. »Henry ist kaum fünfzehn, soviel ich weiß.«

Elisabeth atmete zitternd ein. »Nur Henry, Madam?«

Mary stach die Nadel tief in die Stickerei und schob den Stickrahmen mürrisch beiseite. »Guildford, als Janes Ehemann, kann ich unmöglich begnadigen. Ambrose und Jack sind alt genug, um für ihre Vergehen zu büßen. Und was diesen impertinenten Jüngling betrifft, der sich mit bewaffneten Männern aufmachte, um mich gefangenzunehmen«, sie schnippte unwillig mit den Fingern, »sein Name ist mir entfallen –«

»Robert.« Es war nur ein Flüstern.

»Ach richtig, Robert! Ich kann mir vorstellen, welches Schicksal mir beschieden gewesen wäre, hätte er Erfolg gehabt. Von seiner Begnadigung kann selbstverständlich keine Rede sein.«

Die Nadel entglitt Elisabeths kraftlosen Fingern und ging in dem staubigen Stroh zu ihren Füßen verloren. »Aber Madam, er hat nur die Anweisungen seines Vaters befolgt. In Eurer großen Barmherzigkeit –« Ihre Stimme erstarb unter Marys hartem Blick.

»Du darfst dir das Schicksal von Verrätern nicht so zu Herzen nehmen«, sagte sie kühl. »Es könnte mißverstanden werden.«

Elisabeth trennte die mißlungene Rose mit ihrer Stickschere auf und schwieg.

Am Ende aber war Mary außerordentlich gnädig zu denen, die an Dudleys unseligem Staatsstreich beteiligt waren. Jane Grey, obwohl vom Gericht schuldig gesprochen, wurde mit der Versicherung, daß ihr Leben nicht in Gefahr sei, unter Ehrenaufsicht gestellt. Es wurde Winter, und Dudleys zum Tode verurteilte Söhne lebten in ihren trostlosen Gefängniszellen weiter. Marys beschränkter Verstand war nämlich mit etwas Erhabenerem als Rachegedanken beschäftigt. Nach all den bitteren Jahren der Verfolgung war sie endlich frei, an ihre Vermählung zu denken, ja, ihr wurde von allen Seiten versichert, daß es ihre Pflicht sei. Die Liste der Freier, darunter Prinz Philipp von Spanien, ließ sie erröten wie ein Schulmädchen. Der spanische Gesandte hatte ein unwiderstehliches, von einem Heiligenschein verklärtes Bild seines Gebieters gezeichnet. Mary, in die Vorstellung von der Liebe verliebt, wollte eine Weile mit ihren Träumen allein sein und das Unangenehme vergessen. Und mit dem Unangenehmen meinte sie Elisabeth.

Aber der spanische Gesandte ließ nicht zu, daß sie sie vergaß. Der geschliffene, skrupellose kleine Mann, dem es einzig um die Heirat und Allianz mit Spanien zu tun war, hatte es bald zum engsten Berater der Königin gebracht.

Der ebenso geschliffene wie skrupellose französische Gesandte begegnete Spaniens Werben, indem er sich in der Öffentlichkeit bei jeder sich bietenden Gelegenheit an Elisabeths Seite zeigte. Für den mißtrauischen Spanier erhielt Elisabeths undurchsichtige Rolle bei Hofe eine neue, unheilvolle Bedeutung. Diese unsägliche protestantische Erbin erwies sich auf einmal als das größte Hindernis auf Prinz Philipps Weg nach England, und der Gesandte hatte längst beschlossen, sich ihrer baldmöglichst zu entledigen. Sie war gefährlich. Sie besaß die Macht, die Loyalität eines jeden Mannes bei Hof auf die Probe zu stellen – sie brauchte nur einen Anreiz. Und wenn er sich nicht sehr irrte, war der französische Gesandte soeben im Begriff, ihr einen solchen zu liefern. Das mußte man der Königin hinterbringen.

»Madam, sie erregt zu viel Aufsehen am Hof.«

»Wie könnte es anders sein? Ich kann sie kaum bei jeder Zeremonie hinter einem Wandschirm verstecken – sie ist meine Schwester!«

»Ist sie das wirklich?« versetzte der Spanier mit leiser Stimme. »Ich bezweifle das sehr. Ihre Mutter wurde wegen Ehebruchs hingerichtet. Madam, habt Ihr Euch nie gefragt, ob –«

»Nein«, erwiderte Mary abweisend. »Was Ihr vermutet, ist undenkbar.«

Tatsächlich? Er glaubte es nicht. Nach seiner Erfahrung wurden die Frauen immer gereizt und frömmlerisch, wenn man bei ihnen einen wunden Punkt traf. Er war mit Sicherheit auf der richtigen Spur, aber er würde diesen Weg mit Vorsicht beschreiten müssen. »Angenommen, die Verwandtschaft bestünde tatsächlich, Majestät, so werdet Ihr dennoch vergebens ihre schwesterliche Zuneigung suchen. Ist sie ein einziges Mal Euch zuliebe zur Messe gegangen?«

Mary wandte hastig den Blick ab. »Ich möchte nicht, daß sie es nur mir zuliebe tut. Zu welchem Glauben sie sich auch bekennt, ich könnte ihren Eigensinn besser ertragen als Heuchelei.«

»Der einzige Glaube, zu dem sie sich bekennt, ist Eigennutz. Madam, seht Ihr nicht, daß sie sich täglich über Eure Nachsicht lustig macht? Haltet Ihr es für wahrscheinlich, daß sie sich ausgerechnet dem Glauben zuwendet, der ihr die Legitimität verweigert?«

»Für die Umstände ihrer Geburt ist sie nicht verantwortlich«, sagte Mary unbehaglich.

»Sie ist jetzt für ihr Tun verantwortlich, Madam, und kann dafür zur Rechenschaft gezogen werden. Stellt ihre Loyalität auf die Probe, und Ihr werdet sehen, daß sie zu wünschen übrig läßt.«

»Auf die Probe?« Mary sah ihn zweifelnd an. Der Spanier antwortete mit einem eleganten Schulterzucken. »Majestät müssen ein Ultimatum stellen. Sie muß in die Kirche eintreten oder die Konsequenzen tragen.«

Mary erhob sich und schritt, an ihrer Lippe nagend, auf und ab. Schließlich sagte sie heiser: »Welche Art von Konsequenzen habt Ihr im Sinn?«

Der Spanier bedachte sie mit einem Lächeln, das größte Geduld ausdrückte. In seiner gesamten Laufbahn hatte er es noch nie mit jemandem zu tun gehabt, der so naiv und arglos war wie Mary Tudor. »In meiner Heimat«, bemerkte er vergnügt, »ist die Strafe für Ketzerei von jeher Tod auf dem Scheiterhaufen.«

»Aber die Gesetze meines Bruders verbieten die Verfolgung von Ketzern!«

»Euer Bruder ist tot«, gab ihr der Spanier zu bedenken, »und Gesetze kann man ändern.«

»Gesetze kann man ändern...« Elisabeth lehnte sich an das steinerne Brückengeländer und starrte in den strudelnden dunklen Fluß. Sie warf einen Stein ins Wasser, der so geschwind sank, daß ihr Auge ihm nicht zu folgen vermochte. So könnte der Tod sein, barmherzig schnell, aber nicht durch Verbrennen, niemals durch Verbrennen. Gesetze konnte man ändern, aber sie wollte nicht verbrennen! »Madam!«

Sie fuhr erschrocken herum und atmete erleichtert auf. »Cecil!«

»Ich muß Euch sprechen, Madam, aber nicht hier im Angesicht des Palastes. Etwas weiter den Fluß entlang sind wir im Schutz der Bäume.«

Sie drehte sich wortlos um und ging. Ein paar Minuten später gesellte er sich an der genannten Stelle zu ihr, wo sie am Flußufer saß,und kniete sich neben sie.

»Ist es wahr, daß Ihr die Königin morgen zur Messe begleiten sollt?«

»Ja!« Elisabeth seufzte und blickte finster über den Fluß. »Was spielt das für eine Rolle, da nun das Parlament die Gültigkeit von meines Vaters erster Ehe bestätigen wird?«

»Was immer im Hinblick auf die Legitimität der Königin beschlossen wird, kein Parlament wird Euch von der Thronfolge ausschließen«, sagte Cecil. »Falls die Königin das verlangt, wird man es nicht genehmigen, darauf gebe ich Euch mein Wort.« Er ergriff ihre Hand, und wieder spürte sie die Gemeinsamkeit zwischen ihnen, eine natürliche Wesensverwandtschaft, frei von jeder Geschlechtlichkeit.

»Wenn ich zur Messe gehe, mache ich mir sämtliche Protestanten im Königreich zu Feinden. Gehe ich nicht, lebe ich womöglich nicht mehr lange genug, um mir Feinde zu machen. Ich stecke in der Klemme, Cecil – ratet mir!«

Er blickte sie fest an, sein blasses Gesicht zeigte nicht die Spur einer Gefühlsregung. »Ich schlage vor, Hoheit werden morgen unwohl sein – so unwohl, daß Ihr dem Gottesdienst kaum folgen könnt. Eure Feinde werden sehen, daß Ihr Euch fügt, aber Eure Freunde werden versichert sein, daß Ihr es nicht aus freien Stücken tut.«

»Ich kann mich nicht in jedem Gottesdienst verstellen wie ein simulierender Schuljunge.«

»Einmal genügt, um Euren Standpunkt darzulegen. Danach müßt Ihr Euch selbstverständlich strikt anpassen.

Geht Intrigen aus dem Weg. Der französische Gesandte verfolgt Euch auf Schritt und Tritt, weil die Königin auf den Spanier hört, aber er ist nicht Euer Freund, so wenig wie sein Gebieter. Dem König von Frankreich ist es nur um die Förderung der Interessen der jungen schottischen Königin zu tun, damit sie ein vereinigtes Britannien als Mitgift in ihre Ehe mit dem Dauphin einbringt. Fürchtet Frankreich, Madam, so wie Ihr Spanien fürchtet, denn beide Länder begehren Euren Tod.«

Elisabeth lächelte matt. »Und wie soll ich dieser schrecklichen Herausforderung unverletzt entgehen?«

»Leise, Madam, wie eine Katze im Dunkeln.« Sie legte ihre Hand auf seinen schmucklosen Ärmel. »Ihr wart es, der mich vor Dudleys Falle gewarnt hat, nicht wahr?«

Er neigte stumm den Kopf.

»Warum?« wollte sie, mit einemmal leidenschaftlich interessiert, wissen. »Warum bringt Ihr Euch meinetwegen in Gefahr?«

»Ihr seid die Zukunft«, erwiderte er ernst. »Und Ihr werdet überleben. Das ist alles, was ich Euch sagen kann.«

Sie reichte ihm ihre Hände und ließ sich von ihm aufhelfen. »Wir verstehen beide zu überleben«, sagte sie leise. »Und wenn die Zeit kommt, werden wir zu herrschen verstehen – Ihr und ich.«

Als das Glöckchen das Emporheben der Hostie verkündete, neigte Mary das Haupt über grimmig gefaltete Hände. Fast während des ganzen Gottesdienstes hatte sie sie so zornig verschränkt halten müssen, um sich des dringenden Bedürfnisses zu erwehren, ihre Schwester ins Gesicht zu schlagen.

Es war unerträglich! Die Prozession zur Messe war durch Elisabeths ständige, überaus laute Klagen über Magenschmerzen gestört worden, und sobald sie in der Kapelle waren, wurden das Getue und das ungehörige Benehmen schier unglaublich. Sogar jetzt, im geheiligtsten Augenblick, massierte ihr eine ihrer Damen demonstrativ den Rücken. Und Mary war nicht dumm; sie vermochte eine öffentliche Geste als solche zu erkennen.

Als die Farce vorüber war, gingen sie in eisigem Schweigen zusammen durch den Garten zurück. Elisabeth warf einen verstohlenen Blick auf Marys versteinertes Gesicht und wußte, daß sie zu weit gegangen war. »Wenn Majestät erlauben«, murmelte sie betreten, »möchte ich mich in meine Gemächer zurückziehen.«

»Du bleibst«, zischte die Königin, verzweifelt bemüht, die Stimme zu dämpfen, »bis ich von deinem ehrlichen Glauben an das heilige Sakrament überzeugt bin.«

Elisabeth schlug geschwind die Augen nieder. »Madam, ich habe die Messe aus freien Stücken besucht, ohne Furcht, Scheinheiligkeit oder Heuchelei.«

Mary kniff sie plötzlich gehässig in den Arm und zog sie hastig außer Hörweite des neugierigen Hofstaates. »Verschone mich mit deiner Scheinheiligkeit!« fuhr die Königin sie wütend an. »Was sollte die unwürdige Vorstellung drinnen bedeuten? Sprich! Sag mir ausnahmsweise, was du wirklich denkst.«

Elisabeth fixierte Mary mit stechendem Blick. Ihre Stimme war ein rauhes Flüstern. »Ich glaube, ich muß mich übergeben.«

Erschüttert über die unverfrorene Drohung in den verderbten schwarzen Augen, ließ Mary ihren Arm los. Um den schlimmsten, unvorstellbaren Frevel an der Hostie, dem Leib Christi, abzuwenden, blieb ihr vorerst nichts anderes übrig, als mittels eines greifbaren Unterpfands ihres Vertrauens und Einverständnisses zu kapitulieren. In eisigem Schweigen löste sie eine Brosche mit einem Diamanten und Rubinen von ihrem Kleid und steckte sie Elisabeth an das schlichte Mieder. Sodann reichte sie ihr ihren Rosenkranz aus weißen Korallen. Elisabeth knickste sittsam und befestigte den Rosenkranz mit großer Geste am Oberteil ihres Kleides. Und vor den Augen des Hofstaates kehrten sie in scheinbar gutem Einvernehmen zum Palast zurück. Als Elisabeth, die Korallenperlen achtlos schlenkernd, in ihr Zimmer trat, wartete Kat gespannt auf sie. »Was tut Ihr mit dem papistischen Firlefanz?« fragte die Erzieherin mit mildem Widerwillen.

»Was seid Ihr nur für eine Ketzerin, Kat!« spottete Elisabeth und schleuderte die Perlen über einen Tisch. »Das ist ein Geschenk Ihrer Majestät – und dies auch!« Sie wies großspurig auf die Brosche an ihrer Brust. Kat gingen ob der

Größe des Diamanten die Augen über. »Die hat die Königin Euch geschenkt?« fragte sie ungläubig.

»Eine kleine Bestechung, um mir zu helfen, die Messe im wahrsten Sinne des Wortes zu verdauen.« Elisabeth ließ sich auf einen Stuhl fallen und befingerte die Korallen. Ihr zynisches Lächeln wurde plötzlich seltsam traurig. »Hoffentlich hatte Cecil recht, Kat. Denn nach dem heutigen Tag wird sie mir nie wieder trauen.«

»Mein liebes Kind«, sagte Kat trocken, »ich glaube, das hat sie nie getan.«

»Ich hätte sie umbringen können«, sagte Mary zu dem spanischen Gesandten, »ich schwöre, ich hätte sie mit bloßen Händen umbringen können. Aber natürlich hätte es mich nicht überraschen dürfen; ihre Mutter war eine besessene Lutheranerin.«

Der spanische Gesandte widerstand dem plötzlichen Drang, sich vergnügt die Hände zu reiben, indem er sie hinter seinem Rücken versteckte. Marys Reaktion war besser, als er gehofft hatte. »Ich habe Euch gewarnt, Madam. Lady Elisabeth ist klug und gerissen. Sie wird Euch bei der nächsten Gelegenheit hintergehen.«

»Zweifellos«, sagte Mary kurz. »Was schlagt Ihr vor, das ich tun soll, um es zu verhindern?«

»Dasselbe, was ich Euch seit geraumer Zeit mit allem Respekt vorschlage, Madam: Festigt Eure Position durch eine kluge Heirat.«

»Womit Ihr Prinz Philipp meint?«

»Madam, der König bietet Euch seinen geliebten Sohn an; Ihr werdet sehen, der spanische Prinz ist in jeder Beziehung ein echter Edelmann.«

»Aber er ist so jung!«

Der Spanier hustete. »Nur jung an Jahren. Sein scharfer Verstand, seine Urteilskraft, seine Zurückhaltung und Erfahrung zeugen von einem Mann, der alt an Weisheit ist.«

Mary schauderte. »Ihr müßt verstehen, als Jungfrau bin ich gänzlich unwissend, was – was die Männer meinen, wenn sie von fleischlicher Liebe sprechen. Ist er wirklich so – vollkommen?«

Der Spanier breitete mit überschwenglicher Geste die Hände aus und verdrehte die Augen gen Himmel. »Madam, er ist die Vollkommenheit in Person.«

Es war heiß in der Abtei. Die Krönung schien kein Ende zu nehmen. Die Bänke waren brechend voll. Elisabeth, ganz in Weiß, saß unangenehm eng an den französischen Gesandten gequetscht, der sich neben ihr niedergelassen hatte, ehe sie die Chance hatte, ihm auszuweichen. Die kleine Krone auf ihrem Haupt war schwer und viel zu groß; sie mußte stocksteif sitzen, um zu verhindern, daß sie ihr über die Augen rutschte. »Ich wünschte, das verflixte Ding würde mir besser passen«, klagte sie ihm schließlich leise. »Es macht mir Kopfweh. «

»Habt Geduld, Madam. Das ist nur die Anprobe für eine, die Euch besser passen wird.«

»Es war nur eine zufällige Bemerkung«, meinte Kat unsicher, als sie ihrer Gebieterin die verwünschte Krone vom Haupt nahm.

»Zufällige Bemerkungen wie diese«, murmelte Elisabeth, »an der richtigen Stelle wiederholt, können mich meinen Platz am Hof kosten – was der Franzose zweifellos beabsichtigte.« Sie lehnte sich zurück und schloß die Augen, während Kat ihr die Haare bürstete. »Ehrlich gesagt, ich ginge mit Freuden, so wie die Dinge liegen, mit dem Dolch des Spaniers an meiner Kehle und dem des Franzosen im Rücken. Geht es nach deren Willen, rollt mein Kopf womöglich, bevor das Jahr zu Ende ist.« Sie stellte sich lachend vor den Spiegel und fuhr sich mit den Fingern rund um den Hals. »Und ich habe so einen zarten Hals, findet Ihr nicht, Kat? Genau wie meine Mutter.«

Kat erwiderte den Blick der schwarzen Augen in dem Metallspiegel und bekreuzigte slch instinktiv, wie sie es von Kind an gewohnt war.

Dünne Strähnen graumelierter roter Haare lösten sich aus dem Kopfputz der Königin, als sie fieberhaft in ihrem Gemach auf und ab schritt. »Ach, könnte ich ihn doch sehen, bevor ich mich binde.«

Der spanische Gesandte unterdrückte den Impuls, ihr zu sagen, daß der Prinz von Spanien nicht zu besichtigen sei wie ein Zuchthengst auf dem Marktplatz. »Madam, Ihr werdet nicht das geringste an ihm auszusetzen finden.« – »So ist er wirklich genau, wie Ihr sagt?« Sie ergriff seine Hand, und er sah mit heftigem Unbehagen, daß ihre bläßlichen Augen in Tränen schwammen. »Oder sprecht Ihr nur als Untertan«, fuhr sie erregt fort, »dessen Pflicht es ist, seinen Gebieter zu preisen?«

Der Spanier befreite sich von ihrem fiebrigen Griff und sagte feierlich: »Ich verpfände Majestät mein Leben, wenn Ihr ihn anders findet, als ich Ihn Euch beschrieben habe.«

»Betet mit mir«, sagte sie unvermittelt, und er kniete demütig nieder. Nach langem Schweigen erhob sie sich steif, und er trat vor und ergriff ihre ausgestreckte Hand. »Gott hat mich erleuchtet«, sagte sie heiser, »ich werde Prinz Philipp heiraten. Ich gelobe, daß meine Entscheidung unabänderlich ist. Ich will ihn gebührend lieben und ihm nie Anlaß zur Eifersucht geben.«

Der Spanier beugte sich über ihre Hand, um ein Lächeln zu verbergen. Er zweifelte nicht einen Augenblick an ihren Worten.

»Madam, ich flehe Euch an, schickt sie in den Tower!«

»Ich kann nicht! Ich habe nicht einen Beweis.«

» Entfernt sie vom Hof, Madam, und Ihr werdet bald einen haben!«

Kerzenlicht spiegelte sich in den glänzenden schwarzen Augen des spanischen Gesandten und verlieh seinem sauber gestutzten Schnurrbart einen bläulichen Schimmer. Hinter ihm blickte großäugig und ernst Philipps Porträt herab, unter dem Mary hin und her ging. Sie blieb plötzlich stehen und befingerte nervös ihr Kruzifix. »Was meint Ihr damit?«

»Laßt sie in dem Glauben, sie habe Euer Vertrauen, aufs Land zurückkehren, und wir werden jeden ihrer Schritte beobachten.«

»Ihr meint, sie wird mich hintergehen?«

»Madam, das ist unvermeidlich. Ihre protestantischen Freunde warten nur auf diese Gelegenheit. Aber sie darf

Eure Beweggründe nicht ahnen. Schickt sie in Freundschaft fort, versprecht ihr alles, was sie verlangt. Es ist nun an Euch, sie zu täuschen.«

Die Königin trat traurig vor das Porträt und betrachtete das glatte, ausdruckslose Gesicht. Er war so jung! Ohne sich abzuwenden, murmelte sie fast unhörbar: »Meine Schwester ist nicht allein in ihren Gemächern, nicht wahr? Sie ist in Ungnade, sie ist ausgestoßen, aber sie ist nicht allein.« Damit drehte sie sich zu ihm um; ihre Miene flehte ihn an, es zu leugnen.

»Nein, Madam.« Nach einer Pause fügte er hinzu: »Sie hat die Jugend um sich.« Dies war sein letzter Streich, und er sah, daß er getroffen hatte. Das schmale, faltige Gesicht verschloß sich zu einer harten Maske. »Ich will tun, was Ihr sagt«, murmelte sie grimmig und setzte ihr rastloses Aufundabschreiten fort.

Am Spätnachmittag eines kalten Dezembertages kehrte Elisabeth von ihrer Unterredung mit der Königin zurück. Sie war in Reisekleidung, über ihrem Reitkostüm trug sie einen warmen Pelzmantel, dazu eine neue Zobelhaube und eine Perlenschnur, die Kat noch nie gesehen hatte.

»Neujahrsgeschenke diesmal«, beantwortete Elisabeth ihren fragenden Blick, »vermutlich um ihr Gewissen zu beruhigen, während der Spanier mir in den Rücken sticht.« Sie seufzte. »Nein, das ist ungerecht. Sie war immer großzügig zu mir, ich weiß nicht, warum.«

»Aber was hat sie *gesagt*?«

Elisabeth zuckte die Achseln und trat vor den Spiegel, um die mit weichem Pelz gefütterte Haube zu bewundern. »Es kommt nicht darauf an, was sie gesagt hat – oder vielmehr, was der Spanier durch sie gesagt hat –, er gängelt sie wie eine Marionette! Solange ich brav nach Ashridge gehe, nichts sage, nichts tue, können sie mir nichts anhaben. O Kat, ich werde frei sein von ihr, nach all den elenden Monaten. Frei! Frei!« Sie streifte die Zobelhaube ab und wirbelte durchs Zimmer. »Frei von ihren heißen kleinen Händen, die nach meiner Seele schnappen, frei auch von Gott.« Nach einem Lachanfall fügte sie hinzu: »Von irgend jemandes Gott.«

»Pst! Hoheit, um Himmels willen, man wird Euch hören.«

»O ja, man wird mich immer hören – zu meiner Verteidigung. Das war das letzte Versprechen, das sie mir gab, ihr Wort als Königin.«

»Und dem traut Ihr?« fragte Kat zweifelnd. Elisabeth sah die Erzieherin an, ihr Gesicht war plötzlich ernst geworden. »Meine Schwester ist der einzige aufrichtige Mensch, den ich je gekannt habe«, sagte sie langsam. »Wenn ich mich nicht auf ihr Wort verlassen kann, dann kann ich mich auf dieser Welt auf nichts mehr verlassen.«

11

Im Januar führte die Unterzeichnung des Ehekontraktes zwischen England und Spanien zu offenen Unruhen in den Straßen von London. Priester wurden tätlich angegriffen, und die antikatholische Propaganda fand sogar ihren Weg in den Palast. Vor nicht ganz sechs Monaten war Mary im Triumph in die Hauptstadt eingeritten, die nun vor Feindseligkeit gegen ihren Glauben kochte.

Auch der französische Gesandte war bestürzt über die Aussicht auf eine Allianz, durch die Frankreich von Feinden umringt sein würde. Nur eine offene Rebellion konnte die Heirat noch verhindern. Er spann sein Intrigennetz über das ganze Land. In Kent sammelte Sir Thomas Wyatt seine Truppen; Henry Grey, Janes Vater, hetzte die Grafschaften Mittelenglands auf.

Elisabeth saß in Ashridge auf einer Gartenbank. Sie war auf dem Weg hierher krank geworden und es seitdem geblieben. Sie litt unter Kopf- und Rückenschmerzen und mußte sich laufend erbrechen. Als Gesicht und Leib anschwollen, hatte ihr Arzt, eine Nierenentzündung befürchtend, absolute Bettruhe verordnet, aber sie widersetzte sich hartnäckig seinem Rat. Die Gerüchte über sich ausbreitende Unruhen sickerten täglich nach Ashridge und hatten in Elisabeth den Verdacht aufkommen lassen, sie würde auf Geheiß des spanischen Gesandten langsam vergiftet. Doch was immer es war, sie durfte dem nicht nachgeben, jetzt, da sie auf alle Informationen angewiesen war, deren sie habhaft werden konnte. In der Einsamkeit ihres Schlafgemachs konnte sie die Hausierer und Wanderschausteller nicht aushorchen, die sich in der Empfangshalle versammelten. Sie wußte aus mehreren Quellen, daß ihre Sache zunehmend aussichtsloser wurde. Aus Angst, die Rebellen würden Ashridge überfallen und sie mit Gewalt holen, hatte sie das Haus in eine Festung verwandelt. Und da Henry Greys Streitmacht in der Nähe kampierte, war sie von bewaffneten Männern umgeben wie ein Tier in einer Schlinge, das die Jäger erwartet, die es töten werden.

Der Rebellenführer Thomas Wyatt hatte sie in einem Brief bedrängt, sich unverzüglich nach Donnington zu begeben und das Haus gegen eine Belagerung zu sichern. Noch jetzt, einige Tage nachdem sie das Schreiben unbeantwortet zurückgesandt hatte, ließ sie das lähmende Entsetzen nicht los, das sie beim Anblick seiner Unterschrift befallen hatte. Warum mußte es von allen Männern Englands, die diese Revolte anzuführen imstande waren, ausgerechnet Wyatt sein, dessen Vater ihre Mutter einst leidenschaftlich geliebt hatte? Ihr war, wie wenn ihr ganzes Leben mit den Schatten einer früheren Existenz verknüpft wäre, Schatten, welche nun ihren lebendigen Feinden die Hände reichten und die Schlinge des Verrats fester um ihren Hals zogen. »...und ich habe so einen zarten Hals.« Fröstelnd vor Kälte und Furcht floh sie über die vereisten Gartenwege ins Haus und in ihr Privatgemach; kurz darauf erschien Kat Ashley bleich und zitternd vor Schrecken auf der Türschwelle. »Hoheit«, flüsterte sie, »o Hoheit«, alles weitere war unverständlich. Elisabeth riß Kat das Schreiben aus der Hand und erbrach mit ihren Fingernägeln das Siegel. Es war totenstill im Raum, während sie, sich mit einer Hand auf das Kaminsims stützend, hastig las. Es war ein eigenhändiges Schreiben der Königin, die sie unverzüglich nach London beorderte, andernfalls ihr Gefahr drohe, »sei es, wo Du jetzt bist, sei es in Donnington, wohin Du, wie wir hörten, in Kürze zu ziehen gedenkst«.

»Donnington«, flüsterte sie. Mary konnte von dem Vorschlag des Rebellen, nach Donnington zu ziehen, nichts wissen, es sei denn, Wyatts Brief war von Spionen abgefangen worden.

»Was sollen wir tun?« stöhnte Kat ratlos.

Elisabeth sagte nichts. Das Zimmer ringsum verschwand, und ein seltsamer Laut, dem Rauschen des Windes gleich, übertönte ihre von Panik gepeinigten Gedanken. Kat fing sie auf, als sie, bedenklich nahe am Feuer, schwankte. »Keine Widerrede mehr, Mylady. Ihr geht jetzt sofort zu Bett.«

Elisabeth, an ihre Schulter gelehnt, lachte matt. »Ja«, sagte sie langsam, »so ist es recht. Bringt mich zu Bett, Kat, und sagt, ich sei zu krank zum Reisen.«

»Zu krank zum Reisen!« Der spanische Gesandte warf Elisabeths Brief beiseite. »Madam, sie hat diese Karte allzuoft gespielt!«

»Dieses Mal spielt sie sie, scheint es, mit einer gewissen Berechtigung«, murmelte die Königin, seinem Blick ausweichend. »Man munkelt hier in London, sie sei vergiftet worden, sie sei so krank und geschwollen, daß für ihr Leben keine Hoffnung mehr bestehe.« Die Mundwinkel des Spaniers verzogen sich zu einem grausamen Lächeln. »Krank und geschwollen, wie? Dann seid gewiß, Madam, daß Wyatts Verbindung mit ihr weit über einen Brief hinausging.«

Purpurne Röte stieg langsam in Marys Wangen. »Ich weiß, Ihr seid mein Freund«, sagte sie erzürnt, »aber war das wirklich nötig?«

»Jawohl.« Der Spanier zwirbelte stillvergnügt das Ende seines Schnurrbartes. »Ich bitte Majestät zu bedenken, daß Wyatts Vater der Liebhaber der Konkubine war.«

»Das wurde nie bewiesen. Wyatt war ein Ehrenmann, und mein Vater schätzte seine Rechtschaffenheit.«

»Und schätzt Ihr heute die Rechtschaffenheit von Wyatts Sohn und Anne Boleyns Tochter?«

»Ihr wißt, daß es nicht so ist.«

»Dann bitte ich Majestät untertänigst zu handeln. Schafft Lady Elisabeth mit Gewalt nach London und bringt sie zur Vernehmung in den Tower. Ihr habt jede Rechtfertigung. Eine

Abschrift ihres Briefes wurde bei der Post des französischen Gesandten an seinen König gefunden. Ich sage Euch klipp und klar, Madam, was ich Euch schon früher gesagt habe, sie konspiriert mit Frankreich.«

»Das dürfte schwer zu beweisen sein. Und für ihr Verhältnis mit Wyatt haben wir bislang keinen Beweis, der vor Gericht standhielte.«

Der Spanier probierte eine neue Taktik. »Sie hat in Ashridge bewaffnete Wachen aufgestellt, dünkt Euch das nicht bedrohlich?«

Die Königin hob die dünnen Schultern. »Mit Henry Greys Feldlager in der Nähe ist es verständlich, daß Elisabeth einen Angriff fürchtet.«

Der Spanier unterdrückte einen Fluch und packte die Hände der Königin mit flehendem Griff. »Das einzige, was Madam Elisabeth fürchtet«, sprach er gelassen, »ist der Fehlschlag der Rebellion gegen Euch. Um Gottes und seiner Mutter willen, schafft sie nach London, bevor es zu spät ist!«

Der feige Verrat eines Höflings zwang Wyatt, sieben Wochen früher als geplant zu handeln. Die Kirchenglocken läuteten Alarm, und es erhoben sich alle, welche die spanische Knute und den Zorn der Inquisition fürchteten. Wyatt setzte sich nach Greenwich in Marsch.

In London beobachteten diejenigen, welche die Königin als weinerliche alte Jungfer bespöttelt hatten, darunter der spanische Gesandte, erstaunt die Verwandlung, als Mary Tudor sich zur Verteidigung ihrer Krone erhob. Sie mißachtete das Drängen ihrer Berater, sie möge Zuflucht im Tower suchen oder besser noch nach Schloß Windsor fliehen; sie befahl die Bewaffnung ihrer Hauptstadt und ritt zum Versammlungsplatz, um an das Wohlwollen und die Liebe des Volkes zu appellieren. Am Ende ihrer bewegenden Rede bekundete London, unter ohrenbetäubendem Gebrüll, seine Loyalität. »Gott schütze Königin Mary! Gott schütze die Königin!« Und plötzlich, unerklärlich, unglaublich, ertönte der Ruf um Beistand für denjenigen, der jetzt ihre teuerste Hoffnung war: »Gott schütze den Prinzen von Spanien!« Mary ritt durch die hochrufende, winkende Menge zum Fluß, um ihre Barkasse nach Westminster zu besteigen. Am anderen Themseufer ließ ein Heer von zweitausend Rebellen trotzig seine Banner im Wind flattern. Mary stand herausfordernd lächelnd unter dem Baldachin.

Tiefe Stille lag über der Themse. Wyatt stand in seinem Feldlager; seit drei Tagen rätselte er über das Schweigen der verbarrikadierten Stadt, von der er geglaubt hatte, sie würde ihn mit offenen Armen empfangen. Fünfhundert Mann der königlichen Wache waren zu ihm übergelaufen, aber seither war nichts geschehen. Noch war kein einziger Schuß gefallen, jede Seite wartete darauf, daß die andere den Anfang machte. Als Wyatt endlich einsah, daß er die Stadt angreifen mußte, war die Kampagne durch die fatale Verzögerung bereits verloren. Er fand die Stadttore verschlossen und mußte sich geschlagen geben. Durch eine wütende, Schmähungen ausstoßende Menge ritt er zum Tower, wo ihn der Lordlieutenant verächtlich begrüßte. »Wenn das Gesetz nicht wäre, welches Euch Eurer gerechten Strafe zuführen wird, würde ich Euch eigenhändig erdolchen, Sir.« Wyatt fuhr sich mit der Hand übers Gesicht und wischte Blut, Schlamm und Tränen fort. »Es kommt jetzt nicht mehr darauf an«, sagte er traurig und ging hinein.

Der spanische Gesandte sagte grimmig: »Madam, es ist an der Zeit, daß Ihr die Krebsgeschwüre aus diesem Königreich herausschneidet. Sie müssen sterben. Alle.«

Mary kauerte sich noch etwas tiefer in ihren Sessel. Ihr Gesicht im Kerzenlicht war das einer alten Frau. »Nicht Jane«, murmelte sie düster, »nicht Jane.«

»Zeigt wieder Gnade, und die Ketzer werden es Schwäche nennen. Madam, wünscht Ihr Blutvergießen für den Rest Eurer Regierungszeit? Was sind drei Menschenleben, wenn die Sicherheit Eures Königreichs und die Bewahrung Eures Glaubens auf dem Spiel stehen?« Drei Menschenleben. Jane, Guildford – und Elisabeth. Sie hatte dasselbe Argument aus zahllosen Quellen vernommen: Was sind drei Menschenleben…?

Die Kerzen brannten nieder und mußten erneuert werden. Mary erklärte sich schließlich bereit, die Haftbefehle für Jane und Guildford zu unterzeichnen. »Und Elisabeth?« beharrte der Spanier kalt.

Sie schirmte ihr Gesicht mit den Händen ab. »Ich werde es meinem Gemahl überlassen, sich mit ihr auseinanderzusetzen.«

»Gemahl?« wiederholte er verwundert.

Sie sah ihn bestürzt an und fröstelte plötzlich von schlimmer Vorahnung. Der Spanier breitete, hilflose Niedergeschlagenheit bekundend, die schönen Hände aus. »Madam, haltet Ihr es für möglich, daß der geschätzte Prinz Philipp einen Fuß auf englischen Boden setzt, solange Elisabeth lebt?«

»Aber ihm würde jeder erdenkliche Schutz zuteil!«

Der Spanier zuckte die Achseln und verbeugte sich flüchtig. »Kein Schutz wäre ausreichend in den Augen des Königs, Madam. Ich fürchte, unser Geschäft ist beendet, und wenn Ihr gestattet, werde ich mich zurückziehen.« Er hatte den Raum noch nicht halb durchquert, als sie ihn zurückrief und ihm versprach, Ärzte, ihre persönliche Sänfte und eine bewaffnete Wachmannschaft nach Ashridge zu schicken.

12

Unheilvolle Stille lastete über der verschneiten Landschaft, als Elisabeths Großonkel, Lord William Howard, die Gefangene der Königin in die wartende Sänfte hob. Der Auftrag lautete, sie »tot oder lebendig» zu bringen, und jedermann wußte, daß die Untersuchung durch die Ärzte der Königin, welche Elisabeth für reisefähig erklärt hatten, reine Formsache war. Just als sie aufbrechen wollten, entstand zwischen Haus und Sänfte ein geschäftiges Hin und Her von Dienstboten, und als Howard seinen großen Kopf durch die Vorhänge steckte, entdeckte er, daß Elisabeth sich auf den Samtpolstern erbrochen hatte.

»Die persönliche Sänfte der Königin«, murmelte er, dermaßen entsetzt, daß er alle Förmlichkeit fallen ließ. »Aber Elisabeth!«

Sie sah ihn mit koboldhaftem Unschuldslächeln auf den bleichen Lippen an. »Ja«, bekannte sie gelassen, »eine Schande, nicht wahr? Und Samt kann man nicht waschen. Sie wird alles neu beziehen lassen müssen.«

Es war sinnlos, sie zu fragen, warum sie es nicht geschafft hatte, sich auf die Seite zu beugen. »Holt ihr einen Napf«, sagte er barsch und wandte sich ab, damit niemand das ganz und gar illoyale Lächeln in seinem breiten Gesicht sähe.

Sie zogen im Schneckentempo über die vereisten Feldwege. Howard beharrte stur darauf, daß sie täglich nicht mehr als sieben Meilen zurücklegten. Das war selbst für diese Witterung unerhört langsam, aber Howard liebte seine Großnichte mehr, als er zuzugeben wagte, und war taub für jeglichen Protest der Beamten der Königin gegen die mutwillige Verzögerung.

Unterwegs erreichte sie die Nachricht von Lady Janes Hinrichtung. Elisabeth vernahm es erschüttert und weinte still um die Cousine, und zum erstenmal weinte sie nun auch ein wenig um sich selbst. Was hatte es für einen Sinn, um Aufschub zu kämpfen und sich die beste Strategie zur Verteidigung vor dem Rat zu überlegen? Wenn Mary Jane töten konnte, bestand für Elisabeth keine Hoffnung mehr.

Ein eisiger Wind kam auf, Schnee und Graupeln wirbelten durch die Vorhänge der schwankenden Sänfte. Elisabeth kuschelte sich in ihre Pelze, ihre langen Finger waren blaugefroren. Als sie Highgate erreichten, war der Wind zu einem Schneesturm geworden, und Elisabeth war zu krank, um sich noch weiter zu sorgen, was sie am Ende der Reise erwartete. Sie nahm nur undeutlich wahr, daß Howard sie ins Bett hinauf trug und über sie gebeugt stand, während Kat ihr Branntwein zwischen die steifen Lippen flößte.

»Das ist barbarisch, Mylord«, schluchzte Kat. »Sie wird tot sein, ehe wir den Palast erreichen. Ist es das, was sie wollen?«

Howard rieb Elisabeths kalte Hände und fluchte leise, denn er hielt das, was Kat gesagt hatte, für mehr als wahrscheinlich. Aber er wollte verdammt sein, wenn er der Königin seine Nichte im Sarg übergäbe, und käme es der Regierung noch so gelegen. Er stürmte wortlos aus dem Zimmer, und fünf Minuten später kamen die Ärzte der

Königin hereingeschlichen, warfen einen Blick auf die Patientin und verordneten unverzüglich vollkommene Ruhe.

So gab es in Highgate eine ganze Woche Aufschub, während der spanische Gesandte in London das Gerücht verbreitete, für die Schwellung ihres Leibes gebe es einen ersichtlichen Grund, denn sie erwarte zweifellos wieder ein Kind – von wem, das verschwieg er. Einige mutmaßten, es sei von Wyatt.

Elisabeth kochte vor Wut, als sie die Gerüchte hörte, und am Morgen ihrer Weiterreise ließ sie sich ihr Korsett so eng schnüren, daß sie kaum atmen konnte. Sie kleidete sich in Weiß, um ihre Unschuld zu bekunden, warf die Pelzdecken von sich und bestand darauf, daß die Vorhänge der Sänfte aufgezogen wurden, damit das Volk, das sich herandrängte, um das Gerücht bestätigt zu sehen, es als Lüge erkennen könne.

Die Menge, die ihren Weg durch London säumte, schwieg verängstigt, und die Galgen an jeder Straßenecke waren Erklärung genug für die stummen Blicke, die ihr folgten. Die ganze Stadt war wie ein Leichenhaus.

»Der schönste Anblick in dieser Stadt und überall im Lande«, hatte der französische Gesandte triumphierend nach Hause geschrieben, »sind die Galgen, an welchen einige der tapfersten und ritterlichsten Männer des Königreichs hängen. Die Gefängnisse sind voll mit Adligen und berühmten Leuten ...« Er war zuversichtlich, daß das Gefängnis in Kürze eine der allerberühmtesten Persönlichkeiten beherbergen werde – aber nicht für lange ... Der Franzose war guter Dinge, als man Elisabeth durchs Stadttor trug, auf dem die Köpfe und zerstückelten Leiber aufgereiht waren wie Banner. London stank von verwesendem Fleisch, und Elisabeth starrte beherzt geradeaus; sie schluckte schwer, grimmig entschlossen, sich vor der schaulustigen Menge keine Blöße zu geben.

In Whitehall wurde sie geschwind in eine düstere Zimmerflucht geleitet und von ihren meisten Bediensteten getrennt, die angewiesen wurden, sich in der Stadt Quartier zu suchen. Elisabeth verlangte die Königin zu sprechen und wurde beschieden, das sei unmöglich; sie dürfe keinen Besuch empfangen, und eine bewaffnete Garde werde Tag und Nacht vor ihren Gemächern wachen. Die kalten, feuchten Räume waren offenbar lange nicht benutzt worden. Ihre wenigen verbliebenen Bediensteten packten ihre Habseligkeiten aus und entfachten ein Feuer. Sie brachten sie zu Bett, und sie schlief augenblicklich ein. Wenig mehr als eine Stunde später wurde sie von schallendem Getöse über ihr geweckt. Es hörte sich an, wie wenn schwere Metallgefäße umhergeworfen würden.

»Du liebe Güte, Kat, was ist das?«

Kat erkundigte sich bei den Wachen und kehrte mit grimmiger Miene zurück. »Hoheit sind unter den Gemächern der Gräfin Lennox einquartiert. Über diesem Raum befindet sich eine Küche.«

Elisabeth unterdrückte mit müdem, resigniertem Seufzen einen Wutausbruch und legte sich wieder auf ihr Kissen. »Nun gut«, murmelte sie, »es wird sicher nicht lange dauern.«

Doch es hielt an. Lady Lennox' Haushalt bestand offenbar aus nimmersatten Essern, und ihre Dienerschaft arbeitete anscheinend in Schichten. In ihrer Verzweiflung ließ Elisabeth die Bitte ausrichten, man möge das Tun einstellen, worauf der Lärm prompt verdoppelt wurde. Um Mitternacht lag sie starr gespannt und wappnete sich gegen den nächsten Krach. Ihre Augen waren verschleiert von nicht vergossenen Tränen. Sie wollte schreien, aber wenn sie einmal anfing, würde sie nicht mehr aufhören können, und diese Genugtuung gönnte sie ihrer Peinigerin nicht.

Einen quälenden, schlaflosen Monat lang kämpfte Elisabeth mit aller Kraft dagegen an, den Verstand zu verlieren, während der Rat Beweise gegen sie sammelte. Das Treiben im Hause Lennox, gepaart mit ihrer Krankheit und den endlosen Wochen des Wartens, zerrten heillos an ihren Nerven. Doch jedesmal, wenn ihr Geist vor Erschöpfung abstumpfte, trieb sie ihn erbarmungslos zu besessener Regsamkeit an. Latein, Griechisch, mathematische Formeln – sie benutzte ihre gründliche Bildung wie einen Wetzstein, an dem sie ihren Verstand rasiermesserscharf schliff. Als sie am Tag nach Wyatts Verurteilung zum Tode endlich kamen, sie zu verhören, war sie bereit. Sie saß auf einem niedrigen Schemel, die Hände sittsam im Schoß gefaltet, und sah die zehn feindlichen Männer, die ihr an dem schlichten Tisch gegenübersaßen, offen an.

Der Lordkanzler der Königin hatte seine Leute gut vorbereitet, und die Fragen wurden von allen Seiten in rascher Folge auf Elisabeth abgefeuert. Sie aber ließ sich nicht beirren und nicht zu hastigen Antworten verleiten. Sie konnten sie nicht von ihrer Geschichte abbringen, aus welcher Ecke sie sie auch attackierten. Sie hatte nichts getan, sie wußte nichts.

Der Lordkanzler sprang erregt auf, als er glaubte, ihren schwachen Punkt entdeckt zu haben. »Madam, Ihr betont Eure Unschuld zu sehr. Wyatt hat zugegeben, daß er Euch geschrieben hat, könnt Ihr das bestreiten?«

Sie sah ihn kühl herausfordernd an. »Wo ist meine Antwort, Mylord?«

Leises Gemurmel lief durch die Reihen der versammelten Ratsmitglieder, doch der wütende Blick des Lordkanzlers brachte es zum Verstummen.

»Wyatt wird aussagen, daß er eine mündliche Antwort erhielt.«

Noch während er dies aussprach, wurde ihm klar, daß das nicht genügen würde. Das aschfahle Gesicht anfunkelnd, schöpfte er gehässigen Trost aus den schwarzen Schatten unter ihren Augen. Da er selbst bei schlechter Gesundheit war und das langwierige Verhör seinen Tribut von ihm zu fordern begann, mochte er nicht glauben, daß dieses kranke, von allen Freunden verlassene Mädchen ihnen noch lange trotzen konnte. »Madam«, sagte er ergrimmt, »Eure einzige Hoffnung ist, Eure Schuld zu gestehen und die Königin um Vergebung zu bitten.« Aber sie hatte diese Leier früher schon gehört und wußte, daß es eine gemeine List war.

»Vergebung ist für die Schuldigen, Mylord«, erwiderte sie ruhig. »Ich kann nicht Vergebung für ein Verbrechen erlangen, das ich nicht begangen habe.«

Der Hochmut dieser Feststellung erzürnte ihn dermaßen, daß ihm rote Punkte vor den Augen tanzten. Sein Gesicht lief blau an, er zeigte mit dem Finger auf sie und brüllte: »Ihr! Ihr seid ebenso schuldig wie Wyatt, der Verräter!«

»Beweist es«, versetzte sie leise. »Bringt mich vor ein öffentliches Gericht und beweist, daß Ihr recht habt. Erst dann ist es an Euch, mir Ratschläge zu erteilen.«

»Sie muß in den Tower, meine Herren!« Die Stimme des Lordkanzlers brach das gespannte Schweigen im Raum, und sogleich erhob sich ein heftiger Tumult in der Ratsversammlung. »Guter Gott, Mylord, welcher Beweis rechtfertigt eine so harte Maßnahme?« Die lange, erbitterte Debatte wogte auf und ab, bis der Lordkanzler aufsprang und auf den Tisch schlug. Als Ruhe eingekehrt war, funkelte er einen nach dem anderen böse an. »Darf ich fragen, wer von den edlen Herren geneigt ist, die Bürgschaft für besagte Dame zu übernehmen?« Selbst ihre standhaftesten Fürsprecher starrten ihn fassunglos an. Niemand wagte es, für die dermaßen berüchtigte Dame zu bürgen, keiner ging auf das sadistische Angebot des Lordkanzlers ein. Er blickte zufrieden lächelnd in die Runde und nahm in stillem Triumph wieder Platz. »Damit stelle ich fest, meine Herren, daß wir uns endlich in einmütiger Übereinstimmung befinden.«

Der Tower!

Alles Warten, alles Leiden, alle listigen Antworten umsonst.

Einhundert Soldaten, deren Fackeln im Dunkeln flackerten, marschierten unter ihrem Fenster im Garten auf und ab. Morgen würde man sie fortbringen und einsperren, es sei denn, die Königin schalte sich persönlich ein.

Die ganze Nacht wartete sie vergebens auf den Ruf ihrer Schwester. Früh am nächsten Morgen ging endlich die Tür auf, und Elisabeth sprang von ihrem Schemel. Der Graf von Sussex und der Marquis von Winchester standen mit dem Hut in der Hand vor ihr.

»Meine Herren?«

»Madam«, meldete Sussex ernst, »die Barkasse ist bereit, und die Strömung ist recht. Ihr müßt sogleich mitkommen, denn die Strömung wartet nicht.«

Winchesters glattes Gesicht war eine Maske der Feindseligkeit, unbeweglich wie aus Stein. An ihn zu appellieren wäre vergebliche Mühe. Instinktiv forschte sie in Sussex' gleichmütiger Miene. Er hatte ein breites, wettergegerbtes, von einem grauen Haarschopf und ergrautem Bart umrahmtes Gesicht. Nase und Lippen hatten einen unnachgiebigen Zug, aber seine grauen Augen hatten einen sanften Schimmer, der Mitleid bedeuten konnte. Sie legte die Hand auf seinen Arm. »Mylord, laßt mich mit der Königin sprechen.« Doch es war Winchester, der schroff erwiderte: »Kommt nicht in Frage, Madam. Ihre Majestät weigert sich, Euch unter diesen Umständen zu sehen.« – »Dann laßt mich ihr schreiben.«

»Dazu ist keine Zeit.« Winchester zupfte an seinem Bart. »Ganz unmöglich, und meiner Meinung nach« – er rümpfte bedeutungsvoll die Nase – »würde es Euch mehr schaden als nützen.« Sussex sah sie stumm an, und sie entdeckte den Zwiespalt in seinen grauen Augen. Diese Augen waren ihre einzige Hoffnung, und sie hob die ihren mit der ganzen Macht ihres Charmes zu ihm auf. »Nur ein paar Worte.« Ihre Stimme war Sirenengeflüster, das sein Herz rührte. »Ich bitte Euch, Sir.«

Die Augen kapitulierten auf der ganzen Linie, und er brüllte plötzlich: »Gebt ihr Feder und Tinte! Bei Gott, sie soll schreiben, sage ich!«

Winchester fuhr ihn an: »Mylord, seid Ihr Euch bewußt –«

»Vollends. Ich werde es vor der Königin verantworten.« Er kniete nieder und küßte Elisabeth die Hand. »Ich werde Euren Brief eigenhändig überbringen, Madam.« Er bekam seinen Lohn: Sie sagte ihm lächelnd, das werde sie nie vergessen.

Sie nahm die Feder und schrieb hastig, keinen Brief – Anrede und Einleitung fehlten –, sondern eine unumwundene Beteuerung ihrer Unschuld und Loyalität. Die ersten Zeilen waren ein Hammerschlag auf Marys Gewissen.

»Wenn einer jemals das alte Sprichwort erprobt hat, daß eines Königs Wort mehr gilt als eines anderen Menschen Schwur, so muß ich Eure Majestät untertänigst ersuchen, es an mir zu vollziehen und Euch Eures letzten Versprechens und meiner letzten Bitte zu erinnern, daß ich nicht ohne Verteidigung verurteilt werde, was ich, wie es scheint, nun bin ... Laßt Euch, Hoheit, von Eurem Gewissen erweichen, besser mit mir zu verfahren... In aller Demut flehe ich Euch an, laßt mir eine Antwort zuteil werden.«

Sie erhielt keine Antwort.

Marys Reaktion auf Elisabeths Brief verschlug selbst dem gleichmütigen Sussex den Atem. »Ihr, Sir, befindet Euch auf dem falschen Weg!« schrie die Königin; ihr Zorn war von nahezu irrsinniger Eifersucht gefärbt. Sussex, einer ihrer getreuesten Anhänger, war ein weiteres hilfloses Opfer der tödlichen Reize dieser Hexentochter. Kein Mann war vor Elisabeth sicher, keiner! Sussex und Winchester durften froh sein, mit nichts Schlimmerem als Ungnade davonzukommen.

»Hoffentlich seid Ihr nun zufrieden, Ihr verdammter Narr«, brummte Winchester. »Ich dachte, ein Mann in Eurem Alter hätte genug Verstand, um nicht auf ein Paar schöne Augen hereinzufallen.« Sussex wurde nachdenklich. »Ja«, meinte er abwesend, »es waren die Augen, die mich betörten. Habt Ihr je ihresgleichen gesehen?«

»Nein«, erwiderte Winchester barsch. »Und Ihr könnt Euch glücklich schätzen, daß Ihr nur einen Brief und nicht Eure werte Gefangene zur Königin gebracht habt; ich schwöre, in ihrer augenblicklichen Stimmung hätte sie Euch getötet. Um Gottes willen, Mann, kommt wieder zur Besinnung und bedenkt, wem Eure Loyalität zu gelten hat.«

Sussex seufzte. »Wir können jetzt nicht aufbrechen. Wir haben die Strömung verpaßt.«

»Was zweifellos von vornherein die Absicht der jungen Dame war. Eine weitere Nacht im Palast – eine weitere Hoffnung auf Rettung. Ich brauche Euch wohl nicht zu sagen, daß es Euch und mich den Kopf kostet, wenn sie entkommt. Wir täten gut daran, ihre Wachen zu verdoppeln.«

Am folgenden Tag, es war Palmsonntag, regnete es in Strömen. Während alle braven Londoner in der Kirche ihre Palmen in Empfang nahmen, wurde Elisabeth hurtig zu der wartenden Barkasse geleitet. »Die Strömung«, flüsterte Sussex besorgt, »die Strömung taugt immer noch nicht.«

»Wir können keinen weiteren Aufschub riskieren«, fuhr Winchester ihn an, »wir legen unverzüglich ab.«

Elisabeth entnahm dem entrüsteten Protest der Bootsleute, daß etwas nicht stimmte. Der graue, regengepeitschte Fluß umrauschte die Barkasse, die auf die London-Brücke zuhielt. Plötzlich ertönte ein Schrei; sie waren in einen Strudel geraten, und sämtliche Insassen wurden zu Boden geschleudert. Von schmutzigem Wasser durchnäßt, wurde Elisabeth für einen Moment in Sussex' Arme geworfen, als die Barkasse an die Brückenpfeiler schlug. Die auf Pfählen aufgespießten verwesenden Köpfe glotzten blind auf sie herab. Und als die Bootsleute die Barkasse wieder unter Kontrolle hatten, landeten sie vor dem abweisenden Portal von Traitor's Gate und stießen an die Landungstreppe, deren Stufen von schwarzem Wasser überspült waren.

Bis auf die Haut durchnäßt, mit offenen Haaren, die ihr in feuchten, wirren Locken auf den Rücken fielen, stand Elisabeth am Tor. In ihrem brennenden Zorn hätte sie den alten Winchester mit einem Schlag niederstrecken können. Wie konnten sie es wagen, sie in ihrer Hast halb zu ertränken! »Ich will hier nicht aussteigen«, rief sie wütend, »sonst stehe ich bis über die Schuhe im Wasser.«

»Madam, Ihr habt keine Wahl«, brummte Winchester, doch dann, bestürzt über ihr Aussehen – sie glich einer stolzen, aber heruntergekommenen lohfarbenen Katze –, nahm er seinen Umhang ab und warf ihn ihr um die Schultern. Sie war jedoch so aufgebracht, daß sie für jegliche Ritterlichkeit unempfänglich war. Sie schleuderte den Umhang von sich und trat in das eisige Wasser, trotzig hallte ihre Stimme durch den Regen. »Hier landet als Gefangene eine getreue Untertanin, so getreu, wie nur je ein Mensch hier gelandet ist. Vor dir, o Gott, spreche ich es aus, denn ich habe keinen Freund als dich allein.«

»Wenn dem so ist, um so besser für Euch«, höhnte Winchester, der seine spontane Geste bereits bereute. Er fischte seinen Umhang aus dem schmutzigen Wasser und schüttelte ihn erbost aus.

Elisabeth blickte an ihm vorbei auf die endlosen Reihen von Wachmännern. Ein zorniges Lachen war jetzt in ihrer Stimme. »Wie, alle diese Bewaffneten für eine einzige schwache Frau?« Ihr verächtlicher Blick schweifte über die Linien, und zum Ärger des Lordlieutenant fielen die Männer auf die Knie und murmelten: »Gott schütze Eure Hoheit«, und er konnte nichts dagegen tun.

Da erstarb der Zorn in Elisabeths Augen. Sie blickte auf und schien den Tower nun erstmals wahrzunehmen. Irgendwo im Innern dieser steinernen Festung lag begraben, was vom enthaupteten Leib ihrer Mutter übrig war, von unzähligen Maden sauber abgefressen.

Sie ließ sich auf den nassen Stein nieder und senkte den Kopf. Keine Macht der Welt würde sie bewegen, diese Stätte zu betreten, nein, lieber sollte man sie hier an Ort und Stelle töten.

Die Männer wechselten unbehagliche Blicke, denn hiermit hatte keiner gerechnet. Der Lordlieutenant trat verlegen vor und kniete neben ihr nieder. »Madam, geht lieber hinein«, sagte er, besorgt, wie seine Leute reagieren würden, sollte er gezwungen sein, Gewalt anzuwenden. »Es ist ungesund, hier zu sitzen.«

»Besser hier sitzen als an einem schlimmeren Ort«, murmelte sie finster, indem sie mit einem Finger über den nassen Stein fuhr. Kleine Rinnsale durchweichten ihr Kleid, und ihr Geist strömte mit ihnen, ziellos, gedankenlos, ins Vergessen. Hätte man in diesem kritischen Augenblick gewagt, sie anzurühren und in die Festung zu schleppen, man hätte sie in Ketten legen müssen.

Aber niemand wagte es. Der Regen prasselte hernieder, und als sie schnell und schmerzlos bis an den Rand des Wahnsinns trieb, begann einer ihrer jungen Bediensteten lauthals zu weinen.

Langsam, ungläubig hob sie den Kopf und sah sich um. Es war ihr Zeremonienmeister, ein scheuer, empfindsamer junger Mann, der jedesmal errötete und von stupider Verwirrung befallen wurde, wenn sie das Wort an ihn richtete. »Haltet ein!« befahl sie. Sie stand auf und gab ihm einen sachten Rippenstoß. »Haltet ein, hört Ihr? Noch ist meine Lage nicht so mißlich, daß man um mich weinen müßte.« – »Nein, Madam«, murmelte er, nicht ahnend, welchen Dienst er ihr soeben erwiesen hatte. Sie hatte sich wieder in der Gewalt und war imstande, Sussex die Hand zu reichen und hoheitsvoll in die Festung zu rauschen, sogar dankbar zu lächeln, als Sussex gebrochen flüsterte: »Madam, ich bedaure, daß ich diesen Tag erleben muß.«

Schließlich stand sie in einem kahlen, halbrunden Steingelaß und hörte, wie der Schlüssel in der Außentür herumgedreht wurde.

»Achtet darauf, daß ihre Türen jederzeit verschlossen bleiben«, sprach Winchesters gereizte Stimme zu den Wachen. Dann war das Klirren schwerer Schlüssel in den Schlössern zu hören, und Winchesters Stimme erhob sich zu winselndem Protest. »Mylord Sussex, sie müssen abgeschlossen sein, um der Sicherheit willen.«

»Unsere Anweisungen enthalten nichts über verschlossene Türen«, versetzte Sussex hitzig. »Ihr redet von Sicherheit? Dann laßt uns auf der Hut sein, daß wir nicht über unseren Auftrag hinausgehen. Sie war die Tochter unseres Königs und ist die nächste Blutsverwandte unserer Herrscherin. Bei Gott, laßt uns ihr jetzt entgegenkommen, damit wir uns nicht in Zukunft für unser Tun verantworten müssen.«

Winchester schwieg.

Und Elisabeths Tür blieb unverschlossen.

Der April bescherte dem Tower-Garten eine Fülle von Frühlingsblumen und einen stürmischen Wind. Im Schutz der hohen Mauer knieten drei kleine Kinder neben Elisabeth auf dem Kiesweg und sahen ihr zu, wie sie mit einem Stock kleine Drachen zeichnete. Sie malte ihnen den Erzbischof, einen furchtsamen, schmächtigen kleinen Drachen, der in einer Höhle kauerte, aus Angst, sich an seinen eigenen Flammen zu verbrennen. Sie liebte ihre Drachen. Sie waren Nahrung für ihre ausgehungerte Fantasie, Ausgeburten einer wundersamen Frivolität. Und wenn den Kindern auch die Feinheiten der boshaften Charakterisierungen entgingen, was machte das schon. Sie freuten sich an den simplen Abenteuergeschichten, und die versteckten Anzüglichkeiten waren Elisabeths heimliches Vergnügen. Eine Woche im Tower ist eine lange Zeit; diese eine hatte ihr Leben verändert. Es war ihre erste Erfahrung mit Kindern, die erste Gelegenheit zu erkennen, daß ihre Gesellschaft der von

Erwachsenen bei weitem vorzuziehen war, und die erste Entdeckung ihrer eigenen, einzigartigen Wesensverwandtschaft mit dem kindlichen Gemüt. Es hatte sie wenig wissentliche Anstrengung gekostet, von diesen Kindern vergöttert zu werden. Es waren nur Tower-Pflänzchen, Abkömmlinge derer, die hier lebten und ihren Dienst versahen, aber sie waren mit einemmal der Mittelpunkt ihrer Welt, brachten ihr Heiterkeit und Hoffnung und – unabsichtlich – Kontakt zu einem Mitgefangenen.

Der fünfjährige Henry brachte alles ins Rollen. Er war ein lebhaftes, gesprächiges Kind, das in mehr als einer dumpfen Zelle willkommen war. Als er täglich mit einem Blumensträußchen im Garten erschien, war Elisabeth gerührt und amüsiert, dachte sich jedoch nichts dabei. Eines Tages löste sie die gebundenen Stengel und fand dazwischen ein winziges Papierkügelchen versteckt. Es war kein Brief, nur eine Aufstellung von Namen, in denen sie sogleich die Vorbilder für ihre Drachen erkannte, darunter ein freches Postskriptum: »Nicht sehr feinsinnig! Robert Dudley.« Eine Mischung aus Ärger, Bestürzung und Freude ließ ihr das Blut ins Gesicht schießen. Sie horchte Henry am nächsten Morgen behutsam aus, aber es wurde ihr bald klar, daß er von dem Zettel nichts wußte. Er hatte jedoch Lord Robert häufig besucht und ihm ihre Geschichten weitererzählt.

Ach, was hatte es für einen Sinn? Sie betrachtete das letzte Sträußchen, das verlassen unter dem Busch lag, wo sie es hingelegt hatte. Sie wußte, daß es wieder so ein Zettelchen enthielt, und plötzlich war ihr das Risiko einerlei. Seit ihrer unseligen Liebesaffäre mit dem Admiral hatte sie keine so heftige freudige Erwartung mehr verspürt. Sie war jung, sie war noch am Leben und in diesem Augenblick ungeheuer verwegen. Ihr Aufseher hüstelte diskret und versuchte ihr taktvoll zu bedeuten, daß sie ihre Freistunde schon überschritten hatte. Die Kinder tanzten heftig protestierend um ihn herum. »Ach, noch fünf Minuten.«

»Es sind schon fünfundzwanzig drüber«, brummte er. »Hoheit, wenn ich bitten darf.«

Sie klatschte in die Hände, und die Kinder kamen zu ihr gelaufen; sie umarmte eins nach dem anderen und schwenkte sie in der Luft, bis sie vor Vergnügen quiekten. Sie sah ihnen nach, als sie zum Tor hinausschlichen, dann lief sie in ihr Gelaß am Glockenturm hinauf.

Als sie allein war, schlitzte sie mit dem Fingernagel den Bindfaden um das Sträußchen auf und breitete die Stengel auf dem Tisch aus. Zwischen den Blättern lag wieder ein eng gefaltetes Papierkügelchen. Es enthielt eine einzige Zeile in der Handschrift, die sie seit ihrer Kindheit kannte. »Schickt Eure Drachen heute abend fort.«

Zwischen dem Glockenturm, wo sie untergebracht war, und dem Teil des Tower, wo der zum Tode verurteilte Dudley gefangengehalten wurde, befand sich in Höhe der Giebel ein schmaler Gang. Hier hatte man ihr anfangs erlaubt, umherzugehen, ehe ihr die größere Freiheit des Tower-Gartens gewährt wurde. Von hier aus hatte sie auf das Tor jenes Turmes geschaut und gedacht, wie seltsam es sei, dem besten Freund ihrer Kindheit so nahe und doch so fern zu sein.

Und heute nacht wollte er zu ihr kommen! Sie wußte, daß es möglich war, wußte, daß schon seltsamere, finsterere und mysteriösere Dinge in diesem steinernen Reich stattgefunden hatten, wo Geld mit lauterer und überzeugenderer Stimme sprach als irgend sonst in England. Es ließen sich Zusammenkünfte bewerkstelligen zwischen denen, die sich nicht unerreichbar in den Verliesen befanden, und noch war sie nicht dort, wenngleich sie sich denken konnte, daß manche sie gern dort gesehen hätten. Aber zu denen gehörte Robert Dudley nicht.

Jetzt, im finstersten Abschnitt ihres Lebens, da sie beide dem Tode so nahe waren, daß sie die Folgen nicht fürchteten, konnten sie es wagen, leichtsinnig zu sein. Es war unwahrscheinlich, daß einer von ihnen den nächsten Frühling erlebte. Was schadete es da schon, wenn sie sich noch einmal sahen, um sich Lebewohl zu sagen?

»Teufel auch!« flüsterte sie vor sich hin und warf das Papierkügelchen milde lächelnd ins Feuer.

Und so war es hierzu gekommen. Ihr Leben hatte einen Kreis aus Liebe und Tod vollzogen, und sie wartete, daß das Leben endete oder der seltsame Kreis von vorn begänne, wartete im

Tower, lauschte dem Wind und starrte auf die unverschlossene Tür.

Sie war an dieser Stätte düsterer Erinnerungen vom Tod umringt.

Anne Boleyn, Katharina Howard, der Lordadmiral, sie alle hatten in den Mauern dieser Festung, in der sie nun gefangengehalten wurde, ihren gewaltsamen Tod gefunden.

Sie saß ganz still auf dem kalten steinernen Fenstersitz. Draußen trommelte der Regen in den Graben.

Die Tür ging knarrend auf und wieder zu, und dann stand eine große Gestalt da, das Gesicht im Schatten. Elisabeth erhob sich, und sie blickten sich lange im Zwielicht an, bis sie den Raum durchquerte und er sich niederkniete, um den Saum ihres Kleides zu küssen. Er hob den Kopf zu ihr auf, und als sie beide Hände nach Robert Dudley ausstreckte, war ihr, als strecke sie sie dem Leben entgegen.

2. Teil

Die Frau

13

Der kleine Henry stand in einem engen, schlecht beleuchteten Raum, umringt von den bärtigen Gesichtern der Männer, welche das Leben seines Vaters bestimmten. Sie drohten ihm nicht, sahen aber so aus, als würden sie ihm am liebsten die Ohren langziehen.

»Komm her«, sagte der Lordlieutenant, und Henry kam, wenn auch widerwillig.

»Weißt du, was eine Lüge ist?« fragte der großmächtige Herrscher über dieses Reich.

»O ja, Sir. Eine Lüge ist eine Gemeinheit.«

»Ganz recht«, sagte der Herr streng. »Deshalb wirst du uns keine Lügen erzählen, nicht wahr, Henry?«

»Nein, Sir.«

»Du hast Lady Elisabeth besucht und ihr Blumen gebracht. Wir möchten wissen, was diese Sträuße enthielten, mein Junge.«

»Hm –« Henry überlegte. »Hauptsächlich Glockenblumen und ein paar von diesen langen –«

Der Lordlieutenant hustete. »Hat jemand dir einen Brief gegeben, um ihn in den Blumen zu verstecken?«

»Nein, Sir!« Die Verblüffung in dem kleinen Gesicht war echt. Die Runde der älteren Herren verdichtete sich zu einer flüsternden Gruppe und umringte ihn dann abermals.

»Hast du je einen Gefangenen namens Thomas Wyatt besucht?«

»Nein, Sir.«

Von dem Gemurmel, das nun folgte, konnte der Knabe nur

Bruchstücke verstehen. »Der Lordkanzler tobt – wer hat das überhaupt gestattet?« – »Das Gefängnis ist zum Bersten voll – kann die Augen nicht überall haben – außerdem war es offenbar ganz harmlos« – »Ja, diesmal gottlob – und ein nächstes Mal wird es nicht geben.«

Der Lordlieutenant wandte sich sodann an den Vater des Knaben.

»Ihr, Sir! Ihr seid für den ganzen Ärger verantwortlich. Ihr werdet Euren Bengel in Zukunft im Hause behalten – und du, mein Junge, wirst die Prinzessin nicht wiedersehen, verstanden?«

»Ja, Sir.« Die Stimme folgsam, das Gesicht jedoch aufsässig, verließ er, die Hand seines Vaters auf seiner Schulter, den Raum.

Henrys Eltern nahmen den Rüffel des Lordlieutenant sehr ernst, und es dauerte drei Tage, bevor der Kleine unter Androhung einer gründlichen Tracht Prügel, falls er es wagte, nicht zu gehorchen, die Wohnstatt verlassen durfte.

Er trieb sich vor dem Garten herum, trat scheinbar gleichgültig einen Stein vor sich her, und dann, als er sich unbeobachtet sah, schlich er zum Gartentor und stieß heftig dagegen. Es war neuerdings verschlossen, aber durch die Ritzen im Holz sah er sie gehen, allein bis auf ihre Wachen. Er hämmerte an das Tor und rief ihren Namen, und kurz darauf hörte er auf der anderen Seite ihre leise, atemlose Stimme. »Was ist geschehen, Henry, sag's mir rasch.«

»Ich kann nicht mehr kommen. Ich kann Euch keine Blumen mehr bringen.« Seine Stimme wurde ein leises Flüstern, das sie gerade noch verstehen konnte. »Ich hab' nichts gesagt, Madam Elisabeth, ich hab' nichts gesagt.«

Durch die Lücken in dem hölzernen Tor blickte sie ihm nach, wie er den Weg entlang floh, und verspürte ein sonderbares Brennen in den Augen. Sie sah die Kinder nie wieder, sie waren verschwunden, und mit ihnen die Drachen und die Träume. Das Leben war wieder Wirklichkeit und drohte sich als beängstigend kurz zu erweisen. Es ging die Kunde, Mary liege mit einer womöglich tödlichen Krankheit darnieder. Und der Lordkanzler, wohl wissend, wie wenig er zu erhoffen hatte, falls Elisabeth auf den Thron käme, setzte endlich zu dem verzweifelten Schachzug an, den er seit Wochen vorbereitet hatte. Unmittelbar nach der Nachricht von der Erkrankung der Königin erging der Befehl zu Elisabeths unverzüglicher Hinrichtung.

Der Lordlieutenant des Tower saß am Kaminfeuer und starrte auf den Hinrichtungsbefehl, der ihm mit der strikten Anweisung, sofort und heimlich zu handeln, überbracht worden war. Der Befehl war von dem Lordkanzler in Vertretung der indisponierten Königin unterzeichnet, von dem Ratsvorsitzenden, dem mächtigsten Mann in England. Er mußte sich der geheimen Wünsche der Königin sehr sicher sein, um dies zu wagen.

Der Lordlieutenant barg sein Gesicht in den Händen. Niemand könnte ihm sein Handeln, zu dem ihn dieses Schriftstück ermächtigte, zum Vorwurf machen. Mehr noch, die Verweigerung des Befehls würde ihn höchstwahrscheinlich seine Stellung kosten, und der Lordkanzler würde dafür sorgen, daß er keine andere bekäme. So mußte er jetzt zu ihr gehen und ihr eröffnen, daß sie morgen sterben müsse, heimlich und schändlich, ohne Gerichtsverhandlung oder Rechtsbeistand.

Er erhob sich schwerfällig mit dem Schriftstück in der Hand und blickte aus dem Fenster auf die Stelle, wo erst vor kurzem Lady Janes Schafott stand. Es würde mehrere Stunden dauern, bis ein neues errichtet war, und wenn es rechtzeitig fertig sein sollte, mußte er den Befehl sofort erteilen. Er ging bedächtig zur Tür; dort hielt er inne und dachte an die Königin, die für ihre Sentimentalität und Unberechenbarkeit bekannt war. Und plötzlich hatte er eine Erleuchtung: Er sah den Lordkanzler nach vollbrachter Tat jegliches Wissen von besagtem Befehl abstreiten.

»Der Lordlieutenant hat seine Befugnisse überschritten und ist Eurem Befehl zuvorgekommen ... eine grobe Pflichtverletzung... eine Ungeheuerlichkeit. Und um des guten Rufes Eurer Majestät willen muß ich leider dazu raten ...«

Der Lordlieutenant riß sich von seiner Vision los. Er wußte verdammt gut, was der Lordkanzler der Königin raten würde!

Bis zu seinem Schreibpult war es nur ein Schritt. Entschlossen tauchte er die Feder in das Tintenfaß. Sollte der Lordkanzler sich einen anderen Sündenbock suchen. Ungnade war unerfreulich, aber der Schlinge des Henkers bei weitem vorzuziehen. Er schrieb dem Lordkanzler, er bedaure, einen so folgenschweren Auftrag könne er nicht ohne eigenhändige Unterschrift der Königin ausführen.

»Es ist nahezu unmöglich vorauszusehen, was die Engländer tun werden, welche von wankelmütigem, unaufrichtigem und verräterischem Charakter sind...« Der spanische Gesandte hatte seine Beschwerde über die Falschheit der Engländer vor einigen Monaten verfaßt, und im April hatte er kaum Anlaß, seine Meinung zu ändern. Wyatt war endlich tot, nachdem er Elisabeth von jeglicher Beteiligung an seiner Rebellion entlastet hatte, und das Volk hatte, trotz aller Anstrengungen, diese Kunde geheimzuhalten, auf den Straßen getanzt. Die ganze Stadt war wieder einmal voll frommer Aufwiegler, Gegner der spanischen Heirat und glühender Anhänger der gefangengehaltenen Prinzessin. Niedergeschlagen berichtete der Spanier nach Hause, der gesamte Rat sei gespalten und die Zwistigkeiten würden öffentlich ausgetragen, so daß manche Ratsmitglieder aus Trotz nicht mehr an den Versammlungen teilnähmen. Die Königin sei machtlos gegen die Entzweiung.

Mary hatte sich unter der Herrschaft ihres Vaters für ihre Mutter und unter der Herrschaft ihres Bruders für ihren Glauben aufgeopfert und nichts damit gewonnen. »Nichts« war das Leitmotiv ihres Daseins; selbst ihre Heirat war nun ungewiß. Der spanische Gesandte blieb dabei, daß der Prinz von Spanien England nicht betreten könne, solange die Unruhen in London anhielten. Und ständig lautete sein Rat: Beseitigt Elisabeth!

Doch das war nicht mehr so einfach. Elisabeths Bild hatte sich in der Fantasie des Volkes eingegraben; sie jetzt hinzurichten würde den Tod jeder Hoffnung bedeuten, England mit Philipp zu versöhnen. Mary hatte dem Lordkanzler seinen Versuch ungestraft durchgehen lassen, und die Halbherzigkeit ihres Tadels hatte ihre bittere Enttäuschung über das Mißlingen verraten. Beseitigt Elisabeth, sagte der Spanier, wenn nicht aus der Welt, dann wenigstens aus der Hauptstadt. Und so wurden ein neues Gefängnis und ein neuer Aufseher bestimmt; der Ort war ein Nebengebäude des heruntergekommenen Woodstock-Palastes, für eine menschliche Behausung kaum geeignet, der Wärter Sir Henry Bedingfield, welchem Elisabeths berüchtigte Reize nichts würden anhaben können. Sir Henry nahm es mit Regeln und Vorschriften sehr genau, er war hölzern, humorlos, unbestechlich – und alt, zu alt, um sich von natürlich gelockten Haaren und einem hübschen Lächeln betören zu lassen. Bedingfield war gegen ihre Verlockungen gefeit.

Mary saß allein in ihrem Schlafgemach und starrte finster in das flackernde rote Feuer. Sie wußte, was der Spanier jetzt von ihr erwartete, sobald Elisabeth still aus den Augen der Öffentlichkeit verschwunden war. Und sie wußte auch, daß es leicht durchzuführen war. Es gab Gifte, die langsam töteten, wobei sich die Symptome bekannter Krankheiten einstellten. Wenn Elisabeth nach angemessener Zeit in Woodstock stürbe, wer könnte mit dem Finger auf die Königin zeigen, die sie doch gegen den Rat ihrer Minister vor der Hinrichtung bewahrt hatte?

Töte sie! flüsterte eine kalte Schlange in ihrem Kopf. Töte sie, bevor Philipp sie erblickt! Sie ist besessen, ich weiß es. Wie könnte sie sonst brave Männer von ihrer Untertanenpflicht abbringen? Sie wird mir Philipp nehmen, wie ihre Mutter meinen Vater stahl. Darum töte sie, töte sie bald, ehe es dazu kommen kann. Es wird keine Sünde sein, es wird kein Mord sein, sondern – Exorzismus. Ich werde ihre Seele befreien, und wenn wir uns im ewigen Leben wiedersehen, wird sie mir dafür danken, meine kleine Schwester, das Kind, das ich einst geliebt...

Sie erhob sich steif und kniete sich auf ihren Betschemel. Sie flehte um Beistand, bis das Samtpolster naß von Tränen war. War es Gottes Wille, daß sie ihres Vaters Kind tötete, oder ihr eigener, geboren aus Eifersucht und Haß?

»Mord bleibt stets Mord«, übertönte Katharina von Aragoniens Stimme das Geflüster des Bösen in ihrem Kopf. Und es war wahr. Mord ließ sich nicht mit dem Mantel der

Ehrbarkeit verhüllen, und Beweggründe ließen sich nicht vor Gott verbergen, der sie eines Tages richten würde. Sie durfte ihre unsterbliche Seele nicht gefährden, indem sie so tief sank, einen Mord zu begehen.

Als der Morgen graute, hatte Mary nicht geschlafen, aber der Schatten auf ihrer Seele hatte sich etwas gelichtet. Es gab eine andere Möglichkeit. Durch eine Heirat würde Elisabeth fast so sicher aus England fortgeschafft wie durch den Tod. Der Herzog von Savoyen hatte mehr als einmal um ihre Hand angehalten, und ein spanischer Vasall würde sie besser beaufsichtigen als ein Gefängniswärter.

Mary erhob sich von ihrem Betschemel und ging zum Schreibtisch, um die Entlassung ihrer Schwester aus dem Tower zu verfügen.

Als Sir Henry Bedingfield sich mit einhundert blau uniformierten bewaffneten Männern dem Tower näherte und die Unterkunft der Prinzessin umzingelte, zog Elisabeth, die man nicht vorbereitet hatte, verständlicherweise daraus den falschen Schluß, sie seien gekommen, um sie zur Hinrichtung zu führen.

»Aber sie werden warten müssen«, murrte sie. »O ja, ich lasse sie warten, bis sie mir das Schwert eines französischen Scharfrichters schicken! Wo ist der Lordlieutenant? Sagt, ich wünsche ihn unverzüglich zu sprechen.«

Als er kam, erwartete sie ihn auf dem Fenstersitz, die Hände fest im Schoß verschränkt, damit er nicht das Vergnügen habe, sie zittern zu sehen.

»Hat man Lady Janes Schafott entfernt?« fragte sie frei heraus.

»Ja, Madam. Warum fragt Ihr?«

Sie lachte kurz und zeigte auf das Fenster. »Wollt Ihr mir erzählen, alle die bewaffneten Männer seien nicht meinetwegen hier?«

»Euretwegen wohl, Madam, aber seid versichert, Ihr habt keinen Grund zur Besorgnis. Ihr werdet den Tower verlassen.«

»Verlassen!« Sie starrte ihn ungläubig an. »Sagt nur nicht, ich werde auf freien Fuß gesetzt!«

»Das nicht, Madam.« Er verlegte das Gewicht auf das andere Bein, es war ihm peinlich zu sehen, wie die Röte ihr abgehärmtes Gesicht überzog. »Ich habe den Auftrag, Euch der Aufsicht Sir Henry Bedingfields zu übergeben.«

»Und welches ist *sein* Auftrag, wißt Ihr das?« Plötzlich überschlug sich ihre Stimme vor Angst; denn sie spürte, daß sie sich jetzt womöglich in noch größerer Gefahr befand.

»Er soll Euch nach Woodstock bringen, Madam.«

Sie nickte abwesend, als hätten seine Worte ihren Verdacht bestätigt. »So«, flüsterte sie, »es läuft also doch auf Mord hinaus.«

Der Lordlieutenant war entrüstet. »Madam, Sir Henry ist ein aufrechter Edelmann, er wird Euch nichts zuleide tun. Er ist ein ehrenwerter Ritter.«

»Ja, im Dienste meiner Schwester!« Sie erhob sich und sah den Lordlieutenant durchdringend an. »Meint Ihr, wenn er einen heimlichen Mordauftrag erhielte, würde ihn sein Gewissen von der Ausführung abhalten?«

Der Lordlieutenant schlug unter ihrem eisigen Blick die Augen nieder. »Madam, was das betrifft –«

»Ihr könnt es nicht sagen, natürlich, wie solltet Ihr?«

Er blickte auf und sah sie lächeln.

»Möge mein nächster Aufseher so wohlwollend sein wie Ihr, Sir. Ich danke Euch für Eure liebenswürdige Fürsorge.«

Sie wußte von dem Hinrichtungsbefehl, das wurde ihm klar, als er sich linkisch über ihre Hand beugte. Und im Hinausgehen hoffte er inständig, sie möge sich, was Bedingfields Anweisungen betraf, geirrt haben.

Der graubärtige, unbestechliche Sir Henry Bedingfield begleitete seine Gefangene in unerquicklichem Schweigen zu der wartenden Barkasse. Seine reservierte Miene machte sie mutlos; seine kühle, korrekte Förmlichkeit gab ihr wenig Hoffnung, ihn als Freund zu gewinnen.

Als die Barkasse von der Landungstreppe abstieß, blickte Elisabeth mit aufrichtigem Bedauern zum Tower zurück. Sie ließ Robert Dudley in seiner Gefängniszelle allein und würde ihn aller Voraussicht nach nie wiedersehen. In der kurzen Zeit, die ihr vor der Abfahrt blieb, hatte sie keine Gelegenheit, ihn zu verständigen; sie kam sich mit einemmal sehr verlassen vor. In Woodstock hatte sie kaum Erfreuliches zu erwarten, das las sie aus Bedingfields steinernem Gesicht.

Als sie Whitehall erreichten, wo sie die erste Nacht verbringen sollten, kam sie gar nicht auf den Gedanken, daß ihre Schwester, die sich hier aufhielt, sie empfangen könnte. Daher war sie am Abend überrascht, als Bedingfield erschien und sie in das Privatgemach der Königin führte.

Mary kauerte allein in einem hochlehnigen Sessel an einem lodernden Feuer. Auf ihren Wink zog Bedingfield sich zurück. Elisabeth sah ihm bedauernd nach; sie fühlte sich bei Mary nicht sicher und hätte gern einen, wenn auch noch so feindseligen Zeugen gehabt.

»Komm her.«

Sie kam wie ein verstörtes Kind, und als sie vor dem Sessel in einen tiefen Knicks sank, erschrak sie über das runzlige, bleiche Gesicht ihrer Schwester. Sie wollte die Hand auf der gobelinverzierten Armlehne ergreifen, aber Mary zog sie hastig fort, wie vor der Berührung einer Aussätzigen.

Elisabeth befeuchtete die trockenen Lippen.

»Nein – sprich nicht«, sagte die Königin schroff. »Ich habe dich nicht kommen lassen, um mir deine verlogenen Unschuldsbeteuerungen anzuhören. Kein Wort von dir soll mich jemals wieder rühren.« Sie machte eine unwillige Handbewegung. »Steh auf. Ich lasse mich nicht von deiner scheinheiligen Unterwürfigkeit verhöhnen.«

Elisabeth erhob sich langsam. Ihre Kehle war ausgetrocknet, sie zitterte wie ein Vogel in den Krallen einer Katze. Sie mochte nicht glauben, daß diese verbitterte, vor Haß halb wahnsinnige Frau ihre Schwester war. Ihre ganze turbulente Kindheit hindurch hatte sie von dieser selbstlosen, pflichtgetreuen Person nichts als verschwenderische Güte erfahren. Wie konnte Mary, die immer so unsäglich gut zu ihr war –? Ihre Frage brach abrupt ab. Mary war auch zu Jane gut gewesen, hatte sie ihr gewiß vorgezogen, und Jane war tot.

»Majestät haben nach mir geschickt«, bemerkte sie ängstlich.

»Ja«, erwiderte Mary barsch, »nur um dich zu ermahnen, daß du ein Gefängnis mit einem anderen getauscht hast. Und dir zu verheißen, daß dir Sir Henry Bedingfields Aufsicht unliebsamer sein wird als die strengste Bewachung im Tower. Du wirst sehen, daß er sich wenig aus Frauen macht, verstehst du mich?«

Elisabeth schwieg.

»Du wirst von allem abgesondert, was dir lieb und teuer ist«, fuhr die Königin gleichmütig fort, »strikt abgesondert von Lachen, Musik – und Männern. O ja, letzteres kommt dich hart an, nicht wahr, Schwester? Du brauchst die Männer wie eine Blume die Sonne. Ohne sie verwelkst du. Deine Mutter war genauso. Man nannte sie die Konkubine.«

Elisabeth rührte sich unbehaglich. »Madam –«

»Du sprichst nie von deiner Mutter, nicht wahr?« Mary machte ein finsteres Gesicht. »Selbst als Kind hast du nie peinliche Fragen gestellt. Ich fand das merkwürdig, ja unnatürlich, es war, als wüßtest du schon alle Antworten.«

»Madam, *bitte* –«

»Mache ich dich verlegen? Es steht in meiner Macht, dir mehr als das anzutun. Es steht ebenso in meiner Macht, dir die Freiheit zu schenken. Soll ich, Schwester? Soll ich dir den Schlüssel geben, der deine Gefängnistür öffnet?«

Elisabeths Kopf fuhr hoch. Mary lehnte sich mit mattem Lächeln in ihren Sessel zurück.

»Man soll die Hoffnung nie aufgeben, nicht wahr, Schwester? Die Freiheit hat natürlich ihren Preis.«

»Nennt ihn, Madam.« Elisabeth war auf der Hut.

»Der Herzog von Savoyen hat erneut um deine Hand angehalten. Nimm ihn, Elisabeth. Schwöre, daß du mein Reich verläßt und ins Exil gehst, und du wirst deine volle Freiheit haben.« Elisabeth sah ihrer Schwester in die Augen und sagte mit verhaltener Inbrunst: »Madam, lieber würde ich sterben.«

»Auch das kannst du haben!« schrie die Königin.

»Das habe ich nie bezweifelt«, sagte Elisabeth matt. »Ich frage mich nur, warum Hoheit den Befehl nicht erteilen und mich von dieser grausamen Spannung erlösen.«

Marys Gesicht verzerrte sich vor Wut. Sie fuhr aus ihrem Sessel, und Elisabeth wich instinktiv zurück.

»Du denkst, ich habe Angst, es zu tun, nicht wahr? Angst

vor dem Volk, das in den Straßen deinen Namen preist. Du gedenkst eines Tages zu herrschen, aber ich schwöre bei Gott, daß du nicht meine Nachfolgerin wirst. Wie könntest du, Ketzerin, Heuchlerin, Verräterin und Bastard! *Bastard* – aber nicht meines Vaters, o nein! Deine Mutter war eine verrufene Hure.« Mary wurde hysterisch. Sie umklammerte ihr Kruzifix, als stünde es allein zwischen ihr und dem Teufel. »Wer bist du denn, daß du an meiner Herrschaft rüttelst? Du wirst den Herzog von Savoyen heiraten. Du kannst dich glücklich schätzen, daß er dich noch will. Gott weiß warum, nach allem, was er über dich gehört haben muß. Vielleicht findet er Geschmack an Huren.«

»Oder Leichen«, mutmaßte Elisabeth und erschrak über ihre wahnwitzige Bemerkung.

Die Königin schlug sie unvermittelt mit solcher Gewalt ins Gesicht, daß sie zu Boden taumelte. Ein rasender Rausch erfüllte Mary, als sie keuchend über ihrer Schwester stand. Endlich hatte sie sich eine lange fällige Befriedigung verschafft. »Du wagst es, mich zu verspotten, du niedriggeborene Dirne? O ja, laß deine hübschen Augen sich mit Tränen füllen, darauf verstandest du dich schon als Kind sehr gut. Denkst du, ich habe vergessen, wie du mich immer genarrt hast? Aber jetzt ist es zu spät für diese Posse, zu spät, hörst du? Ich werde dem Prinzen von Spanien einen Sohn gebären, und in dem Augenblick, da mein Kind geboren ist, werde ich dafür sorgen, daß du für den Rest deines erbärmlichen Lebens eingesperrt wirst! Du sagst, du würdest lieber sterben als heiraten – nun denn, gehe hin und lege dich in dein selbsterwähltes Grab.«

Irgendwie gelangte sie aus dem Gemach der Königin in ihr Zimmer, wo sich ihre Bediensteten, erschrocken über ihre Gesichtsfarbe, um sie scharten.

»Madam, seid Ihr krank?« Der junge Zeremonienmeister ergriff ihre Hand, um ihr in einen Sessel zu helfen. Sie wollte ihm soeben antworten, als die Tür aufflog und Bedingfield ins Zimmer marschierte. »Hinaus! Alle hinaus! Auf Befehl Ihrer Majestät bleibt Ihre Hoheit heute nacht ganz allein.«

Allein!

Sie sahen ihn mit angstgeweiteten Augen an, denn das

konnte nur eines bedeuten, und dies schien auch Elisabeth zu denken. »Betet für mich«, schluchzte sie, als der Zeremonienmeister sich über sie beugte, »denn ich denke, daß ich heute nacht sterben muß.«

Der Zeremonienmeister drehte sich flammend vor Zorn zu Bedingfield um. »Wenn Prinzessin Elisabeth sich in Todesgefahr befindet, Sir, wünschen ich und meine Gefährten mit ihr zu sterben.«

»Gott bewahre«, sagte Bedingfield mit kalter Ironie, »daß eine derartige Ruchlosigkeit beabsichtigt wäre.« Er wies abermals zur Tür, und nacheinander küßten sie Elisabeth weinend die Hand und gingen hinaus, bis sie mit ihrem Aufseher allein war. »Gute Nacht, Madam.«

Er verbeugte sich flüchtig, verließ das Zimmer und schloß die Tür hinter sich ab.

Bedrückende Stille umfing sie. Sie legte sich aufs Bett, zu erschöpft, um sich auszukleiden. Sie sollte für den Rest ihres Lebens eingesperrt bleiben, weil sie sich weigerte, ein Schiff zu besteigen, das sie von aller Hoffnung auf die Thronfolge forttrug, weil sie sich weigerte, ihren Traum aufzugeben. Dieser Traum aber war alles, was ihrem Leben Sinn gab, ohne ihn könnte sie ebensogut tot sein. Auf einmal war es ihr einerlei, ob in der Finsternis ein Dolch zwischen den Vorhängen hervorschnellte; denn warum sollte sie das Ende dieses jämmerlichen Daseins fürchten?

Weder Hoffen noch Bangen vermochten sie jetzt aufzurütteln. Sie schlang die Arme um das Kissen und sank in einen totengleichen Schlaf.

Am nächsten Morgen warteten ihr fremde Frauen auf, katholische Damen aus dem Hofstaat der Königin, die ihren Pflichten schweigend nachkamen. Sie setzten ihr das Frühstück vor, sie aber schob es von sich. Sir Bedingfield erschien in der Tür und verkündete barsch: »Die Sänfte wartet im Hof, Madam. Wir brechen sogleich auf.«

Elisabeth war leicht amüsiert über die Sänfte, die sie erwartete. Das schäbige, ramponierte Gestell hatte einmal bessere Tage gesehen. Sie fragte sich flüchtig, ob die Sänfte der Königin schon neu bezogen sei. Als das Gefolge aus dem Hof rollte, wurde ihr klar, daß ihr eine überaus beschwerliche Reise bevorstand. Ein Defekt an der Sänfte verursachte ein ständiges Rütteln. Purer Zufall? Sie mochte es nicht recht glauben, als sie Meile um Meile zurücklegte und ihr übel wurde.

Aber sie wurde für die Reise entschädigt. Die Kunde von ihrem Kommen hatte sich trotz Bedingfields Bemühen um Geheimhaltung verbreitet, und überall liefen die Leute in Scharen aus ihren Häusern, um die gefangene Prinzessin hochleben zu lassen. Sie überschütteten sie mit Blumen und Gebäck, bis der Fußboden der alten Sänfte überschwemmt war und sie ihnen lachend zurief, sie möchten einhalten.

Aber sie hielten nicht ein. Wundersamerweise verwandelte sich eine Reise der Schmach in einen Triumphzug, und Sir Henry konnte nichts dagegen tun. Vergeblich hieß er die Leute im Namen der Königin zurückbleiben; er erntete nur furchtbares Hohngelächter.

»Gott schütze Prinzessin Elisabeth!« ertönte es, wohin sie auch kamen.

Die Menschen, »von wankelmütigem, unaufrichtigem und verräterischem Charakter«, verließen ihre armseligen Behausungen, um dem Mädchen zu huldigen, das in ihren Herzen bereits herrschte, und ihr zu sagen, daß sie in diesem finsteren Augenblick ihres Lebens nicht allein und ohne Freunde sei. Sie blickte auf die hochrufende, wohlwollende Menge und sah ihr Leben vor sich, das Leben, das einzig die Liebe des Volkes beschützt hatte. England war wie ein vom Sturm gebeuteltes Schiff, das hilflos auf den Fluten der Angst und Unruhe schlingerte, ein Schiff, das dringend eines Ankers bedurfte. Sie wollte der Anker sein, stark genug, das gefährlich tanzende Schiff von den Felsen fernzuhalten.

Blutvergießen, bittere Kontroversen und ein Religionskrieg hatten ihren Eintritt in die Welt begleitet. Aber sie könnte es wiedergutmachen, wenn sie Königin wäre, und sie würde Königin, dessen war sie sich nun zum erstenmal sicher. Sie hatte recht daran getan, standhaft zu bleiben, Savoyen auszuschlagen, der Aussicht auf Asyl und Sicherheit zu trotzen.

Das Volk umringte hoffnungsvoll ihre Sänfte, und sie gelobte sich, sein Vertrauen niemals zu mißbrauchen. Jetzt, gerade zwanzig Jahre alt, da bis zu ihrer Krönung noch zehn, ja zwanzig Jahre vergehen mochten, da die Welt auf die kurze Entfernung zwischen einem Gefängnis und dem anderen zusammengeschrumpft war, jetzt konnte sie es geloben. Jetzt, umgeben von Wachen, ohne Abtei, Chor und Kerzen, ohne das heilige Öl der Salbung und ohne feierliche Orgelstimmen – jetzt, inmitten der hitzigen, sie liebenden Menge konnte sie das endgültige Gelübde ablegen.

Jede Ähnlichkeit mit einem Triumphzug endete bei der Ankunft in Woodstock. Der alte steinerne Palast stand von riesigen Bäumen umgeben auf einer kleinen Anhöhe. Schon von weitem sah Elisabeth die zerbrochenen Fenster und das bröckelnde Mauerwerk. Die Gärten waren von Unkraut überwuchert, und überall lagen entwurzelte Bäume. In dieser Gegend mußte der Winter äußerst grimmig sein.

Voll blauer Flecken und ermattet vom ständigen Rütteln der schadhaften Sänfte, stand Elisabeth auf dem ungemähten Gras und betrachtete entsetzt und ungläubig das verfallende Gebäude. Es hatte jahrelang nicht als königliche Unterkunft gedient. Bedingfield führte sie in das primitive Pförtnerhäuschen, wo, wie er sagte, vier Zimmer für sie hergerichtet worden seien.

»Hergerichtet?« Elisabeth blies über das Kaminsims, und eine dicke Staubwolke flog Bedingfield in das finstere Gesicht. »Ich kann hier nicht bleiben, die Feuchtigkeit rinnt die Wände hinab.«

Er warf einen flüchtigen Blick auf die schimmeligen Wandbehänge und die schäbigen Möbel. Ein heftiger Luftzug wehte durch ein zerbrochenes Fenster herein, und in den uralten Binsenmatten wimmelte es von Kakerlaken. »Ich will sehen, was sich wegen des Fensters machen läßt, Madam, aber ich bin nicht befugt, Euch unterdessen anderswo unterzubringen.«

Sie biß sich auf die Lippe und wandte sich ab. Mary hatte recht, im Tower war es ihr entschieden besser gegangen! Sie ließ sich erschöpft auf dem bröckeligen Fenstersitz nieder und blickte durch das Loch in dem schmutzigen grünen Glas auf die kahle Landschaft. Aus dem Nebenzimmer war

Bedingfields ärgerliche Stimme zu vernehmen. »Wie soll ich sie einsperren, wenn sich nur drei von den vier Türen abschließen lassen? Du – hole mir einen Schlosser aus dem Dorf, und du – erstelle den Dienstplan für ihre Wachen. Ich wünsche bei Tag sechzig Soldaten rings um das Haus und vierzig bei Nacht. Ich wünsche –« Er brach ab, als er sie plötzlich in der Tür stehen sah. »Haben Hoheit einen Wunsch? Ich schicke Euch Eure Damen.«

Er behandelte sie wie eine hochgeborene Aussätzige; er mied ihre Gesellschaft und wich der Berührung ihrer Hand aus. Sie kniff die Augen zusammen, als er sich nach einer flüchtigen Verbeugung entfernte. Sie hatte gehört, er sei schweigsam, unnachgiebig, unempfänglich für weibliche Reize.

Er meinte also, er könne sichere Distanz wahren, wie? Das werden wir sehen, Aufseher! dachte sie. Heute in einem Monat werdet Ihr mir aus der Hand fressen wie ein zahmer Wolfshund. Ihr werdet den Weg aller übrigen gehen, mein Freund, ich schwöre es!

14

Philipp von Spanien saß steif und würdevoll neben seiner Braut unter dem Thronhimmel. Mary lächelte und hielt seine kalte Hand und plapperte aufgeregt wie ein junges Mädchen, wiewohl sie, wie er mit einem Anflug von Widerwillen feststellte, schon seit langer Zeit keins mehr war, beträchtlich länger, als es ihn sein Vater und der Gesandte hatten glauben machen.

Philipp betrachtete, seit er im sommerlichen Platzregen gelandet war, England durch eine graue Brille der Abneigung. Aber er ließ diese öffentliche Zurschaustellung pflichtschuldig über sich ergehen. Niemand konnte behaupten, er hätte nicht sein Bestes getan – er tat immer sein Bestes. Er war überaus freundlich zu diesen rohen Barbaren gewesen, hatte ihr ekliges Bier getrunken, die Königin auf die trockenen Lippen geküßt. Und dabei hatte er sich die ganze

Zeit gelangweilt und sich insgeheim unglücklich gefragt: Womit habe ich das verdient? Derselbe Gedanke fand seinen Widerhall in Mary, aber hier hatte er eine eher verzückte als verzweifelte Note. Sie konnte den Blick nicht von Philipp losreißen, diesem stattlichen Sinnbild ihrer Vereinigung mit Spanien und der katholischen Kirche, ihrem Gemahl – ihrem Geliebten! Sie wich nicht von seiner Seite, sie unterhielten sich gebrochen in fremder Zunge, doch ihr strenger Sinn für Etikette sagte ihr schließlich, daß sie den Augenblick der Trennung nicht länger hinauszögern könne. Noch eine Nacht allein in dem großen Prunkbett, und morgen – oh, morgen! – würde sie endlich eine Frau sein.

»Was soll ich sagen?« Seine Hand ruhte auf ihrem Arm, sein gleichmütiges Gesicht war etwas nervös; er hatte große Angst, in der Öffentlichkeit seine Würde zu verlieren. »Was soll ich zu Eurem Hofstaat sagen, Madam, wenn ich mich verabschiede – welches ist die korrekte Anrede?« Er sprach ein erstaunlich mangelhaftes Französisch; sie brauchte einen Moment, bis sie den Sinn seiner Worte erfaßte, dann lächelte sie milde.

»Gute Nacht, meine Damen und Herren«, sagte sie langsam auf englisch. Er übte die Floskel mit gesetzter Beharrlichkeit, Mary hörte geduldig zu. Man hatte ihr gesagt, er sei ernst und trübsinnig und lächle niemals, aber er hatte sie heute abend angelächelt – sie und alle anderen. Sie bemerkte nicht, wie kalt und ausdruckslos seine kobaltblauen Augen dabei blieben. Sie dachte nur, wie wahr der Gesandte gesprochen hatte – man hatte ihr wahrhaftig die Vollkommenheit in Person geschickt!

Philipp verbeugte sich höflich vor Englands Edelleuten und sprach die zungenbrecherischen Worte, dann hatte er endlich für heute seine Pflichten hinter sich.

Hinter ihm lag ein Leben unablässiger Pflichterfüllung. Kein Hof in ganz Europa war mit der kalten Förmlichkeit Spaniens zu vergleichen, und Philipp, nun siebenundzwanzig Jahre alt, hatte gelernt, seine persönlichen Wünsche dem Wohl des Staates unterzuordnen. Dies würde seine zweite Ehe sein. Die Frucht der ersten war in Spanien geblieben, Don Carlos, eine verunstaltete, schwachsinnige Kreatur, deren

Philipp sich insgeheim bitterlich schämte. Und nun hoffte der Herrscher auf einen gesunden Erben. Philipp mußte in diesem elenden, regennassen Land ausharren, bis er das Gewünschte produzierte, und diesmal war der Grundstoff nicht vielversprechend; eine vertrocknete alte Jungfer statt der lüsternen kleinen Cousine, die er zuerst geheiratet hatte. In der Nacht vor der Hochzeit lag er allein in seinem Bett, steif wie eine Opfergabe auf einem Altar, und fragte sich, warum es Gott, dem er stets gläubig gedient hatte, gefiel, ihm diese zusätzliche Bürde auf die Schultern zu laden. Denn wenn er schon eine von Heinrich Tudors illegitimen Töchtern heiraten mußte, war es gewiß menschlich zu wünschen, daß es die jüngere gewesen wäre.

Der heruntergekommene Bau in Woodstock war im Winter trostloser und unwohnlicher denn je. Sir Henry Bedingfield fühlte sich alt und fröstelte. Die sieben Monate in der Gesellschaft seiner Gefangenen hatten ihn fast bis zur Unkenntlichkeit verändert. Er war ein müder alter Mann geworden, der unter der Last seiner Jahre litt.

Er hatte seinen Posten im Vollbesitz seiner Kräfte angetreten, ein hölzerner, kompromißloser, energischer Ritter, der wußte, was von ihm verlangt wurde, und sich seiner selbst sehr sicher war. Er hatte seine Gefangene durch Ausübung seiner Autorität zu entmutigen gedacht. Ganz allein in einem Haus voll unfreundlicher Frauen würde sie ihm kaum Schwierigkeiten machen.

Doch nichts vermochte den ständigen Strom von Forderungen nach dieser oder jener Gefälligkeit einzudämmen. Sie war wie eine lästige Motte, die ihn in einem dunklen Raum umflatterte, und es gab keine Möglichkeit, den Flügeln, die sein Gesicht streiften, auszuweichen. Langsam wurde er mürbe. Es gab Zeiten, da sie sich strikt weigerte, mit ihm zu sprechen. Sie zog sich verstimmt in ihr Zimmer zurück, und ehe er sich's versah, lockte er sie wieder heraus und überredete sie zu einem Spaziergang im Park. Tag um Tag flitzte er wie ein gehetzter Lakai zwischen ihren und seinen Räumen hin und her. Ihre Mitleid heischenden Tränen erweichten sein hartes Herz; ihre ständigen Unpäßlichkeiten bereiteten ihm zahllose sorgenvolle Stunden, ihre Zornesausbrüche raubten ihm die Nerven. Und ihr Lächeln – er hatte gelernt, ihr Lächeln am allermeisten zu fürchten, es gängelte ihn gnadenlos. Er war wie eine Marionette, die an den Schnüren ihrer Gefühle tanzte. Er ließ sich sogar herbei, als ihr Sekretär zu fungieren und ihre ausführliche Beschwerdeliste an den Rat zu verfassen. Hinterher geriet er über sein Tun in eine derartige Panik, daß er sich genötigt sah, dem Brief ein Begleitschreiben hinzuzufügen, worin er sich für seine »Unbotmäßigkeit« entschuldigte.

Was war mit ihm geschehen? Er wußte es nicht. Er wußte nur, daß er sich wie ein Narr benahm. Von morgens bis abends wurde er von einer endlosen Reihe kleiner Krisen erschüttert, während seine Schutzbefohlene seinen Befehlston nachäffte; sie nannte ihn »Aufseher« und machte ihm alle möglichen Vorhaltungen. Doch an dem Tag, als sie zum erstenmal »Aufseher« zu ihm sagte, flehte er sie auf den Knien an, ihm nicht diesen abscheulichen Namen zu geben. »Ich bin nur ein Beauftragter der Königin, ernannt, Euch zu dienen und vor Gefahr zu bewahren.«

»Gott schütze die Königin«, bemerkte deren Schwester spitz, »und von solchen braven Beauftragten erlöse mich, o Herr!« Sie blickte auf sein gesenktes Haupt herab und durchlebte einen Augenblick ungeheurer Befriedigung. Dieser alte Hengst war standhafter als die meisten, aber sie hatte ihn am Ende gezähmt und konnte ihn nun in die Menagerie traben lassen, die schon Sussex beherbergte, einen älteren Schoßhund, den sie recht gern hatte. Und dabei heißt es, einem alten Hund kann man keine Kunststücke mehr beibringen! Sie wandte sich hastig ab, damit er das Lächeln auf ihren Lippen nicht sähe.

Philipp war zutiefst verwirrt über die Berichte aus Woodstock. »Meine Liebe«, fragte er seine Gemahlin eines Abends, »war dieser senile Alte der beste Wächter, den Ihr finden konntet?«

»Er war kein seniler Alter, als ich ihn ernannte.« Mary schleuderte ihre Stickerei fort. »Ach, seht Ihr es denn nicht? Habe ich es nicht oft genug gesagt? *Sie* ist es, sie verdirbt alle

Männer mit ihren Schlichen. Wenn Ihr ihr begegnet wäret, würdet Ihr verstehen, was ich meine.«

»Aber ich bin ihr nicht begegnet«, sagte Philipp gereizt.

»Nein! Und werdet es auch nicht.« Mary spang auf. »Ach, ich will nichts mehr von ihr hören, nie mehr, versteht Ihr? Das Schreiben soll ihr verboten werden.«

Er schreckte vor der Szene zurück, die er heraufbeschworen hatte, und wandte sich seinen Briefen zu. Er haßte diese häßlichen hysterischen Ausbrüche. Ihm war nicht wohl in seiner Ehe und in diesem Land, er fühlte sich wie ein Fisch auf dem Trockenen. Jeden Abend, wenn er widerwillig in das Prunkbett stieg und den welken Körper der Königin ansah, der wohl willig – o Gott, nahezu unanständig willig –, aber kaum verlockend war, kreisten seine Gedanken unwillkürlich um die Schwägerin, über die er so viele seltsame Geschichten gehört hatte. Von allen Seiten wurde ihm versichert, sie sei ein verderbtes Weibsstück, und je beharrlicher man es ihm versicherte, um so entschiedener wurde sein Interesse. Wieso packte ihn eine so vulgäre Neugier auf eine ungehobelte Kurtisane, deren bloße Existenz ihn in diesem Reich gefährdete? Mit Ausnahme der kleinen schottischen Königin in der Gewalt seiner französischen Feinde hielt er Elisabeth für die gefährlichste Persönlichkeit in Europa. O ja, er wollte sich ein Urteil bilden über die durchtriebene junge Dame – aber war das der einzige Grund, weshalb er still darauf hinwirkte, sie an den Hof zurückzubringen?

Er legte seine Feder hin und stützte unmutig sein Kinn auf die Hände. Außer einer Begegnung mit Elisabeth gab es in diesem Land wenig, dem er freudig entgegensehen konnte. Die Spanier waren bei den Engländern nicht wohlgelitten. Achtzig von den Gefolgsleuten, die mit ihm gekommen waren, hatten das Land schon wieder verlassen. Auf den Straßen kam es zu Schlägereien zwischen Spaniern und Engländern, und in Geschäften und auf Märkten wurden die Spanier gnadenlos geschröpft. Selbst das von Marys Cousin, dem Kardinal, erwirkte Religionsabkommen brachte keinen Frieden und keine Versöhnung. Das Land war jetzt offiziell katholisch, doch niemand wollte die während Heinrichs Bruch mit Rom geplünderten kirchlichen Ländereien wieder hergeben, und die protestantische Opposition auf den Straßen machte sich weiterhin lautstark bemerkbar. Der Kompromiß war fehlgeschlagen, hartnäckige Verfolgung machte sich breit. Das Gesetz des Lordkanzlers zur Bestrafung der Ketzer legalisierte die Verfolgung aller Protestanten, die öffentlich an der Ausübung ihres Glaubens festhielten, und im Februar gingen die ersten Märtyrer auf den Scheiterhaufen. Die Verbrennungen hatten Philipps Beliebtheit nicht gefördert. Sollte Mary sterben, während er in England weilte, müßte er froh sein, wenn er mit dem Leben davonkäme. Der Pöbel brüllte ihn nieder und ließ Schmähschriften kursieren, in denen seine Würde und seine Manneskraft verspottet wurden. Nicht einmal mehr Mary sprach hoffnungsvoll von seiner Krönung. Der Erbe der halben Welt war zum Zuchthengst degradiert, aber wenigstens hier hatte sein selbstloser Pflichteifer Erfolg gezeitigt. Die Königin erwartete – Gott sei gedankt! – endlich ein Kind.

Man überbrachte Elisabeth in Woodstock die Nachricht und stellte ihr im nächsten Atemzug die heikle Frage, ob sie daran glaube, daß bei der Kommunion Brot und Wein in den Leib und das Blut Christi verwandelt würden?

Ihre Finger schlossen sich eng um die Perlen des Rosenkranzes, den sie um die Mitte trug. Ihr Leben hing von ihrer Antwort ab. Wenn sie den Glauben an das Sakrament verneinte, würde sie als Ketzerin verbrannt; wenn sie sich öffentlich dazu bekannte, würde sie ihre protestantische Anhängerschaft verlieren.

In diesem Moment der Angst und Einsamkeit erkannte sie die Kluft zwischen sich und dem Rest der Welt. Für sie war dieses Thema ein Disput über Belanglosigkeiten, der die christliche Welt auseinanderzureißen drohte. Sie sah keinen Sinn darin, für irgendeinen Glauben zu sterben – war sie deswegen gottlos? Anders war sie, das wohl; als sie in die bigotten Gesichter ringsum blickte, wußte sie, daß ihr Geist über die Begrenzungen dieses Jahrhunderts hinausreichte, hin zu einem aufgeklärten Zeitalter der Toleranz. *Ich schwöre, wenn ich Königin bin, werde ich in keines Menschen Seele Fenster machen…* Jetzt aber mußte sie sprechen und diese

Glaubensprüfung ad absurdum führen. Und unversehens verwandelten sich die Worte in ihrem Kopf in ein kleines Rätsel.

»Christ war das Wort und sprach es,
Er nahm das Brot und brach es,
Und was sein Wort daraus gemacht,
Glaub ich... und nehm es mit Bedacht.«

Langsam hob sie den Blick. Ihre trotzige Miene forderte die Männer heraus, sie nur weiter zu prüfen. Doch einer nach dem anderen schlug die Augen nieder. Kein einziger nahm ihre polemische Herausforderung an, denn die leichte Betonung von »nehm es« war unmißverständlich, wußten doch alle sehr wohl, wie folgsam sie an der Messe teilnahm. Eine Spur zu gerissen, befanden sie übereinstimmend, aber sie besaßen keine Waffe gegen sie und mußten es hierbei bewenden lassen.

Bedingfield geleitete Elisabeth die schmale Stiege hinauf zu ihrem Zimmer. Sie trat ans Fenster, das Licht eines trüben Tages verblaßte zusehends. In der Ferne hörte sie eine Melkerin singen, die mit zwei Eimern an einer Schultertrage zur Scheune ging.

»Hoheit sind müde«, äußerte Bedingfield mit verhaltenem Mitgefühl.

»Müde dieses jämmerlichen Daseins«, murmelte Elisabeth. »Ich wünschte, ich wäre die Melkerin dort draußen.«

»Madam.« Er legte seine große Hand auf ihren Arm. »Ihr dürft nicht verzagen. Die Königin erwartet ein Kind, und in ihrer großen Freude wird sie gewiß milder gegen Euch gestimmt. Wir müssen alle über die Nachricht frohlocken und um einen Sohn beten.«

Elisabeth blickte mit trüben Augen in die Dämmerung hinaus.

Würde sie je wieder einen Fuß vor ihre Gefängnistür setzen? »Ja«, sagte sie gleichmütig, »wir müssen alle frohlocken und um einen Sohn beten.« Beten – o Gott, vergib mir –, daß es tot geboren wird!

Philipp hatte über eine Stunde an seinem peinlich ordentlichen Schreibpult gesessen und den Brief des kürzlich nach Spanien zurückberufenen Gesandten betrachtet. Er enthielt eine Anzahl Ratschläge, wie mit Elisabeth zu verfahren sei. Und dies war wirklich zu einem dringenden Problem geworden. Der Gesandte drückte sich unumwunden aus, wie es seine Art war. »Sollte sich die Schwangerschaft der Königin als Irrtum erweisen, werden die Ketzer ihre Hoffnung auf Elisabeth setzen, und Ihr geratet in Schwierigkeiten, was auch immer geschieht, denn wenn Elisabeth ausgeschlossen wird, fällt die Krone an die Königin von Schottland.«

Philipp runzelte die Stirn. Dies war Elisabeths Trumpfkarte, sofern er sich entschied, ihr die Freiheit zu geben und sie die Karte ausspielen zu lassen. Eines Tages würde die Königin der Schotten Königin von Frankreich sein. Käme die englische Krone zu Schottland und Frankreich hinzu, so würde das gesamte politische Gleichgewicht in Europa verändert. Und Mary Tudor, fast vierzig Jahre alt und bei schlechter Gesundheit, war in einem gefährlichen Alter zum Kindergebären. Sollte er Weib und Sohn bei der Geburt verlieren, so stünde allein Elisabeth zwischen Frankreich und England.

»Bevor Ihr das Land verlaßt, solltet Ihr persönlich mit der Prinzessin reden und sie Eurer Freundschaft und, wo immer sich Gelegenheit bietet, Eures Beistands versichern.«

Philipp faltete den Brief zusammen und verschloß ihn in seinem Pult. Wohlan, er hatte keine Wahl, nicht wahr? Er mußte mit der Prinzessin sprechen und ihr Freund werden, das war er sich und seinem Vater schuldig. Selbstverteidigung, gesunder Menschenverstand, weiter nichts, redete er sich entschlossen ein. Äußerst zufrieden mit sich begab er sich in die Gemächer seiner Gemahlin.

»Sie an den Hof holen?« Mary blickte grimmig von ihrem Kissen.

»Sie sollte bei der Geburt zugegen sein.«

»Sie sollte tot sein!« – »Meine Liebe, Ihr habt die Gelegenheit, sich ihrer zu entledigen, verstreichen lassen.«

»Das nächste Mal bin ich nicht mehr so dumm!«

»Das nächste Mal?«

Mary betrachtete ihn mit verhaltener Eifersucht. »Wie

besorgt Ihr – um ihre Sicherheit seid. Ist ihre Macht so groß, daß sie einen Mann, dem sie noch nie begegnet ist, zum Sklaven machen kann?«

»Ihr seid erschöpft«, sagte Philipp kühl. »Ihr dürft Euch nicht aufregen, das schadet dem Kind.«

Mary wandte sich ab, um ihre Tränen im Kissen zu verbergen. »Wenn Ihr sie erst gesehen habt, wird es Euch ergehen wie allen anderen. Ich weiß es.«

Er war etwas gekränkt. »Ihr meint, ich werde mit der jungen Dame nicht fertig? Ihr irrt Euch, Madam, ich bin kein unreifer Knabe, der sich von einer hübschen Frau ausnutzen läßt. Ich mache nur aus Pflichtbewußtsein einen politischen Vorschlag.«

»Aus demselben Pflichtbewußtsein, das Euch an mich band?« Sie schluchzte, daß ihre schmalen Schultern bebten. Es blieb ihm nichts übrig, als sich zu ihr ans Bett zu setzen und ein paar tröstende Worte zu sprechen.

»Es macht mich traurig, daß Ihr an meinen Beweggründen zweifelt«, sagte er gequält. »Habt Ihr kein Vertrauen zu mir, Mary?«

»Aber ja.« Sie barg ihr zerfurchtes Gesicht an seinem Wams.

»Natürlich habe ich Vertrauen zu Euch, mein Liebster.«

»Dann beweist mir Euer Vertrauen, indem Ihr mir in dieser Angelegenheit gehorcht.«

Sie klammerte sich an ihn, erschrocken über den drohenden Ton in seiner Stimme. Er war gelangweilt und heimwehkrank, es brauchte wenig, ihn zu vertreiben.

»Ihr werdet Bedingfield bald schreiben?« drängte er.

»Ja«, sagte sie mutlos an seiner Schulter. »Ich schreibe sogleich.«

So hatte er den Schlüssel im Schloß herumgedreht und die Gefängnistür geöffnet. Trotz seiner Zufriedenheit war ihm etwas beklommen zumute. Er war nicht ganz sicher, was er auf die Welt losließ.

An einem stürmischen Apriltag ritt Elisabeth mit ihrem Gefolge von Bediensteten fort von dem Pförtnerhaus. Es war mehr als fünfzehn Monate her, seit sie auf einem Pferd gesessen hatte.

Der Wind blähte die Röcke der Damen und peitschte ihnen Regenböen ins Gesicht. Bedingfield hielt einen gemäßigten Galopp, und Elisabeth, von dem stürmischen Wetter übermütig gemacht, widerstand dem verrückten Drang, über die Felder zu preschen und ihm einen tödlichen Schrecken einzujagen. Sie hatte ihn seltsamerweise recht gern, aber, ach, er war so langweilig mit seiner ewigen Autorität.

Herrgott, wenn ich jemals Königin werde, soll kein Mann auf dieser Welt mehr »müssen« zu mir sagen.

Als sie Hampton Court erreichten, wurde sie, damit niemand sie sähe, flugs auf einem Seitenweg ins Pförtnerhaus gebracht. Und wieder war sie die schandbare Gefangene, gewissermaßen die arme Verwandte. Die Türen wurden abgeschlossen, und mehr als zwei Wochen lang schritt sie in ihren Räumen auf und ab wie eine Löwin im Käfig. Ach, es war töricht gewesen, sich Hoffnungen zu machen; nichts hatte sich geändert, und sie rechnete mit dem Schlimmsten.

Und dann, um zehn Uhr an einem kalten Frühlingsabend, als sie sich soeben anschickte ins Bett zu gehen, ging die Tür auf, und die erste Kammerzofe der Königin erschien, hinter ihr Bedingfield, das Gesicht grau vor Schrecken.

»Madam, Euch ist befohlen, Ihrer Majestät sogleich Eure Aufwartung zu machen.«

Elisabeth stand auf. Ihre Frauen hatten ihr die Haube abgenommen und die Haare gebürstet, die ihr nun bis auf die Taille herabflossen. »Jetzt?« flüsterte sie verwundert. »Jetzt?«

Ihre und Bedingfields Augen trafen sich, und in seinen sah sie ihren Gedanken widergespiegelt. Königinnen geben um zehn Uhr abends keine Audienz. Ich gehe in den Tod, und er weiß es.

Bedingfield schlurfte durch das Zimmer und nahm einer zitternden Zofe Elisabeths Umhang ab. Wortlos legte er ihn ihr um die Schultern, befestigte die Schließe und zog ihr die Kapuze über den Kopf, ganz so wie bei einem Kind. »Kommt, Hoheit.«

Es war stockfinster und kalt, als sie dem Fackelträger durch den Garten zum Fuß der Treppe folgte, die zu den Gemächern der Königin führte. Ein Wachmann trat vor und deutete auf

Sir Henry. »Ihr müßt hierbleiben, Sir, und das übrige Gefolge Ihrer Hoheit auch.«

Sie sollte also im Dunkeln erdolcht werden! Aber warum brachte man sie dazu den ganzen Weg hierher an den Hof, und wie wollten sie es dem Volk erklären?

Bedingfield, diese ernste, aufrechte Gestalt, hatte Tränen in den Augen. Er befürchtete, wie sie, das Schlimmste, und Not schafft seltsame Verbündete. Sie drückte seinen Arm, dann wandte sie sich um und schritt allein in die Dunkelheit.

Atemlos stieg sie die Treppe hinauf. Sie fuhr herum, als sie Schritte hinter sich hörte. Die Kammerfrau der Königin folgte ihr auf dem Fuß und winkte sie durch die vor ihr befindliche Tür; vielleicht sollte sie doch nicht ermordet werden. Dennoch dauerte es eine ganze Minute, bis sie den Mut fand, über die Schwelle in Marys Schlafgemach zu treten. Die Königin drückte sich in die Kissen, und ihr geschwellter Leib war unter der Zudecke sichtbar. Am anderen Ende des Raumes stand ein Wandschirm, an den Elisabeth sich nicht erinnern konnte. Sie fragte sich, ob diese Unterredung von Marys Ohren allein gehört wurde. Wo war Philipp? Warum zeigte er sich nicht? Sie warf einen neugierigen Blick auf den Wandschirm. Sie sank am Fuß des Bettes auf die Knie, ließ die Kapuze zurückfallen, die ihr offenes Haar enthüllte. »Madam, ich bin Eure getreue Dienerin, wie immer die Berichte über mich lauten.«

Schweigen. Marys kurzsichtige Augen glitten über ihr blasses Gesicht. Sie bot ihr nicht die Hand zum förmlichen Kuß, und ihre Stimme war ungehalten. »Ich sehe, du willst deine Schuld nicht bekennen. Gebe Gott, daß du die Wahrheit sprichst.«

»Wenn nicht, will ich weder um Eurer Majestät Gnade noch um Eure Vergebung bitten.«

Diese Antwort, so maßvoll sie war, schien Mary zu erzürnen. Ihr Gesicht verzog sich, und sie zerknüllte die Bettdecke über dem hügelig geschwellten Leib. Elisabeths Augen wurden unwiderstehlich angezogen von dem ungeborenen Kind, dem Sinnbild ihres eigenen Untergangs. Sobald das Kind geboren war, würde ihre Lage hoffnungslos, und sie könnte froh sein, wenn sie nur in die Verbannung geschickt würde …

»So«, sagte die Königin finster, »du bist also zu Unrecht bestraft worden.«

Elisabeth senkte geschwind den Kopf. »So etwas darf ich vor Majestät nicht äußern.«

»Aber vor anderen!« fauchte die unversöhnliche Stimme im Bett. »Das tust du doch, Schwester?«

Es war zwecklos. Die Unterredung entglitt ihr, genau wie die letzte, und mit jedem Wort, das sie sprach, steigerte sich die Feindschaft der Königin. Schließlich sagte Elisabeth, und ihre Stimme war kaum mehr als ein Flüstern: »Ich muß Majestät untertänigst ersuchen, eine gute Meinung von mir zu haben.«

Merkwürdig, diese kindliche Bitte schien Mary zu rühren. Sie bedeutete dem Mädchen unwillig, sich zu erheben, und machte eine Handbewegung, als betrachte sie die leidige Angelegenheit als erledigt. sie wirkte mit einemmal zu erschöpft, um das Gespräch fortzusetzen. »Mag sein, daß du die Wahrheit sprichst – Gott weiß es!« murmelte sie und wiederholte auf spanisch: »*Dios sabe*!«

Elisabeth drehte sich geschwind zu dem Wandschirm um, und gleich darauf trat ein kleiner, dunkel gekleideter junger Mann hervor. Er blieb stehen, um sie anzusehen, dann verbeugte er sich und ging, die blassen Augen auf die ihren gerichtet, auf sie zu. Sie wußte, wer er war, wußte auch, daß sie einen Knicks machen mußte, blieb aber trotzig stehen. Einen Moment betrachtete er sie, als wolle er sie mit der bloßen Kraft seiner Gegenwart auf die Knie zwingen; ihre Köpfe waren auf gleicher Höhe. Nach einem langen, schweigsamen Augenblick sah er ein, daß sie sich nicht unterwerfen würde, und er richtete zum erstenmal das Wort an sie. »Willkommen bei Hofe, meine Schwägerin.« Er zog sie an sich, um sie förmlich auf den Mund zu küssen, wie es sich für die Begrüßung einer Schwägerin ziemte. Und als er sie losließ, nachdem er den Moment ein, zwei Sekunden länger als unbedingt nötig hinausgezögert hatte, sah Mary endlich auch seine Augen lächeln.

Sie galoppierten ihrem Gefolge voraus durch die satte grüne Landschaft, sie gingen auf die Jagd, verbrachten die langen Frühlingstage in Müßiggang. An den hellen Abenden hoben sie ihre Weinkelche, und ihre Augen lächelten dabei. Langsam, unerbittlich verliebte sich Philipp, gegen die Stimmen des Gewissens und der Vernunft.

Sie hatte ihn gefangen wie ein Angler einen Fisch, hilflos zappelte er an ihrem Haken und gab sich der Täuschung hin, ihre Gefühle seien gegenseitig.

Er hatte es nicht gewollt. Er hatte beobachten wollen, ob sie verräterische Absichten hegte, er hatte ihren Glauben prüfen und sie schließlich mit seinem Vasallen, dem Herzog von Savoyen, vermählen wollen. Er hatte sich gegen ihre Reize gewappnet, denn der spanische Gesandte hatte ihn eindringlich vor ihren »Zauberkräften« gewarnt. Aber keine Wappnung mit spanischer Würde war vor ihr sicher, sie durchdrang seine Abwehr mühelos, beiläufig, wie absichtslos. Er hätte in ihrer Gesellschaft ein beliebiger junger Marm sein können statt des mächtigen Erbes der halben Welt, der er war. Wenn sie mit ihm sprach, tat sie es als Gleichgestellte, gelegentlich, wie er ihren Neckereien entnahm, als Überlegene. Ihre Äußerungen waren gespickt mit Lügen und Falschheit; er wollte sich an seine Zweifel und Verdächtigungen klammern, aber sie verscheuchte sie durch Lachen. Niemand, weder Mann noch Frau, hatte jemals über Philipp gelacht. In all den Jahren in Spanien, den von einer strengen Etikette beherrschten Jahren der Pflichterfüllung und Disziplin, war er nie einer Frau wie Elisabeth begegnet. In den grausamen Jahrzehnten, die folgten, begegnete er nie mehr ihresgleichen. Ein paar kurze Wochen war er gefesselt wie ein von hellem Licht geblendetes wildes Tier.

Man hatte ihm gesagt, sie sei schlau; bei näherer Bekanntschaft fand er sie geistreich und war eingeschüchtert von ihrer umfassenden Bildung. Er betrachtete es als persönlichen Affront, daß eine Frau sechs Sprachen fließend beherrschte. »Gibt es irgend etwas, das Ihr nicht könnt?« fragte er sie schließlich im eifersüchtigen Bewußtsein seiner Unterlegenheit. Sie lächelte geziert. »Ich kann nicht schwimmen, Hoheit.« – »Solltet Ihr es jemals lernen, töte ich Euch.«

Sie war von der Ernsthaftigkeit seiner Bemerkung entzückt und protzte nun erst recht mit ihren Talenten und Reizen. Und den ganzen Frühling hindurch, während er listig Gelegenheiten herbeiführte, um mit ihr allein zu sein, wurde er wie ein hilfloser Zweig auf der rastlosen Strömung ihrer Energie von seinem Kurs abgetrieben.

»Nein, heute gehen wir nicht auf die Jagd«, sagte er an einem trüben Morgen, als er ihr zum Fenster folgte, »seht Ihr nicht, daß es regnet?«

Sie blickte durch die Scheibe und sagte lachend in ihrem fehlerfreien Spanisch: »Das ist kein Regen, nur ein leichtes Nieseln, es wird bald aufhören. In England müssen Hoheit lernen, solches Wetter schön zu nennen und sich darüber zu freuen.«

Müssen! Er starrte sie an. Es waren mehr als zwanzig Jahre her, seit jemand von niedrigerem Rang dieses Wort zu ihm gesagt hatte. Ihre Kühnheit erstaunte ihn. »Ihr seid so rastlos«, klagte er unvermittelt. »Ihr tanzt und reitet und schießt, als hättet Ihr nie wieder die Gelegenheit, diese Dinge zu tun. Wenn Ihr weiterhin jeden Tag so lebt, als sei es Euer letzter –«

Sie schwenkte vom Fenster herum und lächelte ihn an. »Dann brenne ich aus wie ein Feuerwerk, ehe ich dreißig bin, nicht? Aber der Gedanke ist mir nicht neu – ich bekomme ihn regelmäßig von meiner Erzieherin zu hören.«

Wieder war er verblüfft über ihre Dreistigkeit. So leichtfertig von Brennen zu sprechen, jetzt, da der Lordkanzler sein Gesetz zur Bestrafung der Ketzer durchgebracht hatte – war sie wahnsinnig? »Eure Erzieherin ist optimistisch«, sagte er streng. »Ich meine, Ihr könnt Euch überaus glücklich schätzen, wenn Ihr die zweiundzwanzig erreicht.«

»Da bleibt mir nicht mehr viel Zeit, nicht wahr, mein Schwager?« Ihre zu Schlitzen verengten Augen forderten ihn heraus. Er nahm sie unsanft bei der Hand und führte sie zum Spinett. Ihre Art, mit der Gefahr zu spielen, erregte ihn körperlich und erschreckte ihn. »Setzt Euch«, befahl er, »und spielt für mich.«

Sie machte einen tiefen, spöttischen Knicks und setzte sich an das Instrument. Er war erleichtert, weil sie endlich still war, denn hätte sie weiter geredet, gelacht und ihren schlanken Körper durchs Zimmer geschlängelt, er hätte für das, was er mit ihr machte, nicht garantieren können. Wenn sie sich der Musik hingab, vergaß sie, ihn zu foppen und zu martern.

Jetzt störte nichts seine Ohren als die hellen Töne, störte nichts seine Augen als die ungewöhnlichen Finger, faszinierend wie Schlangen, die sich mühelos auf der Tastatur bewegten und ihn sanft in eine tranceähnliche Zufriedenheit hüllten. Er beobachtete die Finger, bis das blasse Licht sie zum Aufhören zwang, dann nahm er ihre Hände und hob sie abwechselnd an seine sinnlichen Lippen. »Ihr habt schöne Hände«, sagte er nachdenklich, indem er sie umdrehte und mit seltsamer Eindringlichkeit betrachtete, »so lange Finger – fast zu vollkommen, um menschlich zu sein.

Sie wartete geduldig. Dann runzelte sie die Stirn. »Ist das alles? Ich hatte gehofft, Ihr würdet fortfahren, daß sie zu meinem Gesicht passen.«

Seine blasse Haut färbte sich zornesrot. »Madam«, murrte er, mit einemmal linkisch wie ein Knabe, »Euer Gesicht ist ohnegleichen.«

»Wie das eines Geiers!« Sie bedachte ihn mit einem tückischen Lächeln. »Oh, Ihr seid nicht gewöhnt, Komplimente zu machen, nicht wahr, mein Schwager?«

»Ich bin nicht gewöhnt, darum gebeten zu werden«, gab er trocken zurück. »Keine Dame in meiner Heimat würde auch nur im Traum so unverschämt sprechen.«

Sie lehnte sich lachend auf ihrem Stuhl zurück und sah Philipp fest an. »Aber dies ist nicht Eure Heimat«, sagte sie leise, »und ich bin keine Dame – das hat Euch die Königin gewiß erzählt.«

Er sah einen Moment weg. »Sie hat mir erzählt, daß Euch nicht zu trauen sei – und noch jemand hat das gesagt.«

»Wer? Kommt, Hoheit, mir könnt Ihr es ruhig erzählen – war es Euer Gesandter? Was hat er über mich gesagt?«

»Daß –« Philipp zögerte, »daß Ihr über Zauberkräfte verfügt und man Euch fürchten müsse.«

Ein kalter Schauder streifte Elisabeths Rücken. Die Beschuldigung der Hexerei konnte nicht unverhüllter sein, und der Aberglaube in Philipp saß tief. Seine Bemerkung über ihre Hände erhielt auf einmal eine unheilvolle Bedeutung. Zu vollkommen, um menschlich zu sein.

Seit dem Tag, als man sie in den Tower gebracht hatte, war sie nicht so verstört gewesen, und doch wußte sie instinktiv, daß vor diesem Mann Angst zu zeigen das Schlimmste sei, das sie tun konnte. Er würde sich daran ergötzen und gleichzeitig glauben, es verrate ihr schlechtes Gewissen. Sie beugte sich beherzt vor und nahm seine Hand mit warmem Druck. »Glaubt Ihr das von mir, Philipp?«

»Ich weiß es nicht«, sagte er langsam, sie fest ansehend. »Nach all den Wochen in Eurer Gesellschaft weiß ich nichts von Euch, und ich denke, das ist Eure Absicht. Ihr versteckt Euer wahres Ich hinter einer Maske. Ihr seid bezaubernd, geistreich, gebildet –« sie zog ein Gesicht. »Ihr könntet es mit ›schön‹ versuchen.«

»Ich könnte.« Er mußte unwillkürlich lächeln. »Oh, ich gebe zu, Ihr habt ein hübsches Gesicht, aber unter dieser ansehnlichen Schale, fürchte ich –«

»Du liebe Güte – im tiefsten Innern eine Barbarin?«

»Madam, ich würde niemals wagen zu vermuten, was Ihr seid – im tiefsten Innern.« Sie waren sich ganz nahe, nahe genug, um sich zu küssen. »Aber vielleicht werde ich es eines Tages entdecken.« Seine blassen Augen fixierten die ihren, sie bemühten sich auszudrücken, was in Worte zu fassen ihm sein Stolz und seine strenge Erziehung verboten. Sie sah verblüfft, wie verzweifelt er darauf aus war, daß sie den ersten Schritt tat, damit er sie insgeheim Hure nennen und sich ihrer ohne Gewissensbisse erfreuen könnte. So ein eingebildeter Affe! So ein Heuchler! Am liebsten hätte sie ihn in sein liebenswürdiges Gesicht geschlagen, doch das wäre ihr Ende gewesen; denn er war nicht der Mann, der eine Kränkung verzieh. Darum war es besser, die züchtige Jungfrau zu mimen, sich errötend in eine sichere Distanz zurückzuziehen und ihn gleichzeitig mit einem hintergründigen Blick aufzufordern, seiner flüchtenden Beute dennoch weiter nachzustellen. Sie wagte nicht, ihn mit einer offenen Zurückweisung zu kränken. Zu viel hing von seiner Freundschaft ab und von ihrem gefährlichen Bemühen, sie sich zu bewahren, ohne mit der eifersüchtigen Königin in Konflikt zu geraten. Man munkelte bereits von Streitigkeiten zwischen Mary und ihrem Gemahl, und Elisabeth vermutete, daß sie die Ursache sei. Sie mußte behutsam vorgehen, denn unmittelbar nach der Geburt des Kindes würde Philipp nach Spanien zurückkehren, und sie würde Mary wieder auf Gnade und Barmherzigkeit ausgeliefert und vielleicht Jahr für Jahr eingesperrt sein, bis sie alt und vertrocknet wäre. Ende des Monats erhielt sie überraschend die Erlaubnis, sich vom Hofe zu entfernen, eine Erlaubnis, um die sie nicht gebeten hatte – und wußte, daß ihr Argwohn gegen Mary gerechtfertigt war. In grimmiger Spannung wartete England in jenem Frühjahr auf die Geburt eines neuen Erben. Mary hatte ihre Zeit um viele Wochen überschritten; die Ärzte sagten, sie hätten sich verrechnet, alles sei normal. Aber aus Tagen wurden Wochen und aus Wochen Monate, während Mary schwer und leidend auf ihren Kissen lag und auf das Einsetzen der Wehen wartete. Die Unruhen im Lande nahmen rasch zu. Philipp hatte entsetzliche Angst, daß die Schwangerschaft sich als Irrtum erweisen könne, daß seine Gemahlin nur an einer Geschwulst leide. Falls dem so war, würde es die unangenehmste seiner Pflichten sein, ganz von vorn zu beginnen, nicht zu reden von der Blamage, welche mit der Bekanntmachung verbunden sein würde. Hinter seinem Rücken würden die Engländer munkeln: »Impotenter Ausländer!«

Im August fand die Königin sich endlich damit ab, daß sie kein Kind haben würde, und Philipp nahm die Abdankung seines Vaters zum Vorwand, um sich bei der ersten Gelegenheit aus England davonzumachen. Elisabeth wurde nach Greenwich bestellt, wo Philipp allein in einem kleinen getäfelten Raum stand, um seiner Schwägerin Lebewohl zu sagen. Sie setzte sich auf einen niedrigen Schemel zu seinen Füßen und breitete ihre Röcke um sich wie Blütenblätter. Als er ihre Hand nahm, hob sie die Augen zu ihm auf mit einem Ausdruck, der seiner verhöhnten Männlichkeit nur schmeicheln konnte, verhieß er doch köstliche Hingabe.

»Ich habe Euch etwas zu sagen«, erklärte er leise, »etwas, das nicht über dieses Zimmer hinausdringen darf.«

»Ihr könnt mir vertrauen, Philipp, das wißt Ihr.«

Er schüttelte sachte den Kopf. Er wußte nur, daß er ihr vertrauen mußte, weil er zu tief in ihre Umgarnung verstrickt war und daher gar nicht anders konnte. »Savoyen steht Spanien sehr nahe«, begann er stockend, »der Herzog ist mein Vasall. Wenn Ihr ihn heiraten würdet, wäre er Euch kein eifersüchtiger Gatte, und ich könnte Euch oft an meinem Hofe sehen.« Sie lächelte. »Ihr enttäuscht mich, Philipp. Ich hatte mir etwas Besseres erhofft als einen Platz in Eurem Harem.« Ihm stockte der Atem.

Gab sie ihm zu verstehen, daß sie, falls Mary stürbe, bereit wäre, die Ehe mit ihm einzugehen? »Darf ich hoffen –« begann er, dann versagte ihm die Stimme. Sie reichte ihm ihre Hände und ließ sich von ihm aufhelfen. Sie standen voreinander und sahen sich in die wachsamen Augen. »Wenn ich Königin von England bin, Philipp«, sagte sie leise, »werde ich mich für Eure Protektion erkenntlich zeigen.« Er war sich bewußt, daß sie ihm einen Handel vorschlug: Bewahrt mich und mein Erbe vor Mary, und Ihr werdet Euren Lohn erhalten! Seine Hände berührten ihre bloßen Schultern, sein Mund war trocken vor Erregung. »Wollt Ihr mir etwas von Eurer Erkenntlichkeit erweisen, bevor ich abreise?«

Wie in einer plötzlichen Regung schlang sie ihre Arme um seinen Hals und küßte ihn innig. In ihrer Umarmung vergehend, preßte er sie fest an seinen Hosenbeutel. Auf einmal entzog sie sich ihm zitternd, was er nur der Heftigkeit ihrer Begierde zuschreiben konnte. »Nicht jetzt«, flüsterte sie. »Nicht hier. Jeder kann hereinkommen.«

Sie sah echtes Erschrecken in seinen Augen. In einer kompromittierenden Situation überrascht zu werden wäre für ihn schlimmer als der Tod. Sie legte bedauernd ihre zarte Hand auf seinen Arm. »Wartet auf mich, Philipp – wie ich auf Euch warten werde.«

Er verbeugte sich und schritt zur Tür, eine steife, vornehme Gestalt im schwarzen Wams. Er drehte sich um und blickte verlangend zurück, in seinen Augen die Frage, die er nicht zu stellen wagte.

»Vertraut mir, Philipp«, sagte Elisabeth mit fester Stimme, »vertraut meiner Liebe zu Euch, so wie ich Eurer Liebe vertrauen kann.«

Er lächelte sein seltenes Lächeln und ging. Als sich die Tür hinter ihm geschlossen hatte, begab sich Elisabeth in ihre Gemächer und rieb sich mit einem rauhen Tuch seinen Kuß von den Lippen.

Mary wußte, sie durfte nicht weinen. Sie mußte still sitzen und mit gezwungener Würde zuhören, während Philipp ihre schlaffe Hand hielt und mit dieser falschen Freundlichkeit, die sie fürchten gelernt hatte, zu ihr sprach.

Unter dem gesetzten Äußeren verbarg sich Zorn. Sie senkte den Kopf vor seinen kalten Augen, um sich der Maske des Mitleids zu entziehen, die seine Verachtung verdeckte. Ihr Versagen hatte seinen empfindsamen Stolz der schlimmsten aller Kränkungen ausgesetzt. Sie hatte ihn nach England geholt und ihn gedemütigt, und als er nun kurz vor der Abreise geistesabwesend gelobte, in wenigen Wochen zu ihr zurückzukehren, da meinte er nicht sie, sondern Elisabeth.

Immer Elisabeth!

»Wenn Ihr mir etwas zuliebe tun wollt, dann behandelt sie gütig, wenn ich fort bin. Und während meiner Abwesenheit muß die Nachfolgeregelung unverändert bleiben.«

Wenn ich tot bin, wird sie Königin. Und dann wird er sie nehmen …

Aber was spielte es für eine Rolle, wenn sie tot wäre? Seine Miene sagte ihr, daß er keinen Fuß mehr auf englischen Boden setzen würde, wenn sie es abschlüge. Und sie war so auf seine Rückkehr erpicht, daß sie ohne Murren auf seine Bedingungen einging.

Als Philipp abgereist war, hielt nichts Elisabeth mehr am Hof. Sie begab sich nach Hatfield und lebte so zurückgezogen, wie sie konnte, während die Protestanten brannten.

15

Aus »wenigen Wochen« wurden neunzehn lange Monate, bis Philipp wieder englischen Boden betrat. Er blieb gerade so lange, um die englischen Streitkräfte für seinen Krieg mit Frankreich zu versammeln, und nachdem ihm dies innerhalb eines Monats gelungen war, verschwand er wieder und ließ seine Gemahlin zurück, die sich abermals einer Scheinschwangerschaft hingab. Aber sie täuschte damit niemanden außer sich selbst.

Der Krieg fing für die anglo-spanischen Truppen mit einem Sieg bei St. Quentin vielversprechend an, doch Philipp unterließ im entscheidenden Augenblick den Marsch auf Paris, und die Franzosen sammelten ihre Truppen wieder. Am 10. Januar 1558 kam die Nachricht vom größten englischen Desaster seit mehr als hundert Jahren: Calais, die letzte Bastion Englands in Frankreich, war gefallen. Danach schleppte der Krieg sich hin und brachte die englische Krone an den Rand des Bankrotts.

Unter den vielen jungen Engländern, die Philipp nach Frankreich begleitet hatten, befand sich Robert Dudley. Endlich aus dem Tower entlassen, aber mit der Auflage, sich nicht bei Hofe zu zeigen, hatten er und seine verbliebenen Brüder sich notdürftig über Wasser gehalten, bis sich die gottgesandte Chance bot, im Heer zu dienen. Robert hatte gesehen, wie Philipp sich unerklärlicherweise just in dem Moment von dem Begeisterungstaumel von St. Quentin abkehrte, als Paris ihren Truppen zugänglich war. Robert war voll Verachtung für diesen militärischen Fauxpas, hütete sich aber, dies zu zeigen. Man sagt dem Beherrscher der halben Welt nicht, daß er ein rückgratloser Dummkopf ist, schon gar nicht als mittelloser junger Mann, der sein Glück sucht, wo immer er es finden kann. Auf Philipps persönliche Veranlassung wurde Robert mit Botschaften für die Königin nach England zurückgeschickt, und binnen weniger Wochen erstattete die Königin in Anerkennung seiner Dienste bei St. Quentin die der Krone anheimgefallenen Ländereien der Dudleys zurück. Von John Dudleys fünf Söhnen waren nur noch Robert und Ambrose übrig, um den Herzogtitel zu beanspruchen. Guildford war auf dem Richtblock gestorben, John an den Strapazen des Gefängnisaufenthaltes, Henry im französischen Krieg. Robert sah es als seine Aufgabe, den Wohlstand seiner einst berühmten Familie wiederherzustellen. Folglich verbrachte er kurze Zeit damit, sich bei Hofe beliebt zu machen und in Erfahrung zu bringen, was es mit der Krankheit der Königin auf sich habe. Als er sich schließlich überzeugt hatte, daß keine Hoffnung auf Genesung bestand, kehrte er auf sein Landgut zurück und schmiedete Zukunftspläne.

Amy Dudley stand traurig unter dem niedrigen Türbogen und betrachtete ihren Gatten. Er saß, in Urkunden und Dokumente vertieft, mit dem Rücken zu ihr an einem alten Schreibpult. Zu beiden Seiten brannte je eine Kerze, sein Lieblingshund lag im frischen Stroh zu seinen Füßen.

Das Mißgeschick hatte ihn hart gemacht. Er war nicht mehr der unbeschwerte Jüngling, in den Amy sich einst verliebt hatte. Sie lebten in diesem großen Haus nebeneinander wie Fremde, schliefen gelegentlich stumm und oberflächlich zusammen. Seit seiner Entlassung aus dem Tower war er angespannt, nachdenklich, abweisend, von brennender Unrast getrieben; er jagte bis zum Einbruch der Dunkelheit und schlich nachts durch das stille Haus. Oft ritt er allein ins Dorf – Amy mutmaßte, daß er dort Frauen besuchte, wagte aber nicht zu fragen. Er schien ungeduldig auf etwas zu warten, und je länger er wartete, desto verstimmter und reizbarer wurde er.

»Robert«, sagte sie zaghaft auf der Türschwelle, »was tust du da?«

Er schwieg. Sie spürte seinen Unmut über die Störung.

»Ich verkaufe Land«, erklärte er kurz, als sie zu ihm trat. »Ich brauche das Geld.«

»Wozu? Hier fehlt es dir an nichts, Robert.«

»Ich gedenke eine kleine Investition in die Zukunft zu machen. Mehr brauchst du nicht zu wissen. Geh jetzt zu Bett, ich komme bald hinauf.«

Sie blickte ihm fest ins Gesicht, doch die Hand auf seiner Schulter zitterte. »Es ist für sie, nicht wahr?«

Seine Lippen strafften sich; er warf seinen Federkiel hin. »Es ist für Elisabeth, falls du das meinst. Mit etwas Glück wird sie Königin, ehe das Jahr zu Ende ist, und dann –«

»Und dann gehst du zu ihr«, sagte Amy langsam.

»Natürlich gehe ich zu ihr«, fuhr er sie an. »Sie ist die einzige, die mir wieder zu Macht und Reichtum verhelfen kann.

Um Himmels willen, Amy, verstehst du nicht – sie wird Königin von England.«

»Sie ist immer deine Königin gewesen. Glaubst du, ich hätte das all die Jahre nicht gewußt?«

Stumm, wütend, begann er seine Papiere einzusammeln. Amy klammerte sich verzweifelt an den Pelzschlafrock, der ihm lose um die breiten Schultern hing. »Robert, hör mich an, ich bitte dich. Nur dies eine Mal, und wenn du es nie wieder tust. Ich bin nicht dumm. Ich weiß, wie anziehend sie auf dich und alle Männer wirkt. Sie ist hübsch, klug und amüsant, aber ihre Augen sind wie Eis. Und du wirst es nicht schmelzen, Robert, keinem Mann wird das gelingen. Tief in ihrem Inneren hat sie etwas Grausames. Ach Robert, halte dich fern von ihr. Sie ist gefährlich, ich weiß es.«

Er schob sie von sich, seine Miene war hart und verächtlich. »Ich begebe mich Ende der Woche nach Hatfield«, verkündete er betont ruhig. »Wenn du lange genug in deinen lächerlichen Hirngespinsten geschwelgt hast, erwarte ich dich oben.«

»Warte, so lange du willst«, schluchzte sie. »Ich will nie wieder zwischen euch beiden sein.«

Er zuckte gleichmütig die Achseln und blies die Kerzen aus. »Wie du willst, meine Liebe. Mir wird es nicht an Tröstungen fehlen, wenn du nicht mehr in mein Bett kommst.« Er pfiff seinem Hund und ging leise hinaus.

Robert durchquerte das kleine Vorzimmer und blickte durch das schmale Fenster auf den weiten Park von Hatfield. Aus dem Augenwinkel konnte er die zwei Beutel voll Gold sehen, die er vor mehr als einer Stunde auf den Tisch gelegt hatte, und bei ihrem Anblick verfinsterte sich sein Gesicht. Eine ganze Stunde lungerte er hier herum wie ein Lakai, der darauf wartet, vorgelassen zu werden. Sie hatte offensichtlich keine Eile, ihn wiederzusehen. Verzagt und beklommen setzte er sich auf einen Schemel und dachte mit wehmütigem Lächeln an jenen heimlichen Besuch im Tower, der in seiner Erinnerung wahrhaftig nicht zu den größten Liebesszenen aller Zeiten zählte. Bis zu jenem Augenblick hatte er gemeint, von sich sagen zu können, daß kein anderer Mann in England so viel Geschick darin besaß, eine Frau von ihren Kleidern zu befreien. Doch seltsam, allein mit Elisabeth, hatte er es nicht einmal versucht, und die Erinnerung daran quälte ihn. Nach all den Monaten eines klösterlichen Daseins hatte er eine Frau weiß Gott dringend nötig gehabt. War es die Angst vor Zurückweisung, das nagende Gefühl, sie würde ihn auslachen, ihn, den galanten, den einfach unwiderstehlichen Robert Dudley? Wie schnell war jene knappe Stunde im fieberhaften Gespräch vergangen, und er hatte die ganze Zeit nichts Bedeutenderes getan als ihre Hand gehalten. O Gott, er wand sich vor Scham bei diesem Gedanken. Bis heute hatte die Erinnerung an die Szene bei Kerzenschein in dem halbrunden steinernen Gelaß, an die vertane einmalige Gelegenheit, ihn verfolgt. Er hatte sie in den schmiegsamen Armen eines Dutzends anderer Frauen zu verscheuchen versucht, aber Elisabeths Bild ließ sich nicht verdrängen. Es verhöhnte ihn Tag für Tag, es schob sich zwischen ihn und die Erfüllung, bis er wußte, daß er im Leben keinen Frieden finden würde, ehe er sie nicht besessen hatte.

Die Tür ging auf, und er blickte erwartungsvoll hoch. »Ihre Hoheit läßt bitten, Lord Robert.« Das großäugige Mädchen auf der Schwelle suchte mit geziertem Lächeln seinen Blick auf sich zu ziehen. Enttäuscht ließ sie von ihrem Lächeln ab, als er, ohne sie auch nur anzusehen, an ihr vorbei in das angrenzende Zimmer ging. Das Gold nahm er mit.

Ein Feuer loderte hell im Kamin, an welchem Elisabeth in einem hochlehnigen Sessel saß. Auf jeder gobelinverzierten Armlehne ruhte eine lange, unberingte Hand. Sie war königlich gelassen, ganz in Weiß gekleidet, ihre wenigen Edelsteine waren in den unzähligen schimmernden Locken verteilt, die ihr Gesicht umrahmten. Sie war bedeutend schöner als in seiner Erinnerung. Auf solche Förmlichkeit nicht gefaßt, verbeugte er sich tief, viel tiefer, als er beabsichtigt hatte.

»Hoheit.« Er war im Begriff, »Elisabeth« zu sagen, besann sich aber unter ihrem strengen Blick anders. Auf dem Fenstersitz bemerkte er die allgegenwärtige Kat Ashley, was ihn ein wenig verdroß.

»Willkommen in Hatfield, Mylord. Was wünscht Ihr?«

Er blinzelte. Das hatte er nicht erwartet. Bemüht, die Oberhand wieder zu gewinnen, machte er eine knappe Verbeugung und sagte gewandt: »Ich wünsche nichts als das Vergnügen, mit Eurer Hoheit zu sprechen und mich Euch mitsamt meinem Hab und Gut zur Verfügung zu stellen.«

Sie hob mit einem Anflug von Ironie eine Augenbraue. Schöne Reden dieser Art hatte sie selbst einst geführt, und sie wußte genau, was sie wert waren. Sie sagte nichts, und ihm wurde unbehaglich zumute.

»Können wir allein sprechen, Madam?« Seine Stimme klang verzweifelt, und Elisabeth musterte ihn von oben bis unten mit einem Blick, der Belustigung bedeuten mochte. »Laßt uns allein, Kat, und wartet nebenan.«

Mrs. Ashley entfemte sich naserümpfend, mit vorwurfsvollem Blick. Robert stieß einen Seufzer der Erleichterung aus, denn gewiß würde es nun, da sie allein waren, einfacher sein.

Elisabeth bückte sich rasch nach einem der Beutel zu ihren Füßen. Es erinnerte ihn an das Herabstoßen eines Falken. »Ist dies Euer Hab und Gut? Es scheint mir erstaunlich leicht zu tragen, mein gerupfter Robert. Aber nun seid Ihr gar nicht mehr so gerupft, nicht wahr, und gedenkt es in Zukunft noch weniger zu sein – in meiner Zukunft.«

Wie scharfsinnig sie war, und wie zynisch. Und er hatte gehofft, sie entgegenkommend zu finden. Verlegen schweigend stand er dabei, als sie den Beutel öffnete. Beim Betrachten des Goldes darin leuchteten ihre Augen auf. Sie sah ihn lächelnd an. »Kommt das mit Amys Segen?«

»Kommt es darauf an?« parierte er geschwind.

Sie schüttelte den Kopf, und die Edelsteine in ihren Haaren funkelten. »Wenn ja, würdet Ihr es wieder mitnehmen?« fragte sie hinterhältig.

Er betrachtete ihre ungewöhnlich langen Finger, die zarten Hände die viel kräftiger waren, als sie schienen, Hände, die, wie er aus schmerzlicher Erfahrung wußte, erstaunlich schnell zuschlagen konnten und die nichts losließen, was sie einmal in den Griff bekamen.

»Was das betrifft, hätte ich wohl kaum eine Chance«, sagte er trocken.

Ein kurzes Schweigen trat ein, dann brachen sie in Lachen aus. Robert setzte sich auf den Schemel zu ihren Füßen, und sie unterhielten sich zwanglos wie alte Freunde. Fast zwei Stunden lang schritt Mrs. Ashley verärgert im Vorzimmer auf und ab und legte hin und wieder ein Auge ans Schlüsselloch. Schließlich sah Elisabeth bedauernd auf die Uhr auf dem Kaminsims und streckte ihre Hand aus. »Robert, Ihr müßt gehen. Ich bedaure, daß ich Euch nicht bitten kann, mit mir zu dinieren, aber das wäre gefährlich. Ihr hättet nicht kommen sollen, ich hätte Euch nicht empfangen dürfen. Die Königin hält noch immer Spione in meinem Haus.«

»Die Königin ist in ihrem Zustand nicht mehr in der Lage, auf die Berichte von Spionen zu hören.« Seine Stimme war ernst, sein Blick drängend, als er ihre Hand ergriff. »Sie ist dem Tode nahe, aber wenn sie es unterläßt, Euch als ihre Nachfolgerin zu bestimmen, werdet Ihr womöglich um Eure Krone kämpfen müssen. Der Erzbischof könnte die Katholiken gegen Euch aufwiegeln. Benutzt das Gold, um Euch zu bewaffnen.«

»Und Ihr?« fragte sie leise. »Werdet Ihr für mich kämpfen?«

»Bis zum Tode, wenn es nötig sein sollte.«

Sie nahm seine beiden Hände zwischen ihre, es war das uralte Symbol der Verbundenheit. »Wohlan, bis daß der Tod uns scheide.«

Er küßte die Hände, welche die seinen umschlossen. Die Würfel waren gefallen, sie hatte ihn lebenslang in ihre Dienste eingeschworen, und nur der Tod konnte ihn aus ihrem eifersüchtigen Besitz befreien. Wohin sie ihn auch führte, er mußte ihr folgen; aber mußte er nur folgen? Er wagte es zu fragen und erhielt ein vieldeutiges Lächeln zur Antwort. »Gute Freunde sollten Seite an Seite wandern, wie parallele Linien.«

»Parallele Linien treffen sich nie«, gab er bedeutungsvoll zurück.

»Auch nicht im Unendlichen.«

Als sie ihn ansah, lachten ihre Augen nicht mehr. »Ihr seid der Mathematiker, Robert. Wenn Ihr es sagt, muß ich es wohl glauben.«

Er war klug genug, zu erkennen, wann er spöttisch zurückgewiesen wurde. Um ihr zu zeigen, daß er sich nicht einschüchtern ließ, sagte er, wenn sie mit ihm Schach spielen wolle, wisse er die richtigen Züge.

»Die richtigen Züge ja«, räumte sie höhnisch ein, »aber nicht unbedingt die richtige Reihenfolge.«

Während des langen Rückritts nach Norfolk quälte ihn die Erinnerung an ihr blasses, geheimnisvolles Gesicht. Sie hatte sich stets darin gefallen, in Rätseln zu sprechen. Diese seltene Fähigkeit, ihre wahre Meinung zu verhüllen, hatte sie mehr als einmal vor dem Tod bewahrt. Er gab seinem Pferd wütend die Sporen. Warum fühlte sie sich bemüßigt, dieses Talent an ihm zu erproben? Er hatte das unbehagliche Gefühl, daß sie ihm nicht traute, und wußte instinktiv, solange er dieses Vertrauen nicht besaß, würde ihm sein Herzenswunsch nie erfüllt.

Der neue spanische Gesandte traf im November in England ein und begab sich unverzüglich ans Bett der Königin. Der große Raum war verdunkelt, das Prunkbett glich einem kostbaren Sarkophag. Der Spanier brachte einen Brief von Philipp, aber die kleine, welke Gestalt im Bett war nicht mehr imstande, ihn zu lesen. »Wird er kommen?« flüsterte sie, nach der Hand des Gesandten tastend. Dieser trug vor, was er offensichtlich einstudiert hatte. Sein Gebieter sei tief betrübt, er könne unmöglich nach England kommen, dringende Geschäfte hielten ihn in Spanien auf. Das Wohl des Staates gehe vor. Er sende seine besten Wünsche ... Die sanfte Stimme erging sich geschliffen in leeren Ausreden, doch Mary hörte nicht mehr hin. Sie lag auf dem Sterbebett, während ihre Höflinge bereits nach Hatfield abwanderten, und Philipp sandte »seine besten Wünsche«. Sie hob die schrumplige Hand und gebot dem Redefluß des Spaniers Einhalt. »Still, mein Freund, das genügt.«

Nach einem Blick auf die wenigen noch im Zimmer verbliebenen Damen beugte der Gesandte sich tiefer über das Bett, um seine eigentliche Botschaft auszurichten. »Seine Majestät läßt bitten, daß Ihr Lady Elisabeth zu Eurer alleinigen Nachfolgerin ernennt.«

Sie hatte gewußt, daß diese Bitte kommen würde. Und

selbst in diesem letzten Augenblick bitterer Enttäuschung konnte sie Philipp nichts abschlagen. »Wenn Elisabeth meine Schulden begleicht und sich zum wahren Glauben bekennt, will ich sie zu meiner einzigen Erbin einsetzen.«

Endlich hatte sie es ausgesprochen! Dies war ihre allerletzte Strafe – ihr Land einer illegitimen Ketzerin zu übergeben! Es war ein dürftiges, schäbiges Erbe, und sie brauchte es nicht Elisabeth zu hinterlassen. Noch konnte sie ihre Krone der Königin von Schottland vermachen. Doch dann käme es zum Bürgerkrieg. Ich hätte sie töten sollen, als ich die Möglichkeit hatte, aber ich konnte es nicht. Warum konnte ich es nicht? Und nun konnte sie ihre Schwester nicht einmal enterben und, als Krönung ihrer Fehler, ein Chaos hinterlassen. Die Frauenherrschaft in England mußte fortgesetzt werden, aber nicht in den katholischen Händen einer schottischen Königin. Dies war die letzte Entscheidung zwischen dem Schicksal ihrer geliebten Religion und dem Schicksal des Reiches. Für eine Tudor war es die einzige Entscheidung. Elisabeth würde herrschen.

Ein unaufhörlicher Strom von Menschen, die einen zu Pferde, die anderen zu Fuß, verließ Tag für Tag die Hauptstadt und zog nach Hatfield. Elisabeth empfing in der großen Halle alle, die bestrebt waren, der zukünftigen Königin Treue zu geloben. Die Tage vergingen in unerträglicher Spannung. Elisabeth wurde die Nachricht überbracht, der Erzbischof sei schwer erkrankt und werde seine Gebieterin wohl nicht lange überleben. »… die Krone wird auf Euer schönes Haupt fallen, das ist so sicher, wie der Tag auf die Nacht folgt.« Wenn der Erzbischof starb, konnte niemand die Katholiken gegen sie aufwiegeln, und es käme, zumindest vorerst, nicht zum Kampf.

Der 17. November 1558 war heiß wie ein Sommertag, eine Laune der Natur, die zu allerlei Bemerkungen Anlaß gab. Elisabeth stand im frühen Morgensonnenschein und betrachtete die Neuankömmlinge, die unten zum Pförtnerhaus hereinströmten. Sie konnten nicht schnell genug herkommen und sich nicht tief genug verbeugen. Elisabeths zynische Belustigung war mit leichtem Abscheu durchsetzt. »Die

Ratten verlassen das Staatsschiff«, murmelte sie mit unfrohem Lächeln. »Arme Mary.«

»*Arme* Mary!« Mrs. Ashley huschte zum Fenster und sah sie entrüstet an. »Das können Hoheit nicht sagen, nach allem, was wir durchgemacht haben!«

»Warum nicht? Dasselbe könnte eines Tages mir widerfahren. Wenn die Ernennung des Nachfolgers dies bewirkt, will ich schweigen, bis man mich in meinen Sarg legt.« Sie schauderte im heißen Sonnenschein. Sodann packte sie sich einen Arm voll Bücher.

»Was habt Ihr vor?« Kat war beunruhigt.

»Ich gehe hinaus, so weit fort von ihnen, wie ich kann. Falls die Nachricht eintrifft, ich bin irgendwo im Park.«

»Dann setzt lieber Euren Sonnenhut auf.« Kat warf ihr eine rotweiße Haube zu. »Ich möchte nicht, daß Ihr den Thron mit lauter Sommersprossen besteigt!«

Elisabeth setzte den Sonnenhut auf und schlich aus dem überfüllten Haus. Sie wollte allein sein in den letzten Stunden, bevor ihr Schicksal sich erfüllte. Sie überquerte den Rasen vor dem Palast. Sobald sie durch den Torbogen getreten war, der in den Park führte, begann sie zu laufen wie ein Kind, lief fort von dem, wonach sie sich mehr als zehn Jahre gesehnt hatte. Als sie nicht mehr laufen konnte, drehte sie sich um und stellte sich dem verhaßten Pflichtgefühl wie einem Feind. »Ich werde Königin sein«, rief sie dem rostrot leuchtenden alten Haus zu, »ich werde tun, was ich will.«

Du wirst Königin sein. Und wirst tun, was England will. Sie sank unter einer Eiche nieder und barg das Gesicht in den Händen. Sie wußte, was sie ihrem Gewissen schuldig war. Sie allein würde über England herrschen. Und England allein sollte über sie herrschen.

Aus der Ferne ertönten Schreie. Sie hob langsam den Kopf in die Richtung, aus der sie karnen. Auf dem Rasen setzte sich eine Menschenmenge in Bewegung.

Es war soweit. Die langen Lehrjahre waren vorüber. Es war soweit, und sie war bereit. Sie stand vor ihnen und hörte Cecils Stimme, alle anderen übertönend, verkünden, daß die Königin tot sei.

»Lang lebe die Königin!«

Das Geschrei erstarb, sie warteten, daß sie spreche. Wie ein Druidenopfer kniete sie unter der uralten Eiche vor ihnen nieder. Leise sagte sie auf lateinisch: »Es ist die Tat unseres Herrn und wunderbar in unseren Augen.«

Die heiße Novembersonne brannte auf ihr gesenktes Haupt hernieder. Niemand sprach. Und einer nach dem anderen fielen die Männer, die ihr zu dienen gelobt hatten, rings um sie auf die Knie und senkten ihre Häupter.

16

Es war schon spät, als das emsige Treiben in Hatfield nachließ und die Menschen, die in den alten Landsitz gedrängt waren, sich ein Plätzchen suchten, um dort den Rest der Nacht zu verbringen.

Endlich öffnete die diskret gähnende Mrs. Ashley die schwere Flügeltür zum Privatgemach der neuen Königin und ließ den jungen Mann ein, der so viele Stunden geduldig draußen gewartet hatte. Die Glocke in der großen Halle schlug zwei, als er in den Raum trat und, den Hut in der Hand, demütig auf ein Knie sank.

Die Königin war in eine lose, mit Zobel verbrämte Robe gehüllt, ihre Haare fielen offen auf ihren Rücken. Sie sah sehr jung aus, als sie sich erhob und ihm die Hand zum Kuß bot. »Robert!«

»Meine Königin.« Er beugte sich über ihre Hand. Seine Ehrfurcht in Stimme und Gebärden amüsierte sie. Sie ließ ihm ihre Finger eine – Spur länger, als es der Augenblick erforderte, dann trat sie einen Schritt zurück. »Ich sah Euch heute nachmittag ankommen«, sagte sie.

Er war betroffen. Sie hatte die ganze Zeit gewußt, daß er hier war, und ihn dennoch erst jetzt vorgelassen.

»Ich war beschäftigt.« Ihre Augen tadelten ihn. Es war, als hätte sie auf seine unausgesprochene Frage geantwortet.

»Natürlich, Madam. Es ist gütig von Euch, mich zu dieser Stunde zu empfangen.«

Sie reichte ihm lachend beide Hände. »Glaubt Ihr wirklich, ich hätte Euch vergessen?«

»Es ist das Vorrecht Eurer Majestät, mich warten zu lassen.«

»Die halbe Nacht?«

»Mein ganzes Leben, wenn es Euch gefällt.«

»Kat, bringt Wein, zwei Kelche. Meinen halb voll Wasser.« Sie zog sich auf das Sofa am Kamin zurück. Er folgte auf ihren Wink. Sie beobachtete ihn im leuchtenden Feuerschein, während sie den Stiel ihres Kelches langsam zwischen den langen Fingern drehte. »Der Erzbischof ist tot«, sagte sie leise.

Er blickte sie überrascht an. »Madam, seid Ihr sicher?«

»Ich habe zuverlässige Quellen.«

»Es dünkt mich höchst merkwürdig, daß zwei Eurer Todfeinde an ein und demselben Tag entschlafen. Und dann dieses unübliche Wetter – es ist beinahe wie ein Omen.« Er leerte seinen Kelch und setzte ihn stirnrunzelnd ab. »Dann wird es wohl keinen Kampf geben.«

»Wäre Euch ein Bürgerkrieg lieber gewesen?« fragte sie ironisch.

»Ein kleiner, heilsamer Konflikt, nichts Ernsthaftes natürlich –«

»Gerade genug, um Euch als mein getreuer Ritter auszuzeichnen!«

Er errötete, verzagt, weil sie ihn so leicht durchschaute. »Ein Mann muß seiner Herrscherin seinen Wert beweisen«, sagte er langsam, »wenn nicht im Kampf, dann vielleicht – auf andere Weise.«

Sie zog es vor, seinen vielsagenden Blick nicht zu bemerken. Sie lehnte sich zurück und wand eine Haarsträhne um den Finger. »Erzählt mir, wie es drunten zugeht.«

Er betrachtete sie im sanften Kerzenlicht. Er wußte nicht, wie er die Verweigerung mit dieser durch und durch verführerischen Geste in Einklang bringen sollte. Er hatte von sich geglaubt, er sei imstande, in jeder Frau zu lesen wie in einem Buch, aber bei Elisabeth fehlten zu viele Seiten. Sie war eine komplizierte Geheimschrift, die er entziffern mußte.

»Der Palast«, sprach er nachdenklich, »platzt aus allen

Nähten, aber jetzt ist er still. Die Kunde vom Tod des Erzbischofs ist noch nicht allgemein verbreitet – morgen wird die Aufregung groß sein. Die meisten schlafen auf dem Fußboden wie tote Fliegen.«

»Fliegen«, wiederholte sie. »Fliegen um einen Honigtopf. Ja, so wird es wohl von nun an sein.«

Jetzt war ihm wirklich unwohl. Zum Teufel, sah sie ihn so? Ein Parasit wie die übrigen, der sich hier herumtrieb in Erwartung dessen, was er von ihr ergattern konnte.

»Madam –« begann er zögernd.

Sie versetzte ihm einen unsanften Rippenstoß. »Narr!« sagte sie liebevoll. »Ihr wart nicht gemeint. Wir sind seit vielen Jahren Freunde. Aber ich habe einen Posten für Euch, einen, der vorzüglich zu Euch paßt. Ratet!«

»Staatssekretär?«

Sie runzelte die Stirn. Er versuchte es wieder. »Lordkanzler?«

Sie gab ihm einen Tritt, verstohlen, damit ihre Frauen es nicht sahen.

»Oberstallmeister?«

»Ihr habt es die ganze Zeit gewußt!«

»Madam, Ihr besitzt kein königliches Alleinrecht auf Neckerei. Welcher andere Posten könnte auch nur halb so gut zu mir passen?«

»Dann wollt Ihr also nicht Sekretär werden«, bemerkte sie nachdenklich. »Das ist gut.«

»Warum?« Er sah sie mißtrauisch an. »Warum ist es gut, daß ich nicht Sekretär werden will?«

»Weil ich beabsichtige, Sir William Cecil zu ernennen.« Ihre Stimme wurde eine Spur kühler, als sie seine Miene sich verhärten sah. »Oh, ich sehe, es freut Euch, von seiner Beförderung zu hören – so wie es ihn freuen wird, von Eurer zu hören.«

Cecil, diese hinterhältige Schlange!

Elisabeth hob die Hand zum Zeichen, daß er entlassen sei. Er stand auf, küßte ihre Finger und ging unter Verbeugungen zur Tür. Dort rief sie ihn zurück. »Eins noch, Mylord. Möchtet Ihr, daß ich Eure Gattin an den Hof berufe?«

»Meine Frau ist seit geraumer Zeit bei schlechter

Gesundheit, Madam. Wenn Majestät es nicht ausdrücklich befehlen, würde sie die Ruhe auf dem Land vorziehen.«

Die Königin betrachtete ihn, wie ihm schien, mit Befriedigung. »Und Eure Schwester Mary – erlaubt ihre Gesundheit es, mir am Hofe zu dienen?«

»Mary wird mit dem größten Vergnügen kommen, Madam.«

Es käme ihm sehr gelegen, seine Lieblingsschwester unter Elisabeths Damen zu haben. Hatte sie es deswegen vorgeschlagen?

Die Tür schloß sich hinter ihm, und er war allein im Vorzimmer und wußte immer noch nicht, woran er mit ihr war. Sie war charmant gewesen, vertraulich, großzügig, aber worauf wollte sie hinaus? Er vermochte es nicht zu sagen. Unter der zwanglosen Vertraulichkeit blieb sie unerschütterlich beherrscht, uneinnehmbar wie eine Festung.

An einem frischen Novembermorgen ritt Elisabeth, in königlicher Trauerkleidung aus purpurnem Samt, durch die ihren Weg säumende hochrufende Menge, um den Tower in Besitz zu nehmen. Robert Dudley folgte ihr auf einem schwarzen Pferd. Die Menge drängte nach vorn, mit ihrem vollkehligen Jubel forderte sie den Kanonendonner heraus, der in den engen Straßen widerhallte. So ein Geschrei war in England seit vielen Jahren nicht zu hören gewesen. Die Menschen jubelten der Königin zu, die sich lachend im Sattel umdrehte und zurückwinkte. Sie hatten viele düstere Jahre auf diesen Augenblick gewartet, und Elisabeth mit ihnen.

Auf dem Tower-Hügel zog sie die Zügel an. Der Kanonendonner erstarb, als sie auf die Festung hinunterblickte. Still lag sie da, von einer grauen Sperrmauer umgeben, die Zinnen des Weißen Turms ragten spitz in den Winterhimmel. Elisabeth war dem Tod entgangen und hatte die finstere Macht dieser Stätte besiegt, und als sie in der tiefen Stille, die alle ergriffen hatte, hinabsah, schien der Tower vor ihren Augen zu schrumpfen, bis er nur noch eine Spielzeugfestung war, die sie hätte in die Hand nehmen und in die Themse werfen können.

Als sie sich aus ihrer Träumerei aufrüttelte, sah sie ringsum verwunderte Gesichter. sie erwarteten, daß sie etwas sagte, und als sie zu sprechen begann, trafen sich ihre und Roberts Blicke.

»Einige sanken in dieser Stätte von Herrschern zu Gefangenen hinab, ich aber stieg von einer Gefangenen zur Herrscherin über dieses Land auf.« Ihre Augen streiften die gespannten Gesichter. »Möge ich mich Gott dankbar und allen Menschen gnädig erweisen.«

Sie betrat den Tower als Herrscherin und ließ sich in den Raum führen, den sie als Gefangene bewohnt hatte. Sie wollte das halbrunde Gelaß im oberen Geschoß des Glockenturms nie vergessen, den unebenen Fußboden, kalt und rauh unter ihren Füßen, die hohen Fenster, die eingelassenen steinernen Fenstersitze und das Rauschen des Ostwindes draußen. Die Menge vergessend, die sich hinter ihr hereingedrängt hatte, trat sie ans Fenster und blickte hinaus. Ihre Finger ruhten auf der rauhen Wand. Kalter Stein. Ein alter Psalter kam ihr in den Sinn: »Der Stein, den die Bauleute verworfen haben, ist zum Eckstein geworden.« Und sie war dieser Stein – glatt, hart, unangreifbar. Auch sie würde durch die Jahrhunderte im Gedächtnis der Menschen haftenbleiben; ihr Ruhm sollte sich zeit ihres Lebens verbreiten und lange darüber hinaus.

Robert war an ihrer Seite, stumm, überwältigt von der Bedeutung dieses Augenblicks. Als sie sich umdrehte, sah er seine Erinnerungen in ihren Augen widergespiegelt. Erinnerungen, die sie von der Menge absonderten. Er war der einzige, der wirklich begriff, was dieser Augenblick für sie bedeutete.

Sie lächelte, legte vertraulich ihre Hand auf seinen Arm, und so schritt sie in die Staatsgemächer im Weißen Turm.

Sir Henry Bedingfield kniete vor dem Thron, die Augen auf ihre mit Edelsteinen besetzten Pantoffeln gerichtet, denn er wagte nicht, ihr ins Gesicht zu sehen. Sie hatte allen Grund, an vielen Menschen Rache zu nehmen. Der Lordkanzler, der zuallererst hätte dran glauben müssen, war drei Jahre vor ihrer Thronbesteigung eines natürlichen Todes gestorben.

Ihr Ruf nach London hatte Bedingfield mit nackter Angst erfüllt.

Hätte er ihr nur damals nicht alle ihre Dienstboten genommen; hätte er nur nicht darauf bestanden, die Türen hinter ihr abzuschließen.

»Seht mich an«, sagte sie.

Er blickte widerstrebend auf. Sie thronte über ihm wie eine Statue, prächtig, ohne zu lächeln.

»Nun, Aufseher, was soll ich mit Euch anfangen?«

»Majestät –« Seine Stimme war ein armseliges Krächzen, seine Beine zitterten.

»Steht auf, mein Freund.« Ihre Finger streiften seine graue Wange. »Steht auf, geht hin und lebt in Frieden. Und wenn ich jemanden streng bewachen lassen muß, schicke ich nach Euch.«

»Madam«, stotterte er, »gnädige Madam –«

Sie machte seinem unbeholfenen Gestammel lächelnd ein Ende, indem sie ihm die Hand reichte. Langsam verließ er den belebten Palast. Er gehörte nicht hierher und kehrte gern in die ländliche Abgeschiedenheit zurück.

Als er fort war, stieg Elisabeth die Stufen des Podestes hinab und ging durch den überfüllten Saal. Sie blieb häufig stehen, um mit jemandem zu sprechen, der ihr Interesse erweckte, bis sie schließlich bei den beiden anlangte, auf die sie es abgesehen hatte.

»Margaret!«

Die Gräfin Lennox sank verlegen zu ihren Füßen in einen Knicks und küßte ihr die Hand.

»Und das muß Euer Sohn Henry sein. Ich hätte ihn fast nicht erkannt, er ist gewachsen, aber Ihr ernährt ihn natürlich gut, Tag und Nacht, wie ich mich erinnere. Ich nehme an, Ihr habt unterdessen ruhigeres Personal für Eure Küche gefunden, Cousine.« Ihr Lächeln bewirkte, daß sich der Gräfin der Magen verkrampfte. Elisabeth trat einen Schritt hinter sie und blickte über die Schulter zurück. »Eure Mutter dünkt mich etwas blaß, Henry. Führt sie lieber ans Fenster, an die frische Luft.« Sie neigte freundlich den Kopf und schritt weiter, mit Robert Dudley an ihrer Seite, die sich heftig fächelnde Gräfin achtlos zurücklassend.

Schwitzt ein wenig, Lennox. Eure Zeit wird kommen.

»Küche, Madam?« fragte Robert.

»Ein kleiner Scherz unter Verwandten, Robert.«

Robert blickte seine Königin an. Ihre Miene war unergründlich, aber er spürte ihre Feindseligkeit gegen die Gräfin, was ihn verwunderte. Sie hatte entschieden gefährlichere Verwandte als die Lennox – zum Beispiel den Herzog von Norfolk, Wortführer des alten Adels, oder die Königin der Schotten, nun Dauphine von Frankreich. Frankreich könnte den Krieg erklären, um Marias Anspruch auf den englischen Thron zu unterstützen; Norfolk könnte sich als illoyal erweisen. Und die größte Bedrohung stellten die beiden Schwestern Grey dar, Katherine und Mary. Die trotzige, eigenwillige Katherine betrachtete sich als mutmaßliche Erbin. Manche sagten, sie sollte Königin sein. Roberts Hand umfaßte Elisabeths Arm fester. Sie sah ihn fragend an und folgte seinem Blick durch den Saal. Lady Katherine Grey sprach mit dem spanischen Gesandten. Ihre Stimme hob und senkte sich in klagendem Ton. »Hütet Euch vor ihr«, sagte Robert leise. »Und vor Norfolk. Ihr dürft ihnen nicht eine Minute den Rücken zuwenden. Noch seid Ihr nicht sicher.« Elisabeth lächelte. »Ich werde niemals sicher sein.« Damit schritt sie durch den Saal und reichte Katherine huldvoll die Hand.

17

»Alles hängt nun davon ab, wen sie zum Gemahl nimmt. Sollte sie sich für einen Ausländer entscheiden, dürfte sie es auf Eure Majestät absehen.« Der spanische Gesandte mochte nicht glauben, daß er diese zuversichtlichen Zeilen selbst geschrieben hatte. Seine diplomatische Mission war gescheitert. Dabei war er sich seiner Sache dermaßen sicher gewesen, daß Philipp schließlich seine Karten offen auf den Tisch gelegt hatte und seinen Antrag übermitteln ließ, mit der für ihn höchst ungewöhnlichen Anweisung, »keine Kosten und Mühen zu scheuen«.

Und er hatte keine Kosten gescheut. Elisabeth erhielt Geschenke in Hülle und Fülle, Schatullen voll Schmuck und

Gott weiß was alles, sie aber fand laufend neue Einwände gegen die Verbindung. Sie fürchte, Philipp werde wenig Zeit für sie haben, er werde kommen und gehen, sogar dann, wenn sie schwanger sei.

Der Gesandte selbst konnte sich allerdings nicht über Vernachlässigung beklagen. Sie erzählte ihm Klatschgeschichten, lud ihn zu Spielen ein und hörte mit schmeichelnder Aufmerksamkeit auf seinen Rat. »Ich wünsche oft«, sagte sie unschuldig zu ihm, »die Religion hätte bei meiner Erziehung eine größere Rolle gespielt.« Der Gesandte schluckte den Köder, und dies war der Beginn ihrer beglükkenden theologischen Diskussionen. Er brachte ihr dogmatische Bücher und überzeugte sich sowie seinen Gebieter von ihrer guten Absicht, dem römisch-katholischen Glauben getreu anzuhängen. Und während er sich von der sanften Flut ihres Charmes einlullen ließ, wurde sie gekrönt und hielt ihre erste Parlamentssitzung ab ... was sie zum Oberhaupt der Kirche von England machte. Und plötzlich war keine Täuschung mehr vonnöten. Sie legte ihr charmantes Lächeln ab und erklärte kurz und bündig, sie könne den König von Spanien unmöglich heiraten, da sie eine Ketzerin sei. Eine *Ketzerin*! Sie schleuderte ihm das Wort hin wie eine lodernde Fackel, und er wich entsetzt zurück. Dies nach all den Büchern, all den der Gewissensprüfung dienenden Gesprächen, wonach er sie als im Grunde ihrer Seele echte Katholikin beurteilt hatte!

»Madam, ich kann nicht glauben, daß Ihr eine Ketzerin seid.« Er sprach beschwichtigend, sie halb im Fieberwahn wähnend. »Nicht für alle Throne der Welt würdet Ihr Euch von der wahren Kirche trennen.«

»Noch viel weniger«, brauste sie auf, »würde Philipp es für eine Frau tun!«

Er begann stark zu schwitzen. »Männer«, meinte er nervös, »tun zuweilen etwas für eine Frau, was sie für nichts anderes tun würden.«

»Ach, Männer!« fauchte sie. Der Rest des Gesprächs war wie die Rückkehr aus einem schönen Traum in eine alptraumhafte Wirklichkeit. Sie erklärte unter Flüchen, sie gedenke genauso zu handeln wie ihr Vater.

Mit aschfahlem Gesicht verbeugte er sich vor ihr und sagte, sie sei nicht mehr die Elisabeth, die er einst gekannt habe. Sie vermochte ein zufriedenes Lächeln nicht rechtzeitig zu verbergen, und er schrie aus sicherer Entfernung von der Türschwelle –, wenn sie so weitermache, sei sie verloren.

In Spanien rüttelte die unglaubliche Nachricht, daß er abgewiesen worden sei, Philipp aus seiner Selbstzufriedenheit auf. »Wartet auf mich, Philipp ...« Und er hatte geduldig gewartet – auf diese Kränkung! Das wird sie mir büßen. Ich schwöre, eines Tages wird sie es büßen ... Aber nicht gleich. Zuerst mußte er auf die einzige ihm zu Gebote stehende Weise sein Gesicht wahren, indem er eine Gemahlin fand, um sein angebliches Interesse für die Königin von England abzuleugnen. Nur gerade eine königliche Braut war augenblicklich verfügbar, die kleine französische Prinzessin Elisabeth, die bereits seinem Sohn Carlos versprochen war. Philipp löste die Verlobung und heiratete sie selbst. Und er sorgte dafür, daß die Königin von England zu den ersten gehörte, die die Neuigkeit erfuhren. »Möge mein Name ihm Glück bringen«, sagte Elisabeth und schmollte dermaßen überzeugend, daß dem Gesandten ganz beklommen zumute wurde. Herrgott, war er zu voreilig gewesen, hatte er eine flüchtige Gereiztheit als erklärte Absicht mißverstanden und so die Sache verpfuscht? »Madam«, rief er erregt, »die Schuld liegt allein bei Euch – Ihr wißt, wie widerwillig ich Eure Absage entgegennahm.«

»Er hätte getrost drei, vier Wochen warten können – vielleicht hätte ich es mir noch überlegt.« Machte sie sich lustig? Er entfernte sich, um seinen Ärger für seinen Gebieter und die Nachwelt festzuhalten. »Das Land ist mit Leib und Seele für uns verloren, denn es ist der Tochter des Satans und den schlimmsten Schurken und Ketzern in die Hände gefallen.« Aber Elisabeth hatte viele Freier und war zu der Erkenntnis gelangt, daß diese sich von allen Geschöpfen auf der Welt am leichtesten ausnutzen ließen. Sie war bei Philipp voll auf ihre Kosten gekommen. Nun war sie bereit, es mit den übrigen aufzunehmen.

Cecil lebte in schier unerträglicher Angst. Elisabeth war in ihrem Hasardspiel mit Philipp bis an die äußerste Grenze gegangen, und als im Juli der französische König starb und Maria Stuart Königin von Frankreich wurde, sah es ganz so aus, als sei es mit Englands Glückssträhne vorbei. Mit Marias Onkeln in der französischen Regierung war eine Fortsetzung der schottischen Rebellion nicht wahrscheinlich. Sobald die französische Armee in Schottland einmarschiert wäre, um gegen die rebellischen Protestanten vorzugehen, war leider abzusehen, wohin sie als nächstes vorrücken würde. Philipp war durch Heirat mit Frankreich verbündet, und Elisabeth konnte nicht mehr mit seiner Unterstützung rechnen. In Europa ging die Rede, die illegitime Tudor könne von Glück sagen, wenn ihre Herrschaft das Ende ihres ersten Jahres erreiche.

Der neue König von Frankreich erhob im Namen seiner Gemahlin Anspruch auf den englischen Thron. Alle am Hofe waren erschüttert. »Der soll sich vorsehen«, wütete Elisabeth, »oder ich nehme mir einen Gemahl, daß er Kopfschmerzen bekommt!« Beklommenes Schweigen senkte sich auf die um den Schießstand versammelten Höflinge. Plötzlich fand Elisabeth sie unerträglich. Sie warf ihren Bogen hin und entfernte sich von ihnen, ehe ihre Wut ihre Unsicherheit noch mehr verriet. Nach kurzem Zögern reichte Robert seinen Bogen einem Pagen und eilte ihr nach. »Madam!«

Sie drehte sich zornig um. »Hol Euch der Teufel! Wie könnt Ihr es wagen, mir nachzulaufen wie ein armseliges Hündchen?«

Er hätte sich verbeugen und entfernen können, wie es die meisten angesichts solcher Schroffheit getan hätten. Er aber nahm ruhig ihren Arm. »Was nützt das Grämen? Was Ihr auch sagen möchtet, mir könnt Ihr es anvertrauen. Ihr wißt, daß ich es nicht weitersage.« Sie seufzte. Ihre grimmige Spannung ließ etwas nach, und sie gestattete ihm, mit ihr Schritt zu halten. »Ein dickfelliger Teufel seid Ihr«, murrte sie, »das muß ich Euch lassen.«

»Ein Familienmerkmal«, erklärte er heiter.

»Ja, Ihr seid Eures Vaters Sohn.«

»Und Ihr«, wagte er zu fragen, »werdet Euch vermählen?«

»Es sieht ganz danach aus.« Ihre Miene wurde wieder zornig. »Frankreich läßt mir kaum eine Wahl.«

»Ihr laßt Euch von einer Kränkung unter Druck setzen?«

»Dies ist mehr als eine Kränkung. Es ist eine offene Herausforderung.«

»Mag sein.«

»Wie könnt Ihr daran zweifeln? Das habgierige schottische Weibsstück sammelt Kronen. Sie kann keinen Mann im Bett haben, weil ihr Gemahl ein impotenter Schwachkopf ist, deshalb will sie sich mit England trösten. Aber sie wird den Tag bereuen, an dem sie ihre raffgierigen Hände an mein Zepter legt – bei Gott, sie wird es bereuen!«

»Sie ist sehr jung und wird von ihren Onkeln gelenkt. Sie ist vielleicht nicht direkt verantwortlich –« Er brach unter Elisabeths starrem Blick ab.

»Ich wußte nicht«, sagte sie eisig, »daß ich mit dem französischen Gesandten spreche.«

Eifersucht! Sie lugte unter ihrem gekünstelten Gleichmut hervor, als Schatten in ihren Augen, als Straffen ihrer Lippen, und erfüllte Robert mit Erregung und Furcht. So süß es für ihn war, man forderte die Eifersucht dieser Frau nicht gefahrlos heraus. »Ich bin kein Freund von Maria Stuart«, beeilte er sich zu sagen.

»Nein ?«

»Nein, Madam. Ich weiß kaum etwas über sie, außer daß sie eine Närrin sein muß, wenn sie glaubt, im Spiel gegen Euch gewinnen zu können.«

»Wie furchterregend Ihr mich darstellt.«

»In dieser Stimmung *seid* Ihr furchterregend. Ich sage Euch, ich möchte Euer Feind nicht sein.«

Sie legte sachte ihre Hand auf seinen Arm und sagte leise: »Ich glaube nicht, daß Ihr das jemals sein werdet.«

Eine Weile schwiegen sie harmonisch, mit verschlungenen Händen.

»Wird es Krieg mit Frankreich geben?« fragte er schließlich.

Sie schüttelte den Kopf. »Nicht, wenn ich es vermeiden kann. Cecil wünscht Krieg mit Schottland – er wird jetzt um so lauter plärren.«

»Ihr braucht nicht in allem auf seinen Rat zu hören. Er nutzt seine Position aus.« Er drückte ihre Finger. »Man sagt, die Königin der Schotten sei bei schlechter Gesundheit. Vielleicht stirbt sie.«

»Das wäre keine Lösung. Ihr Tod ist das letzte auf dieser Erde, was ich mir wünsche. Ich brauche sie lebend.«

Sein Gesicht zeigte ehrliche Überraschung. »Ihr *braucht* sie?«

»Sie ist mein Schutzschild gegen Philipp. Wenn er mich stürzt, müßte er sie an meine Stelle setzen, er kann ihr das Recht auf die Thronfolge nicht streitig machen. Wenn Ihr die Auswirkungen bedenkt, falls Frankreich und England unter einer Herrscherin vereint wären, werdet Ihr verstehen, warum Philipp keinen Krieg gegen mich führen wird, solange sie lebt. Ich muß mit ihrem Schatten existieren, ich habe keine Wahl.« Sie seufzte. »In Herrscherherzen ist für persönlichen Haß kein Platz.«

»Oder für die Liebe?«

Sie blickte verlegen fort. »Ich schätze Eure Freundschaft, Robert. Ihr seid gut zu mir.«

»Ich könnte besser sein«, sagte er freimütig, »viel besser. So gut, wie Ihr zu mir sein könntet. Ich liebe Euch, Elisabeth, seht Ihr das nicht? Ist in Eurem Herzen und Eurem Bett kein Platz für mich?«

Sie entzog ihm ihre Hand. »Fragt mich nicht, ich weiß es nicht.«

»Und weil Ihr es nicht wißt, gebt Ihr Euren Freiern nie eine Antwort?«

»Ihr stellt zu viele Fragen.«

»Und Ihr gebt nie eine aufrichtige Antwort.«

Sie lachte unsicher und trat einen Schritt zurück. »Christus hat uns ein gutes Beispiel gegeben: Anworte nie auf Fragen deiner Feinde.«

Robert wurde wütend. »Ich will Euer Geliebter sein, nicht Euer vermaledeiter Feind!«

»Für mich ist es dasselbe.«

Er sah sie verwundert an. Sie biß sich auf die Zunge, denn sie kam der Wahrheit zu nahe – und er durfte die Wahrheit nie erfahren. Es könnte ihr schwankendes Glück zerstören.

Sie sagte schnippisch: »Fragt mich noch einmal, wenn ich besser gelaunt bin.« Damit drehte sie sich zu der kleinen Gruppe um, die sich noch immer um den Schießstand scharte, ungewiß, ob sie sich als entlassen betrachten sollte oder nicht. »Kommt, begleitet mich lieber zurück. Sie fangen schon an zu reden.«

»Reden – worüber?« fragte er gereizt.

»Man sagt, Ihr kommt zu oft in meine Gemächer – und ich in Eure.«

»Herrgott, Ihr kommt nie allein!«

Sie zuckte die Achseln und schritt über den Rasen zurück. Die Schleppe ihres rostbraunen Jagdkostüms schleifte über das ausgedörrte Gras. »Dem Rat mißfällt Eure Vertraulichkeit mit mir.«

»Ihr meint, Cecil mißfällt sie.«

Sie schwieg, und da wußte Robert, daß seine Vermutung stimmte.

»Es will mir nicht in den Kopf, warum Ihr diesem Mann vertraut. Er ist ein verräterischer, selbstsüchtiger Schurke.«

»Von ihm höre ich dasselbe Lied über Euch, wenn auch in leiseren Tönen.« Sie sah ihn kurz von der Seite an. »Weshalb könnt Ihr ihn nicht leiden?«

»Er hat meinen Vater verraten. Ohne ihn –«

»Ohne ihn«, unterbrach sie ihn schroff, »wäre ich jetzt tot, dank Eurem Vater.«

Robert schüttelte den Kopf. »Euer Leben war nie in Gefahr, nur Marys. Mein Vater hat geschworen, daß Euch kein Leid geschehen würde.«

Sie sah ihn ungläubig an. »Und Ihr habt ihm geglaubt?«

»Er gab mir sein Wort. Und einerlei, was er als Mann des öffentlichen Lebens getan haben mag, wenn Vater einem von uns sein Wort gab-«

Ihr Blick war plötzlich voller Mitleid. »Euer Vater gab Eurer Mutter sein Wort vor Gott. Und er gab ihr dreizehn Kinder.« Ihre Stimme war ruhig und beherrscht. »Kurz bevor Edward starb, erbot sich Euer Vater, sich von ihr scheiden zu lassen und mich zu heiraten. Ich wies ihn ab. Hätte ich es nicht getan, wäre ich jetzt Eure Stiefmutter, und was Ihr von mir erbittet, käme einem Inzest gleich.«

Er schwieg betroffen, erschüttert über diese endgültige Zerstörung seiner Illusion über einen Toten. Er konnte die Wahrheit ihrer Behauptung nicht bezweifeln. Nicht einmal Elisabeth würde in einer solchen Angelegenheit lügen. »Robert«, sagte sie sanft, »nicht um alles in der Welt hätte ich Euch das erzählt – aber wenn Ihr einen loyalen Mann so leichthin einen Verräter nennt –«

»Ich verstehe«, brummte er. »Es kommt mir nicht zu. Und ich sehe ein, daß Ihr recht habt. Hätte Vater Euch in die Hand bekommen, wäre Euer Leben keinen Pfifferling wert gewesen. Darum hört Ihr natürlich auf Cecil, wenn er mich als Sohn eines Verräters kritisiert. Unter diesen Umständen wäre es töricht von Euch, es nicht zu tun.«

»Ich höre nicht immer auf das, was Cecil mir zuträgt«, sagte sie, »oder auf seinen Rat.«

Robert wandte sich ihr hoffnungsvoll zu. Er packte ihre Hand so fest, daß sie zusammenzuckte. »Ist er in Ungnade?«

Sie lächelte ausweichend. »Sagen wir nur soviel, daß von seinen Perlen der Weisheit in letzter Zeit einige auf taube Ohren fielen. Und nun vergeßt ihn und holt meinen Bogen. Ich gedenke immer noch, diese Partie gegen Euch zu gewinnen.«

Er lächelte. »Und ich gedenke immer noch, Euch zu schlagen, Madam.«

Sie legte ihre Finger sachte auf seinen Arm. »Deswegen liebe ich es, mit Euch im Schießen zu wetteifern. Ihr seid der einzige Mann an diesem Hof, der das wagt.«

Cecil war außer sich. Am Hof ging es zu wie in einem Tollhaus. Ausländische Abgesandte und unbedeutende Freier buhlten um Aufmerksamkeit, und alle wurden von der begehrtesten jungen Dame in Europa auf das schamloseste ermutigt. Sie sandten kostspielige Geschenke, und da alle sie heiraten wollten, hatten sie keine Zeit, auf weniger freundliche Taten zu sinnen. Sollten sie nur alle kommen und Juwelen, Pelze und Wandbehänge anschleppen – sie machte sich einen Spaß daraus, einen gegen den anderen auszuspielen.

Cecil aber war keineswegs amüsiert. »So kann es nicht weitergehen, Madam, wirklich nicht. Ihr müßt –« er wurde kleinlaut, als sie scharf von ihren Papieren aufblickte – »es ist dringend geboten, daß Ihr Euch in Bälde vermählt.«

Elisabeth erhob sich von ihrem Stuhl und wölbte den Rücken wie eine träge Katze. Noch nie war ihm aufgefallen, wie katzenhaft ihre Bewegungen waren. »Wen kann ich heiraten?« fragte sie mit gespielter Unschuld. »Das Volk wird einen Ausländer ablehnen, der Adel wird einen Engländer ablehnen – Ihr müßt zugeben, da bleibt keine große Auswahl.«

»Majestät, der gegenwärtige Zustand ist unerträglich. Eure Freier –«

»Meine Freier«, unterbrach sie ihn mit unmißverständlicher Feindseligkeit, »sind eine Kiste fauler Äpfel. Zeigt mir einen ohne einen Wurm, der groß genug ist, mich mitsamt England zu verschlingen, und ich werde ihn morgen heiraten!«

Bemüht, seinen Fehler rasch wiedergutzumachen, sagte er verlegen: »Madam, ich leugne nicht, daß große Schwierigkeiten bestehen –«

»Ich habe genug davon«, brauste sie auf. »Wenn Ihr sonst nichts zu sagen habt, dann entfernt Euch und laßt mich in Frieden.«

»Majestät.« Er neigte den Kopf und begann von anderen Dingen zu sprechen. Wieder einmal gab er ihr nach, wie er es neuerdings immer häufiger für geboten hielt. Sie war in letzter Zeit sehr launisch, war abwechselnd kokett und streitsüchtig, und es war äußerst schwierig vorauszusehen, wohin ihre Stimmung umschlagen würde. Ihr gegenseitiges Einvernehmen litt darunter, und er glaubte den Grund zu kennen. Nur ein einziger Mann am Hof konnte bewirken, daß sie sich wie ein verliebter Backfisch benahm, eigensinnig störrisch, blind für alle Vernunft: Robert Dudley, dieser aufdringliche Emporkömmling, zwar verheiratet, aber mit einer unscheinbaren Frau, die zurückgezogen auf dem Land lebte und keine Kinder hatte; eine Scheidung wäre ohne Schwierigkeiten zu vollziehen. Sollte die Königin sich Robert Dudley zum Gemahl erwählen, so wußte Cecil sehr wohl, welches Schicksal ihm selbst beschieden sein wurde.

Sie begannen über die Vorbereitungen für den Marsch ihrer Streitkräfte auf Schottland zu disputieren. Die Atmosphäre war ausgesprochen eisig.

Sanftgelbes Kerzenlicht erfüllte das Schlafgemach der Königin. Es schimmerte auf den Edelsteinen einer auserwählten kleinen Schar Höflinge, die den Abend in ihrer Gesellschaft verbringen durften. Geschwätz und Lachen verklangen, als sie ihr die Hand küßten und sich einer nach dem anderen ins Vorzimmer hinausschoben. Robert verweilte lange beim Handkuß. Stets kam er als erster und ging als letzter, und nun stand er, ihre Hände in den seinen, als könne nur Gewalt ihn losreißen. Sie war schön heute abend, elegant in schwarzem Samt mit aufgeprägten goldenen Eichenblättern, das Kinn von einer Halskrause aus feinster Spitze umrahmt. Langsam, bedachtsam, zog er sie an sich, und ihre Lippen trafen sich in atemloser Stille. Einen ausgedehnten Augenblick verharrte sie in seiner verlangenden Umarmung, dann preßte sie die Hände an seine Schultern und schob ihn sanft von sich. Er flüsterte ihr etwas ins Ohr; die an der Tür standen, hörten sie leise lachen und sahen sie den Kopf schütteln; dann verbeugte er sich tief, ehrfürchtig, und schritt rückwärts aus dem Gemach, ohne daß seine Augen von ihrem Antlitz ließen. Die Tür schloß sich hinter ihm, und Elisabeth starrte lächelnd darauf. Sie nahm die besorgten Blicke ihrer Hofdamen nicht wahr, die aus den Ecken hervorkamen, um mit dem mühsamen Zeremoniell des Auskleidens zu beginnen. Keine wagte zu sprechen. Elisabeth setzte sich an ihren Ankleidetisch und blickte abwesend in den Spiegel.

Lettice Knollys nahm ihr die mit Perlen verzierte Haube ab und bürstete die langen Haare der Königin, bis ihr der Arm schmerzte. Lettice war eine ihrer zahlreichen Boleyn-Cousinen, ein leichtfertiges, dreistes junges Ding, dessen scharfe, boshafte Zunge ihre zynische Gebieterin oft amüsierte. Aber die Frau, die sie nun im Spiegel beobachtete, war nicht darauf aus, sich amüsieren zu lassen. Sie hatte Lettice heute abend ertappt, wie sie Robert innig zulächelte, und hegte infolgedessen alles andere als verwandtschaftliche Gefühle für sie.

Als die Bürste an einem Lockennest hängenblieb und Lettice aus der Hand fiel, war das Maß voll.

»Verzeiht, Majestät –«

Elisabeth wandte sich betont langsam vom Spiegel ab, was den peinlichen Augenblick in die Länge zog. »Gib acht, wie du mit dem Eigentum der Königin umgehst«, bemerkte sie spitz.

Ihre kalte Förmlichkeit machte das Mädchen verlegen. Unsicher griff Lettice nach der Bürste. »Soll ich weitermachen, Madam?«

»Danke.« Elisabeth nahm ihr die Bürste aus der zitternden Hand.

»Ich möchte die wenigen Haare lieber behalten, die nach deiner ungeschickten Behandlung noch übrig sind.«

»Es tut mir wirklich leid, Madam, ich schwöre, ich habe das Nestchen nicht gesehen.«

»Ja, ich habe heute abend mehr als einmal beobachtet, daß du deine Augen woanders hattest.«

Lettice lief dunkelrot an, und auf ihrer Oberlippe brachen kleine Schweißperlen aus. »Madam, ich bitte –«

»Ich brauche dich heute abend nicht mehr, Lettice. Du kannst dich zurückziehen.«

Lettice knickste und eilte hinaus. Die Königin stützte das Kinn auf die Hände und blickte verträumt in den Spiegel. Sie mußte selten jemanden öfter als einmal in die Schranken weisen; sie schlug sich Lettice so leicht aus dem Kopf, wie sie ein Buch zugeschlagen hätte.

»Majestät, ich muß Euch sprechen.« Elisabeth löste den Blick unwillig von ihrem Spiegelbild und fand Mrs. Ashley an ihrer Seite. Sie drehte nervös an ihrem Ehering.

»Was zum Teufel fehlt Euch, Kat? Ihr macht ein Gesicht, als seien Euch sämtliche Höllenhunde auf den Fersen.«

Kat sank theatralisch auf die Knie und ergriff die Hände der Königin. Die Höllenhunde würden ihre geringste Sorge sein, wenn sie erst gesagt hatte, was sie sagen mußte. »Madam, vergebt mir, aber ich muß es sagen. Lord Robert Dudley –« Sie zögerte, suchte nach den richtigen Worten. »Madam, ihm solche Freiheiten mit Eurer Person zu gestatten –«

Elisabeth lächelte und streichelte liebevoll das blasse Gesicht an ihrem Knie. »Kat! Lord Robert ist mir wie ein Bruder. Warum sollte er mir keinen Gutenachtkuß geben?«

Kat funkelte sie aus rotgeränderten Augen an. Wenn Bruder und Schwester sich so küßten, gab es einen sehr häßlichen Ausdruck dafür. »Ein solches Benehmen wird Euren Ruf ruinieren.« Sie ließ nicht locker.

Elisabeth nahm die Bürste und fuhr sich träge damit durchs Haar.

»Wenn Ihr weiter über mich wacht wie eine alte Glucke, werde ich Euch einfach nicht mehr beachten, Kat.«

In all den Jahren, seit sie Elisabeth diente, hatte Kat nicht ein einziges Mal die Beherrschung verloren. Aber sie verlor sie jetzt. »Ihr dürft Euch nicht so benehmen! Glaubt Ihr, daß das Volk das gutheißt?«

»Kat –«

»Meiner Seel, Madam, hätte ich Euch doch nur in der Wiege erdrosselt, damit ich Euch diesen Tag nicht erleben sähe.«

Plötzlich war es ganz still im Raum. Alle Frauen warteten gespannt, daß Katherine Ashley geohrfeigt würde, aber sie warteten vergebens. Elisabeth wandte sich vom Spiegel ab und lachte. »Ich war vier Jahre alt, als ich in Eure Obhut kam, Kat. Erzählt mir nur nicht, daß ich da noch in der Wiege lag!« Mrs. Ashley zerfloß hoffnungslos in Tränen. »O ja, so sind Majestät immer, Ihr spottet und macht Euch lustig, aber damit ist es nicht getan, ich sage Euch, damit ist es nicht getan. Um Gottes willen, Madam, heiratet ihn und macht den abscheulichen Gerüchten ein Ende.«

»Was für Gerüchten?« fragte die Königin ruhig. Kat senkte den zornigen Blick. »Ganz Europa spricht davon, daß daß Ihr und er –«

»Dann irrt sich ganz Europa, wie Ihr wohl wißt. Ich habe nichts Unehrenhaftes getan.« Sie stand langsam auf. Ihre weite Hermelinrobe hing offen über einem weißen, mit diamantäugigen Schmetterlingen bestickten Nachtkleid. Ihr schmales Gesicht war plötzlich abgespannt und traurig. »Kat«, ihre Stimme war sanft, als spräche sie mit einem begriffsstutzigen Kind, »ich lebe nun seit sechsundzwanzig

Jahren auf dieser Welt und hatte sehr wenig Vergnügen. Robert ist mein getreuer Untertan, mein bester Freund, und ich will kein Wort mehr gegen ihn hören, habt Ihr verstanden?«

»Aber, Majestät –«

»Genug, habe ich gesagt!« Ihre Geduld explodierte wie ein tückisch verborgener Feuerwerkskörper. Sie schleuderte die Haarbürste gegen die Tür. »Verflucht, Weib, seid Ihr blöde? Vor dieser Tür befinden sich Wächter, Minister und Höflinge. Habe ich auch nur die geringste Chance, ein unehrenhaftes Leben zu führen?«

Totenstille herrschte, als sie zu dem Himmelbett schritt. Sie warf ihre Robe ab und kroch unter die Zudecke. Zuerst Lettice, dann dies. Es war unerträglich!

Sie blickte zornig durchs Zimmer. »Aber ich sage Euch, Kat Ashley, falls ich je den Wunsch habe, in Unehre zu leben, will ich verdammt sein, wenn jemand es mir verbieten könnte.« Sie knüllte wütend ihre Kissen, ehe sie das Gesicht darin begrub. Die Frauen, die entsetzt über ihren verschiedenen Verrichtungen erstarrt waren, traten nun vorsichtig heran, knicksten und wünschten ihr eine gute Nacht. Sie blickte nicht auf und antwortete keiner.

Mrs. Ashley gab ihnen ein Zeichen, sich zu entfernen, und blies die Kerzen aus. Elisabeth blieb allein und starrte mit brennenden Augen unglücklich einer schlaflosen Nacht entgegen.

18

Erzürnt über den Anblick, der sich seinen Augen bot, blieb Cecil auf der Schwelle zum Vorzimmer stehen. Die Königin saß auf Kissen auf dem Fenstersitz, buchstäblich von Dudleys umringt; neben ihr Robert, als habe er ein Recht darauf; auf dem Fußboden Mary und Katherine; und Marys Gatte, Henry Sidney, lehnte an der getäfelten Wand. Der ganze Raum hallte von ihrem rüden Gelächter; dem schrillen, verächtlichen Klang nach machten sie sich über jemanden lustig. Cecil fühlte sich sogleich angegriffen. Niemand hatte sein Kommen bemerkt. Er zögerte einen Moment und überlegte, wie er die Nachricht am besten übermittelte.

Neuerdings lacht sie ständig, dachte er verbittert. Nie war sie ernst, nie hörte sie auf ihn, wie sie es ihm gelobt hatte. »Trauet den Herrschern nicht«, lautete ein altes Sprichwort. Er hielt dies allmählich für einen guten Rat.

Er war nahe genug, um ihre Unterhaltung zu verstehen. Er beobachtete, wie Robert ungeniert die Konfektschachtel der Königin zuklappte und seiner Schwester Mary reichte. »Schaff sie fort, sonst ißt Majestät nichts zu Abend.«

Ein schlechtes Zeichen, dachte Cecil finster, daß die Königin, statt sich über diese Unverschämtheit zu ärgern, Mary anlächelte. »Enthaltsamkeit ist eine Tugend«, sagte sie ruhig. »Vielleicht möchte er mir mit gutem Beispiel vorangehen, indem er sich an die schmale Kost hält, die ich ihm verordnen werde.«

Alle lachten auf Roberts Kosten. Robert erhob sich würdevoll und zog die Königin mühelos auf die Füße. »Madam, laßt mich Euch von diesen schnatternden Gänsen erlösen. Kommt mit mir reiten, ich werde Euch zeigen, daß Bewegung gesünder ist als schmale Kost.«

»Oh, ich glaube, die Bewegung, an die Ihr denkt, läßt sich nicht zu Pferde ausführen!«

Er zog sie beherzt von den anderen fort. »Ihr würdet staunen, was ich zu Pferde zustande bringe, wenn ich mich anstrenge.« Er lächelte zweideutig. »Ich bin ein vielseitig begabter Mann.«

»Ja«, bemerkte sie mit einem hinterhältigen Blick auf seinen Hosenbeutel, »und einige Eurer Begabungen sind hervorstechender als andere.«

Plötzlich erblickten sie den Sekretär und hielten ein; das derbe Gelächter hinter ihnen verstummte.

Roberts Hand ruhte besitzergreifend auf Elisabeths Taille, eine Geste, die fast einer Umarmung gleichkam. Cecil nahm die feindseligen Blicke der Dudleys und eine gewisse Kälte in den Augen der Königin wahr.

»Ich erinnere mich nicht, Euch gerufen zu haben, Cecil.« Ihre Stimme klang leicht gelangweilt.

»Madam, ich bringe Nachrichten aus Schottland.«

»So? Euer langes Gesicht verheißt nichts Gutes.«

»Cecil lächelt niemals«, bemerkte Robert gehässig, »aber wenn Ihr gestattet, Madam, könnte ich ihn unterweisen.«

Cecil warf dem jungen Mann einen Blick voll Verachtung und Abscheu zu, dann wandte er sich ruhig an die Königin. »Madam, ich wäre Euch sehr verbunden, wenn ich Euch allein sprechen könnte.«

»Wenn Ihr schlechte Nachrichten bringt, können wir sie alle hören.« Sie löste sich aus Robert Arm und trat einen Schritt vor. Ihr Gesicht wirkte plötzlich wie aus fein gemeißeltem Stein. »Und nun heraus damit, schnell.«

Cecil erschrak über ihren veränderten Ton. Er konnte sie unmöglich öffentlich an ihr Versprechen erinnern, ihm eine Unterredung unter vier Augen zu gewähren, wann immer er es wünschte. »Madam«, er holte stockend Atem, »unsere Truppen wurden bei Leith geschlagen.«

»Was!« Ihre Augen wurden schmal. Wie Eissplitter sahen sie aus.

»Habe ich Euch nicht gesagt, laßt die Schotten sich gegenseitig die Kehlen aufschlitzen? Wie viele Tote?«

Er blickte fort. Gespannte Stille herrschte. »Fünfhundert, Madam.«

Ein Laut des Erschreckens ging durch den Raum und verstummte im nächsten Atemzug. Robert war nicht der einzige, der zu sehen hoffte, wie der überhebliche Sekretär abgekanzelt wurde. Elisabeth aber beschloß unerklärlicherweise, keine öffentliche Szene zu machen. Sie schnippte mit den Fingern zu der kleinen Gruppe hinter ihr. »Laßt mich allein – ja, Robert, Ihr auch –, Sir William hat einiges zu erklären!«

Cecil sah sie erleichtert gehen und dankte Gott, daß Elisabeth nun doch zur Vernunft kam. Doch als die Tür sich hinter ihnen geschlossen hatte und er der Königin wieder ins Gesicht zu blicken wagte, verließ ihn der Mut.

Über eine Stunde später kam er, bleich und erschöpft nach der heftigsten Unterredung seines Lebens, aus ihrem Zimmer. Er kannte ihre Wutausbrüche, aber nie hatte er sich träumen lassen, daß sie jemals so mit ihm sprechen würde, so kalt und verächtlich, als wolle sie seinem Urteil nie wieder trauen. Daß er sie am Ende überredet hatte, mehr Truppen auszusenden, wog nichts dagegen. So bitter enttäuscht war er, daß ihn eine mörderische Wut packte. Wie konnte sie zuerst so viel versprechen und dann ihr Wort brechen. Und er war überzeugt gewesen, sie sei anders als alle anderen. Trauet den Herrschern nicht!

Er war kein ungestümer Mensch und konnte sich nicht erinnern, wann er zuletzt die Beherrschung verloren hatte. Er saß in seinem kleinen getäfelten Arbeitszimmer, trommelte mit den Fingern auf das Schreibpult und starrte die Wand an. Es dauerte lange, bis der ungewohnte Zorn verraucht war, und danach war Cecil eiskalt, wie heiß geschmiedetes Eisen, das man zum Abkühlen hat liegenlassen. In einer derartigen Stimmung war dieser stille, ausgeglichene Mann überaus gefährlich.

In aller Ruhe überdachte er die Politik, die Elisabeth so sehr mißfallen hatte. Anfangs war sie durchaus dafür gewesen. Die heimliche Unterstützung der protestantischen Rebellen in Schottland entsprach ganz ihrem Naturell. Es verpflichtete sie zu nichts und hatte sich recht gut angelassen, bis der Graf von Bothwell dreitausend englische Pfund in Gold, die für die Rebellen bestimmt waren, abfing. Der dadurch entstandene Skandal hätte zu offenen Kampfhandlungen geführt, wenn Elisabeths überzeugende Lügen den französischen und den schottischen Gesandten nicht besänftigt hätten. Cecil war in seinem Leben keiner geschickteren, glattzüngigeren Frau begegnet. Sie konnte einem vormachen, Schwarz sei Weiß, und man glaubte es! Wochenlang hatte sie das Blaue vom Himmel gelogen, und nachdem es ihr so gut gelungen war, die Lage zu beruhigen, war es sehr schwierig gewesen, ihre Zustimmung zum offenen Krieg zu erhalten. Im Verlauf einer hitzigen Auseinandersetzung hatte Cecil mit Rücktritt gedroht. Es war ein kaltblütiges Risiko, und es hatte sich bezahlt gemacht. Sie hatte plötzlich ihre Meinung geändert, und im März war die englische Armee in Schottland einmarschiert. Philipp von Spanien reagierte prompt mit solchen Drohgebärden, daß Elisabeth genötigt war, ihn mit dem Versprechen zu besänftigen, sie werde Erzherzog Karl, Spaniens neuesten Bewerber um ihre Hand, ehelichen. Zugegeben, die Situation war verzwickt, aber auch jetzt noch nicht hoffnungslos. Die Niederlage bei Leith sollte sich nur als vorübergehender Rückschlag erweisen; Cecil wußte aus zuverlässiger Quelle, daß die schottische Regentin Marie von Guise dem Tod nahe und dringend auf Hilfe von ihren französischen Verbündeten angewiesen war. Warum aber war Elisabeth auf einmal so feindselig? Weil er sie so gut wie verpflichtet hatte, den Erzherzog zu heiraten? Wenn es so war, dann erforderte es wenig Fantasie, zu sehen, wer das Feuer ihrer Ungehaltenheit anfachte – Dudley, in Panik geraten über eine Maßnahme, welche das Totengeläut für seine ehrgeizigen Bestrebungen bedeutete. Seit Wochen mutmaßte Cecil, daß Dudley den Unmut schürte, mit dem die Königin ihn, Cecil, unerklärlicherweise bedachte. Die Geschichte war voller Beispiele, wie leicht eine böse Zunge Gift in ein königliches Ohr träufeln konnte.

Der Skandal von Dudleys unerwünschtem Einvernehmen mit der Königin hatte sich schon in ganz Europa herumgesprochen. Der englische Gesandte in Brüssel hatte Cecil im Dezember geschrieben, die Gerüchte seien so schlimm, daß er sie nicht wiederzugeben wage. Alle, welche die Königin und England liebten, sehnten sich, »den Zigeuner« tot oder in Ungnade zu sehen. Der junge Herzog von Norfolk hatte öffentlich geäußert, es sei eine Schande, daß das Reich nicht einen einzigen Mann hervorbringe, der den Mut habe, den Schurken zu erdolchen. Aber niemand wagte es, mit einer solchen Tat den strafenden Zorn der Königin herauszufordern. Sie würde die Männer, die sie für verantwortlich hielt, in Stücke reißen, und Cecil wußte, daß sie ihn gemeinsam mit Norfolk und Sussex der Tat verdächtigen würde. Der Anschlag ließe sich durchaus leicht ausführen, aber es war zu gefährlich, selbst dann, wenn man ihn als letzten Ausweg in Betracht zog. Nein, Dudleys Beseitigung, und sei sie noch so wünschenswert, war keine Lösung für das Dilemma des Sekretärs.

Die geballten Hände vor sich auf dem Schreibpult, saß Cecil und sondierte die verhängnisvollen Fakten. Die Königin behandelte ihn so kalt wie noch nie, und infolge ihres Umgangs mit Dudley sah er sie schon am Rande einer katastrophalen Liebesaffäre. Wenn Dudley sich scheiden ließ, könnte sie versucht sein, ihn zu heiraten. Und dann... War Robert Dudley erst Prinzgemahl, gäbe es in der englischen Regierung keinen Platz für den Mann, der Dudleys Vater verraten hatte.

Schicksalswenden waren Cecil nicht fremd. Schon zweimal hatte er sich Männern verschrieben, die gestürzt waren, doch war es ihnen nicht gelungen, ihn mit sich auf den Richtblock zu nehmen. Der Instinkt des gerissenen Politikers sagte ihm, wann er ein verzweifeltes Hasardspiel riskieren konnte. Er war jetzt dazu bereit, falls es sich als nötig erweisen sollte, aber es wäre womöglich das größte Risiko, das er je eingegangen war. Und bestimmt das gewissenloseste. Aber eins wußte er genau: Die englische Krone bedeutete der Königin mehr als alles andere auf der Welt. Sie hütete ihre Macht mit animalischer Kraft. Wenn es gelänge, Dudley in den Augen der Welt in Verruf zu bringen, wenn Elisabeth sich klar zwischen ihrem Liebhaber und ihrer Krone entscheiden müßte – Cecil glaubte zu wissen, in welche Richtung die Katze springen würde. Die Spione, die er Amy ins Haus gesetzt hatte, berichteten ihm, daß ihre Bediensteten neuerdings sorgsam prüften, was sie zu sich nahm. In ganz England und Europa kursierte das Gerücht, daß Dudley sich bald von seiner lästigen Gattin trennen werde. Die Scheidung, das naheliegende Mittel, ihm seine Freiheit zu verschaffen, war nach König Heinrichs ehelichen Eskapaden nicht mehr die skandalöse Maßnahme, die sie einst war. Die protestantische Kirche duldete sie. Aber die Klatschmäuler Europas sprachen nicht von Scheidung; sie warteten genüßlich auf einen Mord. Die Spekulationen an den ausländischen Höfen waren so weit gediehen, daß, auch wenn Amy jetzt eines natürlichen Todes stürbe, sich nicht eine Stimme zu Dudleys Verteidigung erheben würde.

Nicht einmal die der Königin. Cecil war bereit, seine ganze berufliche Existenz darauf zu setzen. Elisabeth mochte es in einem unbesonnenen Moment riskieren, einen geschiedenen Mann und Sohn eines Verräters zu heiraten und zu hoffen, daß ihre Beliebtheit den Sturm überstand. Aber sie konnte unmöglich hoffen, einen Mörder zu heiraten und den Skandal zu überleben.

Cecil barg sein Gesicht in den Händen. Es war ein Hasardspiel ein allzu gewagtes Hasardspiel. Und er war nicht ohne Gewissen. Er erinnerte sich gut an Amy, ein hübsches, unbedarftes Geschöpf, dem von zwei selbstsüchtigen jungen Menschen bereits übel mitgespielt worden war. O nein, er wollte es nicht tun, zu viel konnte mißglücken. Doch wenn es dazu käme, wenn es keine andere Möglichkeit gäbe, die Königin zurückzuhalten ... O Gott, gib, daß sie zur Vernunft kommt, bevor es zu spät ist ...

»Meine Theorie ist«, sagte Robert selbstgefällig, »daß der vollkommene Mann ab und zu im Leben Krieg braucht, um ein Grundbedürfnis zu befriedigen. Es erübrigt sich zu sagen, daß die vollkommene Frau die körperliche Liebe braucht.«

»Und die vollkommene Monarchin?«

»Braucht natürlich beides, Madam.« Lächelnd glitt er an ihrer Seite durch den überfüllten Ballsaal. »Und da Ihr Euch bereits mit Schottland im Krieg befindet – darf ich Euch heute nacht besuchen, um Eure königliche Erfüllung zu vervollkommnen?«

»Nein.« Sie lächelte und machte einen übertriebenen Knicks. »Nicht heute nacht, nicht morgen, nicht nächste Woche, nächsten Monat, nächstes Jahr ...«

»Warum immer nein?« unterbrach er sie seufzend. Sie hob das Gesicht zu ihm auf, ihre Augen blitzten spöttisch.

»Ich hätte gedacht, der vollkommene Mann wüßte die Antwort. Vielleicht sollte er lieber Cecil fragen, da ein Erbe für England, und von wem dieser am besten zu empfangen wäre, gegenwärtig das Kernstück seiner Gespräche bildet.«

»Er drängt Euch zur Heirat?« Robert war beunruhigt.

»Es käme der Wahrheit näher, wenn ich sagte, er zieht die vermaledeiten Daumenschrauben an!«

Roberts Hand schloß sich wütend um ihre, so daß ihr der Krönungsring ins Fleisch schnitt. »Ich wußte, daß er Euch Ärger machen würde. Der Mann ist eine Schlange. Schafft ihn Euch vom Hals, solange Ihr es noch könnt.«

»Solange ich es noch kann?« Sie hob die schmalen Augenbrauen. »Möchtet Ihr wohl erklären, was Ihr damit meint?«

»Ich meine, daß er langsam unbeliebt wird.«

Sie lachte. »Bei Euch!«

»Und anderen«, parierte er, »einer Menge anderen. Ich sage Euch, Madam, bald kann kein Mensch am Hof mehr furzen, ohne Cecil um Erlaubnis zu fragen.« Sie lächelte beifällig, und er senkte die Stimme. »Aber es gibt etwas, das Ihr weniger amüsant finden werdet – wie man ihn neuerdings hinter Eurem Rücken nennt.«

»Nämlich?«

»König Cecil.«

Ihr Blick durchbohrte ihn wie ein Speer, und er hielt den Atem an.

Mit einemmal war es nicht mehr ungefährlich, mit ihr zu scherzen. Mit seiner gewagten Anspielung auf Cecils Einfluß hatte er sich auf schwankenden Boden begeben. Elisabeth schwebte nach links, drehte sich herum und berührte seine Hände. Ihre Augen blitzten herausfordernd. »Hier gibt es keinen König«, sagte sie kühl. »Und solange ich lebe, wird es keinen geben. Das solltet Ihr bedenken, lieber Robert, und Eure Worte sorgsamer wählen.«

»Während er Euren Gemahl wählt! Euch mit einem impotenten, schwachsinnigen kleinen Prinzen vermählt, der Euch das Leben vergällt!« Robert senkte die Stimme und sagte mit dem Mut der Verzweiflung: »Er würde niemals zulassen, daß Ihr mich heiratet, nicht wahr?«

Elisabeth hielt mitten im Tanz inne und starrte ihn an. Die Musik auf der Galerie verstummte, die übrigen Tänzer blieben stehen und beobachteten sie neugierig.

»Weiterspielen!« befahl Elisabeth barsch und schritt zu dem Tisch am Fenster, um Ale einzuschenken. Robert folgte ihr mit wild klopfendem Herzen. Wenn er diesen Augenblick falsch eingeschätzt hatte, hing seine Zukunft an einem seidenen Faden. Er hatte zum erstenmal gewagt, von Heirat zu sprechen – hatte er sich zuviel herausgenommen? »Madam –«

Sie reichte ihm einen Humpen Bier und sprach, ohne ihn anzusehen. »Das also steckt hinter Eurem schönen Liebesgeschwätz – ich hätte es allerdings wissen müssen.«

Er streckte unsicher die Hand nach ihr aus, ließ sie dann aber sinken. »Elisabeth –« flüsterte er.

Sie sah ihn mit einem schiefen Lächeln auf den Lippen an. Er hatte seine Karten auf den Tisch gelegt und war ihr nun auf Gnade und Barmherzigkeit ausgeliefert. Sie genoß es, ihn schwitzen zu sehen. »Warum sollte ich Euch heiraten?« fragte sie amüsiert. »Frauen heiraten um der Sicherheit, des Wohlstands oder der Macht willen – ich brauche keinen Mann für diese Dinge.«

»Manche Frauen heiraten aus Liebe«, sagte er leise.

Sie lachte laut auf. »Manche Männer würden das gerne glauben.«

Gut – wenigstens war sie nicht böse! Er holte Luft und wagte sich etwas weiter vor. »Wenn ich Amys ledig wäre, würdet Ihr mich dann heiraten?«

»Euch?« Sie zuckte gleichgültig die Achseln. »Ihr seid in jeder Hinsicht unpassend – ein Emporkömmling von niedrigem Stand, aus einer Sippe von Verrätern.«

»Warum behaltet Ihr mich dann bei Euch?«

»Ich nehme an, weil ich einen schlechten Geschmack habe.« Sie stellte ihren Humpen ab. Roberts Zuversicht wuchs. Elisabeth hatte den zögernden, unsicheren Blick einer schüchternen Jungfrau, die sich windet, um Aufschub zu erwirken, und er fühlte sich überlegen und war entschlossen, eine Entscheidung zu erzwingen. »Ich reiche unverzüglich die Scheidung ein. Amy wird uns nicht im Weg stehen.«

In den Augen der Königin flackerte etwas auf und verschwand, ehe er es deuten konnte. Einen Moment hätte er schwören können, daß es Angst war.

Sie schüttelte den Kopf. »Keine Scheidung. Noch nicht. Es gibt schon genug Skandal.«

»Wenn ich erst ein freier Mann bin, wird der Skandal verebben. Ich sehe keinen Sinn in der Fortführung dieser nichtssagenden Ehe.«

»Ich verbiete es, Robert!« Der scharfe Klang ihrer Stimme warnte ihn, die Sache im Augenblick weiterzuverfolgen.

»Sehr wohl«, sagte er unwillig. »Wenn es Euer Wunsch ist – aber wollt Ihr mir den Grund nicht nennen?«

Die bittere Enttäuschung in seinem Gesicht besänftigte sie, und sie tätschelte ihm die Wange. »*Andante, andante*«, sagte sie leise und führte ihn wieder in die Mitte des Tanzbodens.

Die anderen Tänzer machten ihnen Platz. »Umschreitet sachte meine Krone.«

Eine Stunde später rauschte sie in ihr Schlafgemach. Das Kleid aus schwerem Satin stand von ihrer Taille ab wie die umgedrehten Blütenblätter einer Tulpe. Seit sie diese neue Mode eingeführt hatte, sah man überall diese bauschigen Röcke, so üppig und weit, daß viele Damen aus Platzmangel genötigt waren, ihre Mahlzeiten auf Kissen auf dem Fußboden einzunehmen. Die Mode werde allmählich lachhaft, murrten die Älteren, sie entspreche der Moral der neuen Königin !

Sie schwebte mit einer unwilligen Handbewegung an ihren Hofdamen vorbei. »Laßt mich allein.«

Die Frauen entfernten sich mit einer Hurtigkeit, die neuerdings den Gehorsam gegen die Königin kennzeichnete. Nur Mrs. Ashley wagte zu bleiben. Sie sah die leichte Röte auf den meist blassen Wangen ihrer Gebieterin und dachte: Etwas ist zwischen ihnen vorgefallen.

»Kat«, sagte ihre Gebieterin, aber nicht unfreundlich, »ich habe gesagt, laßt mich allein.«

Kat sah sie flehend an. Traut mir, zieht mich wieder ins Vertrauen. Ich werde Euch niemals mehr verraten. Ihr braucht jemanden, um Eure Hoffnungen und Ängste mitzuteilen. Laßt es mich sein. Bitte!

Elisabeth sah die einzige Frau an, die ihr jemals wirklich eine Mutter war, und einen Moment hätte das Bedürfnis, ihre verwirrten Gefühle auszubreiten, fast über ihren Verstand gesiegt. Aber sie wagte es nicht, sich Kat oder sonst jemandem anzuvertrauen.

Sie hatte verlernt, aus sich herauszugehen. Sie küßte die alte Frau flüchtig auf die Wange und wandte sich dem Fenster zu. Kurz darauf hörte sie das leise Klicken der Tür und wußte, daß Kat gegangen war. Sie schritt im Zimmer auf und ab. Trotz der Hitze brach ihr kalter Schweiß aus. Ihr Leben war plötzlich wieder in Aufruhr, und ungewollte Wut auf den Verursacher ihrer Not wallte in ihr auf. Innerhalb weniger Augenblicke hatte er ihrer beider Leben verändert, denn nun war er nicht mehr ein lieber Freund, ein harmloser Schmeichler. Er war eine Bedrohung für ihre Macht, und nichts konnte mehr zwischen ihnen sein wie vorher. Er hatte alles verdorben!

Sie hatte einen plumpen Antrag, ihr Liebhaber zu werden, erwartet. Aber nie hatte sie sich träumen lassen, daß er die Dreistigkeit besäße, ihr einen Heiratsantrag zu machen. Er hatte den Pfeil abgeschossen, und der hatte sich mitten in die unzugängliche Zitadelle hineingebohrt, die sie ihr Herz nannte. Und sie war so sicher gewesen, daß dies nie wieder einem Mann gelingen würde.

In tränenvollem Zorn warf sie ein Tintenfaß in den kalten Kamin. War sie wirklich so dumm gewesen, sich in ihn zu verlieben? Hatte sie aus der Vergangenheit nichts gelernt? Sie ließ sich in einen Sessel fallen und schlug verzweifelt die Hände vors Gesicht. Was war sie nur für eine Närrin! Fing jetzt alles wieder von vorne an, die ganze häßliche, schmutzige Geschichte? Sie zweifelte nicht an seiner Freundschaft, aber sie zweifelte an seiner Liebe, und ihr Mißtrauen, das plötzlich deutlich in ihr Bewußtsein rückte, war wie ein körperlicher Schmerz.

Sie saß ganz still in ihrem Sessel, ihr war schrecklich elend zumute. Er wollte ihre Krone – das war ganz natürlich, sie konnte es sogar verstehen –, aber sie durfte niemals das Wagnis eingehen, an seine Liebe zu glauben.

Ich will weder meinen Körper noch meine Seele irgendwem auf dieser Welt anvertrauen.

Wie, in Gottes Namen, hatte sie es soweit kommen lassen, daß eine Liebelei zur Jagd auf ihre Krone wurde? Und alles, weil sie sich für klug genug gehalten hatte, mit dem Feuer zu spielen, ohne sich zu verbrennen! Ihr blieb jetzt nur eines, ihn fortzuschicken, heiter, unbeschwert, als sei alles nur ein Scherz. Sollte er nach Norfolk reiten und seine Glut an der kleinen Landpomeranze kühlen! Ja, sie würde ihn fortschicken. Heute abend, morgen, nächste Woche. Bald!

Und die Zukunft? Freudlose Jahre, in denen sie sich abrackerte, um Zeit zu gewinnen für England, Zeit, Frieden und vielleicht Wohlstand. Es gäbe keinen, der die Erinnerungen an ihre erschütterte Kindheit und elende Jungmädchenzeit mit ihr teilte, keinen, der sie wie er lachen und ihre Sorgen vergessen machte, der seinen Ehrgeiz mit ernster Zuneigung bemäntelte, so daß sie beinahe – beinahe – versucht war, daran zu glauben. Nein, sie würde keinen jemals so lieben wie ihn. Ohne ihn wäre ihre Welt kalt und leer, eine prachtvolle, glitzernde, inhaltslose Hülle, und sie, die stolz auf ihre Fähigkeit gewesen war, sich dem Leben in einsamer Größe zu stellen, schreckte nun plötzlich vor der Aussicht auf so ein Dasein zurück. Allein zu sein, immer ganz allein, das wäre der lebendige Tod!

Verdammt, sie wollte ihn nicht fortschicken, und der Teufel sollte jeden – jawohl, jeden – holen, der versuchte, ihr das bißchen Glück streitig zu machen, das sie in Roberts Gesellschaft fand. Seine Gesellschaft war alles, was sie wollte. War es zuviel verlangt zu bedenken, daß sie ein Mensch war?

Die Tür ging auf, und Mary Sidney knickste entschuldigend auf der Schwelle. »Verzeihung, Madam – Sir William Cecil wartet im Vorzimmer und ersucht, Euch zu erinnern, daß Ihr ihm heute abend eine Stunde versprochen habt.«

König Cecil!

Ihre ganze verbissen unterdrückte Wut wallte auf bei dem Gedanken an diesen käsebleichen Rechtsgelehrten. Was wollte er jetzt? Ihr wieder wegen der verflixten Nachkommenschaft in den Ohren liegen? Ihm ging es nur darum, sie mit irgendeiner gekrönten Null ins Bett zu drängen; es kümmerte ihn nicht, ob sie glücklich war, solange sie nur ihre Pflicht tat und England einen Sohn schenkte. Und wenn sie im Kindbett stürbe, würde er an ihrem Sarg sagen, sie hätte sie alle im Stich gelassen! Sie wollte ins Vorzimmer stürmen und ihm seine Staatspapiere in den Hals stopfen, sie wollte kreischen und treten und schreien: Ich hasse Euch – es ist alles Eure Schuld! Sie wollte sich benehmen wie einst als verwöhnte, eigensinnige Zweijährige, wenn sie ihren Willen nicht bekam. Die Jahre der Todesgefahr hatten sie strenge Selbstdisziplin gelehrt, aber unter der eisernen Beherrschung war das dickköpfige Kind noch lebendig. Es drohte jederzeit hervorzubrechen, und manchmal war es sehr schwierig, es verborgen zu halten.

Elisabeth schluckte ihren Zorn hinunter und durchquerte gemächlich das Zimmer. Sie nahm ein Buch vom Tisch und setzte sich, um zu lesen. »Ich bin beschäftigt, Mary. Sagt ihm –« Sie hielt inne und erwiderte den fragenden Blick der Freundin, »sagt ihm, er soll warten.«

Er wartete fast dreißig Minuten im Vorzimmer, verärgert über die Verzögerung, die ihn von der vielen Arbeit in seinem Kabinett abhielt. Mary Sidney saß auf dem Fenstersitz und wich seinem fragenden Blick jedesmal aus, wenn er betont auf seine Uhr sah. Als er endlich eingelassen wurde, gab ihm der Anblick von Elisabeth, die ruhig in ihrem Sessel saß und in einem Buch blätterte, den Rest. Wie konnte sie es wagen, ihn zu behandeln wie den letzten Schreiberling! Starr vor Entrüstung, unterrichtete er sie vom Vorrücken ihrer Truppen in Schottland. Die Chancen für einen günstigen Friedensvertrag, dessen Bedingungen England diktieren würde, standen gut.

Sie hielt sich gähnend den Mund, und Cecil mußte sich zusammennehmen, um seine Zunge im Zaum zu halten.

»Ich hoffte, diese Nachricht würde Euch freuen, Madam.«

»Ich finde, Ihr freut Euch genug, daß es für uns beide reicht«, sagte sie unwirsch. »Und da dies so offensichtlich Euer persönlicher Triumph ist, solltet Ihr die Sache auch selbst zu Ende führen.«

»Madam?« Er merkte auf.

»Ihr werdet Euch nach Edinburg begeben und die Vertragsbedingungen persönlich aushandeln.«

Sie schickte ihn vom Hof! Warum? Was hatte sie hinter seinem Rücken vor?

Als sie sah, wie sein Gesicht sich vor Schrecken straffte, lachte sie ihn aus. »Armer Cecil. Euch gelüstet nicht nach einer solchen Reise, nicht wahr? Aber ich bin überzeugt, die protestantischen Untertanen meiner Cousine werden Euch willkommen heißen. Die schottische Luft bringt vielleicht etwas Farbe in Euer griesgrämiges Gesicht, das würde weiß Gott nicht schaden!«

»Es fällt mir schwer zu glauben, daß Majestät um mein Wohl besorgt sind.«

Sie zuckte gleichmütig die Achseln. »So sehr wie um mein eigenes.«

»Aber Hoheit sind es doch, die es zunichte macht!« brach

es aus ihm hervor. »Verzeiht mir, Madam, es ist meine Pflicht, Euch vor Gefahr zu warnen. Euer Umgang mit Lord Robert Dudley wird Euer Untergang sein.«

Sie sah ihn ruhig an, und ihm war nicht bewußt, daß er soeben Feuer an eine sehr kurze Zündschnur gelegt hatte.

»Hütet Eure Zunge, mein Freund.« Mehr sagte sie nicht. Ihre Stimme war trügerisch sanft, und wieder ließ er sich täuschen.

»Ich glaube, es war Eure Majestät, die mich bat, frei meine Meinung zu äußern, ohne Rücksicht auf Euren persönlichen Willen.«

Ihr Buch klappte zu, ihre Augen glitzerten hart und feindselig.

»Ihr könnt in Staatsgeschäften sprechen, wie es Euch beliebt, aber mein Privatleben überlaßt mir. Da dulde ich keine Einmischung, von niemandem.«

»Madam, Ihr habt kein Privatleben. Noch Eure geringfügigste Tat ist eine Staatsangelegenheit. Ihr seid die Königin –«

»Ja, Cecil, wie Ihr richtig sagt, aber offenbar zu vergessen scheint, ich *bin* die Königin. Und ich warne Euch, der Mann, der versucht, mich zu beherrschen, wird einen Sturz erleiden, von dem er sich nie mehr erholt!« Sie stand auf, und er wich vor dem glimmenden Zorn in ihren Augen zurück. »Ihr könnt jetzt gehen, Cecil. Kommt wieder und sprecht mit mir« – sie kehrte ihm den Rücken zu und sprach verächtlich über die Schulter – »wenn Euch eingefallen ist, welcher Rang Euch zukommt!«

Er verbeugte sich kühl und verließ hochrot den Raum. Auf der Schwelle des Vorzimmers traf er Robert Dudley, der kurz den Kopf neigte und grinsend sagte: »Guten Abend, Herr Sekretär. Ich nehme an, Ihr hattet eine angenehme Unterredung mit Ihrer Majestät?«

»Ich glaube, Mylord, Ihr werdet darüber besser Bescheid wissen als die meisten«, sagte Cecil eisig. »Und jetzt wollt mich entschuldigen, irgend jemand am Hof Ihrer Hoheit muß sich um die Staatsgeschäfte kümmern!«

Robert sah ihm triumphierend nach, als Cecil steifbeinig in den Audienzsaal schritt.

19

Die Berichte, die Cecils Spione ihm laufend aus England sandten, waren nicht ermutigend. Die Königin und Lord Robert waren immer zusammen, sie schlossen sich stundenlang im Palast ein – und zwar allein. Kein Zweifel, ihre Affäre strebte einem Höhepunkt zu; Cecil fieberte danach, an den Hof zurückzukehren.

Doch sein Unmut über die beiden beeinträchtigte seine Arbeit keineswegs. Souverän handhabte er die komplizierten rechtlichen Einzelheiten; das Ergebnis würde ein unvergleichlicher diplomatischer Triumph für England sein. Die schottische Regentin war kurz vor seiner Ankunft gestorben; ein militärisches Desaster in Tripolis hatte eine Intervention Philipps verhindert, da dieser sich um seine eigenen Territorien kümmern mußte; Frankreich war mit der Niederwerfung der protestantischen Verschwörung beschäftigt. Nie war die Gelegenheit für England günstiger gewesen, die Franzosen aus Schottland zu vertreiben und die Macht dem von Maria Stuarts illegitimem Bruder James angeführten protestantischen Adel zu übergeben.

Am 6. Juli 1560 war Cecils Aufgabe vollbracht. Der Vertrag von Edinburg erkannte Elisabeths Recht auf den englischen Thron an. Abgesehen von einer Handvoll Truppen, besaßen die Franzosen in Schottland keine Macht mehr, und die Reichsregierung konnte den protestantischen Verbündeten gefahrlos übergeben werden. Jetzt fehlte nur noch Maria Stuarts Unterschrift zur Ratifizierung des Vertrags; danach würde die Hintertür nach England fest verriegelt sein. Cecil besaß allen Grund, mit seiner Leistung zufrieden zu sein, er war zuversichtlich und sah seine einstigen Bedenken in neuem Licht.

Was immer in England vorging, für diesen Vertrag mußte Elisabeth dankbar sein, denn er würde ihren Status in Europa verändern. Cecil hatte sie so abgesichert, wie sie es nur erhoffen konnte, und was hatte Dudley im Vergleich damit zu bieten? Cecil würde ihr Vertrauen zurückgewinnen, dieses einmalige, zutiefst befriedigende Vertrauen, das er besessen hatte, ehe Dudley dazwischentrat. Er konnte es kaum erwarten, mit seiner wunderbaren Trophäe zurückzukehren, wie ein Jagdhund, der begierig ist, seinem Herrn ein Kaninchen zu Füßen zu legen. Elisabeth würde ihm nicht den Kopf tätscheln und »braver Kerl« sagen, aber vielleicht legte sie einen Augenblick die schönen Finger auf seinen Arm und versicherte ihm, er sei ihre rechte Hand. Vielleicht hatte er sich in dem Grund, weshalb sie ihn fortschickte getäuscht. Denn wer hätte diese verzwickte Angelegenheit auch nur halb so gut handhaben können? Sie hatte recht gehabt, er brauchte den Abstand vom Hof, um nachzudenken und zu erkennen, wie kleinlich seine Befürchtungen gewesen waren. Elisabeth würde ihn nie fallenlassen, nach allem, was er für sie getan hatte. Elisabeth – seine Elisabeth!

Auf dem Weg durch die kühlen Korridore von Schloß Windsor zu den königlichen Gemächern stellte Robert mit Genugtuung fest, daß kein Wächter oder Torhüter ihm den Zugang zur Königin zu verwehren wagte. Niemand verwehrte ihm mehr etwas. Er genoß es, vor dem alten Adel mit seinen unvergleichlichen Vorrechten zu protzen, und ganz besonderes Vergnügen bereitete es ihm, den Grafen von Sussex und den jungen Herzog von Norfolk zu ärgern. Sussex verunglimpfte ihn öffentlich als emporgekommenen Zigeuner; Norfolk hatte ihm im Verlauf einer gefährlich hitzigen Auseinandersetzung geraten, seinen »lächerlichen Anspruch» auf die Hand Ihrer Majestät aufzugeben. Alle am Hof beneideten ihn; nur wenige bezweifelten, daß er demnächst ihr neuer Gebieter sein werde. Doch so wohltuend die schmeichlerische Unterwürfigkeit der Höflinge auch war, Roberts Unbehagen vermochte sie nicht zu mildern. Er war keineswegs sicher, daß er den Preis erringen würde, den jedermann schon so gut wie in seinen Händen sah. Seine Gemächer grenzten unmittelbar an die der Königin, so daß er Tag und Nacht zur Verfügung stehen konnte, falls sie ihn brauchte, doch war diese Vorkehrung nicht deswegen getroffen worden, wie die schlecht Unterrichteten törichterweise glaubten, damit er den Liebhaber bequemer spielen konnte, und das beunruhigte ihn allmählich sehr.

Cecils Entfernung vom Hof erschien Robert anfangs als die

Erhörung seines flehentlichen Gebetes, war er doch überzeugt gewesen, daß Cecil es war, der Elisabeth von ihm fernhielt. Sobald sich der Staub hinter dem Gefolge des Sekretärs gesetzt hatte, begann Robert um die Zuneigung der Königin zu buhlen wie ein Belagerer. Er hatte fest geglaubt, ihre Abwehr durchbrechen zu können. Keine Frau, die er begehrte, hatte ihm die endgültige Vereinigung versagt, und die Entfernung Cecils von der Bühne war ihm als Vorankündigung seines Triumphes erschienen. Im Laufe der trägen Sommertage hatte er Elisabeth enger an sich gebunden; Morgenritte im Park, Nachmittage am sonnengesprenkelten Fluß; abends schlenderten sie Hand in Hand über die Veranda.

Es schien Elisabeth nicht mehr zu kümmern, wer Zeuge ihres so offensichtlichen Glücks wurde. Ihre Hofdamen hielten sich in diskreter Entfernung, doch wenn er, allein mit ihr in ihren Gemächern, auf die natürliche Erfüllung ihrer Liebe drängte, wurde ihm bewußt, daß mit ihrer Reaktion auf ihn etwas nicht stimmte. Sie war gespannt und wachsam wie eine verfolgte Füchsin. Am gestrigen Abend war es zu einem heftigen Streit gekommen, nach welchem er sich rasend vor Wut in seine Gemächer begeben hatte. Er war mißgestimmt aufgewacht und zum Stall hinuntergegangen, wo er seinen Gefühlen durch Anschnauzen der Stallknechte Luft machte. Nach einem belebenden Ritt durch den Park kehrte er etwas besser gelaunt zurück, doch dann kam seine Schwester Mary mit einem Korb Rosen am Arm des Weges und eröffnete ihm, daß die Königin Kopfweh habe und heute nicht reiten werde, worauf sein Gesicht sich wieder verfinsterte. Er nahm seine Schwester beim Arm und führte sie außer Hörweite der neugierigen Stallburschen. »Sie will mich nicht sehen – ist es das?«

Mary entzog ihren Arm seinem festen Griff. Ihre Stimme war seltsam kalt. »Die Königin ist krank, Robert. Wenn du nicht so in deine eigenen Angelegenheiten vertieft wärest, wäre dir vielleicht aufgefallen, daß sie sich schon seit Tagen nicht wohl fühlt.«

Er sah sie zweifelnd an. »Aber wir haben die ganze Woche gejagt und getanzt. Sie hat nichts gesagt.«

»Sie sagt nie etwas. Mrs. Ashley hat mich gelehrt, die Anzeichen zu erkennen.«

Gespannt, nachdenklich stand er da und bohrte den Absatz seines Reitstiefels in den weichen Schlamm. »Hätte ich es nur gewußt«, murmelte er. »Das erklärt vielleicht –«

Mary legte ihre Hand auf seinen Arm. »Robin, was ist gestern abend geschehen?«

»Nichts ist geschehen«, sagte er abwesend. Er trat einen Schlammklumpen von seinem Stiefel. »Das ist ja das Dumme.«

»Aber du mußt doch etwas getan haben, das sie so wütend gemacht hat. Hast du dich mit ihr gestritten?«

Sein Kopf fuhr wütend hoch, als habe sie an einem schmerzenden Nerv gezerrt. »Das geht dich nichts an«, fertigte er sie ab, machte abrupt kehrt und schritt mit seinen langen Beinen so geschwind aus, daß sie laufen mußte, um mitzuhalten. Er hatte nicht das Bedürfnis, über den gestrigen Abend zu sprechen. Es war das erstemal, daß er die Beherrschung verloren hatte. Er hatte Elisabeth gefragt, was zum Teufel sie von ihm erwarte; er sei nicht dazu geschaffen, zu leben wie ein Mönch. Er war zur Tür gestürmt und hatte wütend verkündet, er werde sich von Amy trennen, ob es Elisabeth recht sei oder nicht, er wolle verdammt sein, wenn er von der Königin oder sonst wem die Erlaubnis benötige, sich von einer Ehefrau scheiden zu lassen, die nur eine Last sei. Elisabeth hatte ihm mit einem Blick voll eisiger Verachtung gesagt, wenn er sich jetzt vom Hof entferne, brauche er nicht wiederzukommen. Der häßliche Streit hatte alles gefährdet, und nur, weil es Robert an der Empfindsamkeit mangelte, den Grund für Elisabeths unvernünftiges Benehmen zu erkennen.

Aber, Himmel, was wollte sie von einem Mann? Was hatte der Lordadmiral geboten, um ihren Widerstand zu brechen? Mußte man sie aufs Bett werfen und ihr Kleid in Stücke schneiden, um sie zu erringen? Vielleicht war er zu galant gewesen …

Mary war an seiner Seite, Sorgenfalten auf dem hübschen Gesicht.

»Robert, es ist gefährlich, mit ihr zu streiten. Du kannst sie nicht mit Gewalt nehmen.«

»Ich muß sie haben, Mary, ich muß.«

»Aber wenn sie dich nicht will –«

Er packte sie unsanft am Arm. »Was hat sie dir erzählt?«

»Nichts.«

»Um Himmels willen, sie hat dich gern – und es gibt wenig Frauen, denen sie zugetan ist –, sie muß dir etwas erzählt haben.«

Mary riß sich wütend los. »Ich spioniere nicht für dich, Robert. Sie war gut zu mir, und ich schulde ihr Loyalität.«

»Du schuldest mir schwesterliche Loyalität.« Er schüttelte sie grob an den Schultern. »Gilt das nichts mehr?«

»Du bist wie Vater. Immer willst du den Mond, mit weniger gibst du dich nicht zufrieden. Wenn du dich nicht vorsiehst, wirst du enden wie er. Du bedrängst sie zu sehr. Für sie ist keiner unentbehrlich.«

»Außer Cecil!« sagte er verbittert und ließ die Hände sinken. »Er ist anscheinend der einzige, dem sie wirklich traut. Ich wünschte bei Gott, ich wüßte, was zwischen ihnen ist.«

Mary schwieg mitleidig. Sie hatte Robert sehr gern, aber sie kannte seine Fehler, und ihre Zuneigung galt nun zuerst Elisabeth. Müßte sie Partei ergreifen, würde sie zu ihrer Gebieterin halten. »Robert«, sagte sie sanft, »gib es auf. Die Königin ist nicht für dich.«

»Das werden wir sehen«, sagte er grimmig. Er riß ihr den Korb vom Arm. »Gib mir die Rosen. Ich gehe jetzt zu ihr, allein und unangemeldet, und finde heraus, wie ich mit ihr stehe – so oder so. «

Und so schritt er durch den Audienzsaal und das Vorzimmer zur Tür des Schlafgemachs, wo der Hauptmann der Wache, seinen hochmütigen Blick erwidernd, ihn ohne Murren passieren ließ. Schließlich stand er in dem großen, sonnigen Raum mit den steinernen Wänden. Die schweren Vorhänge des Prunkbettes waren halb zugezogen, um Elisabeth vor dem hellen Licht abzuschirmen.

Mrs. Ashley sprang so heftig vor dem Wandschirm auf, daß ihr Stuhl knarrte. »Wie könnt Ihr es wagen, unangemeldet hereinzukommen!« zischte sie. Er legte der alten Schlange beide Hände um die Taille und schwenkte sie sanft aus seinem Weg zum Bett. Dort zog er leise den Vorhang zur Seite und stutzte. Elisabeth lag ganz still auf dem Kissen, ihr ungeschminktes Gesicht sehr blaß, die Augen geschlossen. Nur ein schwaches Zucken ihrer Lider verriet, daß sie sich seiner Gegenwart sehr wohl bewußt war und nur so tat, als ob sie schliefe. Wenn seine Eingebung ihn getrogen hatte, würde der Akt der Majestätsbeleidigung, den er vorhatte, ihn vermutlich in eine Finsternis katapultieren, aus der er vielleicht nie wieder auftauchte.

Er kippte den Rosenkorb um und leerte den Inhalt über sie aus; Mrs. Ashley erbleichte vor Schrecken, als die Königin sich aufsetzte.

»*Bastard*!«

Er küßte Elisabeth die Hand und sagte mit nahezu selbstmörderischer Dreistigkeit: »*Das* also macht uns zu einem so vollkommenen Paar!«

Die Königin sah ihn stumm an, und einen schier endlosen Augenblick hörte er seinen Herzschlag lauter und lauter in seinem Kopf hämmern, bis Elisabeth sich zurücklegte und, ihn immer noch ansehend, unglaublich ruhig sagte: »Kat, Ihr könnt jetzt gehen.«

»Gehen, Madam – gehen?«

»Oh, ich nehme nicht an, daß er eine Kranke vergewaltigen wird, wir wissen alle, was für ein vollkommener Edelmann er ist!«

Mrs. Ashley entfernte sich mit eisiger Mißbilligung. Robert beobachtete zufrieden ihren Rückzug.

»Nehmt diese verflixten Dinger von mir«, sagte Elisabeth, als die Tür sich geschlossen hatte, »und wenn mich nur eine einzige sticht, Ihr unerträgliches Ekel, wird es Euch entsetzlich leid tun.«

Er lächelte. »Madam, wenn ich Euch jemals steche, dann nicht mit einer Rose.« Er beugte sich mit suchender Hand über das Bett, und Elisabeth biß hinein.

»Vampir!« Er fuhr zurück und lutschte an seinem Finger. »Seht nur, ich blute!«

Die Königin nahm ein goldenes Papiermesser vom Nachttisch, lehnte sich ins Kissen zurück und fuhr mit der Zungenspitze über die glänzende Schneide. »Kommt näher«, sagte sie lächelnd, »und ich bringe Euch noch viel mehr zum

Bluten.« Die Spitze des Messers blitzte aufreizend im Sonnenlicht, gefährlich genug, ihn eine Sekunde zögern zu lassen, ehe er sich auf sie stürzte und ihre beiden Hände hinter ihren Kopf auf das Kissen drückte. Das Messer fiel auf den Boden; sie wälzten sich auf dem Bett und lachten wie Kinder, die auf einer Wiese herumtollen. Schließlich lag er neben ihr auf der Decke und strich ihr die Haare aus den Schläfen. »Was gestern abend betrifft«, begann er verlegen, »wenn ich es gewußt hätte, dann –«

»Hättet Ihr Euch nicht benommen wie ein ungeschickter Knabe auf der Suche nach seiner ersten Hure?«

»Ich hätte – vernünftiger sein sollen.«

»Ach«, sage sie unschuldig, »wart Ihr denn unvernünftig?«

»Ihr schient es jedenfalls anzunehmen.« Er lächelte zögernd. »Ihr wart so wütend, daß ich halbwegs damit rechnete, mich heute morgen unter Bewachung zu befinden. Es war unser erster Streit, seit wir Kinder waren.«

»Wir sind keine Kinder mehr«, sagte Elisabeth sanft.

Er lächelte, mit einemmal überzeugt, daß dies eine Aufforderung war. »Manchmal glaube ich, Ihr wart nie ein Kind«, sagte er und küßte sie leidenschaftlich. Sie schlang die Arme um ihn. Er löste das Band am Halsausschnitt ihres Nachtkleides, seine Hand glitt hinein und umfaßte ihre warme, weiche Brust. Ihr Leib bäumte sich unter ihm vor Begierde, die ihm sagte, daß es endlich geschehen würde. Alles.

Mit durch jahrelange Übung geschickter Hand löste er seinen störenden Hosenbeutel, tastete kundig und befand es nicht für geboten, den Augenblick der Erfüllung hinauszuzögern. Er leitete den Schlußakt ein. In diesem Moment schlug Elisabeth die Augen auf und sah ihm ins Gesicht, und ihr weicher, verführerisch gewölbter Leib erstarrte in seiner Umarmung. Er war stark und wahnsinnig genug, um das Ende zu erzwingen, aber sie kämpfte sich gerade lange genug von seinen Lippen frei, um aufzuschreien. Ein einziges Wort, eine einzige gequälte Silbe machte, daß er von ihr abließ.

Der Name, den sie rief, war nicht seiner!

Er starrte auf sie herab, und sie verkroch sich vor ihm in ihre Kissen. Er kniete neben ihr, sein Hosenbeutel baumelte lächerlich. Er fühlte sich trotz seiner plötzlichen Schlaffheit wie in Stein verwandelt. Er mochte nicht glauben, daß ihm das widerfahren war, und war zu erschüttert, um zornig zu sein. Ungewiß, was er tun oder sagen sollte, verharrte er so und starrte Elisabeth wie betäubt an. Es dauerte eine ganze Weile, bis er merkte, daß sie weinte, und trotz allem übermannte ihn eine seltsame Zärtlichkeit. Er hatte sie für so hart, so klug, so unverletzlich gehalten, und nun taten ihm ihre Tränen unglaublich weh. Sachte berührte er ihre Schulter. »Erzählt mir von dem Lordadmiral«, bat er schlicht.

Kein Laut war zu hören, nur ihr gequältes Schluchzen, ein entsetzliches Geräusch, das ihn berührte wie die Qual eines Tieres in einer Falle. Er versuchte, sie in die Arme zu nehmen und festzuhalten. »Sagt es mir, bringt es hinter Euch. Sagt es mir, wie kann ich Euch sonst helfen?«

Das war ein Fehler – er wußte es in dem Augenblick, als die Worte ausgesprochen waren. Er konnte Elisabeth nicht halten, sie war wie ein wildes Tier in seinen Armen, rasend vor Zorn. Sie setzte sich auf, die Tränen rannen ihr noch übers Gesicht, und er wich vor ihr zurück.

»Unverschämter, verfluchter Kerl, ich will Eure Hilfe nicht.

Hinaus mit Euch, hinaus, verdammt!« Sie griff nach dem silbernen Glöckchen, und Robert streckte in kopfloser Bestürzung die Hand nach ihr aus.

»Elisabeth, wartet!«

Das zornige, gebieterische Klingeln schnitt seinen Protest ab, und Mrs. Ashley rauschte beflissen herbei. Sie blieb auf der Schwelle stehen und erfaßte die Szene mit einem Blick: das Antlitz der Königin noch naß von Tränen, und Dudley, der mit verzweifelter Hast seinen Hosenbeutel zu schließen suchte. Ashleys durchfurchtes Gesicht setzte eine Maske der strikten Unbeteiligtheit auf, als sie sich dem Bett näherte. Elisabeth, unfähig, ihren Blick zu erwidern, starrte den Baldachin an.

»Majestät?«

»Begleitet Lord Robert hinaus«, sagte Elisabeth zitternd, »und sorgt dafür, daß ich nicht mehr gestört werde.«

Ashley knickste und wandte sich stumm ab. Robert sah sie

von der anderen Seite des Bettes fragend an. Sie ignorierte seinen Blick. Da verlor er die Geduld. Sobald sie allein im Vorzimmer waren, führte er die alte Dame gebieterisch zu einem Fenstersitz.

»Nun, Mylord?« Sie sah ihn mit schlecht verhohlener Feindseligkeit an. »Was wollt Ihr?«

»Auskunft«, bekannte er offen. »Ihr wart bei der Königin, seit sie ein Kind war, sie kann keine Geheimnisse vor Euch haben.«

Kat verzog die Lippen zu einem gequälten Strich. »Wenn es so ist, Mylord, dürft Ihr versichert sein, daß sie bei mir gut aufgehoben sind.« Sie stand auf und wollte an ihm vorbei, aber er vertrat ihr den Weg. »Was hält sie von mir zurück – ist es nur der Admiral? Oder gibt es da noch etwas – etwas, von dem ich nichts ahne?«

Kats verbissenes Schweigen erzürnte ihn. Er packte sie an den Handgelenken, daß es ihr weh tat, sein hübsches Gesicht war wild vor Wut. »Verdammte alte Närrin! Wenn Ihr wißt, was ihr fehlt, so sagt es mir, um Himmels willen!

Kats Augen waren eisig. Er ließ sie los und trat, beschämt und erschrocken über sein Benehmen, zurück. Sie war die zweite Frau, die er innerhalb einer Stunde drangsaliert hatte.

»Es gibt nur eines, das Ihr wissen müßt«, sagte Kat rnit eisiger Würde, »und das teile ich Euch mit Vergnügen mit. Ihr werdet niemals König von England, solange Mylady lebt. Wenn das alles ist, was sie Euch bedeutet, dann verschwindet aus ihrem Leben. Geht mit Eurem armseligen Weib ins Ausland und kommt nie wieder. Seid versichert, Mylord, andernfalls erwartet Euch nichts als Elend.«

Er ließ sie vorbei. Er sah sie nicht das Zimmer verlassen. Unter dem Fenster, wo er saß, wandelten die heiter gekleideten Höflinge und Damen wie mechanische Puppen auf der Veranda auf und ab. Er aber sah und hörte sie nicht, als er durch die bleigefaßten Scheiben hinausblickte. Er vernahm nur Kats Stimme in seinem Kopf wie das Klagen einer Totenglocke. »… andernfalls erwartet Euch nichts als Elend.« In den Tiefen seines widerstrebenden Bewußtseins war ihm klar, daß er eine entsetzliche Wahrheit vernommen hatte.

Es war stickig heiß in dem Himmelbett, doch Elisabeth fröstelte. Sie stand langsam auf, mied jede plötzliche Bewegung, die ihre pochenden Schläfen erschüttern könnte, und tappte blindlings zum Schreibpult. Lange Zeit saß sie, den Kopf auf die Hände gestützt, in dem kühlen Luftzug, der durch das offene Fenster hereinwehte. Heiße Tränen netzten ihre Finger und durchnäßten die Rüschen an ihren Handgelenken. Ihr Kopf war wirr vom Widerstreit der Wünsche. Fünfundzwanzig Jahre hatte sie friedlich mit ihrem Schatten gelebt, ihrem Spiegelbild, ihrem anderen Ich, ohne sich dessen verzehrender Bosheit bewußt zu sein, des Bedürfnisses, einen Mann im Namen der Liebe zu vernichten. Aber jetzt war es ihr bewußt, entsetzlich bewußt. Und sie fürchtete sich vor ihrer Macht zu hassen.

Einen Mann. Einen einzigen. Das war alles, was jener Schatten verlangte, wenn er von Zeit zu Zeit aus ihren bernsteinfarbenen Augen spähte und sie in Spiegel aus schwarzem Glas verwandelte, still und unaufdringlich auf die endgültige Rache an den Männern wartend. Der Schatten schlummerte, aber wie wenig bedurfte es, ihn zu wecken!

Der Tod wartete in einem entlegenen Winkel ihres Geistes, wartete auf Robert unter der glitzernden Maske ihrer Liebe. Sie wußte nun, wovor sie sich fürchtete, was sie daran hinderte, zu nehmen, wonach es sie verlangte. Sie konnte sich seinem Leben nicht anvertrauen. Er würde sich nicht mit der Heirat zufriedengeben. Männer wie Robert waren nie zufrieden, und einzig Männer wie Robert waren es, die sie lieben konnte, gierige, ehrgeizige Spiegelbilder ihrer selbst. Sobald er merkte, daß er die eheliche Krone nie besitzen, daß sie ihn nie zum König machen würde, würde er hinter ihrem Rücken intrigieren und am Hof eine Splittergruppe bilden, um sie unter Druck zu setzen. Um aus diesem Kampf als Siegerin hervorzugehen, würde es unerläßlich sein, ihn zu töten. Sie wußte, daß sie dazu imstande war. Seine Gesellschaft, seine Freundschaft, seine Zuneigung waren alles, was sie von ihm zu nehmen wagte; sie liebte ihn zu sehr, um ihn den Preis dafür bezahlen zu lassen, daß er sie mit Leib und Seele besaß.

Welche Frau konnte unter solchen Bedingungen einen Mann ein Leben lang an ihrer Seite halten? Sie hatte keine andere Wahl, als ihn hoffen zu lassen, hoffen, bis er sah, daß sie ihn sein Leben in vergeblicher Jagd verschwenden ließ, und sie dafür haßte, wie sie sich selbst hassen würde.

20

Geknickt, fassungslos stand Cecil im Gemach der Königin. Starr und stumm ließ er den Sturm von Beschimpfungen, der in seinen Ohren wütete, über sich ergehen. Mit seinem vorsichtigen Hinweis auf den Erzherzog Karl von Spanien als möglichen Freier hatte er in ein Wespennest gestochen. Mit zusammengekniffenen Augen beobachtete er Elisabeth, die, ein Spitzentaschentuch zwischen den zitternden Fingern wringend, auf und ab schritt. Sie wirkte blaß und abgespannt und hatte dunkle Ringe unter den Augen, als hätte sie nächtelang nicht geschlafen. Sie beschimpfte ihn mit gehässiger, unverständlicher Feindschaft; nichts an dem von ihm ausgehandelten schottischen Vertrag schien ihr zu gefallen. Sie hatte viel Geld für den Feldzug aufwenden müssen, warum enthielten die Kapitulationsbedingungen dann keinen Passus über eine finanzielle Entschädigung? Warum war es ihm nicht gelungen, Calais von den Franzosen zurückzubekommen? Was hatte er in all den in Schottland vertrödelten Wochen getan? Sie wollte nichts von seinen Reisekosten hören – wenn er Aufwendungen gehabt habe, müsse er die Rechnung selbst begleichen, sie schwimme nicht in Geld!

Die unglaubliche Ungerechtigkeit ihrer Vorwürfe schmerzte ihn tief. Sollte sie ihre Drohung, ihn nicht zu bezahlen, wahrmachen, hatte er keine Ahnung, wo er das Geld auftreiben sollte. Doch vorerst ließ er seine persönlichen Belange tapfer beiseite und versuchte Elisabeth durch gutes Zureden auf den Erzherzog zurückzubringen.

Das Taschentuch riß entzwei. Sie warf ihm die beiden Fetzen ins Gesicht und stampfte wütend mit dem Fuß. Heirat, Heirat – sie war das elende Wort leid. Hatte er sonst nichts zu seiner Rechtfertigung zu sagen?

»Nur dies, Madam: Ich sehe, daß Ihr Eure Geschäfte vernachlässigt und auf dem besten Wege seid, das Reich zu ruinieren.«

Sie holte tief Luft; er dachte schon, sie würde ihn schlagen. Dann kehrte sie ihm plötzlich den Rücken zu, so daß er ihr Gesicht nicht sehen konnte. »Hinaus! Sofort! Und betet um meine Vergebung, Cecil – betet instandig.«

Als er ging, stand sein Entschluß fest. Die Königin befand sich am Rande einer Katastrophe. Er hatte keine andere Wahl, als sie vor sich selbst und dem üblen Einfluß von Lord Robert Dudley zu schützen.

Am Sonntag, dem 8. September 1560, kehrte Amy Dudleys Dienerschaft gegen Abend vom Jahrmarkt zurück und fand ihre Herrin tot am Fuße einer niedrigen Steintreppe.

»Tot, Madam. Das Genick gebrochen. Unter Umständen, die ich nur als verdächtig bezeichnen kann.«

Elisabeth saß in einem Sessel und starrte in Cecils unbewegliches Gesicht. »Verdächtig?«

»Sie war allein im Haus, Madam. Alle Dienstboten waren auf dem Jahrmarkt. Kein Zeuge sah, wie sie stürzte – falls sie gestürzt ist.«

Elisabeth stand auf. »Ihr glaubt, er hat sie getötet, nicht wahr?«

Cecil zuckte unbeteiligt die Achseln. »Meine Meinung ist unerheblich, Madam, was zählt, ist die Meinung der Welt. Schuldig oder unschuldig, der Makel des Verdachts wird ihm immer anhaften. Heiratet ihn jetzt oder in Zukunft, und er wird Euren Thron binnen eines Monats zu Fall bringen.«

Sie ballte und öffnete langsam die Fäuste, das Gesicht bleich und hart wie Marmor, die Augen schwarz vor Wut.

»So ein Narr«, hörte er sie vor sich hin murmeln, »so ein törichter Dummkopf!« Dann wandte sie sich wieder an Cecil. »Und wo ist er jetzt, der trauernde Hinterbliebene, der lustige Witwer?«

»Ich glaube, er wartet auf eine Audienz bei Eurer Majestät.«

»Schickt ihn zu mir.« Sie grub die scharlachroten Fingernägel in das geschnitzte Kaminsims, bis mehr als ein halbes Dutzend abgebrochen waren. Das Geräusch ging Cecil durch Mark und Bein. Er stand unaufdringlich daneben, als sie erbost den mutwilligen Schaden betrachtete. »Cecil.«

»Majestät.«

»Es wird eine gerichtliche Untersuchung geben.«

»Selbstverständlich, Madam, unter diesen Umständen.«

»Die Sache wird öffentlich verhandelt. Nichts darf verschwiegen werden, habt Ihr verstanden? Wenn er schuldig ist, will ich es wissen.«

Cecil verneigte sich, um das Lächeln in seinen Augenwinkeln zu verbergen. »Es soll geschehen, wie Majestät befehlen. Ich preise Eure Weisheit, Madam.«

Sie nickte abwesend und schritt, an einem abgebrochenen Fingernagel kauend, straff wie eine Bogensehne zum Fenster. Wenig später blickte sie Cecil zögernd über die Schulter an. »Ich lasse Euch später rufen. Ich wäre Euch dankbar für Euren Rat «

Ganz benommen vor Stolz küßte er ihr die Hand. Das Timbre ihrer Stimme, die Anmut ihrer scheuen Geste – er hätte seine Seele verkauft, um diese Dinge zurückzugewinnen. Sie brauchte ihn. »Ich lasse Euch später rufen.« Die Lockung einer Liebenden hätte nicht beglückender sein können.

Er ging langsam ins Vorzimmer und grüßte den ungeduldigen jungen Mann, der wie ein aufgeregter Tiger das kleine Gelaß durchmaß, mit ironischem Kopfnicken. »Die Königin läßt jetzt bitten, Lord Robert«, sagte er und entfernte sich hinkenden Schrittes.

Als Robert die schwere Flügeltür zornig hinter sich schloß, sah er so aufrichtig bleich und erschüttert aus, daß Elisabeth zunächst verblüfft war. Eine lange, schreckliche Minute starrten sie sich finster schweigend an, dann machte er Anstalten, ihr die Hand zu küssen. Sie schlug seinen Arm fort. Ihre Stimme war rauh und böse vor Argwohn. »Rührt mich nicht an mit Euren blutigen Händen – Ihr! Ihr seid nicht besser als mein Vater. Glaubtet Ihr wahrhaftig, Ihr könntet Euch in mein Bett morden?«

Die letzte Spur von Farbe wich aus seinem Gesicht. Seine Stimme war dünn und schrill. »Ihr nehmt doch nicht ernsthaft an, daß ich etwas damit zu tun hatte?«

»Was soll ich sonst annehmen? Ich habe Euch die Scheidung verboten, und nun braucht Ihr sie bequemerweise nicht mehr! Aber seid Ihr so ein Dummkopf, so ein Idiot, zu glauben, ich könnte Euch jetzt heiraten? Begrabt Euer Weib und Eure Hoffnung auf die Krone in demselben Sarg!«

Er schüttelte den Kopf und sah sie bitter enttäuscht an. »Cecil gräbt das Grab, und die Welt schüttet es zu«, sagte er langsam. »Es wird ihn freuen zu erfahren, daß Eure Hand den ersten Spatenstich tut.«

Sie machte einen Schritt auf ihn zu; ihre Augen glitzerten gefährlich. »Cecil?« Ihre Stimme war unheimlich ruhig. »Was hat Cecil damit zu tun? Er war wochenlang in Schottland!«

»Er hat seine Leute«, sagte Robert. »Und er ist lange genug wieder am Hof, um den Stand der Dinge zu erkunden. Er hat Angst, Madam, und einer, der Angst hat, läßt sich zu allem hinreißen.«

»Wenn Ihr diese Beschuldigung außerhalb dieses Raumes wiederholt, werdet Ihr Eurer Gattin Gesellschaft leisten«, sagte sie fest. »Das könnte Euch ohnehin bevorstehen, denn wenn Euch diese Untat nachgewiesen wird, lasse ich Euch hinrichten.«

Er lachte unsicher. »Wegen Mordes?«

»Nein«, sagte sie eisig. »Wegen unvorstellbarer Dummheit! Wegen unerträglicher Anmaßung!«

Aufgereizt von ihrer herzlosen Ungerechtigkeit, packte er unsanft ihren Arm. »Und was werdet Ihr sagen, wenn man Euch die Kunde von meiner Hinrichtung überbringt – ›Heute starb *wieder* ein Mann von großem Geist, aber geringer Einsicht‹? Seht Euch lieber vor, Madam. Man wird Euch eine krankhafte Vorliebe für Dummköpfe in Eurem Bett nachsagen!«

Sie hob die rechte Hand und schlug ihn mitten ins Gesicht. Er taumelte rückwärts und hielt sich die Wange. Er fühlte Blut sickern, wo ein Diamantring die weiche Haut seines Augenwinkels geritzt hatte. Seine Wut verrauchte so plötzlich, wie sie gekommen war; sie verging in nackter Angst, größer als in seinen schlimmsten Augenblicken unter Mary im Tower. Elisabeth hatte gedroht, ihn zu töten, und mit kaltem, unglaublichem Entsetzen wurde ihm klar, daß sie es ernst meinte. Wenn es darauf ankam, zählte für Elisabeth Tudor nichts als ihre Krone; wenn es sein mußte, würde sie ihn seinem Schicksal überlassen, um die Krone zu retten.

»Ich habe viele Feinde«, sagte er matt. »Sie stehen vor dieser Tür, bereit, über meinen Sturz zu frohlocken, sie warten wie ein Rudel Wölfe, um mich in Stücke zu reißen! Wollt Ihr mich jetzt im Stich lassen, da ich Eurer Hilfe am meisten bedarf? Ist Eure Liebe nicht mehr wert, Elisabeth?«

Sie sah ihn in stummer Qual zweifelnd an, dann kehrte sie ihm langsam, bedachtsam den Rücken zu, eine grausam symbolische Geste. In blinder Panik fiel er zu ihren Füßen auf die Knie, seine Stimme war tränenerstickt. »Wendet Euch nicht von mir – o Gott seht Ihr es denn nicht? Ihr mit dem scharfsinnigsten Verstand in Europa! Seit Monaten reden sie schon von Mord. Mein schlimmster Feind könnte keinen günstigeren Zeitpunkt für Amys mysteriösen Tod gewählt haben, und Cecil ist mein schlimmster Feind, nicht Sussex oder Norfolk, die aus ihrem Haß keinen Hehl machen, sondern Cecil! Er hat Euch vor die Wahl zwischen mir und der Krone gestellt.« Er lächelte trübe. »Aber die Mühe hätte ich ihm ersparen können. Es gab nie eine Wahl, nicht wahr, das erkenne ich nun. Und deshalb ist alles, worum ich Euch bitte, daß Ihr mir Gelegenheit gebt, meinen Namen reinzuwaschen. Laßt mich aufs Land gehen und herausfinden, was dort wirklich geschah.«

Sie drehte sich zu ihm um. Ihr Gesicht war bleich und kalt, ohne jegliche Regung. Wie eine Statue stand sie in ihrem glitzernden Gewand und hielt über ihn Gericht. Sie sah unwirklich und furchtbar aus, und ihre Stimme schien aus weiter Ferne zu kommen. »Ihr könnt Eure Leute schicken, aber Ihr werdet nicht gehen. Ihr geht nach Kew und bleibt dort unter Hausarrest, bis die Untersuchung vorbei ist. Ihr werdet nicht versuchen, Verbindung mit mir aufzunehmen.«

Er sah sie ungläubig an. »Nicht einmal ein Brief?«

»Nichts. Ihr könnt jetzt gehen.« Er senkte verzagt den Blick. Dann stand er auf und wandte sich zum Gehen.

»Robert.«

Er drehte sich in wilder Hoffnung um, aber Elisabeths Miene war unverändert. »Hütet in der Gefangenschaft Eure

Zunge, denn was ich sagte, war mein Ernst. Ein Wort gegen Cecil, und ich lasse Euch hängen wie einen Verbrecher.« In dem sonnenhellen Raum vermeinte er das Echo eines gequälten Schreis zu vernehmen. Ihre Augen sind wie Eis, und du wirst sie nicht schmelzen ... keinem Mann wird das gelingen. Tief in ihrem Innern hat sie etwas Grausames, Bestialisches. Halte dich fern von ihr, Robert ... sie ist gefährlich, ich weiß es.

Auch er wußte es jetzt. Warum hatte er es vorher nie gemerkt? Verschwunden waren die spöttische Spielgefährtin seiner Kindheit und die gepeinigte, verletzliche Frau der vergangenen Wochen. Statt ihrer sah er die Königin, sah sie zum erstenmal ohne die Maske der Freundschaft, eine Gestalt, grausam und schrecklich wie einst ihr Vater. Robert wußte nun, daß in jeder persönlichen Krise die Königin regierte und nicht die Frau. Ihre gemeinsame heitere Vertrautheit war nur Illusion, ein Strohhalm im Wind, denn wenn es darauf ankam, war er nichts als ein Untertan. Wie töricht, dies auch nur einen Moment zu vergessen!

Er verbeugte sich förmlich vor der kalten, unbeugsamen Gestalt.

»Ich habe verstanden, Majestät. Und ich danke Euch für Eure Offenheit.«

Der Skandal hallte in ganz Europa wider wie ein Gewehrschuß in einer hohlen Schlucht. Die englischen Gesandten mochten sich nirgends mehr blicken lassen, seit die Königin von Schottland mit schulmädchenhaftem Witz die Meinung der Welt zusammengefaßt hatte: »Die Königin von England heiratet ihren Stallmeister, der seine Gattin getötet hat, um Platz für sie zu schaffen.« Alle rechneten damit, und alle wußten, daß dies ihr Ende sein würde. Die illegitime Protestantin würde sich »als Königin Elisabeth hinlegen und im Tower als schlichte Madam Dudley aufwachen«. Sogar die Spanier sagten es, und sie hatten mehr Grund, es zu fürchten, als die meisten.

Philipp litt Höllenqualen, denn der Skandal rührte an eine alte Wunde. Sie hatte seine Hand ausgeschlagen, um mit dem hübschen, mittellosen Niemand herumzuhuren. Wäre es um eine rein persönliche Angelegenheit gegangen, dann hätte er freudig applaudiert, wenn ihr Volk sie als Hure und Mörderin verbrannt hätte. »Vertraut meiner Liebe zu Euch, Philipp ...« Er brannte vor Zorn bei der Erinnerung an ihre kühle Liebkosung, denn daß sie kühl war, das wußte er jetzt, kühl, berechnend und spöttisch. Hatte sie hinter den Vorhängen des Prunkbettes mit Dudley über ihn gelacht? Ach, wie gern sähe er sie tot, aber er mußte ihr abermals beistehen; er hatte keine andere Wahl. England an Frankreich fallen zu sehen war ein zu hoher Preis für die Beseitigung der Frau, die ihn öffentlich zurückgewiesen hatte.

Während der gerichtlichen Untersuchung schwitzte Robert in Kew vor fiebernder Angst. Er hatte einen Bediensteten aufs Land geschickt mit der strikten Anweisung, der Sache »ohne Rücksicht auf lebende Personen« auf den Grund zu gehen. Deutlicher wagte er sich nicht auszudrücken.

Er erhielt Nachricht von Amys seltsamem Benehmen am Tage ihres Todes. Sie hatte ihre gesamte Dienerschaft auf den Jahrmarkt geschickt, was diese gehörig verdroß, denn nur die Geringsten der Geringen besuchten den Jahrmarkt am Ruhetag. Amy war regelrecht hysterisch geworden, als eine Gesellschafterin sich ihrem Wunsch nicht fügen wollte. Es war darüber fast zum Streit gekommen, und die Frau war steifbeinig in ihre Gemächer geschritten. Robert rätselte stundenlang darüber. Amy fürchtete die Einsamkeit – warum wollte sie plötzlich allein gelassen werden? War ihr die heimliche Visite eines einflußreichen Herrn angekündigt worden, der sich erbot, alles in seiner Macht Stehende zu tun, um ihren Gatten von der Königin fernzuhalten? War es die Bedingung für diese Visite gewesen, daß kein klatschsüchtiges Personal zugegen sein, daß die Königin nichts davon erfahren durfte? Was war in Amys letzten Stunden geschehen? Er würde es nie zuverlässig wissen. Amys Zofe schilderte sie als »sonderbar«, sie habe täglich um Erlösung von der Verzweiflung gebetet. Der Hinweis auf Selbstmord war ein Strohhalm, an den Robert sich hoffnungsvoll klammerte, denn sein Diener konnte keinen Beweis für ein Verbrechen finden, obwohl er das Haus gründlich durchsuchte und das Personal eingehend befragte. Cecil war mit der ihm eigenen meisterhaften

Sorgfalt vorgegangen, die keine Spuren hinterließ. In Luxus und von Dienstboten umgeben, durchlebte Robert seinen Alptraum als Gefangener der Königin, abgeschnitten von der Welt und allem, was ihm lieb und teuer war. Jeden Tag stand er mit neuer Hoffnung auf eine Botschaft von Elisabeth auf, und jeden Abend ging er enttäuscht und verzweifelt zu Bett. Wie konnte sie ihn so im Stich lassen, nach allem, was zwischen ihnen war? War es möglich, daß sie sich nichts aus ihm machte, sich nie etwas aus ihm gemacht hatte? Bedeutete er ihr nichts? Stunde um Stunde erforschte er sein Gedächtnis nach Beweisen ihrer Zuneigung; die Geschenke, mit denen sie ihn seit ihrer Thronbesteigung überschüttet hatte – dieses Haus in Kew war eines davon –, wog er ab gegen die Erinnerung an ihr Gesicht an jenem Tag in Windsor. Sie hatte geschaut und gesprochen, als ob sie ihn haßte. Was auch bei der gerichtlichen Untersuchung herauskommen mochte, er fürchtete, daß er Elisabeth auf immer verloren hatte. Er versuchte sich ein Leben ohne sie vorzustellen und betrank sich die meisten Abende sinnlos, um zu vergessen.

Die Großen, Einflußreichen mieden Kew, als sei es von der Pest befallen, denn Ungnade ist eine überaus ansteckende Krankheit. Robert erwartete niemanden, und als eines Tages sein Kammerdiener aufgeregt in sein Zimmer stürzte und verkündete: »Sir William Cecil, Mylord«, stand er auf und starrte wie vom Blitz getroffen auf die Tür.

Cecil war die Güte selbst, gesittet, höflich und verständnisvoll. Er entschuldigte sich für die Ungelegenheiten, die sein unerwarteter Besuch verursachte. Cecil war aber auch die Großspurigkeit selbst, denn es lag nicht in seiner Absicht, daß dieser Besuch unbemerkt blieb. Der Skandal war nun weit genug gediehen, um Dudleys Hoffnungen ein für allemal zu zerschlagen, und Cecil konnte es sich leisten, der Welt seinen Glauben an die Unschuld des jungen Mannes zu zeigen, und ihm gleichzeitig zu verstehen geben, daß der Weg zurück an den Hof nur mit Hilfe seines unanfechtbaren Einflusses auf die Königin zu ebnen sei. Cecils Besuch machte Robert seine Position unmißverständlich klar, und die gönnerhafte Pose war für den zornigen jungen Mann schwer zu ertragen. Er hätte Cecil am liebsten an der Gurgel gepackt und diese Ratte kräftig gebeutelt, aber Robert war kein Narr. Er wußte, wann er geschlagen war und wann es sich auszahlte, sich demütig zu geben.

Er begrüßte die graugewandete Gestalt mit zurückhaltender Höflichkeit. »Ich werde Euch die Güte, mich aufzusuchen, nie vergessen, Sir William – das Ganze war wie ein böser Traum.«

Cecils dünne, von jahrelangem Schreiben farblos gewordenen Finger drückten mitfühlend Roberts Arm. »In solchen Zeiten, Lord Robert, darf ein Mann sich glücklich schätzen, wenn er auf seine Freunde bauen kann. Der ganze Hof fühlt mit Euch in Eurem tragischen Verlust – Ihre Majestät hat persönlich Trauer angeordnet.«

Bei der Erwähnung der Königin erschien ein verzweifeltes Glitzern in Roberts Augen. »Ich hatte auf eine Botschaft von ihr gehofft, aber es kam nichts. Nicht ein Wort, nicht eine Geste, nur Schweigen, das für mich sehr schwer zu ertragen ist. Hoffentlich ist sie nicht krank.«

Cecil sah ihn ernst an. »Der Königin geht es nicht so gut, wie ich es gern sähe. Diese betrübliche Angelegenheit hat ihr arg zugesetzt.«

Robert erstarrte. »Wenn sie krank ist, laßt mich um Himmels willen zu ihr.«

»Ich bedaure, Mylord, das wäre unter diesen Umständen keineswegs ratsam. Ich selbst hielt es oft für geboten, meine persönlichen Sorgen in stiller Geduld zu ertragen, statt die angegriffene Gesundheit Ihrer Majestät zu strapazieren. Ich weiß, daß Ihr mit Freuden genauso handeln werdet.«

Robert starrte ihn fassungslos an. »Ihr habt ihr geraten, mich nicht zu empfangen?«

»Vorläufig.« Cecil lächelte zögernd. »Ein wenig Umsicht, mit Verlaub, wäre jetzt angebracht, Mylord. Ich werde mich selbstverständlich gern bei Ihrer Majestät für Euch verwenden – sofern ich sie für wohlauf genug halte, um anzuhören, was ich zu sagen habe.«

Robert hielt dem ruhigen Blick des Sekretärs stand. Er wußte sehr wohl, was er ausdrücken wollte: Ihr seid jetzt nicht in der Position, Forderungen zu stellen!

Er holte tief Atem, und es gelang ihm, mit untadeliger

Beherrschung zu sagen: »Ich wiederhole, Sir William, ich werde Euch nie genug danken können für den Dienst, den Ihr mir erwiesen habt.«

Eine Stunde später verabschiedete sich der vornehme Besucher. Voll Abscheu sah Robert die würdevolle Gestalt langsam auf einem älteren Gaul aus dem Hof reiten. Die Unverschämtheit und Gerissenheit des Mannes nahmen ihm den Atem, denn er wußte, daß auch nicht der Schatten eines Verdachts auf diesen skrupellosen kleinen Wurm fallen würde.

Robert wandte sich vom Fenster ab und versuchte, sich über seine Lage klar zu werden. Er konnte sich den Luxus von Cecils Feindschaft offensichtlich nicht mehr leisten. Falls noch eine entfernte Möglichkeit eines Zugangs zur Königin bestand, so konnte dies nur mit Cecils Hilfe geschehen – und für diesen Freundschaftsdienst würde Robert zu Kreuze kriechen müssen, das hatte Cecils kühler Blick sehr deutlich gemacht.

»Die Geschworenen erkannten auf das Vorliegen einer Straftat, Madam.« Cecil beobachtete, ohne daß sie es merkte, wie sich die Hände der Königin fester um die Armlehnen ihres Sessels schlossen. »Die Feststellung einer Straftat verurteilt niemanden«, sagte sie bedächtig.

»Allerdings stellt sie den guten Namen eines Menschen nicht wieder her, Madam. Sie erfaßt lediglich, daß niemand weiß, was vorgefallen ist, und überläßt es der Welt, nach Gutdünken Mutmaßungen anzustellen.«

Cecil war mit dem Richtspruch sehr zufrieden, er hätte nicht günstiger ausfallen können. So sehr er Elisabeths Verhalten in den letzten schweren Wochen guthieß, er war nicht sicher, ob er ihr hätte so weit zusetzen können, daß sie Dudleys Hinrichtungsbefehl unterzeichnet hätte. Es war besser so – auf vernünftigen Kompromissen dieser Art hatte er sein Leben aufgebaut.

Er bewunderte den eisernen Willen, mit dem Elisabeth ihre Gefühle beherrschte. Was immer sie empfand, sie ließ es sich nicht anmerken und ging ihren täglichen Geschäften nach. Sie war nun wieder das herzlose, leidenschaftslose Wesen, dem er mit Freuden diente, und in seinem Innern ließ er bereits Entschuldigungen für ihr unziemliches Benehmen gelten. Was war natürlicher, als daß sie, die jahrelang nach den Launen anderer getanzt hatte, sich plötzlich die Freiheit nahm, sich selbst in Launen zu ergehen? Ihre ganze Jugend war ihr geraubt, war von Angst und Mißtrauen zerstört worden. Es war sehr bedauerlich, daß ihr Herz sich nicht mit ihrem Verstand messen konnte, aber Cecil war überzeugt, daß er nach diesem Fiasko keinen Kummer mehr mit ihrer Launenhaftigkeit haben würde.

Er warf ihr einen verstohlenen Blick zu und war plötzlich von Mitleid gerührt. Sie sah mager und blaß aus, als sei alle Heiterkeit aus ihr gewichen. Sogar ihr Haar war nur mehr ein glanzloses Kupferrot. Cecil kam sich vor wie ein schuldbewußter Vater, der ein gefährliches Spielzeug in einen Schrank gesperrt hatte.

Sein Gewissen bedrückte ihn herzlich wenig, denn er war überzeugt, daß der Zweck die Mittel heiligte. Elisabeth würde diesen stürmischen Skandal überstehen und sich von Cecil auf den Weg geleiten lassen, der in einer ausländischen Allianz und einer klugen Heirat endete und zu einem Erben führte, in dessen Adern kein Verräterblut floß. Ihre geistige Versöhnung war vollkommen, ihre Träume harmonierten wieder, sie würden diesem Land gemeinsam dienen und es groß machen. Er war überzeugt, daß kein goldener Apfel, und sei seine Verlockung auch noch so süß, Elisabeth je wieder von ihrem eingeschlagenen Weg abbringen konnte.

Elisabeth saß stumm und bedrückt da und drehte an einem Rubinplättchen am Mieder ihres Kleides; als sie es lose in der Hand hielt, stand sie schimpfend auf. Ein Umhang aus silbergesprenkeltem Batist wallte von ihren Schultern und schleppte in den Binsen nach, als sie zu dem kalten Kamin ging.

»Da die Untersuchung nun vorüber ist«, bemerkte sie wie beiläufig, ohne Cecil anzusehen, »werde ich ihn an den Hof zurückrufen.«

»Wenn Ihr es für klug haltet«, sagte er vorsichtig. Sein Blick hatte kurz geflackert. Elisabeth wandte sich ihm mit schiefem

Lächeln zu. »Klug oder nicht, Ihr habt nichts mehr von ihm zu befürchten, nicht wahr?«

»Majestät?« Sein Blick blieb ruhig, aber alle Farbe war aus seinem Gesicht gewichen, und er spürte deutlich seinen Herzschlag.

Elisabeth strich mit den Fingern über das Kaminsims. Sie hatte dieses unaufrichtige Lächeln noch auf den Lippen. »Mich dünkt, William Cecil, Ihr seid über Lady Dudleys rechtzeitiges Ableben nicht allzu betrübt.«

Er hatte in seinem bewegten Dasein etliche schlimme Momente durchlebt, aber keinen, der diesem gleichkam. Sie weiß es! Aber das war unmöglich, undenkbar! Nichts konnte seinen Namen damit verbinden, keine Unachtsamkeit, kein ersichtliches Motiv. Sie konnte es nicht wissen. Aber falls sie es wußte, würde er dann aus diesem Raum in eine Zelle im Tower wandern?

Panische Angst richtete in seinem geordneten Hirn ein Chaos an, aber mit beachtlicher Willensanstrengung hielt er Elisabeth stand. Was immer sie mutmaßte, sie hatte keinen Beweis, den sie vor Gericht vorbringen konnte.

Doch Monarchen besaßen andere Mittel und Wege, sich eines Ministers zu entledigen, der seine Befugnisse überschritt – er könnte, wie Amy Dudley, einen zeitlich wohlbedachten Unfall erleiden.

Elisabeth streckte unvermittelt die Hand nach ihm aus. Als er sie innig an seine Lippen drückte, vernahm er Elisabeths sanfte Stimme und wußte, daß sie lächelte. »Ich weiß nicht, wer Amy ermordet hat; ich glaube, ich will es gar nicht wissen. Aber wer immer es war, ich bin ihm dankbar.«

»Madam«, flüsterte er. »Ich lasse mich nicht aufhalten, Cecil, von Euch nicht und von keinem anderen Mann. Ich lasse mich nicht an die Kandare nehmen. Wenn Ihr eine ungezähmte Stute reiten wollt, müßt Ihr es ohne Sattel lernen.«

Er lächelte matt. »Ich bin ein schlechter Reiter, Majestät.«

»Ich versprach Euch nie eine unbeschwerliche Reise, nur ein lohnendes Ziel. Ich bin die einzige Person auf dieser Welt, die Euch geben kann, wonach Euch gelüstet. Kommt mit mir, Cecil, ich brauche Euch.«

»Und Dudley? Braucht Ihr ihn auch?«

»Ihr dürft nicht eifersüchtig sein. Ich gebe Euch ein für allemal mein Wort, daß ich den Mann weder heiraten noch in mein Bett nehmen werde. Ich gebe Euch das Wort einer Königin – und Jungfrau. Genügt das, damit Ihr mir vertraut, oder ist es Euch lieber, wenn ich mich der Demütigung einer ärztlichen Untersuchung unterziehe?«

Sein bläßliches Gesicht lief purpurrot an, und Elisabeth fragte sich flüchtig, wie lange es her sein mochte, seit jemand William Cecil zum Erröten gebracht hatte wie ein verschämter Schuljunge. Als er sich feierlich vor sie hinkniete und beteuerte, das Wort der Königin sei ihm so heilig wie das Wort Gottes, war sie amüsiert über ihre Macht, ihn zu rühren, und schlug ihm leicht mit ihrem Fächer auf den Kopf. »Dann betet, daß ich die zwei nicht verwechsle, wie mein Vater es mehrmals tat.«

Cecil erhob sich, geschwellt von Triumph, der gegen die Nadelstiche ihres Spottes gefeit blieb. Sie war auf immer sicher vor Dudleys unzüchtigem Griff, sie hatte ihr Wort gegeben, ihr königliches Wort, und er glaubte es, weil er es glauben mußte.

Als Cecil fort war, spielte Elisabeth, allein im Zimmer, bei Kerzenlicht Spinett. Eine Weile bewegten sich ihre Finger mit gewohntem Geschick über die Tastatur, doch plötzlich hämmerte sie wild drauflos, und die Töne wurden zu Mißklängen. Sie schlug das Instrument zu und überließ sich einem zügellosen Lachanfall. Sie lachte über ein Zerrbild der Liebe, lachte über ihr Gefangensein in einem Gefühlswirrwarr mit zwei Männern, die nichts miteinander gemein hatten als Ehrgeiz und die englische Sprache. Zwei Männer, bereit zum Kampf bis aufs Messer um das Recht, sie zu besitzen; der eine begehrte ihren Leib, der andere ihre Seele. Erst jetzt wurde ihr bewußt, wie eng sie an beide gebunden war. Sie zerrten in entgegengesetzte Richtungen, und wenn sie lange und fest genug zerrten, würden sie sie zweifellos entzweireißen wie eine Stoffpuppe, auf daß ein jeder in seine Behausung laufen und sich hämisch seiner toten, nutzlosen Trophäe freuen könne. Erst jetzt ging ihr auf, wie sie dieses tödliche Spiel in ihren eigenen Vorteil verkehren könnte. Sie würde die Spitze dieses Dreiecks sein und alle Macht darin kontrollieren. Cecil hatte ihr soeben unwissentlich die Mittel dazu in die Hand gegeben.

Sie war nun frei von Robert, frei von seiner räuberischen Zuneigung und ihrer eigenen Ungewißheit. Sie konnte sich ihrer Liebe zu ihm hingeben innerhalb der Grenzen, die sie selbst bestimmte. Alle Welt wußte, daß sie ihn nicht heiraten konnte, und deshalb konnte sie auch keine Schwangerschaft riskieren. Die eisernen Schranken der Logik würden ihn aus ihrem Bett fernhalten.

Doch der Kern ihrer Heiterkeit war Cecil – ihr guter, verschlagener Cecil, der sich so schlau dünkte. Das war er auch – vielleicht etwas zu schlau. Er war wie alle anderen der Meinung, ihre Ablehnung eines ausländischen Prinzen beruhe auf ihrer heimlichen Sehnsucht nach Robert Dudley. Sogar Cecil glaubte, ihre öffentliche Beteuerung, sie sei mit England vermählt und werde als Jungfrau sterben, sei nichts als die leere Behauptung eines zimperlichen Weibes. Niemand nahm sie ernst, doch für das Spiel, für das sie sich entschieden hatte, war das nicht von Belang.

Hinter ihrem Widerstreit der Gefühle wurde die freie Entscheidung, ledig zu bleiben, von rein politischen Erwägungen genährt. Nur zu deutlich hatte sie die Katastrophe gesehen, welche die ausländische Heirat ihrer Schwester nach sich zog. Eine Vermählung mit Frankreich oder Spanien würde England abermals zu einem Vasallenstaat erniedrigen, während die Heirat mit einem Engländer Splitterkämpfe unter ihren eifersüchtigen Edelleuten provozierte. Eine regierende Königin konnte nur auf eine Art überleben, nämlich allein. Wie es jetzt um sie stand, hatte sie vielleicht noch zwanzig Jahre, um ihre Feinde gegeneinander auszuspielen, um einen Keil zwischen Frankreich und Spanien zu treiben, indem sie beide in ständiger Furcht hielt, sie würde einen Kandidaten der anderen Seite ehelichen. Es war ein Spiel, das zu gewinnen nur eine Frau hoffen konnte, und wenn es gelang, würde es ihr die Zeit verschaffen, die sie brauchte, um einen geistig und finanziell bankrotten Staat wieder aufzubauen. Sie wollte dieses Land kultivieren, bis es blühte wie eine schöne Rose; sie wollte den Handel aufleben lassen, die

Bildung fördern, die Piraterie vorantreiben und ihre Schiffe zu den Reichtümern der Neuen Welt aussenden. Sie wollte nicht zu skrupelhaft sein; was immer zu bezahlen war, es war seinen Preis wert. Und wenn Schwierigkeiten drohten, wollte sie sich mit List und Lügen herauswinden. Sie war vermutlich die geschickteste Lügnerin der Welt, und sie war stolz darauf! Sie machte sich keine Illusionen über das, was ihr bevorstand: Jahre unaufhörlichen Ringens, womöglich großen Leides, Jahre, in denen sie ihre eigenen Wünsche so hart, wenn nicht härter, bekämpfen mußte wie die unzähligen Feinde ringsum. In vieler Hinsicht würde sie das Dasein einer Nonne führen.

Sie stand am Scheideweg ihres Lebens und betrachtete die Gabelung. Auf der einen Seite lag die höchste Erfüllung einer Frau, auf der anderen die Erfüllung einer Königin. Und als sie den steilen, dornigen Pfad vor sich sah, verließ sie einen Augenblick der Mut. Sie wäre so gern nach Kew geritten, um sich in Roberts Arme zu werfen und ihn anzuflehen, die Geister niederzustrecken, die sie verfolgten. Sie wollte lieben und geliebt werden und ihm ein Dutzend muntere schwarzhaarige Kinder schenken. Aber das würde nicht gutgehen. Tief im Innern wußte sie, daß sie nicht dazu geschaffen war, eines Mannes Gemahlin zu sein.

Aber gerade das, was zum Makel ihrer Weiblichkeit geriet, konnte England dienen und sie zu einer großen Königin machen. Sie konnte alle gegeneinander ausspielen, Frankreich, Spanien und Papsttum, Volk und Parlament, Cecil und Robert ...

Armer Robert! Tränen traten ihr in die Augen. Sie wischte sie mit grimmiger Geste fort. Große Königinnen heulten nicht wie kleine Mädchen um das, was nicht sein konnte! Sie trat vor den Spiegel, griff zu den winzigen Farbtiegeln, mit denen sich die Zeichen des Kummers von der Maske der majestätischen Erhabenheit tilgen ließen. Als sie fertig war, sah ihr Spiegelbild sie ruhig an, ein kühles, kluges Antlitz, gefaßt und entschlossen.

Zwei Männer und eine Frau, dachte sie und lächelte. Sie wußte, es konnte gelingen. Sie konnte beide zu ihren eigenen Bedingungen haben und alles von ihnen nehmen, was sie zu geben hatten. Und sie konnte es aus keinem besseren Grund als dem, daß einer von ihnen – gewöhnlich der scharfsichtigste aller Männer – sich aus Angst hatte verleiten lassen, sich wie ein Narr zu benehmen. Durch einen einzigen kleinen Fehler mit verheerenden Folgen hatte sie beide in der Hand.

3. Teil
Die Königin

21

Das Trauergemach war vom Schein schwarzer Kerzen erleuchtet, die schweren Vorhänge waren zugezogen, um das helle Tageslicht nicht hereindringen zu lassen. Die Tradition verlangte, daß nach dem Tod eines französischen Königs seine Witwe sich vierzig Tage zurückzog. Nicht einmal die Sonnenstrahlen durften diese Zeit der Trauer stören. Außer ihren vier Dienerinnen hatte Maria Stuart seit mehr als einem Monat niemanden gesehen. Trotz ihres echten Schmerzes über den Verlust ihres Mannes, Franz II., der ihr mehr Spielgefährte denn Gatte gewesen war, wurde ihr die erzwungene Untätigkeit allmählich langweilig.

In ganz Frankreich verkündeten die Glocken: Der König ist tot, es lebe der König. Aber König Karl IX., für den sie läuteten, war ein verängstigter neunjähriger Knabe, der sich in den Gemächern seiner Mutter verkroch. Die rachsüchtige Katharina von Medici wartete nur eine geziemende Zeitspanne ab, bevor sie sich das Vergnügen gönnte, ihre verachtete Schwiegertochter aus Frankreich zu vertreiben. Maria wußte, daß sie von der Frau, die sie einmal verächtlich als Kaufmannstochter geschmäht hatte, allenfalls einen Aufschub von wenigen Monaten erwarten konnte. Und dann hieße es »Frankreich adieu« für das Mädchen, das durch Geburt Königin von Schottland, durch Heirat Königin von Frankreich und in den Augen eines jeden guten Katholiken in Europa von Rechts wegen Königin von England war.

Sie konnte sich kaum an Schottland erinnern. Es war nur mehr ein verblaßter Alptraum, ein Echo wilder nächtlicher

Hufschläge, die sie von den englischen Feinden forttrugen, ein Geruch von Feuchtigkeit, Verwesung und Schweiß. Ihre stolze, empfindliche Natur schauderte bei der Erinnerung, ihr Geist wand sich wie ein Tier in den Maschen eines Netzes, das Schlupfloch suchend, das Entkommen verheißt. Und wenn Maria an Entkommen dachte, dachte sie an England – von Rechts wegen ihr Reich, ihren Händen von einer habgierigen protestantischen Thronräuberin entrissen. Es war kaum zu fassen, daß die Engländer eine illegitim Geborene als Königin hinnehmen und sie auch noch in dem abscheulichsten Skandal unterstützen konnten, der seit des alten Königs Heinrich ehelichen Possen den Höfen Europas Gesprächsstoff lieferte. Elisabeth war nicht nur illegitim, sie war eine Hure. Mit welcher List bewerkstelligte sie es, daß sich ein so stolzes Volk wie die Engländer ihrer amoralischen Herrschaft unterwarf?

Maria hatte lange in ihren venezianischen Spiegel geblickt und sich diese Frage gestellt, und jetzt glaubte sie die Antwort gefunden zu haben. Weil ihnen keine andere Wahl blieb, mußten die Engländer widerwillig mit diesem Weibsstück vorliebnehmen. Aber säße die Königin von Schottland erst jenseits der Grenze auf ihrem Thron, würde sich das ändern. Mit der richtigen Heirat und von ausländischen Truppen unterstützt, könnte sie binnen sechs Monaten Königin von England sein. Ein schwieriges Hindernis galt es jedoch zu überwinden: Um nach Schottland zu gelangen, mußte sie englische Gewässer passieren. Wollte sie dies gefahrlos tun können, bedurfte es eines schriftlichen Geleitbriefes der sogenannten Königin von England, und diesen zu erbitten, hieße anerkennen, daß die Thronräuberin befugt war, ihn auszustellen.

Jung und impulsiv wie sie war, sagte sich Maria, sie würde lieber in ein französisches Kloster eintreten, als Elisabeth Tudor um etwas bitten. Doch ihr Ehrgeiz siegte über ihre Empfindlichkeit. Sie mußte ihren Stolz mäßigen. War sie erst sicher in Schottland gelandet, würde England ihr Fußschemel sein. Was schadete es also, zu bitten? Elisabeth wurde nicht wagen, es ihr abzuschlagen. Das einzige wirkliche Hindernis, das Maria vor sich sah, bestand darin, das englische

Weibsstück gerade lange genug aus dem Bett des Stallmeisters zu bekommen, um das erforderliche Schriftstück zu unterzeichnen.

Maria wandte sich lachend vom Spiegel ab. Sie lachte oft, wenn sie an Elisabeth dachte. Ein Stallmeister, ein Schurke von niedriger Geburt, der Sohn eines Verräters – war es möglich, daß so eine Dirne ihr lange im Weg sein konnte?

Sie läutete nach ihren Damen und lächelte fröhlich, als sie erschienen. Morgen würden die schwarzen Kerzen gelöscht zum Zeichen, daß Marias offizielle Trauerzeit zu Ende war. Sie wollte sich jenseits des sicheren französischen Hafens ein neues Leben aufbauen.

Grelles Julisonnenlicht flutete in goldenen Strahlen durch die Gitterfenster der Langen Galerie und ließ die Smaragde in Elisabeths Haar funkeln. Elisabeth glättete die Federn ihres Fächers zwischen den Fingern und blickte über den belebten Fluß, auf dem sich Barkassen und kleine Boote tummelten. Unter ihr wogte London vor Betriebsamkeit wie ein riesiger Ameisenhaufen; sie konnte sich am Anblick dieses pulsierenden Herzens ihres Königreichs nicht sattsehen.

Cecil, der neben ihr wartete, verlagerte sein Gewicht auf sein gesundes Bein. Ihr Gesicht sagte ihm wie üblich nichts. Sie war in aller Öffentlichkeit in Wut geraten, als die Nachricht von Marias Ersuchen sie erreichte, aber da sie sich vortrefflich darauf verstand, in Zorn, Kummer oder Freude auszubrechen, wann immer sie es für angezeigt hielt, wußte er nicht, was sie wirklich empfand. Er selbst war über die Nachricht entsetzt, und die meisten Ratsmitglieder teilten seine Bestürzung. Die bedeutendste Rivalin der Königin in unmittelbarer Nachbarschaft jenseits der Grenze, das war eine schlimme Aussicht. Es würde unweigerlich zu Unruhen im katholischen Norden führen. Durch Marias Weigerung, den Vertrag von Edinburg zu unterzeichnen, war dessen wichtigste Klausel ungültig. Ihr Anspruch auf den englischen Thron bestand nach wie vor, und im wesentlichen waren sie jetzt wieder da, wo sie angefangen hatten.

Cecil war müde und niedergeschlagen. Sein gichtkranker Fuß schmerzte arg. Wenn die Königin nur nicht so gerne stünde! Er beäugte kummervoll einen Schemel und hüstelte diskret, um sie an seine Gegenwart zu erinnern. »Soll ich eine Antwort an die schottische Königin aufsetzen, Madam?«

»Wenn Ihr wollt.« Sie wandte sich vom Fenster ab. »Ich denke, ich habe meine Meinung sehr deutlich gemacht. Solange sie den Vertrag nicht unterzeichnet und nicht auf ihren Anspruch verzichtet, werde ich nicht für ihre Sicherheit in englischen Gewässern garantieren.«

Cecil fingerte unbehaglich an seinen schlichten Knöpfen. »Und wenn sie sich weigert, Madam, was dann?«

Elisabeth hob den Fächer so, daß nur die dunklen Augen und die glänzenden Haare über den weißen Federn sichtbar waren. »Dann, mein Freund, geht es um mein Leben oder ihres. Unterrichtet Throckmorton von meinen Bedingungen.«

Cecil verbeugte sich bekümmert und entfernte sich.

»...und unter diesen Umständen, Madam«, sprach Throckmorton, der englische Gesandte, mit vor Verlegenheit zitternder Stimme, »sieht Ihre Majestät sich leider gezwungen, Euch das sichere Geleit zu verweigern.«

Ein Laut ungläubigen Erstaunens entfuhr der kleinen Gefolgschaft der schottischen Königin. Maria erhob sich mit eisiger Würde aus ihrem Sessel. »Zieht Euch zurück«, sagte sie zu den Frauen in ihrer unmittelbaren Nähe, »ich beabsichtige nicht, aus meinem Zorn einen öffentlichen Auftritt zu machen.« Sie rauschte zu dem rosa gepolsterten Fenstersitz. Der gedemütigte englische Gesandte folgte ihr. »Verzeiht, Madam«, sagte er ruhig. »Ich konnte nichts tun, um Euch das zu ersparen – keiner kann etwas tun, wenn Ihre Majestät in solcher Stimmung ist. Jedoch«, er ergriff hoffnungsvoll ihre Hand, »wenn Ihr diesen Vertrag unterzeichnen wolltet, würdet Ihr sie überaus entgegenkommend finden. Meine Gebieterin kann eine loyale Freundin sein«, er senkte die Stimme, »oder eine Todfeindin. Ich ersuche Euch aus tiefstem Herzen, macht sie Euch nicht zur Feindin.«

Maria lächelte nachsichtig und berührte seinen Arm. Sie fürchtete sich nicht vor seiner Gebieterin, wie Throckmorton es so offensichtlich tat, und es war an der Zeit, daß sie dies deutlich machte. »Die Feindschaft der Engländer ist mir nicht neu, Sir«, sagte sie freundlich. »Ich verzichte nicht auf meine Rechte, nur um mir den Unmut Eurer Königin zu ersparen. Ich werde ohne ihre Genehmigung segeln, und ich bereue einzig, daß ich mich so weit vergaß, sie um einen Gefallen zu bitten.«

Throckmorton kaute verlegen an seiner Lippe. »Und wenn ein Sturm Euch zufällig an Englands Küste verschlägt, Madam?« Maria hob gleichmütig die schmalen Schultern. »Dann mag ich ein Opfer Eurer Königin werden.« Sie schenkte ihm ein mattes Lächeln. »Und wer weiß, mein Freund, vielleicht wäre das sogar das beste.«

Er wußte keine Antwort darauf. Es dünkte ihn höchst eigenartig, daß sie so sprach; er fragte sich, was sie wohl sah, als sie an ihm vorbeiblickte. Was es auch war, es machte sie schaudern.

Er küßte ihr mit ehrlichem Bedauern zärtlich die Hand. Sie war so verletzlich – schön, bezaubernd, mit allen weiblichen Schwächen, die auf einen starken Mann so anziehend wirkten. Wenn er ehrlich war, gab er ihr keine Chance, eine ernste Konfrontation mit Elisabeth zu überleben. Er konnte nichts mehr tun, um ihr zu helfen. Als Gesandter mußte er sich vorsehen. Er hatte ihr seinen Rat gegeben, und weiteres Disputieren würde nur seine Position bei Elisabeth gefährden. Er entfernte sich bekümmert und überließ es der Königin von Schottland, ihre Fehler allein zu machen.

»Miststück!« Elisabeths geballte Faust krachte auf ihr Schreibpult, und Throckmortons Botschaft flatterte zu Boden. »Dummes kleines Miststück! Wer zum Teufel hat ihr diesen Wahnsinn geraten?«

Cecil bückte sich mechanisch nach den verstreuten Papieren. Insgeheim bezweifelte er, daß gegenwärtig irgend jemand die schottische Königin beriet. Von Stolz und Courage getrieben, handelte sie schlicht aus einer Gefühlsregung heraus, die für künftige Verhandlungen nichts Gutes verhieß. Intrigen, Unruhen und ausländische Interventionen waren die natürlichen Folgen ihrer Ankunft in Schottland. Selbst wenn sie sich ein Jahr zurückhielt, um ihren Einfluß zu festigen, würde sie eine ständige Bedrohung für Elisabeths Leben sein. Elisabeth blickte auf ihre Papiere und griff sich mit einer unbewußt gereizten Geste, die Cecil erschreckte, an die Schläfe.

»Die Sommerreise nach Suffolk«, begann er vorsichtig.

»Ja«, sagte sie obenhin, »was ist damit?«

»Es ist noch Zeit, sie abzusagen, Madam.«

Sie blickte bestürzt auf. »Absagen? Aus welchem Grund? In Suffolk sind keine Unruhen.«

»Madam, Ihr seid nicht in der Verfassung für so eine anstrengende Reise.«

Sie kniff die Augen zusammen und schob die Papiere ärgerlich zur Seite.

»Habt Ihr mit meinen Frauen geredet?«

»Ich war besorgt«, gestand er nervös, »und einige Eurer Damen bestätigten –« Er brach ab, als er merkte, daß er beinahe eine Indiskretion begangen hätte.

»Nun«, drängte sie drohend, »was haben meine Frauen gesagt? Bei Gott, heraus damit!«

»Vergebt mir, Madam, sie sagen, Ihr habt die Farbe eines Leichnams, und man kann Eure Knochen zählen.«

Elisabeth stand auf, und er wich instinktiv zurück. »Hol sie der Teufel!« fauchte sie. »Und ihre geschwätzigen Zungen! Habe ich sie eingestellt, um meine Knochen zu zählen und meinem Staatssekretär einen heiligen Schrecken einzujagen?«

Cecil wurde puterrot vor Freude. *Meinem* Staatssekretär – hatte er richtig gehört?

Elisabeth sah ihn mühsam das Gewicht von einem Fuß auf den anderen verlagern. Plötzlich schenkte sie ihm ein reizendes Lächeln, das ihn ganz aus der Fassung brachte. Er war nicht in sie verliebt, aber er erkannte mit erschreckender Klarheit, warum so viele Männer es waren. »Um Gottes willen, Cecil, beschränkt Eure Spionage auf ein einträglicheres Feld, Schlafzimmerklatsch könnte Euer Ende sein.«

»Mit Verlaub, Madam, meine Bedenken bleiben bestehen.«

»Ohne Grund, mein Freund. Ich schwöre, ich werde Euch alle überleben.« Sie setzte sich wieder und stützte das Kinn auf die Hände.

Cecil seufzte. Er wirkte nicht überzeugt.

»Hört, sollte ich jemals die Absicht haben, aus dieser Welt

zu scheiden, werde ich Euch einen Monat vorher verständigen. Selbst unter Berücksichtigung Eurer Gicht ließe Euch das genügend Zeit, Euch durch eine Flucht nach Genf in Sicherheit zu bringen – meint Ihr nicht auch?«

»Madam!«

Sie gebot ihm mit erhobener Hand Schweigen. »Setzt Euch. Ich muß Euch etwas zeigen.«

Er nahm vorsichtig auf dem Stuhl ihr gegenüber Platz, tief betrübt über ihre Vermutung, nur Eigennutz sei der Anlaß für seine Besorgnis. Er hegte ein starkes väterliches Gefühl für sie, das jeder logischen Deutung trotzte. Ihm schien, er habe sein ganzes Leben auf der Stelle getreten und darauf gewartet, ihr zu dienen. Für ihn zählte beinahe nichts neben den Stunden, da er von der schwierigsten, anspruchsvollsten Person, der er je begegnet war, auf allen Gebieten des Intellekts herausgefordert und angeregt wurde.

Die Königin unterzeichnete ein Schriftstück und schob es ihm über den Tisch zu. Er sah es sich an und blinzelte erstaunt. Es war die Genehmigung für Maria Stuarts sicheres Geleit durch englische Gewässer. »Die Genehmigung verläßt England in dem Augenblick, da Maria in See sticht.«

»Zu spät, um ihr von Nutzen zu sein?« Cecil hob fragend eine Augenbraue. »Warum sie dann überhaupt unterzeichnen?«

»Um mich abzusichern. Sollte sie Schottland unbeschadet erreichen, werde ich einfach sagen, Throckmorton habe mich mißverstanden – aber daß Ihr mir keinen Fehler begeht, Cecil. Wenn sie uns durch die Finger schlüpft, wird jemand dafür hängen.«

Cecil rollte das Schriftstück hastig zusammen und erhob sich mühsam. »Ich lasse die Flotte den Kanal nach unbefugten Schiffen absuchen, Madam.«

»Gut.« Elisabeth legte ihre Feder beiseite. »Laßt mich in Hampton Court oder Greenwich fünf Minuten mit ihr allein, und der Vertrag von Edinburg wird in Kraft treten. Bei Gott, sie wird ihn unterzeichnen, und wenn ich ihr die Hand führen muß.«

»Und dann, Madam?«

»Und dann werde ich keinen Streit mehr mit ihr haben. Sie

kann auf meine Freundschaft zählen – sie wird weiß Gott herzlich wenig Freunde finden, wenn sie nach Schottland kommt.«

Cecil runzelte die Stirn. »Diese Taktik setzt Marias Gefangennahme voraus, Madam. Aber der Kanal ist weit, und die Elemente sind in Gottes Hand. Ein Sturm, plötzlicher Nebel, und es wird wie die Suche nach einer Stecknadel in einem Heuhaufen sein.«

»Ihr steht Euch doch bestens mit Gott, nicht wahr, mein Freund? Seht, was Ihr erreichen könnt.«

Ihr Zynismus erschreckte ihn. Er hustete, um von seiner Fassungslosigkeit abzulenken. »Ich werde selbstverständlich alles tun, was in meiner Macht steht, Madam. Wenn die schottische Königin in ihrer Heimat landet, ohne daß diese Angelegenheit gelöst ist, fürchte ich, daß der kluge Kopf Eurer Majestät nicht mehr lange festsitzt.«

Elisabeth lächelte ihn verschlagen an. »Das dürfte meine Kopfschmerzen für immer kurieren.«

»Ganz recht, Madam«, sagte er trocken, »aber mir und allen anderen loyalen Engländern wäre ein weniger drastisches Heilmittel lieber. Und zu diesem Zweck – um auf die Reise zurückzukommen – werden Majestät meinen Rat beherzigen?«

Ihr vorwurfsvolles Lächeln war entwaffnend. »Ich beherzige immer Euren Rat, William Cecil, das müßtet Ihr unterdessen wissen.«

Er entfernte sich geschmeichelt und mit sich und der Welt zufrieden. Als sich die Tür hinter ihm geschlossen hatte, fügte Elisabeth leise für sich hinzu: »Aber ich befolge ihn natürlich nicht immer.«

Es war Hochsommer. Robert stand an einem Fenster und zupfte unbehaglich an der würgenden hohen Halskrause, während unter ihm eine riesige, wogende Menschenmenge in gefühlvoller Zuneigung den Namen der Königin pries. Der vereinigte Gestank so vieler ungewaschener Leiber wehte zu ihm herauf und zwang ihn, sich abzuwenden und sich eine Parfumkugel vor die Nase zu halten. Ach, wäre er doch in Richmond, wo eine kühle Brise vom Fluß hereinwehte, wäre er doch in Hampton im lieblichen Schatten des Kräutergartens – wäre er doch irgendwo auf der Welt, nur nicht mit dem englischen Hof auf Reisen. Dies war gewiß die ausgesuchteste Form der Folter, die einem Menschen jemals auferlegt wurde.

Er blickte zu der Königin hinüber, die bleich und verdrießlich an ihrem Ankleidetisch saß, und er fragte sich wieder einmal, warum sie sich diese alljährliche Tortur des Reisens inmitten ihres Volkes nicht ersparte. Ihm persönlich war jeder enge Kontakt mit dem Pöbel zutiefst zuwider, und wie Elisabeth es über sich brachte, sich unbefangen unter die stinkende Masse der von Krankheiten befallenen Bauern zu mischen, das ging über seinen Verstand. Er erkannte allmählich, daß er eine ganze Menge an ihr nicht verstand...

Seit Amys Tod war fast ein Jahr vergangen, und er wußte immer noch nicht, woran er mit der Königin war. Sie hatte ihn bei der Rückkehr an den Hof mit stiller Zuneigung begrüßt – er hätte eher von einem Urlaub auf dem Lande zurückkehren können statt aus der Verbannung. Nun bekundete sie öffentlich ihren Glauben an seine Unschuld, aber wenn sie allein waren, sprach sie nicht darüber, und er wagte nicht, das Thema anzuschneiden. An der Oberfläche war zwischen ihnen alles, wie es vor der Tragödie gewesen war. Doch Cecils blasierte Überheblichkeit gab ihm zu verstehen, daß er sein Ziel noch nicht erreicht hatte. Enttäuscht und unsicher ließ er Elisabeths willkürlich wechselnde Launen über sich ergehen. Sie besaß mehr Seiten als ein geschliffener Diamant, und sie zu lieben war so kompliziert, wie wenn man Liebesaffären mit einem halben Dutzend Frauen gleichzeitig unterhielt. Früher oder später würde er Elisabeth verlieren, entweder an einen ausländischen Gemahl oder an einen anderen strebsamen jungen Emporkömmling, dem kein rechtliches Hindernis im Weg stand. Robert war tödlich eifersüchtig auf jeden Mann, der, und sei es noch so kurz, in Elisabeths Nähe kam.

Aber heute abend wollte er ihr keine Anträge machen, weder leichtfertige noch andere. Kein Mensch, der alle Sinne beisammen hatte, wagte ihre Aufmerksamkeit zu erregen, wenn sie schlecht gelaunt war. Er kannte alle Anzeichen, die einen Wutausbruch ankündigten, und er war nicht überrascht, als sie sich plötzlich ein Paar Smaragdohrringe herunterriß und sie in die mit Samt ausgeschlagene Schmuckschatulle warf. »Robert! Diese Ohrringe von Euch zwicken mich!«

Er eilte zu ihr; sie blickte finster ihr Spiegelbild an. »Das höre ich mit Bedauern, Madam«, erwiderte er vorsichtig. »Ich nahm an, sie säßen perfekt.«

»Eure Annahme ist falsch, Mylord, so falsch wie Euer jämmerlicher Schmuck! Was soll ich heute abend tragen?« Sie schob ihm unwirsch die Schatulle hin. »Findet mir etwas Passendes, ich bin des Suchens müde.«

Beklommen sichtete er den Inhalt der großen Schatulle. Er besaß einen guten Geschmack, und diese Aufgabe war ihm nicht ungewohnt, aber was er auch wählte, heute abend würde alles falsch sein. Über Elisabeths mit Juwelen geschmücktem Haar fing er Lettices verzweifelten Blick auf, und seine Augen ruhten einen Moment wohlgefällig auf ihren vollen Lippen. Zum erstenmal fiel ihm auf, was für ein ungemein anziehendes Mädchen Lettice war.

Die Königin beobachtete ihn unwillig im Spiegel, und er wählte hastig ein Paar schlichte Perlen. Elisabeth schlug sie ihm aus der Hand. »Dummkopf! Wenn ich die trage, muß ich ein anderes Kleid anziehen.« Sie blickte um sich, als suche sie etwas, woran sie ihren Ärger auslassen könnte. »Lettice, sind alle Fenster offen? Hier drinnen ist es wie in einem Ofen.«

»Eines habe ich nicht aufbekommen, Madam, der Riegel klemmt.«

Lettice senkte sittsam den Blick. »Vielleicht könnte Lord Robert es öffnen, wenn ich es ihm zeige?«

Elisabeth sah sie scharf an, dann zuckte sie gleichgültig die Achseln. »Meinetwegen. Seht, was Ihr tun könnt.«

Robert und Lettice zogen sich gemeinsam zu einem Fenster am anderen Ende des Raumes zurück und lächelten sich hinter dem Rücken der Königin zu. Lettice streckte keck die Zungenspitze heraus, und Robert legte ihr warnend eine Hand aufs Handgelenk. Ihre Blicke trafen sich abermals und verharrten. Die übrigen Frauen waren zu aufgeregt und zu eifrig mit dem Unmut ihrer Gebieterin befaßt, um etwas zu bemerken.

Der Hof war auf Reisen, und Robert als Oberstallmeister oblagen sämtliche Maßnahmen für den Transport. Wie allen anderen Höflingen war ihm die Mühsal dieser alljährlichen Ausflüge zuwider. Es war unerläßlich für Monarchen, so viel wie möglich von der Bevölkerung zu sehen und gesehen zu werden, und Elisabeth reiste aufwendiger als ihre Vorgänger. Ihr riesiges Gefolge zog während der langen Sommermonate durch das Land, stieg in großen Herrschaftshäusern und übervölkerten kleinen Städten ab. Sie litten unter schlechten Straßen, widriger Witterung und der Gefahr von Pest oder Blattern. Nichts hielt Elisabeth von diesem strapaziösen Brauch ab, und niemand, der sie bei sich zu Gast hatte, wurde nach dem überwältigenden Erlebnis wieder ganz derselbe, der er vorher war. Der Hof nebst dem Gesinde, das ihm auf dem Fuße folgte, fiel herein wie ein Heuschreckenschwarm, eine Horde streitender Höflinge, ein jeder darauf bedacht, ein anständiges Bett für die Nacht zu ergattern. Die Kosten waren für den Edelmann, der sie bewirtete, wahrlich ruinös, aber keiner konnte der Ehre oder dem Drang widerstehen, den anderen mit einer noch üppigeren Bewirtung zu übertreffen. Die Königin, froh über jede Gelegenheit, ihren spärlichen Staatssäckel zu schonen, nutzte die Eitelkeit der Edelleute gehörig aus, blind für das Chaos, das sie hinterließ, und das gewöhnliche Volk liebte sie dafür.

In der Öffentlichkeit war sie huldvoll, ungezwungen und geistreich, den geringsten ihrer Untertanen zugänglich; sie gewann ganze Städte mit ihrer schlichten, liebenswürdigen Art und sprach mit jedem Kind, das ihr einen zerrupften Blumenstrauß reichte. Doch als die sommerlichen Temperaturen anstiegen und die Verpflichtungen immer unerträglicher wurden, fanden diejenigen, die ihr aufwarteten, es zunehmend unmöglicher, sie zufriedenzustellen.

Die primitiven sanitären Verhältnisse trugen auch nicht zur Besserung ihrer Laune bei. Sie war heikel in hygienischen Dingen; eine eiserne Reisebadewanne rumpelte neben dem Prunkbett, wohin sie sich auch begab. Robert lebte in ständiger Furcht, die Wanne zwischen einem Reiseziel und dem nächsten zu verlieren, und seine Diener bewachten sie tatsächlich bewaffnet. Im Schloß Windsor hatte Elisabeth zwei mit Steinen ausgelegte Badezimmer einrichten lassen, deren Decken mit Spiegeln verkleidet waren, und alle, die in ihrer unmittelbaren Nähe dienten, mußten sich ihren Gewohnheiten anpassen oder die Folgen tragen.

Einzig Robert hatte, als sie allein waren, sie zu necken gewagt und behauptet, eine neue Generation von Flöhen sei gezwungen gewesen, schwimmen zu lernen.

Elisabeth hielt ihren Hof sauber und erstaunlich wohlriechend, aber auf Reisen war sie den ländlichen Gepflogenheiten und dem verbreiteten Glauben, Gestank könne nicht schaden, völlig ausgeliefert. Zwar wurden vor ihrer Ankunft die Straßen von Abfällen gesäubert und die Kothaufen entfernt, aber niemand konnte die Massen ausräuchern. Sie ließ nicht zu, daß man das Volk zurückhielt, wenn es sich um sie scharte. In diesem Jahr litt sie mehr denn je unter der Hitze, dem Gestank und dem unaufhörlichen Reigen festlicher Veranstaltungen. Die Einsicht, daß Cecil recht gehabt hatte, machte sie heute abend dermaßen verstimmt, daß Robert sich lebhaft an ein Pulverfaß erinnert fühlte, das auf einen verirrten Funken wartet. In dem Raum voll nervöser Frauen herrschte eine so gespannte Atmosphäre, daß alle, die eine falsche Bewegung machten, damit rechnen mußten, sich im Tower wiederzufinden, wo sie Muße hätten, zu bereuen.

Hinter dem mit Edelsteinen geschmückten Rücken der Königin packte Lady Katherine Grey eine Phiole mit französischem Parfum aus. Sie bewegte sich mechanisch wie in Trance. Seit einigen Monaten war sie angespannt und geistesabwesend, und ihre scheue Schweigsamkeit, die so gar nicht zu ihrem einstigen Übermut paßte, gab Elisabeth zu denken. Sie beobachtete das Mädchen im Spiegel; nicht zum erstenmal fiel ihr Katherines etwas schwerfälliger Gang auf. Als sie ein wenig schwankte und sich unbedacht mit einer Hand am Stuhl der Königin festhielt, wandte Elisabeth sich um und nahm die Hand ihrer Cousine. »Du siehst blaß aus, Katherine. Ist dir nicht wohl?«

Katherines Finger verkrampften sich unter den ihren auf

der Stuhllehne. »Es ist nichts, Madam. Ich fürchte, die Hitze macht uns allen zu schaffen.«

Elisabeth lächelte sie zweifelnd an. »Bist du sicher, daß es mehr nicht ist? Deine Gesundheit ist mir sehr teuer, Cousine. Du solltest meinen Arzt aufsuchen.«

Die Parfumphiole fiel dem Mädchen aus der Hand und zerschellte auf dem Fußboden. Das Zimmer füllte sich mit Moschusduft. Lady Katherine starrte ihrer Gebieterin in die Augen wie ein gejagter Fuchs. »Madam, vergebt mir – vergebt mir!« Sie sank auf die Knie, ergriff die Hand der Königin und drückte sie an ihre trockenen Lippen.

»Vergeben, wofür?« Elisabeth lachte. »Weil du eine dumme Parfumflasche zerbrochen hast? Steh auf, du närrisches Ding, geh und zieh dir ein anderes Kleid an, du riechst wie ein französisches Bordell!«

Katherine wurde über und über rot und floh, begleitet von gedämpftem Gespött und Gekicher, aus dem Zimmer. Ihre affektierte Hochmütigkeit machte die Schwestern Grey bei Hofe nicht eben beliebt, und die meisten von Elisabeths Damen freute es, Katherine verwirrt und verlegen zu sehen.

»Elendes Mädchen!« schimpfte Mrs. Ashley. Sie kniete nieder, um die Bescherung mit zarten Taschentüchern aufzuwischen. »Ich begreife nicht, warum Hoheit sich soviel aus dieser hochmütigen Schlampe machen. Ich schwöre, sie hat es absichtlich getan! Ausgerechnet das teure Lieblingsparfum Eurer Majestät!«

»Ach, Robert wird mir eine neue Flasche schenken, nicht wahr, Lieber?« Elisabeth hielt ihm ihre Hand hin, und er drückte sie leidenschaftlich; er legte seine Lippen kühn auf ihr edelsteingeschmücktes Haar und beobachtete ihr Gesicht im Spiegel. »Ich würde Euch den Mond und die Sterne schenken, Madam, wenn Ihr darum bätet.«

Lächelnd zog sie seine Hände über ihre Schultern. »Hier, steckt mir die an.«

Sie reichte ihm die Smaragdohrringe, die sie fünf Minuten zuvor verschmäht hatte.

»Ich dachte, die zwicken«, erinnerte er sie gutgelaunt und beugte sich vor, um die Ohrringe zu befestigen.

»Die?« Sie blickte ihn mit gespielter Verwunderung an.

»Aber das sind meine Lieblingsohrringe, die hat mir jemand geschenkt, den ich ganz besonders schätze.«

Sie ließ sich von ihm aufheben und mit seiner gewohnten Vertrautheit küssen. Alle lachten und applaudierten leise, als der Kuß inniger wurde, außer Lettice, die vergessen am Fenster stand und böse auf die betrunkene Menge draußen hinunterstarrte. Sie beteiligte sich nicht an den gehässigen Reden, die nun folgten.

»Katherine Grey ist eine unausstehlich selbstgefällige Gans, Madam, wie könnt Ihr sie ertragen?«

»Oh, ich habe meine Gründe, das dürft Ihr mir glauben. Wo ist der verflixte Fächer?«

»Hier, Madam – und manchmal ist sie sehr unverschämt zu Eurer Majestät, und das nach all Eurer Güte.«

»Ich schwöre, sie würde alles tun, um Euch eins auszuwischen, Madam.«

»Mrs.Ashley hat recht, sie hat die Flasche absichtlich fallen lassen.«

»Ach was, das glaube ich nicht.« Vom Fenstersitz neben Lettice schaltete sich Mary Sidneys träge, gutmütige Stimme ein. »Hoheit wissen, wie leicht dergleichen geschehen kann. Gott weiß, als mein Philip unterwegs war, habe ich fast alles zerbrochen, was ich in die Hand nahm...«

»Schwangere lassen bekanntlich oft etwas fallen«, bemerkte Elisabeth nachdenklich. Sie sah Robert an, der ihren Blick verständnislos erwiderte.

Erst in den frühen Morgenstunden sollte er die Bedeutung dieser beiläufigen Bemerkung erfassen, als er nämlich erschrocken aus dem Schlaf fuhr und Lady Katherine Grey auf den Knien neben seinem Bett fand. Sie flehte ihn an, sich bei der Königin für sie zu verwenden. Er stieg eilends aus dem Bett und blickte ängstlich zur Tür. Ein wachsamer Spitzel Cecils hätte sie in sein Zimmer treten sehen können, und wenn Cecil das erfuhr, würde er dafür sorgen, daß es der Königin zu Ohren käme.

Er zog Katherine unsanft hoch und sah sie angewidert an. »Hört auf zu heulen, Weib«, sagte er barsch, »was zum Teufel fällt Euch ein, mitten in der Nacht zu mir zu kommen?«

»Ach, Lord Robert«, flüsterte sie, »ich bin schwanger!«

Er starrte sie an, dann mußte er lachen. »Dumme kleine Dirne, die Königin wird Euch wie eine ordinäre Hure vom Hof jagen!«

»Ihr versteht nicht, so war es nicht. Wir sind verheiratet.«

»In diesem Fall«, bemerkte er gefühllos, »wird es Euch den Kopf kosten.«

Ihr Mund klappte auf und wieder zu, und sie schwankte. Robert fing sie fluchend auf, dann stieß er die Schluchzende in einen Sessel. »Verrat«, brummte er, »Euch ist doch klar, daß das, was Ihr getan habt, Verrat ist? Wie konntet Ihr so töricht sein, ohne Genehmigung der Königin zu heiraten?«

»Wir lieben uns, und nun ist er in Frankreich, und ich bin hier und kann es nicht mehr lange geheimhalten. Als sie mich heute abend ansah, war ich fast sicher, daß sie etwas gemerkt hat. Und sie haßt mich, Lord Robert, ich weiß es, trotz all ihrer süßen Worte haßt sie mich; sie wartet nur auf einen Anlaß, um mich zu vernichten.«

»Sehr wahrscheinlich«, sagte er trocken. »Und wieso kommt Ihr mit diesem Fiasko zu mir? Was erwartet Ihr von mir, um Gottes willen?«

Katherine bedeckte seine Hände mit Küssen. »Legt ein gutes Wort für mich ein. Auf Euch hört sie, sie tut Euch gern einen Gefallen, alle sagen, daß sie –«

»Wenn Ihr das glaubt, wäret Ihr besser zu Cecil gegangen«, sagte er grimmig, »aber von ihm könnt Ihr keine Gnade erwarten. Euch ist hoffentlich klar, in was für eine schwierige Lage Ihr mich gebracht habt.«

»Aber Ihr werdet mit ihr sprechen?«

»Mir bleibt kaum eine andere Wahl, oder? Wenn sie von jemand anderem als mir von diesem Besuch erfährt, ist es aus mit mir. Kommt, erzählt mir jetzt lieber alles von Anfang an.«

Es war die traurige Geschichte einer heimlichen Heirat mit einem jungen Grafen, und einige Einzelheiten waren so absurd, daß Robert am liebsten gelacht hätte, wäre die Angelegenheit nicht so ernst gewesen. Die Schwester des Grafen, die einzige Zeugin der heimlichen Trauung, war im März gestorben, und Katherine hatte die schriftlichen Unterlagen verloren. Als sie ihre Erzählung beendet hatte, fand Robert, sie gehöre in ein Irrenhaus, doch er wußte sehr wohl, wohin sie gehen würde, sobald er die Königin unterrichtet hatte. Katherine hatte ihr eigenes Todesurteil unterzeichnet, und er brachte es nicht über sich, ihr zu sagen, daß die einzige Sache, für die er sich bei der Konigin verwenden würde, seine eigene sei. Er hatte genug Schwierigkeiten, ohne auch noch in diese Klemme hineingezogen zu werden. Als es ihm endlich gelang, Katherine loszuwerden, ging er wieder zu Bett. Er lag den Rest der Nacht wach und überlegte sich, was er am Morgen sagen würde.

Er rechnete mit Zorn, und Elisabeth enttäuschte ihn nicht. Sie beantwortete seine ängstliche Schilderung von Katherines Fehltritt mit einer Reihe drastischer Flüche und der Anordnung, das Mädchen unverzüglich in den Tower zu schaffen. Als der Aufruhr sich gelegt und sie ihre Frauen eine Schar gackernder Hühner geschimpft und verscheucht hatte, setzte sich Elisabeth in ihren Sessel und lachte. »Ihr seid gar nicht böse?« fragte Robert. »Keineswegs. Es ist überaus entgegenkommend von Katherine, den Schauplatz für immer zu verlassen.« Für immer. Er glaubte zu wissen, was das bedeutete. Nun ja, es war unvermeidlich. Er sagte ruhig: »Ihr könnt eine Schwangere nicht hinrichten lassen. Ihr müßt warten, bis das Kind geboren ist.« Die Farbe wich aus dem Antlitz der Königin, und sie schauderte im heißen Sonnenschein. »Ich lasse sie überhaupt nicht hinrichten«, sagte sie matt.

Er war verblüfft. »Ihr wollt sie leben und eine Horde Kinder aufziehen lassen, die Euren Thron bedrohen?«

»Bastarde sind keine Bedrohung für mich.«

»Aber dieses Kind wird kein Bastard sein«, sagte er geduldig. »Katherine ist verheiratet.«

»Es wird ihr schwerfallen, das zu beweisen, wenn sie die Urkunden verloren hat und die einzige Zeugin tot ist.«

Er lächelte bewundernd. Sie war so schlau. Als Dirne in den Tower verbannt, würde Katherine die Unterstützung der Puritaner verlieren, die bis heute ihre Tugend und legitime Geburt gepriesen und mit der fragwürdigen Geburt und noch fragwürdigeren Moral der Königin verglichen hatten.

»Dann –«

»Mildere ich ihr Urteil gnädig in lebenslänglich.«

Er beugte sich lachend über ihren Sessel und küßte sie anerkennend auf den Mund. »Ihr listige Katze, gibt es irgend etwas, das Ihr nicht in Euren eigenen Vorteil ummünzen könnt?«

»Fragt mich das noch einmal«, sagte sie leise, »wenn ich alle meine Rivalinnen sicher hinter Schloß und Riegel habe, beide Greys und Lennox ...«

»Und die Königin von Schottland?«

Sie lachten über diesen absurden Gedanken, bis Elisabeth sich zurücklehnte und Robert amüsiert ansah. »Ach, Robert«, sagte sie versonnen, »sollte ich je die Chance erhalten, den Schlüssel in dem Schloß umzudrehen, werfe ich ihn in die Themse.«

22

Im August entkam die französische Galeere mit Maria Stuart an Bord im dichten Nebel den englischen Kriegsschiffen und legte vor Leith an. Es gab keine offizielle Begrüßung, weil Marias illegitimer Bruder James annahm, sie werde vorher einen nicht geplanten Abstecher nach England machen. Auf einem plumpen alten Klepper begab sich Maria in ihre Hauptstadt. Ihr sank der Mut, als sie durch die gewundenen Gassen zu dem tristen, wenig einladenden Palast ritt. Es folgte eine primitive Feier, die sie an die gezwungene Munterkeit eines Leichenschmauses gemahnte. Sie schreckte vor den schwerfälligen, schmuddeligen schottischen Lords zurück, die ihre Humpen auf die nackten Tische knallten, sich kratzten, rülpsten und in die schmutzigen Binsen spuckten. Sie dünkten Maria kaum besser als die Häuptlinge der Wilden. Sie war insgeheim entsetzt, daß sie die Königin dieser Barbaren war, und bemerkte wehmütig die zynischen Blicke ihres hochmütigen französischen Gefolges.

Ein mächtiges Feuer loderte im Kamin, aber in der großen Halle bewirkte es nicht mehr als eine Kerzenflamme. Maria fröstelte. Die wohlgeformten Füße in den Satinpantoffeln waren wie Eis, und Feuchtigkeit lag in der Luft. Maria konnte nicht glauben, daß sie dies wirklich erlebte; es mußte ein scheußlicher Alptraum sein, aus dem sie gewiß erwachen würde. Sie war froh, als sie sich endlich in das Schlafgemach zurückziehen konnte, das so winzig war, daß ihre Damen sich gegenseitig auf die Schleppen traten.

»Es ist nicht für lange«, sagte sie forsch, und die Frauen lächelten tapfer; sie hatten ihre eigenen Unterkünfte bereits gesehen.

Es sollte nicht für lange sein, denn Maria gedachte nicht zu bleiben.

Schottland war ein ungemütlicher Rastplatz, kein endgültiges Ziel. Als sie sich auf das harte Keilkissen zurücklehnte, sah sie eine Spinne zwischen dem Bettpfosten am Fußende und dem Baldachin ein großes Netz weben. Auch sie konnte geschwind und emsig ein Netz von Intrigen spinnen.

Spanien war ihre größte Hoffnung. Der spanische Erbe war eine schwachsinnige Mißgeburt, aber was wog dergleichen gegen die Vorteile einer spanischen Heirat? Von einer katholischen Armee unterstützt, könnte sie Elisabeth gewiß zwingen, sie als ihre Nachfolgerin anzuerkennen. Eine Invasion wäre dann vielleicht gar nicht vonnöten. Es gab ermutigende Gerüchte über Elisabeths angegriffene Gesundheit, und es wurden Zweifel an ihrer Gebärfähigkeit laut. Maria blickte ergeben seufzend um sich. Im Kerzenlicht und mit aufgehängten Wandteppichen war das kleine Zimmer jetzt einigermaßen behaglich. Es mußte für eine Weile genügen, falls sie beschloß, noch etwas länger auf ihre Belohnung zu warten. Warten bedeutete, Schottland für sich einzunehmen und um die Gunst der englischen Königin zu werben; warten bedeutete Lügen und List.

Und ich bin jung und habe die Zeit auf meiner Seite.

Der Oktober 1562 war kalt und stürmisch. Im französischen Bürgerkrieg kämpften die englischen Soldaten einen verlorenen Kampf. Die Pest war ausgebrochen und lichtete ihre Reihen, bis der Rückzug unvermeidlich schien.

Die Königin hatte wahrlich genug vom Krieg. Zweimal hatte sie Cecils militärischen Ambitionen stattgegeben; einmal hatte er Erfolg, einmal war er, wie es nun schien, gescheitert. In Zukunft wollte sie Krieg um jeden Preis vermeiden.

Ein scharfer Wind rüttelte an den Fenstern des Palastes und trieb trockene Blätter zuhauf über die weiten Rasenflächen von Hampton Court.

Elisabeth stand am Flußufer und fütterte eine Schar hungriger Schwäne. Gelegentlich lehnte sie sich, von einem trockenen, krächzenden Husten geschüttelt, ans Geländer.

»Der Wind ist wie ein Messer«, flüsterte Mary Sidney besorgt. »Sie sollte sich nicht im Freien aufhalten. Kannst du sie nicht zum Hineingehen überreden, Robert?«

Robert tat sein Bestes. Zweimal bemerkte er, es sehe nach Regen aus; zweimal klagte er verdrossen, ihm sei kalt. Schließlich stampfte er am Geländer auf und ab und schlug mit den Armen um sich, wobei er barsch bemerkte, niemand, der seine fünf Sinne beisammen habe, hätte sich an so einem Tag aus dem Palast gewagt.

Elisabeth leerte die letzten Krümel aus ihrem Beutel und sagte amüsiert: »Ihr verweichlicht allmählich bei dem guten Leben, Robert. Vielleicht sollte ich Euch zu den Schwänen in den Fluß stoßen, damit Ihr erfahrt, was Kälte bedeutet. Und –« der Rest war nicht zu verstehen, da sie wieder einen Hustenanfall hatte.

Robert nahm ihre Hand und erschrak. »Eure Hand ist heiß, Ihr habt Fieber, Madam.«

Sie schüttelte den Kopf. »Es ist nichts, nur eine Erkältung, sagt der Arzt.«

»Schon möglich.« Er legte fest einen Arm um ihre Taille und führte sie in Richtung Palast. Mary eilte hinterher. »Mir wäre wohler, wenn Ihr einen zweiten Arzt hinzuziehen würdet. Da gibt es diesen deutschen Doktor, der sehr fähig sein soll. Darf ich ihn kommen lassen?«

»Was soll das Getue«, murrte Elisabeth. »Ihr wißt, ich kann Ärzte nicht leiden.«

»Konsultiert ihn wenigstens, mir zuliebe. Und wenn er bestätigt, daß es nur eine Erkältung ist, will ich ihm gerne glauben.«

Es waren die Blattern. Sie warf den braven Arzt hinaus,

weil er die schreckliche Diagnose gestellt hatte; sie schrie, er sei ein Lump und solle ihr aus den Augen gehen. Doch eine Woche später lag sie im Koma, ohne einen einzigen Flecken am Körper, und die Hofärzte eröffneten Cecil, daß ihr Tod nahe sei.

Verzweifelt schickten sie abermals nach dem Ausländer. Der erfaßte ihren Zustand mit einem Blick. Noch immer kein Ausschlag auf der Haut, das Schlimmste, was geschehen konnte.

»Beinahe zu spät«, verkündete er ergrimmt. »Facht das Feuer an und legt eine Matratze davor. Sie muß die Infektion ausschwitzen.«

Während der Arzt bei der Arbeit war, trat der Rat verwirrt und ängstlich zusammen, um ihre Nachfolgerin zu bestimmen. Es sah ganz so aus, als müßte man Lady Katherine Grey doch aus dem Tower holen, aber tief im Innersten wußten alle, daß die schottische Königin sich durch nichts daran hindern lassen würde, aus dem Norden herbeizurauschen und ihren Anspruch auf ihr Erbe geltend zu machen.

Sie befanden sich am Rande eines Bürgerkriegs, als der Arzt erschöpft aus dem Zimmer der Königin trat. »Das Fieber ist zurückgegangen«, verkündete er salbungsvoll. »Mit der gebotenen Sorgfalt wird sie leben.«

Die Ratsmitglieder umdrängten ihn, sie johlten wie Schuljungen, klopften ihm auf den Rücken, drückten ihm die Hand, lachten und weinten, und er fühlte sich wie ein Gott. Als alle ausgelassen tobend verschwunden waren, um zu feiern, trat der Sekretär, der an dem hysterischen Jubel nicht teilgenommen hatte, zu ihm und schüttelte ihm die Hand. »Ihr werdet Euren Lohn erhalten, für das, was Ihr getan habt, Sir. Die Dankbarkeit der Königin...«

»Sprecht mir nicht von der Dankbarkeit der Königin«, schimpfte der Arzt und lachte zornig auf, »sie weiß nicht, was das Wort bedeutet. Ihre ersten bewußten Worte waren eine Beschwerde. Ihre Hände, ihre schönen, unvergleichlichen Hände sind, ich bitte Euch, durch wenige Flecken verunstaltet und bleiben vielleicht gezeichnet. Sie wird mir nie verzeihen, niemals.«

»Fieberwahn, vielleicht«, meinte Cecil.

»Nein, Sir, sie ist bei klarem Verstand. Ich sage Euch, die Frau hätte es verdient, verunstaltet zu sein, aber ihr Gesicht ist verschont geblieben. Ich darf hinzufügen, daß sie für ihr Gesicht beinahe mit dem Leben bezahlt hätte.« Er funkelte Cecil wütend an. »Ich bin nie einer Frau begegnet, die eines Herrn und Meisters dringender bedürfte, Sir. Ich rate Euch, findet ihr unverzüglich einen Gemahl mit einer strengen Hand, sonst werdet Ihr eine Menge Ärger bekommen.«

Cecil wollte gerade etwas erwidern, als die Tür hinter ihm aufging.

Dort stand Robert, zerzaust und bleich von der langen Wacht. »Doktor«, sagte er barsch, »die Königin bittet um Euren Beistand.«

Der Deutsche sah ihn mit leicht erhobenen Brauen an. »Eure Königin *bittet*?«

»Meine Schwester ist erkrankt. Die Königin fürchtet –«

»Ich verstehe.« Der Arzt nahm seine Tasche und ging zur Tür. »Ich komme sofort. Ihr könnt froh sein, Mylord, wenn Ihr Euch nicht angesteckt habt.«

Cecil, allein gelassen, grübelte über diese erfreuliche Aussicht und überlegte sich, was Dudleys natürliche Beseitigung für ihn bedeuten würde.

Elisabeth saß auf Mary Sidneys Bettkante, einen Schal um ihre abgezehrte Gestalt. Sie spielte mit den Fransen, lutschte daran und wand sie um ihre Finger. Plötzlich beugte sie sich vor und berührte sachte die Mullmaske, die das Gesicht der Freundin verhüllte. »Nehmt das ab, Mary. Ihr sollt Euer Gesicht nicht vor mir verstecken.«

Mary wich verlegen in die Kissen zurück. »Bitte, Madam«, protestierte sie matt, »es ist besser, Ihr seht es nicht.«

Elisabeth blickte sie ernst an. »Ihr habt mich Tag und Nacht gepflegt. Laßt mich sehen, was es Euch gekostet hat.«

Widerstrebend zog Mary das Band auf. Die Mullmaske glitt auf die Bettdecke. Trotz ihres Vorsatzes, sich nichts anmerken zu lassen, stöhnte Elisabeth auf. Robert hatte sie gewarnt, aber keine Worte konnten sie auf den entsetzlichen Anblick des entstellten Gesichts der Freundin vorbereiten. Die einst so glatte Haut hatte die poröse Beschaffenheit von geronnener Hafergrütze; es war eine häßliche Mondlandschaft aus blasigem Schorf und tiefen Kratern.

Um Marys willen durfte sie nicht weinen. Um die Tränen zu unterdrücken, sprach sie fieberhaft davon, einen Arzt aus dem Ausland kommen zu lassen. »Es gibt viele Behandlungsmethoden –«

»Aber kein Heilmittel«, sagte Mary ruhig, »nur Fügung in Gottes Willen. »

»Gott!« Die Königin schien an dem Wort zu ersticken.

»Gott hat Euch das nicht angetan. Das war ich.«

»Madam –« Mary zögerte und sah Robert hilfesuchend an. Er nickte, und sie ergriff die Hände der Königin. »Madam, ich bitte Euch, entlaßt mich aus Euren Diensten. Laßt mich zurückgezogen zu Hause leben – ich kann nicht am Hof bleiben, so – so –«

Elisabeth starrte auf die Bettdecke. Robert sah das Ringen in ihren Augen, das Ringen einer selbstsüchtigen Frau, die im Begriff ist, ein echtes Opfer zu bringen. Es gab wenige Frauen, an denen ihr etwas lag, und er wußte, wie sehr sie an Mary hing. Sie unterdrückte ihre erste Regung, es der Freundin auszureden; sie wußte, wenn sie Mary zu bleiben bäte, würde diese es ihr nicht abschlagen.

»Natürlich.« Sie blickte auf und lächelte gezwungen. »Ihr müßt nach Hause zu Eurer Familie. Ich habe Euch viel zu lange von Euren Kindern ferngehalten. Aber Ihr kommt mich ab und zu besuchen, ja? Ein Zimmer wird in all meinen Palästen für Euch bereit sein.«

Mary drückte die Hand der Königin an ihre entstellte Wange.

Elisabeth fühlte heiße Tränen durch ihre Finger rinnen.

»Danke, Madam. Ihr seid so verständnisvoll, so gütig...«

Die Königin wurde glühend rot und sah hastig fort. »Ich bin nicht gütig, Mary. Ich bin unerbittlich und selbstsüchtig. Fragt Euren Bruder, wenn Ihr es nicht glaubt.« Mary sah sie an, und ein zaghaftes Lächeln erhellte ihr Gesicht mit einem flüchtigen Schimmer seiner einstigen Schönheit. »Liebste Madam«, sagte sie leise, »Ihr kennt Euch nicht.«

Im Flur vor Marys Zimmer machte Elisabeth ihren aufgestauten Gefühlen in einem Schwall wilder Flüche Luft. »Unter all den gemeinen, verschlagenen, häßlichen Weibern – warum mußte es ausgerechnet sie treffen?«
»Ihr habt keine Schuld«, sagte Robert unbeholfen.

»Sie trägt meine Entstellung zu ihrer dazu – wie kann ich da schuldlos sein? Seht mich an«, befahl sie, und er hob zögernd den Blick. »Ist eine einzige Narbe in meinem Gesicht?«

Er schüttelte langsam den Kopf.

»Und nennt Ihr das natürlich?«

»Es ist nicht an mir, zu –«

»*Ist es natürlich*?« Die Worte trommelten wie eisige Hagelkörner auf seine Ohren. Er ließ seine Augen über ihr Gesicht schweifen und blickte rasch fort. »Nein«, flüsterte er schließlich kraftlos, »ich habe nie jemanden gesehen, der unversehrt überlebt hat.«

»Auch niemanden, der so entstellt ist wie Eure Schwester, nicht wahr?«

»Zweifelt nicht an Gottes Willen«, sagte er rasch, »das ist niemals klug.«

Ihre Augen wirkten riesengroß in dem blassen Gesicht. Sie legte eine Hand auf seinen Arm, und er spürte, wie sie zitterte. »Jemand hat mein Leben verzaubert«, sagte sie leise. »Ich wünschte, ich könnte glauben, daß es Gott war.«

Sie schien jedenfalls mehr Leben zu haben als die sprichwörtliche Katze. Robert dachte an alles, was über sie gemunkelt wurde, und fragte sich, was es damit auf sich haben mochte.

Durch Elisabeths Krankheit war das Parlament zum Leben erwacht wie ein halb zugerittener Hengst, der die grausamen Sporen zu spüren bekommt. Sie hatten sich lange genug geduldet, und in dem Wissen, daß Wunder – ebenso wie der Blitz – nicht zweimal an derselben Stelle einschlagen, vereinten Ober- und Unterhaus ihre Stimmen und riefen lauthals nach Heirat und Regelung der Thronfolge. Für Elisabeth war beides aus politischen und persönlichen Gründen gleichermaßen unmöglich. Aber das konnte sie ihnen nicht sagen, und es erforderte all ihren Charme und ihre Geschicklichkeit, sich herauszuwinden und am Ende ohne Kürzung ihrer Apanage und ohne die Zuneigung der Männer einzubüßen, aus der Sitzung hervorzugehen. Die Parlamentsversammlung löste sich auf, bevor die Teilnehmer erkannten, daß der königliche Fisch ihnen abermals entschlüpft war. Elisabeth aber war verärgert, weil man sie so unter Druck gesetzt hatte. Und wenn sie denen zürnte, die sie nicht bestrafen konnte, mußte Robert dafür büßen. Ihrer beider Beziehung war für den Hof eine ständige Quelle der Neugier. Als Elisabeths Fieber auf dem Höhepunkt war, hatte sie den Rat gebeten, Robert im Falle ihres Todes zum Lordprotektor von England zu ernennen, und sie schwor bei Gott als ihrem Zeugen, daß, obwohl sie Robert sehr liebe, zwischen ihnen nie etwas Unrechtes vorgefallen sei. Als sie aber später wieder bei klarem Bewußtsein war und er sie darauf anzusprechen wagte, war sie nur zornig errötet. Dann hatte sie gelacht und gemeint, sie müsse sich im Fieberwahn befunden haben. Es war das erste Mal, daß er sie um Worte verlegen sah, und so sehr sie den Vorfall auch herunterspielte, er kennzeichnete eine Veränderung in Roberts Position. Elisabeth erhob ihn unmittelbar darauf in den Kronrat und verlieh ihm damit erstmals ein Mitspracherecht in der Reichsregierung. Cecil schwieg finster dazu, aber als sie den Herzog von Norfolk ebenfalls in den Rat erhob, war er beruhigt, weil er das Gleichgewicht wiederhergestellt sah. Dudley und der vornehme Adlige waren sich spinnefeind; Roberts ehrgeizige Bestrebungen würden durch Norfolks Einfluß in der Ratsversammlung gründlich gedämpft werden.

Roberts Sitz im Kronrat war nichts anderes als ein weiterer Schritt in einer beispiellosen Reihe von Höhen und Tiefen in der königlichen Gunst, durch die er sich in ständiger Unsicherheit befand.

»Er ist wie mein Hündchen«, ließ Elisabeth sich öffentlich vernehmen, »wenn die Leute ihn sehen, wissen sie, daß ich in der Nähe bin.«

Und er hatte wirklich ein Hundeleben bei ihr. Sie überschüttete ihn mit Wohltaten; sie schlug ihn ins Gesicht. Sie bestallte ihn zum Grafen von Leicester; sie zerschnitt die Ernennungsurkunde öffentlich vor seinen Augen in kleine

Schnipsel und sagte, die Dudleys seien seit drei Generationen Verräter und sie beabsichtige nie mehr einen Dudley über seinen Stand zu erheben, weil er sie dann bedrohe. Im März 1563 verblüffte sie den Hof, indem sie Robert dem schottischen Gesandten als geeigneten Gemahl für Maria Stuart anbot.

Als Robert unangemeldet in der Vorzimmertür erschien, sah Elisabeth ihm seine mörderische Wut an. Sie machte sich auf eine Szene gefaßt und schickte ihre Hofdamen eilends hinaus. Als sich die Tür hinter ihnen geschlossen hatte, riß Robert ihr die Seidenfäden aus der Hand und schleuderte den Stickrahmen durchs Zimmer. Aus seiner Miene las sie, daß nicht viel fehlte, und er würde sie hinterher werfen.

»Bin ich ein Spielzeug, das man verschenkt, wenn es nicht mehr gefällt?« schrie er. »Oder ist dies ein gemeiner Trick von Cecil, um mich endgültig loszuwerden?«

»Ich sehe, Ihr habt es schon gehört«, sagte sie ruhig. »Mir scheint, jeder hat es verdammt gut gehört, von hier bis Schottland – jedermann, nur ich nicht! Seid Ihr mir nicht zumindest die Höflichkeit einer Erklärung schuldig?«

Sie legte ihre Seidenfäden in den Korb zurück und lächelte matt. »Ich bin Euch gar nichts schuldig, Robert, das solltet Ihr bedenken, ehe Ihr mich anbrüllt. Nun setzt Euch und hört mich an, oder Ihr werdet Eure Wut heute nacht im Tower abkühlen.«

Er ließ sich neben sie auf den Fenstersitz fallen »Ihr seid also meiner überdrüssig«, sagte er bekümmert.

»Ach, seid kein Narr!« Sie strich ihm sanft über die Wange. »Wenn ich Euch wirklich los sein wollte, wüßte ich eine billigere Methode.«

»Billiger?«

»Dies wird mich mindestens einen Grafentitel für Euch kosten.«

Sein Gesicht wurde steinern. »Wie das letzte Mal? Wollt Ihr mich wieder zu Eurer perversen Belustigung öffentlich zum Narren machen?«

»Nein«, gab sie gelassen zurück, »diesmal unterschreibe ich. Ein Adelstitel zur Festigung Eurer Stellung im Rat, das habt Ihr Euch doch gewünscht, nicht wahr? Ihr könnt ihn nun haben, unter Umständen, über die nicht einmal Cecil sich beklagen kann. Ich werde der schottischen Königin den Grafen von Leicester anbieten, mit meiner persönlichen Empfehlung bezüglich seiner Tüchtigkeit.«

»Im Bett?«

»Es wäre von Vorteil, wenn sie das annähme. Ich habe bereits vorgeschlagen, daß wir zu dritt einen Hausstand gründen – auf meine Kosten.«

Robert lachte. »Was erwartet Ihr als Gegengabe – eine Kriegserklärung?«

»Sie wird allenfalls ihrem Urteilsvermögen den Krieg erklären.

Dies wird ihrer Selbstbeherrschung den Garaus machen. Keine Angst, Robert, Ihr geht nicht nach Schottland. Ihr seid nur der Köder in meiner Falle.«

»Würmer sind der beste Köder, nicht wahr?« bemerkte er bitter. »Doch Würmer können sich winden. Vielleicht seid Ihr so gut und erklärt es etwas genauer. Ich fürchte, das ist zu hoch für mein bescheidenes Begriffsvermögen.«

»Es muß hoch sein«, sagte Elisabeth nachdenklich, »Maria ist gerissen und in Frankreich geschult. Sie hat zwei Jahre geduldig gewartet, daß ich von allein tot umfalle, aber so entgegenkommend war ich nicht. Ich denke, sie merkt allmählich, daß ich nicht so gebrechlich bin, wie sie hoffte; alle Anzeichen sprechen dafür, daß sie nicht mehr viel länger warten wird. Eine ausländische Heirat wird unserer scheinheiligen Freundschaft ein Ende machen, und dann wird Maria gegen mich marschieren. Ich kann nicht zulassen, daß sie eine gute Partie macht, ich darf es nicht! Der Mann, den sie heiratet, muß sie in Schwierigkeiten bringen. Und wenn sie lange genug über den Korb, den sie Euch geben wird, nachgedacht hat, ist sie vielleicht bereit, den zu nehmen, den ich ihr eigentlich zugedacht habe.«

»Ihr habt ihr einen Mann zugedacht? Wer ist es?«

»Lennox' ältester Sohn, Henry Darnley.«

Er gaffte sie mit offenem Mund an. Das Licht vom Fenster tanzte auf der Krone aus Diamantzacken, die ihre flammendroten Haare festhielt, und fing sich in einem durchsichtigen Spinnwebschleier über ihren bloßen Schultern. Ihr Gesicht zeigte einen Schimmer boshafter Freude und

Bedrohlichkeit, und nicht zum erstenmal spürte er ein leichtes Kribbeln der Angst.

»Aber Ihr wollt sie doch wohl keinen Mann heiraten lassen, der Anspruch auf Euren Thron hat! Würde die Ehe mit dem Sohn Eurer Cousine Marias Position nicht stärken? Was kann sie überhaupt an einer Invasion hindern?«

Elisabeth spielte versonnen mit ihrem Fächer. »Wenn sie Darnley heiratet, wird sie nicht mehr an meine Krone denken, weil sie alle Hände voll zu tun haben wird, ihren Gemahl von jedem Bierfaß und Hurenbett in Edinburg fortzuzerren. Hinter dem guten Cousin Henry steckt mehr, als sein Engelsgesicht vermuten läßt. Glaubt mir, Robert, wenn seine Mama wüßte, was ihr herziges blauäugiges Söhnchen hinter den Türen eines Freudenhauses treibt, sie würde ihn windelweich prügeln.«

Robert runzelte die Stirn. »Ich habe an seinem Verhalten nie etwas Nachteiliges bemerkt.«

»Oh, er würde es nicht wagen, seinen üblen Gewohnheiten bei Hofe zu frönen, wo Mama ihn beobachtet. Aber wenn er erst losgelassen und in Schottland ist, wird er wild wie ein tollwütiger Hund. Wir werden nichts mehr von Marias Ansprüchen hören, sobald sie Darnley eine Krone aufs Haupt gesetzt hat!«

»Aber was macht Euch so sicher, daß sie ihn will?«

»Sein hübsches Schmollgesicht, sein Tudorblut, sein Anspruch auf meinen Thron. Oh, er hat gewiß seine Vorzüge! Oberflächlich besehen, ist er eine glänzende Partie, und ich werde scheinbar Himmel und Hölle in Bewegung setzen, um die Heirat zu verhindern. Ich werde schreien und mit dem Fuß stampfen und vielleicht sogar mit Krieg drohen – das dürfte sie überzeugen, daß er wirklich begehrenswert ist! Wenn sie ihn nimmt – und sie wird ihn nehmen –, wird sie triumphieren, weil sie mich endlich überlistet hat. Und in der Minute der Trauung wird die Gräfin Lennox in den Tower gehen, weil sie die Sache gegen meinen ausdrücklichen Wunsch eingefädelt hat.«

Robert sah sie prüfend an und berührte ihre geballte Faust in ihrem Schoß. »Gott weiß, ich kann die Gräfin nicht leiden, aber ich habe mich oft gefragt, warum Ihr sie so haßt.«

Elisabeth starrte mit zusammengekniffenen Augen ins Weite.

»Ach, das ist ein alter Groll. Ich sollte ihn inzwischen begraben haben, aber jedesmal, wenn die alte Vettel in meine Nähe stolziert, muß ich daran denken, wie ich unter ihr gelitten habe, und dann möchte ich ihr am liebsten den dürren Hals umdrehen.« Sie erzählte ihm von der Küche.

Seine Augen weiteten sich vor Empörung und Zorn. »Verräter auf der Folter haben weniger zu leiden«, murmelte er. »Das hätte Euch um den Verstand bringen können.«

»Den Gefallen habe ich ihr nicht getan, denn das war ja ihre Absicht. Aber auch so trage ich noch die Narben ihrer Bosheit.« Sie streckte die Hände auf Armeslänge aus, mit den Handflächen nach unten, und er bemerkte zum erstenmal das ständige Zittern. »Seitdem schlafe ich schlecht, ich schrecke beim leisesten Geräusch auf, ich schelte und schlage ohne ersichtlichen Grund, so daß meine Frauen mich hinter meinem Rücken als mißlauniges Weibsstück verfluchen – o ja, das tun sie, und sie haben recht!« Sie runzelte die Stirn. »Eine Menge Leute haben dazu beigetragen, meine Nerven zu zerrütten, Robert, aber Lennox war die einzige, die es aus Gehässigkeit tat. Und Lennox allein wird dafür büßen, das habe ich damals geschworen.«

»Indem sie ihren Sohn zum König gekrönt sieht? Wäre ihr das nicht wenigstens zehn Jahre im Tower wert?«

Elisabeth lächelte zögernd. Etwas an diesem Lächeln ließ ihn unwillkürlich erschaudern. »Die Schotten haben scharfe Dolche und eine alte Tradition, ihre Könige zu töten. Ich denke, sie werden kurzen Prozeß machen mit einer affektierten männlichen Hure, die versucht, sich bei ihnen als großer Herr aufzuspielen, und Darnley ist töricht genug, das zu versuchen. Eine Prise Macht, und er hält sich für Gott den Allmächtigen.«

Robert blickte zu Boden. »Ihr wollt ihn in den Tod schicken, nicht wahr? Das ist Euer wahrer Beweggrund – Eure endgültige Rache an Lennox!«

Sie sah ihn kühl an. »Mein wahrer Beweggrund ist, Marias Ambitionen zu zügeln und meine Krone zu schützen. Das ist alles, was wirklich zählt. Das weitere ergibt sich rein zufällig, aber ich glaube, es wird trefflich gelingen – Ihr nicht?«

»Nein. Ich verstehe nicht, wieso Ihr meint, mit den Gefühlen von halb Europa Schach spielen zu können.«

Sie lächelte und fuhr spielerisch mit den Fingern durch sein Haar.

»Ich wette mit Euch um tausend Kronen auf das Ergebnis.«

Jetzt war er wirklich sprachlos. In Gelddingen besaß sie den Instinkt eines Geizhalses. Sie würde niemals eine so hohe Summe auf etwas setzen, dessen sie nicht ganz sicher war. Andererseits war die Möglichkeit, diese Wette gegen sie zu gewinnen, unwiderstehlich. So erklärte er sich schließlich bereit, die Rolle zu spielen, die sie ihm zugedacht hatte. Er nahm die Wette an und sah ungläubig die Ereignisse sich stetig fast genau so entwickeln, wie die Königin vorausgesagt hatte.

Um aus Robert einen geeigneten Freier für Maria zu machen, erhob Elisabeth ihn zum Grafen von Leicester. Es war ein königlicher Titel, der nie zuvor jemandem ohne einen Tropfen königlichen Blutes verliehen worden war, aber wie Elisabeth vermutet hatte, konnte unter diesen Umständen nicht einmal Cecil etwas dagegen einwenden. Der einzige, der am Hofe ein Gesicht machte, als ersticke er an der Sache, war Melville, der schottische Gesandte. Bei der Verleihungszeremonie mußte er Zeuge sein, wie die jungfräuliche Königin von England den vor ihr knienden frisch ernannten Grafen im Nacken kitzelte. Robert blickte vertraulich grinsend zu ihr auf, und sie teilte die Lippen zu einem possenhaften Kuß. Der Schotte unterdrückte mühsam das brennende Verlangen, sie in das anmaßende Gesicht zu schlagen. Er hatte in den vergangenen Wochen viel von der englischen Königin erduldet. Mehr als einmal hatte sie ihn in eine unerträgliche diplomatische Klemme gebracht und zu wissen verlangt, ob er sie schöner fände als seine Gebieterin. Welche sei die bessere Musikantin, die bessere Tänzerin? Er war unter ihrem tückischen Blick vor Verlegenheit scharlachrot geworden, denn die unerhörten Fragen wurden immer persönlicher, und Elisabeths Hofdamen bogen sich vor Vergnügen über sein heftiges Unbehagen. Nie im Leben war er dermaßen zum Narren gemacht worden, und diese Titelverleihung brachte das Faß zum Überlaufen. Wie konnte sie es wagen, seine Königin zu beleidigen, indem sie ihr diesen nichtswürdigen Abenteurer anbot, der in dem Ruf stand, seine Gattin ermordet zu haben, um in das königliche Bett zu gelangen? Wie konnte sie es wagen, ihrem Günstling bei einem feierlichen Staatsakt den Nacken zu kitzeln? Was mochten sie in ihren Privatgemächern treiben, wenn sie sich schon öffentlich so aufführten? Und dann dieser geschmacklose Vorschlag, zu dritt einen Hausstand zu gründen ... Er blickte auf und erstarrte, denn die Zeremonie war vorüber, und Elisabeth steuerte schon wieder auf ihn zu. Sollte sie noch eine abgeschmackte Bemerkung machen – nur eine einzige! würde er jegliche Diplomatie außer acht lassen.

»Nun, Melville, was haltet Ihr von meiner neuen Ernennung?«

»Er wird seinem Stand zweifellos zur Zierde gereichen«, sagte der Schotte trocken.

»Ich stelle einen gewissen Mangel an Begeisterung fest, Melville.«

Sie blickte bedeutungsvoll zu Henry Darnley hinüber, der das Staatsschwert trug und ein gelangweiltes Gesicht machte. »Ich will nicht hoffen, daß Euch der aufgeschossene Bursche dort drüben für Eure Gebieterin lieber wäre.«

Melville war verblüfft. Wie, in Gottes Namen, hatte sie Wind davon bekommen, daß sie sich für Darnley interessierten? Wollte sie ihn etwa für sich selbst? Ihr Ton deutete jedenfalls an, daß sie Marias Interesse nicht wohlwollend betrachten würde. »Aber, Madam«, erwiderte er hastig, »keine Frau würde den milchgesichtigen Jüngling einem so stattlichen Mann wie Lord Leicester vorziehen.«

Sie neigte in Anerkennung seiner Antwort mit geziertem Lächeln den Kopf und winkte den frisch ernannten Grafen zu sich. Melville trat erleichtert zur Seite. Soweit er es zu beurteilen vermochte, hatte er ihren Argwohn besänftigt, doch ihre Reaktion hatte seine geheime Ansicht bestätigt: Darnley war eine gute Partie, die möglichst unverzüglich geangelt werden mußte. Denn wenn Elisabeth davon erführe, würde sie es verhindern, das hatte ihr Ton deutlich gemacht. In Schottland hatte das Werben des Grafen von Leicester genau die Wirkung, die Elisabeth sich erhofft hatte. Maria war blind vor Wut und taub für alle Stimmen der Vernunft. Weder ihre Berater noch ihr Halbbruder vermochten sie zu überzeugen, daß Elisabeth es nicht ernst meinte. Der Stallmeister, der Mörder, der Sohn eines Verräters und – am schlimmsten von allem – der abgelegte Liebhaber! Wie konnte Elisabeth es wagen, ihn weiterzureichen wie einen getragenen Pantoffel, dessen hervorragende Paßform sie bestens empfehlen könne. Es war ekelerregend! Der Zorn riß die Maske der Geduld und Zurückhaltung fort, die Maria beinahe drei Jahre lang getragen hatte, und legte ihre wunden Gefühle bloß. Elisabeth ließ Darnley just zu dem Zeitpunkt nach Schottland entkommen, als sie ihre Cousine für bereit hielt, sich in den ersten hübschen Freier zu verlieben, der ihren Weg kreuzte. Darnley war englischer Untertan, er würde Maria nichts bringen als sein Tudorblut und seinen entfernten Anspruch auf den englischen Thron. Dies versuchte Marias erzürnter illegitimer Bruder James ihr darzulegen, ehe es zu spät war. Als er die hilflose Vernarrtheit seiner Halbschwester ihren natürlichen Lauf nehmen sah, flehte, bettelte und drohte er, während Elisabeth, scheinbar wütend über den Gang der Ereignisse, Darnleys unverzügliche Rückkehr nach England befahl. Die unverhohlene Feindseligkeit von James und Elisabeth genügte, um Maria zu überzeugen, daß Darnley eine gute Partie sein müsse. Er war zudem katholisch und der ansehnlichste, bezauberndste Jüngling, dem jemals zu begegnen Maria vergönnt war. Die Wahl lag auf der Hand – sie war es rechtschaffen müde, sich nach ihren Feinden zu richten. Die Trauung wurde in nahezu unziemlicher Hast vollzogen, womit Maria gleichzeitig ihrer körperlichen Begierde und ihrem persönlichen Groll auf ihren Halbbruder und ihre englische Cousine Genugtuung verschaffte, dem Groll auf die zwei Menschen, die sie mehr haßte als sonst jemanden auf Erden.

Innerhalb eines Monats wurde die Hochzeit mit einem Bürgerkrieg gefeiert. James führte den aufgebrachten protestantischen Adel in einer offenen Rebellion gegen sie an, und sie ritt gegen ihn ins Feld, in sich das vernichtende Wissen, daß ein verderbter Säufer nun ihr Prinzgemahl war. Der

Frieden, den Maria in Schottland so geschickt bewahrt hatte, war unheilbar erschüttert. In England ließ sich Elisabeth schmunzelnd von dem frisch ernannten Grafen von Leicester die tausend Goldstücke auszahlen, während dieser sich fragte, ob sie das Zweite Gesicht habe. Nach sechs Monaten der Erniedrigung und des Elends mit einem Wüstling von Gemahl war Maria schwanger. Dies war ihr einziger Triumph, den ihr die Ehe einbrachte, die das Königreich gespalten und ihren Halbbruder zum Verräter gemacht hatte.

23

Alle Fenster der großen Halle waren geöffnet. Heitere Musik und Gelächter ergossen sich in die liebliche Dämmerung. Es war ein schwüler Juniabend, kein Lufthauch bewegte die üppigen Ufergärten von Greenwich, als der schottische Gesandte in rasendem Galopp in den verlassenen Hof preschte und von seinem erschöpften Pferd taumelte. Stallknechte nahmen ihm die Zügel ab, und er wischte sich mit dem Ärmel über sein verschwitztes Gesicht, ehe er durch die Mückenschwärme in den Palast wankte.

In dem heißen, stickigen Korridor vor der großen Halle traf er auf den Staatssekretär, der sich bei seinem Anblick sichtbar versteifte.

»Melville! Was gibt es Neues?«

»Es ist ein Knabe, Sir William, ein hübscher, gesunder Prinz.«

»Und Eure Königin?« fragte Cecil gespannt.

»Es waren lange, schwierige Wehen, aber gottlob, die Ärzte sagen, sie wird genesen.«

Cecil reichte ihm seine kalte Hand. »Ihr bringt wundervolle Neuigkeiten«, sagte er eisig. Sein düsteres Gesicht war starr und streng wie ein Totenkopf. »Ihre Majestät wird überglücklich sein, wenn ich ihr die Nachricht überbringe.«

»Aber von so einem wichtigen Ereignis sollte ich sie gewiß persönlich unterrichten.«

Cecils kalte Augen musterten ihn von oben bis unten, vom

staubbedeckten Bart bis zu den schlammverkrusteten Stiefeln. »In diesem Zustand könnt Ihr unmöglich vor Ihrer Majestät erscheinen, Melville. Ihr kennt ihren heiklen Geschmack. Und wenn ich dies sagen darf, ohne Euch zu nahe zu treten, Sir, Ihr stinkt nach Pferd und Schweiß. Begebt Euch in Euer Gemach und ruht Euch aus, ich lasse Euch etwas zu essen bringen. Ihre Majestät wird Euch morgen empfangen.«

»Morgen!« Der Schotte wollte protestieren, doch die resolute kleine Gestalt hatte sich schon abgewandt und schlängelte sich durch die wirbelnden Massen von Seide und Satin. Melville schlich zur Tür und schaute zu.

Die Königin tanzte mit Leicester; als der Sekretär sich näherte, blieb sie stehen. Leicester flüsterte ihr etwas ins Ohr, sie tätschelte ihm lachend die Wange und trat allein auf Cecil zu, um sich anzuhören, was dieser zu sagen habe.

Selbst aus der Entfernung sah der Schotte die Farbe aus ihrem Antlitz weichen. Sie taumelte rückwärts und sank in einen Sessel. Sie wandte das Gesicht von der Gesellschaft ab und bedeckte es mit ihrer langen weißen Hand. Die Musik verstummte, die Tänzer erstarrten, als ein wilder gequälter Aufschrei die Sommerluft zerriß und die ausgelassene Ungezwungenheit in Totenstille verwandelte. »Die Königin von Schottland hat einen süßen Knaben geboren, und ich bin nur ein unfruchtbares Vieh!«

Einen schrecklichen Augenblick lang rührte sich niemand, dann eilten auf einen Wink Cecils ihre Hofdamen herbei, um sie abzuschirmen und hastig aus dem überfüllten Saal zu geleiten. Der Schotte verzog sich in den Schatten, als sie vorüberhuschte, doch Cecil, der langsam hinterher hinkte, erhaschte einen Blick auf Melvilles triumphierendes Gesicht und verkniff erbost die Lippen. Er begab sich unverzüglich in Elisabeths Privatgemächer in der Erwartung, nicht vorgelassen zu werden, doch zu seiner Überraschung führte man ihn sogleich in ihr Schlafgemach. Sie stand allein, mit dem Rücken zu ihm, eine Hand ruhte auf einem geschnitzten Bettpfosten. Sie drehte sich nicht um, doch er sah sie mit der freien Hand eine rasche Geste machen und vermutete, daß sie sich die Tränen fortwischte.

»Ihr seid gewiß gekommen, um mich zu schelten. ›Wie entsetzlich, in aller Öffentlichkeit dermaßen die Beherrschung zu verlieren, Madam!‹ Was für eine Bestrafung schlagt Ihr vor? Muß ich ohne Abendessen ins Bett?«

Als er ihre trotzige Herausforderung hörte, sah er sie plötzlich, wie sie als Kind gewesen sein mußte, und sein Zorn verflog. »Es steht mir nicht zu, Euch zu kritisieren, Madam. Ich bin nur gekommen, Euch zu sagen, daß Melville alles mit angesehen und gehört hat.«

»Und er wird es seiner Gebieterin erzählen, die sich diebisch freuen wird!« Sie ballte die Faust. »Nun gut, morgen werde ich ihm etwas vorspielen. Ich werde vor Freude tanzen und sogar die Patenschaft für das Teufelsbalg übernehmen. Genügt das?«

»Für Melville zweifellos«, erwiderte Cecil grimrnig, »aber nicht für Euer Volk. Madam, Ihr habt Euch unfruchtbar genannt – ist Euch bewußt, was für einen Aufruhr das bei denen verursachen wird, die um die protestantische Thronfolge fürchten?«

»Ach, die Thronfolge – guter Gott, ich bin noch nicht tot!«

»Nein – und möge Euch Gott noch viele Jahre bescheren –, doch die Geburt des schottischen Prinzen wird Parlament und Volk in einem Aufschrei nach Eurer Vermählung vereinen.«

»Cecil, ich regiere dieses Land, und ich regiere es gut, nicht wahr?«

»Ihr wißt, daß es so ist, Madam.«

»Warum können sie dann nicht zufrieden sein? Warum wollen sie mich zu etwas zwingen, das ich nicht –« Sie brach ab, und Cecil blickte sie stumm an. Dann trat er zu ihr und legte seine Hand auf ihren Arm. »Ist es imrner noch Leicester?« fragte er ruhig. Sie antwortete nicht, und er schüttelte den Kopf. »Hätte ich geahnt, daß es dazu führen würde –« Er brach ab, als er ihren Blick sah, und um seinen Schnitzer zu überdecken, setzte er flugs hinzu: »Manchmal glaube ich, Majestät gedenken sich überhaupt nicht zu vermählen.«

»Ist es denn ein Verbrechen, nicht zu heiraten?«

»Madam, in Eurem Fall wäre es ein Verbrechen gegen den Staat und dazu noch unnatürlich. Keine Frau kann ledig und kinderlos glücklich sein.«

Sie sah ihn spöttisch lächelnd über die Schulter an. »Ihr sprecht sehr kenntnisreich von den Freuden des Frauseins, Cecil – wann seid Ihr zuletzt aus dem Kindbett aufgestanden?«

Er ließ sich nicht beirren. Er war hergekommen, um Antwort auf eine Frage zu erhalten, und wollte sich nicht mit einer dieser nichtssagenden Antworten abspeisen lassen, mit denen sie die Abgeordneten zu beschwichtigen pflegte. Und weil sie sich so gut verstanden, wußte sie, welche Frage er im Sinn hatte, und hob Einhalt gebietend die Hand. »Fragt nicht, mein Freund. Ich habe Gründe gegen meine Vermählung, die ich nicht einmal einer Zwillingsseele anvertrauen würde. Und ich sage Euch jetzt, daß ich nicht zu heiraten gedenke – niemals!« Er entfernte sich wie in Trance.

Einer der ersten, die aus der Geburt von Marias Sohn Kapital zu schlagen suchten, war der frischgebackene Graf Leicester. Er grübelte lange über Elisabeths Ausbruch nach und hielt es für die einzig logische Folge, daß sie nun heirateten. Aber sein behutsamer Antrag führte zu dem erbittertsten Streit, den sie je hatten. Es kam zu einer Reihe häßlicher öffentlicher Szenen, und einmal sah man beide in Tränen. Er konnte sie einfach nicht verstehen. Seit Kat Ashley im Juni plötzlich gestorben war, war mit Elisabeth schwer auszukommen. Nach dem ersten Tag, an dem sie schweigsam und verwirrt war, hatte sie sich auf die Tätigkeiten gestürzt, die ihr Leben füllten; sie hatte gearbeitet, gejagt und getanzt wie vom Teufel getrieben, bis ringsum alle vor Erschöpfung umfielen. Robert hatte geduldig auf den Zusammenbruch gewartet, den er unter ihrer unziemlichen Ausgelassenheit und unersättlichen Rastlosigkeit spürte; er hatte gewartet, um sie in die Arme zu schließen und zu trösten. Aber dazu kam es nicht. Falls sie weinte, merkte er es nicht; falls sie Trost suchte, fand sie ihn anscheinend bei einem anderen Mann. Als sie einem jungen Höfling ihre Gunst schenkte, war Leicester vernichtet.

Sie verkündete öffentlich, es sei ihr leid um die Zeit, die sie mit ihm verschwendet habe. Der Hof zeigte Leicester die kalte Schulter, und Cecil frohlockte im stillen. In seiner Not griff Leicester zu verzweifelten Mitteln. Eine demonstrative

Liebelei mit Lettice Knollys brachte ihm nichts ein als eine lange Verbannung vom Hof sowie die Erkenntnis, daß wenig zu gewinnen war, wenn man die Eifersucht der Königin erregte. Als er zurückgerufen wurde, verließ er Lettice und eilte an den Hof in der Erwartung, die Königin werde ihn weinend mit offenen Armen empfangen. Doch er fand sie so dicht von jüngeren Männern umringt, daß er kaum zu ihr vordringen konnte. Er war erschüttert, weil sie ihn offensichtlich ganz mühelos ersetzte. Es fiel ihm sehr schwer einzusehen, daß er für ihr Glück nicht unentbehrlich war. Sie spielte ihre Rolle so gut, daß nur ein scharfsichtiger Mann wie Cecil die Tiefe ihres Schmerzes ermessen konnte. Eifersüchtig und gemartert bis an die Grenze des Erträglichen, verfluchte Leicester das grausame Schicksal, das ihn die einzige Frau begehren ließ, die ihn nicht wollte. Das heftige Verlangen fraß sich in seine Natur, es machte ihn skrupellos, hochmütig und aufreizend maskulin. Er brauchte nur mit den Fingern zu schnippen, und eine Frau war sein – jede Frau außer der einzigen, auf die es ankam. In wilden Fantasien zerrte er Elisabeth von ihrem Podest und vergewaltigte sie vor der versammelten Hofgesellschaft; er prügelte sie bis zur tierischen Unterwürfigkeit und bedeckte ihren Alabasterleib mit blauen Flecken. Er vermutete, daß sie Gefallen an roher Behandlung fände, aber ihm fehlte die Courage, dieser Vermutung die Tat folgen zu lassen. Denn sollte er sich geirrt haben, so wäre Elisabeths Vergewaltigung der letzte Irrtum, den er begangen hätte. So mußte er mit ansehen, wie sie sich aufführte, wie eine Göttin, die einer scharwenzelnden Schar gedemütigter Männer ihre Gunst verheißt. Keiner vermochte der Andeutung zu widerstehen, sie könne jeden Augenblick geneigt sein, einen aus ihrer Mitte zum Liebhaber oder Gemahl zu nehmen, und sie umschwirrten sie wie Motten eine Kerze. Sie besaß eine grausame Gabe, Männerherzen einzufangen. Als sie des Spiels überdrüssig war, ließ sie sich schließlich herbei, Robert allein zu sehen. Sie lachte über seine Eifersucht, sagte ihm, ihre Freundschaft mit anderen Männern habe nichts zu bedeuten. Er war nicht überzeugt; aber dankbar, daß sie ihm wieder gewogen war, nahm er fügsam den ihm zugeteilten Platz als ihr Schoßhund, wie sie ihn einst genannt hatte, wieder ein. Ihre Hofdamen schlichen auf Zehenspitzen hinaus, und er saß im hellen Feuerschein zu ihren Füßen, entspannt und behaglich. Sie schwiegen still, als fürchteten sie, einen Zauber zu brechen. Es war, als spürten beide, daß es die einzige Möglichkeit war, einen neuen Streit zu vermeiden.

Während Robert sich mühte, seine wiedererlangte Gunst zu festigen, stellte die Königin von Schottland mit dem Skandal ihres Privatlebens alle minderen Ereignisse in den Schatten. Elisabeth beobachtete mit ehrlichem Entsetzen, wie ihre Rivalin hilflos in die Falle tappte, der sie selbst vor acht Jahren erfolgreich entgangen war. Niemand vergoß eine Träne, als der schurkische Darnley in einer Explosion sein verdientes Ende fand, aber jedermann wußte oder glaubte zumindest zu wissen, daß Marias Liebhaber seine Hände im Spiel hatte.

Marias einzige Hoffnung, den Konsequenzen von Darnleys Ermordung zu entgehen, bestand in der öffentlichen Hinrichtung ihres Liebhabers. Sie war vor die Wahl zwischen Geliebtem und Krone gestellt, und Elisabeth, welche diese qualvolle Wahl schon getroffen hatte, war von bösen Vorahnungen erfüllt. Ihr war, als betrachte sie in einem Spiegel ihr jüngeres Abbild, das unaufhaltsam in die Selbstzerstörung trieb.

Zum erstenmal, ein wenig aus Eigennutz, doch weit mehr aus Verständnis und Mitgefühl, reichte sie Maria in einer Geste der Freundschaft die Hand. Sie tat es in Form eines Briefes, worin sie Maria anflehte, zur Vernunft zu kommen, bevor es zu spät sei. Sie schob Leicester den fertigen Brief über den mit Elfenbein eingelegten Tisch zu. Robert las ihn schweigend, zog seine schmalen dunklen Augenbrauen hoch und reichte ihr den Brief zurück.

»Und?«

»Eine bemerkenswerte Leistung, Madam. Wer Euch nicht besser kennt, würde sagen, er komme von Herzen.«

»Eine Heirat mit ihrem Liebhaber würde Maria die Krone kosten, und das ist das letzte, was ich will. Habe ich das deutlich genug zum Ausdruck gebracht?«

Leicester hob die breiten Schultern. »Das kommt darauf an,

wieviel er ihr bedeutet. Nicht alle Frauen vernachlässigen in schwierigen Zeiten ihren Liebhaber.«

Elisabeth zog die Oberlippe zwischen die Zähne und ließ ihren Blick spöttisch über sein elegantes Gewand gleiten, von dem reich mit Goldstickerei verbrämten Wams bis zu den mit Perlmuttknöpfen beschlagenen weichen Lederstiefeln. »Ihr macht mir nicht gerade einen vernachlässigten Eindruck, Robert.«

Er folgte ihrem Blick und lächelte matt. »Der gehätschelte Schoßhund. Ich sitze auf einem mit Edelsteinen verzierten Kissen, kaue jeden Knochen, den Ihr mir hinwerft, und komme bei Fuß, wenn ich gerufen werde. Ich weiß verdammt gut, was mich erwartet, wenn ich nicht gehorche.«

Sie lachte. »Ihr wißt, wo die Tür ist, Robert. Mir wird es nicht an Gesellschaft mangeln, wenn Ihr geht.«

»Und Ihr wißt, daß ich Euch nicht fernbleiben kann.«

»Ich weiß, daß Ihr es Euch nicht leisten könnt, fernzubleiben«, sagte sie sanft. »Ich fürchte, das ist nicht ganz dasselbe.«

»Warum behandelt Ihr mich immer so?« fragte er ernst. »Wenn Ihr mich liebt, warum bereitet es Euch Vergnügen, mich zu quälen?«

»Ich trinke nicht, und ich hure nicht«, gab sie leichtfertig zurück. »Eine schlechte Gewohnheit steht mir doch gewiß zu.«

»Das ist keine Gewohnheit«, sagte er ruhig. »Es ist eine Manie.«

»Ich weiß«, bekannte sie bekümmert, »ich bin nicht immer liebenswürdig. Ich bemühe mich, es wiedergutzumachen.«

»O ja«, bestätigte er gereizt, »mit Land, Geld und Titeln. Ich kann mich nicht über mangelnde Großzügigkeit beklagen. Ihr schenkt mir alles, was mein Herz begehrt – außer Euch selbst.«

»Und meine Krone.«

»Behaltet Eure kostbare Krone«, brauste er plötzlich auf. »Gott allein weiß, wie sehr ich sie inzwischen hasse.«

»Und mich«, flüsterte sie, ohne ihn anzusehen, »mich haßt Ihr auch, nicht wahr?«

Er nahm ihr Kinn zwischen seine Finger. »Manchmal«, sagte er langsam, als bereite ihm jedes Wort Schmerzen, »gibt es Stunden, ja ganze Tage, da denke ich, ich sei für immer von Euch erlöst. Dann kann ich mir einreden, daß ich Euch verachte, daß ich mir nichts mehr aus Euch mache, und in diesen wenigen Stunden bin ich ein freier, glücklicher Mann. Ich genieße meine Besitztümer und liebäugele mit Euren Damen. Aber Ihr seid wie Fieber in meinem Blut. Jedesmal, wenn ich denke, meine Männlichkeit ist wiederhergestellt, streckt Ihr mich von neuem nieder. Seid Ihr krank, ist mir übel vor Angst; lächelt Ihr, schmilzt mein ganzer Groll dahin. Könnte ich einen Arzt finden, der mich von meiner Liebe zu Euch kuriert, glaubt mir, Madam, ich würde ihn zu einem reichen Mann machen!«

Sie lehnte ihren Kopf an seine Schulter, seine Arme umfingen sie und hielten sie fest. – Hör nicht auf, mich zu lieben, Robert – hör niemals auf. Denn an dem Tag, da du aufhörst, mein Geliebter – Gott steh mir bei –, werde ich dich dafür töten.

Maria schritt mit Elisabeths Brief in der Hand in ihrer trübe beleuchteten Kammer auf und ab. Einen solchen Brief hätte sie von der Frau, die sie für ihre ärgste Feindin hielt, niemals erwartet. Die unverhohlene Wärme und Freundschaft erschreckten und beschämten sie. War diese Frau wirklich eine nichtswürdige Hure, eine illegitime Schlange ohne jedes christliche Empfinden? Wie leicht hätte Elisabeth lachend zusehen und dieselben grausamen, gechmacklosen Bemerkungen machen können, die sie, Maria, einst unter ähnlichen Umständen gemacht hatte: Die Königin von England heiratet ihren Stallmeister, der seine Gattin getötet hat, um Platz für sie zu schaffen. Jetzt empfand sie tiefe Scham über diese Stichelei.

In den stürmischen Wochen ihres Verhältnisses mit ihrem Liebhaber hatte kein warnendes Wort von Freunden oder Ministern die Festung ihrer irrsinnigen Vernarrtheit durchdrungen. Doch dieser Brief zermürbte sie und bewirkte, daB sie ihr Handeln benommen in Zweifel zog wie jemand, der endlich aus einem betäubenden Schlaf erwacht. Elisabeth war die einzige Frau in Europa, die wirklich wußte, was es hieß, sich zwischen Geliebtem und Krone zu entscheiden.

Von Zweifeln geplagt, wandte sie sich um, als sie Schritte auf ihrer Geheimtreppe hörte. Gleich darauf stand ihr Geliebter vor ihr, sein wettergegerbtes Gesicht lachte auf sie herab, ein hartes, brutal-hübsches Gesicht wie roh behauener Granit. Dies war ein richtiger Mann, einer, der, hätte er Gelegenheit dazu gehabt, vielleicht gar ihre Cousine gezähmt hätte.

Er packte sie juchzend und schwenkte sie herum, als sei sie leicht wie eine Puppe, dennoch behutsam, zärtlich, wohl wissend, daß sie sein Kind schon in sich trug.

»Was ist Euch, meine kleine bleiche Königin? Ihr macht ein Gesicht, als hättet Ihr soeben einen Geist gesehen – nicht Darnleys, will ich hoffen.«

Es war der geschmacklose Scherz eines geschmacklosen Mannes.

Maria reichte ihm schaudernd Elisabeths Brief. »Lest, es betrifft Euch.«

Er las schweigend, dann fluchte er und warf den Brief zornig lachend auf den Boden. »Aha, die jungfräuliche Königin gibt Euch den Rat, den sie selbst so brav befolgt hat! Aber das Spielchen dieses Weibsstücks ist nicht für Euch, Madam. Ihr werdet mich niemals als zahmen Vogel halten, wie sie Robert Dudley hält, ich bin weder ein Stallmeister noch ein ausgehaltener Mann. Eher überlasse ich Euch Euren Feinden, also trefft Eure Wahl. Ich bin Euer Schicksal. Heiratet mich, und wir kämpfen um Eure Krone, wenn es sein muß. Sagt Elisabeth, sie soll zur Hölle fahren, wo sie hingehört.«

Maria fügte sich freudig seinem Willen. Sie hielt ganz still, als er ihr das störende Kleid herunterriß und sie in das winzige Schlafgemach trug. Und während sie sich wild und leidenschaftlich liebten, lag der Brief der Königin von England vergessen auf dem Steinboden des Vorzimmers.

Von diesem Tag an folgte die Katastrophe Maria auf dem Fuß. Sie heiratete ihren Liebhaber und schwor, ihm bis ans Ende der Welt zu folgen. Und es war wahrhaftig das Ende der Welt. Schottland erhob sich im gerechten Zorn des Bürgerkriegs gegen den Gemahl der Königin. Die Gefolgschaft der Liebenden schmolz hoffnungslos dahin. Von der Seite ihres Mannes gerissen, wurde Maria ihrer Macht entkleidet, auf einer einsamen Insel gefangengesetzt und zur Abdankung gezwungen. Ohne die Furcht vor Elisabeths Vergeltung hätte man sie hingerichtet, und Maria betrachtete ihre Cousine als die einzige ihr verbliebene Freundin in einer verräterischen und feindseligen Welt. Für wenige Monate fühlten beide trotz der Entfernung zwischen ihnen eine seltsame Nähe zur anderen – zwei Frauen gegen eine Armee von Männern.

Im Mai 1568 wandte sich Maria entgegen dem Rat ihrer treuesten Anhänger, die sie anflehten, sie möge nach Frankreich fliehen, an die letzte Verwandte, der sie vertraute. In einem winzigen Fischerboot floh sie in dem einzigen Kleid, das sie besaß, nach England, um sich der Barmherzigkeit ihrer Cousine und liebsten Freundin anheimzugeben.

»Madam, Ihr steckt in einer Zwickmühle.« Elisabeth befand die Äußerung des Staatssekretärs nicht der Mühe wert, mit Schreiben innezuhalten oder aufzublicken.

»Das war keine originelle Bemerkung, Cecil. Von Euch hätte ich etwas Besseres erwartet.«

Er wartete prompt damit auf und sagte in betont gleichgültigem, jedoch mit Bosheit gewürztem Ton: »Wie ich hörte, hält sie in Carlisle einen ansehnlichen Hof, Madam, trotz ihres abgerissenen Zustands – eine enteignete Herrscherin kann in ihrem Jammer äußerst anziehend wirken. Ich höre von allen Seiten, daß sie sogar in Lumpen sehr schön sein soll.«

Jetzt blickte Elisabeth auf und sah ihn respektvoll an. Er war – vielleicht der einzige Mann am Hof, der solches zu äußern wagte. »Ihr habt keine Skrupel, nicht wahr, Cecil? Wagt Ihr tatsächlich anzudeuten, ich hätte Grund zur Eifersucht?«

»Eifersucht auf die Loyalität Eures Volkes, Madam. Bedenkt, die meisten Eurer Lords im Norden sind Papisten. In wenigen Monaten könnte der gesamte Norden unter ihrem Banner in Flammen stehen. Die Katholiken –«

»Ihr«, unterbrach sie ihn, »habt nur die Katholiken im Kopf.«

»Ich bleibe allerdings bei der Behauptung, daß die gesetzlichen Maßnahmen gegen sie unter den gegenwärtigen Umständen unzureichend sind.«

Sie schürzte verärgert die Lippen. »Habt Ihr aus der Regierungszeit meiner Schwester denn gar nichts gelernt, Cecil?«

»Madam, ich sehe nicht –«

»Dann macht Eure bigotten Augen auf und schaut Euch um, mein Freund. Vielleicht seht Ihr dann, daß die meisten meiner katholischen Untertanen brave, gesetzestreue Leute sind, deren einziger Wunsch es ist, in Frieden zu leben. Ich glaube, der Hälfte von ihnen ist es einerlei, wer auf dem Thron sitzt. Aber wenn eine Schreckensherrschaft einsetzt, wird es ihnen nicht mehr einerlei sein. Sie werden für Marias Sache kämpfen wie in einem Kreuzzug. Wie oft habe ich Euch schon gesagt, Verfolgung ist das allerletzte Mittel.«

»Wir werden zu diesem allerletzten Mittel greifen müssen, Madam, und wenn Ihr es noch so sehr zu vermeiden trachtet. Sollte der Papst Euch jetzt zugunsten Marias exkommunizieren, wird das Volk Katholik mit Verräter gleichsetzen. Das Parlament wird lauthals Maßnahmen gegen die Katholiken fordern.«

»Ihr könnt das Heraufziehen dieses Tages nicht erwarten, nicht wahr, Cecil – Ihr und Euer puritanisches Gesindel. Nun, ich sage Euch, ich werde mich dem widersetzen, so lange ich kann. Ich will keine Fenster in die Seelen der Menschen machen!«

Sie sprang von ihrem Sessel auf und drehte sich in ihren bauschigen rostroten Röcken fort von Cecil. Er seufzte innerlich. Was die Religion betraf, war Elisabeth eine traurige Enttäuschung für ihn. Er hegte heimlich den Verdacht, sie wäre viel lieber katholisch, wenn es nur politisch vorteilhaft wäre. Durch die Umstände ihrer Geburt war sie in einer Vernunftehe an die protestantische Kirche gebunden, doch ihr persönlicher Geschmack neigte bedauerlicherweise dem katholischen Ritus zu. Ihre Privatkapelle war ein Mischmasch aus der alten und der neuen Religion. Sie liebte Musik und Kerzen, sogar ein Kruzifix war vorhanden. Und zu ihren verheirateten Geistlichen war sie ausgesprochen grob. Doch so sehr dies Cecil bekümmerte, er konnte es nicht ändern. Gerade jetzt gab es dringendere Sorgen als Elisabeths Rechtgläubigkeit.

»Darf ich fragen, was Majestät mit der schottischen Königin im Sinn haben?« erkundigte er sich schließlich. Er wartete vergebens auf Antwort und fuhr verlegen fort: »Ich hoffe, Ihr beabsichtigt nicht, sie an den Hof zu bringen.«

Sie lächelte ihn über die Schulter boshaft an. »Wäre das ungeheuerliche Regiment zweier Frauen zuviel für Eure Nerven?«

»Ich rate lediglich von einer Begegnung ab. Es könnte Komplikationen verursachen.«

»Ihr meint, sie könnte mich zur Freundin gewinnen? Ach Cecil, wie schlecht Ihr mich kennt.«

Er lächelte matt. »Majestät haben in jüngster Zeit ein gewisses Mitgefühl für ihr Mißgeschick gezeigt. Ich bitte Euch, zu bedenken, daß sie nach wie vor Eure Feindin ist.«

»Aber jetzt ist alles anders. Das Vögelchen ist mir zugeflogen, damit ich es vor den Falken beschütze, und, bei Gott, ich werde ihr diesen Schutz verschaffen – durch Euch, wenn es sein muß. Ich werde ihr die Flügel stutzen und sie in einen goldenen Käfig sperren, wo sie für den Rest ihres Lebens singen wird, ohne Schaden anzurichten.«

»Gefangenschaft allein«, sagte Cecil unbefriedigt, »wird ihren maßlosen Appetit auf Eure Krone nicht zügeln. Madam, soviel Gnade Eurerseits ist selbstmörderisch.«

Sie schüttelte langsam den Kopf. »Nennt Ihr das *Gnade*, Tag für Tag lebendig im Grab aufzuwachen?«

Er mied ihren Blick; er wußte, daß sein Instinkt ihn nicht trog – eine Begegnung der beiden mußte um jeden Preis verhindert werden. Er sagte finster: »Sie wird Euch zu sehen verlangen, Madam, und ich bitte Euch, es ihr abzuschlagen. Es geziemt sich nicht für Euch, eine Metze zu empfangen, die frevelhafter Vergehen bezichtigt wird.«

Elisabeth lachte. »Dann bringt sie unter Bewachung nach Bolton. Aber, Cecil – kein kleiner Unfall unterwegs. Ich will sie lebend, um sie zwischen mich und Philipp zu stellen. Sie ist die wertvollste Geisel in der Geschichte Europas.«

»Und die gefährlichste«, sagte er schroff. »Ihr fordert Eure Ermordung heraus, Madam – von nun an hängt Euer Leben am seidenen Faden.«

»Dann müßt Ihr wachsam sein, mein guter Geist.«

Elisabeth reichte ihm die Hand. »Ich vertraue Euch mehr als allen anderen, und Ihr habt mich noch nie enttäuscht.«

»Dann stellt mir keine unlösbare Aufgabe«, stieß er hervor, als er ihre Finger umschloß. »Das beste Spionagesystem der Welt könnte Euch unter solchen Umständen nicht beschützen.«

»Ermordet zu werden ist das Risiko aller Monarchen«, sagte sie ruhig.

»Aber die Ermordung dermaßen herauszufordern ist Wahnsinn. Solange Ihr keinen Erben habt und die schottische Königin in England lebt, werdet Ihr keine ruhige Minute haben. Ich kann nicht mehr für Eure Sicherheit garantieren. Ich kann Euch nur prophezeien, daß Ihr über kurz oder lang einem Dolch, einer Kugel oder einem Giftbecher zum Opfer fallen werdet. Um Gottes willen, Madam, bedenkt Euren Entschluß und beseitigt sie.«

»Regt Euch nicht auf«, sagte sie sanft. »Ich werde noch auf Eurem Grabe tanzen, vorausgesetzt, daß Ihr mich nicht zuvor verlaßt.«

»Euch verlassen!« Er war empört. »Wie meint Ihr das, Madam?«

»Zehn Jahre Loyalität sind eine Höchstleistung für Euch, nicht wahr, Cecil? Man könnte sagen, es sei an der Zeit, daß Ihr Euch nach Eurer nächsten Gebieterin umschaut.« Es war nicht seine Art, seine Gefühle offen zur Schau zu stellen, aber jetzt sank er in einer Geste unbeholfener Huldigung auf die Knie und drückte Elisabeths Finger an seine trockenen Lippen. »Ich würde lieber sterben als Euch verlassen, Madam. Ihr seid die letzte Person auf Erden, der ich diene.« Das hatte sie nicht erwartet. Sie mußte sich auf die Lippen beißen, um sich zu beherrschen. Sie half ihm auf und blickte in sein abgespanntes Gesicht. Er war ein Chamäleon gewesen, bevor sie ihn in ihre Dienste eingeschworen hatte, aber sie wußte, daß er die Farbe nicht noch einmal wechseln würde.

24

Mit der schottischen Königin hielten Unannehmlichkeiten in England Einzug, genau, wie Cecil befürchtet hatte. Die Angst vor Maria und vor dem, was Spanien zu ihren Gunsten unternehmen würde, sowie die Eifersucht auf Cecils unbestrittene Stellung bei Elisabeth führten alsbald zu einem Komplott ihrer Geheimen Staatsräte. Elisabeths tätiges Leben vermochte die Männer in ihrer unmittelbaren Umgebung nicht mehr zu beruhigen; sie waren krankhaft besessen von der Vorstellung, daß die Königin sterben könnte. Es war unerläßlich, zumal die nächste Thronerbin nun im Lande weilte, für diesen Fall vorzusorgen und die Thronbesteigung einer Katholikin zu verhindern, die sich an den Anhängern ihrer Rivalin rächen würde.

In ihrem eigenen Interesse suchten sich Elisabeths engste Ratgeber, mit Ausnahme Cecils, für die Zukunft abzusichern, indem sie einer Heirat zwischen Maria Stuart und dem protestantischen Herzog von Norfolk das Wort redeten. Norfolk hatte schon drei Ehefrauen begraben und war zuversichtlich, Maria beherrschen zu können. Diese Zuversicht besiegte die furchtsamen englischen Ratsmitglieder, die jeden Moment damit rechneten, daß die Katastrophe über sie hereinbrach.

Oberflächlich betrachtet, hatten sie allen Grund, beunruhigt zu sein, denn die Beziehungen mit Spanien waren zum Zerreißen gespannt. Im Dezember 1568 wurden spanische Schiffe, beladen mit Gold und Silber zur Bezahlung von Philipps bewaffneten Streitkräften in den Niederlanden, von Piraten bedrängt, so daß sie gezwungen waren, in einem englischen Hafen Schutz zu suchen. Als Elisabeth erfuhr, daß das Geld eine Anleihe von Genueser Bankleuten war, trat sie prompt in Verhandlungen zur Übertragung der Anleihe auf sich selbst ein, wodurch sie Philipp und seinen Befehlshaber in Bedrängnis brachte. Eine Zeitlang sah es so aus, als werde der Vorfall einen Krieg heraufbeschwören, doch Elisabeth und Cecil vertrauten darauf, daß Philipps Drohgebärde sich als so leer erweisen werde wie seine Truhen. Sie hatten ihn politisch und wirtschaftlich in der Gewalt; vorerst hielten sie alle Trumpfkarten in der Hand und konnten es sich leisten, hoch zu spielen.

Leuten mit geringerem Weitblick fiel es schwer, das hinzunehmen, und bald mündete ihre Furcht in eine Verschwörung, um Cecil aus seinem Amt auf den Richtblock zu befördern. Sie boten Leicester Cecils Hinrichtung als Köder dar, und er schnappte bereitwillig danach. Die bittere Erinnerung, wie die Königin ihn nach Amys Tod ohne weiteres hatte fallenlassen, überzeugte ihn, daß sie Cecil angesichts einer starken Opposition ebenfalls im Stich lassen würde.

So ließ sich Leicester von seinen Mitverschwörern zum Sprecher machen. An einem kalten Aschermittwoch ergriff er in der Ratsversammlung das Wort und erklärte der Königin unumwunden, England würde ruiniert, wenn Cecil nicht mit seinem Kopf für seine Politik bezahle.

Es war das erste und das letzte Mal, daß er sie öffentlich herauszufordern wagte. Nach wenigen Minuten fragte er sich, was in ihn gefahren war, daß er überhaupt den Mund aufgemacht hatte. Die Lippen weiß vor Wut, geißelte sie ihn mit ätzender Verachtung, bis er sich bog wie ein Getreidehalm im Sturm. Bald kauerte er auf den Knien, und zu seiner unendlichen Erleichterung fiel sie mit ihrer lodernden Wut über seine Komplizen her.

Als sie alle zur Genüge abgekanzelt hatte, rauschte sie mit Cecil hinaus, jeder Zoll eine Tigerin mit ihrem Jungen. Leicester blieb zusammengesunken, den Kopf auf den schönen Händen, an seinem Platz am Versammlungstisch sitzen. Empörung und Eifersucht rangen in ihm. Elisabeth hätte Cecil nicht glühender verteidigen können, wenn er ihr Liebhaber gewesen wäre. Was war das Geheimnis ihrer Bindung an diesen farblosen Staatsmann? In jüngster Zeit hatte sie den ihr am nächsten stehenden Männern symbolische Spitznamen gegeben. Sie nannte Robert ihre Augen, Cecil ihren Geist – ihr Schutzgeist, meinten manche, und Leicester verstand den tieferen Sinn: Ohne ihre Augen wäre sie blind, aber ohne ihren Geist wäre sie tot. Käme es zwischen ihnen beiden zum Kampf auf Leben und Tod, so glaubte er zu wissen, wem sie beistehen würde. Cecil und Elisabeth bildeten ein mächtiges Bündnis, und Leicester sah ein, daß sein Fehltritt sie nur noch enger aneinander band.

Einer nach dem anderen schlichen die Ratsmitglieder geknickt hinaus, bis zu guter Letzt Norfolk und Leicester allein in der frostigen Atmosphäre zurückblieben. Norfolk rollte seinen Federkiel auf dem polierten Eichentisch hin und her und sagte mißmutig: »Sie nimmt kein Blatt vor den Mund, nicht? Schont niemandes Gefühle!«

Leicester murmelte: »Ich bin wie ausgeleert, Ihr nicht? Als hätte sie jeden Tropfen Blut aus meinem Leib gesogen.«

Schade, daß sie es nicht längst getan hat, dachte Norfolk boshaft. Wenn ich mit Maria Stuart den englischen Thron besteige, werde ich dafür sorgen, daß Euch die Sonne nicht mehr lacht! Laut sagte er: »Uns bleibt nur eines, nämlich von den Schotten zu lernen, die mit übermächtigen Ministern kurzen Prozeß machen. Ich schlage vor, wir setzen Cecil auf eigene Faust gefangen und machen seinem Leben ein Ende, da wir sie nicht dazu überreden können.«

Leicester fuhr erschrocken hoch. »Seid Ihr von Sinnen?« flüsterte er. »Sie wird uns alle hängen lassen! Wenn Ihr auf diesem irrsinnigen Plan beharrt, bleibt mir nichts anderes übrig, als sie zu warnen.«

Norfolk verbeugte sich ironisch und schnippte großtuerisch gegen seine schmale Halskrause. »Die loyale Haltung des Grafen von Leicester zu Ihrer Majestät war natürlich stets über jeden Zweifel erhaben.«

Robert packte Norfolk an der Gurgel und zog ihn gewaltsam vom Stuhl. »Ich fürchte, ich habe nicht ganz verstanden, Norfolk. Vielleicht würdet Ihr es liebenswürdigerweise wiederholen.«

Die Königin hatte Duelle am Hof ausdrücklich verboten; daher befand Norfolk es für ungefährlich, offen zu sprechen. Sie waren sich stets feindlich gesinnt gewesen, doch jetzt waren sie besorgte Verbündete in dem Bestreben, sich Cecil vom Halse zu schaffen, dessen Einfluß sie beide bedrohte.

Norfolk lächelte süffisant und machte keinen Versuch, sich aus Leicesters Griff zu befreien. »Ich habe es bereits gesagt und sage es noch einmal, Leicester, Ihr werdet nicht in Eurem

Bett sterben, wenn Ihr Euren lächerlichen Anspruch auf die Hand Ihrer Majestät nicht aufgebt.«

Robert lachte kurz auf und warf den Herzog mit solcher Wucht auf seinen Stuhl zurück, daß Norfolk die Luft wegblieb. »Nun, ich bin nicht der einzige, der Anspruch auf die Hand einer Königin erhebt, nicht wahr, Norfolk? Und da Elisabeth verkündete, die Königin von Schottland werde bald einige ihrer Freunde um einen Kopf kürzer finden, erlaube ich mir den Schluß, daß Ihr es sein dürftet, Mylord, der nicht in seinem Bett stirbt.«

»Eine treffliche Prophezeiung!« höhnte Norfolk. »Wir dürfen wohl damit rechnen, daß Ihr Euch aus dieser Sache zurückzieht und wieder unter die Röcke Ihrer Majestät kriecht. Ihr seid wirklich ein richtiger Schoßhund.«

»Auch Schoßhunde beißen, wenn man sie reizt. Ich rate Euch, dies zu bedenken, Norfolk, wenn Ihr meine Zähne nicht in Eurer werten Kehle haben wollt.« Er machte auf dem Absatz kehrt, stürmte hinaus und ließ Norfolk allein, der zärtlich seinen Hals befingerte.

Cecil war mit der Königin in ihrem Salon allein. Seine Gebieterin schritt in rasendem Zorn auf und ab. In diesem Zustand hätte sie den stärksten Mann eingeschüchtert. Cecil konnte sich niemanden vorstellen, der es wagte, ihr zu widersprechen, wenn sie in einer solchen Stimmung war, schon gar nicht Leicester, den er immer für einen ausgemachten Feigling gehalten hatte. Was war nur in den Mann gefahren? Er mußte doch wissen, daß Elisabeth die letzte Person auf Erden war, die sich zu etwas zwingen ließ. Cecil hatte sie noch nie dermaßen aufgebracht gesehen. Sie fluchte und steigerte sich so sehr in ihre Wut, daß er ernstlich besorgt war.

»Madam, beruhigt Euch«, beschwor er sie schließlich, »sonst bekommt Ihr Migräne.«

Sie blieb grimmig lächelnd vor ihm stehen. »Nicht mein Kopf macht mir im Augenblick Sorgen, Cecil, sondern Eurer. Euer Leben! Wie konnten diese ignoranten Feiglinge, die nicht weiter blicken können als bis zu ihrer Nasenspitze, Euch zu bedrohen wagen! Wenn einer Hand an Euch legt, mein

Freund, lasse ich die ganze Bande hängen, strecken und vierteilen – und Leicester wird als erster sterben!«

Cecil lächelte verhalten und legte ihr väterlich beschwichtigend eine Hand auf den Arm. »Ich glaube, wegen Leicester brauchen wir uns keine allzu großen Sorgen zu machen, Madam. Selten habe ich einen Mann so erschüttert gesehen – ich möchte sogar noch weitergehen und sagen, wir können uns vermutlich darauf verlassen, daß er jede weitere sich anbahnende Verschwörung verrät. Seine Feigheit könnte ihn jetzt zu einem nützlichen Verbündeten machen.«

Elisabeth lächelte unvermittelt und setzte sich zu seiner unendlichen Erleichterung in einen Sessel am Kamin. »Ja«, meinte sie nachdenklich, mit einem Finger auf die Armlehne klopfend, »wie Ihr sagt, er könnte uns nützlich sein. Sobald er Zeit gehabt hat, über seine Torheit nachzudenken, werde ich ihm zeigen, wie er seinen Frevel wiedergutmachen kann. Ich fürchte, das wird ihn bei seinen Ratskollegen nicht sehr beliebt machen, aber er hat es nicht anders verdient. Er wird nie wieder gegen Euch intrigieren, Cecil, darauf gebe ich Euch mein königliches Wort.« Sie seufzte und lehnte sich, mit einem Mal erschöpft, zurück. »So – und Norfolk möchte die Königin von Schottland, wie?«

»Es war nicht direkt die Rede davon, Madam, aber im Rat scheint man die Verbindung zu befürworten.«

»Und Ihr seid auch dafür?«

Cecil breitete unverbindlich die Hände aus. »Die Sache könnte von Vorteil sein, da Norfolk Euer Cousin und ein loyaler Protestant ist. Wenn Maria dem katholischen Glauben abschwört und Norfolk heiratet, könnt Ihr sie als Thronfolgerin einsetzen, ohne einen Bürgerkrieg zu riskieren. Und dennoch – ich habe Bedenken.«

Sie beugte sich vor und hielt eine Hand über die glühenden Holzscheite im Kamin. »Ich bin erleichtert, das zu hören. Herrgott, Cecil, Ihr kennt Norfolk – ein Stolz wie Luzifer und ein Hirn wie ein Schaf. Vermählt ihn mit Maria Stuart, und Ihr und ich werden uns binnen einem Monat im Tower befinden.«

Cecil runzelte die Stirn. »Ihr glaubt, er würde seinem Glauben abschwören?«

»Er würde seiner eigenen Mutter abschwören, wenn es ihm zwei Kronen einbrächte. Ich werde dieser Heirat meine Zustimmung verweigern, Cecil.«

Schweigend blickten sie sich im blassen Schein der Märzsonne an. »Gebt acht auf Euren Rücken«, sagte Elisabeth ruhig, »denn ich fürchte, sie werden sich hinter meinem rühren. Und wie viele ich auch dafür hänge, es bringt mir Euch nicht zurück.«

Er küßte ihr liebevoll die Hand. »Sorgt Euch nicht um mich, Madam. Ich habe eine lange Erfahrung darin, meine Haut zu retten. Sollte sich diese Sache zuspitzen, überlaßt mich mir selbst und kümmert Euch um Eure eigene Sicherheit. Ich bin nicht unentbehrlich.«

Sie berührte die Spitze seines Bartes – viel grauer als an jenem Tag vor zehn Jahren, da Cecil in ihren Dienst getreten war. »Wenn wir diesen Sturm heil überstanden haben«, sagte sie sanft, »werde ich Euch dafür in den Adelsstand erheben.«

Das graue Frühlingslicht verblaßte zu einer frühen Dämmerung, als Robert demütig vor seiner Königin kniete und um Vergebung bat. »... Ihr hattet recht, Madam, ich war ein überheblicher Narr und hätte nicht so töricht sein dürfen, mich auf diese Sache einzulassen.«

»Wohl wahr«, sagte sie ruhig, »aber nun bitte ich Euch, befaßt Euch noch etwas länger damit. Ich traue Norfolk nicht und brauche einen Spion in seinem Lager. Wollt Ihr das für mich tun, Robert, nur um zu beweisen, wie ernst es Euch mit Eurer Reue ist? Und erhebt Euch, um Gottes willen, ich ertrage es nicht, noch länger auf Euch hinabzublinzeln.«

Er stand auf und nahm neben ihr auf dem Fenstersitz Platz. Er bemühte sich, ihre unerwartete Freundlichkeit zu durchschauen. »Ihr wollt, daß ich den Doppelagenten spiele«, sagte er langsam. »Sicher seid Ihr Euch bewußt, daß sie mir die Kehle aufschlitzen, wenn sie dahinterkommen.«

»Sie werden nicht dahinterkommen«, sagte sie kühl, »oder erst dann, wenn es zu spät ist. Ich möchte, daß Ihr Norfolk für mich beobachtet, und sobald Ihr eine echte Gefahr wittert, zieht Ihr Euch, scheinbar von einer tödlichen Krankheit befallen, in eines Eurer Landhäuser zurück. Dort werdet Ihr von dem Verlangen übermannt, Eurer Königin und Liebsten alles zu gestehen, auf daß Ihr mit reinem Gewissen in meinen Armen sterben könnt. Wir werden eine rührende Sterbebettszene aufführen, und ich werde furchtbar weinen und Euch vergeben. Bis Ihr genesen seid, wird Norfolk seine Freiersglut im Tower kühlen. Ich bezweifle, daß jemand Verdacht schöpft.«

Er wollte sie in die Arme schließen, aber zu seiner Verwunderung stieß sie ihn unsanft zurück. »Ich an Eurer Stelle würde meine Vergebung nicht zu sehr ausnutzen, Robert.«

Bevor er sich von dieser unvermuteten Zurückweisung erholen konnte, erhob sie sich und ließ ihn stehen. Sie schenkte sich aus einer Silberkaraffe in einen Kelch Alicantewein ein und vermischte ihn mit Wasser. Robert bot sie nichts an. Sie trank sehr selten Wein, und plötzlich erkannte Robert, daß sie viel aufgewühlter sein mußte, als es ihr leichtfertiges Benehmen vermuten ließ. Bislang lag kein greifbarer Verrat vor, aber Robert traute ihrem politischen Scharfsinn weit mehr als seinem eigenen. Wenn sie beunruhigt war, dann hatte sie allen Grund dazu. Er beobachtete sie einen Moment stumm, wie sie vor dem Feuer stand. Die lodernden Flammen züngelten in den dunklen Kaminschacht hinauf, sie blinkten auf den Dutzenden winziger Diamanten in den Spitzenfalten ihrer Halskrause und blitzten auf dem Halbmond aus Smaragden, mit dem ihre roten Locken festgesteckt waren. Das schöngeschnittene Antlitz, im Feuerschein rosig angehaucht, wirkte auf Robert ungeheuer anziehend.

»Was ist es, das Ihr wirklich fürchtet, Madam?« fragte er sie schließlich, sie fest dabei ansehend. »Es ist nicht Norfolk allein, nicht wahr?«

»Nein.« Sie blickte ihn über den Rand des silbernen Kelches an.

»Nicht der blasierte Schurke macht mir angst, sondern die Wirkung, die diese Angelegenheit auf den Norden haben könnte. Dort gibt es keinen Rückhalt an Loyalität, Robert, ich bin nur ein Name ohne Gesicht. Sollten die Katholiken sich für Marias Sache erheben, spielen sie Cecil geradewegs in die

Hände, und ich werde mich dem Ruf nach strengeren Maßnahmen gegen sie nicht widersetzen können. Ich liebe mein Volk, als wäre es mein Kind, aber das ist eine törichte Mutter, die mit der Rute geizt und ihr Kind verwöhnt. Ich will nicht strafen oder verfolgen, aber ich werde es tun, wenn es sein muß. Ich bete zu Gott, daß es nicht dazu kommen möge, und deswegen möchte ich, daß Ihr mir helft.«

Sie stellte ihren Kelch auf das Kaminsims und blickte nachdenklich und angespannt ins Feuer, einer wachsamen Katze gleich, die feindliches Terrain beobachtet. Robert trat an ihre Seite und sah mit ihr in die Flammen. »Ich bin Eure Augen«, sagte er ruhig, »ich werde für Euch wachen. Und Ihr wißt, Ihr könnt mir vertrauen, Madam sagt, daß Ihr mir vertraut, daß Ihr Euch auf meine Zuneigung verlaßt.« Er legte seine Hand auf ihren mit Edelsteinen besetzten Ärmel, aber sie blickte fort.

»Ich vertraue niemandem«, sagte sie leise. »Das ist der einzige Grund, weshalb ich noch lebe.«

»Aber mir müßt Ihr doch vertrauen, nach all den Jahren.« Er war bestürzt. »Ich mag gegen Cecil gekämpft haben – Ihr wißt besser als sonst jemand, wie sehr ich Grund habe, ihn zu hassen –, aber Euch könnte ich niemals verraten.«

»Jeder Dolch, mit dem Ihr auf Cecils Herz zielt, geht zuerst durch meins – seine Feinde sind auch meine Feinde. Wir haben jetzt seit zehn Jahren Frieden in diesem Land bewahrt, und ich lasse nicht zu, daß Ihr und Eure Schar von kurzsichtigen Egoisten ihn zur Zielscheibe Eurer Feigheit und Eures mangelnden Vertrauens macht.«

Es war töricht von ihm gewesen, auf Cecil zu zielen, das sah er ein. Aber es schien plötzlich nicht mehr wichtig. Er hob ihr Kinn, so daß sie ihm tief in die dunklen Augen sah. »Ich ertrage es nicht, wenn Ihr mich so zweifelnd und mißtrauisch anseht. Sagt wenigstens, daß Ihr mir etwas mehr vertraut als dem Rest der Bande – um Gottes willen, Elisabeth, *sagt* es!«

Sie sagte nichts. Müde Falten hatten sich in ihre Augen- und Mundwinkel gegraben, und sie sah aus, als wolle sie weinen, aber auch das tat sie nicht. Plötzlich hielt er ihre eiserne Selbstbeherrschung nicht mehr aus. Er packte sie unsanft und preßte seinen Mund in einem wilden Kuß auf ihren. Als er sie schließlich losließ, sagte er erbittert: »Lügt Euch *das* an, Madam?«

»Nein«, sagte sie ruhig, und endlich liefen ihr die Tränen über die blassen Wangen, »wenn ich daran nicht glauben könnte, könnte ich ebensogut tot sein.«

In den spannungsreichen Sommermonaten warb Leicester umsichtig um das Vertrauen seines alten Widersachers Norfolk. Er beobachtete ihn abwartend, als dieser sich von den nordischen Grafen Northumberland und Westmorland zu Verrat und Rebellion verleiten ließ. Als Robert die Möglichkeit eines Aufstands witterte, meinte er die Farce weit genug getrieben zu haben und zog sich in sein Bett in einem seiner Häuser zurück. Von dort ließ er eine dringende Bitte an die Königin ergehen, sie möge ihn in seinen letzten Stunden besuchen.

Sie kam sofort. Sie stellte sich sehr überzeugend panisch erschrocken, und Robert bekannte im Beisein ihrer Damen, die das Gehörte zuverlässig verbreiten würden, laut und ausführlich seine Fehler. Als Elisabeth ihr Gefolge entlassen hatte, setzte sich Leicester, an seine Kissen gelehnt, auf.

»Nun«, sagte Elisabeth ernst, »was habt Ihr entdeckt?«

»Nicht so viel, wie mir lieb wäre«, erwiderte er grimmig, »aber genug, um mich zu beunruhigen. Ich glaube, Norfolk konspiriert mit Spanien.«

»Könnt Ihr das beweisen?«

Leicester schüttelte den Kopf. »Er traut mir nicht. Ich glaube, er hat Verdacht geschöpft. Ich an Eurer Stelle würde ihn nicht länger auf freiem Fuß lassen. Steckt ihn in den Tower, ehe die Sache außer Kontrolle gerät.«

Elisabeth lächelte und tätschelte seine Hand auf der Decke. »Keine Sorge. Ich lasse nicht zu, daß er Euch deswegen die Kehle durchschneidet. Ihr werdet vollkommen sicher sein, solange Ihr Eure Medizin nehmt und Euch ruhig verhaltet.«

»Medizin?« Er sah sie mißtrauisch an. »Das war nicht Teil unserer Abmachung, Madam.«

»Ich dachte, wir wollten überzeugend sein.« Sie griff nach dem Glasfläschchen, das sie von ihrem Leibarzt mitgebracht hatte, und schenkte eine Portion ein. »Trinkt«, befahl sie munter.

Er nahm argwöhnisch den Becher und zögerte.

»Trinkt!«

Er schluckte einen gehörigen Mundvoll hinunter und würgte.

»Gott, was ist das, Gift?«

»Nur ein Abführmittel, gerade genug, um Euch für den Rest des Tages auf dem Stuhl festzuhalten.« Sie reichte ihm seinen samtenen Hausmantel. »Ich an Eurer Stelle würde mich sputen, mein Lieber. Ich glaube, es wirkt sehr schnell.«

Er stieg aus dem Bett und funkelte sie böse an, als sie ihm fürsorglich den Mantel um die Schultern legte. »Wir wollen doch nicht, daß Ihr Euch erkältet, wenn Ihr dort sitzt«, sagte sie fröhlich.

»Findet Ihr das komisch?« fragte er.

»Um ehrlich zu sein, ich dachte, es könnte Euch den Hals retten. Jeder, der an Eurem Zustand zweifelt, braucht nur herzukommen und Euch dort sitzen zu sehen.«

Er band den Gürtel um seine Mitte und ging die Vorhänge um den Stuhl zuziehen. »Ich hoffe, Ihr habt etwas ähnlich Passendes für Norfolk parat«, brummte er über die Schulter.

»Überlaßt Norfolk nur mir«, sagte sie und ging hinaus.

Die Nachricht von Leicesters Verrat traf Norfolk wie eine Gewehrkugel ein aufgeschrecktes Kaninchen. In einem panischen Versuch, die geplante Rebellion zu verhindern, schickte er einen Appell an den Herzog von Westmorland, nichts zu unternehmen, da es ihn sonst den Kopf kosten würde. Kurz darauf wurde Norfolk von einer bewaffneten Wache gefangengenommen und in den Tower gebracht, wo er schwitzend darum betete, daß seine Verbündeten seinen verzweifelten Aufruf befolgten. Aber es war schon zu spät für einen Rückzieher. Am 14. November 1569 stürmten Westmorland und Northumberland mit einer Armee die Kathedrale von Durham, zerrissen die englische Bibelübersetzung und trampelten darauf herum. Sie proklamierten ihre Rebellion als Religionskrieg, als ersten Schlag im Kampf um die Erhaltung des katholischen Glaubens in England. Dann marschierten sie nach Süden in der Absicht, die Königin von Schottland zu befreien, und mußten erfahren, daß Elisabeth ihren »Gast«

unterdessen mit Waffengewalt nach Coventry hatte schaffen lassen. Die katholische Bevölkerung, von der sie erwartet hatten, daß sie sich ihnen mit offenen Armen entgegenwerfen würde, sah verwirrt zu, nicht gewillt, Frieden und wachsenden Wohlstand gegen die Rechte einer fremden Herrscherin einzutauschen, die schon in ihrem eigenen Land Verheerungen angerichtet hatte. Bevor sie begonnen hatten, wurden die Rebellen besiegt von den zehn Jahren Sicherheit und Wohlstand, die Elisabeths Herrschaft über England gebracht hatte. Als das Heer der Königin unter Führung des Herzogs von Sussex gegen die Rebellen ins Feld zog, flohen die Anführer über die schottische Grenze und überließen es den armen Bauern, die ihren Gutsherren blind gefolgt waren, die Konsequenzen zu tragen. Und die Konsequenzen waren hart. Selbst die abgebrühtesten Ratsmitglieder vernahmen mit Schrecken, wie Elisabeth mit ihren rebellischen Untertanen verfuhr; denn nun zeigte sie zum ersten Mal öffentlich die eiserne Hand, die England unter dem Samthandschuh liebender Fürsorge regierte. Gut sechshundert Bauern wurden auf Elisabeths persönliche Veranlassung gehängt, während die Grundbesitzer, welche die Rebellion angezettelt hatten, verschont wurden, damit die Krone ihre Güter zur Begleichung der Kosten für die Zerschlagung eben dieser Rebellion zum Pfand nehmen konnte. Die Gerechtigkeit wurde auf dem Altar harter wirtschaftlicher Fakten geopfert. Es war grausam, aber es wirkte. Englands Norden lernte die Vergeltung für Verrat so gründlich kennen, daß dies das letzte Blutvergießen für den Rest der Regierungszeit der Königin bleiben sollte. Elisabeth wußte, wann Grausamkeit sich bezahlt machte.

Im Tower von London atmete Norfolk auf, als er hörte, daß der Geheime Staatsrat ihn nicht des Verrats bezichtigte. Er lächelte in sich hinein. Dank Elisabeths promptem Handeln hatten sie formal durchaus recht. Mochten seine Pläne auch vereitelt worden sein, ganz aufgegeben hatte er sie nicht. Er schmuggelte Briefe hinaus, die er in Flaschen auf dem dunklen, muffigen Abort versteckte, die Schwächen des Tower ausnutzend, wie es seine königliche Cousine einst vor ihm getan hatte. Schon setzte man sich öffentlich für seine

Entlassung ein, und es beunruhigte ihn keineswegs, als er hörte, Elisabeth habe vor dem Rat geschrien, sie wolle seinen Kopf aus eigener Machtbefugnis, wenn es dafür keine rechtliche Handhabe gebe. Man trug ihm ferner zu, daß sie unmittelbar nach dieser Äußerung vor der Ratsversammlung ohnmächtig geworden sei. Er glaubte seine königliche Cousine zu kennen. Sie mochte bedenkenlos sechshundert anonyme Bauern töten, aber mit ihrem eigenen Fleisch und Blut war es etwas ganz anderes.

Im Triumph seiner Gnadenfrist bildeten Marias amouröse Anträge sowie die versteckten Hinweise auf Spaniens Beistand nach wie vor eine unwiderstehliche Versuchung. Wann immer Einsicht und Besorgnis ihn befielen, tröstete er sich damit, daß seit der Thronbesteigung der Königin niemand, absolut niemand, enthauptet worden war.

Ob sie ein wenig zimperlich war, was das Beil betraf, durch das schon ihre Mutter, ihre Stiefmutter und ihr erster Liebhaber das Leben verloren hatten? Als er darüber nachgrübelte, fühlte Norfolk sich sicher, zumal Elisabeth ihn, einen Angehörigen des Hochadels, nicht länger ohne unumstößliche Beweise gefangenhalten konnte. Es fiel ihm nicht schwer, das Schriftstück zu unterzeichnen, worin er seinen Treueid bekräftigte, und er schwor öffentlich, daß er mit der Königin von Schottland nichts mehr zu schaffen habe.

Leicester betrachtete das Schriftstück mit unverhohlenem Abscheu. Er war sicher gewesen, daß er nie wieder von dem Mann hören werde, der von nun an sein schlimmster Todfeind sein würde. Aber da ritt er nun hin in die Freiheit und triumphierte, weil er ungeschoren davongekommen war.

»Ich mußte ihn entlassen«, sagte Elisabeth ruhig. »Ich hätte ihn zu seinem eigenen Besten lieber unter Bewachung gehalten, aber die Leute in Norfolk wurden unruhig. Ich wagte nicht, einen neuen Aufstand zu provozieren.«

»Und was nun, Madam?«

»Nun muß ich ihm wohl genügend Freiraum lassen, bis er sich selbst darin verfängt. Cecils Spione werden jede seiner Bewegungen beobachten. Es ist nur eine Frage der Zeit ...«

Norfolk schrieb eiligst an Marias Stellvertreter, daß seine Unterschrift unter den Treueid nichts bedeute. Er habe sie unter Druck geleistet und versichere der Königin von Schottland, daß er nach wie vor bereit sei, ihr Gemahl zu werden. Nach wenigen Monaten ergab sich die perfekte Gelegenheit. Der Papst machte Cecils schlimmste Alpträume wahr und wählte diesen Zeitpunkt, um Elisabeth offiziell zu exkommunizieren, wodurch er ihre katholischen Untertanen von der Gehorsamspflicht gegen sie entband. Er ließ eine offene Aufforderung ergehen, jemand möge ihr für Gottes heilige Sache einen Dolch ins Herz stoßen. Von diesem Augenblick an rechneten alle fest mit ihrer Ermordung. Über kurz oder lang würde sie gewaltsam ein vorzeitiges Ende finden.

Elisabeth verfluchte den päpstlichen Bann, durch den die von Cecil gewünschte Verfolgung nun unvermeidlich wurde. Er war gleichsam das Trompetensignal für die Märtyrer und würde den Kompromiß zerschlagen, mit dessen Hilfe sie den Religionsfrieden seit mehr als zehn Jahren bewahrt hatte. Sie kümmerte sich nicht um ihre in- und ausländischen Feinde und erhob Cecil endlich, wie versprochen, in den Adelsstand. Seine unangreifbare Stellung wurde von jeder einflußreichen Persönlichkeit anerkannt.

Leicester gratulierte ihm besonders schmeichlerisch.

Die unvermeidliche Intrige zwischen Maria und Norfolk erblühte alsbald mit Unterstützung des spanischen Gesandten. Im Mittelpunkt des Komplotts stand Elisabeths Ermordung. Norfolk verlangte eine zehntausend Mann starke spanische Truppe, um den Staatsstreich auszuführen. Er bekam sie nicht, denn obwohl Philipp darauf erpicht war, seiner Schwägerin Elisabeth soviel Verdruß wie möglich zu bereiten, dachte er nicht daran, aktiv einzugreifen, nur um Maria Stuart auf den englischen Thron zu erheben. Bis ans Ende ihres Lebens sollte Maria blind an Philipps Freundschaft glauben, ohne die Naivität ihres Ersuchens an den spanischen Gesandten zu erkennen: »Sagt Eurem Gebieter, wenn er mir beisteht, bin ich in drei Monaten Königin von England, und die heilige Messe wird im ganzen Königreich gelesen.« Philipp hatte keinen Zweifel, daß, war Maria erst zu ihrem Recht gekommen, ihre französischen Verwandten ihre Liebe zu ihr neu entdecken würden. Und Philipp gelüstete es nicht danach, die Messe in England von französischen Priestern gelesen zu sehen!

Daher schickte er keine Truppen. Und Cecils Spione spürten jeden noch so kleinen Beweis für die Schuld Norfolks, die Mithilfe der schottischen Königin und das halbherzige Einverständnis Spaniens auf. Der spanische Gesandte wurde nach Hause geschickt, und Norfolk fand sich, diesmal zum Tode verurteilt, im Tower wieder. Elisabeth unterzeichnete ruhig den Befehl zu seiner Hinrichtung durch das Beil. Das Schafott auf dem Towerhügel, das, da so lange unbenutzt, verrottet war, wurde neu errichtet, und jedermann betrachtete damit die Sache als erledigt. Daher war niemand mehr erstaunt als der frisch geadelte Cecil, als er mitten in der Nacht in das Schlafgemach der Königin gerufen und ihm eröffnet wurde, Norfolks Hinrichtung am kommenden Morgen dürfe nicht stattfinden.

Cecil, der in Hausmantel und pelzbesetzten Pantoffeln einen lächerlichen Anblick bot, sah Elisabeth verwundert an. Sie saß aufrecht in dem Prunkbett, leichenblaß, und kaute auf ihrer Unterlippe.

»Aber warum, Madam?« stöhnte er. »Warum?« »Ich weiß nicht, warum!« schluchzte sie zornig. »Fragt mich nicht, warum, tut nur, was ich Euch sage, verdammt, und widerruft es!«

In den folgenden zwei Monaten wütete ein Kampf zwischen der Königin und ihren Beratern, die abermals ihre Unterschrift unter Norfolks Todesurteil zu erlangen und sie zu überreden suchten, auch Marias zu unterschreiben. Mehr als acht Wochen lang hing Marias und Norfolks Leben von Elisabeths Stimmung ab, während der englische Rat immer lauter und wütender den Tod der beiden forderte.

Und dann, an einem kalten Märzabend, brach das lange befürchtete Unheil herein.

Leicester konnte sich nicht erinnern, wann er die Königin zuletzt im Schachspiel besiegt hatte, aber heute abend würde er gewinnen. Er war über diese Aussicht überaus froh gestimmt, und als Elisabeth sich plötzlich erhob und ihm befahl, die Figuren abzuräumen, hätte er seiner bitteren Enttäuschung am liebsten in einer Reihe obszöner Flüche Luft gemacht. Mürrisch und schweigsam warf er die goldenen Schachfiguren in die Schachtel. Danach starrte er verdrossen ins Feuer und wartete, daß sie ihn entließ. Er wußte nicht, was ihn bewog, just in diesem Moment aufzublicken – sechster Sinn, Eingebung –, doch was es auch war, es war genau eine Sekunde zu spät. Elisabeth fiel so schwer auf das Tischchen, daß es umkippte und die Schachfiguren in alle vier Ecken flogen. Schweiß brach ihm am ganzen Leib aus, als er neben sie auf die Knie fiel und sie herumdrehte. Krämpfe durchzuckten sie, und sie klammerte sich an seinen Ärmel, die Lippen grau vor Atemnot. Als er sie aufhob, behindert durch das Gewicht ihrer Robe, erschlaffte sie plötzlich in seinen Armen. Er trug sie, gefolgt von ihren verschreckten Hofdamen, in ihr Schlafgemach. Ihre schweren, bauschigen Satinröcke wallten ihm über die Arme bis auf die Füße, wie das prächtige Gefieder eines toten Vogels. Er legte sie aufs Bett und zischte den Frauen knappe Befehle zu. »Holt ihre Ärzte, holt Cecil, und helft mir, ihr das verdammte Kleid auszuziehen, bevor sie erstickt.« Als er sich umblickte, starrten sie ihn verstört an, gelähmt vor Angst wie von einem hellen Lichtschein geblendete Kaninchen »Bewegt euch!« brüllte er, und nun zerstreuten sie sich wie Blätter im grimmigen Sturm seiner Befehlsgewalt. Als Cecil durch die Tür des Schlafgemachs trat, ging Leicester auf ihn zu, und ihre Augen trafen sich in einem gequälten Blick. Sie wußten, wenn jetzt das Schlimmste geschähe, würden ihre Köpfe unter Norfolks und Marias Rache als erste fallen.

»Wie geht es ihr?« Cecils Stimme zitterte, als er in Leicesters bleichem Gesicht forschte.

Leicester schüttelte den Kopf und kaute auf seiner Lippe. Cecil erstarrte in banger Vorahnung. »So schlimm?« flüsterte er heiser.

»In so einem Zustand sah ich sie noch nie. Sie hat solche Schmerzen, daß sie kaum atmen kann. Für mich sieht es nach Vergiftung aus.«

Cecil wurde schwindlig bei diesem Verdacht. »Unmöglich«, sagte er steif. »Wir waren so wachsam, alle Vorsichtsmaßnahmen –«

»Seid kein Narr!« brauste Leicester auf. »Könnt Ihr etwa für die Loyalität aller Frauen, Pagen und Küchenjungen in ihren Diensten garantieren, die Zugang zu ihrer Konfektschachtel haben?«

»Nein.« Cecil schüttelte erbittert den Kopf. »Das war stets ein hoffnungsloses Unterfangen, und ich habe sie, weiß Gott, gewarnt. Aber sie ist so sorglos und unbekümmert – zuweilen möchte ich schwören, sie hält sich für unsterblich.«

»Sie muß fürwahr unsterblich sein, wenn sie dies hier überleben soll.« Leicester sah ihn forschend an. »Seid Ihr zimperlich?«

Cecil schluckte. »Nicht sehr, Mylord«, log er.

»Gut.« Leicester warf einen finsteren Blick zum Bett hinüber. »Ihr steht nur ein Weg offen, und der führt mitten durch die Hölle. Ich habe mit den Ärzten gesprochen. Und glaubt mir, was sie mit ihr vorhaben, möchte ich meinem schlimmsten Feind nicht zumuten, geschweige denn meiner –« Er brach ab. »Sie hat nach Euch gefragt«, fuhr er barsch fort, »also macht nicht so ein Gesicht, wenn wir zu ihr gehen. Sie kann unsere persönlichen Sorgen jetzt nicht gebrauchen.«

Cecil nickte stumm. Seite an Seite in plötzlicher Bruderschaft, die ihre zahlreichen Differenzen vorübergehend aufhob, näherten sie sich dem Prunkbett. Es war mit silbernem Stoff verkleidet, und golddurchzogene Pfauenfedern krönten die vier Pfosten, eine Pracht, die einen krassen Gegensatz bildete zu der grausamen Kur, die hinter den Vorhängen im Gange war. Brech- und Abführmittel wurden in unaufhörlicher Folge verabreicht, begleitet von einem kräftigen Aderlaß. Als aber die Stunden sich zu Tagen dehnten und Elisabeth sich noch immer hin und her wälzte, von wütendem Fieber und heftigen Schmerzen geschüttelt, die nichts zu lindern vermochte, fürchteten sie, daß ihre verzweifelten Bemühungen, den Körper vom Gift zu befreien, nichts fruchteten. Am dritten Abend war sie so schwach, daß Leicester sich auf die Bettkante setzte und wartete, daß sie in seinen Armen entschlafe, während die Ärzte streitend und einander widersprechend am Kamin die Köpfe zusammensteckten. Robert beobachtete sie voll wütender Verachtung. »Nutzlose Kerle!«

brummte er. »Keiner von denen taugt auch nur zum Viehdoktor. Was haben sie die ganze Zeit zu schnattern?«

»Vorkehrungen – für die Obduktion – vielleicht«, mutmaßte die Königin matt. »Ich wünschte – ich träfe – Vorkehrungen für *ihre*.«

»Das kann ich mir denken. Ihr habt so gelitten – ich hätte es nicht zulassen sollen.« Er strich ihr die feuchten Haarsträhnen aus der Stirn und drückte sie an sich. Erbittert dachte er an die nutzlosen Torturen, die sie ohne einen einzigen Wutanfall oder Klagelaut hatte über sich ergehen lassen. »Ich stoße meinen Dolch in den nächsten Quacksalber, der Hand an Euch legt, ich schwöre es!«

Elisabeth wandte mühsam den Kopf und sah Robert an. Langsam fuhr sie mit zitterndem Finger über die nassen Spuren auf seinen Wangen. Sie schenkte ihm ein mattes Lächeln, das ihm das Herz zerriß.

»Robert?«

»Es ist nichts.« Hastig rieb er seine Wange an ihren Haaren. »Ich habe etwas im Auge, das ist alles.«

»In beiden?«

Er küßte sie dafür, und es war ihm einerlei, wer es sah. Die Ärzte traten heran und betrachteten sie hoffnungslos, doch unter Leicesters strengem Blick wagten sie nichts mehr zu verordnen und zogen sich wieder an den Kamin zurück. Sie konnten ihr nicht mehr helfen, es lag in Gottes Hand.

Leicester wußte nicht, wie er den Rest dieser Nacht überstand. Seine Hand war taub vom krampfhaften Griff ihrer Finger; sein Arm schmerzte, als sei er gebrochen, aber kein Laut der Pein kam über seine Lippen. Ihm war, als sei das Umklammern seiner Hand ihr letztes Bindeglied an diese Welt, und er hatte eine fast abergläubische Angst, sie loszulassen. Seine Lebenskraft schien durch die Berührung ihrer Finger langsam aus ihm herauszufließen. Robert war unempfindlich gegen Hunger, Erschöpfung, sogar gegen die natürlichen Bedürfnisse, unempfindlich gegen alles und alle, außer gegen den höchst persönlichen Kampf, den er mit der widerspenstigen Seele der Königin ausfocht.

Rings in dem großen Zimmer dösten ihre erschöpften Hofdamen, doch Cecil verweilte, grau vor Müdigkeit, auf der anderen Bettseite, und endlich wandte die Königin ihren Kopf auf dem Kissen von Leicester ab und blickte sich suchend nach ihm um. »Cecil ...«

Er kam zögernd näher, als sei ihm bewußt, daß er in etwas Persönliches eindrang, in etwas Wesentliches – etwas Heiliges. Sie streckte die rechte Hand nach ihm aus, und indem er sie ergriff, waren die drei wieder in ihrer unheiligen Dreieinigkeit verbunden. Auch Cecil hatte dieses seltsame Gefühl, als sei der letzte Rest seiner Kraft aus ihm herausgesogen worden. Er schwankte etwas, als sie seine Hand losließ, und mußte sich am Bettpfosten festhalten.

Ihre vom Schmerz getrübten Augen lächelten ihn an. »Ihr seht aus, als würdet Ihr jeden Moment zusammenbrechen«, sagte sie leise. »Geht, ruht Euch aus. Ihr dürft mir nicht zuvorkommen und vor Erschöpfung sterben.« Er mußte sich über das Bett beugen, um ihre schwindende Stimme zu verstehen. »Robert wird Euch rufen – wenn ich – den letzten Beistand brauche.«

Im Morgengrauen schreckte Cecil aus dem Schlaf. Leicester stand vor ihm, und halb gelähmt vor Steifheit stützte er sich schwer auf Leicesters Arm und ließ sich führen. Die Königin schlief; farblos wie ein Leichnam wirkte sie vor den aufgetürmten Kissen. Die Ärzte gratulierten sich gegenseitig. Cecil nahm die Nachricht schweigend auf und ging ohne Widerspruch oder Groll mit Leicester. Ein Wunder war geschehen.

Im Vorzimmer warf Leicester sich ermattet auf ein Sofa und griff nach einer Weinflasche. Cecil blieb auf seinen Stock gestützt stehen und sah sich verwundert um. »Haben wir nicht den Befehl, uns zur Ruhe zu begeben, Mylord?«

Leicester leerte seinen Kelch und füllte ihn aufs neue, ohne aufzublicken. »Befehl oder nicht, ich bleibe hier, bis ich Gewißheit habe, daß sie außer Gefahr ist.« Er füllte einen zweiten Kelch und hielt ihn Cecil hin. »Hier – nachdem es so aussieht, als sollten wir unsere Köpfe doch behalten, müßt Ihr mit mir anstoßen. Trinken wir auf die Königin, die bemerkenswerteste Frau, die jemals gelebt hat. Mein Gott, ich dachte schon, diesmal hätten wir sie verloren.«

Die Kelche fielen, Wein verspritzend, zu Boden, als er

plötzlich das Gesicht in den Händen barg. Seine kräftigen Schultern bebten von den gequälten Schluchzern, die in ihm aufwallten. Als Cecil ihn weinen sah, empfand er Mitleid und Scham. Er hatte in den vergangenen drei Nächten so vieles gesehen, was ihm Respekt vor diesem Mann beibrachte, den er immer als einen selbstsüchtigen Abenteurer verachtet hatte. Leicester liebte die Königin; nachdem Cecil Zeuge seiner unendlichen Zuneigung geworden war, zweifelte er nicht mehr daran.

Diese Erkenntnis ließ alles in neuem Licht erscheinen. Im Laufe der Jahre war er zu der Überzeugung gelangt, daß seine anfänglichen Befürchtungen grundlos waren. Es wäre Platz für sie beide gewesen – hatte Elisabeth das nicht immer wieder bewiesen? Dennoch hatte er guten Gewissens auf Amys Beseitigung zurückblicken und sich einreden können, daß seine Tat die Königin aus den Klauen eines habgierigen, selbstsüchtigen Räubers errettet hatte. Jetzt aber galt das nicht mehr. Sein perfekt ausgeführter Plan war auf ihn zurückgefallen. Sie alle balancierten gefährlich auf dem Seil von Elisabeths Leben, und er, der brillante, ergebene Staatssekretär, war dafür verantwortlich! Er hob steifbeinig die Kelche auf und füllte sie wieder mit Wein; dann ließ er sich vorsichtig auf dem Sofa nieder und reichte Leicester einen Kelch. »Auf die Gesundheit der Königin«, sagte er leise, »und auf unser wachsendes Einvernehmen. Möge es Ihrer Majestät besser dienen als unsere Feindschaft.«

Leicester hob den Kopf und sah wie durch einen Nebelschleier Cecils ausgestreckte knotige Hand. Nach kurzem Zögern ergriff er sie. »Alle Männer der Königin im letzten Gefecht, wie?« sagte er zitternd.

Cecil hob die krummen Schultern. »Unser Dienst ist unsere Berufung, und die Berufung hat ihren gerechten Lohn, Mylord. Die Zeit naht, da loyale Männer, die im wahren Glauben leben, sich keine privaten Zwistigkeiten mehr leisten können.«

Leicester senkte nachdenklich den Kopf. Auch er spürte die Wolken, die sich über England zusammenballten, und fürchtete, daß nicht einmal Elisabeth allezeit auf das Glück des Teufels bauen konnte. Und wenn sie in Gefahr war, war er bereit, sich sogar mit Cecil zusammenzutun. Sie waren beide der Königin mit Leib und Seele verbunden, und jetzt erkannte ein jeder den wahren Wert, den der andere in Elisabeths Augen hatte. Im Schutz ihrer ewigen Dreieinigkeit mußten sie ihre Streitkräfte gegen Angriffe von außen versammeln.

Cecil stellte seinen Kelch ab und blickte auf die Tür zum Schlafgemach. »Sie hat dem Tod zweimal ein Schnippchen geschlagen, ein drittes Mal wäre zuviel verlangt. Gottes Gnade hat Grenzen.«

»Des Teufels Gnade auch!« murmelte Leicester finster.

Cecil überhörte ihn. »Gewiß ist Euch klar, daß Norfolk jetzt dringender denn je seinem Schicksal übergeben werden muß. Ich verstehe das einfach nicht. Nach dem Aufstand im Norden hat sie rasch gehandelt. Warum, um Gottes willen, zögert sie jetzt bei Norfolk?«

»Vielleicht, mein Freund, weil er durch das Beil sterben muß.«

Cecil sah ihn verwundert an. »Was hat das damit zu tun? Sie ist nicht zimperlich.«

Leicester lächelte matt unter seinen dichten schwarzen, drei Tage alten Bartstoppeln und füllte seinen Kelch aufs neue. »Ihr kennt sie nicht sehr gut, nicht wahr, selbst nach so langer Zeit. Ist es purer Zufall, daß in England seit vierzehn Jahren kein Kopf gefallen ist? Ich habe meinen Vater, meinen Bruder und meinen Großvater durch das Beil verloren, aber vielleicht kann man von Euch, der niemanden auf diese Weise verlor, nicht erwarten, daß Ihr das versteht. Ich bin mehr als einmal nachts bei ihr gesessen und habe sie beruhigt. Wenn sie Alpträume hatte, konnte niemand anders sie besänftigen, denn ich kenne sie besser als sonst jemand. Und ich sage Euch, wenn Ihr Norfolks Kopf wollt, muß das Parlament sie unter Druck setzen.«

»Und die Königin von Schottland?«

»Vergeßt die Königin von Schottland«, riet ihm Leicester. »Ihr werdet Elisabeths Unterschrift unter ihr Todesurteil nie bekommen.«

Cecil schüttelte den Kopf. »Früher oder später muß es sein, Leicester. Nichts auf dieser Welt wird Maria Stuart bewegen, still in einem englischen Gefängnis zu leben. Die arme Närrin wird nicht Ruhe geben, bis sie den Kopf verliert.« Er stand wankend auf. Im grellen Tageslicht wirkte er alt und abgespannt.

»Geht zu Bett, Mann«, sagte Leicester, »die Königin wird kaum erfreut sein, wenn sie Euch nach alledem zu Grabe tragen muß.«

Ein mattes Lächeln streifte Cecils Lippen. »Es gab eine Zeit, da glaubte ich, meine Nerven seien durch nichts zu erschüttern, aber ich sah, weiß Gott, noch nie jemanden so dicht beim Winde segeln wie die Königin, ohne zu sinken.« – »Hexen ertrinken nicht«, bemerkte Leicester nachdenklich. »Das dürfte Euch bekannt sein.« Etwas von der alten Feindschaft schimmerte in Cecils stahlblauen Augen auf. »Ich weiß nicht, wie Ihr das meint, Mylord.«

»Nein?« Leicester lächelte zynisch. Der Wein hatte seinem erschöpften Hirn zugesetzt und seine Zunge gelöst. »König Heinrich sagte, ihre Mutter war eine Hexe.«

Cecil öffnete schon den Mund zu heftigem Protest, dann aber befand er es für sinnlos, mit einem Mann zu streiten, der, erschöpft, auf leeren Magen getrunken hatte. »Das ist eine äußerst gefährliche Behauptung, Leicester«, meinte er schließlich. »Ich will hoffen, daß Ihr sie vor niemand anderem wiederholt. Für viele Leute käme das einem Verrat gleich.«

Er ging hinaus, entschlossen, den Vorfall zu vergessen, aber er konnte die Erinnerung an ihre helle, lachende Stimme nicht verbannen, als sie ihm versprach, ihn einen Monat im voraus von ihrem Tod zu verständigen. Allen Naturgesetzen zum Trotz hatte sie dieses Versprechen noch nicht gebrochen.

War es möglich? Diente er wirklich einer Hexe? Die Illoyalität dieses Gedankens bedrückte ihn.

Es war fast zehn Uhr, als Elisabeth sich regte. Sie schlug kurz die Augen auf und sah Leicester an ihrer Seite sitzen. Ihre vom Fieber gesprungenen Lippen lächelten benommen. »Ich sagte, Ihr solltet zu Bett gehen.«

»Sagtet Ihr das, Madam?« Er küßte ihr aufgeräumt die Hand. »Dann muß ich Euch leider mißverstanden haben.«

Sie schlief ein und wachte kurz vor Mittag wieder auf; er war noch da. Diesmal machte sie keine Bemerkung, sondern ließ sich ein paar Kissen hinter den Kopf stopfen und trank ihm zuliebe einen Schluck Milch. Dann bat sie um ihren Spiegel. »Verflucht, ich sehe aus wie eine Leiche!«

»Was habt Ihr denn erwartet«, entgegnete er sanft, »nach einem Anschlag auf Euer Leben, der um ein Haar gelungen wäre?«

Sie legte den Spiegel mit der Vorderseite nach unten auf die Bettdecke und seufzte. »Müssen wir jedesmal, wenn ich Bauchweh habe, zur Jagd nach dem Verräter blasen?«

Er starrte sie eine ganze Minute an, stumm, fassungslos, entrüstet. »Verdammt«, fluchte er schließlich, »Ihr nehmt doch nicht etwa an, daß diese Krankheit eine natürliche Ursache hatte. Alle Ärzte sind sich einig, daß es etwas war, das Ihr beim Abendessen zu Euch nahmt.«

Sie schenkte ihm ein verschmitztes Lächeln. »Beinahe das letzte Abendmahl – aber ich habe noch nie gesehen, daß man einen Fisch wegen Verrats gehängt hätte. Norfolk mag einen langen Arm haben, aber vom Tower bis auf meinen Teller reicht er gewiß nicht.«

»Spottet nicht«, sagte Leicester gereizt. »Der Tower hat seine schwachen Stellen – wie schwach, das wissen wir aus Erfahrung, Ihr und ich!«

»Das war vor langer Zeit, Robert.«

»Es ist heute nicht anders. Im Tower ändert sich nichts. Ihr wißt, daß man dort mit Geld buchstäblich alles kaufen kann, und für einen vermögenden und verzweifelten Mann wie Norfolk wäre Gift um jeden Preis wohlfeil. Er hätte durch Euren Tod alles zu gewinnen und herzlich wenig zu verlieren.«

»Ihr haßt ihn, nicht wahr?«

»Ich hasse alles, was Euch bedroht. Aber ich stehe mit meiner Meinung nicht allein, das Gerücht kursiert am ganzen Hof.«

»So?« Sie biß sich verärgert auf die Lippen. »Und was redet man sonst noch?«

»Daß Norfolk schleunigst sterben muß, ehe er es noch einmal versuchen kann. Jetzt könnt Ihr nicht mehr hoffen, ihn zu retten.«

Elisabeth lag still auf ihren Kissen, das Gesicht plötzlich verschlossen, eine geheimnisvolle Maske.

»Woran denkt Ihr?« fragte Robert besorgt. Er spürte, daß ihr abgebrühtes Hirn heftig arbeitete.

»Ich dachte soeben, daß ich viel zu krank bin, um mir geschäftliche Dinge anzuhören«, sagte sie gelassen, »und vermutlich noch lange, lange Zeit zu krank dafür sein werde.«

»Ihr fordert Mordanschläge heraus«, sagte er finster, »und nächstes Mal habt Ihr vielleicht nicht so viel Glück.«

»Aber ich habe immer Glück, nicht wahr?«

Er schüttelte ernst den Kopf. »Es kümmert Euch nicht wirklich, nicht wahr? Ihr spielt mit Königreichen und Menschenleben wie mit Schachfiguren – Ihr seid nicht zufrieden, bis Ihr mich und Cecil in ein und dasselbe Grab gebracht habt.«

»Arme Gefangene«, sagte sie ruhig, »Ihr zwei hättet mich fallen lassen sollen, als es Euch möglich war.«

Der Blick ihrer Augen, bodenlose Brunnen schwarzen Wassers, hielt ihn still gebannt, und im tiefsten Innern wußte er, daß seine Fesselung an Elisabeth jetzt vollkommen war.

Später, in seinen Gemächern, sah er sich im Spiegel an. Sein Gesicht war noch ansehnlich, aber ausdruckslos, sein pechschwarzes Haar an den Schläfen silbergrau meliert. Einmal hatte er Elisabeth spaßeshalber einen Vampir genannt, und nun hatte sich der Scherz auf seltsame Weise bewahrheitet: Sie zog ihre Kraft nicht aus Blut, sondern aus der Liebe der Männer.

Traurig betrachtete er sein Spiegelbild – die Anzeichen des Alterns waren nicht zu übersehen. Die Flamme ihres Lebens verzehrte ihn unaufhaltsam; sie verschlang seine Männlichkeit, ja seine Identität. Er hatte sein Leben in ihres versenkt, hatte sich so tief in ihrem Schatten verloren, daß er ohne sie nicht mehr zu existieren schien. Er fragte sich flüchtig, ob Cecil dasselbe empfand.

25

Elisabeth unterzeichnete fünf Hinrichtungsbefehle für Norfolk und widerrief vier davon. Fünf Monate lang ertrug sie die Opposition von Rat und Parlament, von wahnsinnigen Wölfen, lechzend nach den zwei Menschenleben, die sie gerade außer Reichweite ihrer zuschnappenden Zähne hielt. Als sie blind waren vor Blutgier, warf sie ihnen Norfolk hin wie einen saftigen Knochen. Sogleich geriet die Verfolgung zum Chaos. Sie fielen im Freudentaumel über ihr Opfer her und merkten nicht, daß Elisabeth mit der eigentlichen Beute entkam. Maria Stuart, knapp entronnen, klammerte sich noch eine Weile an einen gefährlich dünnen Strohhalm der Sicherheit. Und in der Atempause zwischen Anschlägen und Gegenanschlägen, die fortan ihr Leben bestimmten, sah Elisabeth sich am Ziel. Doch es hatte ihr kein Vergnügen bereitet, mit dem Kopf eines Menschen Ball zu spielen, und Norfolks demütiger Brief, worin er um Vergebung und um Gnade für seine armen Kinder bat, die bald verwaist sein würden, machte sie tief betrübt. Sie beauftragte Cecil, sich um die Kleinen zu kümmern; sie war selbst als Waise aufgewachsen...

Am 1. Juni 1572, dem Vorabend von Norfolks Hinrichtung, schritt sie durch das Vorzimmer, unfähig zu essen oder sich mit einer der Verrichtungen zu befassen, mit denen sie gewöhnlich die Abende verbrachte. Ihre erste Hinrichtung durch das Beil – die erste von vielen, ohne Frage! Was quälte sie sich also? Woher rührten das unvermutete Schuldgefühl und die Zimperlichkeit, die ihrem Wesen doch so fremd waren?

Sie konnte in dieser Nacht nicht schlafen. Sie saß auf einem Fenstersitz, sah die Dunkelheit einer leuchtend orangefarbenen Morgendämmerung weichen, während ihre Hofdame am Fuße des Prunkbettes sorglos auf einem Strohsack schnarchte. Dies also bedeutete Königin zu sein, die Ermordung von Verwandten, die sie ihrerseits zu ermorden trachteten. Schlagen oder geschlagen werden lautete die schlichte Devise jedes Regenten. Ihr Vater hatte sie mit erhabener Gleichgültigkeit bis ans Ende seiner Tage befolgt – warum war sie dann nicht dazu imstande?

Sie würde nie dazu imstande sein. Und als das Donnern der Tower-Kanone den Tod eines Verräters verkündete, stand sie einsam in ihrem Zimmer und hielt sich vergebens die Ohren zu.

Die Jahre von Philipps unwilliger, falscher Freundschaft mit England waren unbestreitbar zu Ende. England und Spanien hatten sich langsam, unaufhaltsam durch eine lange Reihe von beiderseitigen Mißhelligkeiten entzweit, und Philipp tröstete sich nun mit der Gewißheit, daß er es Englands Intrigantin eines Tages heimzahlen würde. Doch im Augenblick waren ihm durch das Verteidigungsbündnis, das Elisabeth seinem alten Widersacher Frankreich abgerungen hatte, durch die stets gegenwärtige Gefahr ihrer Vermählung mit einem französischen Prinzen sowie durch die Unruhen seiner protestantischen Untertanen in den Niederlanden die Hände gebunden. Solange Elisabeth die Königin von Schottland als Geisel hatte, war sie vor seinem Angriff sicher. Sein vorgebliches Eintreten für Maria verdeckte den innigen Wunsch, die Frau tot zu sehen; aber er glaubte, Elisabeths Ratgeber würden ihre Königin früher oder später zwingen, sich der schottischen Königin zu entledigen, wenn die Verschwörungen zu Marias Gunsten zunähmen. Er konnte abwarten, bis dieser Stolperstein aus seinem Weg nach England geräumt war. Es schien ihm unvermeidlich, daß sie als Todfeinde endeten, denn wenn er Europa beherrschen wollte, mußte er England bezwingen und die Königin vernichten, deren bloße Existenz eine Bedrohung seines Königreichs und eine Verunglimpfung seiner Männlichkeit darstellte. Er beobachtete besorgt aus der Ferne, wie sie mit neuen Eheverhandlungen zu tändeln begann. Frankreich scharwenzelte um Elisabeth wie ein Spaniel, und das gefiel Philipp mitnichten.

Auch Leicester bereiteten Elisabeths jüngste Heiratspläne Verdruß. Anfangs hatte er die Verhandlungen für eines ihrer berühmten diplomatischen Possenspiele gehalten. Der eine Freier war ein notorischer Homosexueller, der andere, Alençon, ein Lüstling und häßlicher pockennarbiger Zwerg obendrein. Das konnte sie nicht ernst meinen. Und doch, als ihr siebenunddreißigster Geburtstag nahte, bemerkte er eine Veränderung in ihrem Verhalten. Sie hatte immer gern Pate gestanden und konnte auf eine stattliche Anzahl Patenkinder blicken, doch neuerdings machten Hochzeiten und Kindstaufen sie traurig. Sie beobachtete die Kinder ihrer Freundinnen mit zunehmender Wehmut, und Leicester erkannte besorgt einen Zustand, den seine Mutter einmal als »Kindessehnsucht« bezeichnet hatte.

Eines Abends äußerte er aufgebracht, wenn sie sich wirklich in den Kopf gesetzt habe, mit einem verkrüppelten, pockennarbigen Schwachkopf ins Bett zu gehen, so gebe es deren genügend in England, die ihr gern gefällig sein würden, ohne daß sie nach Frankreich schielen müsse.

Das Backgammonbrett flog zwischen ihnen auf den Boden, als Elisabeth sich erhob. »Hinaus!« sagte sie, und er entfernte sich beflissen. Im Vorzimmer waren die Hofdamen der Königin still mit verschiedenen Verrichtungen beschäftigt. Leicester blieb hie und da mit gezwungener Höflichkeit auf ein beiläufiges Wort stehen, während er sich seinen Weg zu dem Fenstersitz bahnte, wo Lettice Knollys saß und las. Die Cousine der Königin hob die Mandelaugen und lächelte ihn herausfordernd an. »Guten Abend, Mylord.«

Während er ihr mit kühler Förmlichkeit die Hand küßte, flüsterte er schroff: »Am selben Ort. Laß mich nicht warten«, und verschwand, ehe sie etwas erwidern konnte.

Zehn Minuten später stahl sich Lettice, nachdem sie sich wegen Kopfschmerzen bei der Königin entschuldigt hatte, fort von den schwätzenden Mädchen und Matronen und begab sich durch die von Pechfackeln erhellten Korridore in eine kleine Kammer auf der anderen Seite des Palastes. Als sie eingetreten war, verriegelte Leicester die Tür und riß ihr den Umhang von den Schultern. »Zieh dich aus«, befahl er barsch. »Ich will dich jetzt.«

Sein Ungestüm erregte sie. Nach einem Streit mit der Königin war er immer so, und Lettice schätzte Rauheit bei einem Mann. Ein manierlicher Liebhaber war nichts für sie; so einen hatte sie des Titels wegen geheiratet, und binnen einem Monat hatte sie ihm den Tod gewünscht. Als Leicester sie auf das schmale Sofa warf und sie mit solcher Heftigkeit nahm, daß es fast einer Vergewaltigung gleichkam, wand sie sich ekstatisch unter seinen wilden Stößen in ihr.

Ihr Verhältnis bestand nun schon seit geraumer Zeit. Robert brauchte Lettice; sie hielt seinen Verstand gesund, indem sie das Feuer löschte, das die Königin mit Vorliebe entfachte.

Als er schließlich neben ihr lag, einen Arm über ihrer Brust, und, erlöst von seiner grimmigen Gespanntheit und Begierde, ins Nichts starrte, hätte Lettice am liebsten laut gelacht. Ach, er spielte sich so gern als Herr und Meister auf, um sich zu beweisen, daß er ein richtiger Mann war. Und sie paßten so gut zusammen in ihrem gegenseitigen Verlangen; er an eine frigide Gebieterin gekettet und sie an einen braven, faden Ehemann. Falls sie wußte, daß er mit den Gedanken nicht bei ihr war, wenn er sie auf diese zornige Weise nahm, tat das ihrer Sinneslust keinen Abbruch. Seine nackte Wildheit belebte sie, und sie schwelgte in ihrer heftigen animalischen Vereinigung. Leicester befriedigte sie wie noch kein Mann zuvor. Als er sich schließlich mürrisch und schweigsam erhob, sich ankleidete und sie verließ, blieb sie auf dem alten Sofa liegen und dachte geringschätzig an Elisabeth.

Die Gefahr steigerte die heimliche Lust. Jedesmal, wenn Lettice Roberts enttäuschte Männlichkeit aufrichtete, setzte sie ihre Stellung bei Hofe, womöglich gar ihr Leben, aufs Spiel. Nur ein Schritt war noch gefährlicher, und ihre verderbte, besitzgierige Natur spielte bereits mit dem Gedanken an eine heimliche Ehe. Natürlich war das unmöglich, solange ihr Mann lebte, aber der war ein Kümmerling, und seine Dienste in Irland forderten bereits ihren Tribut von seiner Gesundheit. Irland hatte schon bessere Männer in den Tod getrieben. Und sollte Lettice je das Glück haben, eine lüsterne junge Witwe zu werden, so kam nur einer als ihr nächster Ehemann in Frage. Ihre Kehle war bei diesem Gedanken trocken vor Aufregung. Leicester in eine beständige, legale Beziehung zu locken, ihn zur Aufgabe seines vergeblichen Werbens um den königlichen Schmetterling zu bewegen – es war der helle Wahnsinn. Er würde etwas so Selbstmörderisches niemals tun – oder doch?

Sie rutschte vom Sofa und kleidete sich langsam an, befestigte die Batistkrause über den roten Knutschflecken an ihrem Hals und lächelte boshaft in einen winzigen Taschenspiegel. »Sieh dich vor, Elisabeth, mein illegitimes Weibsstück von einer Cousine«, flüsterte sie ihrem Spiegelbild zu, »sieh dich gut vor und hüte deinen kostbaren Besitz, oder ich versetze dir einen Schlag, der dich wünschen läßt, du wärest tot.«

Als der Hof sich dieses Jahr, als er auf Reisen war, in Leicesters Schloß in Kenilworth aufhielt, kam die Nachricht von einem Ereignis, das bestimmt schien, das neue Bündnis zwischen England und Frankreich zu zerschlagen. Elisabeth war mit einer kleinen Schar Höflinge ausgeritten, als ihr eine Depesche von ihrem Gesandten in Paris überbracht wurde. Leicester lenkte sein Pferd neben ihres. Sie erbrach das Siegel und begann zu lesen. Ein Ausdruck unglaublicher Wut trat in ihr Gesicht, und Leicester hörte sie leise fluchen.

»Schlechte Nachrichten, Madam?«

»Ich muß sofort umkehren!« sagte sie barsch und schwenkte ihr Pferd herum. Sie ritten schweigend zurück, und er eilte hinter ihr her in ihre Privatgemächer, wo sie sich in einen Sessel fallen ließ. »Sucht Cecil, er soll sofort herkommen, und ihr übrigen Frauen, aus meinen Augen. Leicester, Ihr bleibt.«

Sie war sichtlich nicht in der Stimmung, sich Fragen stellen zu lassen, deshalb wartete er stehend neben ihrem Sessel, bis Cecil hereingehumpelt kam. »Setzt Euch«, sagte sie, ehe er sich verbeugen konnte, »und lest.«

Cecil nahm das Schreiben. Während er las, zogen sich seine weißen Augenbrauen zusammen, und seine gewöhnlich verbindliche Miene verhärtete sich. Als er die Einzelheiten über das unerhörteste Religionsmassaker der Geschichte in sich aufnahm, das in der Bartholomäusnacht 1572 in Frankreich angerichtet worden war, wiederholte Elisabeth für Leicester die grausigsten Passagen.

»... die Protestanten liegen zu Tausenden tot, der Adel in Paris, der Rest in Dörfern in ganz Frankreich. Frauen, Kinder und Säuglinge – Jawohl, Säuglinge! – wurden aus den Häusern gezerrt und auf den Straßen hingemetzelt; die Seine ist verstopft und faulig von verwesenden Leichen. Und alles geschah auf Befehl des französischen Königs oder, um genauer zu sein, seiner abscheulichen Mutter, nur weil sie die Ermordung eines politischen Rivalen verpfuscht hat. Katharina hat die gesamte protestantische Gemeinde in Frankreich ausgelöscht.«

Cecil blickte von dem Schreiben auf und äußerte theatralisch: »Madam, dies ist das größte Verbrechen seit der Kreuzigung.«

»Um Gottes willen, Cecil, verschont mich mit Euren edlen Gefühlen. Ich weiß zufällig, wenn dies ein Massaker an Katholiken gewesen wäre, so würdet Ihr den Himmel dafür preisen. Warum sind alle bigotten Menschen so scheinheilig?«

Der Vorwurf ließ Cecil dunkel erröten, und Leicester konnte sich ein Lächeln nicht verkneifen. Beklommenes Schweigen herrschte, während die Königin in dem schmalen Raum wütend auf einem Perserteppich hin und her rauschte. Sie blieb stehen und funkelte Leicester böse an, der hastig von seinem Lächeln abließ.

»Nun, und was habt Ihr dazu zu sagen? Ich ahne es schon!«

Er fing Cecils flehenden Blick auf und hüstelte zum Zeichen, daß er den Wink verstanden hatte. »Madam, wenn diese Nachricht sich verbreitet, wird der Zorn auf die schottische Königin unhaltbar sein.«

Sie stemmte die Hände in die Hüften, was er als Drohgebärde auffaßte. »Ihr wagt mir ins Gesicht zu sagen, daß Maria für diese Greueltat verantwortlich ist?« fragte sie zornig.

Die beiden Männer wechselten besorgte Blicke. Dieses seltsame persönliche und politische Einverständnis mit ihrer Rivalin ging über ihr Begriffsvermögen.

Leicester räusperte sich. »Majestät wollen sie jetzt gewiß nicht länger beschützen? Frankreich kann nun nichts mehr gegen ihre Hinrichtung einwenden. Dies ist die beste Gelegenheit, sie zu beseitigen.«

»Ich muß Leicester zustimmen, Majestät«, sagte Cecil trocken.

Die Königin lachte. »Das ist wahrlich ein Wunder – ihr zwei in Übereinstimmung, nach all den Jahren! Aber ihr redet beide in den Wind. Ich werde die Verantwortung für die rechtlich begründete Hinrichtung einer Schwesterkönigin nicht übernehmen.«

»Und ein Mordanschlag?« schlug Leicester vor.

»Wenn sie in einem englischen Gefängnis einen mysteriösen Tod findet, weisen alle Finger auf mich.«

»Man könnte sie nach Schottland zurückschaffen«, meinte Cecil ruhig. »Der schottische Regent wird sie ohne Zweifel mit Freuden exekutieren – natürlich gegen Bezahlung.«

Elisabeth ging in Gedanken vertieft hin und her. Was immer der Preis sein mochte, er würde zu hoch sein, dafür wollte sie sorgen. Wenn man es hinnahm, daß eine Herrscherin wie ein ganz normaler Mensch für gewöhnliche Verbrechen verantwortlich gemacht wurde, so würde das den Begriff der Monarchie grundlegend ändern. Sahen sie denn nicht, welch gefährlicher Präzedenzfall damit geschaffen würde? Sie waren zu sehr von Maria besessen, um die Sache objektiv zu betrachten. Sogar ein so scharfsichtiger Mann wie Cecil war nicht imstande, sich von der Gegenwart zu lösen und zu erkennen, daß die tote Maria letzten Endes weit gefährlicher sein würde als die lebendige.

Sie sah die beiden Männer an, die ihr, jeder auf seine Art, so teuer waren. Wie verzweifelt sie sich bemühten, ihre Gedanken zu lesen! Was sie ihr rieten, war ein Echo dessen, was sie von ihrem Kronrat und dem ganzen Land zu erwarten hatte: »Trennt ihr den Kopf ab, macht kein Aufhebens mehr um sie«, hatte es vor Monaten im Parlament geheißen. Elisabeth spürte, daß es eines Tages Probleme mit dem Parlament geben würde. Die Abgeordneten wurden zunehmend dreister. Jede Sitzung war etwas schwieriger zu leiten als die vorige. Das Oberhaus fürchtete sie nicht, die Lords waren leicht zu beeinflussen; aber sie scheute instinktiv einen Konflikt mit dem Unterhaus. Die Bereitschaft der Abgeordneten, die rechtlich begründete Beseitigung einer Monarchin in Erwägung zu ziehen, erfüllte sie mit schlimmen Vorahnungen, denn was einmal geschah, konnte wieder geschehen.

Sie mußte Zeit gewinnen. Sie ließ sie ihre Kräfte in einem fruchtlosen Unterfangen verzetteln, indem sie Interesse an Cecils Plan heuchelte und ihn Bedingungen für Marias Hinrichtung in Schottland aushandeln ließ, die sie jederzeit vereiteln konnte; sie konnte sich vermutlich darauf verlassen, daß der habgierige Verrat des Regenten ihr das abnahm. Am Ende würde es abermals einen Widerruf geben, und sie hätte einen neuen Stillstand erreicht, wofür sie unterdessen berüchtigt war.

Sie wandte sich seufzend an Cecil. »Ihr könnt Euch an den Regenten wenden, Mylord, aber diskret. Ich wünsche genaue Einzelheiten seiner Bedingungen, ehe wir einen Schritt weiter gehen.«

Cecil wechselte einen triumphierenden Blick mit Leicester. Elisabeth biß sich auf die Lippe, um ein Lächeln zu unterdrücken. Wie leicht ließen sie sich gängeln – kleine Schachfiguren, welche die Hand nicht spürten, die sie bewegte.

Als der französische Gesandte den Versammlungsraum betrat, begegnete ihm eisiges Schweigen. Schlimmes ahnend, ging er an den schwarzgekleideten Höflingen vorbei, die ihre Gesichter abwandten. Am Ende des Raumes erwartete ihn die Königin, ebenfalls in Schwarz, im Halbkreis von Ratsmitgliedern umringt, die alle betreten vor sich hinblickten. Elisabeths Antlitz war bleich, traurig und sehr streng. Sie ging dem Gesandten ein paar Schritte entgegen und zog ihn kühl beiseite in eine Fensternische. »Nun?« sagte sie ruhig mit einem Schimmer von Mitleid im Blick. »Ich bin gespannt auf Eure Rechtfertigung, falls Ihr eine habt.«

Angesichts so vieler feindseliger Blicke verließ ihn der letzte Rest von diplomatischer Verbindlichkeit. »Madam«, begann er zögernd, »anscheinend wurde eine Verschwörung gegen den König aufgedeckt. Die Gerechtigkeit erforderte drastische Vergeltungsmaßnahmen –«

»Erforderte sie die Ermordung von Frauen und Kindern – das Abschlachten von Säuglingen?« fragte sie kühl.

Errötend murmelte er etwas von einer anfänglichen Konfusion.

»Dem König und der Königinmutter«, fuhr er hastig fort, »ist sehr daran gelegen, Madam, Euch begreiflich zu machen, daß keine Feindschaft gegen die protestantischen Kräfte in Europa besteht.«

Ihre Augen waren zynisch, hart wie geschliffene Steine. »Ich fürchte, daß diejenigen, die Euren König zur Preisgabe seiner eigenen Untertanen verleiteten, ihn leicht auch zur Preisgabe seines Bündnisses mit einer ausländischen Königin überreden werden.«

»Madam, mein König hat geschworen, die Freveltat zu rächen. Ich schwöre, er hatte nichts damit zu tun, er hatte hier so wenig mutzureden wie in anderen –«

»Genug.« Sie legte besänftigend ihre Hand auf seinen Arm, und ihm wurde bewußt, daß seine Bemühungen, seinen Gebieter zu entlasten, nur enthüllen würden, daß der Unglückliche ein von Frauen gegängeltes Muttersöhnchen war.

»Richtet Eurem Gebieter mein tiefstes Mitgefühl aus«, fuhr Elisabeth sanft fort. Ihre Stimme klang aufrichtig, und der warme Druck ihrer Finger auf seiner Hand wirkte beruhigend.

Elisabeth verließ den Raum in der befriedigenden Gewißheit, eine heikle Situation mit Samthandschuhen angefaßt zu haben. Sie nahm sich vor, den englischen Gesandten Walsingham, den puritanischen Hitzkopf, aus Paris abzuberufen, bevor er sich mit seiner grob geäußerten Empörung einen Dolch im Rücken einhandelte. Die jüngst erfolgte Beförderung Cecils zum Schatzmeister hinterließ eine Lücke im Sekretariat, die zu füllen es mehr als eines Mannes bedurfte. Sie konnte Francis Walsingham nicht leiden, aber er verstand seine Arbeit und weigerte sich nicht, seine Auslagen aus eigener Tasche zu bezahlen. Eine solche Loyalität war nicht oft anzutreffen, und Elisabeth stimmte Cecil zu, daß Walsingham ein geeigneter Sekretär sei – vorausgesetzt, sie konnte das lange puritanische Gesicht um sich ertragen. Jedenfalls hatte sie für den Fanatismus des Mannes zu Hause eine bessere Verwendung; ein weniger fähiger Kopf und eine taktvollere Zunge würden ihr im Augenblick in Paris bessere Dienste leisten.

Cecil schickte einen Abgesandten nach Schottland und bot dem Regenten Marias Leben an. Der Regent war interessiert, aber habgierig; als Entgelt für die Durchführung der Hinrichtung verlangte er eine dreitausend Mann starke englische Truppe als Schutzwache und eine jährliche Zahlung in Höhe dessen, was gegenwärtig für Marias Unterhalt aufgewendet wurde. Kurz gesagt, die Engländer würden die Tat so teuer bezahlen müssen, daß sie sie ebensogut in England ausführen konnten.

Nach der Äußerung seiner unerhörten Forderungen fiel der Regent, nachdem er auswärts gespeist hatte, prompt tot um. Schottland stürzte abermals ins Chaos, und die Verhandlungen blieben zum großen Verdruß von Elisabeths Ministern in der Schwebe.

Elisabeth, insgeheim froh über das Mißlingen, ließ Maria noch strenger bewachen und sprach fortan nicht mehr von Mord, sondern beschützte weiterhin die Frau, die Walsingham als »Schlange am Busen« geißelte.

Als Elisabeth einige Monate danach die Wiederaufnahme der Heiratsverhandlungen mit Frankreich erwog, war Leicester ehrlich beunruhigt. Das Interesse der Königin an dem kleinen Franzosen nahm stetig zu, und der kindessehnsüchtige Blick war auffälliger denn je. Wenn sie tatsächlich an einem ersten Anfall von Mutterinstinkt litt, hielt Leicester es für angebracht, sie diesen auf seinem eigenen Grund und Boden ausleben zu lassen.

Im Sommer 1575 gab er mit der Verzweiflung eines Spielers, der alles auf eine Karte setzt, ein Vermögen aus, um ihr in Kenilworth eine Unterhaltung zu bieten, die Legende werden sollte. Als Elisabeth unter Kanonensalut das Schloß betrat, wurde die große Uhr mit den blauen Zeigern und goldenen Ziffern hoch auf dem Turm angehalten, und gleichzeitig blieben alle Uhren im Schloß ebenfalls stehen. »Die Zeit steht still für Euch«, flüsterte Robert, und Elisabeth lächelte.

Es war der heißeste Sommer seit Menschengedenken. Die Tage vergingen in endlosen Lustbarkeiten mit Musik, Tanz, Theaterspiel und Maskeraden, und des Nachts verschwand der schwarze Sommerhimmel hinter bunten Feuerwerken, welche die Umgebung meilenweit erhellten. Nacht für Nacht schimmerten die Fenster des Schlosses im Lichte Tausender Duftkerzen in gläsernen Kandelabern, während drinnen die

Gesellschaft zwischen dreihundert verschiedenen Gerichten wählen konnte, die auf Kristalltellern serviert wurden.

Eines Abends hatten sich die Hofdamen der Königin diskret im Vergnügungspark unterhalb der Terrasse verstreut und Elisabeth mit ihrem Gastgeber allein gelassen. Die Brüstung war mit Steinskulpturen verziert, die Leicesters Wappen, einen weißen Bären, darstellten.

Elisabeth blickte auf den Park hinab und tätschelte müßig einem steinernen Bären den kühlen Kopf. Sie war gelöst und glücklich, als ströme an diesem lauen Abend alle Spannung der vergangenen schweren Jahre aus ihr hinaus. Jenseits dieses friedlichen Hafens schien die Welt der Dokumente und des Verrats seltsam unwichtig. Manchmal tat es gut, die Wirklichkeit zu vergessen ...

»Es ist so schön hier«, bemerkte sie. »Ihr solltet es mir nicht zu behaglich machen, Robert, sonst bleibe ich womöglich länger, als ich willkommen bin.«

»Unmöglich, Madam. Wenn ich Euch eine Ewigkeit zu Gast hätte, würde mich die Zeit zu kurz dünken.« Und unversehens fühlte er sich durch ihre Hochstimmung zu einem letzten Versuch ermutigt. Er rückte näher an sie heran und bedeckte ihre Hand auf dem großen steinernen Bären mit der seinen. Leise sagte er: »Seit sechzehn Jahren bitte ich Euch, mich zu heiraten, Elisabeth. Jetzt lege ich Euch mein Herz und meinen Besitz zu Füßen und bitte Euch ein letztes Mal, meine Frau zu werden.«

Sie stand ganz still, und er wagte kaum zu atmen. In einem achteckigen weißen Marmorbrunnen unter ihnen stiegen und fielen Fontänen. Eine schwache Brise trug den Duft von Erdbeeren und Rosen zu ihr herüber, während sie auf das schläfrige Flattern im Vogelhaus und das leise Plätschern des Brunnens lauschte. Für einen Augenblick war die Versuchung, sich mit dem Urheber all dieser Huldigungen zu vereinen, unwiderstehlich, und sie bewunderte seine Geschicklichkeit, mit der er die Falle gestellt hatte. Leicht auf seinen Arm gestützt, blickte sie ihm ins Gesicht und antwortete ihm sanft und ohne Spott: »Dann muß meine Antwort ein letztes Mal ›nein‹ lauten. Ihr könnt die Uhren anhalten, mein Lieber, aber Ihr könnt sie nicht zurückdrehen. Es ist zu spät für uns, Robert. Manchmal denke ich, es war immer zu spät. Draußen existiert die wirkliche Welt und nennt Euch einen Mörder. Wenn ich Euch heiratete, selbst jetzt, es würde uns beide zerstören.«

Bitter enttäuscht schlug er mit der geballten Faust auf den steinernen Bären. »Um Himmels willen, muß ich für den Rest meines Lebens ein Verbrechen sühnen, das ich nicht begangen habe? Ich hatte nichts mit Amys Tod zu tun.«

»Ich weiß.« Es war das erste Mal, daß sie dies zugab. Er war erschüttert. »Seit wann wißt Ihr das?«

»Das spielt keine Rolle.«

»Für mich schon! Seit wann?«

»Seit dem Ergebnis der Untersuchung.«

»Und Ihr ließt mich die ganze Zeit in dem Glauben –« Er brach ab, als ihm bewußt wurde, wie er benutzt worden war. Welch grausamen Tanz hatte sie ihn aufführen lassen! »Manchmal denke ich, Ihr habt kein Herz, Madam«, murmelte er.

»Ihr irrt Euch, Robert, mein Herz weiß, was sich ziemt, das ist alles. Da, seht, Ihr habt Euch die Hand geritzt.«

»Vielleicht wäre es Euch lieber, ich hätte mir die Kehle geritzt!« sagte er bitter.

Sie seufzte und zog das kleine Spitzentaschentuch aus ihrem goldenen Gürtel, um seine aufgeschrammten Knöchel zu betupfen. Er ließ sich die Behandlung gefallen wie ein schmollender kleiner Junge. Leicht belustigt meinte sie: »Ach Robert, habt Ihr wirklich erwartet, daß ich Euch wegen ein paar hübscher Lustbarkeiten in die Arme sinke?«

»Ich weiß nicht«, sagte er matt, »ich habe es nur gehofft, wie ich immer hoffe. Vielleicht bin ich doch der Narr, für den Ihr mich offenbar haltet. Ich nehme an, das ist Euer letztes Wort – Ihr möchtet nicht, daß ich noch einmal frage, nicht wahr?«

Sie schlug geziert die Augen nieder. »Fragen könnt Ihr, so viel Ihr wollt, wenn Ihr nur einwilligt, nicht jedesmal einen Wutanfall zu bekommen, wenn ich ablehne.«

Trotz seiner herben Enttäuschung mußte er lächeln. Sie war eitel wie ein Pfau und sich ihrer Macht über alle so verdammt sicher, daß gegen ihre Eitelkeit unmöglich anzukommen war. Diese war Teil ihrer einmaligen Unverfrorenheit, die sie von ihren Geschlechtsgenossinnen unterschied.

Er legte ihr die Hand um die Taille und zog sie an sich. Sie ließ es geschehen. »Versprecht mir wenigstens, daß Ihr nicht mehr an den Franzosen denkt«, bat er.

»Das kann ich nicht versprechen, Robert, solange in Europa alles so unsicher ist. Aber sollte ich jemals gezwungen sein, einen anderen als Euch zu heiraten, dann tue ich es einzig und allein aus politischen Gründen. Zwischen uns wird sich nichts ändern.«

»Ihr erwartet, daß Euer Gemahl mich hinnimmt?« fragte er ungläubig. »Er wird tun, was ich sage, wenn ihm ein ruhiges Leben lieb ist. Seid Ihr nun zufrieden?«

»Nein«, sagte er mürrisch. »Aber das ist ohne Bedeutung, nicht wahr? Ich habe keine Wahl. Ihr werdet tun, was Euch beliebt, und das ist Euer gutes Recht, denn Ihr seid die Königin, und ich bin nur Euer bescheidener Diener. Parallele Linien, Madam – wie recht Ihr einst vor vielen Jahren hattet: Wir werden uns nie treffen.«

Sie kehrten ins Schloß zurück und sprachen nicht mehr über das Thema. Die verschwenderischen Darbietungen in Kenilworth hatten nichts anderes bewirkt, als daß er sich tief verschuldete; die Heiratsverhandlungen wurden fortgesetzt, und mit jedem Monat rückte der kleine Franzose am Horizont bedrohlich näher.

Der endgültige Tod von Leicesters letzter Hoffnung war mit Verzweiflung gepaart, die ihn zur leichten Beute von Lettices Machenschaften werden ließ. Nachdem ihr Mann in Irland der Ruhr erlegen war, gelang es ihr, die Abwehr ihres Liebhabers zu besiegen.

Im September 1578 heiratete Robert sie in aller Heimlichkeit und tiefer Resignation.

26

»So habt Ihr sie denn aufgegeben! Ich habe mich schon lange gefragt, wann Ihr Euch Eure Niederlage endlich eingesteht!« Cecil bettete seinen dick bandagierten Fuß auf einen Schemel und schlürfte langsam den Humpen angewärmten Bieres, den Leicester, plötzlich seines Beistandes bedürftig, ihm gereicht hatte. »Ich nehme an, Ihr habt mit Euren mitleidheischenden Briefen nur deshalb um meine Freundschaft gebuhlt, damit ich der Königin nicht erzähle, was Ihr getan habt.«

Leicester zupfte, des Schatzmeisters eisblaue Augen meidend, verlegen an seinem Bart. »Ich wußte, daß Ihr es herausfinden würdet, deshalb hielt ich es für das beste, es Euch zu gestehen. Ihr seid der einzige, der sich trauen würde, es ihr zu erzählen.«

Cecil verlagerte seinen wehen Fuß auf dem Polster. »Mein lieber Leicester, Ihr überschätzt meine Courage. Die alten Griechen pflegten Überbringer schlechter Nachrichten zu töten – mir steht nicht der Sinn danach, Ihre Majestät den Brauch wiederaufleben zu lassen.«

»Jetzt übertreibt Ihr.« Leicester kaute nervös auf einem goldenen Zahnstocher. »Sie hat so viele Verehrer, daß es ihr, sofern sie überhaupt Zeit fände, meinen Familienstand zur Kenntnis zu nehmen, kaum das Herz brechen dürfte, meint Ihr nicht auch?«

Cecil balancierte den Humpen auf der Armlehne seines Sessels und sah Leicester fest an. »Verzeiht, ist denn nicht eben dies Euer Wunsch? Soviel ich weiß, ist die betreffende Dame seit geraumer Zeit Eure Geliebte. Was ist in Euch gefahren, daß Ihr sie jetzt geheiratet habt, obwohl Ihr wißt, was es bedeutet, wenn die Königin es erfährt?«

»Warum zum Teufel hätte ich nicht heiraten sollen?« verteidigte sich Leicester aufbrausend. »Warum darf ich keinen legitimen Sohn haben, der unseren Familiennamen weiterträgt? Ihr habt gesehen wie sie mich behandelt, und habt Euch einst gewiß daran geweidet. Sie empfindet nichts für mich, absolut nichts –«

»Wenn Ihr das glaubt, Leicester, dann seid Ihr wahrhaftig der Narr, für den ich Euch immer hielt.«

Leicester ließ sich auf einen Kaminhocker sinken und warf den Zahnstocher zornig fort. »Dann hat sie eine verdammt merkwürdige Art, ihre Liebe zu zeigen!«

»Ihr aber auch.« Cecil sah ihn scharf an. »Oh, Ihr könnt mich nicht täuschen, Leicester. Ich weiß, wie sehr Ihr die Königin liebt, und ich gebe zu, Ihr habt sie oft glücklich gemacht. Doch das rettet Euch nicht, wenn sie von Eurer Heirat erfährt. Sollte der Tag jemals kommen, so bete ich, daß ich mich nicht in demselben Palast befinden möge. Und Ihr, Mylord, werdet Euch wünschen, Euch nicht in derselben Welt zu befinden.«

Europa war in Aufruhr. In den Niederlanden führten die holländischen Protestanten einen endlosen Kampf gegen ihren spanischen Oberherrn, während, je nach Philipps Entschlossenheit und dem Zustand seiner Staatskasse, bald laut, bald leise drohendes Gerede vom »Unternehmen England« zu vernehmen war. Philipp hatte furchtsame Momente, als die französische Krone an Henri von Anjou fiel. Alençon, der Bruder des neuen Königs, wurde Erbe des französischen Thrones, und aufgrund seiner Auftritte als notorischer Störenfried wurde bald offenkundig, daß der König von Frankreich ihn liebend gern abschieben würde, am besten nach England. Nachdem Elisabeth Philipps Unbehagen durch ihre Avancen in Frankreich geschürt hatte, zielte ihr ständiges Hin und Her von Verhandlungen wieder nach Spanien. Ihre Schatzkammer quoll über von der Beute, die englische Piraten spanischen Schiffen abgenommen hatten, und Philipp hätte nur zu gern etwas gegen Elisabeth unternommen. Doch die auf Handelsbeziehungen ausgerichteten Bedingungen des Vertrages, den sie ihm anbot, waren für ihn mit seinen beschränkten Mitteln unwiderstehlich, und nach kurzem Ringen mit seiner edleren Gesinnung erklärte er sich zu Elisabeths Genugtuung zur Unterzeichnung bereit. Nominell in Frieden mit Spanien, unterstützte Elisabeth weiterhin heimlich die holländischen Rebellen, sorgsam darauf achtend, daß Philipps Aufmerksamkeit von seinen eigenen Territorien absorbiert wurde. Sie vermied es, nach außen als die anerkannte Führerin der protestantischen Welt in

Erscheinung zu treten, wußte sie doch, daß sie sonst binnen sechs Monaten in den Krieg treiben würde. Wenn sie sich im Schatten hielt, konnte sie dank ihrer ungehemmten Skrupellosigkeit viel mehr erreichen, und das zu einem Bruchteil der Kosten. Sie verstand es meisterhaft, jemanden auf diplomatischem Weg in die Knie zu zwingen.

In die spanische Botschaft in London zog nun der Gesandte Don Bernardino de Mendoza ein. Und Elisabeth glaubte, die perfekte Lösung für ihr Dilemma in den Niederlanden gefunden zu haben.

Sie streckte ihre schmale, im Sonnenlicht fast durchsichtige Hand aus, bog die langen Finger und betrachtete die scharlachroten, krallenartigen Nägel. »Eine Katzenpfote«, murmelte sie mehr zu ihrer Hand als zu Cecil, »die wir jetzt brauchen, um die unruhigen Marschen der Niederlande aufzuwühlen und Philipp in Schach zu halten. Alençon wird uns da gute Dienste leisten, meint Ihr nicht?« Sie lächelte zärtlich ihre so sehr begehrte Hand an. »Diese Hand wird ihn hinhalten, bis er unseren Zwecken gedient hat, oder vielmehr« ihr Lächeln wurde inniger – »das Versprechen dieser Hand. Sie hat mir mehr als zwanzig Jahre so getreu gedient wie Ihr, mein Geist. Nur noch eine einzige lange, befriedigende Vorstellung, und nach dieser Farce lasse ich den Vorhang für immer fallen.«

Vor Bewegung zitternd, küßte Cecil diese Hand. Niemand hatte das Heiratsspiel mit größerem Geschick und Gewinn gespielt als Elisabeth. Wieder und wieder hatte sie Europa auf dem dürftigen Versprechen ihrer Hand balanciert, und er war ehrlich verblüfft, daß auch nach zwanzig Jahren die Freier immer noch so einfältig waren, den Köder zu schlucken. Er konnte den Erfolg von Elisabeths Methoden nicht bestreiten, aber er war zu engstirnig und korrekt, um sie uneingeschränkt gutzuheißen, denn sie rochen nach Bordell und besudelten sein Bild von ihr als unvergleichliche Gottheit. Wenn sie die Sache nur nicht so unmoralisch angehen und sich billigster politischer Tricks bedienen würde. Sie verhökerte ihren Körper und ihre Krone ungeniert an den Meistbietenden wie eine Londoner Straßendirne. Mochte sie auch eine Göttin sein, eine Dame war sie nicht, und ein pedantisches Bedauern über diesen Mangel schob sich zwischen seine Achtung und seine Liebe.

Er war Alençon nie begegnet, aber insgeheim bemitleidete er ihn. Er hatte keine Chance gegen Elisabeths angeborene Gabe, die Männer zu gängeln, gegen ihre Fähigkeit, sich ihre Weiblichkeit zunutze zu machen. Ihre körperliche Zartheit hatte sie davor bewahrt, ein Mannweib zu werden, und Cecil mutmaßte bisweilen, daß sie sich nicht scheute, auch daraus Vorteil zu ziehen, wenn es ihr gefiel. Dieselbe Frau, die sich rücksichtslos über die Würde der ihr dienenden Männer hinwegsetzte, verstand es ebenso, deren männliche Überlegenheit wiederherzustellen, indem sie zu ihren Füßen in Ohnmacht sank. Dieser Schachzug verfehlte es nie, die Männer zu aufgeregten Beschützern zu machen, die nach Essig und Stärkungsmitteln liefen, mochten sie fünf Minuten früher eine noch so mörderische Wut auf sie gehabt haben. Ob es gespielt war oder echt, war unmöglich zu sagen; jedenfalls tat es stets die gewünschte Wirkung. Elisabeth hatte ihr Geschlecht zur gewaltigsten Waffe in ihrem Arsenal gemacht. Und Alençon sollte ihr nächstes Opfer werden.

Die leisen Klänge fielen wie klare Regentropfen. Als der letzte in einem melancholischen Zittern erstarb, war es ehrfürchtig still, bevor frenetischer Beifall ausbrach.

Jean de Simier, der Sonderbevollmächtigte des Herzogs von Alençon, reichte der Spielerin am Spinett, die sich ohne sonderlichen Erfolg bemühte, angesichts der spontanen Huldigung bescheiden-verlegen dreinzublicken, seinen Arm. »Mein Gebieter wird entzückt sein. Majestät spielen wie ein Engel.«

Sie lächelte selbstgefällig. Sie war mit übertriebenen Schmeicheleien genügend vertraut, um zu erkennen, daß der Mann es ernst meinte. Sie war sehr stolz auf ihre Kunst – keine Frau am Hof konnte sich mit ihr messen; denn Musizieren und Tanzen beherrschte sie, wie alles andere, meisterhaft.

Sie blickte mit schelmischem Lächeln zu dem Franzosen auf. »Meint Ihr nicht, Euer Gebieter wird die Ehe mit einem Engel als große Anstrengung empfinden? Flügel und Heiligenschein dürften für einen Mann im Bett recht hinderlich sein.«

Er erwiderte ihr Lächeln, beugte sich über das Spinett und führte ihre Hand zärtlich an seine Lippen. »Der Herzog würde jedes Hindernis überwinden für das Vergnügen, mit Eurer Hoheit an eben jener Stätte beisammen zu sein.«

»Ja, wir haben gehört, daß er sich dieser Situation stets *gewachsen* zeigt.«

Ein amüsiertes Raunen lief durch die kleine Gruppe lauschender Höflinge, und Simier verbeugte sich in Anerkennung des gelungenen Scherzes. »Ihr seid zu schlagfertig für mich, Madam. Ich kann den Ruf meines Gebieters in bezug auf Damen leider nicht bestreiten. Es ist wahr, daß seine Manneskraft diejenige vieler Männer übertrifft.«

»Schade, dann kann ich kaum mit einem treuen Gemahl rechnen.«

»Das könnt Ihr durchaus, meine Königin. Ich schwöre, Euretwegen wird er sich alle anderen Frauen aus dem Kopf schlagen.«

»Nicht wegen seines Kopfes habe ich Bedenken, Simier, sondern wegen seines Bettes.«

Leicester lachte laut heraus. Der Franzose warf ihm einen mißbilligenden Blick zu, dann breitete er die Hände aus. »Madam, Erfahrung ist gewiß auf jedem Gebiet von Vorteil.«

Elisabeth erhob sich vom Spinett und lehnte sich vertraulich auf den Arm des Franzosen. »Wenn ich ihn auf einem Gebiet erprobt habe, lasse ich es Euch wissen.«

Simier war seit Weihnachten am Hof. Er umwarb die englische Königin mit einer geschickten Mischung aus Charme und Ritterlichkeit. Er wich nicht von ihrer Seite und hatte in den letzten Wochen mehr Anlaß zu Skandalgeschichten geboten als Leicester in zwanzig Jahren. Seine nur von einem hauchdünnen Mantel der Ehrerbietung verhüllten Avancen wurden nie zurückgewiesen. Mit fünfundvierzig Jahren spielte Elisabeth ihr Lieblingsspiel erfolgreicher denn je. Im Spiegel erblickte sie ihr hartes, edles Gesicht, strahlend unter den mit Diamanten geschmückten Wellen ihrer eleganten roten Perücke. Sie fühlte sich, als habe sie in zehn Wochen ebenso viele Jahre abgeworfen, und heute abend verliehen ihr die leidenschaftlichen Blicke Simiers und aller brüskierten Eifersüchtigen hinter ihm ein ekstatisches Gefühl der Macht. Sie sah an Simier vorbei auf die Männer, die mit ihr regierten.

Sussex' wettergegerbte, alternde Züge drückten Wohlwollen aus – er sehnte sich danach, sie mit einem Erben zu sehen. Cecils Miene war lediglich wegen des Mangels an Gefühl in diesem gefühlsgeschwängerten Raum bemerkenswert; er kannte ihr Spiel besser als die meisten und ließ sich von ihrer Vorstellung nicht täuschen. Walsingham, der ihr seit nunmehr vier Jahren leidenschaftslos tüchtig als Sekretär diente und sie mit seiner puritanischen Bigotterie erzürnte, ärgerte sich über den offensichtlichen Erfolg des katholischen Franzosen. Und Leicester war furchtbar eifersüchtig und machte aus seinem grimmigen Widerstand gegen die Heirat kein Geheimnis. Armer Robert! Sie wollte ihn entschädigen, wenn alles vorbei wäre. Sie sah keinen Grund, warum sie ihren letzten Schachzug nicht genießen sollte.

Im Licht von hundert Kerzen tanzte sie mit Simier bis zum Morgengrauen. Jenseits der Palasttore hatte das Volk milde zu grollen begonnen, und die Leute sagten, sie habe den Verstand verloren. Robert behauptete ganz offen, sie sei von dem Franzosen behext.

Sie fragte sich still amüsiert, ob es stimmte.

Nach sechs Monaten in England hatte Simier allen Anlaß zu glauben, daß die Königin von ihm und seinem Anliegen nach wie vor begeistert war. Dennoch hatte er sie bislang nicht zur Unterzeichnung des Passierscheins überreden können, der dem Herzog die Einreise nach England gestattete. Sie malte ihm ein Bild von sich als schwache, wehrlose Frau in den Händen von Politikern, die ihre Zustimmung verweigerten, aber dieses Bild paßte nicht recht zu dem bedingungslosen Gehorsam, den sie von allen, sogar von Cecil, zu verlangen schien. Simier sah, daß sie Zeit gewinnen wollte, und er glaubte zu wissen, warum: Seit seiner Ankunft in London war Leicesters feindliche Gesinnung offenkundig. Aber was machte das schon; Simier hatte ein Geheimnis entdeckt, dessen Bekanntwerden Leicester das Genick brechen würde, und wenn der Mann sich nicht bald zurückzog, wollte er es notfalls bei passender Gelegenheit offenbaren.

Die französische Heirat wurde vom englischen Volk keineswegs jubelnd begrüßt, und es wurden schon Stimmen dagegen laut. Der Herzog sollte jetzt hier sein und für sich selbst sprechen. Einen leibhaftigen Prinzen würden die Leute nicht so bereitwillig beleidigen wie seinen Schatten.

Nach einem heftigen Streit mit Leicester über dieses Thema unterzeichnete Elisabeth den Passierschein für Alençon. Leicester zog sich schmollend nach Wanstead zurück und verkündete lauthals jedem, der es hören wollte, er sei krank vor Gram und Verdruß. Elisabeth hegte den starken Verdacht, daß er simulierte, aber um sicherzugehen, eilte sie mit kleinem Gefolge nach Wanstead und verbrachte zwei Tage damit, ihren gekränkten Liebsten zu überzeugen, daß er nichts zu befürchten habe. »Ich konnte ihn nicht länger hinhalten, ohne Verdacht zu erregen, daß es mir mit der Heirat nicht ernst ist.«

»Und ist es Euch ernst?«

»Natürlich nicht, habe ich das nicht oft genug gesagt?« Sie sah ihn verschmitzt an. »Habt Ihr mich unter falschen Vorspiegelungen hierhergelockt? Euch fehlt nichts, nicht wahr, Ihr durchtriebener Teufel?«

»O doch, Madam.« Seine Eifersucht hatte sich aufgrund ihrer Besorgnis gelegt. »Meine Gefühle sind zutiefst verletzt. Ihr müßt sie mit Küssen heilen.«

Sie beugte sich lachend über das Bett und zupfte an seinem graumelierten Bart. »Ihr seid albern, Robert Dudley, und ich bin zu beschäftigt, um noch mehr Zeit für Euren Unsinn zu verschwenden.« Sie küßte ihn flüchtig und erhob sich von der Bettkante. »Hört auf, Euch wie ein Narr zu benehmen, und kommt zurück an den Hof. Wir werden langsam zu alt für diese dummen Spielchen.«

Sie kehrte erschöpft nach Greenwich zurück, wo sie zu ihrem Verdruß erfahren mußte, daß während ihrer Abwesenheit im Garten des Palastes aus dem Hinterhalt auf Simier geschossen worden war. Sie empfing ihn sogleich, um den in seiner Würde verletzten Mann zu beschwichtigen und die Lage zu entschärfen, ehe es Ärger mit Frankreich gäbe.

»Jean!« Sie ging mit ausgestreckten Händen auf ihn zu und

gab sich äußerst charmant und ungezwungen. »Jean, es tut mir so leid. Ich kann mir nicht vorstellen, wer hinter einer so abscheulichen Tat stecken könnte.«

»Aber ich«, erwiderte er grimmig. Er beugte sich über ihre Hand und ließ es sich gefallen, daß sie ihn zu einem Fenstersitz führte. »Ich weiß, wer mehr als jeder andere gegen Eure Vermählung mit meinem Gebieter ist.«

»Robert?« Sie brach in Gelächter aus. »Ach Jean, wie schlecht Ihr ihn kennt, daß Ihr so etwas vermuten könnt. Hättet Ihr ihn heute gesehen, wie er im Bett schmollte wie ein kleiner Junge, würdet Ihr ihn nicht fürchten. Ich versichere Euch, er würde so etwas nicht wagen.«

»Warum nicht, Madam? Einer, der vor zwölf Monaten den Mut hatte, Eure Cousine Lettice Knollys zu heiraten, würde es gewiß auch wagen, mich zum Schweigen zu bringen.«

»Was!« Es war ein geflüstertes Stöhnen. »Was habt Ihr gesagt?«

»Ich sagte, er ist verheiratet, Madam.« Simier riß in gespieltem Staunen die Augen auf. »Aber das dürfte Euch gewiß bekannt sein, das weiß doch jeder, man spricht am ganzen Hof davon.«

Das Blut wich aus ihrem Gesicht, so daß die Rougeflecken sich auffällig von ihren aschfahlen Wangen abhoben. Sie stand auf und hielt sich an dem schweren Vorhang fest. Ihr Mund war ein dünner, gepreßter Strich, wie um zu verhindern, daß ihm ein gequälter Schrei entschlüpfte, und die Augen, unfähig, seinen wissenden Blick zu erwidern, sahen in verhaltenem Jammer aus dem Fenster. Es war, als brächen die Schutzwälle ihrer Welt über ihr zusammen. Obwohl Simier keine empfindsame Natur war, wußte er, daß er eine Frau vor sich hatte, die von einem tödlichen Schlag getroffen wankte. Sie atmete in mühsamen Stößen und griff sich mit einer Hand ans Herz, als fühlte sie einen körperlichen Schmerz.

Kalter Schweiß brach Simier am ganzen Leib aus. Wenn sie, wie es allen Anschein hatte, tot zu seinen Füßen zusammenbräche, wäre seine ganze kluge Diplomatie umsonst gewesen. In panischem Schrecken berührte er ihren Arm. Plötzlich drehte sie sich zu ihm um, und er wich vor dem entsetzlichen

Ausdruck in ihren glühenden schwarzen Augen zurück. Ihm war, als blicke er in die Augen eines Geschöpfes aus den finstersten Gefilden der Hölle, als stehe er auf der Kruste eines brodelnden Vulkans.

»Laßt mich allein!« sagte sie, und er floh aus dem Raum. Er hatte den Versammlungsraum halb durchquert, als hinter ihm ein Schrei unirdischer Wut die Luft zerriß. Etwas schlug krachend an die geschlossene Tür, und wieder vernahm er den entsetzlichen Schrei. Was immer in jenem Zimmer ausgebrochen war, er wußte bestimmt, daß es nicht mehr normal, ja nicht einmal mehr menschlich war. Er eilte in seine Gemächer und spürte im Vorübergehen die erschrockenen Blicke der Höflinge. Als er sich Stunden später schließlich herauswagte, erfuhr er, daß Leicester sich bereits in einer kleinen Festung im Palastgarten befand, um mit der nächsten Strömung per Schiff zum Tower befördert zu werden.

Auf das Datum seiner Hinrichtung wurden Wetten abgeschlossen.

An diesem Abend lungerten die Mitglieder des innersten Ratszirkels nervös und beklommen wie verschreckte Kaninchen im Versammlungsraum. Cecil fand es ausgesprochen lächerlich, daß ein halbes Dutzend der einflußreichsten Männer Englands sich hier verkroch aus Angst vor einer Frau, die von einem hysterischen Koller befallen war. Kein Mann, keine Frau hatte den Mut, hineinzugehen und sie zu schlagen, auf daß sie zur Besinnung käme, und so der entsetzlichen Raserei ein Ende zu machen, bevor Elisabeth sich und dem Staat bleibenden Schaden zufügte. Cecil hatte sich nie für einen Feigling gehalten – bis zu diesem Augenblick, da er wußte, daß er nicht vor sie hintreten konnte. Absurderweise hätte einzig Leicester mit dieser Situation fertig werden können, und unter anderen Umständen hätten alle sich darauf verlassen, daß er sie beruhigte und zur Vernunft brachte. Jetzt hatte es den Anschein, als solle die heilende Kraft seiner Persönlichkeit ihnen auf immer verlorengehen.

Hätte vor zwanzig Jahren jemand Cecil erzählt, daß er eines Tages verzweifelt disputieren würde, wie man Leicesters Haut retten könne, er hätte laut gelacht. Jetzt grübelte er grimmig über die kleinen Ironien des Lebens. Leicester war, dank der Königin, ein Mann von beachtlichem Einfluß. Seine Stimme galt etwas bei Elisabeths protestantischen Anhängern in England und Europa. Wenn sie ihn jetzt in einem Anfall eifersüchtiger Wut vernichtete, würde der Skandal ihrer Ungerechtigkeit nie ersterben. Durch einen derartigen Makel auf ihrem Namen würde ihr Ansehen fallen wie eine Sternschnuppe. Deshalb durften sie nicht zulassen, daß dieser Mann hingerichtet wurde; sie durften nicht einmal zulassen, daß Elisabeth ihn in den Tower schickte. Jemand mußte sein Glück und seine Freiheit, womöglich sogar sein Leben riskieren, um ihr das zu sagen. Cecil klopfte mit seinem gichtigen Finger auf den Tisch und sah sich um. Die anderen wichen seinem kühlen Blick hastig aus. »Meine Herren, wir sind uns alle einig, daß einer es tun muß. Walsingham – Ihr seid mit dem Mann befreundet.«

Walsingham fuhr hoch. Sein hageres Gesicht zitterte wie das einer in die Enge getriebenen Ratte. »Als ich Ihrer Majestät das letzte Mal widersprach, hat sie mir einen Pantoffel ins Gesicht geworfen. Ich glaube kaum, daß ich Euer Mann bin. Einer, der als Leicesters Todfeind gilt, würde sie gewiß weniger erzürnen, einer, der für seine Courage bekannt ist, einer, den sie sehr schätzt ...« Er leckte sich die trockenen Lippen und sah den alten Sussex an, der stirnrunzelnd an seinem Daumen kaute. Alle Anwesenden folgten Walsinghams hoffnungsvollem Blick. Dem alten Soldaten war, als bohrten sich ihre Augen in seinen Kopf. Er stierte noch einen Moment finster ins Nichts, dann stand er mühsam auf und hob wehmütig die kräftigen Schultern. »Wohlan, ich bin dem Grabe näher als ihr übrigen. Vielleicht kann ich etwas erreichen. Ich habe bei ihrer Schwester meinen Kopf für sie hingehalten, als sie noch ein junges Mädchen war, und sie sagte, das würde sie nie vergessen. Ich hatte nie eine bessere Gelegenheit, das Wort einer Herrscherin auf die Probe zu stellen.« Er begegnete über den Tisch hinweg Cecils besorgtem Blick. »Ich kann natürlich nichts versprechen, Mylord, aber ich will mein Bestes tun.« Damit begab er sich ins Vorzimmer, ließ sich melden und um eine Audienz ersuchen. Eine Hofdame kehrte mit von Entsetzen verzerrtem Gesicht zurück und teilte ihm unter Schluchzen die Ablehnung mit. »Ich darf bei Todesstrafe niemanden einlassen, Mylord.«

Stirnrunzelnd winkte Sussex mit seiner knotigen Hand den bedauernswerten Damen, die sich in einer Ecke zusammengedrängt hatten »Geht in den Audienzsaal und schließt die Türen. Bleibt dort, bis ich euch rufe.«

Sie gehorchten, sprachlos vor Furcht. Einen Daumen im Gürtel, eine Geste, mit der er sich Mut machte, starrte Sussex einen Moment die Tür an, die zum Schlafgemach der Königin führte, dann trat er ein, ohne zu klopfen und ohne sich noch einmal zu besinnen. Das stürmische Aufundabschreiten, das er unterbrochen hatte, hielt ein. Er war ein abgebrühter Soldat und hatte Elisabeth bei vielen Anlässen Kraftausdrücke äußern gehört, aber der Strom von Unflätigkeiten, der ihn nun empfing, nahm ihm vorübergehend den Atem. Ihre Augen, riesig in dem aschgrauen Gesicht, glitzerten boshaft, ja wahnsinnig. Eine Vase zersprang zu seinen Füßen in tausend Stücke, und ihm sank der Mut. Wie konnte er hoffen, mit dieser wilden, verletzten Kreatur vernünftig zu reden?

»Wie könnt Ihr es wagen?« schrie sie schließlich, als er nicht entsetzt kehrtmachte und floh. »Wie könnt Ihr es wagen, hier einzudringen?«

Und plötzlich und selbst für ihn unerwartet hörte er seine Stimme zurückbrüllen: »Bei Gott, Madam, wie könnt *Ihr* es wagen, mir den Zutritt zu verwehren?«

Das wahnsinnige Leuchten in ihren Augen verging, sie wurden schwarz, trübe, hoffnungslos. Im gleichen Moment sank er vor ihr auf die Knie, und seine rauhe Stimme wurde ruhig und sanft. »Madam, als Ihr vor vielen Jahren in Lebensgefahr wart, begab es sich, daß ich Euch einen Dienst erweisen konnte, den Ihr nie zu vergessen schwort. Auf mein Geheiß blieb die Tür zu Eurem Gefängnis im Tower unverschlossen. Wollt Ihr nun Eure Tür vor mir verschließen, wenn ich noch einmal komme, um in Eurem Interesse zu bitten?«

Matt vor Erschöpfung schloß sie kurz die Augen und fühlte unter den schweren Lidern die Zeit fortströmen bis zu dem kalten, regnerischen Tag, als sie ihre Hand auf seinen Arm gelegt und ihn um Hilfe angefleht hatte. »Bei Gott, sie soll schreiben, sage ich!« War sie wirklich jemals so jung gewesen? Jetzt fühlte sie sich, als sei sie alt geboren, alt, ungeliebt und unglücklich. Dennoch war hier dieser alte Verfechter ihrer Sache, der abermals um ihretwillen den königlichen Zorn riskierte, war hier eine schwache Erinnerung an Zuwendung und Wärme. Seine Loyalität war wie eine spärliche Glut in einem ersterbenden Feuer. Sie reichte ihm in aufrichtiger Dankbarkeit die Hände. »Steht auf, mein Freund.«

»Ihr werdet mich anhören?«

»Ich schulde Euch zumindest diese Höflichkeit«, sagte sie matt. »Was wollt Ihr von mir? Was ist so dringend, daß es nicht warten kann, bis ich mich von einem nichtswürdigen Verräter befreit habe?« Er zögerte eine Sekunde, dann wagte er es auszusprechen. »Leicester ist kein Verräter, Majestät. Ich muß Euch bitten, den Befehl zu seiner Festnahme zu überdenken.«

Sie stöhnte, und ihre Augen weiteten sich in ungläubigem Zorn. Sie ließ seine Hand los und trat zurück. »Seid Ihr von Sinnen, Sussex, seid Ihr vollends senil? Ist es möglich, daß Ihr nicht wißt, was er getan hat?«

»Doch«, sagte er rasch, »doch, Madam, ich weiß es, leider.«

Sie hatte sich von ihm abgekehrt und ihr rasendes Aufundabschreiten wiederaufgenommen. »Ich will ihn tot – *tot*, habt Ihr gehört? Ich will sehen, wie die Krähen ihm auf der London-Brücke das Fleisch vom Kopf hacken. Er hatte in seiner Ehe niemals solche Wonnen, wie er Todesqualen haben soll. Ich werde nicht ruhen, bis ich sein Blut auf dem Towerhügel verspritzt habe. Bei Gott, er wird dafür sterben, ich schwöre es.«

Sussex schluckte schwer. »Hoheit wissen, daß das nicht möglich ist.«

Sie stampfte mit dem Fuß und schrie: »Ich bin die Königin.«

»Selbst die Königin kann nicht gegen das Gesetz handeln, und nach dem Gesetz hat er keine Straftat begangen.«

»Dann werde ich das Gesetz beugen!« fauchte sie. »Ich finde einen Vorwand, wie mein Vater, wenn es ihm paßte, ich konstruiere einen Beweis für einen neuen Anschlag auf mein Leben. Wagt Ihr mir zu sagen, daß das nicht möglich ist?«

»Es ist möglich«, sagte er ruhig, »aber Ihr werdet den Befehl nicht erlassen, Madam, weil Ihr zehnmal besser regiert als Euer Vater. Ihr seid von Freunden wie Feinden gefürchtet und geachtet. Ihr könnt das nicht alles wegwerfen, nur um Euch an einem nichtswürdigen Schurken zu rächen, der Eure Zuneigung verraten hat.«

Sie wandte sich zitternd von ihm ab in dem Bemühen, ihre Wut zu zügeln, bevor sie ausbrach und ihn für seine Waghalsigkeit vernichtete. »Ihr habt genug gesagt, und ich habe Euch angehört. Er geht in den Tower und wird ihn nur auf dem Weg zum Richtblock verlassen.«

»Madam, ich flehe Euch an, seid vernünftig.«

»Vernünftig? *Vernünftig*? Er betreibt Bigamie mit dieser Hure, und ich soll vernünftig sein?«

Er ergriff, nun ehrlich verzweifelt, ihre Hände. »Um Gottes willen, Madam, könnt Ihr mir wohl sagen ,wie ein Mann sich in Bigamie gegen eine Frau vergehen kann, mit der er nicht verheiratet ist?«

Sie ohrfeigte ihn dafür und wandte sich bitterlich schluchzend ab. »Ich will nicht verhöhnt werden, ich will nicht, hört Ihr?«

»Niemand verhöhnt Euch, Madam, außer Ihr selbst. Ihr wißt, ich spreche die Wahrheit, nicht als Leicesters Freund, sondern als Eurer. Was immer Ihr für ihn empfindet, er ist nicht Euer Gemahl. Es stand ihm frei, wie jeder andere Mann in England in Ehren zu heiraten. Wenn Ihr jetzt in blinder Leidenschaft handelt, werdet Ihr alles zerstören, wofür Ihr gekämpft habt. Der Schaden, den Ihr Eurem Ansehen in Europa und Eurem Volk zufügt, wird nicht wiedergutzumachen sein.«

Sie ließ sich verzweifelt vor dem kalten Kamin in einen Sessel sinken.

»Dann bin ich machtlos, sind mir meines guten Rufes wegen die Hände gebunden. Ich kann nichts tun, um ihn zu bestrafen.«

»Ihr könnt ihn verbannen, Madam. Das wird für ihn eine schlimmere Strafe sein als der Tod. Ihr habt ihn so sehr zu Eurem Geschöpf gemacht, daß Ihr ihn, wenn Ihr ihn ausweist, gänzlich vernichtet. Er hat keinen Platz auf der Welt außer an

Eurer Seite, keinen Schutz außer Eurem gegen seine Feinde, die Ihr ihm geschaffen habt.«

»Von denen Ihr einer seid.« Sie war plötzlich ganz ruhig und starrte zu Boden.

»Ja, Madam«, gab er unumwunden zu. »Meine Bitte um seine Freiheit ändert nichts an meiner Feindschaft. Ich sähe ihn mit Freuden in Schande und Armut aus dem Lande gejagt. Überlaßt ihn seinen Feinden, sie garantieren Euch eine vollkommenere Rache als die Hinrichtung – sofern Ihr diese wirklich wünscht.«

Sie blickte ungläubig auf. »Ihr nehmt doch nicht etwa an, daß ich ihm verzeihe.«

»Ihr habt ihm schon vieles verziehen«, entgegnete Sussex ruhig.

»Aber dies nicht.« Sie barg ihr Gesicht in den Händen. »Dies nicht!«

Sussex sah sie mitleidig an. Schließlich fragte er sanft: »Soll es beim Tower bleiben, Madam?«

»Nein.« Geschlagen und den Tränen nahe, schüttelte Elisabeth langsam den Kopf. »Laßt ihn in Frieden nach Wanstead ziehen. Laßt ihn meinetwegen zur Hölle fahren. Was macht es schon, daß der Sohn eines Verräters sein wahres Gesicht gezeigt hat? Es ist aus zwischen uns, endgültig aus.«

»Das freut mich, Madam«, sagte Sussex schlicht. »Er war Eurer niemals würdig. Gut, daß Ihr von ihm befreit seid.«

»Ja«, wiederholte sie mechanisch wie ein Kind, das eine schwierige Lektion auswendig lernt, »gut, daß ich von ihm befreit bin.«

Die Hysterie war gebannt. Jetzt galt es die körperlichen Reaktionen zu ertragen. Elisabeth zitterte unkontrollierbar. Sie mußte sich zwingen, aufrecht zu stehen, Sussex die Hand zu reichen und zu lächeln. Als er die ungeheure Anstrengung sah, die es sie kostete, ihm gefaßt und würdig gegenüberzustehen, da wußte er, weshalb er seinen Hals riskiert hatte und heute hier eingedrungen war.

»Ich danke Euch, Mylord. Ich werde Eure Courage nicht vergessen.«

Das waren fast dieselben Worte, die sie an jenem Tag

gesprochen hatte, als er Königin Mary ihren Brief brachte. Plötzlich verschwamm ihr Bild vor seinen Augen, und er mußte blinzeln, als er sich verbeugte und hinausging und Lady Warwick zu ihr schickte, die Hofdame, der sie am meisten vertraute. Hätte er in diesem Augenblick Zugang zu dem Gefangenen gehabt, er hätte ihn mit bloßen Händen umgebracht.

Taktvoll schweigend kleidete Lady Warwick sie aus und brachte sie zu Bett. Als sie in die weiche Matratze sank, überkam sie dieselbe starre Benommenheit wie vor dreißig Jahren nach der Hinrichtung des Lordadmirals. Hinter den schweren Vorhängen war Zuflucht vor der höhnischen Welt jenseits der Tür, vor Scham und Not, zu groß, um sie bei klarem Verstand zu ertragen. Sie mußte nur die Wirklichkeit loslassen, und außerhalb dieses Bettes würde nichts mehr existieren, kein Gram, kein Schmerz. Schon verklangen die Palastgeräusche, schwand Lady Warwick vor ihren Augen, und sie glitt hinab, hinab in die Melancholie, wo nichts und niemand mehr etwas bedeutete und sie nur noch den Wunsch hatte, einzuschlafen und nie mehr aufzuwachen.

Mit dem letzten Rest ihres Bewußtseins griff sie nach dem Anker des gesunden Verstandes, eine Anstrengung, groß genug, um den starken Damm aus Emotionen zu durchbrechen, den sie mehr als vierzig Jahre lang aufgeschüttet hatte. Jetzt bettete sie ihr Gesicht in das Kissen und weinte um aller Tragödien willen, die sie seit ihrer Kindheit verdrängt hatte; sie weinte um Katharina Howard und Katharina Parr, um Thomas Seymour und ihre tote Erzieherin Ashley. Und zuallerletzt um Robert, den Hochverräter, der sie, indem er sie hinterging, gezwungen hatte, sich endlich einzugestehen, daß sie eine Frau war, mit dem Herzen einer Frau – und den Sehnsüchten einer Frau.

27

In seinem verschwenderisch ausgestatteten Schlafgemach in Wanstead saß Leicester, wie Tag für Tag, Woche für Woche seit seiner Verbannung, in einem niedrigen Sessel am Kamin, seinen großen weißen Hund zu seinen Füßen. Er verließ das Zimmer nie; er stattete seinen edlen Pferden keinen Besuch ab und sah keinen Menschen außer seinen Bediensteten. Fieber und Kummer hatten seinen Körper verwüstet, der bereits Fett ansetzte, und kein noch so ausgiebiges heißes Bad vermochte die rheumatischen Schmerzen in seinen Beinen zu lindern. Er war sechsundvierzig und sah auch so aus, er spürte jedes einzelne Jahr und fühlte sich über Nacht alt geworden. Ein ungepflegter Bart umgab sein Gesicht, sein schütteres Haar war von den ständig raufenden Händen zerzaust. Nach dem Bad hatte er sich nicht die Mühe gemacht, sich anzukleiden, er hockte seit Stunden in seinem pelzverbrämten Hausmantel, trank sehr viel und aß sehr wenig und sann bedrückt über seine Dummheit und seinen Untergang nach.

Es war aus. Elisabeth hatte ihn ebenso endgültig aus ihrem Leben verbannt, als hätte sie ihrem ersten Impuls nachgegeben und ihn köpfen lassen – und er war sich bitter bewußt, wie knapp er dieser Strafe entgangen war. Ohne Elisabeth war ihm nichts geblieben. Er machte sich keine Illusionen über das, was ihm bevorstand: Verfolgung, Verlassenheit, Armut. Und alles müßte er allein ertragen, denn er bezweifelte, daß Lettice ihn in die Verbannung begleiten würde. Es war ihm einerlei, denn was Lettice tat, kümmerte ihn wenig. Ihn kümmerte nichts als er selbst, die Königin und das Leben, das er wegen einer kleinlichen Genugtuung verwirkt hatte. Nun, da alles aus war, erinnerte er sich nur an die schönen Zeiten, die es trotz ihrer vielen Streitigkeiten gegeben hatte, an die Augenblicke, in denen er sich stolz als der Mann anerkannt sah, an dem Elisabeth etwas lag. Er war in jeder Beziehung, ausgenommen die einzig wahre, ihr Gemahl gewesen, und im Grunde seines Herzens gab er zu, daß sie allen Grund hatte, ihn verbittert zu verstoßen.

Es war spät. Die Uhr auf dem Kaminsims tickte, der große Hund gähnte, und hinter Robert ging die Tür mit leisem

Klicken auf. Trübsinnig in die flackernden Flamrnen starrend sagte er, ohne aufzublicken: »Nehmt das Essen fort, laßt den Wein da.«

»Ich meine, Ihr habt genug getrunken, findet Ihr nicht auch, Mylord?«

Ungläubig staunend wandte er den Kopf, seine Augen weiteten sich. Sie stand ruhig an der geschlossenen Tür, schob die Zobelkapuze von ihrem leuchtenden Haar und löste die goldene Schließe an ihrem Hals. Während sie zum Kamin schritt, ließ sie den schweren Samtumhang von den Schultern gleiten. Darunter kam ein schlichtes Reitkostüm zum Vorschein. Sie trug keinen Schmuck im Haar oder am Busen; ihre Finger waren unberingt bis auf den Krönungsring, den sie, wie einen Ehering, nie ablegte. Es war, als habe sie absichtlich auf sämtliche majestätischen Embleme verzichtet, aber in Roberts erschrockenen Augen hatte sie nie schöner und königlicher ausgesehen als jetzt. In Gegenwart der Königin ohne ihre ausdrückliche Erlaubnis zu sitzen war ein unerhörter Verstoß gegen die Etikette, dennoch behielt er benommen Platz, unfähig, sich zu rühren oder zu sprechen oder diese unvermutete Gelegenheit sonstwie zu nutzen. Eine Ewigkeit schien zu vergehen, bis er imstande war, taumelnd von seinem Sessel aufzustehen, um vor ihr auf die Knie zu fallen und den dunklen Samtsaum ihres Rockes an seine Lippen zu heben.

»Ist es nicht etwas spät, um den ergebenen Untertan zu spielen, Robert?«

Er barg sein Gesicht in den Händen und schluchzte mit gebrochener Stimme: »O Gott, damit habe ich nicht gerechnet, ich weiß nicht, was ich tun, ich weiß nicht, was ich sagen soll ...«

»Ich meine«, schlug sie überaus sanft vor, »Ihr könntet sagen, es tut Euch leid.«

Etwas in ihrer Stimme machte ihm Mut, ihr in die Augen zu sehen, und sie reichte ihm die Hände und half ihm, taumelnd auf die Füße zu kommen. Sie standen dicht beisammen, die Hände verschlungen, die Augen ineinander versenkt. Er sagte nicht, daß es ihm leid tat, es schien mit einemmal nicht mehr wichtig. »Ich kann es nicht glauben«, murmelte er töricht, »ich kann nicht glauben, daß Ihr da seid. Ihr seid doch nicht allein von Greenwich hierhergeritten?«

Sie schüttelte den Kopf. »Anne Warwick ist mitgekommen und ein junger Stallbursche, auf dessen Verschwiegenheit ich mich verlassen kann. Sonst weiß es niemand.«

»Aber warum?« flüsterte er. Nicht einmal jetzt wagte er zu hoffen.

»Warum seid Ihr zu mir gekommen?«

Sie biß sich auf die Unterlippe und lehnte ihren Kopf an seine Schulter. »Wißt Ihr es nicht?« Eine lange Weile hielten sie sich stumm umschlungen, während Leicesters Hund sie mit schiefem Kopf neugierig beäugte.

Langsam zog Leicester sie schweigend im warmen Feuerschein aus, bis sie nackt vor ihm stand, das Samtkleid zu ihren Füßen. Er hatte sie schon in verschiedenen Stadien von mehr oder weniger unvollständiger Bekleidung gesehen, aber noch nie ganz nackt, und er staunte sie an, denn ihr Körper war noch mädchenhaft schlank und fest, und weiß wie Alabaster. Scham überkam ihn, bitteres Bedauern, daß er ihr nicht mehr die schöne athletische Statur bieten konnte, die er einst besaß. Er hatte ihr jetzt nichts zu geben außer seiner in zahllosen Betten erlangten Erfahrung und Geschicklichkeit. O Gott, laß es genügen ...

Er trug sie zum Bett und legte sie auf den Stapel Kissen, alle mit seinem Wappen gezeichnet. Sie lag ganz still und sah ihm zu, wie er seinen Hausmantel auf den Perserteppich gleiten ließ. Ihre Augen wanderten langsam von seinem Gesicht nach unten und weiteten sich amüsiert, was ihre Furcht jedoch nicht ganz zu überdecken vermochte.

»Der vollkommene Mann«, spottete sie sanft, »wohlausgestattet, um allen Ansprüchen zu genügen.«

Er legte sich lächelnd neben sie aufs Bett. Ihre Leichtfertigkeit täuschte ihn nicht, unter seiner liebkosenden Hand klopfte ihr Herz wie das eines verfolgten Rehes. Und das, wie er sich eingestand, aus gutem Grund, denn nun hatte er sie zur Verfügung, nun konnte er mit ihr verfahren, wie es ihm gefiel. Hier waren keine Wächter, sie hatte auf jeglichen Schutz verzichtet und sich ihm auf Gedeih und Verderb ausgeliefert. Und er hatte jahrelang davon geträumt, sie zu vergewaltigen. Doch nun war es ihm, als habe das Verlangen, ihren makellosen Körper zu demütigen und zu schänden, nie bestanden. Er wünschte nur, solche Wonnen zu geben und zu empfangen, wie sie noch kein Mann und keine Frau aneinander gefunden hatten. Er streichelte sie kundig und unendlich zärtlich, bis ihre Augen ein sanftes Schimmern drängender Begierde waren und das langsam geschürte zuckende Feuer sich nicht mehr zurückhalten ließ. Der Vulkanausbruch ihrer Liebe schwemmte sie aus dem Universum an einen Ort, wo Zeit und Raum keine Bedeutung hatten, wo die Welt zur Seligkeit innerhalb der vier Pfosten des geheiligten Bettes zusammenschrumpfte. Es gab nichts als ihrer beider zitternde Freude, auf ewig bewahrt in unvorstellbarer Hingabe. Sie war endlich sein, sein allein, und das in dem Augenblick, da er sie für immer verloren glaubte. Und er fragte sich, warum ihm nie zuvor aufgegangen war, daß es nur einen Weg gab, diese Frau zu erobern, nämlich ihren Stolz und ihr Herz zu brechen.

Hinterher wiegte er sie in seinen Armen und fühlte ihre Tränen auf seinen Wangen. »Nicht weinen«, flüsterte er. »Beim nächsten Mal spürst du keinen Schmerz.«

Sie lachte zitternd an seiner Schulter. »War das Schmerz? Dann bewahre mich Gott vor Freude!«

»Ich werde dir solche Freuden zeigen, wie du sie niemals erträumt hast.«

Sie drehte sich zu ihm hin, und nun war es an ihm zu lachen. »Aber nicht gleich«, fügte er eilends hinzu.

»Warum nicht?« schmollte sie.

Ungemein belustigt küßte er sie aufs Haar. »Du verstehst erstaunlich wenig von den Männern, außer sie mit eiserner Hand zu beherrschen«, sagte er sanft. »Ein Mann muß vor der nächsten Vereinigung etwas ausruhen.«

»So«, seufzte sie, »er ist keine Fahnenstange, die man jederzeit ausfahren und einholen kann.«

Oh, es war nicht zu fassen. Sie war wie ein Kätzchen in seinen Armen, weich und verspielt, mit eingezogenen Krallen, die jungfräuliche Königin, nun nicht mehr Jungfrau. In diesem Augenblick war ihm unbegreiflich, wieso er sich jemals vor ihr gefürchtet hatte.

»Dauert es lange?« fragte sie ernst.

»Wenigstens fünf Minuten – wenn du soviel Zeit hast.« Er nahm sie wieder in seine Arme. »Lieg still«, befahl er. »Vorher haben wir eine Menge Fragen zu klären.«

Unwillkürlich schaudernd, barg sie ihr Gesicht an seiner mächtigen Brust und lauschte auf seinen gleichmäßigen Herzschlag. Es war schneller gekommen, als sie gefürchtet hatte. »Laß uns keine Fragen stellen, Robert«, bat sie. »Noch nicht.«

Aber er hörte nicht auf sie, er bemerkte nicht einmal, wie dünn und ängstlich ihre Stimme klang. Jetzt war er der Gebieter und sie nicht mehr die Königin, nur die Frau, die er immer in seinem Bett hatte haben wollen. Er würde sich nie mehr vor ihr fürchten, und er würde seine Frage stellen, auf die es nur eine Antwort gab. Heute abend wollte er von ihr hören, was er sich seit Jahren gewünscht hatte.

Warum bist du zu mir gekommen?

Weil ich dich liebe.

Sie mußte es jetzt sagen – aus seinen Armen gab es kein Entkommen. Er zog sie an sich und fragte sie, und einen langen Augenblick blieb sie stumm.

Auch ohne direkte Antwort könnte sie ihm vieles sagen, was sein Herz beruhigen würde. Sie könnte ihm erzählen, wie sie die einsamen Wochen seiner Verbannung verbracht und ihren Groll aufgepeitscht hatte in der Hoffnung, Schmerz und Zorn würden sich in unvergänglichen Haß auflösen; wie jeder Tag leerer war als der vorige, so daß mit jeder Stunde die Ungeheuerlichkeit seines Vergehens mehr verblaßte vor der bitteren Erkenntnis, daß es kein Glück gab ohne ihn. Sie könnte ihm erzählen, wie sie sich gewappnet hatte, ihn zu töten, und merkte, daß sie es nicht konnte.

Lauter Gründe, alle wahr und doch keiner der richtige. Etwas anderes hatte sie unterwürfig in sein Bett geführt, ein unumstößlicher Entschluß, gefaßt am Ende der Wochen des Jammers. Und nun mußte sie es ihm sagen, denn sie konnte nicht hoffen, es vor ihm geheimzuhalten; es ging ihn persönlich an, er mußte es erfahren.

Aber sie hatte Angst, es ihm zu sagen, sie fürchtete den einzigen Moment zu verderben, da ihre Liebe Erfüllung fand. Sie hätte in seinem Bett begraben sein mögen, geborgen bis in alle Ewigkeit, mit der Zeit kristallisiert in seinen Armen. Aber die Zeit blieb für sie nicht stehen, wie viele Uhren auch angehalten wurden. Sie rückte sogar jetzt unbarmherzig vor und stahl ihr den magischen Augenblick, während ihr die ungesagten Worte auf der Zunge brannten. Sie lag steif auf den Kissen und starrte den Baldachin an wie ein über ihrem Kopf hängendes Schwert. In ihrem ganzen Leben hatte kein Satz so viel Mut von ihr gefordert.

Etwas ungehalten wiederholte er seine Frage. Elisabeth drehte sich auf die Seite und sah ihn an. »Weil ich Alençon heiraten werde«, sagte sie.

Der winzige Kristall ihrer Liebe zerbarst in Millionen Splitter, als Robert sie ins Gesicht schlug. »Du Miststück!« fauchte er. »Du verdammtes, ruchloses Miststück! War die Hinrichtung zu gut für mich?«

Sie wich vor ihm zurück und hielt sich benommen, ungläubig, die Wange. Selbst in ihren finstersten Befürchtungen war sie nicht auf diese rohe Reaktion gefaßt gewesen. »Robert«, schluchzte sie. »O Robert, laß mich erklären –«

»Du brauchst nichts zu erklären – ich verstehe!« Er packte sie an der Kehle und schüttelte sie wie eine Stoffpuppe. Seine Daumen drückten mörderisch auf die Luftröhre. Von ekstatischer Wut getrieben, hätte er sie in diesem Augenblick ohne weiteres getötet, doch die Gewalt in seiner Stimme schreckte den großen Hund auf, der friedlich am Feuer schlief. Das Tier fuhr hoch und bellte. Dieses Geräusch, so plötzlich, so unerwartet, so laut, genügte, Roberts Wahn zu durchdringen und ihn im letzten Moment abzulenken. Er warf sie auf die Kissen, sprang aus dem Bett, gebot dem Hund fluchend Schweigen und trat in einer rasenden Enttäuschung nach ihm. Das Tier jaulte gekränkt, schlich wieder zum Kamin und ließ sich hinplumpsen, den Kopf auf den Pfoten.

Leicester drehte sich zu Elisabeth um, die noch lag, wo er sie verlassen hatte, mit roten Malen wie Brandwunden an ihrem weißen Hals. Er hob das Kleiderbündel auf und warf es ihr zu. »Hinaus«, schrie er mit fletschenden Zähnen wie ein knurrender Wolf. »Hinaus aus meinem Bett und meinem Haus! Nimm deinen verdammten französischen Prinzen und behandle ihn, wie du mich behandelt hast!« Er zog seinen Hausmantel an, mit dem Rücken zu ihr, und ging zum Kamin. Er leerte den Weinkelch, den er dort hatte stehenlassen, in einem Zug. Der Hund setzte sich wedelnd auf und schob vorsichtig seine Nase in die Hand seines Herrn. Leicester kniete sich hin, nahm das riesige Tier in die Arme und vergrub sein Gesicht in dem dichten drahtigen Fell, sich schützend vor dem Anblick all dessen, was ihn in diesem Raum schmerzte.

Das lange Schweigen wurde nur gebrochen von dem leisen Rascheln von Satin und dem gelegentlichen Winseln des Hundes. Langsam hob Leicester den Kopf und sah sich um. Elisabeth stand neben seinem Bett und zerrte unbeholfen an den Verschlüssen ihres Kleides. Sie, deren Hand das Schicksal Europas bestimmte, hatte nicht mehr Ahnung als ein kleines Kind, wie sie sich anziehen sollte, und dieser Anblick kühlte aus unerfindlichen Gründen den letzten Rest seines Zorns. Er weidete sich noch etwas an ihrem ungeschickten Kampf, dann ging er zu ihr und schloß ihr das Kleid. Sie zuckte nicht zurück, als er sich näherte, auch nicht, als er sie berührte, und als er fertig war, drehte er sie langsam herum, bis sie ihm ins Gesicht sah. »Ich hätte dich beinahe getötet«, sagte er dumpf. »Ist dir das nicht klar, du törichtes Weib?«

Sie lächelte matt und berührte eine Druckstelle an ihrem Hals, eine Geste, die fast Befriedigung ausdrückte. »Ich werde die Male vor meinen Frauen verbergen müssen«, sagte sie bedächtig. »Das wird nicht leicht sein.«

Er schüttelte verwundert den Kopf, als er an die zahllosen Anlässe dachte, da sie wegen einer echten oder vermuteten Verfehlung seinerseits, eines falschen Wortes, einer unpassenden Geste auf ihn losgegangen war wie eine Furie. Selbst nach all den Jahren vermochte sie ihn noch zu überraschen, und er fragte sich, ob dies nicht das Geheimnis ihrer Macht über ihn sei, der wahre Grund, weshalb er ihrer trotz allem nie überdrüssig geworden war wie sonst jeder Frau in seinem Leben. Er legte ihr seine Hände auf die Schultern und sagte mit einer Spur Ironie: »Verdrießt dich das nicht ein wenig?«

Sie berührte seine bleiche Wange. »Ich werde dich nicht dafür bestrafen, falls du das meinst. Ich finde, wir haben einander genug gestraft.«

»Wenn du Alençon heiratest –« begann er streitlustig.

Sie legte ihm die Finger auf die Lippen. »Nicht, um dir zu trotzen«, sagte sie sanft. »Sondern damit wir uns endlich gefahrlos lieben können. Ich wünsche, daß du an den Hof zurückkommst und meine Heirat mit dem Herzog unterstützt –«

»*Was?*«

»Ach Robert, siehst du denn nicht, es gibt keinen anderen Weg. Wenn ich deinen Sohn gebäre, soll kein Mensch wagen, ihn einen Bastard zu nennen.«

Seine Hände glitten von ihren Schultern und hingen schlaff an seinen Seiten. Er hatte schon viel Unmoral erlebt, aber dies war der Gipfel, und er war zu verblüfft, um schockiert zu sein. »Du bist verrückt«, sagte er ruhig, »vollkommen verrückt, wenn du glaubst, daß ich da mitmache.«

Sie seufzte schwach. »Sollte dein Stolz größer sein als meiner? Wenn ich mit deiner Gattin leben kann, dann kannst du gewiß mit meinem Gemahl leben! Sei ein wenig nachgiebig, Robert – denk an das Kind.«

»O Gott, wenn das alles ist!« platzte er heraus. »Wie kannst du dich nur einer solchen Selbsttäuschung hingeben? Himmel, du bist fünfundvierzig, die Chancen, in deinem Alter erstmals ein Kind zu empfangen, sind praktisch gleich Null.«

Ihre Augen verengten sich zu feindseligen Schlitzen. Sie konnte ihm seine Heirat verzeihen, selbst seinen tätlichen Angriff, aber mit diesem Schlag gegen ihre irrsinnige Eitelkeit war er zu weit gegangen. Sie war nun wieder Königin, angespannt und gefährlich wie eine von Hunden gehetzte Katze. »Das wirst du bereuen«, sagte sie, warf sich den Umhang um die Schultern und wandte sich zum Gehen.

»Warum?« Er vertrat ihr den Weg und packte ihren Arm. »Weil ich der einzige Mensch in England bin, der es wagt, sich dir zu widersetzen und dir zu sagen, was du nicht hören willst?«

»Geh mir aus dem Weg – es war verrückt von mir, hierher zu kommen! Wenn du nicht willst, daß dein Sohn auf dem Thron von England sitzt, ist das deine Sache, aber meiner wird dort sitzen. Ich heirate den Herzog von Alençon, und mein Leib wird schwellen, mit oder ohne deine Hilfe!«

»Nicht solange ich lebe«, sagte er wütend. »Nicht nach heute abend.«

Sie lachte ihm ins Gesicht. »Glaubst du ernsthaft, du kannst dich mir entgegenstellen? Versuch es, wenn du dich traust!«

»Und ob!« Seine Stimme, ruhig jetzt, hatte einen unversöhnlich bitteren Klang. »Ich breche deine Welt entzwei wie einen Apfel, ehe ich zusehe, wie du einen anderen heiratest. Bei Gott, ich werde dir so einheizen, daß du dich schon in der Hölle wähnst!«

»Es sei!« Sie neigte kurz den Kopf. Es war still wie nach der förmlichen Herausforderung zu einem Duell. Elisabeth verließ sein Zimmer als Feindin, und fortan befanden sie sich wahrlich im Krieg.

»Cecil!«

Der Schatzmeister trat bedächtig an ihr Schreibpult und sah sie erwartungsvoll an.

»Ich habe Euch etwas zu sagen. Nehmt lieber Platz, denn es wird Euch einen Schock versetzen.«

Er gehorchte mit erschrockener Miene. »Majestät?« fragte er vorsichtig, als sie sich nervös erhob.

»Diese französische Heirat – ich beabsichtige sie einzugehen.«

Sein von einem schneeweißen Bart umgebener Mund klappte auf.

»Aber Majestät sagten –«

»Kümmert Euch nicht um das, was ich sagte. Ich habe es mir anders überlegt«, erwiderte sie hitzig. »Ist das nicht das Vorrecht einer Frau?«

Er warf ihr einen mißtrauischen Blick zu, als frage er sich, ob dies wieder einer von ihren Scherzen war, und las halb erfreut, halb besorgt die Entschlossenheit in ihren Augen. Er erhob sich steif und ergriff ihre Hand. »Meint Ihr es wirklich ernst, Madam?«

»Ist es meine Gewohnheit, Dinge zu sagen, die ich nicht ernst meine?« herrschte sie ihn an und brach dann plötzlich in Gelächter aus. »Nein, antwortet nicht. Merkt Euch nur, was ich gesagt habe, und sorgt dafür, daß die entsprechenden Verhandlungen geführt werden. Wir müssen mit Widerstand seitens des Rates rechnen – aus einer bestimmten Ecke. Ich erwarte, daß Ihr ihn überwindet und einmütige Zustimmung erlangt. Habt Ihr verstanden?«

Er nickte grimmig. Es würde nicht leicht sein. »Ich werde mein Bestes tun, Majestät.«

»Ich will nicht Euer Bestes, Cecil, sondern meinen Willen. Und Ihr habt dafür zu sorgen, daß ich ihn bekomme.«

»Ja, Madam«, murmelte er.

»Das ist alles. Ihr könnt jetzt gehen«, sagte sie schroff und wandte sich ab.

Alençon kam bei Anbruch eines Augustmorgens, der schwül zu werden versprach, in Greenwich an. Noch in Wams und Beinkleid, wurde er unzeremoniell in Simiers Bett verfrachtet, wo er nach seiner anstrengenden Reise sogleich einschlief. Simier setzte sich im frühen Morgenlicht hin und kritzelte eine Botschaft an die Königin, daß er den Herzog mit knapper Not habe abhalten können, in ihr Schlafgemach zu stürmen.

Elisabeth empfing das Briefchen mit stoischer Gelassenheit. Sie war todernst und hatte genug davon, mit Simier Anzüglichkeiten auszutauschen. Wenn diese Angelegenheit erledigt wäre, wollte sie den affigen Franzosen mit dem größten Vergnügen davonjagen.

Die königlichen Kammerfrauen brauchten zwei Stunden, um ihre Gebieterin für die erste Begegnung herzurichten. Sie zitterten vor Aufregung, als sie die lange Perlenschnur in dem weißen Nacken und eine schmale Halskrause unter dem spitzen Kinn befestigten, ihr die Haare hochsteckten und mit schimmernden Diamanten schmückten. Sie achteten verstohlen auf ein Anzeichen von Erregung, aber die Königin war ruhig und gefaßt, ihre Stimmung unergründlich.

Als Alençon schließlich zu ihr geführt wurde, lächelten ihre Augen, während sie ihn gleichzeitig kühl musterten. Sie besah ihn von oben bis unten mit demselben abschätzenden Blick, mit dem sie ein Zuchtpferd begutachten würde. Sie hatte nichts erwartet und war nicht enttäuscht; er würde ihrem Zweck dienen. Er war wenigstens nicht häßlich und verwachsen, wie seine Feinde behaupteten. Unscheinbar und etwas kurzbeinig, aber die braunen Augen waren klug und aufgeweckt und ruhten mit einem schmeichelnden Ausdruck der Erleichterung auf ihr.

Alençon konnte sein Glück kaum fassen. Er war mit Märtyrermiene gekommen, bereit, um einer Krone willen eine aufgeblasene mittelalterliche Jungfer zu heiraten, ähnlich wie Philipp von Spanien bereit gewesen war, sich in Mary Tudors Bett zu opfern. Er war von der Frau, die seinen Blick erwiderte, angenehm überrascht. Sie hatte sich für ihr Alter erstaunlich gut gehalten, sie war groß, elegant und majestätisch. Er trat näher, sein kritischer Blick glitt über sie hin. Die Haare waren eine Perücke, aber Perücken waren in Mode und wurden von viel jüngeren Frauen getragen. Sie hatte ein Netz feiner Fältchen um die ausdrucksvollen Augen und eine schmale Furche auf der hohen Stirn, aber sie war noch immer eine anziehende Frau, und er war sogleich von ihr eingenommen. Er blieb zwölf Tage, spielte den aufmerksamen Freier, und am Ende der zwölf Tage war er ein Verlorener, der Simier von seinem Glück vorschwärmte. »Kein Aufschub, Jean. Wie immer die Bedingungen lauten, geht darauf ein.«

»Wie Ihr wünscht, mein Gebieter.«

»Fünfundvierzig«, murmelte Alençon mit ungläubigem Kopfschütteln. »Was ist ihr Geheimnis, Jean – trinkt sie das Blut von Neugeborenen?«

»Sie verschlingt Männer, mein Gebieter, und sie verschlingt sie mit Haut und Haar.«

»Dann lasse ich mich mit Freuden verzehren. Ruft mich wieder her, sobald dieses vermaledeite Land es zuläßt, und wenn ich fort bin, sorgt dafür, daß sie mich nicht vergißt.«

Alençon führte sich auf wie ein Schuljunge, der zum erstenmal verliebt ist. Beim Abschied von Elisabeth weinte er, und er überschwemmte sie mit leidenschaftlichen Briefen. Ein prächtiger diamantener Verlobungsring blitzte an ihrem Finger, und sie gratulierte sich im stillen zu ihrer meisterhaften Verknüpfung von politischem und persönlichem Gewinn. Sie hatte ihre körperlichen Bedürfnisse mehr als zwanzig Jahre mißachtet, hatte sie von Staatsinteressen verdrängen lassen, während sie das letzte Quentchen Nutzen aus dem Heiratsspiel quetschte. Sie hatte endlich das ungeheure emotionale Hindernis auf ihrem Weg überwunden und fühlte sich zu einem bißchen Glück berechtigt. In der Stille ihres Gemachs überkam sie hin und wieder eine beklommene Erinnerung an eine leere Wiege, die verloren in einem leeren Kinderzimmer schaukelte, aber sie verscheuchte diesen Gedanken. Es war lächerlich, sich mit ihrer Schwester Mary zu vergleichen. Sie würde ein Kind haben und seine Geburt überleben, wie sie alles überlebt hatte – drohende Hinrichtung, Blattern, sogar Gift. War sie nicht vom Teufel begünstigt? Aber England teilte ihre Zuversicht nicht! Alençon war kaum abgereist, als die unvermeidliche Unzufriedenheit, eifrig geschürt von Leicester und seinen Verbündeten, sich in einem gefährlichen Aufschrei Luft machte. Elisabeth hatte stets Wert auf die öffentliche Meinung gelegt und benötigte nun den Beistand ihrer Ratgeber. Zwanzig Jahre hatten sie sie gebeten zu heiraten, und sie erwartete, daß sie sie auch jetzt bäten. Sie vertraute darauf, daß Cecil die Abstimmung trotz Leicesters Widerstand beeinflussen könne. Der Rat tagte an einem kalten Oktobertag von sieben Uhr morgens bis acht Uhr abends. Niemand verließ den Saal, um zu essen oder zu trinken, nicht einmal, um sich zu erleichtern, bis am Ende fünf Herren für die Heirat waren. Und sieben dagegen. Die Sitzung schloß mit der Übereinkunft, daß die Königin selbst entscheiden müsse, und darauf folgte ein verhaltener Sturm auf das Klosett.

Am nächsten Morgen sprachen Cecil, Sussex und Leicester bei der Königin vor – eine trübsinnige, befangene Gruppe, die wußte, daß sie nichts Freudiges zu überbringen hatte.

»Nun, meine Herren?«

Cecil räusperte sich und starrte zu Boden. Er konnte ihr nicht in die Augen sehen. »Der Rat ist übereingekommen, Madam, daß er Euch in dieser Angelegenheit nicht beraten kann.«

»Mich nicht beraten kann!« Sie erhob sich, ihre scharfen Augen glitzerten. Jeder der Anwesenden spürte ein Flattern in der Magengrube. Leicesters dunkles Gesicht wurde bleich und starr.

»Verflucht, Ihr nennt Euch mein Rat und wagt mir zu sagen, Ihr könnt mich nicht beraten!«

»Madam.« Sussex bemühte sich ängstlich, das Gewitter abzuwehren, das er sich zusammenbrauen sah. »Wenn dem Rat bekannt wäre, wie Ihr die Angelegenheit empfindet –«

Sie lachte bitter auf und wandte sich ab. »Wie ich empfinde! Wer von Euch hat je darauf Rücksicht genommen? Ich wünschte einen einstimmigen Beschluß, mit den Heiratsverhandlungen fortzufahren. Ihr werdet gewiß nicht die Klugheit zu bezweifeln wagen, die Linie meines Vaters mit meinem leiblichen Kind weiterzuführen!«

Die stummen, zweifelnden Gesichter sahen sie verständnislos an. Sie ballte die Fäuste. Wie konnten sie es wagen, um sie zu feilschen wie um eine unfruchtbare Kuh, für die kein guter Preis zu erzielen war. Herrgott, welch heuchlerische Überheblichkeit dieser kleinen Männer, die sie geschaffen hatte und ebenso leicht mit einem Fingerschnippen vernichten konnte! Kleine Männer! Was wären die ohne sie?

»Es war töricht von mir, euch überhaupt um Rat zu fragen.« Sie sprach mit seltsam erstickter Stimme und fuchtelte verzweifelt mit den Händen. »Warum sind mir allein Kinder versagt? Ich will ein Kind – ist keiner unter euch, der das versteht?« Sie fing plötzlich an zu weinen. Wildes, hoffnungsloses Schluchzen erschütterte ihren Körper, und sie verbarg das Gesicht vor ihnen. Sie standen verlegen und stumm, ratlos, was sie sagen oder tun sollten.

Als sie die Verlegenheit der Männer gewahr wurde, ging sie zum Fenster und wischte sich ärgerlich mit dem Handrücken über die Wange, wütend auf sie, aber noch wütender auf sich selbst. »Hinaus«, sagte sie. »Alle. Kommt heute nachmittag wieder.«

Sie entfernten sich in eisigem Schweigen. Leicester war der letzte und zögerte einen Moment an der Tür, als überlegte er, ob er nach dem, was er getan hatte, eine Geste des Mitgefühls wagen könne.

Sie kehrte ihm verächtlich den Rücken zu, und er ging still hinaus.

Als sie sich endlich allein wußte, sank sie auf einen Stuhl am Tisch und vergrub das Gesicht in dem edelsteinbesetzten Brokat ihrer riesigen Puffärmel.

Kaum hatte sich die große Flügeltür geschlossen, brach unter den entzweiten Ratsmitgliedern ein Tumult aus. »Seid Ihr nun zufrieden, Leicester?« höhnte Sussex erbittert. »Habt Ihr ihr in letzter Zeit nicht schon genug angetan?«

»Damit hatte ich nicht gerechnet, niemals! Ich dachte –«

»Wir wissen, was Ihr dachtet, Leicester – ich danke Gott, daß Ihre Majestät es jetzt auch weiß.«

»Ich war ausschließlich aus schwerwiegenden politischen Gründen gegen diese Heirat. Falls Ihr andeuten wollt, was sich da drinnen abspielte, sei mir eine persönliche Genugtuung gewesen –«

»Meine Herren ! Ich glaube kaum, daß dies die Zeit oder der Ort für einen Zwist ist.« Cecil stieß seinen Stock auf die Erde, und die beiden Widersacher verfielen in grimmiges Schweigen. Cecil fixierte Leicester mit eisigem, gebieterischem Blick. Leicester lief dunkelrot an, löste sich hochmütig aus der Gruppe und stolzierte davon.

Aber er hatte gewonnen. Lange bevor sie am Nachmittag wiederkamen, hatte Elisabeth sich das eingestanden, als sie in ihrem Spiegel das bleiche, traurige Antlitz der Niederlage betrachtete. Jetzt zu heiraten, ohne die volle Unterstützung ihres Rates, gegen den Widerstand ihres Volkes, hieße denselben Fehler wie ihre Cousine begehen und ihre eigenen Interessen über die des Staates stellen. So selbstsüchtig und eigenwillig sie in geringfügigeren Dingen war, ihr Schwur, England zu dienen, ging über alles. Sie konnte es nicht tun. Als sie so saß und die endgültige Opferung ihrer Weiblichkeit auf sich nahm, zügelte sie die nagende Abneigung, die den Sinn ihres Lebens bedrohte. Sie durfte England nicht hassen, jene namenlose, gesichtslose Masse des Volkes, das die Stärke ihres Thrones war. Es war viel leichter, wenngleich ungerecht, Leicester die Schuld zu geben, der sie endlich zur Frau gemacht hatte und ihr dann die Erfüllung aus kleinlichen, persönlichen Gründen verwehrte. *Männer*! Sie waren im Grunde alle gleich sie hatte es immer gewußt – selbstgerecht und habsüchtig wie ihr Vater, unfähig zur Treue, die sie von ihren Frauen verlangten.

Oh, wie töricht war es von ihr gewesen, an jenem Abend zu ihm nach Wanstead zu gehen! Wieviel leichter wäre diese

Niederlage zu ertragen ohne die bittersüße Erinnerung an seinen in ihr stoßenden Leib, die ihr so qualvoll bewußt machte, was sie verloren hatte und was sie nie erfahren würde. Er würde büßen für das, was er sie heute hatte erdulden lassen – o Gott, er würde es büßen! Sie wußte genau, wie sie ihn bestrafen wollte, nicht mit Ungnade oder Verbannung, sondern mit ihrer Weigerung, die Vereinigung von Wanstead noch einmal zu vollziehen. Er glaubte gewonnen zu haben – er irrte sich! Sie hatte die letzten zwanzig Jahre ohne seine Liebe gelebt – sie konnte auch die nächsten zwanzig Jahre so leben; nicht glücklich vielleicht, aber wenigstens mit unversehrtem Stolz.

Als ihre Frauen an diesem Abend die Vorhänge um das Prunkbett zuzogen, empfand sie diesen Akt als zutiefst symbolisch – die unvermählte Königin, eingeschlossen in ihrem selbstgeschaffenen Gefängnis, auf immer im Spiegelbild einer keuschen Göttin gefangen. Das stille Zimmer bedrückte sie, und als ihre Frauen sich zurückgezogen hatten, setzte sie sich auf und griff nach ihrem Handspiegel. Sie sah nicht ihr Spiegelbild, sondern ihr selbstgewähltes Leben, das sich in die Unendlichkeit erstreckte.

Sie würde Alençon nicht heiraten, aber sie mußte ihn und den Rest der Welt weiterhin davon überzeugt halten, daß sie es tun würde, so lange, bis sie ihn benutzt hatte, um Philipps Aggression in den Niederlanden in Gang zu halten. Die Täuschung mußte, womöglich länger als ein Jahr, fortgesetzt werden, und sie durfte sich keinen Augenblick gehenlassen, sondern mußte weiter eine Lüge vorspielen, so wie sie ihr ganzes Leben gespielt hatte, zuerst eine Rolle, dann eine andere, bis sie die wirkliche Frau dahinter kaum mehr kannte. Den ganzen Sommer ihrer Herrschaft hindurch hatte sie die Hüllen der Täuschung enger um sich gezogen und das Spiel genossen wie ein Kind, das in der heißen Mittagssonne spielt. Aber jetzt stand die Sonne tiefer am Himmel, tiefer und kühler, und warf Schatten auf einen Weg, auf dem einst nur Licht war. Und im Schatten, mit dem kühlen Hauch des Herbstes schon in der Luft, beschloß sie, von dem einzigen Feuer Abstand zu nehmen, das ihr Wärme spenden konnte. Es war ein harter Entschluß, gefaßt von einer harten, verbitterten Frau. Sie bestrafte sich, um jemand anderen zu bestrafen, und zerrte an den Fasern ihrer Seele. Die Saat des Hasses war an diesem Abend in sie gesät worden, eines Hasses, der rasch wachsen sollte, bis die bloße Erwähnung von Liebe und Heirat genügte, sie in rachsüchtige Wut zu versetzen.

Sie saß ganz still und starrte in den Spiegel. Langsam nahm sie ihr Gesicht wahr, so entsetzlich verändert, daß sie es nur mit erschrockener Resignation betrachten konnte. Schmale Lippen mit einem grausamen Zug, die Augen hart von Mißtrauen, beschattet von Wahnsinn – das Gesicht ihres Vaters, ein Tyrannengesicht.

Mit zitternder Hand legte sie den Spiegel auf den Tisch neben ihrem Bett und starrte einen Moment in das kleine Viereck aus venezianischem Glas, unermeßlich kostbar, ein ausländisches Geschenk. Dann ergriff sie den silbernen Kerzenständer, und mit einem einzigen wütenden Hieb zersplitterte ihr Spiegelbild in eine Million tödlicher Scherben.

4. Teil

Die Göttin

28

Der Hafen von Plymouth hatte sich, seit Francis Drake ihn vor drei Jahren das letzte Mal sah, kaum verändert – so schmutzig und liederlich, wie er ihn in liebevoller Erinnerung hatte. Nun, er selbst war auch nicht eben reinlich, und wer hätte vermutet, daß sein kleines Schiff mit dem schäbigen Anstrich sich jetzt das berühmteste Schiff Europas nennen durfte?

Der Ruhm lastete schwer auf Drakes Schultern, er beschränkte seine persönliche Freiheit, sich zu kratzen, zu rülpsen und zu furzen, wann es ihn danach gelüstete. Dergleichen schickte sich nicht bei Hof, und der Hof war das Endziel seiner unglaublichen Reise. Er hatte die Welt umsegelt, doch leider konnte er keineswegs hoffen, durch Umsegelung eines Badezubers vor die Königin zu treten. Dies war jedoch ein geringer Preis für die Erhebung in den Ritterstand. Die Königin hatte das meiste in sein Unternehmen investiert. Die Ladung der *Golden Hind,* deren Schiffsraum vollgepackt war mit von spanischen und portugiesischen Schiffen im Pazifischen Ozean erbeuteten Gütern, Silber und Edelsteinen, mehr als eineinhalb Millionen Dukaten wert, erbrachte der Hauptinvestorin mit Sicherheit mehr als einhundert Prozent ihrer Aufwendungen.

Eine tüchtige Geschäftsfrau – daran hatte Drake nie gezweifelt. Ihre einzige Bedingung war, daß er ihren Namen heraushielt. Ihm war eingeschärft worden, sich von seiner Auftraggeberin loszusagen, sollte er den Spaniern in die Hände fallen. Kehrte er jedoch im Triumph zurück, sollte er seinen gerechten Lohn erhalten. Und nun begab er sich also an den Hof, um dem glitzernden Chamäleon, das ihn auf dieses waghalsige Unternehmen geschickt hatte, die schöne Hand zu küssen, einer Frau, halb Göttin, halb Gassengöre, die er seine Freundin nennen durfte. Er dachte an die unerhörten Piratenstückchen, mittels derer er seinen Laderaum gefüllt hatte, und an die unverschämten Entschädigungsforderungen der Spanier, und zuletzt dachte er an das blasse, habgierige Gesicht der Königin.

Don Bernardino de Mendoza war wohl der launischste und sauertöpfischste Gesandte, den Spanien je hervorgebracht hatte, und selbst für die kürzesten diplomatischen Begegnungen mit Elisabeth völlig ungeeignet. Es war allgemein bekannt, daß die zwei sich nicht ausstehen konnten, und es überraschte niemanden, als Mendoza mit der ihm eigenen Halsstarrigkeit Anspruch auf Rückerstattung der spanischen Schätze erhob. Er trat energisch vor die Königin, entschlossen, ihr die Meinung zu sagen, doch es war ihm unmöglich, zu Wort zu kommen. Elisabeth saß, einem Götzenbild gleich, auf ihrem Thron und sah angewidert auf ihn herab, als sei er ein besonders ekliges Etwas, das soeben aus den Binsen gekrochen war. Sie beklagte sich hochmütig über Philipps Einmischung in irische Angelegenheiten. Wenn Mendoza eine schriftliche Entschuldigung seines Gebieters für diese grobe Verletzung der internationalen Etikette beibringe, sei sie bereit, weiter über die Angelegenheit zu reden. Bis dahin sei sie leider außerstande, den Gesandten noch einmal zu empfangen. Ein Wink mit der Hand, und Mendoza stand draußen vor der geschlossenen Tür; er klappte in sprachloser Wut den Mund auf und zu, so daß er so geistlos aussah wie ein Fisch.

Aus der Nähe der Königin verstoßen, schlich Mendoza am Hof umher und ließ sich von seinen Spitzeln berichten. Er erfuhr, daß Cecil und Sussex einen Anteil an den spanischen Schätzen diskret zurückgewiesen hatten, weil sie es nicht mit ihren hehren Prinzipien vereinbaren konnten, als Empfänger gestohlenen Gutes zu gelten. Die Königin, die in geschäftlichen Dingen keine Skrupel kannte, hieß Drake an Weihnachten bei Hof willkommen und überschüttete ihn mit

Aufmerksamkeiten. Drake beauftragte seinerseits Londoner Juweliere mit der Fertigung einer fantastischen Krone, versehen mit einer großen Zahl erbeuteter Diamanten und fünf riesigen Smaragden, mit der Elisabeth am Neujahrstag schamlos umherstolzierte. Mendoza schwor bei sich, daß sie der größte Pirat von allen war!

Im April begab sie sich an Bord der *Golden Hind*, um dort mit Drake zu speisen, und gab damit ihre Unterstützung des Schurken ungenierter denn je zu erkennen. Zu ihrem diplomatischen Schutz ließ sie sich von dem Sonderbeauftragten des Herzogs von Alençon begleiten, ein feinsinniger Hinweis für Spanien, daß England beileibe nicht ohne Freunde war.

Als sie an Bord ging, rutschte ihr ein purpurn-goldenes Strumpfband herunter. Der Franzose stürzte sich sogleich darauf, hielt es ihr vor die entsetzten Augen und sagte dreist: »Madam, ich beanspruche dies als Unterpfand. Ihr müßt mir gestatten, es dem Herzog als Liebesbeweis zu senden.«

Sie warf einen Seitenblick auf ihre Hofdamen, die ihretwegen errötet waren, und fand, daß sie nichts tun konnte, als sich der Situation lachend überlegen zu zeigen. »Ihr sollt es als Pfand bekommen«, sagte sie, ihm das Strumpfband entreißend, »aber nicht gleich. Ich habe sonst nichts, um meinen Strumpf festzuhalten.« Und im Angesicht geschliffener Höflinge und abgebrühter Seemänner streckte sie prompt ein schlankes, seidenbestrumpftes Bein aus und befestigte eigenhändig das Strumpfband, wobei sie den Moment zum Amüsement der Männer absichtlich hinauszögerte. Herzhafter Beifall, bei Drakes Mannschaft beginnend, breitete sich wie ein Buschfeuer auf dem Deck aus. Auch der Franzose applaudierte und legte achtungsvoll belustigt ihre Hand auf seinen Arm. Oh, diese Frau ließ sich nicht so leicht in Verlegenheit bringen! Die Festlichkeiten sollten mit Drakes Erhebung in den Ritterstand ihren Abschluß finden. Als aber ihr Lieblingspirat mit gesenktem Lockenhaupt auf einem Knie vor ihr kniete, befingerte Elisabeth nachdenklich das Schwert und runzelte die Stirn. »Francis Drake, Ihr seid ein Schurke, und um meiner Ehre willen sage ich mich von Euch los.« Alle hielten erschrocken den Atem an. Drake hob unsicher den Kopf. In diesem Moment drehte sie sich rasch um und reichte dem Franzosen neben ihr das Schwert. »Doch ich bin überzeugt«, fuhr sie fort, »daß Monsieur den Ritterschlag mit Freuden für mich ausführen wird.« Ein kluger Schachzug, ein Hinweis, daß Frankreich Drakes Unternehmungen billigte. Vor aller Augen in die Enge getrieben, blieb dem Franzosen keine Wahl, als ihrer unerhörten Aufforderung nachzukommen. Mendoza war außer sich vor Wut. Der diplomatische Schwebezustand währte bis Oktober, als er die kurze Nachricht erhielt, die Königin wünsche ihn um zwei Uhr nachmittags zu sehen. Die Frist war so knapp bemessen, daß er sein Mahl hastig hinunterschlingen und schleunigst eine Barkasse nach Richmond besteigen mußte. Er kam gerade noch rechtzeitig. Die Königin lag auf einem Polstersofa, und Mendoza stutzte. Ihr Gesicht wirkte so abgehärmt, daß er sogleich freundlich gestimmt war. Er beugte sich über ihre Hand. »Guten Tag, Madam. Ich hoffe, Ihr seid wohlauf.«

»Das hofft Ihr nicht«, behauptete sie mürrisch. »Ich habe seit Tagen Schmerzen in der Hüfte.« Der Blick, der ihre Worte begleitete, besagte: Und Ihr seid schuld daran, wie an allem. Dies hatte sie ihm wahrhaftig bei einer früheren Begegnung ins Gesicht geschrien.

Er setzte eine angemessen mitleidige Miene auf. »Es dauert mich, Euch leiden zu sehen, Madam.«

»Ja«, sagte sie ironisch, »ich zweifle nicht daran, daß Ihr meinem Leiden schleunigst ein Ende bereiten würdet, wenn es in Eurer Macht stünde, Mendoza.«

Er antwortete nicht, war sie doch der Wahrheit sehr nahe gekommen. Das Gespräch wand sich in der üblichen gereizten Art, bis es bei der Frage des spanischen Schatzes anlangte. Zunächst geduldig, wurde Mendoza in rascher Folge gönnerhaft und streitlustig. Er erlaube sich, darauf hinzuweisen, daß die Geduld seiner höchstkatholischen Majestät, wenngleich groß, dennoch nicht grenzenlos sei. Er erlaube sich, sie daran zu erinnern – Elisabeth setzte sich aufrecht hin, zwei flammendrote Flecken färbten ihr schmales Gesicht. »Haltet Euer verdammtes Plappermaul, Ihr impertinenter Unterling – ich will nichts mehr hören!«

Der Spanier war eingeschnappt. All die Monate hatte er sein Temperament mit knapper Not gezügelt, doch nun keifte er wie ein hysterisches Weib. »Wenn Ihr nicht auf Worte hören wollt, Madam, könnt Ihr demnächst statt ihrer Kanonen hören!«

Sie hielt, ein wenig vorgebeugt, mit zusammengekniffenen Augen seinen Blick fest. »Redet noch einmal so mit mir, mein Freund«, sagte sie leise, »und ich stecke Euch an einen Ort, von wo Ihr nie wieder reden werdet.«

Sie meinte es ernst, das sah er ihr an. Diplomatische Immunität galt nichts bei dieser Frau, wenn einer zu weit ging. Ihr eisiger Blick vernichtete seinen letzten Rest von Abwehr, und von entsetzlicher Angst gepackt, begann er, nervös seine Halskrause befingernd, ihr zu schmeicheln. »Majestät haben mich mißverstanden. Ich sprach im Scherz, um Euch von Euren Schmerzen abzulenken. Eine Drohung war nicht beabsichtigt, beileibe nicht. Wer vermag sich einer so schönen Dame wie Eurer Majestät zu widersetzen?«

Ihre Augen ließen ihn los, der kritische Moment war vorüber.

Säuerlicher Schweißgeruch entströmte plötzlich Mendozas Kleidung, und Elisabeth hielt sich betont ihre Parfumkugel vor die Nase, als sie ihn entließ.

Während er sich mit einer steifen Verbeugung entfernte, sann er über seinen tiefen Haß auf sie nach, der seine ganze Persönlichkeit, sein gesamtes Dasein beherrschte. Es gab Zeiten, so wie heute, da er sie frohgemut erdolcht hätte, ohne die Folgen zu bedenken. Sein einziger Trost war die Gewißheit, daß ihre Tage gezählt waren. Spanien, das Papsttum, Marias französische Verwandtschaft in Frankreich – sie konnte sie nicht mehr lange von ihrem wackelnden Thron fernhalten. Ein Wunder, daß sie überhaupt noch lebte.

Gewiß, viele ihrer katholischen Untertanen hielten ihr die Treue, aber er wußte, daß der Rat in ständiger Furcht vor einem Mordanschlag von katholischer Seite lebte und die Zurückhaltung beklagte, die Elisabeth während ihrer gesamten Regierungszeit hatte walten lassen. Die Konvertierung zum katholischen Glauben war nach Elisabeths Exkommunizierung für ungesetzlich erklärt worden, und hierauf beruhte Mendozas ganze Hoffnung. Das berühmte Jesuitenkolleg in Douai zog eine Schar junger Priester für ihren Einsatz in England heran, und hätten diese erst das Land infiltriert, würde es ihre erklärte Mission sein, es mit einer Konvertierungswelle zu überschwemmen. Angesichts der ständig wachsenden Zahl von englischen Katholiken würde das Parlament in Panik geraten, und dann könnte die Königin das lautstarke Verlangen nach härteren Maßnahmen nicht mehr überhören. Endlich würde eine energische Verfolgung einsetzen, unter der möglicherweise auch die treuesten Katholiken bereit wären, Englands listiger Intrigantin ein Ende zu machen.

Mendoza beschloß, die Herbeiführung dieses Endes mit allen ihm zur Verfügung stehenden Mitteln zu beschleunigen. Auf der Türschwelle stieß er fast mit Leicester zusammen, der sich lächelnd mit spöttischer Höflichkeit verbeugte und dafür einen brummigen Gruß empfing, beinahe ein Knurren.

Leicester durchquerte das Zimmer und beäugte die Königin vorsichtig, ehe er sich unaufgefordert auf der Armlehne ihres Sofas niederließ. Wenngleich sie ihn erwartet hatte und sich über sein Erscheinen erfreut zeigte, war er sich in jüngster Zeit seines Willkommens nie ganz sicher. Seit Alençons Aufbruch zu einer bewaffneten Mission in den Niederlanden war sie unberechenbarer denn je.

»Irgend etwas scheint Mendoza zu verdrießen«, meinte er, sie scharf ansehend, »oder käme es der Wahrheit näher zu sagen *irgend jemand*?«

Elisabeth biß in ein Fruchtbonbon und lächelte. »Er ist tatsächlich etwas verstimmt. Vermutlich, weil er soeben den Krieg erklärt hat.«

»Krieg?« Leicester sah sie erschrocken an. »Ihr meint, *richtigen* Krieg?«

Elisabeth lachte auf. »Nicht einmal Mendoza würde es wagen, mir mit Spielzeugsoldaten zu drohen!«

Sie setzte sich aufrecht, und Leicester ließ sich auf den Platz fallen, den sie für ihn frei gemacht hatte. Er war erschüttert:

»Guter Gott!« murmelte er, ängstlich in ihrem Gesicht forschend. »Das könnte ernst werden.«

»Ach was, das glaube ich nicht. Ich fürchte, Philipp wird ihm den Gefallen nicht tun, solange ich Maria hinter Schloß und Riegel habe. Der arme Mendoza wird seine schlechte Laune noch ein wenig länger mit Stichen in meine Wachsfigur besänftigen müssen.«

Bei dem Gedanken an die dämonische Wut im Gesicht des Gesandten wurde Leicester unbehaglich zumute. Wie die meisten Menschen seines Alters hatte er einen gesunden Respekt vor allen Erscheinungsformen von Hexerei, und er nahm eine solche Andeutung nicht leicht. »Wenn er das wirklich tut, sollte der spanische Schuft verhaftet und davongejagt werden.«

Elisabeth seufzte. »Ohne unstrittige Beweise, daß er mir Böses antun will, kann ich Mendoza nicht ausweisen – und die Beweise habe ich nicht.«

Außer diesen dummen Schmerzen in der Hüfte... die ich bei jedem anderen als Rheumatismus bezeichnen würde... aber es ist keiner... es kann nicht sein ... bei Gott, ich lasse den ersten Doktor hängen, der das auch nur anzudeuten wagt ... Sie stand etwas mühsam auf. Über der Krinoline bauschten sich in weitem Bogen reich mit Perlen verzierte Röcke um ihre Hüften. »Laßt Euch von Mendoza nicht den Schlaf rauben, Robert. Wäre dieser rückgratlose kleine Scheißer wirklich imstande, mir Böses zuzufügen, er hätte es längst getan.« – »Und der Schatz?«

»Der Schatz bleibt hier.« Sie lächelte. »Bedenkt doch, wie es den guten Francis Drake betrüben würde, wenn wir ihn zurückgäben.«

»Allerdings«, gab Leicester trocken zu. »Und den guten Francis dürfen wir nicht verstimmen, nicht wahr? Ich dachte, Ihr wolltet den Schurken hängen lassen?«

»Werde ich auch, wenn ich einen Strick finde, der lang genug ist.« Sie sah aus dem Fenster. Die Sonne lugte trübe durch die Wolken. »Sattelt meinen Wallach, Robert. Wir reiten durch den Park, wenn ich mich umgezogen habe.«

Als sie zur Tür ging, fiel ihm das leichte, aber unübersehbare Hinken auf, das ihren einst anmutigen Gang beeinträchtigte. Er runzelte die Stirn: »Madam«, rief er ihr geschwind nach, »laßt uns lieber Karten spielen oder Backgammon, das ist schonender.«

Sie blieb, noch mit dem Rücken zu ihm, abrupt stehen. Jeder Muskel in ihrem Körper straffte sich vor plötzlichem Zorn. Sie war sicher gewesen, daß man es nicht sähe, sie hätte schwören können, daß diese winzige Behinderung selbst dem wachsamsten Auge entgehen würde, dieses bezeichnende Merkmal für das nahende Alter. Aber er hatte es gesehen, ausgerechnet er; sie wäre dafür gestorben, um es vor ihm zu verbergen!

»Schonend?« Sie wiederholte das Wort langsam, wie etwas Obszönes. Sie drehte sich zu ihm um und fixierte ihn mit einem Blick voll tiefster Verachtung. »Ich brauche keine Schonung, Robert Dudley, sondern Bewegung. Und seid versichert, ich werde sie bei einem finden, der flinker auf den Füßen ist als Ihr!« Die Tür schlug vor seiner Nase zu. Er setzte sich trübsinnig auf das Sofa. Seit Lettice ihm einen Sohn geboren hatte, behandelte Elisabeth ihn ausgesprochen feindselig, aber das konnte er ihr nicht verdenken. Er hatte eine Familie, sie hatte nichts, nichts als die Krone, die sie mit dem Verzicht auf ihr privates Glück so teuer erkauft hatte. Trotz seiner starken Bindung an sie hatte er ihr ein Stückchen seines Lebens entrissen und eine enge Grenze gezogen, die sie nicht überwinden konnte. Da er spürte, daß sie im Grunde ihres Wesens unglücklich war, konnte er ihr vieles verzeihen.

Wie Mendoza vorausgesehen hatte, geriet das Parlament 1581 angesichts der zunehmenden Zahl derer, die sich gegen die anglikanische Kirche auflehnten, in Panik. Elisabeth wurde ein Antrag für ein Gesetz vorgelegt, welches die Todesstrafe für diejenigen zwingend vorschrieb, die für schuldig befunden wurden, einen Untertan zum katholischen Glauben bekehrt zu haben. Sie milderte es so weit ab wie sie es wagte, ohne das Parlament zu brüskieren, und bestand darauf, daß die Konvertierung an sich nur dann als Verrat galt, wenn sie mit Verletzung der Untertanentreue verbunden war. Aber sie mußte hinnehmen, daß den Abtrünnigen ihre Existenz durch Bußgelder in schwindelerregender Höhe, unerschwinglich für die Mehrheit ihrer katholischen Untertanen, unmöglich gemacht wurde. Sie machte kein Hehl daraus, daß sie damit nicht einverstanden war, doch Cecil hatte ihr deutlich gemacht, daß ihr keine Wahl blieb.

»...besteht nicht der geringste Zweifel, daß, wer immer sie in frommer, gottgefälliger Absicht aus der Welt schafft, nicht nur nicht sündigt, sondern sich verdient macht ...«

Sekretär Walsingham wiederholte voller Entrüstung diesen offiziellen Erlaß des Vatikans, aber die Königin gähnte nur, zuckte die Achseln und begab sich auf die Jagd, während Walsingham finster über die Mächte des Bösen grübelte. Er gehörte zu den wenigen Männern in ihren Diensten, die keine innige persönliche Beziehung zur Königin unterhielten. Doch er war brillant und tüchtig, und deswegen ertrug sie ihn. Sie war meistens unfreundlich und oftmals richtig grob zu ihm, doch er nahm die Püffe hin und diente ihr mit unermüdlichem Eifer, weil ihm nichts verhaßter war als die Aussicht, daß Maria Stuart auf den englischen Thron käme. Walsinghams kärgliche emotionale Bedürfnisse wurden durch seine Arbeit befriedigt, durch seine verbissene Lebensaufgabe: die Ausmerzung des katholischen Glaubens in England und die Vernichtung seiner erlauchten Flamme und Leitfigur, der Königin der Schotten. Sein Haß auf die Frau, die er nie gesehen hatte, war eine Manie.

Walsingham unterhielt auf eigene Kosten ein blühendes und grausam erfolgreiches Spionagesystem, das bereits zum Vorbild für ganz Europa geworden war. »Wissen ist niemals zu teuer«, hatte er einmal scheinheilig bemerkt, und Elisabeth ließ es ihn gerne beweisen. Er verwendete sein Vermögen und seine unermüdliche Wachsamkeit auf dieses einmalige System, welchem die Königin bereits mehrmals ihr Leben zu verdanken hatte. Seine großzügigen Dienste wurden ohne Liebe gewährt und ohne Dankbarkeit empfangen, und beide waren es zufrieden.

Anfang 1583 deckte Walsingham eine neue Verschwörung gegen das Leben der Königin auf. Sein Geld hatte in jeder ausländischen Botschaft kreuz und quer durch Europa eine Fährte der Korruption hinterlassen. Auf diese Weise war es ihm gelungen, die regelmäßige Geheimkorrespondenz zwischen Maria Stuart und dem französischen Gesandten zu bespitzeln und Throckmortons Machenschaften aufzudecken.

Throckmorton wurde gesehen, als er einmal spät nachts aus Mendozas Haus schlich, und wurde fortan streng beobachtet. Walsinghams Leute ergriffen ihn an seinem Wohnsitz, als er gerade einen verschlüsselten Brief an die schottische Königin schrieb. Er wurde in den Tower gebracht, wo er dreimal der Streckbank widerstand, ehe er zusammenbrach und die internationale Verschwörung verriet, an welcher Marias französische Verwandte, der König von Spanien, der spanische Gesandte, die Königin von Schottland und mehrere katholische Adelige am englischen Hof beteiligt waren. Walsingham genoß die Hysterie, die seine Bekanntgabe der Angelegenheit im Rat und beim englischen Volk auslöste. Cecil stellte sogleich einen umfangreichen Katalog von Vorsichtsmaßnahmen für die Königin zusammen, um einen Mordanschlag zu vereiteln. Elisabeth las die Liste mit schiefem Lächeln und ignorierte sie weitgehend.

Zu Walsinghams großem Verdruß gelang es niemandem, die Königin zu überreden, die entdeckten Beweise gegen ihre schottische Cousine zu verwenden. Marias Wärter wurden angewiesen, ihr die Gefangenschaft so hart und unangenehm wie möglich zu machen, das war alles. Walsingham war geneigt zu glauben, daß die Königin von England überhaupt keine Religion hatte. Und hätte Elisabeth gewagt, es öffentlich zu gestehen, sie hätte ihm zugestimmt.

Im Dezember ritt sie mit dem französischen Gesandten von Hampton Court nach London. Männer und Frauen knieten im tiefen Schlamm, die spitzen, hungrigen Gesichter blau vor Kälte; sie jubelten ihrer Göttin zu und verlangten lautstark die Bestrafung ihrer Feinde. Elisabeth lächelte und winkte und rief ihnen fröhlich zu; sie zügelte ihr Pferd im eisigen Wind zum Schneckentempo, damit aller Augen sich an ihr weiden konnten. Es war eine heidnische Vergötterung, wie sie der Franzose noch nie erlebt hatte. Er fand das sehr beunruhigend. Elisabeth, die ihn aus dem Augenwinkel beobachtete und von Walsingham wußte, daß der Franzose keineswegs so ehrenwert war, wie er tat, drehte sich im Sattel um und bemerkte mit leiser Ironie: »Ich sehe, nicht alle wünschen mir den Tod.«

Mendoza wurde vor den Kronrat zitiert. Keiner erhob sich, als er den Raum betrat; Feindseligkeit blickte ihm aus jedem einzelnen Gesicht entgegen, und da wußte er, das Spiel war aus. Die langen, gelblichen Finger vor sich auf dem Tisch verschränkt, die kalten Kabeljauaugen fest auf des Spaniers Gesicht gerichtet, zählte Sir Francis Walsingham die Verfehlungen des Gesandten auf. »Don Bernardino de Mendoza, Ihr habt Eure diplomatischen Privilegien mißbraucht. Ihr standet mit der Königin von Schottland in Verbindung, Ihr habt sie ermutigt, mit Spaniens Hilfe ihre Flucht in die Wege zu leiten. Ihr habt die Jesuiten unterstützt, mit dem Verräter Throckmorton korrespondiert und Euer Heim zu einem Treffpunkt für Priester gemacht. Ihre Majestät ist nicht mehr willens, derartige Störungen in ihrem Königreich zu übersehen, und es ist ihr Befehl, daß Ihr das Land binnen fünfzehn Tagen verlaßt.«

Mendozas dunkle Augenbrauen schnellten entrüstet in die Höhe. »Ich verlange Beweise für diese unerhörten Beschuldigungen, Sir!«

»Ihre Majestät hält das für abgeschmackt und überflüssig«, sagte Walsingham ruhig, »kurz gesagt, Sir, für Zeitverschwendung!«

Der Spanier verlor die Beherrschung und kreischte lauthals: »Sie soll zuerst ihre eigenen Taten besehen, ehe sie meine beanstandet! Sie unterstützt die Revolution der Untertanen meines Gebieters in den Niederlanden – glaubt ja nicht, daß wir das nicht wüßten! Sie beschützt gemeine Piraten, vereinnahmt gestohlenes Gut –« Seine Stimme überschlug sich in einem wütenden Krächzen, und er schluckte. »Und ich kann England auf keinen Fall ohne Philipps ausdrückliche Weisung verlassen«, ergänzte er.

Er stolperte rückwärts, als sich der gesamte Rat erhob.

»Ihr«, sagte Walsingham eisig, »seid eine Schande für Euren König und solltet Euch glücklich schätzen, daß man Euch lebendig von hier fortläßt.«

Er machte eine drohende Gebärde, und der Spanier stürzte, etwas von der niederträchtigen Undankbarkeit der Frauen murmelnd, in unwürdiger Hast zur Tür. Auf der Schwelle drehte er sich um und blickte verbittert zurück. Sein glattes, olivfarbenes Gesicht hatte purpurrote Flecken. »Ich bedaure, meine Herren, daß es mir nicht gelang, als Diener des Friedens Eure Königin zufriedenzustellen. Richtet ihr bitte aus, daß ich hoffe, sie im Krieg besser zu befriedigen, und daß ich barfuß durch Europa wandern werde, um diesen Krieg herbeizuführen!« Die Tür schlug hinter ihm zu. Die Männer im Raum verharrten in erschrecktem Schweigen. So verließ der letzte spanische Gesandte Elisabeths Land und schwor ihr öffentlich Rache.

29

Ein Bündel Papiere unter dem Arm, schritt Walsingham, von den Privatgemächern der Königin kommend, durch die Lange Galerie. Er war wie gewöhnlich in freudloses, durch keinen Schmuck aufgehelltes Schwarz gekleidet. Es war bitterkalt, und die zugige Galerie war ausnahmsweise leer, ohne das übliche Gedränge von palavernden Höflingen. Niemand sah den bleichen Sekretär gemessen durch die stillen Korridore von Schloß Whitehall in sein winziges Kabinett schreiten, und hätte ihn jemand gesehen, so hätte sein hageres, düsteres Gesicht nichts von der Erregung verraten, die in seinem Kopf tobte.

In Hausschuhen aus weichem Ziegenleder tappte Walsingham leise zu seinem Schreibpult. Eine Medizin stand für ihn bereit, doch er ordnete, wie es seine Gewohnheit war, zuerst methodisch seine Papiere, bevor er den Trank mit einer Grimasse hinunterschluckte. Er setzte sich hin und schrieb verbissen, bis der bohrende Schmerz langsam nachließ; dann legte er seinen Federkiel beiseite und stützte das Kinn nachdenklich auf die dünnen Hände. Im stillen beglückwünschte er sich zu der wohl erfolgreichsten von all seinen schwierigen Unterredungen mit seiner Gebieterin.

Throckmortons Komplott gegen das Leben der Königin war nur eines von vielen, die Walsingham mit erschreckender Regelmäßigkeit aufgedeckt hatte. Unzählige Male hatte er Ihrer Majestät erfolglos die einzige Lösung erläutert. Aber heute hatte er sich selbst übertroffen: Es war ihm ausnahmsweise geglückt, sie zum Zuhören zu bewegen, ohne daß sie einen Wutanfall bekam und sich weigerte, weiter über die Angelegenheit zu sprechen. Er lehnte sich behaglich zurück und dachte genüßlich an seine Geschicklichkeit ...

»Ich unterbreite Majestät untertänigst, daß wir genügend Indizienbeweise besitzen, um die Königin von Schottland mehrfach zu überführen ...«

»Indizienbeweise mögen einen gewöhnlichen Sterblichen überführen, Walsingham, eine Königin überführen sie nicht.«

An dieser Stelle hatten die geistigen Fühler des Sekretärs vor gespannter Erwartung zu zittern begonnen. Etwas in der Stimme der Königin deutete darauf hin, daß sie es allmählich müde war, die Zielscheibe für jeden Möchtegern-Mörder in Europa zu spielen. War es möglich, daß sie, was die »Schlange am Busen« betraf, endlich zur Einsicht kam? Rasch machte er sich die günstige Gelegenheit zunutze.

»Madam, die Komplotte werden immer zahlreicher und raffinierter, und ich fürchte, es wird unvermeidlich sein, daß eines davon über kurz oder lang gelingen wird. Sämtliche Intrigen gehen von Maria aus, wenngleich, da ihr jegliche Verbindung zur Außenwelt untersagt ist, nicht in ihrem Namen. Ich bin jedoch überzeugt, wenn man ihr zu schreiben erlauben würde, selbstverständlich unter strenger Beobachtung –«

»Sie würde Verdacht schöpfen«, sagte die Königin scharf, »sie ist nicht völlig naiv, Walsingham.«

»Seid versichert, Madam, ich könnte es arrangieren, ohne Verdacht zu erregen. Ihr sagtet, Indizienbeweise genügen nicht, aber was, wenn ich Euch einen Beweis von ihrer Hand beibringe, daß sie Euch nach dem Leben trachtet?«

Elisabeth nahm auf dem Thronsessel Platz, preßte die

Fingerkuppen aneinander und fixierte Walsingham mit starrem Blick, bei dem ihm höchst unbehaglich wurde.

»Euch ist klar, wie ich Fälschung vergelten würde, nicht wahr, Walsingham?«

Er hielt ihrem Blick mit Mühe stand. »Vollkomrnen klar, Majestät.«

»Mein guter Ruf ist mir teuer. Wer ihn schädigt, kann von mir keine Milde erwarten. Das solltet Ihr wissen, ehe wir uns weiter mit dieser Angelegenheit befassen.«

»Ich verstehe, Madam.« Er sank vor ihrem Podest auf die Knie.

»Und dieses Mal, Majestät – dieses Mal werdet Ihr den letzten Schritt gegen sie unternehmen?«

Sie sah ihn mit ruhiger, unergründlicher Miene an. »Bringt mir zuerst den Beweis, schriftlich, unumstößlich und eindeutig, dann werden wir die weiteren Schritte besprechen.«

Das war alles gewesen. Sie war vom Podest gestiegen, hatte mit den Fingern nach ihrem kleinen Spaniel geschnippt und sich, ohne Walsingham ausdrücklich zu entlassen und ohne einen Blick zurück, in den Versammlungsraum begeben und die Tür geschlossen. Walsingham hatte ihr Gemach ebenfalls verlassen, zu vertieft, um diese Geste der Mißbilligung zu bemerken oder sich darüber Gedanken zu machen, was hinter Elisabeths unerwarteter Kapitulation stecken mochte.

Elisabeth hatte keineswegs die Absicht, ihre Cousine hinrichten zu lassen. Aber Walsingham hatte recht, sie konnte nicht ewig auf die Stümperhaftigkeit der Verschwörer bauen. Früher oder später würden ihre Feinde einen Könner anheuern, und mit ihrem unglaublichen Glück würde es ein Ende haben. Sie hatte seit der Flucht ihrer Cousine nach England nahezu achtzehn Jahre im Schatten von Mordanschlägen gelebt, und ihre Nerven litten allmählich unter der ständigen Spannung. Sie sah ein, daß sie um ihrer geistigen Gesundheit willen dem zunehmenden Chaos von Intrigen ein Ende machen mußte. Die einzige Möglichkeit sah sie darin, Maria in den Augen Europas in Verruf zu bringen. Und dazu benötigte sie unumstößliche Beweise, stark genug, um Maria zu einem umfassenden Geständnis zu bewegen. Wenn dieses

Geständnis in Europa und England zirkulierte, könnte man Maria gefahrlos in ein schottisches Gefängnis überführen und der Bewachung ihres habsüchtigen Sohnes, König Jakob, überlassen.

Entfernte man den Gegenstand der Unzufriedenheit aus England, würden die Unzufriedenen sich zerstreuen, und endlich würde Ruhe einkehren.

Das Wissen, daß sie Walsinghams verzerrten Fanatismus steuern konnte, um dieses Ziel zu erreichen, verschaffte ihr ein heimliches Vergnügen. Es würde amüsant sein, ihn an den Vogel heranpirschen zu lassen wie eine hungrige Katze und ihm im letzten Moment den Köder wegzuschnappen, so daß er sich ins Nichts stürzte und seine Zähne ins Leere schlug.

Sie seufzte. Er war ein guter Diener, und sie wünschte, sie könnte ihn gern haben, denn sie würde nie wieder einen auch nur halb so fähigen Spion finden. Wenn er nur nicht so gefühllos und selbstgerecht wäre, so überzeugt, daß Gott ihn persönlich dazu ausersehen habe, die Mächte Satans abzuwehren. Sein Gehabe war ihr unerträglich und machte sie weniger mitfühlend für seine schlechte Gesundheit, als sie es sonst gewesen wäre. Sein Gesicht war mager, das Weiße seiner Augen gelblich und seine Stirn von Schmerzfalten durchfurcht. Etwas brannte langsam das Leben aus ihm, fraß seine Kraft wie zersetzende Säure. Sie vermutete, es war sein verzehrender Haß auf die katholische Kirche und deren Leitfigur. Sollte er sterben, was demnächst durchaus denkbar wäre, würde sie nicht vorgeben, zu trauern.

Walsingham verweilte den restlichen Nachmittag und die halbe Nacht in seinem Kabinett und schmiedete den Plan, der sein Lebenswerk krönen würde. Sie hatten übereifrig gehandelt, als sie Maria nach Throckmortons Komplott jegliche Korrespondenz untersagten, und mußten nun etwas ersinnen, um ihr einen geheimen Briefwechsel zu ermöglichen. Aber der Sekretär wäre nicht an Elisabeth herangetreten, ohne sich bereits ein System für diese Farce ausgedacht zu haben.

Walsingham war ein katholischer Flüchtling namens John Gifford in die Hände gefallen, der unglücklicherweise bei seiner Verhaftung einen Brief bei sich trug, in welchem er Maria

Stuart seiner Aufrichtigkeit und seines Glaubens versicherte. Bei einer kurzen Unterredung mit ihm hatte Walsingham entdeckt, daß Glaube und Aufrichtigkeit den Mann nicht daran hinderten, ein vernünftiger Bursche zu sein, dem die Erhaltung seines Lebens noch mehr bedeutete, weshalb er sich überaus entgegenkommend zeigte.

Mit tonloser Stimme hatte Walsingham die zermürbenden Verhandlungen geführt, und Gifford stand alsbald in Diensten der englischen Regierung. Er hatte sich mit dem französischen Gesandten bekannt gemacht und sich sodann bei der schottischen Königin eingeschmeichelt. Er hatte ihr zu verstehen gegeben, daß es ihm eine Ehre sei, ihr jede gewünschte kleine Gefälligkeit zu erweisen. Es war nahezu sträflich leicht gewesen, ihr Vertrauen zu gewinnen, und nun wartete er auf neue Weisungen.

Walsingham starrte auf seine Papiere. Er wollte sich mit Marias Wächter Paulet in Verbindung setzen und ihn in Geheimschrift von seinem Vorhaben unterrichten. Der Plan konzentrierte sich auf den Brauer, der Marias Haushalt mit Bier versorgte. Gifford war zuversichtlich, Maria überzeugen zu können, daß dieser Brauer ihr Freund und bereit sei, ihre Briefe in einem wasserdichten Behälter, der in einem Bierfaß versteckt war, hinein- und herauszuschmuggeln. Der Brauer, von ihr wie von ihrem Wächter doppelt bezahlt, hatte ein persönliches Interesse am Gelingen des Unternehmens. Man konnte darauf vertrauen, daß er die Briefe trocken und den Mund geschlossen hielt. Die gesamte Korrespondenz würde auf dem Weg zu ihrem Bestimmungsort durch Walsinghams Hände gehen, entschlüsselt und mit solchem Geschick neu versiegelt, daß auch das aufmerksamste und mißtrauischste Auge nichts merkte.

Der Plan war so einfach, daß er nicht mißlingen konnte. Maria hatte monatelang ohne Geheimkorrespondenz das freudlose, gehässige Regiment ihres Wächters ertragen. Sie mußte verzweifelt sein und spontan bereit, jede Chance zur Flucht zu ergreifen. Sie würde in Walsinghams Falle tappen, wie eine hungrige Maus sich auf einen Käsekrümel stürzte. Vor Ablauf des Jahres, dachte er grimmig, habe ich sie, angeklagt, verurteilt und hingerichtet!

Elisabeth spazierte über die leicht vereisten Gartenwege, in einen hermelinverbrämten Umhang gehüllt, der ihr raschelnd nachschleppte. Um die Schultern hatte sie eine Zobelstola, ein Neujahrsgeschenk von Leicester; der Kopf und die vier Pfoten des Tieres waren mit Diamanten und Rubinen verziert. Ihre Finger steckten in erlesen gearbeiteten, mit ihrem silbernen Monogramm bestickten und an den Handgelenken mit Perlen besetzten weißen Glacéhandschuhen. Sie hielt Perricos mit Edelsteinen geschmückte Leine in der Hand, an der sie hin und wieder unwillig ruckte, wenn der kleine Hund allzu lange schnüffelnd und das Bein hebend an einem Strauch verweilte. Er wäre lieber frei in den Hecken auf Rattenjagd gegangen, aber winseln und zerren lohnte nicht. Sie hatte ihre Frauen zu starrem Schweigen gebracht, ehe sie den Palast verließ, und der Hund kannte die Stimmung, von welcher dieser Ton kündete. Dieselbe Hand, die ihn so liebevoll streichelte, wenn er sich neben seiner Herrin auf dem Bett zusammenrollte, konnte mit erschreckender Schnelligkeit einen tückischen, schmerzhaften Hieb verabreichen.

Wie alle im engeren Gefolge der Königin, hatte Perrico seit Leicesters Abreise zu einer wichtigen bewaffneten Mission in den Niederlanden unter Elisabeths Launenhaftigkeit zu leiden. Die Damen, die ihr in sicherem Abstand folgten, murrten aufgebracht unter sich. Der kleine Spaniel trottete in trüber Ergebenheit hinter Elisabeths schleppenden Röcken her. Seine Herrin war unglücklich, und wenn sie unglücklich war, sorgte sie mit beachtlichem Geschick dafür, daß alle um sie herum es auch waren. Leicester war fort, und Perrico vermißte die bullige Gestalt, die großen, sanften Hände, die seine Ohren kraulten, und den behaglichen, weichgepolsterten Schoß, groß genug, daß ein feister Spaniel es sich darin bequem machen konnte. So gemütlich war es nicht im Schoß seiner Herrin, die selten länger als fünf Minuten hintereinander still saß und so unruhig war, sogar im Bett, daß der kleine Hund, wenn er des Nachts friedlich schlafen wollte, sich in sein Körbchen am Feuer schlich.

Elisabeths schlechte Laune hatte jedoch mannigfaltigere und tiefer wurzelnde Ursachen als Leicesters Abwesenheit allein. Alençon war tot. Er hatte ihren Zwecken in den Niederlanden einige Jahre trefflich gedient und war dann rücksichtsloserweise einem Fieber erlegen. Und nun mußte Elisabeth sich wieder einmal mit dem ewigen Dilemma der holländischen Protestanten befassen. Die Holländer hatten ihr prompt die Oberherrschaft über ihr Land angetragen, aber sie hatte abgelehnt, wohl wissend, daß Philipp eine solche Herausforderung nicht hinnehmen würde. Ließ man aber zu, daß der holländische Widerstand zusammenbrach, so stünden Philipps Truppen in bequemer Schlagweite von England. Es schien keine Alternative zu geben als den Weg, den Cecil und Walsingham sie zu beschreiten drängten, nämlich unter Leicesters Führung eine Armee hinüberzuschicken. Leicester war der einzige Mann mit etwas militärischer Erfahrung und stand zudem in dem Ruf, zu den eifrigsten Anhängern des Protestantismus in England zu gehören. Unter schwersten Bedenken hatte Elisabeth nachgegeben, und am 9. Dezember 1585 war Leicester mit Märtyrermiene, einer streng beschränkten Befehlsgewalt und nach seiner Überzeugung viel zuwenig Leuten zu dem Unternehmen aufgebrochen.

Elisabeth konnte die beklemmende Ahnung nicht abschütteln, daß sich das Ganze als Desaster erweisen würde. Robert gebrach es nicht an Mut, aber zum erstenmal unternahm er einen bedeutenden Feldzug in eigener Verantwortung, ja zum erstenmal unternahm er überhaupt etwas, ohne daß Elisabeth an seiner Seite ihm ständig sagte, welcher Zug wann zu machen sei. Sie hatte einen Schoßhund in den Krieg geschickt und konnte sich trotz der Zuversicht ihrer Ratgeber des Gedankens nicht erwehren, daß es vielleicht nicht das Höchste an Weltklugheit gewesen war. Und doch gab es ironischerweise keinen Geeigneteren, den man an seiner Stelle hätte schicken können. Ein Land, das seit über zwanzig Jahren Frieden gehalten und sich ganz dem Handel und der wirtschaftlichen Expansion verschrieben hatte, verfügte über keinen militärischen Führer. Elisabeth verfluchte Alençon, weil er so lächerlich unheroisch gestorben war und sie nun dazu zwang, auf Leicesters Fähigkeiten zu bauen. Sie erinnerte sich bange, wie ihm als Jüngling der Versuch, Mary Tudor gefangenzunehmen, mißglückt war. Würde ihm auch dieses Unternehmen mißglücken? Er war fort, und während seiner Abwesenheit war sie geflüsterten Invasionsdrohungen und unaufhörlichen Komplotten, die auf die Beendigung ihres Lebens zielten, ausgesetzt. Cecil hatte recht, das Dasein wurde zusehends weniger lebenswert. »Madam, ich rate Euch strikt ab, unbewacht spazierenzugehen, selbst zu Eurem Abort im Garten. Nehmt keine Geschenke persönlich entgegen, öffnet keine Briefe eigenhändig, riecht nicht an parfümierten Gegenständen, eßt nichts, absolut nichts, das nicht vorgekostet ist ...«

Herrgott, wenn es nach Cecil ginge, würde ihr eine bewaffnete Wache auf den Abort folgen! Sie hatte sich geweigert, seiner besessenen Angst um ihre Person nachzugeben, und auf ihre leichtfertige Art gesagt, sie wolle lieber tot sein als unter Bewachung. Die Leute in London lachten über ihre Courage, aber die Courage forderte ihren Tribut; sie raubte ihr den Appetit, fraß sich in ihren Schlaf und machte sie ausgesprochen unwirsch gegen ihre Frauen, die sie mit ihrem leisen, albernen Gegacker und ihren Liebesabenteuern über die Maßen ärgerten.

Mit fieberhafter Ungeduld wartete sie auf die Nachricht von Leicesters Erfolg, welche allein seine Rückkehr ermöglichen konnte. Sie fürchtete die Schlachten, die ihn in Gefahr bringen konnten, und hatte ihn ermahnt, daß die englischen Streitkräfte rein defensiv einzusetzen und nur dazu bestimmt seien, Philipps Angriffslust abzulenken und nicht etwa sie offen herauszufordern. Elisabeth hatte Frankreich und Spanien öffentlich erklärt, daß sie keinen territorialen Gewinn in den Niederlanden anstrebe, und sie verließ sich darauf, daß Leicesters Anwesenheit in den Niederlanden dank seines gesunden Menschenverstandes die Beziehung zwischen England und Spanien nicht unnötig belastete. Er wußte, daß sie noch nicht zum Krieg mit Spanien gerüstet waren. O ja, das alles wußte er – warum konnte sie sich dann nicht der beruhigenden Gewißheit hingeben, daß die Sache bei ihm in sicheren Händen war?

Im Palast wartete Cecil mit einem so verbissenen Gesicht auf sie, daß sie sogleich das Schlimmste befürchtete. »Gibt es Nachricht von Leicester?«

»Leider ja, Madam«, sagte Cecil unbewegt.

Elisabeth erstarrte und drückte den kleinen Spaniel so fest an ihre Brust, daß das Tier entrüstet protestierte. »Ist er verwundet?« flüsterte sie.

»Nein, Madam – noch nicht.«

Sie ließ den Spaniel in sein Körbchen am Kamin plumpsen und wandte sich aufgebracht Cecil zu. »Noch nicht! Was zum Teufel soll das heißen?«

Cecil sah sie an, seine Miene blieb unverändert. »Ich erhielt soeben die Nachricht, daß Leicester am Neujahrstag dem hartnäckigen Wunsch der Holländer nachgab und die Herrschergewalt über die Niederlande annahm.«

Elisabeths Augen weiteten sich ungläubig. »Ist das wahr?«

Cecil nickte.

»Ich werde ihn in dieser Stellung nicht unterstützen! Nach allem, was ich gesagt habe, um die Franzosen und die Spanier zu beschwichtigen – Gott im Himmel, da hätte ich ebensogut selbst die holländische Krone annehmen können! Ich setze sofort einen Brief auf und befehle ihm, von dem Posten zurückzutreten.«

Cecil legte seine Hand schwer auf ihren Arm. »Wenn Ihr ihn abschickt, Madam, trete ich von meinem zurück.«

Er hatte natürlich recht. Eine öffentliche Demütigung Leicesters würde die Holländer vor den Kopf stoßen. Sie schüttelte Cecils Hand ab und schritt zur Tür ihres Schlafgemachs. »Nun gut! Gönnen wir ihm etwas Zeit, um seinen unerhörten Fehltritt auszubügeln. Aber ich werde ihm einen Brief schreiben, der ihm gehörig die Augen öffnet.«

Cecil verbeugte sich steif. »Das, Madam, ist Euer Vorrecht und mein Vergnügen. Ich weiß, daß ich den Wortlaut getrost Euch überlassen kann.«

Das Schreiben der Königin, in kühler Förmlichkeit in der dritten Person gehalten, demütigte Leicester dermaßen, daß er verzweifelt versuchte, seine Mission aus der Misere zu erretten, in die er sie durch sein vorschnelles Handeln gestürzt hatte. Er bezahlte seine Leute aus eigener Tasche und arbeitete sich krank, um sein Ansehen in Elisabeths Augen wenigstens etwas aufzumöbeln. Und später erhielt er einen ganz anderen Brief von ihr, der ihn zu Tränen rührte, als er ihn im spärlichen Kerzenlicht las. Er nahm den Brief mit auf seine harte Pritsche, wo er wach lag und sich bemühte, die Probleme zu lösen, die ihm schlecht ausgebildete und halb verhungerte Soldaten, habgierige Offiziere sowie die blühende Korruption bereiteten. Oh, er hatte einen schönen Scherbenhaufen angerichtet! Doch Elisabeths unglaublicher Brief mit seinem »millionenfachen Dank für all Eure Mühe und Euer Dulden« sagte ihm schlicht, er habe sein Bestes getan und alles andere falle kaum ins Gewicht.

»Ich bete, daß Gottes Segen Euch vor Ungemach bewahre und vor allen Feinden beschütze ...«

Als Freundin, die mit Kleinigkeiten weder zu gewinnen noch zu verlieren war, war sie fähig, über Abtrünnigkeit und verräterischen Ungehorsam hinaus zu lieben. Was hatte er hier zu suchen, wozu spielte er hier den König und ließ seine einzige bedeutende Rolle auf dieser Welt im Stich? Er hätte nicht herkommen, hätte Elisabeth nicht verlassen sollen, denn er war nichts ohne sie, nur ein hohler Schatten. Sofort heimzukehren war der Gipfelpunkt seines irdischen Strebens, aber sein Heim war nicht Wanstead mit seiner lebenslustigen, sinnlichen, oberflächlichen Gattin.

Das ganze Frühjahr 1586 hindurch hatte Walsingham seine Falle mit der beharrlichen Wachsamkeit eines Jägers beobachtet. Kein Wort, das aus der Feder Maria Stuarts und ihrer Briefpartner floß, entging seinem Auge, doch seltsamerweise tat sich lange Zeit nichts Besonderes. Einfältige Plaudereien und hochmütige Klagen über ihre Behandlung gingen hin und her und hänselten ihn mit ihrer Harmlosigkeit.

Es war Mai, als die erste Spur einer Verschwörung in den Briefwechsel einfloß. Von Paris aus teilte Mendoza Philipp mit, dies sei das aussichtsreichste Komplott von allen. Es hatte das übliche Ziel: die Ermordung Elisabeths, gefolgt von der Thronbesteigung der schottischen Königin.

Walsingham wartete die weitere Entwicklung ab und setzte einen Spitzel auf einen von Elisabeths jungen katholischen Höflingen an, den eitlen, leidenschaftlichen, hoffnungslos romantischen Anthony Babington. Der erkannte jedoch die Risiken und zögerte etliche qualvolle Wochen auf der Schwelle zum Komplott. Gerade als Walsingham dachte, er verschwende nur Zeit und Geld, schob Babington seine Zweifel beiseite und setzte sich an die Spitze des Unternehmens, was den Sekretär in seiner Ansicht bestärkte, daß etwas Geduld sich meistens auszahlte.

Kaum hatte das Rad der Verschwörung sich zu drehen begonnen, geriet das Komplott rasch in Schwung. Auf Walsinghams Weisung begab sich Gifford in der Verkleidung eines frommen Fanatikers zu Babington und bot sich als Vermittler an. Er kenne Königin Maria gut und glaube ihr Vertrauen zu besitzen; sie werde auf seinen Rat hören. Er schilderte das Spielchen mit dem Bierfaß, machte sich über die unerschütterliche Ignoranz von Marias Wächter Paulet lustig und sah, daß Babington beeindruckt war; danach war alles einfach.

Babington verlor keine Zeit. Er war mit dem königlichen Haushalt vertraut und stand auf gutem Fuß mit sechs Herren aus Elisabeths engerem Gefolge, die nur auf sein Wort warteten, um sie zu töten. Alles war so einfach gewesen, daß Babington, von seiner Bedeutung überwältigt, sich wahrhaftig mitsamt den sechs Verschwörern porträtieren ließ, damit die Nachwelt das Bild in Whitehall oder Windsor, oder wo immer Königin Maria es aufzuhängen gefiel, bewundern könne.

Das Porträt war Ende Juni fertig, und Gifford fand ihn, als man es ihm zur Betrachtung vorlegte, sehr hübsch getroffen.

Sekretär Walsingham sah von dem Bildnis auf, das man ihm auf sein aufgeräumtes Schreibpult gelegt hatte.

»Ihr sagt, er gab dies für die Nachwelt in Auftrag?«

»Ja, Sir, kaum zu glauben, nicht wahr? Er hat es all seinen guten Freunden gezeigt.«

Walsingham zog, einer Schlange gleich, mit einem langen Zischen die Luft ein.

»Ich habe schon viele seltsame Dinge beobachtet, Gifford, aber eine solche Unverfrorenheit dürfte kaum zu überbieten sein.«

Giffords unansehnliches Gesicht zuckte belustigt. »So einen eitlen, hohlköpfigen Gockel hat die Welt noch nicht gesehen, Sir. Er muß vollkommen übergeschnappt sein. Ihr nehmt seinen Dilettantismus doch nicht etwa ernst?«

»Wahnsinn«, sagte Walsingham kalt, »ist kein Hindernis für Mord. Narren können mit Pistolen und Messern ebensogut umgehen wie normale Menschen.« Er seufzte und betrachtete wieder das Bildnis. »Aber Ihr habt Eure Sache gut gemacht, Gifford. Dies geht unverzüglich zur Königin.« Er erhob sich und verschloß mechanisch seine Schubladen. Bei dem Gedanken an Elisabeths lautes Gelächter runzelte er die Stirn. Ihr ungebührlicher Sinn für Humor schreckte ihn ab, und er kannte ihren Charakter gut genug, um zu wissen, daß sie über dieses anmaßende Bildnis in ekstatische Belustigung geraten würde. Er sah kurz zu seinem Spitzel auf. »Sorgt nachher dafür, daß dieses Bild zurückgebracht wird, bevor man es vermißt. Babington darf keinen Verdacht schöpfen, zuallerletzt gegen Euch.«

»Ja, Sir.« Gifford verbeugte sich unterwürfig. »Ich glaube nicht, daß wir noch lange warten müssen. Babington hat alle Vorkehrungen getroffen, er dürfte nun jeden Tag der Dame schreiben.«

Walsingham nickte und begab sich steif, das unförmige, in Leinen gewickelte Paket unter dem Arm, zu den Gemächern der Königin.

Anfang Juli schrieb Babington an Maria. Er schilderte ihr das Komplott in allen Einzelheiten und bat um Anweisungen zu ihrer Rettung. Als er den Brief unterschrieben und versiegelt hatte, übergab er ihn Gifford, der neben seinem Schreibpult verweilte. »Seht zu, daß sie ihn unverzüglich erhält. Und laßt äußerste Vorsicht walten. Unser aller Leben hängt davon ab, wie Ihr wißt.«

»Ihr könnt darauf vertrauen, daß ich so umsichtig bin, wie es die Sache erfordert.«

Babington stand auf und drückte Gifford bewegt die Hand. »Für Königin Maria und den wahren Glauben, mein Freund.«

»Für Königin Maria und den wahren Glauben«, echote Gifford gehorsam, das Gesicht blaß, ernst, aufrichtig. Er verließ Babington ohne eine Spur von Bewegung und ritt in rasendem Galopp an den englischen Hof.

Am nächsten Morgen las Walsingham die entschlüsselte Abschrift des Briefes im Sitzen, denn seine Knie waren vor Aufregung und Vorfreude zu schwach, um sein Gewicht zu tragen.

»Ist es, was Ihr wünschtet, Sir?« Gifford beobachtete das Gesicht des Sekretärs mit verhaltener Neugier.

»Ausgezeichnet.« Walsingham breitete überschwenglich die Hände aus. »Könnte kaum besser sein – genau, was ich erhofft hatte!«

»Werdet Ihr die Leute heute abend verhaften, Sir?«

»Ich glaube nicht.« Walsingham sprach, ohne die Augen von dem Brief abzuwenden.

»Sir?« Giffords Kopf schnellte hoch, sein Mund klappte erstaunt auf. »Aber die Kö –«

»Die Königin befindet sich nicht in unmittelbarer Gefahr. Babington wird nicht handeln, bevor er von Maria hört. Es darf keine Panik und kein Verdacht aufkommen, bis ich bereit bin, dieser Schlange am Busen den Kopf zu zerschmettern. Ich brauche ihre schriftliche Antwort, sonst schlüpft sie uns wieder durch die Finger. Glaubt mir, ich kenne Ihre Majestät zu gut; in diesem Stadium darf kein Schlupfloch offenbleiben.« Er hielt inne und verschränkte die Finger. »Koste es, was es wolle, ich brauche ihre Antwort, Gifford, habt Ihr verstanden – koste es, was es wolle.«

Gifford starrte ihn an, die lebhafte Röte wich aus seinen Wangen.

»Fälschung?« flüsterte er.

Walsinghams gelbliche Augen fixierten ihn mit eisigem Blick.

»Koste es, was es wolle«, wiederholte er ruhig und lächelte, lange, gelbe Zähne entblößend, die denen einer Ratte bemerkenswert ähnlich sahen. Er schob Babingtons neu versiegelten Brief über den Tisch. »Schafft ihn so schnell wie möglich zu Maria.«

Elisabeth lehnte sich in ihren Sessel am kalten Kamin zurück und reichte Walsingham die entschlüsselte Abschrift. »Das verurteilt Babington und seine Freunde«, sagte sie ruhig. »Mehr nicht.«

»Zugegeben, Madam. Und um Eurer Sicherheit willen könnte Babington sofort verhaftet werden, aber –« Er zögerte, seine Augen forschten in ihrem Gesicht nach einem Anzeichen ihrer Reaktion. Er fürchtete, zu diesem kritischen Zeitpunkt ihre Unterstützung zu verlieren, aber seine Kunst des Gedankenlesens vermittelte ihm keinen Schimmer von dem, was in ihr vorging. Ihr Gesicht war ausdruckslos wie eine Steinmauer.

»Aber?« stieß sie kühl nach.

»Vergebt mir, Madam, wir könnten lediglich die Äste treffen, und die Wurzel bliebe unangetastet.«

»Ja. Ich kenne Eure Besessenheit, Walsingham.« Sie blickte nach unten, wo Perrico saß, den Kopf auf Walsinghams weich beschuhtem Fuß. Walsingham liebte Tiere. Sie fand das gänzlich unpassend, aber irgendwelche menschlichen Gefühle mußte der Mann wohl haben. Insgeheim verdroß es sie jedesmal, wenn der kleine Spaniel durchs Zimmer rannte, sich zur Begrüßung auf dem Rücken wälzte und mit den Pfoten in der Luft zappelte. Es wäre ihr lieber gewesen, wenn er diese Darbietung ihr allein vorbehalten hätte – und allerhöchstens Leicester.

Schließlich blickte sie auf und fragte langsam: »Und was wünscht Ihr?« – »Eure Erlaubnis, Madam, die Falle noch etwas länger offenzulassen, bis ich den unumstößlichen Beweis habe, den Ihr verlangt. Das Vögelchen nähert sich dem Netz, aber ein einziger Laut könnte es verscheuchen.«

»Ihr seid so sicher, nicht wahr, Walsingham, so sicher, daß sie zustimmt! Habt Ihr daran gedacht, was geschieht, wenn Gifford ihre Antwort gleich zu Babington bringen würde? Bestimmt hat er das vor. Wenn ich tot wäre, würden alle Beweise der Welt Maria nicht von meinem Thron fernhalten, und Gifford stünde fein in ihrer Gunst.«

»Ich weiß, Madam. Ich weiß auch, daß dies eine Menge von Euch persönlich erfordert, aber ich habe die Angelegenheit sorgsam bedacht und bin überzeugt, daß das Risiko äußerst gering ist.«

»Ein schöner Trost«, bemerkte sie sarkastisch. Sie stand auf und ging zum Fenster. Nun war Walsingham sicher, daß er gescheitert war, und im Grunde seines Herzens konnte er ihr keinen Vorwurf machen. Schließlich war es ihr Leben, mit dem er zu jonglieren beabsichtigte. Und es gab nicht viele Menschen, von denen man erwarten konnte, daß sie unbekümmert die Rolle des lebendigen Köders spielten. Er wollte sich gerade verbeugen und sagen, daß er sogleich den Befehl zu Babingtons Verhaftung ergehen lassen werde, als sie ihn über die Schulter ansah und beinahe unbekümmert die Achseln zuckte. »Nun denn, Walsingham, wenn Ihr bereit seid, mein Leben in die Hände eines abtrünnigen katholischen Spitzels zu legen, nehme ich an, daß die Lage sehr verzweifelt ist.«

»Madam?«

»Ich folge Eurem Rat, Sir – tut, was Ihr für richtig haltet.«

Er ging zum Fenster, ließ sich unbeholfen auf ein Knie nieder und küßte ihr in unwillkürlich aufwallender Ergriffenheit die Hand.

»Es ist Euch klar, Madam, daß wir keine zusätzlichen Wachen oder irgendwelche Maßnahmen riskieren können, die Verdacht erregen?«

Sie lachte bitter und tätschelte ihm zynisch amüsiert die ausgemergelte Wange. »Ich werde Euch nicht verraten, falls Ihr das meint, Walsingham. Spielt in Frieden Euer Spielchen mit meinem Leben.«

Eine hochgewachsene Frau in schlichtem Grau, immer noch schön trotz dicklich gewordener Taille, die Schultern gekrümmt von Rheumatismus und ständig angegriffener Gesundheit, stand vor einem Fenster. Die Julisonne ließ ihre kastanienbraune Perücke kupfern schimmern; ihre schmalen, haselnußbraunen Augen ruhten auf dem Sekretär, der sich an dem Tisch vor ihr über seine Arbeit beugte.

Schließlich legte der Mann den Schlüssel zu der Geheimschrift hin, warf einen besorgten Blick auf das Gesicht seiner Gebieterin und reichte ihr mit sichtlichem Widerstreben den Brief. Maria klopfte mit dem Schreiben auf ihre weiße Hand und hielt den Blick des Mannes mit listigen Augen fest.

»Was ist, Jacques?« Ihre Stimme war sanft und hatte selbst nach so vielen Jahren noch einen französischen Akzent. »Warum macht Ihr so ein Gesicht?«

Der Sekretär schluckte nervös. »Madam, der Brief enthält genug, um uns alle aufs Schafott zu bringen. Ich flehe Euch an, ihn nicht zu beantworten.« Er sah die Flamme der Hoffnung in ihren Augen aufflackern. Ihre Finger schlossen sich krampfhaft um das Schreiben. »Ich werde Euren Rat natürlich beherzigen.«

Maria war niemals herrisch, wenn sie leutselig sein konnte. Sie hatte der loyalen Zuneigung der Freunde, die das Los der Gefangenschaft freiwillig mit ihr teilten, viel zu verdanken. Obwohl sie nicht die Absicht hatte, den Rat des Sekretärs zu befolgen, sollte er nicht denken, sie habe nur Verachtung dafür übrig. Sanft lächelnd entließ sie ihn und sah ihn sich unter Verbeugungen entfernen. »Wartet nebenan, Jacques. Vielleicht brauche ich Euch noch.«

Als die Tür sich hinter ihm geschlossen hatte, trug sie den Brief ans Licht und lehnte sich an den Fensterflügel. Babingtons Worte tanzten wie kleine schwarze Kobolde auf dem Papier.

> »... ich nebst zehn Herren und hundert Gefolgsleuten werde Eure königliche Hoheit aus den Händen Eurer Feinde befreien. Für die Beseitigung der Thronräuberin (deren Exkommunikation uns vom Gehorsam gegen sie entbindet) stehen sechs Edelmänner zur Verfügung, alles meine persönlichen Freunde, welche aus ihrer Begeisterung für die katholische Sache und den Dienst für Eure katholische Majestät die tragische Hinrichtung durchführen werden.«

Maria war außerstande, weiterzulesen. Der Brief glitt ihr aus der Hand und fiel auf die Erde. Sie schloß die Augen und versuchte nüchtern zu überlegen, was das bedeutete. Flucht. Freiheit. Endlich die Kronen von Schottland und England. Eine willkommene Gelegenheit, mit ihrem lieben Sohn abzurechnen, der ohne Gewissensbisse an ihrer Statt regierte. Nicht eine einzige ernsthafte Maßnahme hatte Jakob ihretwegen ergriffen. Er war Darnleys Sohn, verdorben bis ins Mark. In der gesamten finsteren Geschichte männlichen Verrätertums hatte nichts Maria so verletzt wie die Gleichgültigkeit des Sohnes, der sie nie gekannt hatte. Und Rache für achtzehn Jahre in einem englischen Gefängnis, wo sie vor Elisabeth gekrochen war für kleine Vergünstigungen wie ein Besuch der Bäder in Buxton, der zum Höhepunkt ihres entsagungsreichen Daseins geworden war. Und der Preis? Nur diese wenigen Worte: »die Beseitigung der Thronräuberin«.

Sie biß sich auf die Lippe und starrte aus dem Fenster, ohne etwas wahrzunehmen. Nie hatte ein Komplott eine so direkte Äußerung von ihr erfordert! Sie brauchte nur ihre schriftliche Einwilligung zu Elisabeths Ermordung zu geben. Und sie schuldete Elisabeth nichts bis auf ihr Leben. Fast zwanzig Jahre lang hatte die englische Königin dieses Leben vor den schottischen Lords, dem englischen Volk und Parlament und ihrem eigenen Rat beschirmt, indem sie die Doppelrolle einer Wärterin und Beschützerin spielte.

Doch nur ein Narr würde in sentimentalen Begriffen an die Königin von England denken. Maria hatte es einmal getan, eingelullt von falschen Freundschaftsversprechungen, und hatte achtzehn Jahre für den Fehler gebüßt. Und sie würde auch noch den Rest ihres jämmerlichen Lebens dafür büßen, wenn sie jetzt nicht handelte.

Es wäre die letzte Chance, das hatte Jacques ihr sehr deutlich zu verstehen gegeben. Es wäre die letzte Chance, und mit einemmal war sie froh, Leben oder Tod in Reichweite zu sehen. Sie hatte alles erfahren, was das Leben an Freud und Leid zu bieten hatte, Liebe und Haß, Leidenschaft und Intrigen. Die Geschichte ihres Lebens las sich wie eine blutbefleckte Legende, zu außergewöhnlich, zu kontrastreich, um wahr zu sein. Und doch war sie wahr. Sie hatte mehr Leben in ihre ersten sechsundzwanzig Jahre gepackt als alle gekrönten Häupter Europas zusammen, und alles, was danach geschah, stand in einem grauen, bleiernen Schatten, der sich Jahr um Jahr mit unablässiger Gleichförmigkeit ausdehnte. Ihr Leben hatte an dem Tag geendet, da sie England betreten hatte. Achtzehn Jahre hatte sie dahingedämmert, hatte sie gewartet, daß sie wiederauflebte, und sie wußte auf einmal, wenn sie nicht leben könnte, würde sie lieber sterben als weiterhin in einem sinnlosen Zwischendasein existieren.

Sie kehrte an ihr Schreibpult zurück und läutete mit einer kleinen Handglocke. Als der Sekretär wieder erschien, lächelte sie und hieß ihn mit einer Handbewegung Platz nehmen. »Getreuer und innig geliebter...«, begann sie ruhig, und ihre Miene duldete keinen Widerspruch. Der Sekretär ergriff seinen Federkiel und schrieb ohne jeden Einwand, was sie diktierte.

Der Brief lag auseinandergefaltet in Walsinghams triumphierend zitternder Hand.

»... die Angelegenheit nun so weit gediehen ist und die Streitkräfte innerhalb und außerhalb des Reiches bereitstehen, dürfte es an der Zeit sein, die sechs Edelmänner ans Werk zu setzen ...«

»Bringt mir zuerst den Beweis, schriftlich, unumstößlich und eindeutig ...« Jetzt hatte er den Beweis. Die Schlange am Busen hatte sich zusammengeringelt, um zum allerletzten Mal zuzubeißen.

Er hatte in den letzten Monaten mehr über europäische Verschwörungen erfahren als je zuvor, denn Maria hatte einen wahrhaft üppig wuchernden Briefwechsel. Eine Frau, die nichts Besseres zu tun hatte, sinnierte er boshaft belustigt; bald würde sie drückendere Sorgen haben!

Die Vernunft riet ihm, jetzt zuzuschlagen, aber der Fanatismus hatte sich seines kühlen Verstandes bemächtigt; er wußte, daß er mehr, viel mehr aus Babington herausholen konnte, wenn er diesen Brief durchgehen ließ. Eine einzige kleine Änderung nur, und er würde die ganze Bande im Netz haben. »Euch ist klar, wie ich Fälschung vergelten würde, nicht wahr, Walsingham?«

Mit Fälschung hatte sie Marias Einwilligung in das Mordkomplott gemeint, und daran hatte er nicht herumgepfuscht. Daß er es notfalls getan hätte, ließ er geflissentlich außer acht. Und im übrigen brauchte sie es nie zu erfahren. Die Änderung würde ganz minimal sein, gerade einschneidend genug, um noch mehr aus Babington herauszuholen.

Walsingham ging mit meisterhaftem Geschick zu Werk. Er konnte nicht ahnen, daß sein kleines Täuschungsmanöver eine Jahrhunderte währende hitzige Kontroverse auslösen würde.

Er fälschte eine Nachschrift, in welcher er um Namen und Einzelheiten bat; aber der Brief war elf Tage alt, als er Babington erreichte, und als dieser ihn gelesen hatte, witterte er zum erstenmal einen schwachen Geruch von Verrat.

Elisabeth hatte vier Monate in der Erwartung eines Meuchelmords gelebt. Sie war wie immer ihren Pflichten nachgekommen und hatte ihre Furcht niemandem anvertraut, nicht einmal Cecil. Sie redete sich unverdrossen ein, daß es bald vorbei sei, als aber die Wochen dahinkrochen und Walsingham immer noch nicht handelte, dachte sie allmählich, er werde warten und warten, um immer noch sicherer zu sein, bis es zu spät wäre. Konnte sie ihm vertrauen? Er hatte wenig Anlaß, sie zu lieben; sie war oft unausstehlich und unfreundlich zu ihm gewesen. Hatte sie sich mit ihrem eigenen Feind verbündet?

Nein! Das war lächerlich. Die endlose Ungewißheit machte sie langsam verrückt. Wie konnte sie Walsingham verdächtigen? Und doch, es war möglich – alles war möglich in dieser verräterischen Welt, wo man keinem Menschen trauen konnte.

Jede Nacht starrte sie die Bettvorhänge an und fragte sich, ob sie sich im nächsten Moment teilen würden, um das Messer eines Mörders aufblitzen zu lassen, während die widersprüchlichsten Argumente und Verdächtigungen durch ihr verwirrtes Hirn jagten und ihr bald heiß, bald eiskalt wurde. Sie hatte geglaubt, es würde ihr nicht viel ausmachen, wenn ein gewaltsamer Tod sie ereile, doch plötzlich war er so wirklich, so nahe, daß ihre Nerven gespannt waren wie ein Stück ausgefranste Schnur. Sie war entsetzt über ihre Feigheit, wenn ein plötzlicher Luftzug die Wandteppiche bewegte oder sie bei einem unerwarteten Knarren der Dielen ein eisiges Flattern im Magen spürte und ihr der feuchtkalte Schweiß ausbrach. Ihre öffentlichen Auftritte waren nun unendliche

Torturen, und hinterher zitterte sie vor Erschöpfung. Sie fühlte sich wie ein gejagtes Tier, einsam und verlassen ohne Leicester, der sich immer noch vergeblich in den Niederlanden abmühte.

Ach Robert, wärest du doch jetzt bei mir...

30

Die dumpfe Beklommenheit, die Babington nach dem Empfang von Marias Brief befallen hatte, steigerte sich noch, als ein Mitverschwörer verhaftet wurde, ein katholischer Priester. Der Vorfall alarmierte Babingtons Selbsterhaltungstrieb, der besser entwickelt war als seine Fähigkeit zu politischen Intrigen, und er faßte den Plan, das Land zu verlassen. Er ersuchte Walsingham um einen Paß für Frankreich, statt dessen erhielt er eine Einladung zum Essen bei Walsinghams Sekretär, einem neugierigen Mann, der ihm mit Wein und aufdringlichen Fragen so zusetzte, daß Babington eilends das Haus verließ und untertauchte. Panische Angst um die Sicherheit der Königin trieb Walsingham zum Handeln. Er mußte seine Hinhaltetaktik aufgeben und sich unverzüglich auf die bekannten Verschwörer stürzen. Es vergingen mehrere Wochen, bis Babington aufgespürt war. Walsingham war ganz schwach vor Erleichterung, als er endlich die Nachricht von dessen Verhaftung erhielt – seine Intrige hatte ihn an den Rand einer Katastrophe geführt. Die Königin der Schotten wurde unter dem Vorwand eines Jagdausflugs aus ihrer Unterkunft gelockt, und währenddessen wurden ihre Räume von Walsinghams Leuten gründlich durchsucht. Ihre sämtlichen Papiere mit den Schlüsseln zu sechzig verschiedenen Geheimschriften wurden beschlagnahmt, und eine Unmenge schriftlicher Beweise wurde in Windsor auf einem Tisch vor Elisabeth aufgestapelt.

»Der Beweis«, sagte Walsingham leise triumphierend, »schriftlich, unumstößlich, eindeutig.«

Über den ordentlichen Stapel Unterlagen hinweg begegneten Elisabeths Augen seinem Haß, aber Walsingham zuckte mit keiner Wimper. Er entnahm den Papieren ein Dokument und reichte es ihr. Sie las die Liste englischer Edelleute, die Maria heimlich ihrer zukünftigen Untertanentreue versichert hatten, und warf sie müde ins Feuer.

»Majestät!« empörte sich Walsingham und wollte zum Kamin.

Aber das Papier schrumpfte schon in den Flammen. Elisabeth wandte sich abrupt ab und begab sich in ihr Privatgemach. Kurz darauf zog Cecil ein anderes Dokument hervor, wechselte einen bedeutsamen Blick mit Walsingham und humpelte ihr nach.

Sie saß am Feuer und starrte bedrückt in die Flammen. Bei Cecils Eintritt blickte sie auf das Papier in seiner Hand und herrschte ihn wütend an: »Herrgott, Ihr erwartet doch nicht etwa, daß ich den ganzen Stapel da draußen lese!«

Cecil sah sie im Kerzenlicht fest an. »Ein Brief ist darunter, Madam, den wir anstandshalber nicht als Beweis gegen die schottische Königin verwenden werden – da er jedoch an Eure Majestät gerichtet ist, meine ich, Ihr solltet ihn lesen, trotz«, er zögerte, »seines widerwärtigen Inhalts.«

Sie sah Cecil einen Moment bedächtig an, dann streckte sie die Hand nach den Bögen aus. Der Brief war in Marias Handschrift geschrieben und an Gehässigkeiten kaum zu überbieten, eine boshafte Auflistung aller gemeinen Gerüchte, die je über Elisabeths Sitten und Gewohnheiten in Umlauf waren. Er enthielt etliche neue, bestürzende Anekdoten. Elisabeth sei mit Leicester und vielen anderen, darunter Alençon und Simier, ins Bett gegangen, habe jedoch aufgrund einer körperlichen Mißbildung in ihren sexuellen Exzessen nur teilweise Erfüllung gefunden. Sie sei eitel bis zur Lächerlichkeit und werde heimlich von ihren Hofdamen nachgeäfft, von denen etliche unter ihrer Gewalttätigkeit zu leiden hätten. Einer habe sie mit einem Kerzenständer den Finger gebrochen und einer anderen mit einem Messer die Hand geschlitzt. Sie sieche an einer grauenhaften Krankheit dahin, die sie von ihrem Vater geerbt habe.

Elisabeth blickte zu Cecil auf, der sie hoffnungsvoll beobachtete.

Sie wußte sehr gut, weshalb er ihr dieses beleidigende Schreiben gezeigt hatte: Er hoffte, sie werde an der Verfasserin dieser Unflätigkeiten schleunigst Rache üben. Seltsamerweise aber war sie, wenngleich schockiert, nicht böse. Sie konnte sich Marias Stimmung vorstellen, ihre bittere Enttäuschung und den blinden Haß, als sie dies geschrieben hatte – offensichtlich vor allem, um sich durch die Niederschrift Genugtuung zu verschaffen. Der Brief war nicht abgeschickt worden, dazu hatte Maria der Mut gefehlt. Sie war hilflos, aufgebracht und furchtsam, und Elisabeth wurde plötzlich von Mitgefühl durchströmt. Wie gut konnte sie der hoffnungslosen Gefangenen den ohnmächtigen Groll nachfühlen! Sie bückte sich zum Feuer, doch diesmal war Cecil schneller und hielt sie zurück. »Nicht, Madam, ich bitte Euch, vernichtet ihn nicht, ich gebe Euch mein Wort, außer Walsingham und mir hat ihn niemand gelesen.«

Sie sah ihn kühl an. »Er darf nicht bei Marias übrigen Papieren aufbewahrt werden.«

»Erlaubt mir wenigstens, ihn bei meinen privaten Dokumenten zu verwahren. Er ist ein wertvolles Beweisstück, Madam, zeigt er doch deutlicher als alles andere die wahren Gefühle, welche die Königin der Schotten für Euch hegt.«

Ihre geschminkten Lippen kräuselten sich unvermittelt zu einem sardonischen Lächeln. »Ihr wollt ihn als Andenken, wie?«

Cecil glättete das gerettete Schriftstück mit seinen schwieligen Fingern. »Ich will ihn für die Nachwelt, Madam. Wer die Integrität der schottischen Königin verteidigt, braucht nur einen Blick darauf zu werfen, um ihre wahre Natur zu erkennen.«

Elisabeth schloß die Augen. »Es ist spät, und ich bin müde. Nehmt eure Trophäe und geht.«

Er verbeugte sich und schlurfte rückwärts zur Tür. Als er dort angelangt war, rief Elisabeth ihm leise nach: »Dies ändert nichts an meiner Einstellung zu ihrem Verbrechen. Aber ich gratuliere Euch, mein Freund. Ich hatte schon lange gemutmaßt, daß Ihr Euch zu allem hergebt, wenn es Eurer Sache dient, und Ihr habt meine Vermutung soeben bestätigt.

Ich bewundere Euch etwas mehr – und mag Euch etwas weniger, versteht Ihr mich, Cecil?«

»Majestät.« Er nickte zur Bestätigung und ging hinaus, um Walsingham von seinem Fehlschlag zu unterrichten.

Die Gerichtsverhandlung gegen Babington und seine Verbündeten lief glatt. Der Spruch der Geschworenen war eine abgekartete Sache, das Urteil lautete auf Hängen und Vierteilen bei lebendigem Leibe nach dem Ermessen der Königin.

»Und das«, fauchte Elisabeth Cecil hysterisch an, »ist nicht genug. Ersinnt etwas Neues und laßt das Volk sehen, welche Vergeltung auf Verrat steht!«

Diese plötzliche Grausamkeit verblüffte ihn. »Madam, eine Abänderung der Strafe wäre ungesetzlich und, um ehrlich zu sein, gänzlich überflüssig. Wenn der Henker dafür sorgt, ihr Leiden möglichst zu verlängern, wird das Ende gewiß so schrecklich, wie Ihr nur wünschen könnt.«

Sie wandte sich ab und bohrte die Faust in ihren Handteller. Die anfängliche Dumpfheit angesichts des Ausmaßes des Verrates rings um sie war grimmiger Wut gewichen. Sie wollte, daß sie litten. Sie wollte alle in Stücke reißen, die ihre drei Jahrzehnte unablässigen Mühens so leichtfertig weggeworfen hatten, dreißig Jahre, die sie aus einem hübschen, lebhaften Mädchen in eine verbitterte, einsame alte Frau verwandelt hatten, die nicht einen Moment der Ruhe kannte.

Und so wurde am 20. September 1586 der erste Schub Verschwörer zu einer qualvollen Hinrichtung gekarrt, die sich drei Stunden hinzog. Sie wurden zuerst gehängt, aber, noch lebend, rasch abgeschnitten, auf die Erde geworfen und vom Hals bis zu den Leisten aufgeschlitzt. Als man Elisabeth diese Abscheulichkeiten in allen Einzelheiten schilderte, wurde ihr von ihrer eigenen Grausamkeit übel. Sie ordnete an, daß die zweite Fuhre Verräter, die am nächsten Tag sterben sollten, bis zum Eintritt des Todes hängen blieb, bevor ihre Leiber verstümmelt wurden. Das Abendessen wurde mit allem Zeremoniell serviert, doch Elisabeth blieb allein in ihrem Gemach, und niemand wagte sich ihr zu nähern.

Sie benahm sich immer unberechenbarer, und Cecil war insgeheim beunruhigt. Er wußte, daß sie Maria in einem verzweifelten Brief angefleht hatte, ein Geständnis abzulegen: »...so Ihr dieses eigenhändig verfaßt, von Königin zu Königin, von Frau zu Frau, wird nicht öffentlich gegen Euch verhandelt werden, und ich werde Mittel und Wege finden, um Milde walten zu lassen ...«

Die Antwort war eine entrüstete Weigerung. Maria könne kein Verbrechen gestehen, das sie nicht begangen habe. Elisabeth starrte verzweifelt auf den Brief und bemühte sich, den gesetzten, märtyrerhaften Ton mit den von Walsingham vorgelegten Beweisen in Einklang zu bringen. Zum erstenmal kamen ihr Zweifel an der Integrität des Sekretärs. Was hatte er hinter ihrem Rücken getan, und wie konnte sie es zu diesem Zeitpunkt wagen, eine Fälschung aufzudecken? Würde jemand, der sich seiner Schuld bewußt und bei vollem Verstand ist, den Tod wählen, wenn man ihm das Leben bot? War Maria im Hauptanklagepunkt am Ende doch nicht schuldig? Elisabeth litt unter quälenden Zweifeln und panischer Furcht, denn Marias Brief versetzte ihrer Hoffnung auf einen vernünftigen Kompromiß den Todesstoß.

Die Umstände drängten sie nun unbarmherzig zu der Tat, der sie achtzehn Jahre lang ausgewichen war: Ihre Ratgeber und ihr Volk forderten mit einer Gewalt, die sie nicht mehr lange zügeln konnte, Marias Bestrafung. Maria vor Gericht zu bringen wäre der erste Schritt zu dem unwiderruflichen Wahnsinnsakt, der Hinrichtung einer Herrscherin, dem einzigen Verbrechen, mit dem sie sich nie würde abfinden können. Doch Cecil und Walsingham hatten sie in der Zange. Sie mochte sich noch so drehen und wenden, es gab kein Abweichen von dem Weg, den sie nun beschreiten mußte. Und mit dem Rücken zur Wand fühlte sie, wie der erste Faden riß in dem verschlissenen Gewebe der geistigen Gesundheit, die sie wunderbarerweise durch mehr als fünfzig Jahre ständiger Gefährdung bewahrt hatte. Ihr Verstand trieb wie ein ruderloses Schiff und suchte verzweifelt ein Schlupfloch in dem Netz, das sich um sie zusammengezogen hatte, so daß sie außerstande schien, über längere Zeit an einem noch so unbedeutenden Entschluß festzuhalten.

Es wurde Oktober, bevor Elisabeth zustimmte, daß ihre Cousine vor Gericht gestellt wurde, und so begann schließlich die jämmerliche Farce. Maria verteidigte sich vor sechsunddreißig Geschworenen, die ihren Spruch schon Wochen zuvor gefällt hatten. Sie ging an dem leeren, thronartigen Sessel, der Elisabeths Anwesenheit symbolisierte, vorbei zum Stuhl der Angeklagten, der merklich tiefer stand.

»Ich bin Königin durch das Recht der Geburt«, sagte sie leise mit einem Blick auf Elisabeths leeren Thron, »mein Platz sollte dort sein.«

Ein Raunen der Entrüstung durchlief die versammelten Männer. Sie hatte sich aus eigenem Munde verurteilt. Doch noch war sie nicht tot, und sie sollte ihnen noch viele Unannehmlichkeiten bereiten, ehe diese Verhandlung zu Ende ging. Die Beweise gegen sie lagen in Abschriften von den Originaldokumenten vor, und als man ihr die gefälschte Nachschrift ihrer Antwort an Babington vorlas, wußte sie auch, warum. »Wie kann ich ohne Zugang zu den Originalschriften auf diese Anklage antworten?« fragte sie erbittert. »Ich leugne nicht, daß ich mir die Freiheit wünschte und alles tat, um sie zu erlangen. Ich handelte aus einem ganz natürlichen Wunsch, aber kann man mir die verbrecherischen Unternehmungen anlasten, die einige verzweifelte Männer ohne mein Wissen planten? Ich verlange die Originalbriefe zu sehen, meine Herren. Es besteht die Möglichkeit, daß meine Geheimschriften von meinen Feinden gefälscht wurden.« Sie drehte sich um und wies mit dem Finger auf Walsingham, dessen Augen einen Punkt an der Wand fixierten. »Der da könnte Eure Dokumente verfaßt haben. Denn ich weiß, wie er mich haßt und alles, was ich verkörpere.«

Ein Tumult entstand; Walsingham erhob sich in frommer Entrüstung und sah sich unerschrocken um. »Ich bin mir keiner bösen Tat bewußt«, log er glatt. »Ich rufe Gott zum Zeugen, daß ich als Privatperson nichts getan habe, was eines Ehrenmannes unwürdig ist, und als öffentliche Person nichts, was meiner Stellung unwürdig ist.«

Die Stunden zogen sich hin, der zweite Tag brach an, und Maria kämpfte noch immer. »Wohin ist es mit der Majestät von Herrschern gekommen, wenn die Eide und Aussagen von Sekretären gegen ihre feierlichen Beteuerungen stehen? Mir sind die Hände gebunden. Ich habe keine Ratgeber. Ihr habt mich meiner Unterlagen und aller Mittel zur Vorbereitung meiner Verteidigung beraubt ...«

Es hatte recht gut angefangen. Mehrere Kommissionsmitglieder machten erschütterte und betretene Gesichter, doch Cecil und Walsingham führten die Verhandlung mit strengem Zügel und unterspülten das aufkommende Mitgefühl mit kräftigen Argumenten. Es kam zum Rededuell zwischen Maria und dem kalten, weißbärtigen Edelmann, der seit dreißig Jahren hinter ihrer Rivalin stand – die furchteinflößende kleine Gestalt William Cecils.

»Ach Ihr«, schluchzte Maria schließlich, »Ihr seid mein Feind!«

»Das ist wahr«, sagte Cecil mit überheblicher Ruhe. »Ich bin der Feind aller Feinde der Königin Elisabeth.«

Ende Oktober empfing Elisabeth, außerstande, das Ergebnis zu beeinflussen, die Mitglieder ihres Hohen Rates. »Und wie lautet der Spruch?«

»Schuldig, Majestät.« Elisabeths Augen huschten kurz über ihre Gesichter. »Wurde der Beschluß einstimmig gefaßt?«

»Beinahe, bis auf eine Stimme. Ein junger Lord war von der Schuld der schottischen Königin nicht überzeugt.«

Ein tapferer junger Mann. Sie wünschte, sie hätte den Mut zu sagen, daß sie seine Zweifel teilte, aber sie wagte die Loyalität der Herren nicht auf eine solche Probe zu stellen. Sie wandte sich ab, und langsam gingen sie einer nach dem anderen hinaus.

Auf schlammigen Straßen ritt Leicester die letzte Etappe seiner Reise zum Hof, den Kopf voll der Katastrophen, denen der dringende Rückruf nach England ihn vorübergehend entrissen hatte. Wie sollte er der Königin gegenübertreten, wie die betrübliche Reihe von Fehlschlägen erklären? Er hatte sich nur schwer auf militärische Aktionen konzentrieren können, seit er von Walsingham erfahren hatte, was sich in England abspielte. Er hatte gebeten, unverzüglich zurückbeordert zu werden, doch die Königin bestand darauf, daß er auf seinem

Posten blieb, bis seine Angelegenheiten zufriedenstellend geregelt waren. Als er in den Innenhof ritt und sich vom Pferd schwang, war er neugierig, wie sie ihn empfangen würde. Mit Beschimpfungen? Vorwürfen? Der Forderung nach einer akkuraten Aufstellung all seiner Aufwendungen?

Bis er sich ausgezogen, sein schmutziges Gesicht gewaschen und sich wieder angekleidet hatte, lag die förmliche Vorladung der Königin vor. Er ging nervös durch die Korridore, leicht hinkend unter der zunehmenden Last der Korpulenz, und das Zusammenwirken von Eile und Furcht veranlaßte ihn, sich mit einem Taschentuch über das rote Gesicht zu wischen. Er war sich bitter bewußt, daß die Strapazen des letzten Jahres seiner Figur nicht bekommen waren. Was würde Elisabeth denken, wenn sie ihn sähe, einen aufgedunsenen alten Mann mit schütterem Haar, einen elenden Versager?

Er hatte mit einer förmlichen Audienz gerechnet, doch zu seiner Überraschung wurde er in ihren Salon geführt. Ihre Hofdamen zogen sich, offensichtlich auf ihre Anweisung, sogleich knicksend zurück und ließen sie allein. Bevor er sich verbeugte, warf er rasch einen Blick auf ihr verhärmtes Gesicht und erschrak über die Veränderung. Gleich ihm schien sie in den vergangenen zwölf Monaten um zehn Jahre gealtert.

Er vergaß alle sorgfältig einstudierten Entschuldigungen und streckte die Arme nach ihr aus wie ein Schuljunge. »Wollt Ihr den geschlagenen Helden küssen?« fragte er keck. »Oder muß er zuvor für seine jämmerlichen Verfehlungen bei Brot und Wasser büßen?«

Streng auf ihre Haltung achtend, ging sie zu ihm und knuffte ihn unsanft in den Wanst. »Brot und Wasser wären gewiß nicht verkehrt – was, um alles in der Welt, habt Ihr da drüben mit Euch angestellt, Ihr aufgeblasene Kröte?«

Er küßte ihr dreist die magere Hand. »Für zwei gegessen, Madam, da es verdammt sichtbar ist, daß Ihr nicht gegessen habt. Ihr verspracht, während meiner Abwesenheit zu essen.«

Sie lächelte. »Und Ihr verspracht, es nicht zu tun.«

Er zuckte die Achseln. »Seither sind viele Versprechungen die Themse hinabgeflossen.« Er führte ihre Hände um seinen

Nacken, und endlich sah er Freudentränen in ihren Augen schimmern.

»O Robert«, flüsterte sie an seinem Wams, »gottlob seid Ihr unversehrt nach Hause gekommen.«

»Ihr hättet mich schon früher kommen lassen sollen.« Er drückte sie an sich. »Was glaubt Ihr, wie mir zumute war, so weit von Euch, wissend, in welcher Gefahr Ihr euch befandet. Ich hätte hier sein sollen –«

»Jetzt seid Ihr hier«, sagte sie, »nur darauf kommt es an.«

Er verzog das Gesicht. »Ja, um meinen Kritikern zu begegnen. Ich kann mir vorstellen, daß es etliche gibt, die nur darauf warten, meine Kampagne auseinanderzupflücken.«

Sie blickte in sein faltiges Gesicht und sagte mürrisch: »Wenn sie etwas zu sagen haben, können sie es mir sagen – ich möchte denjenigen unter ihnen sehen, der es besser gemacht hätte. Außerdem werdet Ihr ihnen hier gar nicht begegnen, ich schicke Euch nämlich nach Buxton zu den Heilbädern.«

»Dann braucht Ihr mich nicht am Hof?« Seine Stimme klang beunruhigt. Elisabeth berührte seine Wange. »Gerade weil ich Euch brauche, schicke ich Euch fort. Euer krankes Aussehen gefällt mir nicht. Wenn Ihr zurückkommt, brauche ich alle Unterstützung, die Ihr mir geben könnt, Robert – sie wollen mich zwingen, endlich zu handeln.«

Er sagte nichts. Er war mit der festen Absicht nach England zurückgekehrt, seine Stimme denen zu geben, die sie bedrängten, Marias Todesurteil zu unterzeichnen; doch schien ihm dies nicht der richtige Augenblick, ihr das zu sagen. Sie nahm offenbar an, er werde ihr helfen, sich gegen sie zu wehren. In den kommenden Wochen würde Zeit genug sein, ihr beizubringen, daß sie sich irrte.

Die steinernen Mauern schirmten Maria von der Außenwelt ab und umfriedeten sie in seltsamer Heiterkeit. Das Glockengeläute und die innigen Psalmengesänge, welche die Nachricht von ihrer Verurteilung in ganz London begrüßten, vermochten die beharrliche Stille von Schloß Fotheringay nicht zu durchdringen. Maria sah dem Tod mit der friedlichen Ergebenheit eines Menschen entgegen, der sich auf ein gefährliches Spiel eingelassen und verloren hat, und bereute es nicht, daß sie Elisabeths Angebot, Milde walten zu lassen, zurückgewiesen hatte. Ein stolzes Martyrium für ihren Glauben war besser als ein schmachvolles Gefangenenleben als Gegenstand von Europas Verachtung. Sie wollte diese Welt voll Mut und Hoffnung verlassen, froh über die gnädige Erlösung, getreu ihrem Wahlspruch: »In meinem Ende ist mein Anfang.«

Sie schrieb Elisabeth einen zurückhaltenden, würdevollen Brief mit der Bitte, in Frankreich beigesetzt zu werden, und dankte für den Priester, den man ihr geschickt hatte, um ihr in den letzten Tagen beizustehen. Sie endete jedoch in leicht drohendem Ton: »Bezichtigt mich nicht der Anmaßung, wenn ich Euch zu bedenken gebe, daß Ihr eines Tages Rechenschaft ablegen müßt über Euren Schützling und alle, die Ihr verurteilt ...«

In Greenwich waren alle lärmenden Festlichkeiten eingestellt worden, in den Korridoren wurde nur geflüstert. Die Königin zeigte sich kaum in der Öffentlichkeit. Tag und Nacht gehetzt von Ratgebern, die lautstark ihre Unterschrift unter das Todesurteil forderten, suchte sie Zuflucht in ihren Privatgemächern. Die schweren Samtvorhänge ihres Salons waren zugezogen. Der eisige Winterwind rüttelte an den Fenstern. Elisabeth saß dicht am Feuer, nagte an ihren langen scharlachroten Fingernägeln und starrte niedergeschlagen an die geschnitzte, vergoldete Decke. Ihr Abendessen stand unberührt neben ihr auf einem Silbertablett, und als ihr Blick schließlich darauf fiel, klatschte sie unwillig in die Hände. »Nehmt es fort«, befahl sie barsch. Anne Warwick legte stirnrunzelnd ihre Stickerei beiseite, erhob sich von ihrem Sitz und kniete sich vor die Königin. »Madam –« Der Klang ihrer Stimme war streng und vorwurfsvoll, und Elisabeth sah schuldbewußt weg. »Morgen«, murmelte sie. Anne Warwick seufzte und ergriff ihre Hand. »Das habt Ihr gestern auch gesagt, Madam – und nicht einen Bissen habt Ihr den ganzen Tag über die Lippen gebracht. So geht es nicht weiter! Noch eine solche Woche, und das einzige Todesurteil, das Ihr unterzeichnet haben werdet, wird Euer eigenes sein.«

Elisabeth entzog ihr die Hand und erhob sich schwerfällig. »Cecil wartet im Vorzimmer. Seid so gut und schickt ihn herein.«

»Ich weiß, wohin ich ihn am liebsten schicken würde«, sagte die Hofdame und stand mühsam auf. »Es ist eine Schande, wie man Euch hetzt, Madam – Robert weiß, wie ich darüber denke, ich habe es ihm weiß Gott deutlich zu verstehen gegeben.«

Die Königin lächelte matt. Leicester war Anne Warwicks Schwager, und sie ließ selten ein gutes Haar an ihm. »Aber Anne, ich bitte Euch, er kann es sich nicht mit dem ganzen Rat verderben.«

Anne rümpfte die Nase. »Wann hat er es sich je mit jemandem verdorben, mit Verlaub, Madam?«

»Ich wünsche nicht, daß in meiner Gegenwart abfällig über ihn gesprochen wird«, sagte die Königin scharf. »Es geht ihm nicht gut.«

Anne Warwick knickste mit unerschütterlicher Ruhe. Sie war eine vertraute Freundin, die ihre Gebieterin gut kannte und sich nicht scheute, zu jedem Thema ihre Meinung zu äußern. Sie sagte bestimmt: »Ich lasse Euch einen Schlaftrunk bereiten« und ging, den alten Schatzmeister einzulassen.

Schwer auf seinen Stock gestützt, trat Cecil ein und gebot den verweilenden Hofdamen mit einem Fingerschnippen, sich zu entfernen. Er dachte, Elisabeth würde über diese Anmaßung verärgert sein, aber sie starrte ins Feuer, als hätte sie nichts bemerkt. Zu erschöpft, um sich um dergleichen zu kümmern, schoß es ihm durch den Kopf, und ausnahmsweise überwog Erregung seine Besorgnis. Wenn er je die Chance hatte, ihren Willen zu bezwingen, dann jetzt …

An diesem Abend übertraf er sich selbst an Redegewandtheit, und in ihren Sessel zurückgelehnt, lauschte Elisabeth wie eine von ihrem Beschwörer hypnotisierte Schlange, während seine sanfte Stimme, abwechselnd stichelnd, tadelnd und schmeichelnd, mit machtvoller Vernunft ihre Entschlossenheit unterhöhlte. An keinem Wort, das er sprach, fand sie etwas auszusetzen. Die Hinrichtung war unvermeidlich, sie war gerecht; es war sogar eine gute Tat, die elende Frau von der grausamen Ungewißheit zu erlösen.

»... und überhaupt, Madam, was habt Ihr dagegen, außer einer Eingebung, die durchaus irrig sein könnte?«

Damit brach der Bann, der sie langsam zur Unterwerfung unter seinen Willen zu zwingen begann. »Meine Eingebungen sind niemals irrig«, beschied sie ihn bissig, und wieder einmal war er unverrichteter Dinge entlassen.

Als er fort war, überkam sie ein quälendes Schlafbedürfnis, eine Erschöpfung, so stark, daß sie kaum aufrecht stehen konnte, während ihre Kammerfrauen sie entkleideten. Sie weigerte sich, Anne Warwicks Schlaftrunk zu nehmen, denn sie war überzeugt, daß sie in traumloses Vergessen sinken würde, sobald sie sich niederlegte. Sie löschten die Lichter und ließen sie im Dunkeln allein.

Und dann fing es wieder an. Ein Gedanke huschte wie eine kleine Ratte durch die Binsen ihres Verstandes, sogleich gefolgt von einem anderen. Fiebrig jagten sie einander, verweilten hie und da, um tückisch hinter Elisabeths Augen zu nagen, bis ihr ganzes Hirn in Flammen zu stehen schien.

Ihre Rede vor einer Abordnung des Parlaments: Es ist betrüblich, daß ich, die ich so viele Rebellen begnadigt habe, nun gezwungen sein soll, gegen eine solche Person vorzugehen ... Die Herrschenden stehen auf der Bühne ... wir sind daher verpflichtet, darauf zu achten, daß wir gerecht und ehrenhaft handeln ...

Gerecht und ehrenhaft ...

Sie dachte an Marias erbärmlichen Sohn Jakob, ihren Patenjungen, der Leicester geschrieben hatte, es wäre töricht von ihm, »meiner Mutter den Vortritt für den Titel zu lassen«. Die Abordnung, die er gesandt hatte, um für Marias Leben zu bitten, war ausgesprochen halbherzig und scheinheilig gewesen. Jakob würde nicht eine Träne vergießen, wenn seine Mutter morgen stürbe. So viel über Kinder! Vielleicht war es doch ein Glück, daß sie, Elisabeth, keine hatte.

Sie stand auf, zündete eine Kerze an und nahm Marias Brief vom Nachttisch, den sie vor wenigen Tagen erhalten hatte. Leicester hatte ihr geraten, ihn nicht zu beantworten.

»... weil ich die heimliche Tyrannei derer fürchte, deren Macht Ihr mich preisgegeben habt, bitte ich Euch, laßt nicht zu, daß ich ohne Euer Wissen hingerichtet werde ...«

Eine Vision vom Richtblock bannte Elisabeths Vorstellungskraft.

Der Trommelwirbel, das Blinken einer Schneide im Sonnenlicht, ein schwarzhaariges Haupt purzelt lautlos in das blutige Stroh ...

»Anne! Anne!«

Anne Warwick, einen Schal über dem Nachthemd, kam herbeigeeilt und traf die Königin heftig zitternd auf der Bettkante sitzend an. Sie sah mit irrem Blick zu Anne auf. »Ist Leicester schon zur Ruhe gegangen?«

»Das weiß ich nicht, Madam, aber ich nehme es an, es ist lange nach Mitternacht. Soll ich nachsehen lassen?«

»Nein – ja! Bittet ihn herzukommen, Anne, falls er noch wach ist – aber man soll ihn nicht stören, wenn er schläft.«

»Ja, Madam.«

»O Gott, gib, daß er wach ist!«

Zehn Minuten später führte Leicester, mit einem samtenen, zobelbesetzten Hausmantel bekleidet, ihre Hand an seine Lippen. Dann reichte er ihr den Schlaftrunk, den sie zuvor verschmäht hatte, und betätigte sich selbst als Vorkoster. »Das wird Euer Gewissen wenigstens für heute nacht ruhen lassen. Trinkt es mir zuliebe.«

Er sah müde aus im Kerzenlicht, die Röte in seinem Gesicht wirkte unnatürlich und ungesund. Ihm zu Gefallen schluckte sie den Trunk. Unterdessen fiel Leicesters Blick auf Marias Brief, der mit der Vorderseite nach oben auf den aufgetürmten Kissen lag. Er fluchte kräftig und griff nach dem Schreiben. »Das also raubt Euch den Appetit und den Schlaf! Ach Elisabeth, laßt Euch doch nicht so von ihr quälen. Die Verhandlung hat ihre Schuld weiß Gott deutlich ans Licht gebracht.«

Elisabeth blickte fort und spielte mit den goldenen Fransen ihrer Bettdecke. »So deutlich, daß keine Originalschrift als Beweis gegen sie vorgelegt wurde! Sie hat Walsingham der Fälschung bezichtigt, und wer weiß, ob sie nicht recht hatte?« Leicester beugte sich vor und legte seine Hände über ihre. »Sie ist schuldig, Liebste, so schuldig wie Babington und die übrigen.«

»Wenn sie schuldig ist, warum *gesteht* sie dann nicht? Das

ist alles, was ich brauche, um ihr Leben zu retten.« Sie blickte abwesend auf den Brief auf dem Bett. »Sie hat sicher nicht geglaubt, daß ich es wagen würde, so weit zu gehen – ein Brief war vielleicht zu kalt und unpersönlich. Sie hatte Zeit zum Nachdenken – glaubt Ihr nicht, wenn ich sie sähe –«

»Nur das nicht«, unterbrach er sie. »Wenn Ihr bedenkt, daß Cecil all die Jahre dafür gesorgt hat, eine Begegnung zwischen Euch beiden zu verhindern, bloß um –« Er hielt inne. Sie machte ein trotziges Gesicht, und er schlug rasch einen versöhnlicheren Ton an. »Es wäre jetzt nicht ratsam, nicht wahr? Und ich möchte schwören, daß es vergebliche Liebesmüh wäre. Sie wird niemals gestehen und sich in den Augen der Welt auf ewig verdammen. Glaubt mir, ich habe sie gesehen und weiß, daß ihr sturer Stolz sie eher in den Tod als in die Entehrung treibt. Eine Verzögerung ist zu gefährlich, Madam. Wenn sie lieber als Märtyrerin sterben will statt zu leben, dann laßt sie in Gottes Namen. Sie hielt Euch fast dreißig Jahre lang einen Dolch an die Kehle! Das einzig Vernünftige –«

»Ihr findet es vernünftig, eine Herrscherin hinzurichten? Ihr meint, ich kann ihr ohne jegliche Nachwirkungen den Kopf abschlagen?«

»Es wird ein tödlicher Schlag gegen den katholischen Glauben in England sein.«

Sie schlug gereizt auf die Bettdecke. »O Gott, Robert, was seid Ihr für ein Narr, wenn Ihr das ernsthaft glaubt. Ihr solltet wissen, daß die frühchristliche Kirche auf den Gebeinen von Märtyrern errichtet wurde. Marias Hinrichtung wird für den katholischen Glauben das Größte sein seit der Kreuzigung. Hängt alle Priester in England, es wird dennoch in jedem Dorf gute Katholiken geben. Und in dem Augenblick, da sie stirbt, ist für Philipp der Weg nach England frei. Wollt Ihr die Inquisition hier in London eingeführt sehen? Wir werden eine verdammt gute Aussicht auf die Stadt haben, wenn unsere Köpfe auf den Toren aufgespießt sind! Warum soll ein Mensch um sein Leben bangen, bloß weil sein Glaube sich von dem eines anderen unterscheidet? Ich wünschte weiß Gott, ich hätte einen Glauben, für den ich sterben könnte.« Er schwieg entgeistert über dieses freimütige Bekenntnis zur Gottlosigkeit. Solche Äußerungen könnten sie, von Katholiken und Protestanten gleichermaßen verachtet, vom Thron stürzen. »Laßt es gut sein«, sagte er besorgt. »Ihr müßt nicht gegen das Schlafmittel ankämpfen.«

Sie lachte. Die Arznei umnebelte ihren Verstand und löste ihre Hemmungen. »Ihr«, sagte sie scharf, »immer so furchtsam, daß *Er* lauschen könnte. Wenn Ihr mich nicht anhören wollt, spreche ich mit Walsingham. Ich werde sagen: ›Verdammt sei die Religion, und verdammt seien alle Männer!‹« Sie langte über das Bett nach einem silbernen Glöckchen, doch das Zimmer verschwamm vor ihrem verschleierten Blick, und in ihrer wachsenden Verwirrung bekam sie die Glocke nicht zu fassen. Das genügte, um die Hysterie auszulösen, die sie seit Wochen bedrohte. »Ich werde es nicht tun«, schluchzte sie, »ich lasse mich nicht zwingen. Ich werde sie begnadigen.«

»Das könnt Ihr nicht tun.« Er war bestürzt. »Sie wurde vor der Welt verurteilt – und sollte sie in diesem einen Punkt tatsächlich unschuldig sein, so ist sie anderer Verbrechen schuldig – Ehebruch, Mord.«

»Das war mein Vater auch; ich kann mich nicht erinnern, daß jemand verlangte, ihn wegen seiner Verbrechen gegen die Menschlichkeit hinzurichten. Oh, er war sehr freigebig mit dem Tod, mein Vater, aber nicht ganz so großzügig mit Särgen. Sie hatte keinen, versteht Ihr? Er ließ sie krönen, aber nicht anständig begraben. Sie lag den ganzen Tag in einer Blutlache, bis eine Hofdame eine Pfeilkiste fand, zu kurz für einen normalen Leichnam, aber nicht für sie. Es war ein heißer Tag Ende Mai, und lauter Fliegen – komisch, wie sie immer wissen, wo Aas zu finden ist...«

Leicester saß wie erstarrt in seinem Sessel und hörte hilflos ihr gequältes Gelächter.

»Soll ich Maria eine Pfeilkiste schicken?« fragte sie unvermittelt.

»Oder das Schwert eines französischen Scharfrichters? Es heißt, die Franzosen verstehen sich vorzüglich darauf...«

Sie lachte wieder, dann fing sie an zu weinen. Sie warf sich auf ihre Kissen und schlug wild mit geballten Fäusten darauf ein. »Das wird das Ende aller Monarchien in Europa sein – Ihr werdet schon sehen, Ihr alle, wenn es zu spät ist.«

Dies war ihr bewußter Grund dagegen – ein guter Grund, das mußte er zugeben –, aber ihr unbewußter Grund ängstigte ihn im Augenblick viel mehr. Tod durch das Beil; er hatte schon immer vermutet, daß sie bei diesem Thema nicht ganz zurechnungsfähig war.

Er beugte sich über das Bett, nahm sie in die Arme und hielt sie so fest umschlungen, daß es ihr Schluchzen erstickte. »Hört zu«, sagte er verzweifelt, »seid still und hört mir zu. Es gibt einen anderen Weg ...«

Er wartete, bis das Schluchzen nur noch ein Wimmern war und auch dieses schließlich zitternd erstarb. Die ganze Zeit rieb er ihre kalten Hände, so kalt, als habe das Blut darin zu fließen aufgehört.

»Mord«, sagte er langsam. »Gift in ihren Becher, ein Kissen im Schlaf, es gibt ein Dutzend Möglichkeiten. Es würde Euch von dieser Last befreien, und wenn Ihr einverstanden seid, werde ich es mit Paulet arrangieren.«

Sie schwieg. Er ließ ihr ein paar Minuten, um seinen Vorschlag aufzunehmen, dann fügte er leise hinzu: »Ich war schon immer dafür. Es war von Anfang an das einzig Wahre. Das seht Ihr nun ein, nicht wahr?«

Schweigen. Sie war eingeschlafen, schlief tief in seinen Armen, einen Finger im Mund wie ein Kind. Er bettete sie sanft auf die Kissen und deckte sie zu.

Er war nach diesem Abend überzeugter denn je, daß Mord der einzige Weg sei. Er hatte genug gehört und gesehen, um zu befürchten, daß der Hieb eines Beils weit mehr durchtrennen würde als Maria Stuarts Hals.

Er hatte sein Teil geleistet. Er hatte die Saat gesät. Jetzt mußte er sie nur noch liebevoll gießen und beten, daß sie Früchte trage.

Bleiern verging der Januar, es wurde Februar, und noch immer war der Hinrichtungsbefehl nicht unterschrieben. Der Rat war verzweifelt, das Volk wälzte sich durch die Straßen von London und verlangte laut den Kopf der schottischen

Verräterin. In der explosiven Atmosphäre flammten Gerüchte auf wie Lauffeuer. Gerüchte, daß Maria geflohen sei, daß die Spanier gelandet seien, daß London in Brand gesteckt worden sei.

Schließlich beugte sich der Großadmiral finster über die Hand der Königin und warnte sie vor den Unruhen in den Straßen der Stadt. »Madam, das Volk wird die Spannung nicht mehr lange ertragen. Die Leute werden gefährlich in ihrer Angst um Euch.«

Sie ging zum Fenster und blickte niedergeschlagen hinaus. »Schlagen oder geschlagen werden«, sagte sie auf lateinisch. Kurz darauf sah sie ihn über die Schulter an. »Walsingham ist krank, wie Ihr wißt, Mylord. Davison hat den Befehl in Verwahrung. Schickt ihn unverzüglich zu mir.«

Sechs Wochen hatte Davison sich in der Nähe der königlichen Gemächer aufgehalten und auf diesen Ruf gewartet, und als er durch den Park von Greenwich hastete, kam ihm in den Sinn, wie bezeichnend es für sie sei, ihn ausgerechnet dann rufen zu lassen, als er sich zum erstenmal seit Tagen frische Luft und Bewegung verschaffte. Er fürchtete, die Königin werde die unverzeihliche Verzögerung zum Anlaß nehmen, ihn davonzujagen. Der Rat würde ihm das Fell über die Ohren ziehen!

»Aber ich konnte es nicht ahnen«, sagte er aufgebracht vor sich hin. »Ich konnte es nicht ahnen – ich kann keine Gedanken lesen, verdammt!«

Er flitzte in sein Kabinett, schnappte das Urteil und eine Handvoll andere Papiere, die ihre Unterschrift erforderten, und stürmte, einer Maus in einem Irrgarten gleich, durch die Korridore. Rotgesichtig, schwitzend, atemlos und Beschimpfungen erwartend langte er im Zimmer der Königin an, aber zu seiner Verwunderung ließ sie von ihrer stillen Betrachtung der Gärten ab und hieß ihn frohgemut willkommen.

»Guten Morgen, Davison.« Sie blickte lächelnd auf seinen Hut, den er vergessen hatte abzunehmen, und er lief scharlachrot an, als er ihn herunterriß. »Ein herrlicher Tag – ich sehe, Ihr wart aus.«

»Ein kurzer Spaziergang im Park«, stieß er keuchend hervor.

»Ach ja, Bewegung –« Sie setzte sich ruhig an ihr Schreibpult und streckte ihre Hand nach den Papieren aus. »Bewegung kuriert alle Leiden. Ich finde, Arzneien sind falsch und unnatürlich für den menschlichen Körper.«

In dieser Unbeschwertheit nach all den Wochen quälender Unschlüssigkeit lag etwas Grauenhaftes, und Davison kam der flüchtige Verdacht, ihr Geist sei gestört. Sie begann die Papiere unbesehen zu unterzeichnen und plapperte dabei unentwegt wie ein Papagei. Da, der Befehl! Ihre Feder flog darüber hin und setzte die schnörkelige Unterschrift darunter, dann warf Elisabeth das Schriftstück neben sich auf den Fußboden.

Nach einem langen Augenblick tödlicher Stille sah sie ihn an. »Ist Euch bewußt, was soeben geschah, Davison?«

Er schluckte furchtsam, unfähig, die Augen von dem Papier auf dem Boden abzuwenden. »Vollkommen bewußt, Majestät.«

»Und es dauert Euch nicht, es endlich vollbracht zu sehen?«

»Mich dauert, daß es notwendig ist, Madam.« Seine Stimme zitterte. Warum mußte Walsingham ausgerechnet jetzt bettlägerig sein und ihm, dem armen ungeschickten Davison, die Handhabung dieser folgenschweren Angelegenheit überlassen? »Aber natürlich nicht, Majestät diesen ehrenwerten Schritt tun zu sehen«, setzte er hastig hinzu.

Wieder blitzte ihn das grausige Lächeln an, und er schauderte unwillkürlich. Sie unterzeichnete, ohne zu murren, die restlichen Papiere und blickte dann auf den Befehl auf dem Fußboden hinab, mit gerunzelter Stirn, wie wenn es ihr schwerfiele sich zu besinnen, was das sei.

»Bringt es dem Lordkanzler zum Siegeln, so unauffällig es geht, Davison, aber zeigt es zuvor unbedingt Walsingham – die Freude darüber wird ihn wahrscheinlich auf der Stelle töten.«

Er hatte es plötzlich sehr eilig, fortzukommen von ihrer grausigen Leichtfertigkeit, und als er sich verbeugte und rückwärts zur Tür ging, hörte er sie fieberhaft mit sich selbst reden.

»Es ist vollbracht – endlich vollbracht – aber ich habe es nie gewollt – alle meine Freunde wissen, daß es mich bedrückt – ja, alle wissen es – ich hätte gedacht, daß unterdessen einer –«

Seine Hand berührte die Türklinke.

»Wartet!«

Langsam, zögernd schlich er zu ihrem Schreibpult zurück, voller Furcht vor dem, was er zu hören bekommen würde. Sie sah auf und fixierte ihn mit eisenhartem Blick.

»Es dünkt mich eigenartig, daß jene, die sie bewachen, es nicht für geboten hielten, mich von dieser Last zu befreien –«

»Madam, ich ersuche Euch –«

»Geht zu Walsingham.« Ihre Stimme war plötzlich so kalt und hart wie knackendes Eis. »Ihr werdet gemeinsam an Paulet schreiben und ihn beauftragen, dem Leben dieser schottischen Königin still und heimlich ein Ende zu machen.«

»Aber, Madam.« Er gestikulierte in wilder Verzweiflung. »Das ist weder ehrenwert noch klug.«

»Klügere Männer als Ihr haben es vorgeschlagen«, herrschte sie ihn erzürnt an. »Ihr werdet Paulet schreiben, habt Ihr verstanden? Und bis es geschehen ist, will ich nichts mehr davon hören.«

Paulet saß in seinem eiskalten Zimmer und befingerte entsetzt Walsinghams Brief. Paulet war hart und grausam und alles andere als schlau, aber ein Narr war er nicht. Persönlich hatte er keinen Respekt vor der Königin von Schottland, aber er hatte einen äußerst gesunden Respekt vor seinem eigenen Leben. Und er hegte einen starken Verdacht, auf welche Weise Gehorsam in diesem Fall belohnt werden würde. Die Rolle des Sündenbocks sagte ihm nicht besonders zu. Er nahm seine Feder und schrieb mit selbstgerechtem Bedauern, er könne es unter keinen Umständen mit seinem Gewissen vereinbaren, »ohne Gesetz oder Befehl Blut zu vergießen«, und schob so seiner Königin geschickt die Verantwortung wieder zu.

Cecil starrte den Befehl vor ihm auf dem Tisch an. Er brauchte nur fünf Minuten, um die bedeutsamste Entscheidung in seiner Laufbahn zu treffen, fünf Minuten, während deren er sich auf den Augenblick zurückbesann, als er sich vor ihr verbeugt und geschworen hatte, sie könne uneingeschränkt über ihn verfügen.

»Seht nur zu, daß Ihr es nie vergeßt, mein Freund.«

Er erinnerte sich an das eigentümliche, furchtsame Zittern, das ihn befallen hatte, als sie so sprach. Es war fast, als hätte er diesen Moment vorausgesehen, da er im Begriff war, sich ihre Befehlsgewalt auf unerhörte, anmaßende Weise anzueignen. Aber das war gewiß, was sie von ihm erwartete. Und er setzte seine Laufbahn schließlich nicht zum erstenmal aufs Spiel, indem er eine Frau in den Tod schickte. Eine Menge ging Cecil in diesen schier endlosen Minuten des Zögerns durch die vielschichtigen Windungen seines Hirns, aber am Ende stand sein Entschluß unverrückbar fest. Er wußte, was jetzt zu tun war, und schickte eine geheime Vorladung an alle verfügbaren Mitglieder des Kronrats.

Am nächsten Morgen schritten acht Männer in gespannter Erwartung in sein Privatgemach und nahmen ihre Plätze ein. Unheilvolle Stille herrschte, als Cecil sich steif erhob und das Wort an die kleine Versammlung richtete.

»Meine Herren, die Königin hat ihren Beitrag geleistet und den Befehl unterzeichnet, alles, was das Gesetz verlangt, um die Hinrichtung rechtskräftig zu machen. Aber die Ausführung, meine Herren ist, wie euch sicher bewußt ist, eine ganz andere Sache, und bis dahin könnte noch viel Zeit vergehen, Zeit, die wir nicht haben. Ihr alle wißt, wie leicht eine Meinungsänderung eintreten könnte.« Die kühlen Augen schweiften über die aufmerksamen Gesichter. »Hier ist der Befehl.« Er schwenkte das Dokument, an dem das Großsiegel von England baumelte. »Was mich betrifft, meine Herren, sehe ich keinen Grund, Ihre Majestät noch mit weiteren Einzelheiten des Verfahrens zu behelligen. Ich schlage deshalb vor, daß wir alle gemeinsam die Verantwortung für die unverzügliche Ausführung des Befehls übernehmen.«

Cecils denkwürdiger Vorschlag führte zu der einmütigen Übereinkunft, daß niemand die Königin von der Maßnahme unterrichten sollte, bevor die Tat ausgeführt sei. Sich leise unterhaltend, schritten die Ratsmitglieder zu Tisch, nur Leicester verweilte noch in Cecils Zimmer. Er trat geistesabwesend gegen ein Holzscheit im Kamin, so daß eine Funkenfontäne in den Schornstein hinaufstob.

Cecil beobachtete ihn vom Lehnstuhl aus. »So«, sagte Leicester schließlich, finster in die Flammen starrend, »ich hoffe nur, wir haben das Richtige getan.«

»Wenn Ihr Zweifel hegt, Leicester, hättet Ihr sie zu gegebener Zeit äußern sollen«, entgegnete Cecil kühl. »Ich muß Euch hoffentlich nicht an Eure Pflicht erinnern. Es würde mehr als dreißig Silberlinge erfordern, Euch aus diesem Unternehmen freizukaufen, dessen versichere ich Euch!«

Leicester seufzte. Er war offensichtlich zu aufgewühlt, um über diesen Affront hinsichtlich seiner Integrität gekränkt zu sein. »Ich riet zu Meuchelmord, wußtet Ihr das?« sagte er nachdenklich. »Wie ich von Davison höre, hat sie meinen Rat schließlich doch angenommen. Meint Ihr nicht –«

Cecil runzelte die Stirn. »Paulet wird niemals einwilligen. Er weiß, daß er dafür verantwortlich gemacht würde. Und aus diesem Grund wird kein Mörder aus unseren Reihen an seiner Wache vorbeikommen. Schlagt es Euch aus dem Kopf, Leicester – der ehrenwerte Weg ist viel besser.«

»Ehrenwert!« Leicester bedachte ihn mit einem ironischen Blick.

»Es hinter ihrem Rücken tun nennt Ihr ehrenwert? Ich glaube kaum, daß sie diesen Ausdruck dafür wählen wird.«

»Wir sitzen alle in einem Boot«, stellte Cecil gleichmütig fest, »und unsere gemeinsame Front wird unser Schutzschild gegen ihren Zorn sein.«

Leicester schüttelte bekümmert den Kopf. »Kein Schild auf der Welt wird Euch hiernach schützen, mein Freund. Ich wage die schlimme Vermutung, daß es das Ende Eurer Laufbahn bedeutet.«

Cecil lächelte müde. »Ja, das würde Euch freuen, nicht wahr, Leicester? Alter Groll stirbt schwer, selbst nach so vielen Jahren. Doch wie dem auch sei, ich werde stets zu meinem Entschluß stehen. Es gilt das Leben der Königin um jeden Preis zu erhalten.«

Leicester kehrte sich vom Kamin ab und sah Cecil freimütig an.

»Auch um den Preis ihres Verstandes?«

Cecil blickte betreten fort. »So weit wird es nicht kommen.«

»Nein? Ich wünschte, ich wäre so sicher. Sie bereitet mir Sorgen, Cecil. Ich glaube, wir haben sie zu weit getrieben. Herrgott, Mann, seht Ihr nicht, wie labil sie ist? Diese Nachricht könnte ihr den Rest geben. Fändet Ihr es angenehm, Philipp mit einer regierungsunfähigen Königin gegenüberzutreten? Glaubt Ihr, wir hätten ohne sie eine Chance?«

»Ihr könntet Euch irren«, beharrte Cecil verbissen. »Wollt Ihr dann für ihr Leben bürgen?«

Leicester wandte sich brüsk ab. Es war eine unmögliche Wahl.

»Ich bete, *daß* ich mich irre«, sagte er schwerfällig. »Ich bete darum inniger als um alles andere auf dieser Welt. Und ich an Eurer Stelle, Cecil, ich würde ebenfalls beten, Tag und Nacht, bis der Augenblick kommt, da man es ihr sagen muß.«

In der großen Halle von Schloß Fotheringay war es still, als Maria Stuart, die verbundenen Augen tief in ein Samtkissen gebettet, sich vor den Holzblock kniete. Sie hatte während der Zeremonie die tragische Haltung eines Druidenopfers bewahrt, und ihre Würde hatte der feindseligen Menge atemlose Ehrfurcht eingeflößt. Sie hatte ihre Sünden bereut, die großen wie die kleinen, sie hatte ihren Feinden vergeben und in der endlosen Februarnacht, als sie bis zum Morgengrauen auf ihrem Betschemel kniete, ihren Frieden mit Gott gemacht. Sie hatte vor der Menschheit und vor Gott wie eine Heilige sterben wollen, aber als sie jetzt in der alles verschluckenden Finsternis auf den allerletzten Akt wartete, strebte ihr Geist nicht in den Himrnel, sondern in die Hölle.

Es war nur eine Kleinigkeit, aber die hatte ihr die Seelenruhe geraubt und ihren letzten Moment auf Erden zu einem Augenblick überwältigenden Hasses gemacht. In ihrem natürlichen Stolz hatte sie es für selbstverständlich gehalten, daß sie, wie es ihrem Rang zukam, durch den barmherzig raschen Streich eines Schwertes aus diesem Leben befördert würde. Aber in weniger als einer Sekunde würde ihr Kopf von dem gewöhnlichen Henkerbeil abgetrennt, das sie, halb verborgen, in dem Stroh, welches das Schafott bedeckte, hatte warten sehen. Dafür, und nur dafür, schwor sie der Frau ewige Rache, die dies, wie sie meinte, aus Gehässigkeit befohlen hatte.

Lieber Gott, gewähre mir die Gnade, sie bis ans Ende ihrer Tage zu verfolgen!

Die Worte erstickten in dem schwarzen Samt des Kissens, und ehe die letzte Silbe auf ihren zitternden Lippen erstarb, war das Beil gefallen. Dreimal fuhr es im Bogen durch die Luft, hieb es zu mit der ganzen ungeschickten Metzelei, die sie befürchtet hatte, ehe Marias Kopf schließlich von ihrem Leib rollte. Der Scharfrichter packte den Kopf an den Haaren, um ihn hochzuschwenken, erwischte aber nur eine kastanienbraune Perücke. Grauhaarig und blutverschmiert rollte der Kopf wie ein grausiger Ball über das Schafott, und ein Laut des Entsetzens stieg von den Zuschauern auf, denn die Augen waren offen, und die Lippen – es war deutlich zu sehen –, die Lippen bewegten sich noch. Marias kleiner Terrier kroch unter ihren roten Röcken hervor und kauerte sich in die Blutlache zwischen dem Kopf und dem zusammengesackten Leib. Lange Zeit rührte sich niemand, dann verwandelte hektische Geschäftigkeit die Szene. Der Hund wurde hinaufgetragen, um vom Blut seiner Herrin gesäubert zu werden. Kopf und Leib wurden zum Einbalsamieren fortgebracht, und während man den Block mit Marias Kleidern zum Verbrennen nach draußen schaffte, auf daß keine Märtyrerreliquien zurückblieben, sprengte ein Bote auf seinem Pferd aus dem Hof durch die Nacht, um die Nachricht von der Tat zum Greenwich-Palast zu bringen.

Cecil sagte: »Sie darf es noch nicht erfahren.« Der Bote gaffte ihn verblüfft an, und der Schatzmeister neigte mit einem ersten Anzeichen von Nervosität den Kopf. »Es wäre besser, es ihr nach und nach vorsichtig beizubringen«, sagte er heiser.

Eines schloß der Bote mit Sicherheit aus dieser unglaublichen Anordnung: Der große Cecil war ein sehr verängstigter Mann.

In London läuteten die Festglocken vierundzwanzig Stunden lang, während das Volk auf die Nachricht hin Freudenfeuer entzündete und die ganze Nacht auf den Straßen tanzte. Die Glocken waren es, die schließlich das Geheimnis der Ratsmitglieder verrieten, als die Königin sich bei einer Hofdame nach dem Grund für das Läuten erkundigte. An das, was danach geschah, erinnerte sich später niemand am Hof gerne zurück. Als ihr Schluchzen nach achtundvierzig Stunden lange genug einhielt, so daß sie ihre Stimme wiederfand, glich der Greenwich-Palast einem geistigen Schlachtfeld. Davison wartete im Tower, daß er für den Verrat ihres Vertrauens gehängt werde, Cecil war vom Hof verbannt mit der Begründung, daß der Anblick seines Gesichtes ihr zuwider sei, Walsingham befand sich in tiefster Ungnade und war in ihrer Gegenwart nicht geduldet. Erschrocken und verängstigt trösteten sie sich mit dem Wissen, daß sie es verwinden werde; nach einem Monat fanden sie sich mit dem Gedanken ab, daß dem womöglich nie so sein werde. Cecil saß allein in seinem großen Landhaus und sann über das Unheil nach, das ihn ereilt hatte. Zweimal hatte er in seiner langen und höchst erfolgreichen Laufbahn kundigen Gedankenlesens die Wünsche seiner Gebieterin mißdeutet, und zweimal war deswegen eine Frau gestorben. Aber diesmal war er so sicher gewesen, daß er tat, was sie wirklich wünschte, und die unvermutete, unsinnige Rache, die sie an ihm übte, hatte ihm die Sprache verschlagen. Er war erledigt – als wären all die Jahre hingebungsvollen Dienens wie Abfall, den man ihm in das welke Gesicht gekippt hatte –, vom Hof gejagt wie ein alter Hund, dessen Kunststückchen man überdrüssig geworden war. Sie hatte keine Verwendung mehr für ihn. Nur sein Alter hatte ihn davor bewahrt, Davison im Tower Gesellschaft zu leisten. Die verkrüppelte alte Gestalt saß über das Schreibpult gekrümmt.

Tag für Tag kritzelte er verzweifelte Briefe an seine königliche Gebieterin, und alle kamen ungeöffnet zurück, so daß er sie ablegen mußte mit dem methodischen Vermerk: »Annahme verweigert«. Anfangs hatte er sich mit gezwungener Munterkeit gesagt: »Ich habe ihre Stürme immer überstanden. In wenigen Tagen wird sie mich rufen lassen. Sie kann mich nicht entbehren.«

Eine Woche später: »Es heißt, sie ist krank. Was kann man erwarten, wenn sie sich weigert, zu essen oder zu schlafen? Aber sobald sie sich besser fühlt, wird alles vergeben sein.«

Zwei Wochen später hämmerte er mit den Fäusten auf den Tisch und schrie: »Ich weiß, wer dahintersteckt – Leicester. Er träufelt ihr sein Gift in die Ohren, er beeinflußt sie, wenn sie verletzlich ist, das hat er immer getan. Könnte ich nur mit ihr reden, würde sie nur nach mir schicken und mir die Chance geben, mich zu erklären ...«

Es wurde März, ehe er seine Chance erhielt. Der weißhaarige alte Mann stolperte durch sein Zimmer in seiner Hast, dem königlichen Ruf Folge zu leisten, wie ein ältlicher Hund, der endlich den Pfiff seines Herrn vernimmt.

Wenig später war er zurück. Er taumelte von seinem grauen Maultier und wankte, schwer auf den Arm seines Dieners gestützt, ins Haus.

Tränen liefen ihm über die runzligen Wangen und verloren sich in den weißen, drahtigen Haaren seines Bartes, als er sich die Szene bei der Königin in Erinnerung rief. Von Leicester gestützt, hatte sie dagestanden, sie sah so anders aus, so alt, in schwarzer Trauerkleidung, einen schwarzen Schleier vor dem Gesicht. Sie hatte ihm nicht die Hand zum Kuß gereicht und ihn während der ganzen Unterredung stehen lassen. Ihre Augen waren haßerfüllt. Er hatte versucht, vernünftig mit ihr zu sprechen, aber sie ließ ihn nicht ausreden. Sie nannte ihn Heuchler, Verräter, Schuft, und sogar Leicester hatte da weggesehen. Nicht Leicester war es, wie er gedacht, wie er gehofft hatte, sondern sie, sie allein. Der Zorn des Königs bedeutet Tod, sagte man – sie wollte es an ihm beweisen.

Sobald sich die Tür hinter Cecils gekrümmter, gebrochener Gestalt geschlossen hatte, verbeugte sich Walsingham und schlich, rasch einen mitleidigen Blick mit dem zurückbleibenden Leicester wechselnd, hinaus.

Nach der wild bewegten Szene, die sich soeben abgespielt hatte, trat beklemmende Stille ein. Die Königin in ihrem wallenden Trauergewand wanderte ziellos von einem Raum ihrer Privatgemächer zum anderen, getrieben von der krankhaften Unruhe, die sie Tag und Nacht plagte. Leicester folgte in einigem Abstand und beobachtete sie, wie sie ein zusammenhangloses Gespräch mit ihm führte, das ihn, was immer er erwiderte, bedrückend einseitig dünkte. Er merkte, daß seine Antworten nicht zur Kenntnis genommen wurden, daß sie, sich scheinbar an ihn wendend, in Wirklichkeit mit sich selbst sprach.

»Ich habe ihren Tod nicht gewollt. Niemals!«

»Aber als Ihr den Befehl unterzeichnet habt, nahmen wir alle an –«

»Niemand glaubt mir. Niemand wird mir jemals glauben. Niemand!«

»*Ich* glaube Euch. Um Himmels willen, Liebste, hört auf, Euch so zu quälen.«

»Ich sehe ihnen in die Augen und sage, ich habe es nicht gewollt, und ihre Augen sehen mich an und heißen mich Lügnerin. Mörderin. So viele habe ich getötet, und sie liegen alle still in ihren Gräbern, nur sie nicht – aber sie ist noch nicht beerdigt. Ja, das ist es wohl, nirgends wurde ihr Ruhe gegönnt. Ich werde ihr ein Staatsbegräbnis geben, mit allem Pomp und Zeremoniell, wie es einer Königin gebührt, was es auch kosten mag, vielleicht läßt sie mich dann in Ruhe.«

Sie ging ins Schlafgemach. Er eilte ihr nach, und ein eisiges Kribbeln überlief ihn. Sie starrte auf ihren seit Wochen nicht angetasteten Stickrahmen, zupfte hoffnungslos an den Stichen, trennte eine halbfertige Rose auf. Er trat zu ihr und nahm erschrocken ihre Hände.

»Was meint Ihr damit – dann läßt sie Euch in Ruhe?«

Sie sah auf. Angst stand in ihren Augen, dieselbe wilde, blinde Schreckensangst, die er gelegentlich erblickt hatte, wenn sie aus Alpträumen erwachte, Alpträumen, die zu schildern er sie nie hatte bewegen können. Er erinnerte sich an die Verwirrtheit, die endlose Minuten anhielt, bis die letzten Schlafschleier aus ihrem konfusen Hirn geschüttelt waren, an seine Erleichterung, wenn sie sich schließlich aufsetzte und, zitternd noch, lachte und sich entschuldigte, weil sie ihn wieder einmal rücksichtslos geweckt hatte, und vorschlug, sein angrenzendes Zimmer gegen ruhigere Räume zu tauschen.

Aber jetzt bestand keine Hoffnung, daß sie aufwachen und, wie zittrig auch immer, lachen würde, denn sie war hellwach.

Sie nahm seine Hand und drückte seine Finger auf die nackte Hautstelle zwischen ihrem Kinn und der großen Halskrause. »Da«, sagte sie, »Ihr könnt es fühlen, nicht wahr?«

Das haarfeine Netz von Rissen in ihrem Geist war für Leicester in diesem Augenblick so deutlich, als betrachte er eine antike griechische Vase, ebenso zerbrechlich und kostbar. Er wußte instinktiv, daß ein einziges falsches Wort das ganze gefährdete Gefäß zum Einsturz bringen würde. Er mußte seine Worte mit äußerster Sorgfalt wählen.

»Ja«, sagte er leise, behutsam, »ich kann es fühlen. Ich denke Ihr solltet mir vielleicht lieber sagen, wie es dahin gekommen ist.«

Ihre Augen, geweitet in einem Taumel der Erleichterung, blickten ihm ins Gesicht, und plötzlich sprudelten die Worte in einem atemlosen Sturzbach aus ihr hervor. Einzelne entgingen seinem Aufnahmevermögen wie das rasende Donnern eines mächtigen Wasserfalls, aber er bekam genügend mit, daß ihn vor Entsetzen schwindelte. Sie sprach immer wieder von der Eisenkette um ihren Hals und von Königinnen, ermordeten Königinnen, seinem Opfer und ihrem. Man schulde der andern, was diese jetzt suche, eine Brücke zurück ins Leben.

»... aber sie wird nicht von mir lassen, warum sollte sie? Ich habe ihr immer gehört. Darum kämpfen sie, sie kämpfen, wenn ich schlafe, und ihr Widerstreit verzehrt mich. Ich lasse die Kerzen in meinem Zimmer die ganze Nacht brennen, um es zu verhindern, ich fürchte den Schlaf mehr als den Tod.«

Als er ihrem irren Gefasel lauschte, verzerrte sich sein Gesicht, als wolle er gleich weinen. Sie sah es und versteifte sich und wich, eine Hand an der Kehle, vor ihm zurück.

»Bin ich wahnsinnig?« flüsterte sie hohl. »Fühlt es sich so

an? Soll ich eingesperrt werden?« Sie preßte die Hände in wachsender Panik an die Schläfen. »Ich hätte es Euch nicht sagen sollen, ich hätte es keinem sagen sollen ...«

Er küßte ihr leidenschaftlich die Hände. »Ich schwöre Euch«, sagte er mit seltsam erstickter Stimme, »ich schwöre Euch, und Gott ist mein Zeuge, daß ich niemals darüber sprechen oder Euch irgendwem verraten werde.«

»Ich bin von allen verraten worden, die mir am nächsten stehen«, sagte sie dumpf. »Ihr seid alles, was mir von einer Schlangengrube geblieben ist.«

Welche Rolle er bei diesem Verrat gespielt hatte, schien sie vergessen zu haben. Er allein war dem Zorn entkommen, mit dem sie die anderen Ratsmitglieder bestraft hatte, und jetzt begriff er, warum.

»Helft mir, Robert«, bat sie ihn plötzlich in wilder Verzweiflung, »helft mir, mich zu befreien, solange noch Zeit ist. Ich kann es nicht ertragen, wieder eingesperrt zu werden ...«

Maria war es, vor der sie sich fürchtete, nicht ihre Mutter. Er hatte genug von ihrem Gefasel verstanden, um dies daraus zu schließen, und nun überlegte er verzweifelt und betete um Inspiration, und er fand sie plötzlich und ganz unerwartet in Elisabeths Worten. »Ein Staatsbegräbnis«, sagte er fest. »Sie wird ruhen, wenn Ihr sie anständig beerdigt habt, mit allem Zeremoniell, das einer Herrscherin gebührt. Ihr werdet Frieden haben, wenn es vollbracht ist, ich schwöre es.«

Sie nickte stumm, und er sah, daß sie nicht überzeugt war. »Laßt mich heute nacht bei Euch sitzen«, sagte er rasch, »und jede Nacht, bis es vorüber ist.«

Sie lächelte abwesend und berührte seine Wange. »Und ich Euch auch in einen Sarg lege? An dem Tag, da ich das tue, muß auch einer für mich bereitstehen.«

Von allem, was sie in all den Jahren zu ihm gesagt hatte, kam dies einer Liebeserklärung am nächsten. Er vernahm es mit einer eigentümlichen Empfindung, als hätte sein Herz sich in seiner Brust zu einer Kugel aus heißem Blei zusammengezogen, und ein Brennen in der Kehle machte ihm das Schlucken schwer.

Ihr rastloses Wandern hatte sie zu ihrem Nachttisch

geführt, wo sie in einer großen goldenen Schatulle ihre kostbarsten Besitztümer unter Schloß und Riegel verwahrte. Sie enthielt seine eigene Miniatur, das wußte er, weil sie es ihm einmal gesagt hatte – es war ihm nie gestattet gewesen, selbst einen Blick hineinzuwerfen.

Die Schatulle war ausnahmsweise offen, und Elisabeth befingerte etwas ihm Unsichtbares darin. Er trat so leise hinter sie, daß sie ihn in ihrer Versunkenheit nicht hörte.

Und so kam es, daß er es sah.

»O Gott«, sagte er hohl. »Lieber Gott.«

Sie stöhnte, ein erschrecktes, schuldbewußtes Zischen, als er das Püppchen herausnahm. Er hatte es in Hampton Court vor beinahe vierzig Jahren gesehen, an jenem Abend, als sie ihm zum erstenmal sagte, daß sie nie heiraten werde.

Es war genau, wie er es in Erinnerung hatte – in schwarzen Satin gekleidet und ohne Kopf.

Leicesters Gesicht war bleich, als er sich ihr langsam zuwendete und ihre Blicke sich trafen. »Ich werde das abscheuliche Ding verbrennen«, sagte er.

»Nein!« Elisabeth entriß es ihm. »O nein, noch nicht. *Noch nicht! Sie will es nicht*!«

Sie war so erregt, daß er Angst hatte, die Sache weiter zu verfolgen. Zögernd gab er ihr das gräßliche kleine Ding zurück und sah zu, wie sie es in fieberhafter Verzweiflung wieder in die Schatulle schloß. Da wußte er, daß sie schon lange krank war, viel länger, als er gedacht hatte. Vieles, das ihm im Laufe der Jahre rätselhaft erschienen war und ihn verstimmt hatte, war mit einemmal klar – und seltsam unwichtig, denn nichts zählte jetzt mehr außer der Notwendigkeit, sie vor Entdeckung und dem Schicksal geisteskranker Monarchen zu bewahren. Entwürdigende Einkerkerung, heimlicher Tod – er würde es nicht zulassen. Es mußte einen Weg geben, die Asche ihrer Eitelkeit zu entzünden, auf daß sie sich wieder erhebe wie der sagenhafte Phönix. Er konnte es nicht tun, es gebrach ihm an Jugend und Vitalität. Aber es gab einen, dem es gelingen könnte. Und ohne die möglichen Folgen seines Vorschlags zu bedenken, bemerkte er beiläufig, daß es schon viel zu lange her sei, seit sie seinen Stiefsohn, den Grafen von Essex, empfangen habe.

Sie reagierte mit so heftigem Zorn auf seinen Vorschlag – sie habe nicht den Wunsch, diesen ungehobelten Jüngling zu sehen –, daß Leicester sogleich überzeugt war, auf dem richtigen Weg zu sein; es war das erste Mal seit Wochen, daß etwas sie genügend interessierte, um sie zu erzürnen.

»Und warum nicht?« fragte er, sie geschickt provozierend. »Ist es gerecht, den Knaben zu verdammen, weil er der Sohn seiner Mutter ist, *das Junge der Wölfin*?«

Das wirkte. Es war das einzige Mal, daß er es wagte, sie mit Lettice zu necken, die sie nie mit Namen nannte, sondern nur mit diesem kränkenden Spitznamen – und niemals vor ihm. Bis jetzt war es eine unausgesprochene Übereinkunft gewesen, daß Lettice nicht existierte. Als Elisabeth sich zu ihm umdrehte, sah er, daß er sein Ziel erreicht hatte; zumindest für den Augenblick war Maria Stuart vergessen. »Ich weiß nicht, was Ihr mir unterstellen wollt«, sagte sie scharf. »Ich war vollkommen gerecht zu allen ihren Kindern – ich habe den Mädchen eine Stellung bei Hof gegeben.«

»Aber der Knabe ist es, der wirklich zählt – und was habt Ihr zu seiner Förderung getan? Nichts! Der Bursche verfügt über keine Mittel, um seinen Titel zu erhalten, und er fängt schon an, mir seine Abhängigkeit zu verübeln – Lettice sagt, Ihr hegt ihretwegen einen Groll gegen ihn.«

»Ich hege keinen Groll«, beteuerte sie aufgebracht. »Wie kann sie es wagen, mich mit ihren kleinlichen Gefühlen zu messen! Guter Gott, sie wird diese Worte zurücknehmen ...«

»Dann werdet Ihr ihm eine Stellung geben?« Leicester dachte einen Moment nach und lächelte. »Ihr könntet ihn natürlich zum Oberstallmeister ernennen.«

Elisabeth starrte ihn an. »Der Posten ist nicht zu vergeben.«

»Er wäre es aber, wenn ich zurückträte, und das wäre wohl angebracht. Ich halte seit Jahren nur aus sentimentaler Anhänglichkeit daran fest – das allererste Geschenk, das Ihr mir als Königin machtet. Aber ich bekleide jetzt so viele andere Ämter, und der Posten eignet sich sehr für einen jungen Mann. Soll er ihn haben; glaubt mir, er kann die tausendfünfhundert Pfund im Jahr gut gebrauchen.«

Bei der Erwähnung von Geld wurde sie sogleich wachsam und mißtrauisch. »Das ist eine hohe Summe für einen unerfahrenen Burschen, selbst wenn Ihr ihn empfohlen habt, Robert.«

»Dann überzeugt Euch von seiner Eignung, empfangt ihn heute abend. Es wird ihm nichts ausmachen, wenn Ihr bis zum Morgengrauen reden und Karten spielen möchtet. In seiner Gesellschaft wird Euch kein Schatten belästigen, das verspreche ich Euch.«

Der lebendige Funke in ihren Augen erlosch. Sie entzog Robert ihre Hände, und er erlebte einen Moment bitterer Enttäuschung, als sie ihr zielloses Umherwandern wieder aufnahm. Es hatte keinen Sinn – nichts half! Nichts vermochte ihr Interesse lange genug zu fesseln, um den tückischen Kreislauf schuldbewußter Verzweiflung zu zerbrechen.

Er dachte dumpf: Sie werden sie nicht in den Tower bringen. Sollte es soweit kommen, behalte ich sie bei mir in Kenilworth. Und sollte ich Grund haben, König Jakob zu mißtrauen, bringe ich sie ins Ausland …

Sie blieb vor einem venezianischen Wandspiegel stehen. Robert sah sie stirnrunzelnd ihr Spiegelbild betrachten und ärgerlich an einer zerdrückten Locke zupfen.

Kurz darauf blickte sie ihn über die Schulter an. »Und was soll ich anziehen, wenn ich ihn heute abend empfange?«

Leicester lächelte erleichtert, als er die Hand ergriff, die sie ihm darbot. Was immer sie für Essex tragen würde, er wollte jedenfalls dafür sorgen, daß es nicht Schwarz war!

31

Einsam stand der rauhe Steinpalast des Escorial inmitten der unfruchtbaren Ödnis in der Mittagssonne. In seiner spartanischen kleinen Kammer brütete der mächtige Herrscher über die halbe Welt 1588 kurzsichtig über den Dokumenten, die in ordentlichen Stapeln auf einem Tisch mit Goldintarsien lagen. Er sah nicht wie ein mächtiger Herrscher aus. In seinem ewigen Schwarz über die Papiere gebeugt, Randbemerkungen kritzelnd und endlose Berichte und Notizen schreibend, ähnelte er eher einem ältlichen, unterernährten Schreiber. Halb blind, von Rheumatismus gekrümmt, war Philipp II. von Spanien mit einundsechzig Jahren dasselbe Muster an Geduld wie in seiner verlorenen Jugend. Er lachte nie, fuhr nie aus der Haut, nicht einmal dann, als der erschöpfte Sekretär Tinte statt Sand über seines Königs soeben beendeten Brief geschüttet hatte.

»Sand zu nehmen wäre besser gewesen«, hatte Philipp trocken bemerkt und den ganzen Brief noch einmal geschrieben. Solch heiligmäßige Geduld hätte liebenswert sein können, doch Philipp strahlte wenig Wärme auf sein Volk oder die Untergebenen in seiner Nähe aus. Es war, als dienten sie einer lebendigen Statue. Beschränkung war der Grundsatz, der sein Leben bestimmte, und Selbstbeschränkung allein hatte ihn befähigt, dreißig Jahre zu warten, ehe er sich an England rächte, dieser elenden kleinen Halbinsel voll Ketzer, die blühte und gedieh und ihn ständig narrte. Dreißig Jahre hatte sie ihn mit unerhörten, schamlosen Winkelzügen ferngehalten. Sie hatte seinen heiligen Kreuzzug gegen die Ketzer verhöhnt! »Kann er seine Untertanen nicht auf ihre Art zum Teufel gehen lassen?«

Sie hatte seine Feindschaft verhöhnt, als sei er ein schwachsinniges Kind, das immer nur mit Schiffsmodellen spielte: »Guten Morgen, Mendoza. Kommt Ihr wieder einmal, um den Krieg zu erklären?«

Und sie hatte seine Achillesferse entdeckt, den einzigen schwachen Punkt, den sie einer kichernden Welt offenbart hatte: »Da meine und seine Feindschaft mit Liebe begann, dürft Ihr nicht denken, wir könnten uns nicht vertragen, wann immer es mir gefällt.«

Oh, sich für all diese grausamen Ausfälligkeiten an ihr zu rächen! Er hatte sie einst geliebt, ein wenig – vielleicht mehr, als er je freiwillig zu bekennen bereit war, höchstens seinem Beichtvater auf dem Sterbebett. Ein ganzes Leben schien er nun zurückzuliegen, dieser kurze Frühling, als sie die Düsternis seiner verfluchten Ehe gleich einem Messer aus strahlendem Sonnenlicht durchschnitten hatte, ein aufreizendes junges Ding von einundzwanzig Jahren. Noch heute hielt er bei der Erinnerung an ihr Lachen und den verheißungsvollen Blick ihrer Augen den Atem an.

Jetzt würde sie ihn allerdings nicht mehr so ansehen. Sie war alt!

Seine Vernarrtheit hatte sich längst in unsterblichen Haß verwandelt, und bald würde sie ihn nicht mehr verhöhnen.

Das »Unternehmen England« war ein persönlicher Rachefeldzug gegen die Frau, die er allen Ernstes für den Teufel in Menschengestalt hielt. Wenn er es recht bedachte, war es nur folgerichtig, daß der Antichrist eine Frau war – war nicht eine Frau schuld am ersten Sündenfall? Seltsame Geschichten waren über sie im Umlauf, die ihr Erzfeind Mendoza ihm getreulich zutrug. Wie sie ohnmächtig und trotz aller Belebungsversuche vier Stunden bewußtlos war, »eine Indisponiertheit«, berichtete Mendoza bedeutungsvoll, »für die sie gelegentlich anfällig ist«. Oh, er wußte recht wohl, was Mendoza damit andeuten wollte. Zuweilen konnte der Geist einer Hexe aus ihrem Leib abberufen werden, um mit der Unterwelt zu kommunizieren, während der Gastkörper in einer Besinnungslosigkeit verharrte, welche Elisabeths Zustand bemerkenswert ähnlich war. Von Zeit zu Zeit schien sie Gesichte zu haben, nicht wahrnehmbar für das menschliche Auge. Erst letztes Jahr war sie auf dem Weg zu ihrer Kapelle plötzlich stehengeblieben, hatte etwas Unsichtbares angestarrt, dermaßen von Furcht übermannt, daß sie ihren Weg zur Kirche nicht fortsetzen konnte, sondern in ihre Gemächer geführt werden mußte. Wo war sie in den verlorenen vier Stunden gewesen? Und was hatte sie so furchtbar erschreckt, daß sie das Haus Gottes nicht betreten konnte?

Sein Gesandter hatte ihn vor langer Zeit gewarnt, daß sie des Teufels sei. Er hatte es lange nicht wahrhaben wollen und gehofft, sie für sich und seine Kirche zu gewinnen. Nun aber wußte er, daß es stimmte. Sie war eine Hexe und mußte auf dem Scheiterhaufen verbrannt werden.

Er malte sich dieses Verbrennen genüßlich aus. Sie hatte es verdient, dafür, wie sie ihn damals behandelt hatte. Was sie auch behauptete – er war es, der ihr die Krone von England aufgesetzt und sie so lange gehalten hatte, bis sie die Kraft gewonnen hatte, sie ohne seine Hilfe festzuhalten. Was war er für ein Narr gewesen, von der List einer Frau übertölpelt wie ein liebeskranker Stallknecht. Das Gefühl der Erniedrigung war nie verheilt; es war eine langsam faulende Wunde. Jetzt wollte er Krieg mit ihr, und es war Gottes erklärte Absicht, daß sein Unternehmen gedieh.

Nach Jahren des Bangens und der Unentschlossenheit war er trotz aller denkbaren Rückschläge fest zum Handeln entschlossen. Durch Francis Drakes Blitzüberfall auf Cadiz und La Coruna im Jahr 1587 hatte sich die Expedition um mehr als ein Jahr verzögert. Drake habe gegen ihren ausdrücklichen Befehl gehandelt, behauptete Elisabeth unbekümmert. Sie werde diesen verdammten Schurken wirklich eines Tages hängen lassen müssen – der glaube wohl, er beherrsche die sieben Meere.

O ja, sie hatte in gespieltem Entsetzen die Hände ausgebreitet und allerlei Versöhnliches gesagt – aber sie hatte Drake still willkommen geheißen und den Löwenanteil der Beute eingesackt.

Der Überfall war für Spanien ein harter Schlag gewesen. Tausende Schiffstonnagen waren dabei verlorengegangen. Die Behebung der Schäden hatte zwölf Monate in Anspruch genommen, und der Feind hatte die Absichten der Spanier klar erkannt. Sogenannte Verbündete waren lächelnd abtrünnig geworden – sogar der Papst hatte gespottet: »Wir bedauern, dies sagen zu müssen, aber wir haben eine schlechte Meinung von der Armada und fürchten ein Desaster.«

Aber Philipp würde triumphieren, und kein Ungemach vermochte seinen Glauben an seinen Sieg zu schwächen. Nicht einmal der Tod seines Großadmirals hatte ihn entmutigt. Er teilte die Meinung der anderen nicht, daß niemand fähig sei, den Admiral kurzfristig zu ersetzen, und übertrug dem Herzog von Medina Sidonia die Verantwortung. Gewiß, der Herzog hatte abgewinkt mit der Entschuldigung, er sei kaum zur See gefahren, im Kampf schon gar nicht, und hatte wehleidig behauptet, er werde jedesmal seekrank und bekomme einen Schnupfen. Er sei ganz gewiß nicht der richtige Mann.

Philipp wollte nichts davon hören. Er hatte die Verfügung getroffen und wollte seinen Entschluß nicht überdenken.

Zudem hatte ihm die Bescheidenheit des Mannes gefallen. Er schätzte diese Tugend bei seinen Untergebenen und besaß ein Gespür für Feinheiten. Sein Unternehmen würde nicht von einem gewöhnlichen Piraten vom Schlage eines Drake geleitet, sondern von dem höchstrangigen Edelmann am spanischen Hof. Und wegen seiner Unzulänglichkeit brauchte sich der Herzog keine Sorgen zu machen – er würde nicht auf sein eigenes Urteilsvermögen angewiesen sein! Ein umfangreiches Dossier mit des Königs persönlichen, peinlich genauen Anweisungen, wie er jeweils vorzugehen habe, würde den spanischen Admiral begleiten. Und mit Gott zu seiner Rechten, der das ganze Unternehmen leitete, konnte es nur zum Sieg führen!

Mit der heiteren Gelassenheit des Fanatikers faßte Philipp seinen Plan, der nicht fehlschlagen konnte. Einhundertfünfzig bewaffnete Schiffe sollten über den Kanal segeln, bei Dünkirchen das Heer des Herzogs von Parma an Bord nehmen und in England landen. Die Landung war alles, was Medina Sidonia selbst in die Hand nehmen mußte – Parmas Heer würde das übrige tun. Dreißigtausend der bestausgebildeten Streitkräfte der Welt würden jeden Kriegsschauplatz, auf dem die Engländer Widerstand leisteten, buchstäblich zu einem Schlachtfeld machen; England war bekannt für seine unzureichende militärische Verteidigung.

»Die Verhandlungen sind ein Täuschungsmanöver«, erklärte Leicester wütend. »Parma wünscht keinen Frieden!« – »Er wünscht auch keinen Krieg«, bemerkte Elisabeth ruhig, »nicht nach dem elenden Winter, den er bei knappen Rationen unter Zeltplanen verbracht hat. Er hat die Hälfte seiner Armee durch Krankheit und Fahnenflucht verloren. Würdet Ihr an seiner Stelle den Krieg wollen?«

»Nein.« Leicester errötete und blickte rasch fort. »Aber ich bin als Kommandant nicht halb so gut wie Parma. Der Mann ist ein militärisches Genie.«

»Selbst ein militärisches Genie kann von Verzögerungen und widersprüchlichen Instruktionen die Nase voll haben. Natürlich traue ich dem Mann auch nicht. Aber wenn ich der gute Philipp wäre, würde ich Parmas Loyalität noch weniger trauen. Die Friedensverhandlungen werden bis zum letztmöglichen Moment fortgesetzt. Sollten sie fehlschlagen, werden wir kämpfen.«

»Womit, wenn ich fragen darf, Madam – mit einer Armee ahnungsloser Rekruten, die bei einer Pike kaum vorne und hinten unterscheiden können?»

»Sie müssen landen, ehe es soweit kommt. Ich darf Euch daran erinnern, daß die Franzosen mich aus gutem Grund Königin der Meere nennen.«

»Und ich darf *Euch* daran erinnern, daß die Königin der Meere letzten Juli ihre Flotte stillgelegt hat – warum, weiß Gott allein.«

Elisabeth runzelte die Stirn. »Wollt Ihr sagen, ich hätte die Seeleute ein ganzes Jahr bei vollem Lohn müßig auf eine Flotte warten lassen sollen, die noch immer im Hafen liegt? Wißt Ihr, was es *kostet*, eine Flotte verkehrsfähig zu halten?« Sie winkte unwillig ab, als er etwas entgegnen wollte. »Nein, das wißt Ihr nicht! Ihr seid nicht einmal imstande, Euren eigenen Haushalt zahlungsfähig zu halten. Zwölftausend Pfund monatlich verschlingen diese hölzernen Seeungeheuer – hätte ich den Rat von Bangemachern wie Ihr befolgt, wären wir jetzt bankrott!«

Er blieb hartnäckig bei seiner Meinung, es sei ein selbstmörderisches Risiko.

»Ein kalkuliertes Risiko«, erwiderte sie ruhig. »Alle meine Gewährsleute haben mir versichert, daß mir nach Drakes Überfall eine Frist von einem Jahr bliebe. Was quengelt Ihr also? Die Zeit hat bewiesen, daß ich recht habe, oder?«

»Ihr habt immer recht«, sagte er langsam, und er sah sie ganz merkwürdig an, »manchmal denke ich beinahe –« Er ließ den Satz unvollendet und schlug geistesabwesend auf den riesigen Globus am Fenster, der sich daraufhin rasend schnell drehte. Als er zum Stillstand kam, blickte Leicester direkt auf den englischen Kanal. »Die Flotte sollte nicht hierbleiben wie eine Schar brütende Enten«, brummte er. »Ich sage, laßt die Kapitäne auslaufen und zum Angriff übergehen.«

»Die Flotte bleibt hier, um die Küste zu verteidigen.« Ihre Stimme duldete keinen Widerspruch. Leicester schwieg. Als sie kurz darauf seinen nachdenklichen Blick auffing, bedachte sie ihn mit einem schiefen Lächeln. »Und Ihr braucht mich nicht so anzusehen – ich bin im vollen Besitz meiner geistigen Kräfte.«

»Selbstverständlich«, beeilte er sich zu sagen. »Wie könnte es anders sein?«

Sie erwiderte standhaft seinen Blick; sie wußte, daß seine Erinnerung zum vergangenen Jahr gewandert war. »Es hätte anders sein können«, gab sie leise zu, »aber das ist vorbei, Robert, ein für allemal vorbei. Seht mich an. Habe ich mich jetzt etwa nicht in der Hand?«

Die Züge seines verwitterten, von periodischen Krankheitsanfällen verwüsteten Gesichts wurden von einem sanften Lächeln verklärt. »Ihr habt uns alle vollkommen in der Hand, meine Königin. Und keine Meinungsverschiedenheit wegen irgendwelcher Strategien wird jemals meinen Glauben an Eure Urteilskraft erschüttern.«

Sie lachte hell auf. »Oh, Ihr respektiert mein Glück, das weiß ich unterdessen, Robert.«

Sie wandte sich wieder ihrer Arbeit zu, ohne ihn weiter zu beachten, und er grübelte unterdessen über den allgemein verbreiteten Glauben an ihr Glück nach. Ganz England war von einer seltsamen Mischung aus Loyalität und Optimismus durchdrungen. Katholiken und Protestanten gingen Hand in Hand, um Königin und Vaterland zu verteidigen, alle beseelt von einem hündischen Glauben an die Fähigkeiten der Frau, die sie führte. Im ganzen Land herrschte patriotische Hochstimmung, die Elisabeths Zuversicht entströmte. Ob wahnsinnig oder nicht, es war allein ihre Hand am Zügel, die beruhigend wirkte, ihre einmalige Ausstrahlung, die ihr Volk – bekanntlich wankelmütig und unbeständig – nun schwören ließ, sie bis zum letzten Mann gegen den bigotten kleinen Heiligen auf dem Escorial zu verteidigen.

In den rauchigen Wirtshäusern sprachen sie bierselig von ihr und nannten sie Gloriana. Sie schmückten das Bild ihrer Göttin mit allen Geschichten aus, die man sich je von ihrer Brillanz, ihrer Klugheit, ihrer unbedingten Menschlichkeit erzählt hatte. Sie kicherten über die lange Liste von Freiern, die gekrönten Häupter Europas, die sich zum Narren gemacht hatten und ihr über zwanzig Jahre lang nachgelaufen waren. Die Freier, die sie betört, die Piraten, die sie unterstützt, die Gesandten, die sie hinters Licht geführt hatte – man mußte ihre Waghalsigkeit und die Art und Weise bewundern, wie sie das alles bewältigt hatte. Sie priesen ihre Güte und gingen stillschweigend über die wenigen grausamen Ausnahmen hinweg, denn was immer sie getan hatte, nie war sie so schnell mit Rache bei der Hand wie ihr furchtbarer Vater.

Dreißig Jahre des Reisens inmitten ihres Volkes hatten sie gelehrt, seine Bedürfnisse zu verstehen. Der Puritanismus hatte im Parlament vergeblich sein ausgemergeltes Haupt erhoben: Sie hatte den unpopulären Gesetzesentwurf zur Schaffung des »englischen Sonntags« abgelehnt, der bewirkt hätte, daß mit einem Schlag Hahnenkämpfe, Bärenhatz, Volksfeste und Märkte, kurz, alles, was für einen gewöhnlichen Menschen zum Ruhetag gehörte, verboten worden wären. Sie hatte die Einführung der Todesstrafe für Ehebruch, Gotteslästerung und Ketzerei abgelehnt und Londons Theatertruppen durch Gründung ihrer eigenen Truppe vor der Auflösung bewahrt. Bislang hatte kein Puritaner gewagt, im Unterhaus die Auflösung der königlichen Truppe zu beantragen!

Noch immer begegnete sie den zahlreichen fruchtlosen Versuchen, ihr zur ewigen Ruhe zu verhelfen, mit heiterer Gelassenheit. Ihre ständigen, schlecht bewachten Auftritte in den Straßen von London machten sie besonders beliebt beim Volk, das Mut über alles schätzte. Die Leute sagten, sie sei ohne Furcht. Sie irrten sich, aber das würden sie nie erfahren, und dies war vielleicht der schlagendste Beweis ihrer Courage.

Leicester beobachtete sie mit grimmiger Zärtlichkeit, derselben verwirrten, widerwilligen Bewunderung, die er sein ganzes Leben für sie gehegt hatte, von jenem Augenblick an, als er sie in der Kinderstube erstmals finster angesehen hatte. Bestünde sein einziges Anrecht auf Ruhm darin, von der bemerkenswertesten Frau ihres Zeitalters geliebt worden zu sein, er wäre stolz darauf. Für Leicester grenzte es an ein Wunder, daß sie immer noch an ihrem Platz saß, die Zügel der Herrschaft fest in Händen. Sie hatte Entsetzen und

Schuldgefühle verdrängt, die ihren Geist zu zerstören drohten, und stand abermals scheinbar aufrecht und unangreifbar auf ihrer Höhe. Scheinbar – vielleicht war es nicht mehr als das, aber für England genügte es vorerst. Und dies machte ihn stolzer auf sie als die lange Liste ihrer politischen Leistungen. Der junge Graf von Essex hatte das erste kleine Wunder vollbracht, die erste Willensanstrengung bewirkt; die Bedrohung Englands hatte das übrige getan. Im Spätfrühling des Jahres 1587 war Elisabeth weit genug aus dem finsteren Abgrund ihrer Verzweiflung aufgestiegen, um wieder Entscheidungen treffen zu können. Und die erste, am schwersten wiegende war die Wiedereinsetzung ihres Lordkanzlers.

Cecil kehrte also an den Hof zurück, und als sie ihren Lordkanzler und Schatzmeister wieder in ihr Netz gezogen hatte, fing ihre Macht alle Männer bei Hof ein. Geschickt verwob sie die einzelnen Fäden ihrer Loyalität zu einem einzigen starken Gebilde. Von ihrer Entschlußkraft verklärt, war sie unwiderstehlich. Keiner konnte sich ihrem Zauber entziehen, weder Höfling noch Ratsmitglied. Poeten und Piraten, Schurken und Glücksritter waren in ihren Diensten vereint, wie nur Elisabeth sie zu vereinen imstande war. Nie zuvor fühlte sich Leicester, der sie mit ehrfürchtiger Faszination bewunderte, mehr an eine Bienenkönigin erinnert, und tatsächlich hatte ihr Einfluß auf den Schwarm etwas von jenem Naturgeheimnis. Arbeitsbienen und Drohnen gleich, nahmen die Männer die ihnen zukommenden Plätze ein, blindlings, ohne zu fragen, warum sie ihr Leben für eine aussichtslose Sache aufs Spiel setzten.

Denn daß es eine aussichtslose Sache war, davon war Leicester überzeugt. Er betrachtete die Nachteile der Engländer mit der kühlen Logik eines Mathematikers. Kein Mensch, der alle fünf Sinne beisammen hatte, würde auch nur eine einzige Goldkrone auf ihr Überleben setzen. Eine Handvoll moderner Schiffe und eine Armee von Amateuren! Welche Chancen hatten sie gegen Philipps riesige Galeonen und Parmas disziplinierte Truppen? Der bloße Gedanke, wie diese auf Plymouth zusteuerten, sollte genügen, daß jeder vernünftige Mann die Königin im Stich ließ und um sein Leben rannte.

Nur, keiner würde sie verlassen, zuallerletzt er selbst – das war das Wunder. Und wenn er ihr ins Gesicht sah, wußte er, daß sie gegen alle Logik siegen würden.

Diese Volksmutter von eigenen Gnaden säugte sie alle aus einer unerschöpflichen Kraftquelle, mit einem berauschenden Trunk, der den gesunden Selbsterhaltungstrieb des Menschen an der Nase herumführte. Jeder, der in ihre Nähe kam, verließ sie in einem Zustand euphorischer Begeisterung, überzeugt von seiner angeborenen Fähigkeit, unversehrt durchs Feuer zu gehen.

Ihre Macht war eine greifbare Kraft, die er weder vernünftig erklären noch außer acht lassen konnte. Von Neugier verzehrt, drängte es ihn zu erfahren, woher diese Macht kam.

Und was sie dafür hingab!

»Elisabeth.« Seine Zunge fühlte sich plötzlich vor lauter Angst trocken und geschwollen an. Wie hatte Cecil einst gesagt? Eine sehr gefährliche Beschuldigung – manche würden sagen, ein verräterischer Akt.

Es könnte ihn auf den Richtblock bringen.

Andererseits – es könnte sie auf den Scheiterhaufen bringen.

Sie hob milde überrascht die gemalten Augenbrauen. »Ihr seid noch hier? Ich dachte, Ihr seid längst in Tilbury und bildet die frisch eingezogenen Rekruten aus.«

Er blickte zu Boden. »Ehe ich gehe – wollt Ihr mir eine Frage beantworten?«

Sie seufzte, blätterte in ihren Papieren; sie war wirklich sehr beschäftigt. »Fragt nur, aber rasch; Cecil wartet draußen.«

»Seid Ihr eine Hexe?«

Die Worte hingen in der Luft, er erschrak über sich selbst. Wie hatte er nur so drauflos fragen können, ohne Sinn und Verstand, so daß keinem von ihnen ein Fluchtweg blieb?

Sie sah ihn stumm an. Langsam erhob sie sich, ein sich emporwindender Schatten, bis sie vor seinem entsetzten Blick turmhoch aufragte, alles durchdringend, allwissend. Es war ein heißer Sommertag, und all seine Sinne pulsierten und surrten. Er fuhr sich instinktiv mit der Hand über die Augen.

»Robert?«

Er blinzelte und sah sie neben sich stehen, einen Kopf kleiner als er, wie sie immer gewesen war, ihre Hand auf seinem Arm.

»Diese Hitze«, murmelte er und wischte sich mit ihrem Taschentuch die Stirn. Sie klopfte ihm lächelnd auf den feisten Wanst. »Diese Polster tun nicht gut. Ihr werdet Euch in Tilbury nicht über Gebühr strapazieren, hört Ihr?« Sie runzelte die Stirn, schien sich an etwas zu erinnern. »Was wolltet Ihr mich fragen?«

War es möglich, daß sie ihm so wenig Aufmerksamkeit geschenkt und sein ängstliches Gemurmel tatsächlich nicht gehört hatte? Oder bot sie ihnen beiden den einzig sicheren Ausweg? Er würde es nie erfahren; er würde nie wagen, noch einmal zu fragen.

Er lachte ein wenig unsicher und sagte, es sei nicht wichtig. Dann ging er, um Cecil zu melden, er könne hineingehen.

Mitte Mai 1588 segelte ein endloser Zug spanischer Schiffe unter ihrem widerwilligen Kommandanten durch Sturm und sintflutartige Regenfälle. Medina Sidonia war entsetzt über »eine See, wie es sie seit Menschengedenken im Sommer nicht gab«, plötzliche Stürme, welche die präzise Formation der spanischen Schiffe durcheinander brachten und solche Verwüstungen anrichteten, daß sie gezwungen waren, bis Mitte Juni vor La Coruna Schutz zu suchen. Sie hatten Zeit verloren, und das lebenswichtige Überraschungsmoment war dahin. Die englische Flotte war mobilisiert worden, und während Medina Sidonia über dem Dossier mit Philipps Anweisungen brütete, erteilte Elisabeth ihrem Admiral und seinen Vizeadmiralen volle Machtbefugnis.

Am 19. Juli wurde die spanische Flotte gesichtet, und in der Sommerdämmerung schossen die Signalfeuer auf. Eine Kette von Warnlichtern loderte durch ganz England bis zur schottischen Grenze.

London brodelte in fieberhafter Geschäftigkeit. Der Hof

zog um in den St.-James-Palast, und im Süden lösten die Signalfeuer eine Welle der Rekrutierung, Ausbildung und Bewaffnung aus. Knaben entschlüpften ihren Müttern und kamen in Scharen nach Tilbury, wo Leicesters Armee ihr Lager aufgeschlagen hatte. Der Rat ersuchte die Königin besorgt, sich um ihrer Sicherheit willen ins Landesinnere zurückzuziehen. Würde sie gefangengenommen, wäre der Hauptzweck der Invasion erfüllt. Sie aber sprach davon, an die Küste zu gehen, und Leicester schrieb in panischer Angst: »Ich kann dem nicht zustimmen, denn von Eurem Wohlergehen hängt alles ab – bewahret dieses vor allem anderen.«

Kerzen brannten die ganze Nacht im St.-James-Palast. Leicester ritt zwischen Tilbury und London hin und her und konferierte bis drei Uhr früh. Und im August gaben er und die übrigen Ratsmitglieder Elisabeths Entschlossenheit nach.

Sie wollte nach Tilbury, um ihre Armee persönlich zu inspizieren.

Die ungeheure spanische Seeschlange hatte sich unbarmherzig auf die Küste Cornwalls zugewälzt und war am 19. Juli bei Einbruch der Nacht vor Anker gegangen. Am folgenden Tag brachte das persönliche Beiboot des englischen Admirals dem spanischen Kommandanten die Kriegserklärung der Engländer, und damit war der Kampf eröffnet.

Die kleinen modernen englischen Schiffe schossen auf die riesige Armada zu und flitzten wieder davon. Das Flaggschiff des englischen Admirals wurde gerammt, doch ehe die spanischen Galeonen ihre Beute umzingeln konnten, hatten kleine Boote den Bug des Schiffes herumgeschleppt, und es entkam mit erstaunlicher Geschwindigkeit Die Armada vollführte an den englischen Schiffen vorbei einen Spießrutenlauf durch den Kanal; es war unmöglich, näher als auf neunhundert Fuß an die beweglichen, scharfschießenden englischen Schiffe heranzukommen. Medina Sidonia hatte den ersten Fehler in Philipps Anweisungen entdeckt. Wie konnten sie mit ihrer Übermacht die feindlichen Schiffe entern und ein Handgemenge anzetteln, wenn sie nicht nahe genug herankamen, um den ersten Haken anzubringen?

Der spanische Admiral war niedergeschlagen. Er hatte den Herzog von Parma in verzweifelten Botschaften um Munition und flinke kleine Boote gebeten, um die englischen Schiffe auszumanövrieren, welche die plumpen Galeonen umrundeten. Aber er hatte keine Ahnung, in welchem Hafen er mit Parmas wartender Armee rechnen konnte. Blindlings tastete sich die spanische Flotte aus dem englischen Kanal und ging in der Straße von Calais vor Anker. Hier wurden ihre Schäden behoben, während Medina Sidonia bange auf Hilfe wartete – Munition, Nahrung und Wasser. Ihre Vorräte waren erschöpft. Wieso ließ Parma sie so schmählich im Stich? War es möglich, daß er Philipps Befehl zur Vereinigung auf See nicht erhalten hatte?

Eineinhalb Meilen entfernt sah die englische Flotte einhundertfünfzig Seeungeheuer auf den ruhigen Wellen schaukeln. Am 18. Juli segelten um Mitternacht bei aufkommendem Wind acht mit Sprengstoff beladene englische Brander an die spanische Flotte heran. Spanische Beiboote hatten unter unaufhörlichem englischem Sperrfeuer gerade zwei Brander aus der Schußlinie manövriert, als sie explodierten. Die Beiboote flohen in Deckung, und die übriggebliebenen sechs Brander hielten auf die große Armada zu, die in tadelloser Formation lag wie eine Schar brütender Enten.

In dem nachfolgenden Gemenge gerieten die spanischen Kapitäne in Panik und kappten die Ankerketten. Mehrere Galeonen stießen, von der Strömung gepackt, krachend zusammen, und die sorgsame Formation löste sich in Chaos auf. Bis zu sechs Meilen trieben die Schiffe auseinander, einige sanken, andere wurden von den Engländern gekapert, wieder andere liefen auf Land auf. Todunglücklich segelte Medina Sidonia auf der Suche nach Verstärkung an die flämische Küste, aber der Küstenstreifen blieb leer. Parma hatte falsches Spiel mit ihnen getrieben. Es blieb ihnen nichts anderes übrig, als umzukehren und den Feind allein anzugreifen.

Fünf Stunden nahmen die englischen Schiffe die angeschlagene Armada unter Beschuß, bis Munitionsmangel die Engländer zum Wegfieren zwang. Das Gemetzel war ohne Beispiel. Priester tappten mit blutbefleckten Soutanen über die zersplitterten Decks, um den Sterbenden beizustehen. Die spanischen Truppen waren so dicht in die Schiffsräume gepfercht, daß, wenn eine Galeone kenterte, man das Blut aus den Speigatts strömen und ringsum die See färben sah.

Gegen Mittag drehte der Wind, und die verbliebenen Schiffe konnten zum Verdruß des englischen Admirals in Nebel und dichtem Regen in die Nordsee entkommen. Keiner wußte, ob die angeschlagene Armada zurückkehren oder ob Parma die Gelegenheit ergreifen und, nachdem die englischen Schiffe nun ohne Munition waren, im Kielwasser der Armada über den Kanal stürmen würde.

Die Truppen waren gespannt vor Erwartung, als Leicester an einem heißen Nachmittag neben seinem Stiefsohn über die Ebene von Tilbury ritt, um die Königin und ihr aus zweitausend Leuten bestehendes Gefolge in seinem Lager willkommen zu heißen. Wie er sie barhäuptig auf ihrem schönen Wallach sitzen sah, in jungfräuliches Weiß gekleidet und mit einem silbernen Brustharnisch angetan, ein spöttisches Zugeständnis an die Ängste ihrer Ratgeber, erkannte er plötzlich, daß Cecil recht gehabt hatte: Es war Wahnsinn zuzulassen, daß sie sich ungeschützt an eine Front bewaffneter Männer wagte – Tausende unbekannter, nicht überprüfter Raufbolde, von denen ein jeder ein Fanatiker oder spanischer Agent sein konnte. Und nichts machte sie zu einer besseren Zielscheibe als dieses strahlend weiße Gewand. Wieso hatte er sich nur von ihr hierzu überreden lassen?

Jetzt war es zu spät; es war ihm nicht möglich, sie in sein buntes Zelt zu drängen und den Auftritt zu verhindern. Selbst wenn er es ihr ausreden könnte – eine vergebliche Hoffnung –, konnte er nicht für die zehntausend Mann unter seinem Kommando bürgen, wenn sie um die Chance gebracht würden, die Frau zu sehen und zu hören, für deren Verteidigung sie zu sterben bereit waren. Der Zusammenbruch der Disziplin konnte katastrophale Folgen haben. Und so nahm er mit zitternder Hand die Zügel ihres Pferdes und führte sie ungeschützt vor das dichte Meer von wogenden Piken, Mützen und Fahnen. Aus dem Augenwinkel warf er einen Blick auf Essex' Gesicht, gerötet, erregt, bewundernd, die Augen ernst in unverhohlener Verehrung auf die Königin gerichtet; und zum erstenmal spürte Leicester einen Stich des Neides auf die Jugend in ihrer ersten Blüte. Das kurze, vertrauliche Lächeln zwischen Elisabeth und dem Jüngling war wie ein Dolchstoß in sein Herz. Die Wärme und Zärtlichkeit in ihren Augen, wenn sie auf Essex' flammendrotem Schopf ruhten, dieser seltsam vertraute Ausdruck – mit derselben Vernarrtheit hatte er Lettice den Knaben betrachten sehen. Was sah die Königin in ihm, das sie so lächeln ließ? Einen Sohn? Den Sohn, den sie nie geboren hatte? War das alles? Er, der die beiden so absichtsvoll zusammengeführt hatte, erlebte nun das erste echte Unbehagen. Etwas stimmte da nicht, eine Spur Unnatürlichkeit lag in der leidenschaftlichen Kameradschaft, die sich seit dem letzten Frühjahr entwickelt hatte während all der Nächte, da sie beisammen saßen und Karten spielten, weil sie nicht zu schlafen wagte. Er hatte sie bei einem so jungen Mann sicher gewähnt, er hatte erfreut mit angesehen, wie Essex' jungenhafter Übermut sie von der Klippe eines Nervenzusammenbruchs zurückriß. Jetzt aber nährte er einen entsetzlichen, anstößigen Gedanken: War Essex ihr Liebhaber?

Er umkrampfte den Zügel des Wallachs, hin und her gerissen zwischen der grauenhaften Angst, sie vor seinen Augen ermordet zu sehen, und dem grimmigen, eifersüchtigen Wunsch, ihr eigenhändig das Herz zu durchbohren, sollte seine Schreckensfantasie wahr sein, sollte sie sich tatsächlich dermaßen erniedrigt haben, mit einem mehr als vierzig Jahre jüngeren Mann ins Bett zu gehen. Das konnte sie, würde sie gewiß nicht tun! Aber sie war Elisabeth; sie tat, was ihr gefiel. Es war durchaus möglich.

Schweigen hatte die wogende Menge erfaßt, als die Königin die weiße Hand hob, und nun hallte ihre Stimme in seinen Ohren, Worte sprechend, die im Gedächtnis der Engländer ewig lebendig bleiben sollten. Er hatte vergessen, wie schön sie reden konnte. Die Kraft und Tiefe ihrer Stimme trug weit übers Feld – sie vermöchte einem Stein Leben einzuhauchen. Und er kam sich niedrig und unwürdig vor, als er dastand und finstere Verdächtigungen in bezug auf ihre Ehre nährte.

Die Sonne stach ihm unbarmherzig in die Augen wie weiße, heiße Dolche, so daß ihn schwindelte. Die Worte jagten an ihm vorbei, er versuchte sie zu fassen, aber es war zwecklos. Die Welt um ihn wurde dunkel, und er wußte nicht mehr, was Elisabeth sprach.

Das nächste, was ihm zu Bewußtsein kam, waren die winkenden, in hysterischer Raserei jubelnden Massen, und dann war alles vorbei. Einen Augenblick fürchtete er, die brodelnde Menge würde vorwärtswogen, doch unter der Macht ihrer gebieterischen Majestät hielten die Reihen stand. Seine Kehle war wie zugeschnürt. Alle tausend Jahre brachte die Welt vielleicht einen Mann oder eine Frau hervor, die eine solch glühende Ausstrahlung besaßen und mit ihrem Zeitalter weiterlebten. Wie sollte die Menschheit diese Ära anders nennen als die *elisabethanische*?

Von der Erhabenheit seiner Gedanken war er todmüde geworden, aber jetzt mußte er die Königin von dem Schimmel heben und mit ansehen, wie sie durch die Reihen schritt. Der silberne Brustharnisch sprühte Feuer in der Sonne, Männer weinten ungeniert, als sie auf die Knie sanken und für Elisabeth zu sterben gelobten.

Droben kreischten Möwen und umkreisten die hastig errichteten Baracken aus Pfählen, mit Blättern umwunden, die sich in der sengenden Hitze kräuselten und ihren Saft verloren. Der Saum von Elisabeths weißem Gewand schleppte auf der rostroten Erde. Robert dachte flüchtig, wie schade – sie würde dieses Kleid nie wieder tragen können. Und dann stand die Sonne tiefer am Himmel, und endlich führte er Elisabeth in sein Zelt, gefolgt von ihren Hofdamen.

Er löste eigenhändig den Brustharnisch. Die Sonne hatte an ihrem Hals rote Flecken hinterlassen, und er mußte an ein anderes Mal an einem anderen Ort denken.

Er verneigte sich ehrfürchtig und küßte ihr die Hände. »Ihr wart fantastisch«, sagte er leise.

Aber das schien sie nicht zu interessieren. Ihre Aufmerksamkeit galt seinem schwitzenden Gesicht, und sie sah ihn voll Besorgnis eindringlich an. »Euch ist nicht wohl.«

Er lachte. »Mir ist heiß – Euch gewiß auch. Es war wie im Höllental da draußen. Kommt – ich besorge Euch etwas zu trinken.«

Am Abend gab er in seinem Zelt ein Festbankett. Während noch alle bei Tisch saßen, ertönte draußen lautes Geschrei. Gleich darauf kam ein Höfling und fiel vor der Königin auf die Knie. Gespannte Stille herrschte, als sie ihm ihre Hand zum Kuß reichte und sich nach seiner Botschaft erkundigte.

»Madam, die Flotte des Admirals hat vor einer Woche die Armada angegriffen und den Hauptteil zerstreut.«

»Zerstreut?«

»So gut wie vernichtet, Madam. Unsere Flotte trieb sie in Sturm und Regen die Ostküste von Schottland hinauf, so daß wir es getrost dem Wind und den Felsen überlassen können, diejenigen Galeonen zu erledigen, die noch nicht gesunken sind. Es war ein großer Sieg zur See.«

»Aber?« fragte die Königin, ihm in sein grimmiges Gesicht blickend. Mit einer raschen Handbewegung brachte sie die aufgeregten Hurrarufe am Tisch zum Schweigen.

»Aber –« der Höfling drehte seine Kappe unbehaglich zwischen den Händen, »jetzt geht das Gerücht, daß Parma mit sechstausend Reitern und fünfzigtausend Fußsoldaten herüberkommen und landen will.«

Leicester stand auf und sank auf seinen Stuhl zurück, als seine besorgten Augen dem Blick der Königin begegneten. Beide wußten, wenn Parma jetzt käme, gäbe es ein Massengemetzel unter den unerfahrenen englischen Streitkräften da draußen, die gegenwärtig Jubelschreie ausstießen und im ganzen Lager zur Feier des Sieges Freudenfeuer entzündeten.

Sie hatte geschworen, unter ihren Soldaten zu leben und zu sterben, und wollte jetzt nicht auf die hören, die sie bedrängten, nach London in den sicheren Tower zurückzukehren. Sie begann ruhig wieder zu essen, und es wurde sehr spät, bis Leicester sie endlich ein paar Minuten für sich allein hatte.

»Sie haben recht«, sagte er langsam, »Ihr sollt fort von hier. Bleiben ist Wahnsinn.«

Sie schüttelte den Kopf. »Wenn Parma kommt, soll er mich wartend antreffen.«

»Ihr wißt, ich kann Euch hier nicht verteidigen. Wenn Parma Euch gefangennimmt –«

Er brach ab, und sie legte eine Hand auf seinen Arm. »Wenn England an Philipp fällt, ist auf dieser Welt kein Platz mehr für mich. Ich möchte lieber stolz mit meinen Soldaten sterben.«

»In Parmas Händen würdet Ihr nicht sterben. Wenn er überzeugt ist, daß Ihr jede Demütigung erlitten habt, die sein perverses Hirn ersinnen kann, wird er Euch an Philipp ausliefern – und der läßt Euch verbrennen!«

»Als Ketzerin?«

Ihr Lächeln verspottete ihn, und er fragte sich wieder einmal, ob sie seine Frage an dem Tag, als er den Hof verließ, um nach Tilbury aufzubrechen, gehört hatte. Er runzelte die Stirn. »Muß es soweit kommen?«

Elisabeth lehnte sich an den Mittelpfosten, der die Zeltleinwand trug. »Walsinghams Spione haben mir versichert, daß Parma für eine solche Mission nicht gerüstet ist, daß er nur ein Dutzend schnelle Boote und einige wenige flachbodige Kanalschiffe hat. Ich halte es für möglich, daß man uns vorhin falsche Informationen geliefert hat.«

»Und wenn dem so ist?«

»Dann bete ich, daß er sofort kommt. Ich will diese Sache spätestens Ende August erledigt haben.«

Er sah sie verständnislos an. »August? Warum August?«

Sie seufzte ergeben und blickte zu den orangefarbenen Lichtern der Lagerfeuer hinaus. »Damit ich abrüsten kann, Liebster, und die Männer dorthin schicken, wohin sie gehören, zu ihrem Gewerbe und auf ihre Felder. Die Ernte muß eingebracht werden, wenn wir nächsten Winter keine Hungersnot haben wollen – Sieg ist ein schlechter Nahrungsersatz für ein Kind mit leerem Magen.«

Parmas Armee rührte sich nicht. Elisabeths ursprüngliche Annahme, daß der Kommandant sich nur halbherzig für das Unternehmen engagierte, erwies sich als richtig, und die Integrität von Walsinghams berüchtigtem Geheimdienst, des tüchtigsten Systems in ganz Europa, blieb unbestritten.

Die englische Flotte trieb die spanischen Schiffe um die Ostküste herum, ohne noch einen einzigen Schuß aus ihrem fast leeren Arsenal abzufeuern. Hinter den angeschlagenen Schiffen trieb ein langer Troß Maultiere und Pferde, welche die Spanier in ihrer Hast, fortzukommen, aufgegeben hatten.

Was von der glorreichen Armada übrig war, steuerte in aufkommendem Sturm auf den Norden Schottlands zu. Winde, tückische Felsen und wilde Einheimische forderten noch zahlreiche Opfer, denn die schiffbrüchigen Spanier, die sich an der Westküste Irlands an Land rappelten, wurden zu Hunderten von grausamen Stämmen abgeschlachtet. Von den dreißigtausend Mann, die Spanien verlassen hatten, tröpfelten weniger als zehntausend zurück, um ihre Unglücksgeschichte zu erzählen.

In Sackleinen und tiefes Schwarz gehüllt, schlichen furchtsame Boten durch die sengende Sonne, um die Nachricht zum Escorial zu bringen, wo Philipp die Kunde mit gleichmütiger Ruhe aufnahm. Selbst jetzt blieb seine Geduld unerschütterlich, und er tadelte weder seinen Kommandanten, noch machte er seinem himmlischen Herrscher Vorhaltungen, weil er ihn im Stich gelassen hatte. Er dankte vielmehr dem Herrn dafür, daß »es nicht schlimmer war«, und niemand in dem finsteren, kargen Palast hielt es für angezeigt, darauf hinzuweisen, daß es kaum schlimmer hätte kommen können.

»Bei Gottes Handeln gibt es keinen Ruf zu gewinnen oder zu verlieren«, sagte er ruhig. »Am besten, man spricht nicht darüber.«

Und so sprach er nicht, sondern schloß sich in der stickigen Palastgruft ein, um zu beten und von neuem zu planen, und nur sein Beichtvater wagte sich ihm zu nähern.

Der englische Admiral, der in dem Gefecht nur sechzig Mann verloren hatte, erlitt nun erhebliche Verluste durch einen schlimmen Ausbruch der Ruhr und lenkte die englische Flotte heimwärts. Die englischen Seemänner, die den Feind erfolgreich abgewehrt hatten, lagen wegen mangelnder Pflege im Sterben, während Cecil, eifrig bemüht, den Geldstrom aus dem sich geschwind leerenden Staatssäckel anzuhalten, die Rechtfertigung des Parlaments für die Hilfeverweigerung nachplapperte: In Notzeiten ausgeben ist weise; ohne Not ausgeben bringt bittere Reue. Wie bei allen Epidemien würden die Schwachen sterben und die Starken genesen. Es zahlte sich nicht aus, Geld zu investieren, nur um den Männern etwas leichter ins Grab zu verhelfen. Die englischen Matrosen konnten sich glücklich schätzen, für ihre Mühen entlohnt zu werden – das war mehr, als den Spaniern zuteil wurde.

Als sie Cecils Botschaft erhielten, blickten sich die englischen Kommandanten grimmig schweigend an. Sie fragten nicht, ob die Königin von dieser Entscheidung wisse, denn sie trug deutlich den Stempel dieser strengen, unbarmherzigen Zahlmeisterin. So erhielten die englischen Matrosen den ihnen gebührenden Lohn und mehr nicht, und die Kommandanten versorgten die Kranken achselzuckend aus eigener Tasche mit Wein und Pfeilwurz.

Als schließlich feststand, daß von Parma kein Angriff zu erwarten war, blieb Leicester in Tilbury, um das Lager aufzulösen, und Elisabeth kehrte nach London zurück. Die Stadt war ein Tollhaus aus Glockengeläute und hysterischen Massen, die sich so dicht in den schmalen Straßen drängten, daß Elisabeths Prozession mehr als einmal zum Stillstand kam. Sie war immer geliebt worden, jetzt mutete sie wie eine heidnische Gottheit an, denn nie zuvor hatte die schlichte Zuneigung der Leute sich zu einem solchen Gipfel der Verehrung verstiegen. Sie dankten Gott für den Sieg, aber den sichtbaren Beweis ihrer Dankbarkeit brachten sie der Frau dar, die sie zu diesem Sieg geführt hatte; sie weinten, ließen sie hochleben und rempelten sich gegenseitig an, um einen Blick auf sie zu erhaschen, während die offene Sänfte sie in ihrem größten Triumph durch die Straßen trug.

Sie nahm die Huldigungen gierig entgegen, die verschwenderische Liebe, nach der sie seit ihrer wirren, einsamen Kindheit gehungert hatte. Aber nun war diese Liebe so stark, so mächtig, daß sie sich ein wenig davor fürchtete. Sie nannten sie unbesiegbar und glaubten, sie sei auf ewig imstande, sie vor Unheil zu beschützen, alle ihre Probleme zu lösen. Das Volk, das sie in den Straßen umwogte, sah nicht weiter als bis zu diesem gewaltigen Sieg – die Spanier waren vernichtend geschlagen, der Krieg war zu Ende. Sie aber wußte, es war erst der Anfang, eine Pause in einer langen Reihe von kostspieligen Feindseligkeiten, die unbarmherzig die Verdienste von dreißig Jahren Frieden wegfressen würden. Denn sie würde zeit ihres Lebens nie wieder Frieden mit Spanien haben.

32

Nacht für Nacht loderten die Freudenfeuer, die Leute tanzten auf den Straßen vor dem Palast, den Namen der Königin skandierend wie eine Beschwörungsformel. Der Hof war in ausgelassener Feststimmung, doch die Königin und ihre engsten Berater nahmen nicht daran teil. Finanzielle Schwierigkeiten im Kielwasser der Armada nahmen ihnen die Lust auf Siegesfeiern. Die Krone hatte die Kosten praktisch allein getragen. Als Elisabeth die Männer betrachtete, welche die Bürde des Regierens mit ihr teilten, sah sie erschrocken, welchen Tribut die Armada gefordert hatte: Cecil, von der Gicht dermaßen verkrüppelt, daß er manchmal in einem Sessel zu seiner Königin getragen werden mußte; Walsingham ausgemergelt und gelbgesichtig von der Krankheit, die ihn langsam verzehrte; Leicester fettleibig und fiebernd. Alle gingen erschöpft und übermüdet ihrer Arbeit nach, vorzeitig gealtert infolge der unaufhörlichen Anforderungen ihrer Ämter.

Auch die Königin, fast fünfundfünfzig Jahre alt, war gegen die Auswirkungen der Erschöpfung nicht gefeit, aber zum Ausruhen blieb wenig Zeit. Ihre Tage waren ausgefüllt, die abendlichen Verpflichtungen zermürbend. Ein einziges kleines Zugeständnis machte sie an ihre Schwäche: Jeden Abend, wenn Leicester von Tilbury zurückkehrte, speiste sie mit ihm allein, ohne Bedienstete, und er allein diente als Tranchierer und Vorkoster.

Eines Abends gegen Ende August stocherte er lustlos und schweigsam in seinem Fleisch. Durch den Schein der Kandelaber zwischen ihnen beobachtete Elisabeth ihn. Sie glaubte zu wissen, was ihm ausnahmsweise seinen gesegneten Appetit verdarb. Im warmen Nachhall des Sieges war sie plötzlich von dem Wunsch erfüllt gewesen, die langen Jahre seiner loyalen Zuneigung zu belohnen, und sie ließ seine Ernennung zum Lordstatthalter von England aufsetzen. Sie war eben im Begriff, sie zu unterzeichnen, als Cecil sie verdrießlich auf die Gefahren der Verleihung solch beispielloser Autorität an einen simplen Untertan hinwies. Der Posten würde Leicester eine Macht verleihen, die der ihren gleichkäme, und dies gehe nicht an, sagte Cecil sauertöpfisch – es werde dem Volk nicht gefallen! Und weil Rücksicht auf das Volk ihr zur zweiten Natur geworden war, hatte sie die Feder hingelegt und versprochen, sich die Entscheidung noch einmal zu überlegen. Der bitter enttäuschte Leicester hatte aus seinem Groll kein Geheimnis gemacht.

Elisabeth beugte sich über den Tisch und legte ihre Hand auf die seine. »Immer noch verstimmt, Robert?«

Er sah sie müde lächelnd an und schüttelte abwesend den Kopf.

»Ist das Fleisch nicht gut?« erkundigte sie sich besorgt.

»Das Fleisch ist ausgezeichnet.«

»Was fehlt Euch dann? Warum eßt Ihr nicht?« Sie hielt unschlüssig inne. »Seid Ihr krank?«

Er blickte schuldbewußt fort und spielte mit dem silbernen Salzfäßchen.

»Robert!«

»Es ist nichts«, sagte er hastig, »nur Müdigkeit und leichtes Fieber – ich wollte Euch nicht beunruhigen.«

»Ich wußte es!« rief sie aufgebracht. »Ich wußte es in Tilbury. Ich schicke Euch nach Buxton, sobald es sich machen läßt.«

»Ich will Euch nicht verlassen, Madam.« Seine Stimme klang seltsam aufsässig, aber Elisabeth war so gedankenverloren, daß es ihr nicht auffiel.

»Dummkopf! Natürlich müßt Ihr gehen, ich befehle es!«

»Ich verstehe.« Er faltete ergrimmt sein Mundtuch zusammen.

»Und während meiner Abwesenheit wird Essex Euch vermutlich liebevoll Gesellschaft leisten.«

Sie war über seinen Tonfall dermaßen überrascht, daß sie

ihn nur stumm verwundert anstarren konnte, zu erstaunt, um böse zu sein. Schließlich meinte sie argwöhnisch: »Was soll diese unsägliche Bemerkung?«

»Ich dachte, das sei vollkommen klar.« Er warf das Mundtuch hin und stand schwankend auf. »Ihr seid dabei, mich zu ersetzen, Madam, glaubt Ihr, ich hätte es nicht gemerkt? Ihr schickt mich langsam, aber sicher aufs Altenteil und setzt dieses arrogante Würstchen an meine Stelle!«

»Aber, Ihr wart es doch –«

»O ja, ich war es, der Euch auf Essex aufmerksam machte, erinnert mich um Himmels willen nicht daran. Vielleicht vertraute ich darauf, daß Ihr nicht im Kinderzimmer auf die Jagd geht – ich hätte es besser wissen müssen! Ist er Euer Liebhaber – ja oder nein?«

Ihre Augen sahen ihn entgeistert, gekränkt und voll Tränen an.

»Nein, er ist nicht mein Liebhaber«, sagte sie mit zittriger Würde.

Sie sahen einander schweigend an, als hänge ihr Leben vom Ausgang dieser Begegnung ab. Dann reichte sie ihm die Hand, und er kniete wortlos nieder und küßte die Spitze ihres edelsteinbesetzten Pantoffels.

Die höfischen Pflichten gingen vor, und es wurde sehr spät am Abend, bis Elisabeth alle Kammerfrauen entließ und er zu ihr kommen konnte. In dem großen Prunkbett begegneten sie sich als Ebenbürtige; sie wußten, daß er endlich vorüber war, der lange, erbitterte Kampf um Überlegenheit. Sie begegneten sich mit der ganzen leidenschaftlichen Zärtlichkeit einer lebenslangen Liebesaffäre, aber nun war ihnen die endgültige Befriedigung versagt und Leicester, der allein schuld war, weinte und meinte, sie seien verflucht.

Sie zog ihn zu sich herab auf ihre Brust, und keine Spur ihrer herben Enttäuschung färbte ihre Stimme. »Mein Liebster«, flüsterte sie, »es ist nicht schlimm.«

Es war offensichtlich der falsche Moment für diese Äußerung, denn er wurde in ihren Armen plötzlich ganz starr und wandte sich auf dem Kissen von ihr ab. »Ich bin impotent, und du sagst, es ist nicht schlimm?«

Seine Haare kräuselten sich noch spärlich im Nacken, und wo sie nicht ergraut waren, wiesen sie hier und da noch schwarze Stellen auf. Sie streichelte sie zärtlich. »Du bist müde«, begann sie zögernd. »Und unwohl. Es war unvernünftig von mir zu erwarten, daß –«

»Daß ich ein *Mann* bin?«

»Du warst zehn Männer in Tilbury.«

»Aber nicht in den Niederlanden.« Er drehte sich zu ihr um und sah sie kläglich an. »Ich habe dich damals enttäuscht, genau wie jetzt.«

Sie schüttelte traurig den Kopf. »Das ist alles nichts dagegen, wie ich dich in all den Jahren enttäuscht habe. Laß uns nicht mehr von Schuld reden. Wenn du aus Buxton kommst, fühlst du dich wieder wohl, und dann wird es anders sein. Wir könnten uns nach Ricote zurückziehen, nur mit ganz kleinem Gefolge ...«

Ich ersuche Majestät untertänigst, Euren alten Diener von Eurem Befinden zu unterrichten, denn worum ich auf dieser Welt am meisten bete, ist, daß meine huldvolle Dame bei guter Gesundheit und ihr ein langes Leben beschieden sei. Was meine arme Wenigkeit angeht, so befolge ich die von Euch verordnete Kur und finde sie heilsamer als alles, was mir je verschrieben wurde.

Eurer Majestät getreuester und gehorsamer Diener

R. Leicester

Der Brief, ein zittriges Gekritzel, worin Leicesters kühne Handschrift kaum wiederzuerkennen war, sprang Cecil von einem Stapel Papiere auf dem Schreibpult der Königin ins Auge. Er fragte sich bekümmert, warum, in Gottes Namen, er ihn ausgerechnet in diesem Moment erspähen mußte.

Die Königin hob lächelnd den Kopf, als sie ihm einen Stoß unterschriebene Papiere über den Tisch zuschob. »Da, endlich alles erledigt. Ihr seid ein strenger Zuchtmeister, William Cecil, daß Ihr mich an meinem Geburtstag hier festhaltet. Darf ich jetzt draußen spielen gehen?«

Er sah sie verständnislos an. »Majestät?«

»Ich sagte, ist das alles für heute?« Sie betrachtete sein

hageres Gesicht und setzte milde hinzu: »Was fehlt Euch, Cecil, plagt Euch die Gicht wieder schlimmer?«

»Nein«, murmelte er, »vielen Dank Madam, mein Befinden ist unverändert.«

Sie lachte und bog die steifen Finger. »Ach, und deshalb macht Ihr so ein langes Gesicht. Ich dachte schon, die Armada sei wieder in See gestochen.« Sie stand auf und öffnete ein Fenster. Die leichte Brise vom Fluß verwehte die Papiere auf dem Schreibpult. Leicesters Brief flatterte auf den Boden, und Cecil bückte sich mühsam, um ihn aufzuheben. Er starrte mit bekümmerter Miene darauf.

»Ein herrlicher Tag«, sagte die Königin nachdenkiich, »wenn Robert hier wäre, wären wir auf die Jagd gegangen –«

Cecil gab keine Antwort. Sie drehte sich verwundert zu ihm um, und als sie sein Gesicht im grellen Sonnenlicht sah, da wußte sie es. Mit einer Hand griff sie sich langsam an die Kehle, die andere streckte sie ihm mit einer hilflosen, flehenden Geste entgegen. »Nein«, sagte sie dumpf, »nicht jetzt, nicht –« Sie brach abrupt ab. Sie holte schaudernd Atem und wandte ihr Gesicht von Cecils mitleidigem Blick ab.

Cecil legte den Brief behutsam auf den Tisch und ging langsam zu ihr, nahm ihre zitternde Hand und drückte sie, mit der Innenseite nach oben, an seine trockenen Lippen. »Bitte glaubt mir, Madam – es tut mir aufrichtig leid.«

Sie entzog ihm ihre Hand und rieb sie heftig an ihrem Kleid, ganz so, als hätte er sie bespuckt. »Wann?« fragte sie barsch.

Ihre Reaktion kränkte ihn, und er suchte es nicht zu verhehlen.

»Am 4. September«, sagte er kurz angebunden.

Sie starrte ihn an. Selbst der säumigste Reiter hätte keine drei Tage gebraucht, um die Entfernung bis zum Hof zurückzulegen. Es war Lettices letzte Rache als seine rechtmäßige Gattin, sie wie eine entfernte Bekannte erst drei Tage später von seinem Tod zu unterrichten – am 7. September 1588, ihrem 55. Geburtstag. Cecil sah sie zusammenzucken und schämte sich seines momentanen Unwillens.

»Es war ein friedliches Ende«, murmelte er in der

Hoffnung, es würde ihr etwas Trost spenden. »Er ist im Schlaf gestorben. Man vermutet, daß die Strapazen der Reise –«

»Es war mein Befehl – die Reise«, unterbrach sie ihn leise, »mein Befehl.«

»Madam«, begann er unbeholfen, »ich hatte keine Ahnung –«

Sie schnitt ihm mit einer unwilligen Handbewegung das Wort ab und sah aus dem Fenster. Sie dachte an den heißen Morgen zurück, als Leicester in ihr Schlafgemach gekommen war, um Lebewohl zu sagen. Er war in Reisekleidung, ein kurzer Umhang flatterte von seinen mächtigen Schultern, in der Hand hielt er einen Federhut, die roten Adern an seinen Schläfen waren von der Hitze geschwollen.

Sie hatte ihn allein empfangen, und er hatte es sich zunutze gemacht und es unterlassen, sich zu verbeugen oder hinzuknien oder sonst etwas zu tun, was sich für die Begrüßung einer Majestät ziemte. Er sah sie einen Moment forschend an und drehte ihr Gesicht sanft ins grelle Sonnenlicht, das durch das Fenster hereinflutete. Dann wischte er mit einem Finger über ihren Backenknochen und zeigte ihr die mohnrotgefärbte Kuppe. »Ich dachte, wir beide seien fertig mit Täuschungsmanövern«, sagte er vorwurfsvoll. Er nahm seinen Umhang ab und sagte, er werde alle Pferde im Hof in den Stall zurückschicken, »... selbstverständlich mit deiner gütigen Erlaubnis«, setzte er ironisch hinzu.

»Robert! Es ist nichts –«

»Bitte.« Er legte seine Hand auf ihren Arm. »Wenn du wüßtest, wie oft diese erbärmliche Phrase mir einen heiligen Schrecken eingejagt hat, würdest du es nicht mehr sagen. Ich habe mit der Unzuverlässigkeit bei deiner Beurteilung deiner eigenen Gesundheit bittere Erfahrungen gemacht und beabsichtige, am Hof zu bleiben, bis ich beruhigt bin.«

Eine Woche früher hätte sie vielleicht die Beherrschung verloren.

Jetzt aber wußte sie, daß nichts mehr, was er sagte oder tat, sie zu erzürnen vermochte. Sie setzte sich an ihren Tisch mit der silbernen Platte und eröffnete ihm ganz ruhig und vergnügt, er könne freiwillig nach Buxton gehen oder unter bewaffneter Bewachung, ganz nach Belieben. Danach blieb sie still sitzen, das Kinn in den schmalen Händen; sie sah ihn seinen Hut wütend an seine Schenkel schlagen und hörte ihn fluchen. Da stand er, gerötet, feist und außer Atem vor Zorn, und sie dachte traurig, daß sie ihn nie zuvor mehr geliebt hatte, auch nicht in den Tagen seiner strahlenden, kraftvollen Jugend. Die große weiße Feder, die so stolz von der Krempe seines Hutes abgestanden war, baumelte nun schlaff herab wie ein gebrochener Gänseblümchenstengel. Er warf den Hut auf den Tisch, und Elisabeth zog leicht die Augenbrauen hoch. »Ich hoffe, du beabsichtigst nicht, den in Buxton zu tragen.«

»Vergiß Buxton«, fauchte er. »Ich wollte sowieso nicht hin – die Saison ist fast vorbei. Ich kann den Londoner Gestank noch ein paar Wochen länger ertragen, und dann gehen wir zusammen nach Ricote, wie du es versprochen hast.«

Sie entfernte die gebrochene Feder und strich die zerdrückte Samtkrempe glatt. »Du weißt, ich kann vor dem Herbst nicht fort aus London.« Sie reichte ihm seufzend den Hut. »Hier, besser geht es leider nicht. Ich kaufe dir eine neue Feder.«

»Majestät sind von überwältigender Großzügigkeit wie immer.« Er mußte trotz allem lächeln. »Ich nehme an, du denkst, daß du letzten Endes deinen Willen bekommst.«

»Ich bekomme ihn meistens«, mahnte sie ihn erbost.

»Ja.« Er betrachtete sie, als präge er sich jeden Zug ihres Antlitzes tief ein. »Ja, du bekommst ihn meistens, nicht wahr?« Er küßte zuerst ihre Hand, dann ihre dünne Wange. »Du bist eine sehr harte Frau«, bemerkte er ohne Groll, als er sich verbeugte und, eine Hand auf dem Heft seines Schwertes, steifbeinig rückwärts zur Tür ging, »ein Diamant, neben dem ich ein armseliges Sandkorn bin.«

»Robert!«

Die plötzliche Panik in ihrer Stimme bewog ihn, sich auf der Türschwelle abrupt umzudrehen. Er sah sie an, eine schwarze Silhouette vor dem Licht der Augustsonne.

Sie lächelte unschlüssig und machte eine hilflose, verwirrte Geste.

»Schreib mir«, flüsterte sie, als sei es nicht ganz das, was sie hatte sagen wollen.

»Natürlich schreibe ich«, sagte er und war verschwunden.

Elisabeth stand ganz still. In ihrer Erinnerung sah sie die Tür sich wieder und wieder schließen, und Cecil an ihrer Seite, der sie eindringlich beobachtete, fröstelte, denn er ahnte Schlimmes. Ihre Augen waren ausdruckslos und kalt wie Marmor. Wenn sie sich nur rühren würde, sprechen, schreien, irgend etwas, das er als normalen Ausdruck der Trauer deuten könnte.

»Madam –« flüsterte er.

Sie ging an ihr Schreibpult und begann blindlings zwischen den Papieren zu wühlen. Cecil trat vor, schneller, als er sich seit Jahren bewegt hatte, und drückte ihr Leicesters Brief in die flatternde Hand. Ihre Finger schlossen sich erleichtert darum, und ohne ein Wort drehte sie sich um wie eine Schlafwandlerin, begab sich in ihr Schlafgemach und schloß die Tür hinter sich. Kurz darauf hörte er, wie der Schlüssel herumgedreht wurde, ein scharfes, kratzendes Geräusch, plötzlich, unerwartet und seltsam endgültig. Es erfüllte ihn mit einer eigentümlichen Vorahnung.

Drei Tage blieb die Tür der Königin verschlossen, und das Zimmer dahinter war in absolute Stille gehüllt. Das schüchterne Pochen ihrer Hofdamen an die schwere Türfüllung wurde nach und nach zu einem stürmischen Hämmern, aber es kam keine Antwort, keine Reaktion, nichts. Als Cecil die Spannung nicht mehr ertragen konnte, erteilte er, von wenigen Ratsmitgliedern begleitet, den Befehl, die Tür aufzubrechen. Als die Füllung zersplitterte, biß er sich auf die Lippe und wappnete sich im Geist gegen das, was er vorfinden würde. Er trat als erster ein. Sie saß an ihrem Ankleidetisch und starrte in den Spiegel. Als er zu ihr humpelte, wandte sie ganz langsam den Kopf und blinzelte ihn, ohne ihn recht zu erkennen, mit glasigen Augen an. Sein Blick fiel auf die leere Branntweinkaraffe vor ihr, und plötzlich begriff er. Seltsam, dies war das einzige, was ihm nicht in den Sinn gekommen war.

Sein erster Gedanke war, ihr die Demütigung des Entdecktwerdens zu ersparen, und ohne sich umzudrehen, machte er eine knappe Handbewegung zu den Herren des

Rates, die ängstlich auf der Schwelle der aufgebrochenen Tür verharrten. Während Cecil die Königin mit seinem Rücken vor den Blicken abschirmte, verbeugten sich die Männer, huschten zum Vorzimmer hinaus und schlossen eilig die Tür hinter sich.

Elisabeth kippte die Karaffe über ihren Kelch und fluchte leise, als sie sah, daß sie leer war. Sie, die alkoholische Getränke stets gemieden hatte aus Furcht, daß sie ihren Verstand benebelten und ihre Zunge lösten, war stockbetrunken. Sie sagte undeutlich: »Ich mag keinen Wein. Laßt mir noch etwas von diesem braunen Zeug bringen, Branntwein, oder wie das heißt.«

Cecil nahm ihr die leere Karaffe aus der Hand. »Madam«, murmelte er sanft, »Madam, das tut nicht gut.«

»Ihr irrt Euch, Cecil – warum irrt Ihr Euch in allem, woran mir wirklich gelegen ist? Es tut wohl, nichts zu fühlen, nichts zu denken – nichts zu sein.«

»Für eine Weile«, seine Stimme war vorwurfsvoll, »für eine ganz kleine Weile. Aber Ihr müßt sehen, daß es keine Lösung ist.«

»Ich sehe gar nichts«, murmelte sie, weinerlich vom Alkohol. »Meine Augen sind für immer zu, und ich bin blind.«

Leicester! dachte Cecil ergrimmt. Gott verdamme ihn, Gott lasse ihn verrotten! Sollte er im Tod eine größere Bedrohung sein, als er es je im Leben war? Laut sagte er verzweifelt: »Zählt es nichts, daß Euer Land außer Gefahr ist?«

»O ja – das *Wunder*!« Sie lächelte ein seltsames Lächeln. »Aber Wunder sind nicht umsonst, Cecil, und ich habe für meines den vollen Preis bezahlt, eine Stunde des Triumphes im Tausch gegen ein Leben. Der Teufel stellt harte Bedingungen.«

Cecil schwieg kurze Zeit, unermeßlich schockiert, und tastete blindlings nach den richtigen Worten. »Madam, es ist ein grausamer Verlust – niemand weiß das besser als ich. Aber das Leben geht weiter, und mit solcher Verbitterung ist ihm schlecht gedient.«

»Ich bin nicht verbittert«, sagte sie matt, »ich bin ausgebrannt. Ich bin zu nichts mehr nütze, weder Euch noch

England. Ich habe keine Karte mehr, die ich ausspielen kann. Deshalb erlöst mich von Eurer Knechtschaft und laßt mich jetzt gehen – solange sie mich noch lieben.«

Solange sie mich noch lieben...

Was sah sie in ihrem Spiegel, das sie dies auf dem Höhepunkt ihres Erfolges sagen ließ, auf dem Gipfel ihrer Macht, während die Leute auf den Straßen singend ihren Namen priesen? Was sah sie in den kalten kristallenen Tiefen, das sie mit solch unendlicher Trostlosigkeit erfüllte?

Nie in den dreißig Jahren ihres gemeinsamen Wirkens hatte er sie so gesehen – bar jeder Hoffnung, geschlagen. Er blickte an ihr vorbei in den Spiegel, verzweifelt eine Antwort suchend, und entdeckte den einzigen Feind, den sie niemals besiegen würde, den wahren, den größten Feind – sie selbst.

Sie wollte sterben, das sah er nun, nicht spektakulär, dennoch aus eigenem Antrieb, indem sie ihren Geist tötete, wie schon einmal vor langer Zeit, als sie erst fünfzehn war. Doch Selbstmord, und sei er noch so still und unauffällig, war ein Verbrechen vor Gott und allen Christen, ein Verbrechen, das er nicht zulassen durfte. Es gab niemanden, der ihren Platz einnehmen konnte, außer ihrem schwächlichen schottischen Verwandten Jakob, kein leibliches Kind als Erben. Es war ihre Pflicht, zu leben und die Nachfolge so lange wie möglich aufzuschieben, und es war an ihm, dafür zu sorgen. Er wußte jetzt, was er zu ihr sagen mußte – und wie er es sagen mußte.

Unvermittelt schlug er die leere Karaffe mit der flachen Hand vom Ankleidetisch. »Wie könnt Ihr so tief sinken?« fauchte er. »Wie könnt Ihr es wagen, Euch in der Stunde des Triumphes von Eurem Volk abzuwenden, um Euch wegen einer toten Ratte zu grämen, die im Leben keinen Pfifferling wert war?«

Sie starrte ihn mit einem betroffenen, verwunderten Gesichtsausdruck an, der ihn unendlich schmerzte. Aber er gab nicht auf. Es war der richtige Ton, und er schlug ihn abermals an, hart, mit einer Stimme, scheinbar rauh vor Verachtung. »Ich sage Euch, und dies ist meine wohlüberlegte Meinung, Madam, der verstorbene Graf Leicester war ein unwürdiger, habgieriger Schurke, der Euch von dem

Tag an, als er in Eure Dienste trat, für seine Zwecke ausnutzte.«

Sie kam mit ungeheurer Anstrengung schwankend auf die Füße und stützte sich auf die Rückenlehne ihres Stuhles. »Lügner!« flüsterte sie. »Ihr weißhaarige Schlange, Ihr verlogener, unflätiger Schreiberling! O Gott, er hatte recht, was Euch anging, aber ich wollte es nicht wahrhaben. Ihr standet hinter jeder Grausamkeit, die ich ihm zugefügt habe – auch bei der Sache mit der Statthalterschaft.« Sie holte keuchend Atem. »Ja, ohne Euch und Eure hirnlose Nörgelei hätte er sie bekommen und wäre, endlich an meine Liebe glaubend, gestorben.«

Von ihren Kränkungen aufgestachelt, schüttelte Cecil ergrimmt den Kopf. »Warum täuscht Ihr Euch selbst, Madam? Was immer Ihr ihm gabt, es konnte nichts daran ändern, daß er Euch haßte – und wenn man bedenkt, wie Ihr ihn dreißig Jahre lang behandelt habt – welcher ehrliche Mensch könnte es ihm verargen?«

»Schweigt!« Sie hatte zu schreien vermeint, aber es war nur ein gequältes Wimmern zu vernehmen. »Schweigt, sage ich.«

»Madam, ich würde mich schämen, wenn ich schwiege. Habe ich all die Jahre einer wehleidigen Memme gedient? Muß ich mit ansehen, wie Ihr Euch ins Grab grämt um eines elenden Verräters willen, der Euch bei jeder Gelegenheit betrog?«

Sie versetzte ihm dafür einen scharfen, brennenden Schlag auf den Mund, der diese unverzeihliche Unflätigkeit von sich gegeben hatte. Erleichterung durchströmte ihn, als er einen Schritt rückwärts taumelte, denn er hatte sie mit Ketten des Zorns an diese Welt gebunden, hatte sie weit genug aus der Starre des Schmerzes emporgezogen, um zu wissen, daß er nicht mehr um ihr Leben bangen mußte.

Aber er war zu weit gegangen, er hatte etwas Schlimmeres als Zorn in ihr entfacht; er sah es plötzlich in ihren schwarzen Augen, die von unbeschreiblicher Gehässigkeit pulsierten, als seien alle Mächte der Finsternis darin versammelt. Sie reichte ihm ihre Hand und bedachte ihn mit einem tückisch sanften Lächeln. Mit einemmal wirkte sie bösartig – er fand kein anderes Wort dafür.

»Das war für ihn«, sagte sie langsam, »für ihn und das Leben, zu dem Ihr ihn all die Jahre verdammt habt, nachdem Ihr seine Gattin ermordet habt. Ja! Ihr habt Euch die ganze Zeit gefragt, nicht wahr, ob ich es ahnte. Von nun an soll es keine Geheimnisse mehr zwischen uns geben, mein Geist, meine Zwillingsseele. Von allen Menschen im Königreich sollt Ihr allein die Wahrheit über mich erfahren.«

Er wollte es nicht hören. Er wollte fort, doch ihre kalte Hand schloß sich mit mörderischer Kraft wie eine stählerne Fessel um sein Handgelenk. Er versuchte sich gegen ihre rauhe Stimme zu verschließen, die ihm in den Ohren kratzte, aber es war vergeblich, er hörte sie trotzdem.

»Ich habe Euch all die Jahre belogen, Cecil, habt Ihr es nicht gewußt? Ich habe Euer geschätztes Vertrauen verraten. Er war mein Geliebter von Anfang an. Wißt Ihr, wir hatten nichts zu befürchten – ich habe mit vierzehn das Kind des Admirals verloren, und der Doktor sagte, ich könne keins mehr bekommen. Es war ungefährlich, Hengst einer unfruchtbaren Stute zu sein, gänzlich ungefährlich. Hinter Euch steht ein Bett, Cecil, mein Prunkbett. Schaut es Euch an, schaut es an und seht uns Nacht für Nacht darin liegen, sein Leib schwellend in meinem, bis ich vor Verzückung weinte. Ihr sagt, ich darf nicht sterben – wohlan! Ich werde die jungfräuliche Königin noch eine Weile spielen. Aber denkt daran, ich war immer seine Hure, und ich bin froh darüber.« Ihr verächtliches Lächeln verschärfte sich, es stach ihn wie ein vergifteter Pfeil. »Ihr habt Dudleys Hure dreißig Jahre gedient und werdet ihr dienen bis ans Ende Eurer Tage. Denn so wie Ihr Euch weigert, mich freizulassen, werde ich mich weigern, Euch freizulassen. Krank, verkrüppelt, taub oder blind, Ihr werdet in meinen Diensten sterben, mit einer Amtskette um Euren dürren Hals – ich schwöre es!«

Sie ließ seine Hand los und wich vor ihm zurück, und er starrte sein Handgelenk an, als hätte ihre Berührung ihn besudelt. Sein Gesicht fiel zusammen, als er sich von ihr abwandte, die Errungenschaft seines Lebens wie Staub in der Hand, ein gebrochener alter Mann, der plötzlich fühlte, daß ihm nichts auf dieser unwürdigen Welt je wieder etwas bedeuten würde.

Die Tür schloß sich hinter ihm, und Elisabeth war wieder allein in der furchtbaren, sonnenerhellten Stille und starrte auf den zusammengefalteten Brief auf ihrem Ankleidetisch, der eine einzige Zeile in ihrer Handschrift trug: »Sein letzter Brief«.

5. Teil
Das Idol

33

Der hochgewachsene junge Mann, der sich auf einem Fenstersitz räkelte, klappte sein Buch zu und sah sich verstohlen in der überfüllten Halle um. Höflinge und Hofdamen standen in Gruppen beisammen und flüsterten Mutmaßungen. Mehr als einmal hatte er ihre heimlichen Blicke gespürt, während er, müßig die Seiten umblätternd, mit niemandem sprach und nichts zu hören vorgab. Die Tür zum Vorzimmer blieb geschlossen, und niemand ahnte, was sich dahinter abspielte, mit welchen Worten der getreue Cecil seine Königin zu bewegen versuchte, wieder am öffentlichen Leben teilzunehmen.

Die Hofdamen wechselten furchtsame Blicke und fragten sich gespannt, wie schwierig ihre königliche Gebieterin sein werde, wenn sie hereingerufen würden, um sie anzukleiden. Sie fürchteten den unvermeidlichen Befehl, ihr aufzuwarten, und drängten sich ängstlich zusammen, eine Mischung aus Mitgefühl und Furcht in den Gesichtern.

Die jungen Herren, herausgeputzt wie Pfauen, beäugten einander feindselig wie wütende Hunde, die sich anschickten, um einen begehrten Knochen zu raufen. Es gab etwas, um das es sich zu kämpfen lohnte: Der König ist tot – lang lebe der König! Wer würde jetzt der Herzkönig, nachdem Leicester den Posten für immer geräumt hatte? Raleigh, der kultivierte Abenteurer, oder Essex, der neueste Stern am Firmament der königlichen Gunst, der offenherzige, eigenwillige Aristokrat? Keiner wußte es, nur eines stand fest: Die Königin konnte ohne Mann an ihrer Seite nicht existieren.

Und so wurde geflüstert und wurden Blicke gewechselt, bis die Tür endlich aufging und alle sich Cecil zuwandten, der langsam in ihre Mitte humpelte. Mit verschlossenem Gesicht ging er durch die Reihen, ohne jemanden anzusehen, ohne ein Wort zu sprechen, auch nicht mit seinem Sohn, dem verwachsenen kleinen Schreiber Robert Cecil, der sogleich an die Seite seines Vaters trat und ihn hinausbegleitete.

Das Oktoberlicht verblaßte, als der rothaarige junge Mann auf dem Fenstersitz sich erhob und auf und ab zu schreiten begann, fiebernd vor beklommener Erregung. Der alte Herr tot! Welch eine einmalige Gelegenheit; aber wieviel Zeit blieb ihm, bis sein Rivale Raleigh herbeieilte, um seinen Anspruch auf die Herzkönigin zu erheben? Er verachtete Raleigh, diesen kleinen Emporkömmling, der sich meisterhaft auf galante Gesten verstand und sich erdreistete, der Königin seine unverfrorenen Liebessonette zu widmen. Ein quirliger Geist, seiner königlichen Gebieterin ebenbürtig, ein Gelehrter, Poet, Forscher, eine geschliffenere Version von Drake – ein gefährlicher Gegner.

Der Jüngling schritt rascher aus. Er biß sich grimmig auf die Innenseite der Lippe und ballte die Faust, so seine Spannung verratend, wie er alle seine Gefühlsregungen verriet. Gegen Abend huschten die Hofdamen auf das gebieterische Klingeln einer Handglocke ins Vorzimmer. Die Herren fuhren zusammen und wechselten bedeutsame Blicke. Wie die übrigen hoffnungsvollen jungen Männer hielt sich der Jüngling in der Halle auf und wartete darauf, daß sie sich öffentlich zeige, damit er seinen Anspruch auf sie anmelden konnte.

Die Bemalung war vollendet. Sie hatten ihr Maria Stuarts schwarze Perlenkette um den Hals gelegt, die riesige Halskrause unter dem Kinn befestigt und waren diskret zurückgetreten, während sie das Werk begutachtete. Im Spiegel erblickte sie eine Maske, meisterhaft ausgeführt und grell bemalt; karminrote Paste auf einem Mund, der ein trauriger dünner Strich war, rosa Creme auf den blutleeren Wangen, Belladonna, um den leblosen Augen Glanz zu verleihen. Eine Schneekönigin, der sich ein Eissplitter ins Herz gebohrt hatte, kalt, hart, stoisch, in schwarzer Trauerkleidung.

Tot, aber nicht begraben, dachte sie. Sie riß den Spiegel von seinem Ständer und reichte ihn der nächststehenden Frau. »Nehmt ihn fort.«

»Majestät?« Die Frau starrte sie an; sie wußte nicht recht, ob sie den Befehl richtig verstanden hatte.

»Ich sagte, nehmt ihn fort – fort mit allen Spiegeln, aus meinen Augen. Jetzt gleich – im ganzen Palast!«

Sie wollte nie wieder in einen Spiegel schauen und ihren lebendigen Leichnam sehen, aufrecht wie eine mächtige Eiche, außen noch prächtig, innen hohl und verfault.

Fast einen Monat lang war sie gewissenhaft den Staatsgeschäften nachgegangen. Sie hatte Cecil und Walsingham empfangen, sich mit ihren Sekretären beraten und alle Dokumente unterzeichnet, die ihrer Unterschrift bedurften. Aber abends war sie vor ihrem Hofstaat zurückgeschreckt und vor dem, was sie in der Langen Galerie und der großen Halle erwartete. Cecil war kühl und distanziert, wenn er sie aufsuchte. Er hatte keine Bemerkung gemacht, er sah sie nur an, und da wußte sie, es hatte keinen Zweck; sie mußte wieder hofhalten, mußte wieder in jenen Raum treten wie eine Henne auf einen Hahnenkampfplatz und es sich gefallen lassen, daß eine Horde habgieriger, ehrgeiziger junger Männer sich um sie balgte, die nächste Generation scharfzähniger Nagetiere. Einst hatte sie dieses Spiel mehr genossen als alles andere, aber jetzt war Robert tot, und sie war mit den Ratten allein.

Auf der Schwelle zur großen Halle hielt sie eine Sekunde inne und starrte auf die gewaltige Versammlung, die ihrer harrte. Bei ihrem Erscheinen verstummten das Geplauder und das Gelächter, und banges Schweigen machte sich breit. Höflinge und Hofdamen, alle taktvoll in Schwarz wegen des verstorbenen Grafen Leicester, fielen auf die Knie, als sie vorüberging. Die neugierigen Augen folgten ihr durch den Saal, und ihr war, als bohrten sie sich in ihren Kopf. Sie schritt schwerfällig die knienden Reihen entlang, blieb nicht stehen, um jemandem ein Lächeln oder ein Wort zukommen zu lassen. Sie kannte nur ein Ziel, den Thronsessel am Ende des

Saales, eine Art Heiligtum, das es mit Würde und Anstand zu erreichen galt. Ihr Auftritt heute abend war eine Pflicht, eines der vielen ermüdenden Rituale, die sich durch die öden Jahre vor ihr erstreckten, leer, bedeutungslos, bar aller Freude.

Aus dem Augenwinkel erspähte sie eine Bewegung, das Aufblitzen eines silbernen Wamses, und plötzlich stand Essex vor ihr; sich aus einer schwungvollen Verbeugung erhebend, bot er ihr seinen Arm. Er fürchtete schon, sie werde ihn schneiden und weiterschreiten, aber seine Geste hatte sie in der Verfolgung ihres Zieles verwirrt, so daß sie kurz stehenblieb und ihn unsicher ansah.

Er lächelte, küßte die Hand, die sie ihm aus lauter Gewohnheit dargeboten hatte, und nahm großspurig ihren Arm. Als er sie zu dem Thron auf dem Podest geleitete, spürte sie die Gehässigkeit und den Neid der Höflinge hinter sich, und ihr sank der Mut. Der erste Fehdehandschuh war geworfen. Es hatte begonnen, und mit einemmal war sie böse auf den unverfrorenen Jüngling, der es gewagt hatte, den Anfang zu machen.

Sie zog ihre Hand abrupt zurück und nahm auf dem Thronsessel Platz, ohne Essex für seinen starken Arm zu danken. Mit zusammengekniffenen Augen musterte sie seinen grellen Aufzug, der ihn von dem dunkel gekleideten Hofstaat abhob. »Ich hätte nie gedacht, daß ausgerechnet Ihr Euch für ein Freudenfest herausputzt«, sagte sie kalt. »Der trauernde Sohn –«

»Stiefsohn«, erinnerte er sie ruhig, »und voraussichtlich nicht lange vaterlos. Witwentracht steht meiner Mutter nicht.«

»Eure Mutter«, herrschte Elisabeth ihn leise an, »ist eine berüchtigte Hure!«

Ihre dunklen Augen trafen sich, feindselig, wie gezückte Schwerter; dann ermahnte ihn ein kleiner Rest von gesundem Menschenverstand, die hitzige Bemerkung hinunterzuschlucken, die ihm auf der frechen Zunge lag. Nur ein Wahnsinniger konnte es darauf ankommen lassen, jetzt mit ihr zu streiten, und er war nicht wahnsinnig – noch nicht. Die Königin wandte den Kopf, bedeutete der Versammlung mit einer gleichgültigen Handbewegung, sich von den Knien zu erheben, und lehnte sich in ihrem Sessel zurück, um nachzudenken. So – Lettice gedachte nach der kürzest möglichen Anstandsfrist wieder zu heiraten, aber sie sollten sich nicht mit Leicesters Vermögen ein schönes Leben machen, solange die Königin noch atmete. Ich werde sämtliche Schulden eintreiben, die Robert bei mir hatte, und dann wird sein Nachfolger feststellen, daß er ein verarmtes Weib geheiratet hat...

Sie wandte sich Lettices Sohn zu, um ihre Wut an diesem hochmütigen, anmaßenden Jungen der Wölfin auszulassen – und ließ die Worte unausgesprochen. Da stand er, lächelte sie an, selbstsicher, zuversichtlich, rothaarig, wie eine junge Wiedergeburt ihrer selbst.

Wie leicht hätte er als ihr Sohn gelten können – ihr Sohn, von Robert.

Ihr Zorn war unvermittelt vergangen, sie hob die Hand und strich dem Jüngling sanft über die Wange. Oben auf der Galerie hatten die Musikanten ihre Plätze eingenommen und warteten stumm auf das Zeichen der Königin.

»Der Tanz beginnt«, sagte sie leise. »Sucht Euch eine Dame.«

Sein Lächeln wurde noch unverschämter. Er ergriff die Hand, die seine Wange berührt hatte, und umschloß sie mit seinen Händen. »Madam, vor mir sehe ich die einzige Dame, die ich je begehren werde.«

Die Wärme und Kraft seiner Finger, so schmerzlich an Leicester erinnernd, weckten in ihr plötzlich das Bedürfnis zu weinen. Aber sie durfte nicht zusammenbrechen vor dieser gewaltigen Versammlung; auch konnte sie ihre Hand nicht abermals zurückziehen, ohne zu gehässigen Bemerkungen Anlaß zu geben. Wie eine in die Enge getriebene Katze wich sie ein Stückchen in ihren Sessel zurück, wachsam, argwöhnisch, bereit zuzuschlagen – nur wollte sie es seltsamerweise nicht tun, solange es sich vermeiden ließ.

Die Augen auf seine geheftet, die Lippen lächelnd, um den zuschauenden Hofstaat zu täuschen, flüsterte sie in kühlem Befehlston: »Laßt meine Hand los.«

»Ich werde Euch nicht loslassen, Madam«, gab er ebenso leise zurück, »bis Ihr hier vor aller Augen mit mir getanzt und allen gezeigt habt, wie es in Zukunft zwischen uns beiden sein wird.«

In ihrem ganzen Leben hatte kein Mann jemals so anmaßend zu ihr gesprochen. Es hallte in ihr wider wie der Knall einer Peitsche, und in ihren dunkelsten Tiefen rührte sich etwas und erhob langsam sein Haupt wie eine Schlange, die träge aus leichtem Schlummer erwacht.

Essex lächelte sie immer noch an. Er erkannte seine Gefahr nicht. – Wie sollte er?

»Laßt meine Hand los«, wiederholte sie, atemlos gegen den plötzlichen Drang zu schreien kämpfend. »Ich werde mit keinem Mann mehr tanzen.«

»Mit keinem *anderen* Mann«, berichtigte er ernst. »Aber mit mir werdet Ihr tanzen, Madam, und Ihr werdet heute abend tanzen.«

»Bittet mich jetzt zum Tanz, und ich verspreche Euch, Ihr werdet es Euer Leben lang bereuen.«

»Das Risiko nehme ich auf mich«, sagte er fest. »Mit Freuden.« Sie kämpfte noch einen Moment gegen die Versuchung an. Als er sah, daß sie sich anschickte, ihre Kammerfrauen zu rufen, umklammerte er ihre Hand so fest, daß es schmerzte. »Tut das nicht, Madam – ich gebe Euch mein Wort, daß ich eine Szene mache. Ich verlasse diesen Saal und tue allen Anwesenden kund, wie grausam Ihr meinen Stolz verletzt habt. Tanzt ein einziges Mal mit mir, das ist alles, worum ich Euch bitte.«

Vorläufig, dachte sie.

Sie erhob sich langsam, die Röcke ihres mit Diamanten besetzten Trauergewandes wogten auf ihn zu wie eine dunkel schimmernde Welle. Vor den wachsamen Augen des eifersüchtigen Hofstaates hob er ihre Hand mit spöttischer Ehrfurcht an die Lippen. Elisabeth schenkte ihm ein Lächeln, das ihn in schwindelnde Hochstimmung versetzte.

»Wohlan, auf Eure Verantwortung.« Ihre Stimme war ruhig, fest, jedoch unsagbar traurig.

Er machte eine tiefe Verbeugung und führte sie in die Mitte der Tanzfläche. Alle Tanzenden wichen zurück und sahen mit stiller Verwunderung zu. Wie zwei Schauspieler auf einer Bühne vollführten der Graf von Essex und die

Königin die komplizierten Schritte eines alten Schreittanzes, während die Musik auf der Galerie leise eine wehmütige Melodie spielte.

Die Würfel waren gefallen, die Kulissen für die letzte Tragödie aufgestellt. Sie tanzten zusammen und lächelten ein seltsames Lächeln, die Hohepriesterin eines heidnischen Kults und ihr ach so williges Opfer.

Er war nun ihr ständiger Begleiter. Eine Faszination, die beinahe etwas Hypnotisches hatte, fesselte ihn an Elisabeth. Vor Leicesters Tod hatte sie nur mit mäßigem Interesse mit ihm getändelt, so als habe man ihr eine raffinierte neue Speise vorgesetzt, um ihren spärlichen Appetit zu reizen. Nun aber, da sie wirklich hungerte, war er eine verbotene Delikatesse, die sie nicht verzehren durfte. Sie beherrschte sein Dasein vom Morgen bis zum Abend, strafte ihn für das Verlangen, das zu stillen sie nicht wagte, quälte, neckte und lockte ihn, um sich dann, von sich selbst und von ihm angewidert, kalt zurückzuziehen. Leicesters Tod hatte sie um die körperliche Erfüllung mit dem einzigen Mann betrogen, dem sie gegen ihren Willen vertraut hatte, und jetzt konnte sie nicht mehr lernen, einem anderen zu vertrauen; es war zu spät. Sie brauchte nur das Zeichen zu geben, und Essex würde sie freudig nehmen, aber sie gab es nicht. Eine Kluft von fünfunddreißig Jahren trennte sie – es wäre obszön! Und schlimmer, es hieße Leicesters Andenken verraten. Sie konnte sich seines Körpers nicht erfreuen, doch andere konnten es, und sie haßte sie dafür, haßte neuerdings alle Liebenden, jede einzelne Person in ihrer Umgebung, die ein natürliches Leben mit einem Partner führte. Die bloße Erwähnung einer Heirat konnte einen Wutausbruch auslösen. Liebende mieden Elisabeths Blick und suchten voll Angst vor Entdeckung in verschwiegenen Winkeln ihr Vergnügen.

Fünf Jahre vergingen beinahe spurlos, die Königin war fast sechzig und der Graf von Essex noch immer an ihrer Seite. Doch nun stritten sie sich. Er sei der einzige Mann in England, der den Mut dazu besitze, hieß es.

Er beging mehr Verstöße gegen die Etikette als der ganze übrige Hofstaat zusammen; er verweigerte ihr den Gehorsam, er schlief mit ihren Hofdamen, ohne es zu verhehlen, er zog sich vom Hof zurück, wann immer er seinen Willen nicht bekam. Jedesmal nahm sie ihn nach einem kurzen Wutausbruch wieder auf und wunderte sich über ihre Schwäche. Und jedesmal kehrte er zurück, trunkener denn je vom Gefühl seiner Wichtigkeit, von seiner absoluten Gewißheit, daß seine Macht sich mehrte. Keine Frau hatte ihn bisher über längere Zeit gefesselt; aber Elisabeths Verheißung der Hingabe, der vollständigen Hingabe an seinen Willen, die Aussicht zu siegen, wo noch kein Mann gesiegt hatte, hielt ihn fest wie ein Magnet.

Er sah sich mit einer Menge Vorzüge ausgestattet. Gute Aussichten auf eine militärische Führungsposition, wachsender Einfluß bei Hof, stetig zunehmende Beliebtheit beim Volk – der einzige ihrer Günstlinge, der der Bevölkerung nicht verhaßt war. Der Jüngling mit den rotblonden Haaren sah wie ein König aus, wenn er durch die Straßen ritt, und wurde bei jedem Erscheinen mit mehr Begeisterung bejubelt.

Sein wichtigster Vorzug aber war zweifellos die Beständigkeit der Zuneigung der Königin. Es war wie ein berauschender Wahn. Ihre magische Kraft hielt ihn mit eisernen Fesseln, und ihre widernatürlichen Untertöne beunruhigten ihn nicht, weil er sie nicht bemerkte.

Aber sie bemerkte sie. Einmal jagte sie ihre Damen wegen einer angeblichen Verfehlung davon, um mit ihrer namenlosen Angst allein zu sein. Sie nahm Leicesters Miniatur aus der Schatulle und sprach unter Tränen der Verzweiflung zu ihm. »O Robert, warum hast du ihn hierhergebracht?«

Das Bildnis gab keine Antwort, aber sie bildete sich ein, es sehe sie mit stummem Vorwurf an. Rasch schloß sie es, von einem entsetzlichen Schuldgefühl erfaßt, wieder fort. O ja, sie spielte mit dem Feuer. Aber sie hatte ihr ganzes Leben mit der Gefahr gelebt und konnte ohne diese Herausforderung nicht existieren, sie konnte sich nicht zurückziehen und zusehen, wie das Leben ruhig, gefahrlos und langweilig wurde. Sie brauchte Essex, brauchte den Kampf, den offenbar nur er allein ihr bieten konnte.

In einem Punkt aber blieb sie verstockt, und er ging dagegen an wie eine beharrliche Biene gegen eine Fensterscheibe, außerstande, sich damit abzufinden, daß er unfähig war, dieses einzige kleine Hindernis zu überwinden.

Sie wollte seine Mutter nicht am Hof empfangen.

»Seht Ihr nicht, wie sich das auswirkt?« entfuhr es ihm an einem heißen Abend, als sie, seine Stimmung erspürend, ihre Damen fortgeschickt hatte. »Wie kann ein Mann an einem Ort bleiben, wo seine Mutter nicht willkommen ist? Nein, ich werde nicht bleiben. Ich verlasse den Hof, Madam, und überlasse Euch Eurem Starrsinn.«

Bei anderer Gelegenheit hatte diese Drohung sie milde gestimmt, aber nun sah sie ihn fest an, die Augen dunkel, wachsam. »Ihr dürft es Euch nicht zur Gewohnheit machen, mich zu bedrohen«, sagte sie leise. »Wenn es zu lästig wird, werde ich Euch davon kurieren müssen – und ich vermute, diese Kur wird für uns beide schmerzhaft sein.«

Seine Lippen kräuselten sich plötzlich zu einem Lächeln, ein unvermittelter Stimmungsumschwung, der so seltsam an ihre eigene Natur gemahnte. »Madam! Jetzt hört Ihr Euch an wie meine Mutter! Wollt Ihr ihr nicht vergeben, mir zuliebe?«

Sie wandte sich ab. »Ich bin nicht Eure Mutter«, sagte sie schroff.

»Ich will das Wort nie wieder im Zusammenhang mit mir hören, auch nicht im Scherz!«

»Wie Ihr wollt, Madam.« Ihr Tonfall hatte ihn überrascht; er hatte erwartet, daß sie lachen würde wie so oft, wenn er sie zu etwas zu überreden suchte. Wenn sie sich nicht über dies und das stritten, lachten sie immer. Aber nicht heute abend.

Er seufzte und fiel auf die Knie, den demütigen Höfling mimend, was sie zuweilen belustigte. Mit Widerborstigkeit kam er nur bis zu einem bestimmten Punkt, und er schoß oft übers Ziel hinaus. Wenn Demut angebracht schien, war er ausnahmsweise dazu bereit. Er konnte diese Mißhelligkeit zwischen seiner Mutter und der Königin nicht mehr ertragen, sie machte ihn ehrlich betrübt. »Madam, ich bitte Euch! Laßt mich sie ein einziges Mal hierherbringen, auf daß sie Euch die Hand küsse, und ich werde es nie wieder von Euch erbitten. Ihr ahnt nicht, was die Jahre der Verbannung für sie bedeuteten – was auch ihr Vergehen war, sie hat es gewiß genug gebüßt. Eure Gläubiger haben ihr buchstäblich alles genommen, was Leicester ihr hinterlassen hat – o ja, ich weiß, die Schulden – aber es waren schließlich *seine* Schulden.«

»Bei seinem Tod fielen sie an sie«, sagte Elisabeth kalt. »Sie war seine Witwe.«

»Sie ist es nicht mehr«, erinnerte er sie taktlos. »Sie ist wieder verheiratet.«

Die Königin kniff zornig die Lippen zusammen. »Dann soll ihr neuer Ehemann für sie sorgen. Ich dulde sie gegen meinen Willen in meinem Reich, und das ist genug. An meinem Hof, in meiner Nähe niemals!«

Seine Hand umklammerte das Heft seines Schwertes und ließ es wieder los. Elisabeth erkannte dies als Ausdruck der Nervosität, weil es wiederum ihrer eigenen Art entsprach. Manchmal erschien ihr die Ähnlichkeit zwischen ihnen beinahe unheimlich. Aber schließlich entstammte er ihrer mütterlichen Linie, und deshalb war eine leichte Familienähnlichkeit vielleicht doch nicht so ungewöhnlich.

»Ich verstehe Euch nicht«, sagte er verstimmt. »Ihr habt Verrätern verziehen, doch mit Eurem eigenen Fleisch und Blut habt Ihr kein Mitleid. Wenn Ihr mich liebtet, Madam, würdet Ihr mir diese kleine Bitte nicht abschlagen.«

Sie nagte an der Bemalung ihrer Unterlippe. Ihre verbissen gezügelte Wut brodelte wie geschmolzene Lava unter der Oberfläche ihres Verstandes, ein verräterisch schlummernder Vulkan. »Gebt acht«, sagte sie, »und schickt Euch drein. Ich warne Euch, das Alter hat mein Temperament nicht gemäßigt.«

»Das Alter«, wiederholte er nachdenklich, sie fest ansehend, »das Alter hat Euch vergessen, Madam.«

Ihre Augen weiteten sich. »Ich bin fast sechzig«, ihre Stimme war dünn vor Bangnis, »sechzig!«

»Wer hätte das gedacht!«

Seine Schmeichelei – falls es Schmeichelei war – hatte etwas grausam Scharfes, so als sei er halb erzürnt über seine Bewunderung. »Ihr seid bei besserer Gesundheit denn je. Ihr seid schlank wie Eure Hofdamen und tanzt besser als sie alle. Schaut in den Spiegel, meine mädchenhafte Königin, und seht, was der Teufel für diejenigen tut, denen er gewogen ist.«

Sie schloß die Augen in der Erinnerung an Leicesters leise, ängstliche Stimme. *Seid Ihr eine Hexe*?

Essex belog sie nicht, das wußte sie. Was immer ihm in den Sinn kam, rutschte ihm unbedacht auf die Zunge; darin war er wirklich ganz anders als sie. Er besaß kein Taktgefühl. Grob vor Redlichkeit, war er der aufrichtigste Mann am Hof, und die Augen, die mit solch unwilliger Bewunderung auf ihr ruhten, waren hart und ohne Falsch. Falten, versteckt unter einer raffinierten Maske aus Schminke, weißes Haar unter einer erlesenen Perücke, schwarze Zähne hinter ihrem schmallippigen Lächeln – es gab keinen Spiegel in ihrem Palast, aber sie wußte, dies alles war da.

Nur, er schien es nicht zu sehen.

Und er tat recht daran. Die meisten Menschen waren mit sechzig im Grab. Wenn nicht, waren sie verkrüppelte Wracks wie Cecil, zahnlos, schwerhörig und mit zunehmender Gebrechlichkeit kämpfend. Aber sie hatte sich seit ihrer Kindheit nicht solch außerordentlicher Gesundheit und Vitalität erfreut. Ihre Migräneanfälle wurden immer seltener. All die Symptome der Schwäche, die den Gesandten einst Stoff für ihre Berichte lieferten, waren mit der Armada verschwunden, hatten sich aufgelöst, so als hätten sie – *ihren Zweck erfüllt*. Sie fragte sich, welche Rolle ihre angegriffene Gesundheit gespielt haben mochte, als sie Philipp drei Jahrzehnte in Schach hielt, wie oft er die Kosten einer Invasion abgewägt haben mochte gegen die Hoffnung, sie werde bald eines natürlichen Todes sterben. Jetzt fiel es allerdings nicht mehr ins Gewicht. Sie befanden sich nach wie vor im Kriegszustand, und keine Überlegung dieser Art würde Philipp mehr abschrecken. Auch brachte eine angegriffene Gesundheit keinen politischen Vorteil, wenn sie mit vorrückendem Alter gepaart war. War es dann purer Zufall, daß ihre Leiden verschwunden waren, daß die Worte »zu alt und untauglich für ein hohes Amt« auf sie nicht zutrafen, und dies in einem Alter, da die meisten sich ernsthaft Gedanken über ihre Nachfolge machen mußten?

Essex war vorübergehend vergessen, als sie, Rückschau auf ihr Leben haltend, nach Erklärungen suchte. Der Nebel in ihrem Gedächtnis lichtete sich etwas und gab hier und da einen Lichtschein frei, ein Echo aus der Vergangenheit. Bilder und Sätze purzelten durcheinander wie die Teile eines Puzzlespiels, die nie ganz an die richtige Stelle rückten. Ich wurde durch Hexerei zu dieser Heirat angestiftet. Das hatte ihr Vater öffentlich von ihrer Mutter behauptet, voller Selbstmitleid und als Rechtfertigung für das, was er ihr angetan hatte. Aber das gewöhnliche Volk war es, das sie zuerst der Hexerei bezichtigt hatte, zum Beweis Annes zwei körperliche Makel anführend, die beide als Zeichen des Teufels galten – ein riesiges Muttermal am Hals, das immer geschickt von einem edelsteinbesetzten Kragen bedeckt war, und ein winziger sechster Finger an der linken Hand, stets unter den ausladenden Boleyn-Ärmeln verborgen, die eigens kreiert worden waren, um ihn zu verstecken.

Der Nebel lichtete sich zusehends. Tiefer und tiefer tastete sie sich in die vergessenen Bereiche ihrer frühen Kindheit. Jemand liebkoste ihre Finger, zählte sie wieder und wieder mit schriller, irrer Freude. »Sieh doch, kein Zeichen auf ihrer Haut, das sie verriete« – »Aber Anne, was macht dich so sicher? Sieh doch, die langen Finger – die werden gewiß Anlaß zu Gerede geben.« – »Aber sie sind vollkommen gestaltet, sie können der Schönheit keinen Abbruch tun. Sie wird mehr Glück haben als ich. Niemand wird sie je beschuldigen können, sie sei ...«

Dieses unglaublich starke Verlangen nach Äpfeln ...

Die Vision wechselte, zeigte ihr die Quelle ihrer Macht. Eine goldene Schatulle neben dem Prunkbett, stets verschlossen, darin ein Püppchen ohne Kopf, das wartete!

»Laßt mich das abscheuliche Ding vernichten!«

»Nein! – O nein, noch nicht – sie will es nicht.«

Elisabeth öffnete die Augen und sah, daß Essex sie neugierig beobachtete. Er hielt einen Apfel in der Hand, den er sich ohne ihre Erlaubnis aus der Schale auf dem Nachttisch genommen hatte. Er hatte den kleinen, edelsteinbesetzten Dolch aus seinem Gürtel gezogen und schickte sich an, die Schale des Apfels zu durchstechen.

Unversehens schlug Elisabeth ihm den Apfel aus der Hand, und er kullerte unter das Prunkbett. »Nächstes Mal«, sagte sie mit erstickter Stimme, »fragt Ihr, bevor Ihr nehmt.«

»Madam?« Er war verstört von ihrem plötzlichen Zorn; die Farbe war aus seinem Gesicht gewichen. Er starrte sie an wie ein gekränktes Kind, das nicht weiß, was es angestellt hat, und sie versuchte zu lächeln.

»Er war wurmstichig«, sagte sie unsicher.

»Ich habe keinen Wurm gesehen.«

»Nein«, sagte sie scharf. »Ihr seht nie eine Gefahr, nicht wahr?«

Er lächelte. »Ach kommt, Madam, an einem Wurm würde ich wohl kaum sterben. Darf ich mir mit Eurer gütigen Erlaubnis einen anderen nehmen?«

»Nein«, sagte sie barsch. Sie ließ sich auf dem Fenstersitz nieder.

»Wenn Ihr hungrig seid, laßt Euch von Eurer Mutter füttern.«

Das war es also! Was für ein Paar, sie und Lettice, immer hetzte eine gegen die andere, und er dazwischen, so qualvoll beiden zur Loyalität verpflichtet. »Ich habe Euch gekränkt«, sagte er zerknirscht.

Sie runzelte die Stirn. »Ist das nicht Eure größte Begabung?«

»Es scheint so – nun gut, lassen wir es dabei bewenden.«

Sie sah ihn erleichtert an. »Dann – werdet Ihr mich nicht mehr bitten?«

»Heute abend nicht mehr. Aber ich werde Euch wieder bitten, Madam, ich gebe Euch mein Wort. Ich werde demütig auf den Knien bitten, allezeit, bis ich erlebe, daß Ihr Eure Meinung ändert.«

»Ihr scheint mit einem außergewöhnlich langen Leben zu rechnen«, sagte sie bissig.

Er lachte, amüsiert über ihre scharfe Entgegnung. »Und warum nicht, Madam? Ich bin jung, ich habe noch viele Jahre vor mir.«

»Das eine bedingt nicht zwangsläufig das andere«, sagte sie finster. »Die die Götter lieben, sterben jung.«

»Dann besteht für mich keine Gefahr, denn mich liebt kein Gott.«

Er drückte ihre langen Finger an seine Lippen. »Nur eine Göttin und die ist für ihre Barmherzigkeit berühmt.«

Nicht alle ihre Mißhelligkeiten endeten so harmonisch. Er hatte jetzt eine Stimme im Rat und nutzte sie, indem er sie jedesmal donnernd erhob, wenn der spanische Krieg zur Diskussion stand. Er besaß etwas von der Fähigkeit der Königin, Zuhörer zu fesseln; er war überzeugend, selbst da, wo er unrecht hatte, und die jüngeren hitzköpfigen Ratsmitglieder scharten sich um ihn. 1591 war Essex ein Mann, mit dem man rechnen mußte, er genoß in England hohes Ansehen, besaß einen Ruf als militärischer Führer und als fähiger Politiker. Als Philipp einen Angriff in der Bretagne auf den neuen französischen König Heinrich IV. beschloß, war Essex' Name mit einemmal in aller Munde. Ratsversammlung und Volk verlangten lauthals, daß eine englische Armee unter seiner Führung nach Frankreich geschickt werde. Elisabeth könne dem Untergang ihres Verbündeten nicht untätig zusehen und zulassen, daß Philipp die Kanalprovinzen besetze. Aber als sie, unter erbittertem Murren über die Kosten, ihre Streitkräfte versammelt hatte, zögerte sie, von ihrem eigentümlichen Instinkt getrieben, mit der für alle auf der Hand liegenden Entscheidung, wer die Streitkräfte anführen sollte. Ringsum erhob sich ein Proteststurm. Der König von Frankreich hatte deutlich bekundet, wem er den Vorzug gab. Essex hatte zwei Stunden auf Knien um das Kommando gebeten – was ließ sie zaudern? Sie wußte es nicht und hätte es nicht erklären können; es war nur so ein Gefühl, die alte Eingebung, die sie selten getrogen hatte. Aber so groß war der Aufschrei, daß sie am Ende der öffentlichen Meinung nachgeben mußte. Essex wurde unter allgemeinem Beifall ernannt.

Er segelte gen Frankreich, wo er den galanten Ritter spielte, ihre Anordnungen mißachtete und ihr Geld vergeudete. Er kehrte als Versager zurück, aber das tat seiner Beliebtheit beim Volk keinen Abbruch. Die Leute hießen ihren schmukken Helden willkommen und überboten einander mit Erzählungen von seiner Tapferkeit im Felde, seiner vollendeten Ritterlichkeit, seiner vollkommenen Männlichkeit.

Elisabeth fand das keineswegs amüsant. Sie war seiner vollkommenen Männlichkeit und vollendeten Ritterlichkeit gründlich überdrüssig und machte aus ihrer Verachtung für den leichtfertigen Narren, der sich in hohlen Reden seiner Taten brüstete, kein Hehl. Ihr kam es nicht auf ehrenhafte Pflichterfüllung auf dem Feld an, sondern auf handfeste Ergebnisse, die harten wirtschaftlichen Kriterien standhalten konnten, und sie empfing ihn bissig. Er erklärte in wehleidigem Ton, er habe sein Bestes getan; sie erklärte ihm kalt, sein Bestes sei nicht genug, und sie trennten sich nach einem erhitzten Wortwechsel. Er verschwand mitsamt seiner vollendeten Ritterlichkeit nach Wanstead. Dort fielen ihm alle die trefflichen Bemerkungen ein, die er diesem undankbaren Weibsstück gegenüber hätte äußern können, und in glühendem Zorn setzte er sich hin, um sie zu Papier zu bringen.

Das war ein schlimmer Fehler. Worte, in der Hitze des Augenblicks gesprochen, können vergeben werden; Worte, für immer auf Pergament gebannt, schießen über das Ziel hinaus, sobald die Leidenschaft verflogen ist. »Ich sehe, Majestät haben sich in den Kopf gesetzt, mich zu vernichten … Ich rufe alle auf, die mich aus Frankreich scheiden oder hier ankommen sahen, zu bekunden, ob ich einen solchen Empfang verdient habe.« Das Schreiben glühte von derselben Leidenschaft, die seine Liebesbriefe an die Königin kennzeichnete, und Elisabeth erschrak. Die Drohung war so offensichtlich, daß sie sich fragte, ob er noch ganz normal sei. Kein anderer Mann in England hätte ihr so etwas zu schreiben gewagt.

Sie war nicht wütend. Sie war, viel gefährlicher, kühl berechnend.

Die eine Wendung, die den ganzen Gehalt seines Briefes ausmachte, hatte ihren Selbsterhaltungstrieb alarmiert. »Ich rufe alle auf…« Würde er es tun, eines Tages? Würde er das Volk gegen sie aufwiegeln, wenn sie ihn zu weit trieb?

Nachdenklich faltete sie den Brief zusammen und legte ihn in ihr Schreibpult. Und sie versöhnten sich, wie es alle, die sie kannten, erwartet hatten. Nur die Königin war sich der Veränderung in ihrer Beziehung bewußt. Ihre Freude an der Gesellschaft des Mannes, der weder Sohn noch Liebhaber war, wurde nun getrübt durch den dunklen Verdacht, daß er ihr eines Tages in den Rücken fallen könne. Doch diese

Aussicht mißfiel ihr nicht unbedingt. Sie hatte bislang jeden Mann mühelos gebändigt. Die Bändigung von Essex blieb eine Herausforderung, und eine Herausforderung war die einzige Versuchung, der sie nie hatte widerstehen können.

34

Die Zeit nach der großen Seeschlacht brachte eine rasche Folge von Todesfällen. 1595 lagen Walsingham und Drake im Grab, und eine neue Generation ehrgeiziger Männer stieg am Hof auf und machte sich gegenseitig den Rang streitig. Es bildeten sich zwei gegnerische Lager, das eine angeführt von Cecil und seinem verwachsenen Sohn, das andere von Essex, beide beherrscht von einer Frau, die einer Despotin immer ähnlicher wurde. Mit ihrer seltsamen Treibsanddiplomatie hielt Elisabeth die Geschicke Europas nach wie vor in der Schwebe. Ihre Fähigkeit, in mißlichen Situationen Zeit zu schinden, war ihre größte Stärke, aber diese Taktik, die sich auf hinterhältige Abkommen und schamloses Hinhalten stützte, brachte Essex schier zur Raserei. Er wollte ihr militärischen Ruhm zu Füßen legen – und sie wollte immer nur wissen, was das kostete!

Falsches Spiel war ihm zuwider. Die Königin glich einer exotischen Spinne, die ein fantastisches Netz webte. Sie hörte ihm zu, sie lächelte, schien überzeugt, aber am nächsten Tag machte sie ein finsteres Gesicht, zankte mit ihm und tändelte mit seinen zahlreichen Gegnern.

Elisabeth gedieh von Jahr zu Jahr mehr zum heidnischen Bild einer jungfräulichen Göttin. Ihre Kleider wurden immer fantastischer, und sie benahm sich entsprechend exzentrisch. Sie beherrschte einen Hofstaat aus starrsinnigen, ehrgeizigen Männern und blickte aus olympischen Höhen auf sie herab, so daß sie in ihrer Gegenwart zu Puppen schrumpften. Sie waren nichts ohne ihre Gunst, hohle Gefäße, unbedeutende Sterne an einem Firmament, wo sie die Sonne war. Sie nutzte sie aus und sah sie mitleidlos körperlich und geistig vertrocknen, bis sie starben. Und es amüsierte sie, daß alle Männer, die sich zu Lebzeiten in Angst verzehrt hatten, daß sie sterben könnte, nun im Grab lagen. Alle bis auf einen.

Gebeugt und welk, oftmals zu krank, um an den Ratsversammlungen teilzunehmen, hielt Cecil aus, unfähig, die Zügel der Regierung aus der Hand zu legen oder sich von seiner Bindung an die Königin loszusagen. Grausame Worte, in der Hitze des Zorns gesprochen, hatten ihre Beziehung nicht dauerhaft beeinträchtigt, denn es war offensichtlich, daß sie ohne einander nicht auskommen konnten. Die zwei seien unsterblich, hieß es, und die Leute fürchteten sie.

Der Krieg mit Spanien schleppte sich unerfreulich dahin, weil Philipp, obwohl schwach und kränkelnd, nicht von seinen Bestrebungen lassen wollte, bis man ihn in seinen Sarg legen würde. Essex befürwortete einen Großangriff auf Cádiz unter seinem Kommando, doch die Königin wollte sich lieber durch ein Angriffs- und Verteidigungsbündnis mit den Franzosen absichern. Philipp hatte den Kriegsschauplatz nach Frankreich verlegt, und – als Calais an die spanischen Streitkräfte fiel, tobte Essex wegen Elisabeths Verzögerungstaktik und schwor, wie üblich übertreibend,

wenn sie ihm den Feldzug verweigere, gehe er ins Kloster. Am Ende kam es, wie sie es wollte. Sie bekam ihr französisches Bündnis und ihren Sieg bei Cádiz. Die spanische Flotte wurde vernichtet, und die blühendste Stadt Spaniens fiel unter dem Ansturm von Essex' Streitmacht. Nach diesem überwältigenden Sieg wurde Essex in England als Held der Stunde gefeiert. Doch während seiner Abwesenheit hatte die Königin Cecils verwachsenen Sohn zum neuen Staatssekretär ernannt. Essex war außer sich. Wieder gab es Streit, wieder zog er sich vom Hofleben zurück und suchte im Glanz seiner öffentlichen Berühmtheit Trost. Die jubelnden Massen folgten ihm auf den Straßen, sie drängten sich um sein Haus und warteten auf sein Erscheinen, und sie tranken in den Wirtshäusern auf sein Wohl.

Der Lärm seines Triumphes drang durch die Palastfenster, und als Elisabeth in Sprechchören seinen Namen rufen hörte – »Essex! Essex! Essex!« –, schnürte blinde, heiße Eifersucht ihr die Kehle zu. In fast vierzig Jahren hatten die Londoner niemand anderen als sie hochleben lassen, und mit ihrem alten, unheimlichen Überlebensinstinkt spürte sie die Gefahr für sich. Sie hatte einen Rivalen, einen Feind, womöglich gefährlicher, als es die Königin der Schotten je gewesen war. Und als sie diese Gefahr erkannte, änderte sie ihre Taktik und wandte sich von Essex' Gegnern ab. Sie rief ihn an den Hof zurück und machte ein großes Aufhebens um ihn, so daß Essex, von ihrer Sinnesänderung verwirrt, annehmen mußte, seine Persönlichkeit habe am Ende gesiegt. Sie konnte nicht auf ihn verzichten – sein Aufstieg zur Macht war unaufhaltsam. Und wieder spielten die Violen, wieder nahm die mädchenhafte Königin die Hand ihres galanten Ritters, und sie tanzten im Kerzenschein, scheinbar in vollendeter Harmonie. Als sie sich aber von einem tiefen Knicks erhob, sah sie sich nach der gebeugten Gestalt ihres alten Schatzmeisters um und schenkte ihm ein kühles, flüchtiges Lächeln. Langsam, fast unmerklich, neigte der alte Mann den Kopf, und obwohl zwischen ihnen kein Wort fiel, war ihre Verständigung vollkommen.

An diesem Abend hörte Cecil im Bett liegend dem Redeschwall seines buckligen Sohnes zu. Die krumme kleine Gestalt des neuen Staatssekretärs wanderte, wild gestikulierend in ohnmächtiger Wut, in dem Zimmer auf und ab. »Ihr und ich, Vater, wir könnten ebensogut zurücktreten. Er hat alles – militärischen Ruhm, die Unterstützung des Volkes und der Königin. Sie ist so vernarrt in ihn wie eh und je. Sie hält es keine zwei Minuten mehr ohne ihn aus. Ich sage Euch, in sechs Monaten wird er hier herrschen – ich sehe keine Möglichkeit, es zu verhindern.«
»Du irrst dich, Robert – kein Mann hat die Königin je beherrscht, und keinem wird es je gelingen.«
»Herrgott, Vater? wie könnt Ihr so etwas sagen? Ich habe sie zusammen gesehen, und was ich sehe, widert mich an – sie steht ganz unter seinem Einfluß.«

Der alte Cecil lächelte geheimnisvoll und strich mit verhaltener Zufriedenheit die Leintücher glatt. »Ganz unter seinem Einfluß«, murmelte er. »O ja, das ist es, was er denkt –

aber was er sieht, und was du siehst, mein Sohn, ist eine Täuschung.«

»Glaubt Ihr?« Robert Cecil war keineswegs überzeugt.

»Du mußt zugeben, daß ich die Königin besser kenne als die meisten! Herrgott, mein Sohn, hältst du sie wirklich für so beschränkt? Kaum kehrt er ihr den Rücken zu, begünstigt sie seine Gegner – denk doch nur, wie du zu deinem Amt gekommen bist. Staatssekretär.« Der alte Mann nickte beifällig. »Das ist eine mächtige Position, Robert, halte sie hoch, wie ich es einst tat.«

Robert strich über die geschwollene Hand des Alten auf der Bettdecke. »Vater, Ihr seid sehr krank. Ist es nicht an der Zeit, Euch zur Ruhe zu setzen?«

»Die Königin würde es nicht gutheißen«, sagte der alte Cecil. Seine Miene drückte stille Zufriedenheit aus. »Ich bin ihre rechte Hand. Sie hat mir immer vertraut, mehr als allen anderen – mehr sogar als Leicester.«

»Und jetzt hat sie Essex«, sagte Robert mürrisch.

»Sie traut ihm nicht.«

Robert sah ihn verwundert an. »Sie *liebt* ihn!«

»Mag sein. Es wird ihn nicht retten, wenn er sich weiter so aufspielt. Sobald er seine Hand nach dem Zepter ausstreckt, wird sie ihn unbarmherzig niederschlagen. Glaube mir, mein Sohn, ich kenne sie. Du denkst, du hast sie wütend gesehen, aber du hast keine Ahnung – so wenig wie Essex – von ihrer Fähigkeit, Vergeltung zu üben, von ihrer außerordentlichen Begabung, Leid zuzufügen.« Seine dünnen Lippen zitterten, und er schloß die Augen, die von nicht vergossenen Tränen schimmerten. »Einmal hielt sie es für angezeigt, mich zu verletzen. Ich will dir nicht erzählen, warum oder wie – aber ich versichere dir, es gab eine Zeit, da dachte ich, nichts würde mir jemals wieder etwas bedeuten. O ja, ich hatte Strafe verdient und auch damit gerechnet, aber das – das hatte ich nicht verdient! Walsingham pflegte zu sagen, Wissen sei niemals zu teuer, aber ich hätte eine Riesensumme darum gegeben, daß mir diese Grausamkeit erspart geblieben wäre. Sie ist zwei Personen, mein Sohn, zwei ganz verschiedene Personen. Die eine gütig und klug, so daß man freudig seine Seele hingäbe, um ihr zu dienen.

Und die andere – furchtbar! Nur wenige haben diese andere Seite von ihr erlebt, und die denken nicht gerne daran zurück. Ihre Grausamkeit ist entsetzlich. Sollte sie diese Seite jemals Essex zuwenden –« Er brach ab und schwieg nachdenklich. Als er nach einer langen Weile aufblickte, sprach er, als sei sein Sohn eben erst ins Zimmer getreten. »Mein lieber Sohn, es ist aufmerksam von dir, daß du gekommen bist, aber ich bin heute abend zu müde für eine Besprechung. Lösche die Lichter und laß mich ruhen. Wir unterhalten uns morgen «

Verwundert und etwas beklommen tat der junge Sekretär wie geheißen und ließ seinen Vater im rosigen Feuerschein allein. Während der alte Cecil die Schatten betrachtete, welche die flackernden Flammen an die getäfelte Wand warfen, dachte er über den seltsamen Seitenblick der Königin nach und daran, was er bedeutete. O nein, sie traute Essex nicht, und etwas Dunkles, Geheimnisvolles wuchs nun im Labyrinth ihres Hirns heran. Sie war eifersüchtig auf die Zuneigung des Volkes, und wenn sie eifersüchtig war, war sie gefährlich. Essex aber war blind für den schwelenden Unmut in ihren schwarzen Augen. Blind, unbekümmert und hochmütig – es würde mit ihm gewiß kein gutes Ende nehmen. Dieses Wissen verschaffte Cecil Befriedigung, denn es war fast wie früher, eine Wiedergeburt seines lebenslangen Kampfes mit Leicester: sein Sohn gegen den Stiefsohn des »Zigeuners«.

Cecil war zuversichtlich, daß sein Sohn der Königin mit uneingeschränkter Bereitschaft dienen würde. Und er war ebenso zuversichtlich, daß Essex sie verraten würde.

»Madam, eine neue spanische Flotte hält auf englische Gewässer zu.«

Die Königin wandte den Kopf, so weit es der drahtversteifte Spitzenkragen zuließ, und hob die üppig gepolsterten Schultern. Immer gab es eine neue spanische Flotte, und immer hielt sie auf englische Gewässer zu. Was also war neu daran?

»Ihr seid ein Schwarzseher, Mylord, wie der Rest meines kriegstreiberischen Rates.«

Essex lachte kurz auf. »Madam, Philipps Haß auf Euch ist Wahnsinn. Er hat geschworen, die Niederlage von 1588 zu rächen, und wenn es ihn den letzten Heller kostet. Als Schwarzseher halte ich das für eine finstere Bedrohung. Wollt Ihr ruhig zusehen, wie sie wahr wird?« Elisabeth machte ein düsteres Gesicht. »Ich sagte Euch bereits, ich kann es mir nicht leisten, diese leidigen Feldzüge zu finanzieren.«

»Ihr könnt es Euch nicht leisten, es nicht zu tun!« versetzte er wütend. »Hört, um Himmels willen, auf zu schachern wie ein – wie ein –«

Ihre sorgsam gezupften Augenbrauen hoben sich und forderten ihn ironisch heraus, das schlimme Wort »Geizhals« auszusprechen.

Doch selbst Essex' Courage hatte Grenzen, und er flüchtete sich in einen Handkuß. »Madam, Ihr treibt es zu bunt mit mir – dabei will ich Euch doch nur dienen. Laßt mich mit der Flotte zu den Azoren ausrücken und den Spaniern auflauern, ob sie nun auf die Südküste oder auf Irland zuhalten. Ihr wißt, ich kann es schaffen.«

»Ihr *sagt*, Ihr könnt es schaffen.« Sie kaute nachdenklich am Stiel ihres Fächers. »Falls ich mich bereit erklären sollte, dieses Großunternehmen zu finanzieren – *falls*, sage ich –, dann würde ich es für angezeigt halten, Euch gemeinsam mit dem Großadmiral und mit Raleigh das Kommando zu übertragen.«

Er warf zornig den Kopf zurück und funkelte sie böse an. »Niemals – ich lasse mich nicht behandeln wie ein Schuljunge, auf den man sich nicht verlassen kann! Ich kommandiere allein, oder ich will mit der verdammten Sache nichts zu tun haben!«

»Eines Tages«, erwiderte sie ruhig, »werde ich Euch diese Halsstarrigkeit austreiben, Ihr wilder Hengst. Ihr seid hochmütig und hartnäckig wie der Teufel – das habt Ihr von Eurer Mutter.«

Er küßte ihr leidenschaftlich die Hand. »Wäre es Euch lieber, ich würde zu Euren Füßen kriechen und winseln wie die anderen? Ich sage die Wahrheit, ob sie Euren Ohren gefällt oder nicht. Ihr habt einmal gesagt, das gefalle Euch an mir – es sei ein frischer Wind an Eurem stickigen Hof. Mißfällt es

Euch nun, daß ich nicht lüge wie ein Trojaner und mein Mäntelchen nach dem Wind hänge?«

Die Königin seufzte und strich ihm träge mit einem Finger über die Wange. »Eines Tages«, sagte sie leise, »werdet Ihr Eure Meinung einmal zu oft äußern. Ich schwöre, Eure Zunge wird Euer Tod sein.«

Er warf sich ihr zu Füßen und ergriff ihre Hände. »Madam, ich wünsche noch heute abend eine Antwort. Kommandiere ich die Flotte oder nicht?«

Sie betrachtete die hochmütige Haltung seines Kinns, das glänzende, tudorrote Haar, diesen jungen Aristokraten, der als ihr Sohn gelten könnte, ihr so ähnlich und doch so anders. Sie erlebte einen Moment der Angst, verspürte einen plötzlichen mütterlichen Instinkt, ihn vor sich selbst und vor der schleichenden Finsternis in ihrem Herzen zu beschützen. Wenn sie ihn ziehen ließe und er erfolgreich wäre, würde er eine größere Bedrohung für sie sein denn je; wenn er versagte, würde sie ihm nie verzeihen. Warum mußte er nach militärischem Ruhm streben, wenn sie ihn zu Hause vor den damit verbundenen Gefahren bewahren konnte?

Er berührte in milder Eindringlichkeit ihre Hand. »Eure Antwort, Madam?«

Sie kehrte sich von ihm ab und blickte durch das Fenster in die finstere Nacht hinaus. »Meine Antwort«, sagte sie kalt, »lautet nein!«

Er erhob sich, steif vor mühsam bewahrter Beherrschung. Er ergriff ihre Hand so fest, daß Elisabeth zusammenzuckte, drückte sie an seine zusammengepreßten Lippen und verbeugte sich eisig. »Ich werde in Wanstead sein, bis Ihr es Euch anders überlegt habt!« Damit verschwand er und schlug die Tür hinter sich zu.

Das Schweigen in Wanstead war so bedrohlich, daß der Rat die Königin besorgt bat, Essex das Kommando für die Kampagne zu übertragen. Sie machte ein finsteres Gesicht, sie murrte über die Kosten, sie sträubte sich gegen die Erpressung, doch am Ende brummte sie, er könne gehen, wenn er wolle.

Es wurde von Anfang bis Ende ein vollkommenes Fiasko.

Während Essex sich zwischen den Azoren herumtrieb, war die englische Küste offen für eine Attacke, und der König von Spanien schickte in einem heiligen, halb hysterischen Freudentaumel seine dritte Armada aufs Meer. Die Nachricht von ihrer bevorstehenden Landung löste in England panische Vorbereitungen aus. Wieder wurden Warnsignale gesetzt, die aus der Übung gekommene Abwehr wurde organisiert, und die Königin verfluchte die Männer, die sie überredet hatten, Essex nachzugeben und so den Angriff zu ermöglichen. Als heftige Stürme der spanischen Flotte vor der Küste Frankreichs schwer zusetzten, war der größte Teil der arg lädierten Schiffe gezwungen, heimzukehren. Elisabeth war zuerst schlaff vor Erleichterung, dann außer sich vor Zorn auf den Narren, der schuld hatte an der dramatischen Situation. Während Philipp, halb tot von Krankheit, Ermattung und Verzweiflung, erfahren mußte, daß sein Gott ihn abermals im Stich gelassen hatte, mußte Essex bei der Heimkunft erfahren, daß in seiner Abwesenheit Robert Cecil zum Herzog von Lancaster ernannt worden war. Seine ganze eingeübte Zerknirschung verflog bei dieser Eröffnung, und statt demütig um Vergebung zu bitten, wie es jeder vernünftige Mann getan hätte, stürmte er prompt wütend nach Wanstead.

»Ich habe genug!« sagte Elisabeth drohend zu Cecil, als Weihnachten nahte und von dem abwesenden Essex keine versöhnliche Geste kam. »Es wird Zeit, daß diesem Unsinn ein Ende gemacht wird.«

»Ja, Madam«, sagte Cecil leise, hoffnungsvoll.

»Ich wußte, daß es so enden würde, ein absolutes Fiasko, nichts als Kosten über Kosten. Ist ihm nicht klar, daß hier fast eine Invasion stattgefunden hätte, während er in den Azoren herumlungerte?«

Cecil sagte nichts, er ließ sie sich immer mehr in ihre Entrüstung hineinsteigern, und sie schritt auf und ab wie eine Tigerin im Käfig.

»Jetzt ist Schluß damit! Ich habe ein für allemal genug von diesen verrückten Heldentaten. Von nun an werden wir Frieden suchen. Wenn die Flotte das nächste Mal aus dem Kanal segelt, dann nur über meine Leiche – hört Ihr mich, Cecil?«

Er hüstelte. »Ja, Madam.«

Sie stürmte wütend auf ihn zu, den Fächer schwingend wie einen gezückten Dolch. »Und nach alledem feiert das Volk ihn immer noch als Helden?«

»Ja, Madam«, sagte er erbittert. Das Volk war unberechenbar.

»Die Leute geben dem schlechten Wetter die Schuld, sie geben Raleigh die Schuld, sie geben allem möglichen die Schuld, nur nicht Mylord Essex.«

»Mylord Essex!« Zähneknirschend schlug sie mit dem Fächer gegen die bauschigen Falten ihres Gewandes. »Und wo ist er jetzt, der siegreiche Held – schmollt er immer noch in Wanstead?«

»Ich glaube, er hält sich hier in London auf, Madam.«

»So?« Ihr Blick flackerte. »Und warum ist er dann nicht am Hof?«

»Ja, warum wohl, Madam!« Er hob bedeutungsvoll die Brauen, eine Geste, deren Sinn ihr nicht entging. Ihre Augen verengten sich zu einem katzenhaften Starren, ihre Lippen wurden zu einem dünnen, grimmigen scharlachroten Strich in ihrem faltigen Gesicht. Cecil wußte, daß sie begriff, wie gefährlich es wäre, einen Mann weiterhin zu demütigen, dessen Name in allen Wirtshäusern besungen wurde. Und während er in London weilte und seinem Posten als Mitglied des Hohen Rates betont fernblieb, sicherte er sich zweifellos seinen Rückhalt beim Volk, der ihn zunehmend gefährlicher machte. »Die Leute sagen, ihm sei Unrecht geschehen«, grübelte Elisabeth. Sie blickte ins Feuer und kaute an einem Finger, wie sie es zu tun pflegte, wenn sie gespannt und beunruhigt war. »Er darf seine Pflichten nicht länger vernachlässigen. Man muß dafür sorgen, daß er in Freundschaft zurückkehrt –«

Cecils Blick blieb ruhig. »Es würde eines besonderen Zeichens Eurer Gunst bedürfen, um ihn diesmal zurückzuholen.«

Sie sah ihn kühl lächelnd über die Schulter an. »Ja, man muß ihm begreiflich machen, daß ich, die ich nur eine schwache Frau bin, nicht auf ihn verzichten kann.«

Sie schenkte Wein in zwei edle Gläser und reichte eines

Cecil. Sie sahen sich in die Augen und stießen an. »Auf den Grafen von Essex«, sagte sie ruhig. »Auf den neuen Großzeremonienmeister von England.«

Die Augen des alten Mannes leuchteten vor Bewunderung, als er Elisabeth im sanften Kerzenschein ansah. »Madam, Ihr gebt ihm das Werkzeug in die Hand, sich selbst zu hängen!«

»So ist es!« Ihr Lächeln war von eisiger Bosheit. »Und ich bin sicher, er wird ganze Arbeit leisten, wie gewöhnlich.«

Als sie von dem Wein getrunken hatte, warf sie das Glas in den Kamin. Es zerbarst in tausend winzige Splitter und hinterließ einen roten Fleck wie eine Blutlache.

35

Großzeremonienmeister von England!

Essex ließ sich den Brief der Königin von seiner Mutter zurückgeben und stieß einen triumphierenden Schrei aus. »Was habe ich dir gesagt? Da siehst du, sie kann mir nichts verwehren.«

»Ich sehe einen nichtssagenden Titel«, versetzte Lettice bissig, »ein glitzerndes Abzeichen, um ein schmollendes Kind zu besänftigen. Wie raffiniert von ihr.«

»Mutter!« Seine Stimme klang warnend, wütend. »Ich will nicht hören, daß du die Königin herabsetzt.«

»Du bist ein Dummkopf, vernarrt in ein altes Weib von sechsundsechzig! Das ist regelrecht unanständig.«

»Mach dich nicht lächerlich, Mutter. Wir sind kein Liebespaar.«

»Gott sei Dank! Ich würde zittern, wenn du so töricht wärest. Ich wollte nicht, daß du an den Hof gehst, aber Leicester behauptete, er brauche dich. Ich hätte wissen müssen, wie es kommen würde. Zuerst mein Mann, und nun mein Sohn. Manchmal glaube ich, sie hat dich nur ausgewählt, um mir das mit Leicester heimzuzahlen.«

»Die Königin begünstigt mich um meiner selbst willen«, entgegnete er störrisch. »Diese Ernennung zeigt doch, daß sie sich grämt ohne mich.«

»Du sprichst von grämen? Sieh dich selbst an, mein Sohn, leichenblaß und spindeldürr. Jedesmal, wenn sie dir den Rücken zukehrt, vergehst du vor Kummer, das macht mich krank!«

Er tat ihre Besorgnis mit einem unwilligen Achselzucken ab und griff nach seinem Umhang. »Nichts zählt mehr, außer daß ich im Triumph an den Hof zurückkehre.«

»Du mußt nicht zurück«, sagte Lettice eifersüchtig. »Nicht gleich.

Laß sie warten.«

Er küßte seine Mutter flüchtig auf die Wange. »Die Königin ist wie die Strömung, Mutter. Sie wartet nicht auf die Menschen.«

Die Königin war mit Schreiben beschäftigt, als der kleine bucklige Sekretär hereingeführt wurde, und blickte nicht auf, als er an ihr Pult trat. Ihre Gleichgültigkeit versetzte ihm jedesmal einen Stich. Bei Gott, sie hätte bereitwillig aufgeblickt, wenn Essex eingetreten wäre. Mußte ihre kühle Art ihn ständig daran erinnern, daß er nicht den Charme seines Rivalen besaß?

Endlich legte sie ihre Feder hin und sah auf. »Nun, kleiner Mann, was gibt es heute?«

Er legte einen Stapel Papiere auf ihr Schreibpult, und sie machte sich sogleich an die Durchsicht. Sie las rasch, noch immer im Besitz der Fähigkeit, jedes Wort in dem unendlichen Speicher ihres Gedächtnisses – einzulagern, eine Gabe, um die er sie beneidete.

Er räusperte sich zögernd. »Wenn ich Majestät untertänigst an die Unruhen in Irland erinnern dürfte. Solange der Posten des Statthalters unbesetzt bleibt, gewinnen die Aufständischen immer mehr an Boden.«

Die Königin runzelte die Stirn. In Irland waren immer Unruhen. Seit sie sich zurückerinnern konnte, war ein ständiger Strom loyaler, strebsamer Männer hinausgezogen, um den Aufstand zu drosseln, und alle hatten nur Leid und ihre verlorene Ehre mit ins Grab genommen. Essex' Vater gehörte zu ihnen, und Elisabeth biß sich wütend auf die Lippe, als sie daran dachte, wie dessen früher Tod Lettice die Freiheit verschaffte, sich Robert Dudley zu angeln. Irland hatte für vieles geradezustehen!

Spanien schürte die irischen Unruhen, immer noch auf der Suche nach einer Landungsstelle für seine Invasionsstreitkräfte, und der Posten des Statthalters mußte baldmöglichst besetzt werden, bevor Philipp in Irland Fuß faßte.

Elisabeth klopfte mit ihren langen lackierten Fingernägeln auf die polierte Tischplatte und beobachtete den jungen Cecil aus halb geschlossenen Lidern. »Ganz recht, jemand muß nach Irland gehen – Irland oder die Hölle, das ist dasselbe.« Ihre geschminkten Lippen kräuselten sich zu einem sarkastischen Lächeln. »Und da kein Engländer dort sein Glück macht, müssen wir wohl eine unglückliche Seele verleiten, den Posten anzutreten. Nichts für einen Freund, nicht wahr? Ich nehme an, Ihr habt jemanden im Sinn?«

Die Frage kam so unerwartet, daß er zusammenzuckte. Er wünschte, die Königin würde ihn nicht so ansehen, als hätte sie schon sämtliche Gedanken in seinem Kopf eingehend geprüft und für unnütz befunden. Er brauchte eine Weile, um sich zu fassen und seinen eingeübten Satz ruhig vorzutragen: »Madam, ich wüßte keinen, der für den Posten besser geeignet wäre als Sir William Knollys.« Knollys war Essex' Oheim und ein eifriger Anhänger seines Neffen. Es war nicht schwer zu erraten, warum der junge Cecil den Namen seines Rivalen mit einer Kampagne zu verknüpfen hoffte, die sich bestenfalls als mäßiger Erfolg, schlimmstenfalls als lähmendes Fiasko erweisen würde. Cecil hoffte, Essex' Einfluß in der Ratsversammlung zu schmälern. Gewöhnlich ergriff Elisabeth nicht so offen Partei, aber dies war vielleicht die passende Gelegenheit, Essex' Position geschickt zu beschneiden. Doch sie zeigte kein lebhaftes Interesse, das war nicht ihre Art. »Die Angelegenheit wird in der Ratsversammlung zur Sprache gebracht«, sagte sie kühl und entließ ihn mit einer Handbewegung, ohne ihn anzusehen.

Eine Gruppe Höflinge umringte die Königin in einer Fensternische, wo sie in ihrem erstickenden Gewand stand und nach Luft rang. Es war ein schwüler Tag im Juli, zu heiß für Staatsgeschäfte. Der junge Cecil schwitzte ausgiebig in seinem dunklen Habit, und Essex' hübsches Gesicht war gerötet und abgespannt. Niemand war guter Laune, und die Königin gedachte die anstehende Angelegenheit mit einem Mindestmaß an Zeit und Aufwand zu erledigen. Sie warf ihrem Sekretär einen flüchtigen Blick zu und verkündete sodann ihre Absicht, Sir William Knollys zu ihrem Statthalter in Irland zu ernennen.

Essex erstarrte; Cecils selbstgefällige Miene entging ihm nicht.

»Madam«, sagte er mit schneidender Stimme, »ich erlaube mir, Euch darauf hinzuweisen, daß Sir William Knollys mein Oheim ist.«

Elisabeth drehte sich unwillig um. »Und was hat das bitte mit dieser Ernennung zu tun, Mylord?«

Essex ballte die Faust und machte einen Schritt auf die Königin zu.

»Mein Oheim hat keine Erfahrung.«

»Die wird er sich rasch aneignen.«

»Zu welchem Zweck, wenn ich fragen darf – nur um die Marotten eines Buckligen zu befriedigen?«

»Mylord, ich rate Euch, schweigt. Die Sache ist beschlossen.«

Er packte zornig die Rüsche an ihrem Handgelenk und schickte sich an, eine Szene zu machen, wie es seine Gewohnheit war, wenn sie allein waren. Die Umstehenden verharrten totenstill.

»Madam, ich werde die Ernennung nicht zulassen. Mein Rat lautet –«

»Wenn ich Euren Rat wünsche, junger Mann, werde ich Euch fragen!«

»Alles, worum ich bitte, ist, daß Ihr die Höflichkeit habt, mich zu Ende anzuhören, bevor Ihr eine solche unsinnige Entscheidung fällt.«

»Ich wünsche nichts mehr zu hören, Sir.« Sie blickte in die gespannt lauschende Runde. »Meine Herren, Sir William Knollys ist ernannt!«

Fluchend kehrte Essex ihr den Rücken zu, eine öffentliche Geste der Verachtung, die in vierzig Jahren kein Mensch gewagt hatte.

Keuchend vor Wut, stürzte sie sich auf ihn und versetzte ihm eine schallende Ohrfeige, die in dem stillen Raum hallte wie ein Gewehrschuß. »Geht zum Teufel und laßt Euch hängen!« fauchte sie.

Er wirbelte herum, weiß vor mörderischer Wut, und fassungslos sahen sie ihn sein Schwert ziehen. Mit einem erstickten Schrei eilte der alte Großadmiral dazwischen, bevor Essex zuschlagen konnte, er packte den Arm des Grafen und schüttelte ihn, bis das Schwert auf die Erde fiel. Schlagartig erwachte der Raum zum Leben, Essex wurde von hinten ergriffen. Man drückte ihm die Arme zusammen, aber sein wütendes Geschrei konnte keiner mäßigen. »Verflucht, ich lasse mich nicht von einer Frau schlagen, von Euch nicht und von keiner anderen!«

Kein Laut war zu vernehmen außer Essex' Gerangel, der sich wehrte wie ein verwundetes Tier gegen seine Häscher. Er riß sich mit großer Anstrengung los, lief zur Tür und stieß sie auf. Sie wollten ihm nachsetzen, aber die Königin flüsterte leise: »Nein, meine Herren, laßt ihn laufen.« Sie stand leichenblaß, reglos, und starrte ihm bestürzt nach.

Diesmal, wußte man am Hof, der von der Neuigkeit summte wie ein Bienenstock, diesmal war er zu weit gegangen. Diesmal würde er im Tower und auf dem Richtblock landen, und sie warteten gespannt, daß die Wachen in seine Gemächer marschierten und ihn festnähmen. Eine Stunde später sah man Essex die große Treppe herunterpoltern, sich im Hof in den Sattel seiner Lieblingsstute schwingen und zum Tor hinausreiten wie ein Wahnsinniger, der eine Streitmacht aus der Hölle führt. Man munkelte, er wolle nach Wanstead, wo ihn zweifellos das Aufgebot der Königin erwarten würde, aber als der Tag zu Ende ging, hatte nicht ein einziger Bewaffneter einen Fuß vor den Palast gesetzt. Die Königin blieb allein in ihren Privatgemächern, und niemand wußte sich einen Reim darauf zu machen. Warum hatte sie nicht gehandelt? War sie vor Schreck gelähmt – oder sann sie auf furchtbare Rache?

Die Tage dehnten sich zu Wochen. Elisabeth unternahm immer noch nichts. Sie hatte offensichtlich nur Ohren für die Nachrichten, die ihr täglich aus dem Haus des Schatzkanzlers überbracht wurden. Und man munkelte, der alte Cecil liege im Sterben.

Die Königin von England saß an dem Himmelbett und fütterte ihren Lordkanzler fürsorglich mit einem Löffel. Sie machte es nicht sehr geschickt, stellte der alte Cecil gerührt fest. Der Löffel hob sich in Windeseile von der Schüssel an seine eingefallenen Lippen, als fühle sie, daß das Leben langsam aus ihm heraussickere, und wolle ihm verzweifelt Nahrung einflößen. Es war wie der Versuch, im Wettlauf mit der Zeit ein gesprungenes Gefäß zu füllen. Schließlich hob Cecil den Arm, um ihrer unermüdlichen Hand Einhalt zu gebieten. »Madam, laßt es gut sein.«

»Aber Ihr müßt essen«, beharrte sie. »Ihr werdet nicht gesund, wenn Ihr nichts eßt.«

»Meine Liebe, Ihr macht Euch etwas vor. Jedermann im Königreich weiß, daß es mit mir zu Ende geht. Warum wollt Ihr Euch nicht damit abfinden?«

Der Löffel verharrte, dann wanderte er zitternd in die Schüssel zurück. Die Augen der Königin füllten sich mit Tränen.

»Ich bin alt, meine Zeit ist um«, murmelte Cecil.

»Es heißt, auch Philipp liege im Sterben. Ihr solltet gemeinsam zur Hölle fahren, mein bester Freund und mein bester Feind. Seht Ihr, ich habe immer gesagt, daß ich Euch alle überlebe. Manchmal denke ich, ich werde ewig leben.« Sie runzelte die Stirn; offensichtlich mißfiel ihr diese Vorstellung.

Cecil nahm ihre Hand. »Ihr werdet in den Herzen der Menschen leben, solange England besteht.«

»Ihr dürft nicht sterben«, sagte sie in plötzlicher zorniger Verzweiflung, »ich verbiete es. Was fange ich ohne Euch an?«

Er hustete, um seine Ergriffenheit zu verbergen. Er brauchte eine volle Minute, bis er sich gefaßt hatte und ihr sagte, sie könne seinem Sohn vertrauen.

Sie hob seine geschwollene Hand sachte an die Lippen. »In meinem ganzen Leben habe ich keinem Mann vertraut außer Euch ...«

Und Leicester! fügte er im stillen hinzu.

»Ja«, fuhr sie leise fort, ganz so, als habe er den Gedanken laut geäußert, »und ihm. Muß Euch das so viele Jahre nach seinem Tod noch kränken?«

»Ihr habt ihn geliebt!« Es war ein Vorwurf.

Sie blickte auf die Bettdecke hinab.

»Es ist also wahr«, sagte er mit gebrochener Stimme. »All die Jahre – Ihr und er –«

Sie schüttelte langsam den Kopf. Cecil zog sich mühsam hoch, bis er an den Kissen lehnte, und sah sie mit atemloser Spannung an.

»Es wurde gesagt, um Euch zu verletzen, William, habt Ihr das nicht geahnt? Kein Mensch darf mich schlagen, ohne daß ihm der Schlag doppelt vergolten wird. Ach, mein Geist, sehe ich aus wie eine Frau, welche die Wonnen der Liebe gekannt hat?«

Der Anflug von grimmiger Selbstverachtung überzeugte ihn, wie es kein Schwur vermocht hätte. Als er daran dachte, wie sie junge Liebende behandelte, fragte er sich, wie ihm diese Wahrheit hatte entgehen können. Eine verbitterte alte Jungfer – alles, was sie sagte und tat, unterstrich dieses Bild! Und langsam rannen ihm Freudentränen über das runzlige Gesicht.

Diese kleine Lüge genügte, einen alten Mann glücklich zu machen. Und weil er nicht sterben sollte, ohne zu wissen, wie sehr sie ihn schätzte, fügte sie sanft hinzu: »Ich werde Euren Sohn in Anerkennung seiner Dienste befördern, so hoch Ihr es nur wünschen könnt.«

»Madam«, murmelte er. »Ihr seid so unendlich gütig – und es wird Euch mit Loyalität vergolten werden, ich schwöre es.«

»Loyalität«, wiederholte sie finster. »Oh, sie sind alle sehr loyal, die aufstrebenden jungen Männer, die es nicht erwarten können, bis ich tot umfalle – so loyal wie diese wilde Bestie, die da in Wanstead schmachtet!« Sie fuhr sich mit einer Hand über die Augen, als wolle sie die böse Erinnerung zurückdrängen. »Ich bin ihm nicht gewachsen, Cecil, er ist wie ein eigensinniges Kind, das seine Mutter drangsaliert. Warum mußte er in mein Leben treten, da ich zu alt bin, um mit ihm fertig zu werden?«

»Totprügeln sollte man ihn, diesen unverschämten Flegel!« murmelte der alte Mann gefühlvoll.

»Helden prügelt man nicht tot. Das ist seine Stärke, die Liebe des Volkes – ich weiß nur zu gut, welche Macht sie verleiht.«

»Das Volk, das sind unwissende Narren und Schurken«, ereiferte sich Cecil.

»Die Leute langweilen sich. Frieden und Wohlstand tun ein paar Jahrzehnte gut, aber jetzt werden die Menschen unruhig. Sie verlangen etwas Neues, Taten, die die Fantasie beflügeln und Wärme in das fade Leben bringen. Krieg, Abenteuer, Sensationen – Essex verkörpert all das, und das Volk liebt ihn dafür.«

»Madam, er ist eine Gefahr für Euch und ganz England. Streckt ihn nieder, solange noch Zeit ist.«

Streckt ihn nieder...

Sie stand unvermittelt auf und ging ans Fenster, wo eine erboste Biene stupide gegen die Sprossenscheiben schlug. Elisabeth nahm ein Buch und wollte das rasende Insekt zum offenen Fensterflügel leiten. »Hier entlang, du dumme Kreatur«, murmelte sie, zunehmend verärgert über den panischen Eigensinn. »Siehst du nicht, daß ich dir helfen will?«

Plötzlich stach die Biene sie, und wutentbrannt über die ungeheuerliche Undankbarkeit warf sie mit dem schweren Buch nach ihr. Es traf das Fenster und fiel auf die Erde, und die Biene klebte zerquetscht an der schmalen, bleigefaßten Scheibe. Blut und Eingeweide quollen aus dem Hinterteil.

Elisabeths Zorn verflog so plötzlich, wie er aufgeflammt war, als sie zitternd ihr Werk betrachtete. Unnötige Gewalt! Die Biene wäre an dem Stich ohnehin gestorben, ohne Elisabeths zornig helfende Hand. Es hätte Essex' zerfetzter Körper sein können, verspritzt auf dem Fenster der öffentlichen Fantasie, den Ruhm ihrer Herrschaft mit einem immensen Blutfleck auslöschend. Das wollte sie um keinen Preis.

Sie starrte lange hinaus auf den Fluß, auf der Suche nach einem Grab, das tief genug war, Essex' strahlenden Ruf zu verschlucken und für immer zu beerdigen. Und schließlich hatte sie es gefunden.

Irland ...

Kein Engländer hatte je dort sein Glück gemacht; kein

Posten war unbeliebter als der des Statthalters. Bei der nächsten Gelegenheit würde sie Essex nach Irland schicken, und vielleicht, wenn Gott ihnen beiden gnädig war, kehrte er nicht lebend zurück.

Als sie sich umwandte, um Cecil zu sagen, was sie beschlossen hatte, sah sie, daß er eingeschlafen war. Sie trat ans Bett und blickte auf den Mann hinab, der ihr wie ein Vater gewesen war; sie bückte sich und berührte seine Stirn mit den Fingerkuppen, sachte, um ihn nicht zu stören. Dann nahm sie ihre Handschuhe, holte die Kammerfrau, die nebenan döste, und bestieg ihre Barkasse zum Palast.

36

»Ich werde es nicht tun«, sagte Essex aufsässig. »Für dich nicht noch für sonst eine Menschenseele. Herrgott, Mutter, wie kannst du erwarten, daß ich mich dermaßen erniedrige? Leicester wäre vielleicht winselnd wie ein ausgepeitschter Köter zu ihr zurückgekrochen, aber ich will verdammt sein, wenn ich das tue. Sie hat sich abscheulich benommen, wie ein Fischweib! Und wenn du glaubst, daß ich mir so eine Behandlung von irgendeiner Frau gefallen lasse –«

»Die Königin ist nicht irgendeine Frau«, gab Lettice aufgebracht zurück. »Um Gottes willen, du sprichst von deiner Herrscherin!«

»So?« Er hob hochmütig die Schultern. »Können Herrscherinnen sich nicht irren? Kann einem Untertan kein Unrecht geschehen? Ist ihre irdische Macht unbegrenzt?«

Lettice warf einen mißtrauischen Blick zur Tür. Er sprach mit lauter Stimme, und sie konnte nicht für die Diskretion aller Dienstboten in ihrem Haus bürgen.

»Schweig still«, sagte sie heiser. »Deine Gedanken sind zu gefährlich, um sie auszusprechen.«

»Sie hat mich geschlagen, Mutter!«

»Herrgott, wenn das alles ist«, seufzte Lettice matt. »Und deshalb ziehst du dein Schwert und riskierst dein Leben. Du törichter Junge!«

»Weine nicht, Mutter. Ich kann es nicht ertragen, wenn du weinst.«

»Dann gib mir keinen Anlaß«, schluchzte sie.

»Du nimmst das alles viel zu schwer. Wenn sie mich in den Tower schicken wollte, hätte sie es längst getan.« Er hielt inne; ein unerfreulicher Gedanke schoß ihm durch den Kopf. »Du glaubst doch nicht – du nimmst doch nicht einen Augenblick an, daß sie mich *vergessen* hat?«

Lettice wischte sich die Augen und setzte sich an den Kamin. »Ich habe gehört, Cecils Tod hat sie so mitgenommen, daß sie sich vor lauter Trauer kaum um andere Dinge kümmert. Das ist alles, was ich weiß – faß es auf, wie du willst.«

»Sie *hat* mich vergessen!« Essex ballte krampfhaft die Faust. »Bedeute ich ihr so wenig, daß ein Toter mich aus ihrem Gedächtnis drängen kann?«

»Sei froh«, sagte Lettice ungerührt. »Kummer ist das einzige, was sie empfindsam macht. Du wirst nie eine bessere Gelegenheit haben dich mit ihr auszusöhnen. Ich bitte dich, laß ein einziges Mal ab von deinem krankhaften Stolz. Bekenne demütig auf den Knien deine Fehler, und ich schwöre, sie wird dich mit offenen Armen wieder aufnehmen. Unterdrücke deinen Hochmut, oder ihr nächster Schlag wird tödlich sein.«

»Wenn ich jetzt zu Kreuze krieche, sieht es aus, als suche ich dadurch einen Vorteil. Aber so ist es nicht, so ist es nie gewesen. Du kannst ja nicht ahnen, was ich für sie empfinde.«

Lettices Miene verfinsterte sich. »Meinst du?« Ihre Stimme klang böse. »Meinst du, ich war zehn Jahre mit Leicester verheiratet, ohne zu begreifen, was diese Frau in Gang hält? Die Königin vernichtet jeden Mann, der in ihr Blickfeld gerät. Wenn du mich liebhast, wenn du auch nur einen Funken Mitgefühl hast, dann brich mir nicht das Herz, laß nicht zu, daß sie dir antut, was sie Leicester angetan hat.«

»Du sollst mich nicht mit Leicester vergleichen«, sagte er abschätzig. »Ich bin der einzige Mann in England, der es je gewagt hat, ihr zu widersprechen. Wenn du wüßtest, wie sie mich deswegen respektiert, wie sie die rückgratlosen Duckmäuser verachtet, von denen sie umringt ist. Kleine Männer! Wie oft habe ich sie das sagen hören! Siehst du nicht? Ich werde der einzige Mann sein, dem sie sich je unterworfen hat! Ich muß nur noch etwas aushalten, und sie wird nachgeben.«

»Was hat sie nur an sich?« fragte Lettice finster. »Was ist es, das die Männer in solchen Wahnsinn treibt?«

»Ich bewundere sie«, sagte er fest. »Ich gebe offen zu, daß ich sie mehr bewundere als jedes andere Lebewesen. O Gott, ich bete sie an, wenn du es unbedingt wissen willst. Aber ich will ihr nicht als Sklave dienen. Ich werde nicht zu Kreuze kriechen, denn wenn ich das tue, wird sie mich hassen.«

»Meinst du, sie haßt dich jetzt nicht?« Lettice stand auf, ging langsam zur Tür wie eine alte Frau. Dort blieb sie einen Moment stehen und sah ihn an. »Du Narr«, sagte sie leise, »du armer Narr. Ich glaube, dir ist nicht mehr zu helfen. Ich werde für dich beten.« Und Lettice schloß in stiller Verzweiflung die Tür.

Aus Wanstead kam also keine Entschuldigung. Die Kluft zwischen der Königin und dem jungen Grafen wurde breiter, und die Entzweiung hätte bis in alle Ewigkeit dauern können, wäre es nicht in Irland zu einem militärischen Fiasko gekommen. Der Posten des Statthalters war immer noch unbesetzt. Wie man hörte, wartete der Anführer der irischen Rebellen nur noch auf die Ankunft der spanischen Truppen, um die Engländer für immer aus Irland zu vertreiben.

Für Essex als Großzeremonienmeister war es nun unumgänglich, an den Hof zurückzukehren. Die Königin verhielt sich kühl und distanziert, war aber nur zu bereit, die Frage der Ernennung des Statthalters erneut zu diskutieren.

Der Ratsversammlung wurde eine Namenliste vorgelegt, und Elisabeth saß zurückgelehnt auf ihrem Stuhl am Kopfende des Tisches und beteiligte sich nicht an dem erregten Disput. Essex, ausnehmend kritisch, fand an jedem Kandidaten etwas auszusetzen Als er sich ausführlich geäußert hatte, wurde es still. Er blickte auf und sah die Augen der Königin auf sich gerichtet. Ihre Lippen kräuselten sich zu einem Lächeln, das ihn nichts Gutes ahnen ließ.

»Ihr seid bemerkenswert gut unterrichtet, welche Anforderungen dieser Posten stellt, Mylord. Mich dünkt, Ihr seid vielleicht der einzige Mann, der für diese Aufgabe geeignet ist.«

Er starrte sie entgeistert an. »Madam, ich bin überwältigt. Ich schwöre, ich hatte es nicht auf eine solche Ehre abgesehen ...«

»Davon bin ich überzeugt – Eure Bescheidenheit ist uns allen wohlbekannt, Mylord.«

Am anderen Ende des Tisches unterdrückte jemand ein Kichern.

Die Königin lächelte Essex wieder an, ihr spöttischer Blick hatte einen Schimmer von Boshaftigkeit. Er sah ihr über den Tisch hinweg flehend in die Augen, die hart waren, unbeweglich wie Stein. Er konnte nicht glauben, daß sie beabsichtigte, ihm das anzutun. Irland – der Friedhof des Ruhmes der Engländer, das hoffnungsloseste aller militärischen Unterfangen. Elisabeth hatte den Köder ausgelegt, und er war prompt in die Falle getappt.

Irland wurde sein Schicksal und sein Untergang. Zeit, Geld und Leute rannen ihm erbarmungslos durch die Finger, Fieber und Ruhr rafften seine Soldaten dahin. Seine eigene, ohnehin nicht robuste Gesundheit verschlechterte sich zusehends.

Nachdem die Eroberung einer unbedeutenden Burg alles schien, was er bislang zustande gebracht hatte, erkundigte sich Elisabeth in einem Brief mit beißendem Sarkasmus, ob sie ihm täglich tausend Pfund für eine Vergnügungsreise zahle! Sie wolle endlich Taten sehen. Sie erteilte ihrem Statthalter den Befehl, die Truppen der Aufständischen unverzüglich anzugreifen; er solle nicht wagen, Irland vorher zu verlassen.

In einem finsteren Wirtshaus in Dublin saßen Essex' unzufriedene Freunde am Feuer und stießen verdrossen mit ihren Humpen an. »So, und wer hat uns das eingebrockt? Der kleine bucklige Cecil! Mit seiner vergifteten Feder führt er der Königin die Hand, wenn sie unserem Herrn schreibt. Aus England wird uns nichts Gutes kommen, solange Cecil lebt.«

»Und die Königin?«

»Einem solchen Anschlag wird Mylord niemals zustimmen.«

»Nein? Laßt ihn erst wieder in England sein, dann sehen wir weiter.«

O ja, Essex wußte, wer dahintersteckte. Dieser verdammte Cecil. Die Königin war von Männern umgeben, die Essex bei ihr schlechtmachten. Er mußte sofort zu ihr. Er war geschwächt von den Ruhranfällen, die ihn plagten, seit er dieses elende Land betreten hatte und die verseuchten Speisen aß und das faule Wasser trank. Elisabeth wäre gewiß gerührt, wenn sie ihn jetzt sähe, gezeichnet von Krankheiten, die er sich in ihren Diensten zugezogen hatte. Er sehnte sich danach, bei ihr zu sein, sicher und geborgen unter dem Mantel ihrer Zuneigung. Seine Mißerfolge würden vergessen sein, wenn er vor ihr kniete und ihr die Hand küßte – sie hatte Leicester Schlimmeres in den Niederlanden vergeben. Er wollte ihr zeigen, daß er seine Lektion gelernt hatte, daß er endlich wußte, wo sein Platz war. Er wollte ihr nie mehr sagen, was sie zu tun habe, nie mehr versuchen, ihren alten Händen die Zügel der Herrschaft zu entreißen. Sie wußte, was sie tat, das sah er endlich ein. Er wollte heimkehren – in Demut.

Unterwegs erfuhren Essex und seine wenigen Begleiter, daß der Hof sich im Nonsuch-Palast aufhielt, zehn Meilen südlich von London. Kurz vor dem Ziel vernahm der erschöpfte Essex hinter sich eine Stimme, und er wandte den Kopf.

»Mylord, Mylord, man weiß, daß Ihr kommt. Lord Grey reitet voraus, um Cecil zu warnen.«

Ein Begleiter zupfte Essex am Ärmel. »Laßt mich vorausreiten, Mylord. Mit Eurer Erlaubnis töte ich Grey und Cecil, ehe sie die Königin erreichen.« Ein rotes, verschwitztes Gesicht verschwamm vor Essex' trüben Augen. O ja, er hatte viele gute Freunde. Und doch …

»Wartet noch!« Er herrschte den Mann aus unerfindlichen Gründen grob an. »Wir sind nicht hier, um zu morden.« Noch nicht. Es sei denn, sie will nicht vernünftig sein, und es bleibt kein anderer Ausweg. O Elisabeth, meine Königin, meine Göttin – laßt es nicht soweit kommen.

Zwischen den kahlen Zweigen der Bäume tauchten die

fantastischen, von zwiebelförmigen Kuppeln gekrönten Türme auf. Der Nonsuch-Palast schimmerte im frühen Morgensonnenlicht, die Mauern wie mit Zuckerguß überzogen, einmalig, exzentrisch, wunderlich – seltsam und faszinierend wie die Frau, die darin herrschte.

Essex taumelte im Innenhof vom Pferd und fuhr sich mit dem schlammbedeckten Ärmel über das verschwitzte Gesicht. Von Lord Grey oder seinem Pferd war nichts zu sehen.

Grey stand in Robert Cecils engem getäfelten Kabinett und wischte sich mit einem Spitzentaschentuch das Gesicht ab.

»Seid Ihr sicher, daß er allein kommt?« erkundigte sich der Sekretär ruhig. »Keine Armee im Rücken?«

»Allein, so weit mir bekannt ist. Aber er reitet wie der Teufel und soll halb von Sinnen sein. Ich sage Euch, er hat es auf die Königin abgesehen. Bei Gott, holt die Wache, bevor es zu spät ist.«

»Nicht nötig«, sagte Cecil ruhig, während er interessiert seine kurzen Fingernägel betrachtete.

»Aber sie ist wehrlos – und nur Gott weiß, was in dem Mann vorgeht!«

»Ach, ich glaube nicht, daß er eine Gewalttat im Sinn hat.« Cecil sah auf seine Uhr und lächelte unfroh. Zehn Uhr morgens. »Sie ist wieder erst im Morgengrauen zu Bett gegangen – vielleicht ist sie eben erst aufgewacht. Ich glaube, sie ist inzwischen zu alt, um mit zwei, drei Stunden Schlaf auszukommen. Ihre Frauen dürften bei ihr sein, um sie anzukleiden und ihr die Maske der Majestät aufzumalen. Es wäre schade, ihr die Überraschung zu verderben, findet Ihr nicht, mein Freund?«

Grey sah ihn stumm verwundert an.

Essex hatte sich einen Weg durch die Wachposten und die Frauen gebahnt, die sich aufgeregt um die königlichen Gemächer scharten. Durch Audienzsaal, Versammlungshalle, Vorzimmer schritt er zum Schlafgemach, eine Hand am Heft seines Schwertes, Konfusion und Chaos hinter sich zurücklassend. Das Klappern seiner Stiefel auf den Holzfußböden hämmerte ihm ihren Namen in den Kopf: Elisabeth! Elisabeth! Elisabeth!

Niemand anders zählte, niemand anders existierte. Er wäre selbst durch die Hölle gegangen, um ihr seine erschöpfte Gestalt zu Füßen zu werfen.

Die Tür zum Schlafgemach war geschlossen. Er stieß sie auf, ohne anzuklopfen, und stürmte hinein wie ein Wahnsinniger. Dann blieb er stehen wie einer, der sich beim Anblick des Hauptes der Medusa in Stein verwandelt. Der Atemzug, mit dem er ihren Namen hatte rufen wollen, erstarb in seiner Kehle zu einem Laut des Entsetzens. *Elisabeth!*

Das Antlitz der Medusa hätte ihm keinen tödlicheren Schlag versetzen können als das der runzligen, weißhaarigen Kreatur, die in einem schäbigen, unförmigen Hausmantel am Ankleidetisch saß und Essex' entsetztem Blick ihre verwüsteten Züge darbot. Die edelsteingeschmückte Perücke, die sorgsam gemalte Maske, die fantastische Gewandung mit der kolossalen Halskrause waren verschwunden, und mit ihnen die Frau, die er als seine Königin kannte und erkannte. An ihrer Statt sah er ein altes Weib, das jedermanns Großmutter hätte sein können, runzlig, gebrechlich, nahezu *unscheinbar*! Nie, auch nicht in seiner wildesten, verräterischsten Empörung, hatte er vermutet, wieviel sie raffinierter Künstlichkeit verdankte. Er war schockiert, bestürzt, angewidert! Seine Hand faßte das Schwert fester, als er den Drang unterdrückte, sich ob dieses abstoßenden Anblicks zu übergeben. Einst, vor kaum mehr als einem Jahrzehnt, hatte er gehofft, sie im Bett zu erobern, jetzt aber bekam er bei dem Gedanken vor Abscheu eine Gänsehaut. Er hatte sie geliebt! Wie konnte sie dieses verschrumpelte alte Weib sein – wie konnte sie es *wagen*?

Elisabeth saß regungslos, eine Hand umkrampfte ein Parfumflakon. In ihrem Innern schrie und weinte der Teil von ihr, der eitel und ewig achtzehn war, vor Zorn über diese Demütigung, die niederträchtige Ungerechtigkeit dieses grausamen Augenblicks. So gesehen zu werden von dem einzigen Menschen auf dieser Welt, der es nicht sehen durfte, war unerträglich. Dennoch ließ sie sich ihren inneren Aufruhr nicht anmerken. Ihre Augen wanderten zu seiner Hand am Heft seines Schwertes. War er gekommen, um sie zu töten? Grimmig genug sah er aus mit den eingesunkenen, brennenden Augen in dem bleichen Gesicht. Sie konnte nicht wissen, ob seine irische Armee in diesem Moment den Palast umstellte. Sie wußte nur eines: Wenn er vorhatte, ihren Leib mit seinem Schwert zu durchbohren, würden ihre machtlosen Frauen ihn nicht aufhalten können.

Sie reichte ihm majestätisch die Hand und lächelte ihn an. »Warum seid Ihr hier?« erkundigte sie sich so beiläufig, als sei er unvermutet von einem Jagdausflug zurückgekehrt. Ein einziges Aufflackern von Schwachheit, die kleinste Geste, die auf Furcht oder Panik schließen ließe, hätte ihm genügt, sie auf der Stelle zu töten. Aber ihre Unerschrockenheit besiegte ihn, zeigte ihm wieder das zeitlose Bild der Frau, die er verehrt hatte, löschte den letzten Rest seiner Entrüstung und Enttäuschung. Eine Frau, die dem Tod lächelnd ins Auge sehen konnte, war über körperlichen Verfall erhaben. Seine Liebe zu ihr, wie in einem Säurebad von allen Schichten der Habgier und des Ehrgeizes befreit, flammte strahlend hell auf. Er sank vor ihr auf die Knie und weinte, als er ihre Hand wildbewegt an seine Lippen drückte.

Seine Worte überschlugen sich in unzusammenhängendem Gestammel – Ungehaltenheit, Vorwürfe, Zerknirschung. »Ihr schriebt so kalt – ich mußte Euch sehen, Euch erklären – ich wußte, wie es hinter meinem Rücken zuging – alle redeten schlecht von mir.«

»Ihr glaubt allzu bereitwillig das Schlimmste von mir«, sagte sie sanft. Sie entzog ihm ihre Hand und strich ihm über die Wange. »Ihr fröstelt, mein Lieber, und seid durchnäßt bis auf die Haut, Ihr müßt Euch etwas Trockenes anziehen, sonst werdet Ihr krank ... Und ich –« sie zuckte fast belustigt die Achseln, »nun ja, ich bin nicht gerade in meinem besten Staat, um Euch zu empfangen, nicht wahr?«

Er sah ihr verwundert in die verschmitzten Augen. Wie hatte er an ihr zweifeln können, die so gütig war, so verständnisvoll, obwohl er sie unter so schmerzlich unvorteilhaften Umständen angetroffen hatte. Für ihn hatte sie ihre gekränkte Eitelkeit besiegt; gemeinsam konnten sie immer noch die Welt besiegen! Er fühlte sich sicher geborgen, wie er sich als kleiner Knabe am Knie seiner Mutter gefühlt hatte.

Von Rührung übermannt, vergrub er das Gesicht in ihren Händen und bedeckte sie mit Küssen.

»Ich habe draußen Mühsal und Stürme erlitten«, flüsterte er. »Madam, liebste Madam, ich danke Gott, daß ich daheim so süße Ruhe finde.«

Ihre Hand ruhte einen Moment auf seinem zerzausten Rotschopf, und er fühlte ihr heftiges Zittern.

»Geht jetzt.« Ihre Stimme war heiser, als stiegen ihr Tränen in der Kehle auf. »Geht und ruht Euch aus. Ich werde Euch später empfangen und Eure Neuigkeiten anhören.«

Er wankte triumphierend aus ihrem Zimmer und prahlte vor jedem, der es hören wollte, mit ihrer Güte. Er hatte recht daran getan, zu kommen – bei Gott, er hatte recht getan, an ihre Liebe zu glauben !

Als er später zu ihr befohlen wurde, ging er beschwingt, voller Selbstvertrauen. Sie saß in einem hochlehnigen Sessel, angetan mit mehr als ihrer üblichen Pracht, golden gewandet, wundersam verwandelt durch ihre erlesene Perücke, mit Diamanten geschmückt. Ihr Aufputz ließ das ungeschminkte Wesen, das er am Morgen gesehen hatte, um wenigstens zwanzig Jahre jünger erscheinen. Sie sah prachtvoll aus, ihre glitzernden Röcke bauschten sich über die geschnitzten Armlehnen ihres Sessels. Und obgleich ihr Lächeln eine Spur weniger warm war, als sie ihm die Hand reichte und ihm bedeutete, er möge Platz nehmen, hatte er keine Furcht vor ihr – nicht den Schimmer eines Verdachts! Sie bot ihm Wein an und erkundigte sich huldvoll nach seinem Befinden. Er dankte für die gütige Nachfrage und versicherte ihr, er fühle sich wesentlich besser, seit er wieder englischen Boden betreten und seit er ihr Antlitz erblickt habe. Ihr Gesicht zuckte kurz, als wolle es seinen Ausdruck ändern, dann aber lächelte sie und füllte seinen Kelch aufs neue. Von ihrem ruhigen, freundlichen Verhalten wurde ihm warm, er trank ausgiebig und berichtete von seinen Schwierigkeiten.

»Und Eure Armee?« murmelte Elisabeth schließlich beiläufig, als sei es von geringem Belang. »Wo ist der Hauptverband jetzt?«

Er machte ein etwas verwundertes Gesicht. »Nun, in

Irland, Madam, die meisten sind von Fieber oder Ruhr niedergestreckt – die wütet dort schlimmer als die Pest. Ich lag selbst mehrmals darnieder.«

Sie nickte mitfühlend. »Ich empfehle Pfeilwurz und leichte Kost – aber sagt mir, wenn so viele krank sind, wer war dann wohlauf genug, Euch zu begleiten?«

»Ach, nur eine Handvoll gute Freunde.«

Sie hatte erfahren, was sie wissen mußte. Der Palast war nicht umstellt, seine Leute paradierten nicht in London umher. Um zehn Uhr abends befand er sich in seinem Wohnsitz unter Bewachung und wartete auf seine Bestrafung für Desertion und Ungehorsam.

37

Am nächsten Tag wurde er, entehrt, enttäuscht und entmutigt, der Aufsicht des Lordsiegelbewahrers unterstellt. Er durfte weder die Königin noch seine Mutter sehen. Heftige Ausbrüche von Fieber und Ruhr schwächten ihn so sehr, daß er kaum mehr imstande war, vom Bett zum Klosett zu kriechen. Jeden Tag wartete er vergeblich auf ein Zeichen der Vergebung. Er versank in Apathie, und man rechnete stündlich mit seinem Tod.

Aber Essex starb nicht; er genas langsam und mußte sich mit der unerträglichen Erkenntnis abfinden, daß sein gesunkener Stern nie mehr leuchten würde. Ein gutes Jahr verbrachte er fast wie ein Gefangener, während seine Missetaten zur Erbauung des Volkes öffentlich kundgetan wurden. Seine Abneigung gegen die Frau, deren Liebenswürdigkeit er so gründlich mißverstanden hatte, wuchs unaufhörlich.

Im August unterrichtete Robert Cecil ihn kühl, daß die Königin beabsichtige, ihm die Freiheit zu schenken, unter der Bedingung, daß er sich aus dem öffentlichen Leben zurückziehe und nicht mehr an den Hof komme.

Er raste vor Wut und sann auf Rache. Er streckte seine Fühler nach König Jakob in Schottland aus und versammelte in London eine wachsende Schar unzufriedener Spießgesellen um sich.

Im Januar 1601 war Essex' Haus ein Konkurrenzhof, welcher die Saat der Revolution beherbergte.

Sonnabend, der 7. Februar, war eine kalte, nieselige Nacht. Die flackernden Lichter in Essex' Haus schimmerten unheimlich hinter den beschlagenen Fenstern. Ein junger Mann stürmte die Treppe in den Hof hinab, sprang auf sein Pferd und ritt von dannen, um die Königin und den Rat zu unterrichten, daß der Graf von Essex sich weigere, ihrer Vorladung, am Hof zu erscheinen und sie über seine dubiosen Machenschaften aufzuklären, Folge zu leisten.

Die widersprüchlichsten Ratschläge prasselten auf den zornigen jungen Aristokraten ein. »Da der Rat nun gewarnt ist, dürfen wir nicht länger zögern. Wir müssen sofort losschlagen«, meinte einer.

»Oder fliehen«, schlug ein anderer vor.

»Ich habe nicht die Absicht zu fliehen wie ein Feigling«, beschied ihn Essex. »Mir ist von der Königin bitteres Unrecht geschehen, ich werde Vergeltung üben. Das Volk wird meine Sache unterstützen.«

»Aber Mylord, Ihr habt dreihundert bewaffnete Männer, genug, um den Hof heute zu stürmen und die Königin zu ergreifen.«

»Die Königin allein genügt nicht. Wir brauchen Cecil und Raleigh und den Rest der Bande – die können überall verstreut sein.« Essex schnippte mit den Fingern nach seinem Sekretär. »Hört Euch um, wie es in der Stadt für uns steht.«

Binnen einer Stunde war der Sekretär zurück und meldete, eintausend Mann der Londoner Miliz könnten für die Sache des Grafen gewonnen werden.

»Morgen, Mylord – morgen.«

So durchstreiften im Morgengrauen Boten die Straßen der Hauptstadt und riefen seine Anhänger zusammen, zur letzten Begegnung zwischen Essex und seiner Königin.

Um zehn Uhr an diesem frostigen Februarmorgen bahnte sich die Abordnung des Hohen Rates mühsam einen Weg durch das Menschengewühl, das vor den Toren von Essex' Haus wogte. Sie wurden getreten und geboxt und gelangten schließlich durch einen Seiteneingang und noch dichteres Gedränge in den Innenhof. Ein Diener drückte das Großsiegel, die Verkörperung ihrer Autorität, an seine Brust, um es vor den spöttisch grapschenden Händen zu schützen. Sie waren zu viert und verloren sich in dem Gewühl von dreihundert Mann, die Pferde sattelten und Waffen austeilten.

»Mylord!« brüllte der Lordsiegelbewahrer gegen das Gejohle und Hohngelächter der Menge an. »Mylord, was hat diese unzulässige Versammlung zu bedeuten?«

»Man trachtete mir nach dem Leben, Sir«, sagte Essex hochmütig, denn sie hatten sich auf diese Erklärung für das Volk geeinigt, »man wollte mich in meinem Bett ermorden.«

Der Lordsiegelbewahrer erbleichte über die offenkundige Lüge, fuhr jedoch höflich fort, fest entschlossen, eine Konfrontation wenn möglich zu vermeiden: »Mylord, das Gesetz gebietet, Untertanen vor derlei Gefahren zu schützen.« Die Menge begann zu stampfen, aber er ließ sich nicht beirren. »Mylord, können wir allein reden? Ich gebe Euch mein Wort, wenn Eure Beschwerde berechtigt ist, werde ich sie der Königin vortragen und für Wiedergutmachung sorgen.«

Hierauf rückte die Menge, Beschimpfungen brüllend, näher.

»Fort, Mylord, Ihr verliert Zeit!«

»Man täuscht Euch, Mylord, man betrügt Euch.«

Der Lordsiegelbewahrer faßte sich ein Herz und wandte sich an die lärmende Menge. »Ich befehle euch bei eurer Untertanenpflicht, legt die Waffen nieder und entfernt euch!«

Essex machte achselzuckend kehrt und schritt zum Haus. Als die Menge waffenschwingend vorwärts wogte und schrie: »Tötet sie, werft das Großsiegel aus dem Fenster!« entkamen die Ratsmitglieder mit knapper Not, indem sie sich an Essex' Fersen hefteten und zum Portal stürmten. Essex wartete an der Treppe mit liebenswürdigem Lächeln auf sie. »Wenn ihr mir bitte folgen wollt, meine Herren, führe ich euch in einen Raum, wo wir ungestört reden können.«

Der Lordsiegelbewahrer nickte, und die kleine Gruppe

folgte Essex die Treppe hinauf. Er geleitete sie zu seinem Arbeitszimmer und ließ ihnen, höflich wie stets, den Vortritt. Als der letzte eingetreten war, schlug Essex die Tür zu, schloß ab und postierte eine Gruppe Musketiere davor. Entrüstete Schreie ertönten von der anderen Seite der Tür, und Essex lachte hysterisch. »Meine Herren, geduldet euch ein Weilchen, ich verspreche, daß ich euch nicht warten lasse. Ich werde jetzt London einnehmen, aber ich gebe euch mein Wort, in längstens einer Stunde bin ich zurück.«

Als das unheimliche Echo seines Gelächters sich im Korridor verlor, trat der Lordsiegelbewahrer von der Tür und sank auf einen Schemel. »Er war nie ganz zurechnungsfähig, meine Herren – ich fürchte, er hat den Verstand verloren. Ihre Majestät befindet sich in den Händen eines Geisteskranken. Wir können nichts tun, außer um ihre Errettung beten.«

Essex' Stiefel polterten auf der Holztreppe, als er, zwei Stufen auf einmal nehmend, hinunterlief und, in irrem Triumph seinen Hut schwenkend, in den Innenhof stürmte.

Die Menge stampfte mit den Füßen und klatschte Beifall. »Auf zum Hof!« brüllten sie. »Auf zum Hof!«

Am Hof, weniger als zwanzig Minuten entfernt, war die Königin schutzlos bis auf ihre Leibwache. Er brauchte nur den Palast in westlicher Richtung zu umrunden, sie von Hilfe von außen abzuschneiden, und sie befände sich ganz in seiner Macht. Er lenkte sein Pferd in Richtung der Hauptstadt.

»Auf zum Hof!« brüllte die Menge. »Auf zum Hof!

Aber sie brüllten vergebens.

Halsstarrig und eigenwillig bis zum letzten, ritt Essex nach Osten, um seiner Königin London wegzunehmen.

Dies alles erzählten sie Elisabeth, die ganz ruhig im Whitehall-Palast beim Mahle saß, und sie sahen das schwache, wissende Lächeln, das flüchtig auf dem dünnen Strich ihrer Lippen erschien.

Er hatte sich aufgemacht, London zu erobern – London, die Stadt, die sie seit fast fünfzig Jahren in der Hand hielt. Ach, was war er für ein Narr, ein blindes, irregeleitetes Kind; das Herz tat ihr weh von dem bitteren Wissen, wie dies enden mußte. Aber jetzt blieb keine Zeit zum Bedauern, jetzt galt es kühl entschlossen zu handeln. Sie mußte Zuversicht ausstrahlen, um ihre Anhänger um sich zu scharen und ihre Position zu festigen.

»Gott, der mich auf diesen Thron gehoben hat, wird mich darauf bewahren«, sagte sie lächelnd zu Robert Cecil. »Ich werde heute nacht nicht schlafen, bis ich höre, daß sie alle hinter Schloß und Riegel sind.«

Sie nahm einen Hühnerflügel und erließ eine Reihe knapper, geschäftsmäßiger Instruktionen zur Verteidigung der Stadt.

London hatte seit fast einem halben Jahrhundert keinen Aufstand erlebt, und die wenigen Bürger, die vom Sonntagsgottesdienst heimwärts zogen, betrachteten die berittenen Rebellen mit milder Verwunderung. Einige riefen ihnen halbherzig zu, andere winkten, denn winken bedeutete schließlich nicht Verrat, und gingen dann ruhig zum Essen nach Hause. Kleine Jungen, welche die bewaffneten Männer ehrfürchtig und neidisch begafften, wurden von erbosten Müttern, die es leid waren, sie zu rufen, von der Straße gezerrt. Bald war die Lage erschreckend klar, als Essex verzagt, von Schweiß durchnäßt, durch die schmutzigen Straßen ritt. Was, zum Teufel, war nur los mit dieser lethargischen, feigen Menge, die sich einst für ihn heiser geschrien hatte?

Ein königlicher Herold zog durch die gewundenen Straßen und versprach allen, die von der Sache des Grafen abließen, die Vergebung der Königin. »Ein Herold verkündet alles für ein paar Schillinge«, höhnte Essex laut, doch schon schlichen hinter seinem Rücken seine Leute durch Seitenstraßen davon.

Es war zwecklos, das sah selbst Essex ein, und er trat mit seiner schrumpfenden Streitmacht den Rückzug an. Der Rat hatte die Anweisungen der Königin befolgt, und Pikeniere versperrten den Aufständischen den Weg. Die Straßen waren mit Ketten abgeriegelt worden. Mit knapper Not erreichten die Rebellen das Ufer der Themse. Sie kletterten in ihre kleinen Boote, die dort vertäut waren, und hasteten in der einbrechenden Dämmerung zurück zu Essex' Haus.

»Noch sind wir nicht verloren«, brummte Essex grimmig. »Wir haben die Abordnung des Rates als Geiseln – wir können verhandeln.« Aber als sie ankamen, waren die Vögel ausgeflogen – man hatte sie hinter ihrem Rücken befreit. Er hatte keinen Trumpf mehr in der Hand. Die Streitkräfte der Königin umzingelten bereits Essex' Haus und verlangten, daß er sich ergebe. Er stürmte in sein Zimmer und begann fieberhaft seine gesamte belastende Korrespondenz zu verbrennen, darunter einen Brief von König Jakob, der allein schon ausgereicht hätte, seinen Kopf zu fordern.

Nach einer kurzen Belagerung verließen die Rebellen einer nach dem anderen das Haus, fielen auf die Knie und übergaben ihre Schwerter dem Großadmiral, der im flackernden Kerzenschein mit grimmiger Miene wartete.

Um drei Uhr morgens wurde Essex in den Tower gebracht, und in Whitehall verneigte sich Raleigh vor der Königin und meldete ihr, das Werk des Tages sei vollbracht.

Eine Stunde später wurden die Kerzen in ihrem Schlafgemach endlich gelöscht.

Die Gerichtsverhandlung war vorüber. Schweigen senkte sich über den Saal, als der Schatzkanzler dem Grafen von Essex sein Todesurteil verkündete.

Essex verließ den überfüllten Saal wie in Trance. Er konnte es nicht fassen, daß sie so weit gegangen war, ihm eine öffentliche Verhandlung zuzumuten. Aber *hinrichten* – das konnte sie ihm gewiß nicht antun. In all den Jahren hatte er nur zu schmollen und zu quengeln brauchen, und schon gab sie nach, um des lieben Friedens willen, wie eine Mutter nachgibt, um sich die Wutanfälle ihres verwöhnten Kindes zu ersparen. Er sah nun zum erstenmal, was sie aus ihm gemacht hatte, genau, wie seine Mutter immer befürchtet hatte, und schlimmer noch. Er hatte im Dienste der Königin seine Männlichkeit nicht eingebüßt, sondern sie schlicht nie erlangt; Elisabeth hatte sein natürliches Wachstum gehemmt. Vieles, was er an ihr übersehen hatte, wurde ihm nun klar, allem voran der dunkle Blick ihrer Augen, bis zurück zu jenem Abend nach Leicesters Tod, als er sie zum erstenmal gegen ihren ausdrücklichen Wunsch zum Tanz aufforderte. Er konnte nicht leugnen, daß sie ihn gewarnt hatte.

»Bittet mich jetzt zum Tanz, und ich verspreche Euch, Ihr werdet es Euer Leben lang bereuen.«

Er hatte diese Worte nicht einen Augenblick ernstgenommen, aber jetzt verweilte er mit morbider Faszination bei ihnen und sah, wie unerbittlich sie ihn tanzend in den Tod geschickt hatte.

In der Verhandlung hatte er offen erklärt, die Königin werde immer in Gefahr sein, solange er lebe. Er hatte keine Ahnung, welcher Wahnsinn ihm eingegeben hatte, sein eigenes Todesurteil zu unterschreiben, wo er doch so leidenschaftlich am Leben hing. Etwas hatte ihn getrieben zu sprechen, und sobald er gesprochen hatte, wußte er, daß er ein toter Mann war.

Die Königin saß allein, vor sich auf dem Schreibpult das Todesurteil, und starrte, ohne etwas wahrzunehmen, ins Feuer.

Es war totenstill im Zimmer, bis auf das gelegentliche Knacken der glühenden Holzscheite im Kamin. Eisblumen waren an den Fenstern. Es war ein rauher Februarmorgen. Elisabeth hörte das Rütteln des Windes an den Fensterflügeln und vernahm ihren eigenen unruhigen, flachen Atem; das Echo ihres Herzschlags pochte dumpf in ihrem Kopf. Trotz ihrer Pelze und des lodernden Feuers fröstelte sie, und ihre Hände waren blau vor Kälte. Sie fühlte sich innerlich erfroren, ein Eisblock, den kein Feuer je zu durchdringen hoffen konnte.

»Elisabeth, Königin von England von Gottes Gnaden...«

Sie kam nicht über die erste Zeile des Urteils hinaus, aber sie wußte, was es enthielt. Er sollte das Vorrecht seines Standes genießen und durch das Beil sterben; kein Hängen, kein Vierteilen – sie sollten den schönen Körper nicht hinschlachten.

Sie hatte die meisten gefangenen Rebellen begnadigt. Nur gerade sechs mußten aufs Schafott.

Lettice hatte auf Knien geweint und gefleht. Elisabeth hätte die süße Rache auskosten sollen, die Wölfin so zu sehen, eine bedauernswerte Bittstellerin, die vor ihr zu Kreuze kroch. Doch seltsam, sie fühlte keinen Triumph, nur flaues Mitleid, das sie bewog, der Weinenden aufzuhelfen und sich zu bemühen, freundlich zu ihr zu sein. Lettice umklammerte ihre Hand und benetzte sie mit Tränen.

»Madam, ich flehe Euch an, begnadigt ihn. Ihr habt Euch anderen gnädig erwiesen, warum nicht ihm?«

»Ich begnadige ihn nicht«, sagte die Königin mit zitternder Stimme, »weil ich es nicht kann.« Lettices Augen, riesengroß in ihrem weißen Gesicht und wahnsinnig vor Gram, richteten sich mit einer einzigen stummen Frage auf sie: *Warum*?

Warum? Weil sein Tod unvermeidlich, unabänderlich war, weil er schon vor Zeiten in den Sternen geschrieben stand, von einem anderen Tod besiegelt. Ein Leben für ein anderes. Er war das auserwählte Opfer, das ihres Vaters Verbrechen, die Ermordung ihrer Mutter, sühnen sollte. Sie hatte keine Wahl, sie mußte ihn töten.

Langsam, unaufhaltsam hatte sich ihr Leben auf diesen Augenblick zubewegt. Die Zeit war gekommen, den zu enthaupten, den sie liebte, unverzüglich, kaltblütig, selbstgerecht, wie es Annes Seele unbarmherzig verlangte. Leicester war dieser morbiden Rache an den Männern knapp entgangen. Sie hatte Leicester zu sehr geliebt, während sie Essex etwas zu wenig liebte, um ihn vor seinem Schicksal zu bewahren.

Sie stand auf und ging in ihr Schlafgemach. Es war leer, sie hatte ihre Frauen schon fortgeschickt. Neben ihrem Bett stand die Schatulle, glitzernd und prachtvoll wie ein Miniaturgrabmal. Sie schloß sie auf und kramte zwischen ihren kostbarsten Besitztümern nach dem Püppchen ohne Kopf.

Die schwarzen Satinröcke waren vor Alter zu Silbergrau verblichen und von der langen Verwahrung zerknittert. Sie schüttelte sie aus, strich sie glatt und sah das Püppchen lange an, ehe sie es in den Kamin warf, wo ein großes Holzfeuer brannte.

Die Flammen schlugen hoch, als sie den Stoff erfaßten, welcher schrumpfte und sich um einen verkohlten Stock auflöste.

Sie blieb stehen, bis nichts mehr zu sehen war. Und irgendwo in unergründlicher Finsternis lachte ihr Schatten und sagte: »Gut gemacht.«

38

Am 25. Februar 1601 war es morgens bitterkalt. Der Palast war merkwürdig still, abgesehen von dem Klimpern des Spinetts, das aus dem Audienzsaal erklang.

Als der Bote vom Tower eintraf, fiel er vor der Königin auf die Knie, die, von Kopf bis Fuß in Schwarz, auf einem gepolsterten Schemel an dem Instrument saß. Sie hörte auf zu spielen und sah auf sein unbedecktes Haupt hinab, ein Blick, so kühl, daß er vor Nervosität stammelte, als er seine Meldung machte. »Wenn – wenn Majestät erlauben – das Urteil am Grafen von Essex wurde heute morgen vollstreckt. Heute starb ein Verräter.«

Kurze Zeit war es vollkommen still in dem spannungsgeladenen Raum, dann kehrte Elisabeth der Gesellschaft wortlos den Rücken und begann, wieder zu spielen. Jene, die sie aus der Nähe beobachteten, wechselten bedeutungsvolle Blicke, und es dauerte volle fünf Minuten, bis sich unter dem Gefolge verhaltenes Gemurmel erhob.

Sie wollte nicht weinen, nicht öffentlich. Ihre Finger spielten allein, sie konnte die Noten nicht mehr sehen, und als ihr inneres Zittern sie schließlich, bevor ihr ungeschickter Anschlag sie verriet, zum Aufhören zwang und sie aufsah, blickte Raleigh auf sie herab. Sein kluges, hübsches Gesicht war blaß unter der Seebräune. Als Hauptmann der Wache hatte es ihm obgelegen, zuzusehen, wie Essex' Blut auf dem Schafott verspritzt wurde. Essex war sein Feind gewesen, aber Raleigh hatte ein Herz unter der kalten Maske des Stolzes, und er ahnte mehr als jeder andere, was in der Königin vorgehen mußte. Er sah sie mit stummem Mitgefühl an. Nie hatte er sie so alt, ihre dunklen Augen nie so traurig gesehen. Wie lange würde sie diese rigorose Selbstbeherrschung behaupten?

Als sie sich steif erhob, bot er ihr seinen Arm, und mit

einem Blick, der Dankbarkeit bekunden mochte, legte sie ihre kalte Hand auf die weiße Rüsche an seinem Handgelenk. So schritten sie zum Kamin, und Raleigh warf noch einige Scheite ins Feuer.

»Soll ich Wein kommen lassen, Madam – Branntwein?« fragte er ganz leise, aber sie schüttelte langsam den Kopf.

»Ihr saht ihn sterben?« fragte sie schließlich, immer noch ruhig und beherrscht.

»Ja, Madam, er ging gefaßt und beherzt in den Tod, nachdem er seine Verfehlungen bereut hatte.«

»Ging es –« jetzt zitterte ihre Stimme. »Ging es sauber und schnell?« Er zögerte. Lügen war zwecklos. Sie würde es später erfahren und ihm zürnen, weil er sie getäuscht hatte. Er schüttelte ganz sachte den Kopf. »Drei Beilhiebe, Madam.«

Drei Hiebe! Drei Hiebe, um die schottische Königin zu töten und den Admiral, einen Mann von großem Geist und geringer Einsicht. Wie Essex!

Sie sagte, so leise, daß nur er es hören konnte: »Es hätte ein Schwert sein sollen.«

»Madam –« Er legte ihr fürsorglich eine Hand auf den Arm. Sie hatte den grauen, verschleierten, erschrockenen Blick, wie er ihn bei Männern beobachtet hatte, die in der Schlacht einen Arm oder ein Bein verloren und denen der Schmerz erst hinterher bewußt wurde.

»Meine Gedanken lassen sich nicht mitteilen«, sagte sie dumpf. »Laßt mich mit ihnen allein.«

Er verbeugte sich zögernd und verließ sie. Sie blieb am Kamin sitzen und starrte unverwandt ins Feuer. Die Flammen tanzten auf den knisternden Holzscheiten und bildeten eine seltsame, sich ständig verändernde Landschaft aus Hell und Dunkel. Ihr war, als starre sie in den tiefsten Abgrund der Hölle.

Sir Robert Cecil saß in seinem dumpfen kleinen Kabinett und befaßte sich mit der umfangreichen Korrespondenz auf seinem überhäuften Schreibpult. Als die Tür aufging, um den Hauptmann der Wache einzulassen, ließ Cecil unauffällig einen Brief in einem Schubfach verschwinden und schob es zu. Er wünschte nicht, daß Raleigh einen Blick auf seinen heimlichen Briefwechsel mit dem König von Schottland warf, Englands mutmaßlichem, wenn auch ungenannten, Thronfolger. Cecil hatte diskret durchblicken lassen, es sei unwahrscheinlich, daß der wohlbekannte Sir Walter Raleigh, ein kluger Kopf, Poet und Abenteurer, sich in Zukunft als König Jakobs loyaler Untertan erweisen werde. Cecil hatte nicht die Absicht, in der nächsten Regierung die Macht mit dem extravaganten Herumtreiber zu teilen, der einst sein bester Freund gewesen war. Cecil war von der Zukunft und seiner eigenen Rolle in ihr besessen, und die Zukunft, wie er sie sah, war König Jakob. Mit Elisabeth trat er nur auf der Stelle, und er wartete mit sorgsam verborgener Ungeduld auf den Augenblick, da dieses erstaunliche alte Weib tot umfiele.

Er blickte auf und lächelte, als Raleigh sich steif in einem Sessel niederließ. Raleigh bewegte sich vorsichtig wegen der alten Wunde in seinem Schenkel, seinem Andenken an Essex' Heldentat in Cádiz. Cecils Behinderung hatte jede militärische Laufbahn von vornherein ausgeschlossen, schon als er als kleiner Knabe davon träumte, die Welt zu erobern. Als Raleigh sich nun vor Schmerzen auf die Lippe biß, sah Cecil schadenfroh diesen wohlgestalten Mann, mit einem Gebrechen behaftet, das ihn sein Leben lang zum Hinken verurteilte – wie lange dieses Leben auch währen mochte. Cecil hatte sich nicht von Essex befreit, nur um ihn durch einen noch gefährlicheren und fähigeren Mann zu ersetzen, und früher oder später, überlegte er kaltblütig, mochte es notwendig sein, sich auch Raleighs zu entledigen. König Jakob besaß eine nahezu krankhafte Vorliebe für kraftvolle Männer, und Raleigh würde einer Prüfung allemal standhalten. Bei Elisabeth stand er gewiß in hoher Gunst, der letzte der Männer, die sich mit leidenschaftlicher Freundschaft der Herbsttage erinnerten, als sie noch eine anziehende Frau war.

»Welchem Umstand verdanke ich dieses unverhoffte Vergnügen?« fragte Cecil. »Ich dachte, Ihr weiltet zu dieser Stunde bei der Königin.«

Raleigh runzelte die Stirn und begann, die Federn eines frischgeschnittenen Kiels aus einem Bund in dem Zinnbehälter auf dem Schreibpult des Sekretärs abzuziehen.

»Lady Warwick sagt, sie hat sich in einem verdunkelten Zimmer eingeschlossen, wo sie weint und Essex' Namen ruft.«

»So?« Cecil sah auf die elfenbeinerne Uhr auf dem Kaminsims und verkniff die Lippen zu einem unfrohen Lächeln. »Hm, sehen wir mal –« er studierte eingehend seine Papiere und klopfte auf den vor ihm liegenden Stapel, »wenn das zutrifft, können wir damit rechnen daß sie irgendwann heute nachmittag aus ihrem Zimmer tritt, ihre Frauen zum Heulen bringt und sich kurz vor Einbruch der Nacht an die Staatsgeschäfte begibt. Ich nehme nicht an, daß ich in diesem Fall mein Bett vor Tagesanbruch sehen werde – gottlob habe ich hier nichts, das nicht bis heute abend warten kann. Es wäre mir bedeutend lieber, wenn sie ihre morbiden Anfälle auf die Abendstunden beschränken würde.« Er sah Raleigh die dunklen Augenbrauen heben und zog gleichmütig die verwachsenen Schultern hoch. »Sie hat eine Menge zu erledigen – die Vorstellung muß weitergehen, auch wenn die Hauptdarstellerin der Rolle nicht mehr gewachsen ist. Habt Ihr bemerkt, wie zügellos ihre Launen geworden sind? Ich kann Euch sagen, es ist mir nicht geheuer, wie sie allezeit dieses Schwert bei sich hat, als erwarte sie hinter jedem Vorhang einen Mörder. Neulich hat sie mir einen argen Schrecken eingejagt, als sie aufsprang und das Schwert in den Wandbehang stieß, dann an den Tisch zurückkehrte und unser Gespräch da fortsetzte, wo wir stehengeblieben waren. Ich wußte kaum, wie ich mich verhalten sollte. Es war auch nicht das erste Mal, soviel ich weiß. Wenn sie so weitermacht, gibt es im Audienzsaal bald keine Wandbehänge mehr. Es wird ein Heidengeld kosten, sie zu ersetzen ...«

Raleigh sah ihn mit einem Anflug von Unmut und Abscheu an. »Es bekümmert Euch nicht, Cecil, Zeuge der allmählichen Zerstörung des edelsten Geistes in Europa zu sein, nicht wahr? Ich aber finde es überaus schmerzlich, dies mit anzusehen.«

»Der Geist Ihrer Majestät war stets über einen gewöhnlichen Sterblichen wie ich erhaben«, gab Cecil ruhig zurück. »Ich habe mir angemaßt, sie zu verstehen. Solange sie imstande ist, die Staatsgeschäfte zu erledigen, ist das alles, was mich angeht. Es wundert mich, daß es Euch so berührt – ich hielt

Euch nie für einen gefühlvollen Mann, trotz Eurer Gedichte.«

»Sie gab, sie nahm, verletzte, machte Mut ...«, zitierte er leise.

»O ja«, wütete Cecil, »allen ihren Geliebten.«

»England war ihr Geliebter«, murmelte Raleigh gedankenverloren. »Wir übrigen waren Schatten, Spiegelbilder, sogar Leicester! Sie hat uns dressiert wie Spaniels und ließ uns alle um sie herumscharwenzeln. Und dann zerbrach Essex den Spiegel und zertrümmerte ihre Welt. Wer sie trauern sah, hätte meinen können, sie habe ihr leibliches Kind getötet ...«

Er verstummte; die Kummerfalten in seinem dunklen Gesicht versetzten Cecil in Rage. Daß ein so harter, kluger Mann wie Raleigh seine grausame Göttin nach wie vor in Versen unsterblich machte, war unerträglich.

Sie ist alt, hätte er am liebsten gerufen, alt, alt! Seht Ihr es nicht?

»Was ist sie Euch gewesen?« entfuhr es ihm unvermittelt.

Raleigh sah ihn erstaunt an. Einen Augenblick herrschte beklommenes Schweigen, während Raleigh nachdenklich auf den Federn des Kieles kaute.

»Sie war mir eine Freundin«, sagte er schließlich leise. »Sie hat aus meinem Geist Funken geschlagen. Ein ganzes Zeitalter stirbt mit ihr, mein Freund, ein Zeitalter, wie es England nie wieder erleben wird. «

»Dann«, Cecils Augen leuchteten plötzlich auf, »glaubt auch Ihr, daß das Ende nahe ist.«

Raleigh seufzte. »Sie gemahnt mich an eine Kerze, die im Luftzug flackert. Sie kann jeden Moment erlöschen oder auf unbestimmte Zeit weiterbrennen.«

»Gott bewahre«, murmelte Cecil und überdeckte die Bemerkung geschwind mit einem Hüsteln. Er nahm den zerfransten Federkiel, den Raleigh achtlos auf sein Pult hatte fallen lassen, und beförderte ihn in den Papierkorb. Unordnung war ihm ein Greuel.

»Ich hoffe, Eurer Kerze gelingt noch einmal ein Aufflackern«, sagte er mit schiefem Lächeln. »Die Ausschreibungen für das Parlament gehen nächste Woche hinaus. Bei der augenblicklichen Stimmung in London dürfte das die rebellischste Sitzung werden, die sie je geleitet hat. Diesmal muß sie einen Trumpf ausspielen und darf keinen Fehler machen. Ich bete, daß sie sich dazu aufraffen kann.«

Raleigh schwieg. Seine Augen waren traurig. Wie Cecil, hatte auch er wenig Hoffnung, daß ein solches Wunder geschehen würde.

Sie hatte seinen Leib getötet, aber die Erinnerung an Essex lebte fort, im Tode beinahe mächtiger als im Leben. Der Wind in den Straßen seufzte seinen Namen, und in den Wirtshäusern entstanden unter Humpenklang und beißendem Tabaksqualm neue traurige Lieder auf ihn.

»England, dein Stolz ist dahin«, sangen die Männer, die sich seiner Rebellion nicht angeschlossen hatten, nun aber über jene lästerten, die ihn zu Fall gebracht hatten: Cecil, Raleigh – und die Königin. Essex' Tod hatte einen Schatten auf die Krone geworfen, und langsam breiteten sich Zweifel an den Rechten der Herrscherin aus.

Dies alles lastete schwer auf Elisabeth, und noch vieles andere machte ihr Sorgen. Die irischen Rebellen waren nun mit spanischen Truppen verbündet, und Elisabeth hatte große Not, ihren neuen Statthalter in Irland zu finanzieren. Sie hatte Land und Juwelen verkauft und den knauserigen Verbündeten in Frankreich und den Niederlanden Darlehen abgerungen. Aber das reichte nicht. Sie war gezwungen, sich der Einkommensquelle zu bedienen, die sie während ihrer ganzen Regierungszeit zu vermeiden gesucht hatte.

Und so trat in diesem Oktober das Parlament zusammen, um über ihren Antrag auf Besteuerungsmaßnahmen zu beraten.

Alter und zunehmende Gebrechlichkeit ersparten ihr nicht die Tortur eines öffentlichen Auftritts, eine langsame, holprige Fahrt durch verdrießliche Menschenmengen, ein endloses Abschreiten der Reihen mürrischer Parlamentarier, deren traditionelles, ohrenbetäubendes Geschrei: »Gott schütze die Königin«, zu vereinzelten Rufen erlahmt war.

Sie hatte in ihrem abwechslungsreichen Dasein viele grausame Momente erlebt, aber dies war der schlimmste; dies war das einzige, was sie für unverbrüchlich gehalten hatte, die

Liebe des Volkes, die sie so lange besessen hatte, daß es schien, kein Mann könne sie ihr nehmen. Aber einer hatte es getan. Hunderte feindselige Augen waren nun auf sie gerichtet; sie sahen nicht die mannhafte Frau von Tilbury, sondern die Mörderin eines Nationalhelden, und die bittere Ironie dabei war, daß niemand diesen Tod mehr betrauerte als sie, die ihn herbeigeführt hatte.

Die große Halle war stickig, die Staatsrobe zu schwer für ihre eingesunkene Gestalt, und am Fuße des Thrones fühlte sie die Ohnmacht nahen.

Nicht jetzt, dachte sie in banger Panik, nicht hier ... Aber das Sausen in den Ohren, das Schwarzwerden vor den Augen waren untrügliche Zeichen. Undeutlich fühlte sie sich von Männerhänden an den Armen gepackt, und die Demütigung war wie ein Schutzwall gegen die drohende Umnachtung. Wie konnten sie es wagen, sie anzurühren! Wie konnten sie es wagen, zu zeigen, daß sie eine vorübergehende Schwäche bemerkt hatten, die sie ohne ihre Hilfe hätte überwinden können!

Der Zorn hielt sie aufrecht während des ermüdenden Zeremoniells, und dann war es endlich vorbei, und die schrille Stimme des Zeremonienmeisters rief: »Macht Platz für die Königin.«

Aber niemand wich in dem Gedränge von Leibern, die ihr den Weg zur Tür verstellten, und einige riefen mit rüder, roher Stimme, sie wollten sich hängen lassen, wenn sie Platz machten.

Sie holte schaudernd Atem. Ihr war, als habe sich eine Schwertspitze in sie hineingebohrt; sie hätte sich krümmen mögen vor unerträglichem Schmerz. Aber sie zeigte mit keinem Wimpernzucken, wie ihr zumute war. Sie bot dem feindseligen Schweigen mit ihren Blicken Trotz, bis sie, einer nach dem anderen, die Augen von ihr wandten und beschämt zu Boden sahen. Langsam setzte im Unterhaus ein Gedränge und Geschiebe ein, und vor ihr tat sich ein Weg auf. Die ausladende Krinoline stieß an kein Hindernis, als sie die Reihen entlang rauschte.

Ihre Bewegungen hatten eine neue Kraft, ihre entschlossenen Schritte eine neue Zielstrebigkeit, denn sie hatte noch etwas zu erledigen, eine letzte Herausforderung zu bestehen.

Sie hatte die Liebe eines Volkes verloren, das für seine Unbeständigkeit bekannt war, aber sie wollte sie zurückgewinnen, und wenn diese Liebe wieder ihr gehörte, wäre sie bereit, an den ihr zugefügten Wunden zu sterben.

Die Abgeordneten saßen gespannt, einem Stoß Zunderholz gleich, der eines Funkens harrt. Als einer sich zornig erhob und die königliche Besteuerung anprangerte, war es wie das plötzliche Aufflammen einer Fackel. Sekunden später war das Unterhaus in Aufruhr. Der Lärm ergoß sich in die Straßen, wo alsbald eine schiebende, drängende Menge laut brüllend ihre Unterstützung des Parlamentes kundtat.

Elisabeth spürte die drohende Welle revolutionärer Unzufriedenheit. Was immer in ihrem Innern zerfallen sein mochte, ihr politischer Instinkt blieb intakt, und sie beschwichtigte die Unzufriedenen, indem sie Cecil dem Parlament ihre Kapitulation überbringen ließ.

Selbst der kalte, abgebrühte Cecil blieb nicht ungerührt angesichts des Tumultes, den die Botschaft der Königin auslöste. Alles Nörgeln und Grollen wurde von einer mächtigen Woge der Dankbarkeit fortgeschwemmt. Die Erinnerung an Essex verschwand unter einer Woge der Zuneigung, als sich die Leute besannen, was sie dieser gebrechlichen alten Dame zu verdanken hatten, die ihre Nöte verstand, sie immer verstanden hatte, Gloriana, ihre Märchenkönigin. Cecil mußte an seinen Vater denken, der wissend in seinen Bart gelächelt und gemurmelt hatte: »Sie ist die klügste Frau, die je gelebt hat.« Er hatte das absurd gefunden – die übertriebene, sentimentale Einschätzung eines alten Mannes; aber jetzt begriff er, was sein Vater gemeint hatte. Sie wußte, wie man sich beugen mußte, um zu siegen, wie man eine Niederlage in einen rauschenden Sieg verwandelte.

Denn sie hatte das Unterhaus besiegt. Jetzt stritten sie nur noch darum, wer zu ihr gehen sollte, um ihr zu danken, und die Mauern des Parlamentsgebäudes erzitterten unter dem donnernden Ruf: »*Alle, alle, alle*!«

Sie lächelte und sagte, sie werde gern alle empfangen, oder jedenfalls so viele, wie die Versammlungshalle fassen könnte, ohne zu bersten. Und um drei Uhr an einem naßkalten Novembernachmittag, als die Kerzen schon in ihren Leuchtern flackerten und die Fackeln an den Wänden leuchteten, knieten einhundertvierzig Edelmänner vor ihrem mit einem Baldachin überdachten Thron nieder, um ihr die Liebe und Loyalität des Unterhauses zu Füßen zu legen. Sie dankte ihnen für die lebenslange Zuneigung, die sie ihr entgegengebracht hatten. »... wenngleich Gott mich hoch erhob, nenne ich doch dies die Zierde meiner Krone, daß ich mit eurer Liebe regierte ... Es ist nicht mein Wunsch, länger zu leben oder zu herrschen, als mein Leben und meine Herrschaft euch zum Wohle gereichen. Wenngleich ihr viele mächtigere und klügere Herrscher auf diesem Thron hattet und vielleicht haben werdet, so hattet ihr jedoch keinen und werdet in Zukunft keinen haben, der euch mehr liebte oder lieben wird.«

Ergriffenheit schlug ihr entgegen wie eine physische Kraft, ein Triumph, kalter Asche abgerungen, von der niemand glaubte, daß sie noch einen solchen Funken enthalten könne. Sie hatten das Gefühl, daß sie sie zum letztenmal reden hörten, und als sie alle bat, vorzutreten und ihr die Hand zu küssen, ehe sie sich entfernten, da wußten sie, daß sie genau dies ausdrücken wollte.

Einhundertvierzig Edelmänner knieten ehrfürchtig nieder, einer nach dem anderen hob die bleiche, welke Hand zum letzten Lebewohl an die Lippen und verließ unermeßlich bewegt den Saal.

Es war wie ein Schwanengesang.

Sie hatte ihre Angelegenheiten geregelt. Es ergab sich eine Lücke in der Aufeinanderfolge von Krisen, die die letzten Jahre ihres Lebens bestimmt hatten, eine friedliche Pause, die ihr gestattete, sich ohne Schuldgefühl einer unerledigten Sache zuzuwenden.

In diesem Winter ließ sie sich den eingewachsenen Krönungsring vom Finger sägen. Alle mutmaßten, daß sie damit das Ende ihrer Ehe mit dem Staat symbolisieren wollte. Die besorgten Proteste ihrer Frauen überhörend, kleidete sie sich in dem härtesten Winter seit Menschengedenken in sommerliche Seide und begann die Nahrungsaufnahme zu verweigern. Im März 1603 war sie auf Haut und Knochen abgemagert, sie fieberte ständig, mißachtete die Ratschläge der Ärzte und weigerte sich, ins Bett zu gehen. Sie legte sich auf Kissen auf die Erde, und auf die Frage, warum, erwiderte sie traurig: »Wenn Ihr solche Dinge in Euren Betten sähet, wie ich sie in meinem sehe, so würdet Ihr mich nicht drängen.«

Also ließen sie sie gewähren. Stundenlang lag sie still, lutschte an ihrem Finger, gequält von einem unsäglichen Kummer, der sie vom Schlafen abhielt, der sie zum Seufzen und zuweilen beinahe zum Weinen brachte. Einmal sprach sie verstört von einer Eisenkette um ihren Hals, und sie dachten, sie sei von Sinnen. Cecil fragte sie rundheraus, ob sie Gespenster gesehen habe, und sie nahm ihren Verstand so weit zusammen, daß sie ihn anherrschte, auf eine solch unverschämte Frage werde sie nicht antworten. Er fuhr zurück wie ein geprügelter Köter, erstaunt, daß sie noch die Kraft besaß, ihm die Stirn zu bieten. Sie wußte nun, daß sie ihre im Fieberwahn plappernde Zunge im Zaum halten mußte, sorgsamer noch als in den Tagen ihrer Gefangenschaft unter Mary. Sie hatte keinen Nachfolger bestimmt; es würde Cecils Plänen entgegenkommen, sie für geisteskrank erklären zu lassen, und wenn das geschehen wäre, würde er nicht warten, bis sie friedlich gestorben wäre ...

Sie versank tiefer im Labyrinth ihres Geistes, sie wanderte allein und bange durch einen Irrgarten endloser Korridore, vor der Finsternis fliehend, die sie verfolgte, Zuflucht suchend bei einer Stimme, die nun schon fünfzehn Jahre geschwiegen hatte.

Hilf mir, Robert... hilf mir, mich zu befreien, solange noch Zeit ist.

Aber sie konnte Leicester nicht finden. Die Kette wurde strammer und zog sie in die Finsternis hinab, und hinter ihr verdichtete sich jener andere Schatten immer mehr, bis er endlich zu hören war.

»Bezichtigt mich nicht der Anmaßung, wenn ich Euch zu

bedenken gebe, daß Ihr eines Tages Rechenschaft ablegen müßt über Euren Schützling ...«

Die Zeit war gekommen. Die Stunde ihres Todes nahte, aber die Kette um ihren Geist war noch nicht gesprengt. Wenn sie jetzt stürbe, würde sie in alle Ewigkeit an düstere Pein gefesselt sein ...

»Nein!« Ihr plötzlicher Aufschrei hallte in dem stillen Raum und erweckte ihr ermüdetes Gefolge schlagartig zum Leben. Frauen knieten neben ihr nieder und fragten, was ihr fehle.

»Ich muß aufstehen«, schluchzte sie, »helft mir.«

»Aber, Majestät –«

»Ich muß stehen! Ich muß!«

Sie blickten einander verwundert an, denn ein so hinfälliges Wesen konnte gewiß nie mehr auf die Beine kommen. Aber ihr Befehl war so dringlich und qualvoll, daß sie ihn nicht als bloße Wahnidee abtun konnten.

Sie halfen ihr auf und umstanden sie mit ausgestreckten Händen in der Erwartung, daß sie falle. Aber sie fiel nicht. Fünfzehn Stunden stand sie aufrecht, ein lebendiges Skelett in einem goldenen, mit Perlen überladenen Gewand, und starrte unverwandt einen Punkt vor sich an wie einen Feind.

Draußen fegte der Wind durch die kahlen Äste der Bäume im Park von Richmond. Denen, die stehend wachten, erschien die Nacht endlos lang. Einige junge Kammerfrauen wurden von dem anstrengenden Stehen ohnmächtig. In heiliger Scheu flüsterte man das Wort »übernatürlich«. Sie sagten, sie bekämpfe sogar den Tod. Aber es war nicht der Tod, den sie bekämpfte, nur ein Phantom in ihrem Geist, ihr Schuldgefühl.

Kurz vor Morgengrauen sahen sie sie eine Hand an die Kehle heben und ein wenig lächeln, wie im Triumph. Sie fingen sie auf, als sie schließlich wankte, und betteten sie wieder auf die Kissen. Und dort lag sie, weil danach niemand mehr wagte, sie gegen ihren Willen anzurühren oder zu bewegen, bis endlich der alte Großadmiral, tapferer als die meisten, sie aufhob, so mühelos, als sei sie eine große Puppe, und zum Prunkbett trug.

Cecil erhielt die Nachricht in seinem Kabinett und begann sogleich, mit dünnen Fingern seine Papiere zu ordnen. Wenn sie schließlich geduldet hatte, daß man ihr ihre irdische Autorität entriß, dann mußte das Ende nahe sein. Er war erleichtert und gleichzeitig etwas geknickt, daß ein alter Mann Erfolg hatte, wo er gescheitert war, denn auch er hatte sie zu bewegen versucht, zu Bett zu gehen, weil es seinen Sinn für Ordnung und Würde beleidigte, sie auf der Erde liegen zu sehen wie ein krankes Tier. Er hatte ihr gesagt, sie müsse es tun, um »das Volk zufriedenzustellen«, und sie hatte zu ihm aufgelächelt auf diese Art, die ihn sich so völlig unscheinbar fühlen ließ, und ihm gesagt, »müssen« sei kein Wort, das man bei Herrschern verwende.

»Kleiner Mann, Euer Vater, wenn er noch lebte, hätte es nicht gewagt, mir mit diesem Wort zu kommen.«

Kleiner Mann! Bei Gott, er wollte dafür sorgen, daß die nächste Regierung von kleinen Männern geführt und er der erste unter ihnen sein würde. Jakob war schwach und leicht zu beeinflussen, und Cecil hatte sich schon mit großem Geschick eingeschmeichelt. Seine meisterhaft geführte Geheimkorrespondenz würde gewiß Früchte tragen, sobald die alte Vettel tot wäre, aber sie durfte nicht sterben, ohne ihre Einwilligung zu geben. Das war das letzte, was er von ihr wollte, das eine Wort, das für ihn alles so einfach machen würde. Sein Plan konnte unmöglich scheitern, es sei denn, sie würde im letzten Moment einen anderen Thronerben benennen, aus Trotz, Eifersucht oder sonst einer krankhaften Gemütsregung. Ihre letzte Marotte – seine ganze Zukunft konnte davon abhängen. Bei diesem Gedanken schwitzte er vor Nervosität, als er die Ratsversammlung einberufen ließ.

In den Korridoren des Palastes herrschte Gedränge, doch tödliche Stille schuf eine bedrückende Atmosphäre, und als Cecil durch die schweigenden Gruppen schritt, erzürnte ihn die Mischung aus Kummer und Furcht. Er hätte am liebsten geschrien: »Was ist mit euch, ihr Narren? Dies ist nicht das Ende der Welt.«

Aber genau dies war es für die meisten am Hof, die keinen anderen Monarchen gekannt hatten. Es herrschte eine trostlose, bange Niedergeschlagenheit, die sogar auf Cecils ehrgeizigen Geist einen Schatten warf. Er schüttelte sie unwillig ab und schritt, gefolgt von den Ratsmitgliedern, an den grimmig blickenden Wachen vorbei, ins Schlafgemach.

Der Regen rann in Strömen die hohen Fenster hinab, und Kerzen flackerten in ihren Leuchtern. Das Licht draußen verblaßte, der Wind rüttelte ungestüm an den Fensterläden, wie wenn etwas Unsichtbares sich endlich holen wollte, was ihm zusteht. Cecil schauderte unwillkürlich, und die Ratsmitglieder hielten ängstlich und beklommen Abstand, als er sich dem großen Bett näherte, das sich als Silhouette vor dem Feuerschein abhob.

Er kniete nieder und ergriff die nächstliegende Hand auf der Bettdecke. Sie fühlte sich eiskalt an, und einen schrecklichen Augenblick lang dachte er, er sei zu spät gekommen.

Als er dann in ihre schwarzen Augen sah, gewahrte er ein feindseliges Schimmern in ihren schattigen Höhlen und wußte, daß sie seinen Gedanken erahnt hatte. Er unterdrückte sein Entsetzen und zwang sich zu sprechen. »Majestät – die Nachfolge. Soll es der König von Schottland sein?«

Nichts!

Er erhob sich verzweifelt und beugte sich, sie vor den Blicken abschirmend, über das Bett.

Aber im Bett bewegte sich nichts, nur diese dunklen, schrecklich wissenden Augen starrten ihn in einer letzten Herausforderung an.

Jakob! Ja, sie sah es vor sich, wie der schwerfällige, plumpe Kerl durch sein Schloß im Norden schritt, auf die Nachricht wartete und sie, Elisabeth, wegen der Verzögerung ebenso verfluchte wie der kleine Mann, der so begierig war, seinen Fuß in die Zukunft zu setzen. Cecil würde sich seinen König formen und ihn hochhalten, und nichts, was sie jetzt sagen oder tun konnte, würde etwas daran ändern. Und deshalb wollte sie es nicht sagen, wollte sie Cecils Gewissen nicht beruhigen, indem sie ihre Einwilligung gab in etwas, das so unabänderlich war, wie der Tag auf die Nacht folgt. Sollte er hingehen und schmoren, er und der Gebieter, dem er bereits seine Ergebenheit bekundet hatte; sie sollten warten, bis sie bereit war.

Sie schloß die Augen. Einen qualvollen Moment blickte er

auf sie hinab; er konnte es kaum fassen, daß dieser lebende Leichnam ihm eine Niederlage beigebracht hatte. Dann verbeugte er sich, winkte den Ratsmitgliedern und folgte ihnen hinaus.

Als die schwere Flügeltür sich hinter ihnen geschlossen hatte, blickte die kleine Gruppe ernstgesichtiger Herren den Sekretär gespannt an. Er war sehr blaß, in seiner Wange zuckte ein Nerv, seine Haltung war noch gebückter als sonst, als laste ein schweres Gewicht auf seinen krummen Schultern.

»Nun, Sir Robert?«

Er starrte die getäfelte Wand an, aber er sah nichts, nur die Erinnerung an Elisabeths spöttischen Blick war gegenwärtig. Doch am Ende erkannte er die unabdingbare Notwendigkeit, ungeniert draufloszulügen.

Er sah die Herren hochmütig an, wie wenn er ausdrücken wollte, niemand solle sich unterstehen, es in Abrede zu stellen, und sagte, sich um einen beiläufigen, überzeugenden Ton bemühend: »Auf persönlichen Wunsch der Königin, meine Herren – wer sonst als ihr Cousin in Schottland?«

Nach 45 Jahren auf dem Thron starb Elisabeth I. am 24. März 1603 zu Richmond Palace in Surrey. Einen Tag zuvor hatte sie, bereits fast unfähig zu sprechen, zugestanden, daß der Mann ihr Nachfolger wurde, den sie am wenigsten gewünscht hatte: JakobVI. von Schottland, der sich als König von England und Irland Jakob I. nannte. Unter ihm, ausgerechnet einem Stuart und keinem Tudor, wurden die drei Königreiche England, Schottland und Irland vereinigt.

Zeittafel

1533 Elisabeth wird am 7. September in Greenwich Palace als Tochter Heinrichs VIII. und seiner zweiten Frau Anne Boleyn geboren.

1558 Als Elisabeth I. besteigt sie am 17. November den Thron. Wiederherstellung der Anglikanischen Staatskirche. Wichtigster Berater (bis 1598) William Cecil (Lord Burghley).

1560 Elisabeth greift zugunsten des protestantischen Adels in Schottland ein.
Philipp II. macht Madrid zur spanischen Hauptstadt.

1561 Die 19jährige Maria Stuart kehrt nach dem Tod ihres Mannes, des französischen Königs Franz II. (†1560), als Königin nach Schottland zurück.

1564 Elisabeth erläßt ein Verbot der Wollausfuhr nach den Niederlanden, was zum Handelskrieg mit Spanien führt.

1567 Ein Aufstand des schottischen Adels zwingt Maria Stuart, zugunsten ihres Sohnes Jakob VI. abzudanken.
Philipp II. schickt ein Heer unter Herzog Alba in die Niederlande.

1568 Maria Stuart flieht nach England. Wegen ihrer Ansprüche auf den englischen Thron wird sie von Elisabeth I. in Haft gesetzt.

1570 Papst Pius V. spricht den Bann gegen Elisabeth I. aus.

1572 Francis Drake greift auf Befehl Elisabeths die spanischen Handelsplätze in Amerika an.
Mit der »Bartholomäusnacht« (23./24. August) bricht in Frankreich die Hugenotten-Verfolgung aus.

1579 Irischer Aufstand gegen die englische Herrschaft.

1584 Gründung Virginias, der ersten englischen Kolonie in Nordamerika, durch Walter Raleigh.
Tod Iwans des Schrecklichen (18. März).

1585 Zur Unterstützung des niederländischen Aufstands gegen Spanien schickt Elisabeth I. Hilfstruppen unter Robert Dudley (Graf von Leicester).

1586 Elisabeth I. erzwingt von Jakob VI. einen Vertrag zum Schutz der protestantischen Kirche in Schottland und England.

1587 Maria Stuart wird wegen Beteiligung an einer Verschwörung gegen Elisabeth angeklagt und am 8. Februar hingerichtet.
Ausbruch des Kriegs zwischen England und Spanien, der bis 1604 dauert. Francis Drake zerstört spanische Schiffe im Hafen von Cádiz.

1588 Philipp II. schickt unter dem Oberbefehl des Herzogs von Medina Sidonia die »Armada« gegen England.
Die bis dahin größte Flotte der Welt wird im Ärmelkanal von der englischen Flotte unter Howard, Hawkins und Drake besiegt (31. Juli bis 8. August). Die Überreste werden durch Stürme vor Schottland und Irland zerstört. Christopher Marlowe schreibt »The Tragicall Historie of Doctor Faustus«.

1594 Von William Shakespeare werden »Verlorene Liebesmüh« und »Der Widerspenstigen Zähmung« uraufgeführt. Höhepunkt der kulturellen Blütezeit unter Elisabeths Herrschaft.

1595 Heinrich IV. von Frankreich erklärt Philipp II. den Krieg.

1597 Eine weitere spanische Flotte wird vor der englischen Küste durch Stürme zerstört.
William Shakespeare schreibt »Der Kaufmann von Venedig«.

1600 Uraufführung von Shakespeares »Hamlet«.
Peter Paul Rubens geht nach Italien (bis 1608).

1601 Elisabeth I. erläßt ein Armengesetz, das nicht nur unterstützen, sondern auch durch Manufakturen Arbeit beschaffen soll.
Johannes Kepler wird nach dem Tod Tycho Brahes kaiserlicher Hofastronom in Prag.

1603 Elisabeth I. stirbt am 24. März im Alter von 70 Jahren.